dtv
premium

Dora Heldt

Mathilda
oder
Irgendwer stirbt immer

Roman

dtv

Ausführliche Informationen über unsere Autoren und Bücher
www.dtv.de

MIX
Papier aus verantwortungsvollen Quellen
FSC
www.fsc.org
FSC® C083411

Originalausgabe 2020

Dieses Werk wurde vermittelt durch die literarische Agentur
Thomas Schlück GmbH, Hannover
Umschlagbild: dtv unter Verwendung einer Illustration von Markus Roost
Satz: C.H.Beck.Media.Solutions, Nördlingen
Gesetzt aus der Sabon 10/13,5˙
Druck und Bindung: CPI books GmbH, Leck
Printed in Germany · ISBN 978-3-423-26249-1

Für Rainer, der unbestritten
der Klügste von uns ist

Prolog

Was für ein herrlicher Tag, dachte Mathilda glücklich, während George an den Baum neben Selmas Vorgarten pinkelte. Der Himmel über ihr war blau, die Sonne schien, und obwohl das Laub sich bereits bunt gefärbt hatte und die Luft schon nach Herbst roch, war heute nochmal ein richtig schöner Spätsommertag. Und das im Oktober. Das hatte sie sich nach den Aufregungen der letzten Monate wirklich verdient.

Mathilda sah sich zufrieden um und bewunderte die Blumenpracht in Selmas Garten. Die gelben Rosen vor dem Haus blühten noch immer, dazwischen leuchteten rote Astern, gelbe Dahlien und späte Sonnenblumen, die bis an das Reetdach reichten. Es sah aus wie auf einem Kalenderblatt für englische Gärten. Selma hatte einen grünen Daumen. Und viel Zeit. Und keine freilaufenden Gänse, die den Zaun zum Blumengarten überwinden konnten, so wie das Mathildas Gänse manchmal machten. Ihr Garten war nichts gegen diesen Blütentraum hier. Aber sie wollte sich nicht beklagen, um nichts auf der Welt würde sie ihren Hof tauschen.

»George«, sie rief nach ihrem Hund und setzte ihren Spaziergang langsam fort. Mathilda liebte die Hauptstraße durch ihr Dorf, die alten Kastanienbäume links und rechts rahmten die Allee, seit Mathilda denken konnte. Sie schlenderte an den vertrauten Häusern, Höfen und Gärten vorbei, ohne jemanden zu treffen. Die Straße war wie ausgestorben, eine friedliche Ruhe lag über dem Dorf, ab und an unterbrochen von Möwenschreien und dem Bellen eines Hundes. Niemand war in der Mittagszeit draußen, die Dorfbewohner machten Mittagsschlaf, lasen nach dem Essen endlich in Ruhe die Tageszeitung oder brachten ihre Küchen nach dem Kochen wieder in Ordnung. Langeweile hatte hier niemand.

Am Feuerwehrteich blieb Mathilda stehen, weil George plötzlich wie ein Irrer begann, um den Teich zu jagen, in dem drei Enten ihre Runden drehten. Zwei flogen davon, eine schwamm weiter, der Hund drehte fast durch und setzte seine Jagd fort. Er hatte noch nie eine erwischt, dafür war er zu ungeschickt, fand Mathilda. Und viel zu langsam. Trotzdem setzte sie sich einen Moment auf die Holzbank neben dem Teich und hielt kurz ihr Gesicht mit geschlossenen Augen in die Sonne. Irgendwann würde George erschöpft aufgeben.

Manche Dinge regelten sich von selbst. Das hatte doch was Gutes. So wie dieser Tag heute. Sie saß in der Sonne, in ihrem wunderschönen Dorf, an einem wunderschönen Tag. Ihr Hund war zwar ein bisschen verrückt, dafür war ihr Sohn gerade frisch verliebt, ihre Tochter frisch getrennt, ihr Mann gut gelaunt und ihr Bruder wieder gesund. Das Dorf war friedlich, die Vögel zwitscherten, zwei Schmetterlinge flatterten um sie herum, Libellen tanzten über den Teich, die Ente schwamm immer noch im Kreis, und nachher würde Mathilda mit George nach Hause gehen, mit Gunnar eine schöne Tasse Kaffee trinken und den frisch gebackenen Käsekuchen essen.

Vorher wollte sie aber noch einen kleinen Abstecher in den Dorfgasthof machen, um da mal Guten Tag zu sagen. Und um zu hören, was es so Neues gab. Es gab meistens irgendetwas Neues. Man musste sich nur für die anderen Menschen und deren Leben interessieren. Und das tat sie. Weil sie alle mochte, die hier mit ihr in diesem Dorf lebten. Seit sie denken konnte. Mathilda schlug die Augen wieder auf und sah George an, der wie immer ohne Ente, dafür mit hängender Zunge, auf sie zu tappte. Sie beugte sich vor und streichelte seinen Kopf. »Mach dir nichts draus, George«, sagte sie tröstend. »Was willst du auch mit einer Ente? Komm, wir gehen weiter.«

Sie stand auf und sah sich um. Ihr Dorf, ihr schönes Leben. Sie war in diesem Moment sehr glücklich. Und so froh, dass die turbulenten letzten Monate endlich vorbei waren und nun alles wieder in den richtigen Bahnen lief.

1.

Einige Monate zuvor
Donnerstag, 23. Mai

»George, aus!« Entschlossen griff Mathilda nach dem Halsband, um das hysterische Bellen des Hundes abzustellen. George fiepte und knurrte, Mathilda schob ihn energisch ins Wohnzimmer und schloss die Tür hinter ihm. Erst dann öffnete sie dem Briefträger. Oder besser, der Briefträgerin. Sie war neu, eine junge Frau, klein und etwas zu dick und die Nachfolgerin von Horst, der die letzten dreißig Jahre im Dorf die Post gebracht hatte. Ein schweres Erbe.

»Guten Morgen!« Mathilda stand in der offenen Tür und lächelte die Briefträgerin an. »Keine Sorge, George ist weggesperrt. Er ist immer etwas aufgeregt, wenn Fremde klingeln.«

Skeptisch sah die junge Frau an Mathilda vorbei, dann übergab sie ihr einen Stapel Post. »Wenn Sie einen größeren Briefkasten hätten, müsste ich nicht immer klingeln. In Ihren passt ja kaum was rein.«

»Horst hat hier immer seine Frühstückspause gemacht, er hat sowieso geklingelt«, erklärte Mathilda. »Möchten Sie eine Tasse Kaffee trinken? Ist ganz frisch.«

»Nein, danke.« Die Briefträgerin wandte sich schon wieder zum Gehen. »Dafür habe ich echt keine Zeit. Kümmern Sie sich doch bitte um einen neuen Briefkasten. Ich kann die Post ja schlecht vor die Tür legen. Schönen Tag noch.«

George überschlug sich fast beim Bellen, Mathilda sah der

Frau nach, die zu ihrem Postauto ging. Was für eine unhöfliche Person. Sie passte mit ihrer pampigen Art überhaupt nicht in das Dorf. Hier ging man freundlich miteinander um und nahm sich zwischendurch auch mal Zeit, ein paar Neuigkeiten auszutauschen. Oder übers Wetter zu reden. Mit Horst war es so viel netter gewesen, die neue Briefträgerin musste wirklich noch viel lernen, bis sie ihn richtig ersetzen konnte.

Langsam schloss Mathilda die Haustür, ließ George aus dem Wohnzimmer und ging, die Post durchblätternd, in die Küche. Eine Rechnung der Genossenschaft, bei der sie ihr Tierfutter bestellten, der Katalog eines Gartenversands, die Werbung eines Reiseveranstalters und ihre wöchentliche Illustrierte. Mathilda lächelte und strich mit einem Finger über das Titelblatt, auf dem Prinz Harry sie ansah. Sie liebte das englische Königshaus. Und sie kannte sich aus, hatte doch ihre Leidenschaft für diese Familie schon bei der Trauung von Prinzessin Diana mit Charles begonnen. Seither trugen alle ihre Hunde Prinzennamen, wenn sie denn Rüden waren. George hatte vor zwei Jahren den verstorbenen William abgelöst, einen Berner Sennenhund, der mit fast vierzehn Jahren sanft entschlafen war. Es war nur folgerichtig, den neuen Spanielwelpen nach Williams Sohn zu benennen. Mathilda hoffte nur, dass der kleine Prinz nicht so laut war wie der immer noch kläffende Hund. Und nicht so dumm.

»George, jetzt ist aber mal Ruhe«, brüllte Mathilda unvermittelt in den Flur und war überrascht, dass es tatsächlich sofort still war. Der Hund tapste langsam in die Küche, blieb vor Mathilda stehen und sah sie verblüfft an.

»Platz, George«, sie zeigte auf seinen Korb und wartete, bis er sich hingelegt hatte. »Fein gemacht. Und Frauchen trinkt jetzt Kaffee und guckt, was es Neues bei den Royals gibt. Und danach fängt sie an, Kuchen zu backen. Du bleibst da liegen.«

Ihr Sohn Max hatte ihr zu Weihnachten dieses Zeitschriften-Abo geschenkt. Jetzt bekam sie ein Jahr lang jeden Donnerstag mit der Post eine wunderbare Zeitschrift mit wunderbaren Fotos und dem neuesten Klatsch und Tratsch aus den Königshäusern. Das hatte den Donnerstag sofort zu Mathildas Lieblingsvormittag gemacht. Zumal sie an diesem Tag morgens allein im Haus war. Ihre Mutter Ilse ließ sich donnerstags abwechselnd in der einen Woche zum Friseur und in der anderen zur Fußpflege fahren. Seit Gunnar in Rente war, übernahm er diese Fahrten. Mathilda genoss es sehr, an diesen Tagen in aller Ruhe mit den Royals Kaffee zu trinken.

Sie schenkte sich eine Tasse ein, setzte sich an den Küchentisch und schlug mit einem wohligen Seufzer die Zeitschrift auf. Sie hatte noch nicht einmal das Inhaltsverzeichnis gelesen, als sie jemanden ins Haus kommen hörte. Hier klingelte normalerweise niemand, die Haustüren waren nie abgeschlossen. Nur die neue Briefträgerin hatte das noch nicht begriffen. George hob träge den Kopf und ließ ihn gleich wieder sinken, er bellte nur bei Fremden. Mathilda ahnte, wer es war.

»Guten Morgen, Mathilda, du musst noch eine Torte backen.« Ihre Nachbarin, Irene Mommsen, stand mit einer Tortenhaube in der Hand schon in der Küche. »Wir haben zu wenig für das Sommerfest. Ich habe dir meine Tortenhaube mitgebracht, falls du keine mehr hast.«

»Noch eine?« Mathilda wartete, bis Irene ihr Mitbringsel auf die Spüle gestellt und Platz genommen hatte. Dann stand sie auf. »Möchtest du einen Kaffee?«

»Ja, gern«, Irene blätterte schon. »Also, ich mag diese Frau von Prinz Harry nicht. Ich finde die arrogant. Schauspielerin eben. Ich glaube ja, dass sie nur irgendeinen Prinzen heiraten wollte, und Harry ist ihr zufällig vor die Flinte gelaufen. Das kann doch nicht gut gehen.«

Mathilda mochte es gar nicht, dass jemand das Heft vor

ihr durchblätterte. Es war ihr Heft, und sie wollte die Erste sein, die die Seiten umschlug. Ilse hatte es auch schon ein paar Mal gemacht, Mathilda hatte deshalb das Heft immer versteckt, wenn sie vormittags keine Zeit gehabt hatte, es als Erste zu lesen. Und jetzt blätterte Irene darin. Die sich auch noch bei jeder Seite den Zeigefinger mit Spucke befeuchtete. Mathilda stöhnte leise, und Irene sah hoch. »Was hast du gesagt?«

»Warum ich noch eine Torte backen muss?«

»Wir haben zu wenig. Und keiner hat Zeit.« Sie klappte die Zeitschrift zu und schob sie weg. »Und dann bist du mir eingefallen.«

Mathilda stellte die Kaffeetasse vor Irene ab und schob die Zeitschrift wie zufällig noch weiter zur Seite, bevor sie sich wieder setzte. »Aber ich hab schon zwei Kuchen gebacken – und jetzt auch noch eine Torte? Kann das nicht jemand anderes machen?«

»Ach, Mathilda«, Irene lächelte sie an, während sie Milch in die Tasse kippte. »Du hast doch Zeit. Machst du deine Friesentorte? Die kommt immer gut an. Und was gibt es sonst so Neues?«

Während Mathilda noch überlegte, ob sie etwas dazu sagen sollte, redete Irene schon weiter. »Hast du mitbekommen, dass Holger wieder zu Hause wohnt?«

»Welcher Holger?«

»Na, der Sohn von Christa und Hans, Holger Kruse. Seine Frau hat ihn rausgeschmissen. Das wundert mich nicht, Holger kommt wirklich nach seinem Vater. Hans hatte früher doch auch dauernd irgendwelche Techtelmechtel. Weißt du noch? Als der damals mit Hannelore nach dem Schützenfest in der alten Tenne vom Wagner rumgeknutscht hat? Und Christas Vater ihn erwischt hat? Der hat ihn vielleicht versohlt, Mann, Mann.« Irene kicherte schadenfroh, Mathilda sah sie mit hochgezogenen Augenbrauen an. Dass ausgerechnet Irene sich darüber mokierte, war wirklich seltsam. »Irene, das ist Ewigkeiten her, da war Hans siebzehn. Und noch gar nicht mit Christa verheiratet.«

»Aber schon mit ihr zusammen«, entgegnete Irene sofort. »Wie der Vater, so der Sohn. Seine Frau hat Holger auf einer Geschäftsreise überrascht. Wie im Film: mit seiner Sekretärin.«

»Woher weißt du das denn?«

Irene zuckte die Achseln. »Das habe ich irgendwo gehört.«

Das war das Problem mit Irene. Sie hörte immer irgendwo irgendwas und sorgte zuverlässig dafür, dass es sofort die Runde machte. Vor einiger Zeit hatte sie Gunnar im Wartezimmer seines Hausarztes getroffen. Auf dem Rückweg war er noch Tanken gefahren und überrascht gewesen, als der Tankstellenbesitzer ihm beim Bezahlen gute Besserung gewünscht hatte. Irene war vor ihm da gewesen. Gunnar mochte sie nicht. Er hielt sie für eine neugierige, angeberische und sensationslüsterne Ziege. Mathilda musste sie immer verteidigen, das tat sie nicht, weil sie Irene mochte, sondern weil sie keinen Unfrieden in der Nachbarschaft wollte. Für Streit war das Dorf zu klein. Und Mathilda hatte ein großes Herz. Sie liebte Harmonie und Frieden.

»Armer Junge«, sagte sie jetzt und dachte, dass der kleine Holger Kruse damals mit den roten Haaren und den Sommersprossen sehr niedlich gewesen war. Er hatte sie immer ein bisschen an Prinz Harry erinnert. »Wer weiß schon, was da los war. Die Leute reden auch viel dummes Zeug.«

Irene hatte ihren Kaffee ausgetrunken und war aufgestanden. »Aber es ist immer was Wahres dran. So, ich muss los.« Sie wandte sich zur Tür, drehte sich aber noch einmal um. »Kann es sein, dass Max eine neue Freundin hat? Ich meine, ich hätte ihn mit so einer Hübschen an der Hand gestern in Husum gesehen. Wir waren da einkaufen, Nils brauchte neue Schuhe.«

Warum wusste Irene eigentlich sämtliche Neuigkeiten immer früher als alle anderen?

»Das will er uns wohl in Ruhe erzählen. Er kommt ja demnächst, um die Schuppentür zu reparieren.« Mathilda sah Irene gelassen an. Ganz so, als würde sie die Tatsache, dass ihr Sohn endlich eine Freundin hatte, kaum interessieren. »Vielleicht bringt er sie ja mit.«

Irene war mit der Antwort zufrieden. »Die war ja so hübsch. Also dann, danke für den Kaffee und bis morgen.«

An der offenen Haustür stehend fiel Mathilda noch was ein. »Irene?«

»Ja?«

»Ich glaube nicht, dass sie arrogant ist. Das ist Unsicherheit. Und er liebt sie.«

»Wer? Wen?«

»Na, Prinz Harry seine Meghan.«

»Ah. Na ja. Tschüs, Mathilda.«

Mit einem sehnsüchtigen Blick auf die Illustrierte beschloss Mathilda, sofort mit dem Backen anzufangen. Sonst würde sie das gar nicht alles schaffen. Sie hatte gerade beide Hände in der Teigmasse, als George kurz anschlug und zur Tür schoss. Als sie aus dem Küchenfenster sah, fuhr Gunnar den Wagen auf die Auffahrt. Mathilda knetete weiter. Gunnar stieg umständlich aus, ging um den Wagen und öffnete die Beifahrertür. Ilse würdigte ihren Schwiegersohn keines Blickes und schritt langsam zur Haustür, um energisch zu klingeln. Mathilda hielt inne, die Finger teigverklebt. Wieso benutzte sie eigentlich nie ihren Schlüssel? Es klingelte lange. Dann zweimal kurz, dann nochmal mit Nachdruck. George fing an zu bellen, während Gunnar noch am Auto stand. Mathilda schüttelte den Teig so gut es ging ab und griff zu einem Geschirrhandtuch, mit dem sie den Türgriff anfasste, es musste ja nicht alles eingesaut werden.

»Hast du geschlafen?« Ilse, frisch frisiert, guckte sie vorwurfsvoll an, bevor sie den Finger von der Klingel nahm. »Du blöder Hund, sei still!«

Sie ging an Mathilda vorbei, Mathilda sah sofort, dass die Laune im Keller war. Das merkte auch George, er wartete ab, bis Ilse an ihm vorbei war, bevor er sich wieder in seinen Korb verzog. Mathilda warf einen kurzen Blick nach draußen, ließ die Tür offen stehen und folgte ihrer Mutter. Die saß mittlerweile am Küchentisch und trommelte mit den Fingern auf der Platte. »Ich habe über eine Viertelstunde auf ihn gewartet«, sagte sie anklagend. »Wie eine Blöde vor dem Friseur. Nur weil dein Mann sich so vertrödelt hat.«

Mathilda befeuchtete ihre Hände und ließ sie wieder in den Kuchenteig sinken. Kneten beruhigte. Und Ilse war noch nicht fertig. »Der wird im Alter wirklich immer langsamer. Ich hatte ihm doch gesagt, dass ich um elf Uhr fertig bin. Und wann war er da, der feine Herr? Um Viertel nach. Und ich stand da. Unmöglich, wirklich.«

»Wieso hast du dich denn nicht noch so lange beim Friseur hingesetzt?« Mathilda knetete hingebungsvoll. »Die haben doch einen Wartebereich.«

»Sollen die Leute denken, dass ich im Salon abgeholt werden muss, weil ich zu senil bin und mich draußen verlaufe? Das fehlt ja wohl noch. Nein, der Herr kann vielleicht mal pünktlich sein, das wäre schon ein echter Fortschritt.«

»Möchtest du einen Kaffee?«

»Was backst du da eigentlich alles? Da ist doch schon ein Kuchen im Ofen.«

»Ja. Und dann mache ich noch eine Friesentorte. Für das Sommerfest morgen im Gemeindehaus, wir verkaufen wieder Kuchen für das Rote Kreuz.«

»Und wer bezahlt dir die Zutaten? Für drei Kuchen? Lass mich raten: Die bezahlen wir doch wieder. Da haben sie ja eine Blöde gefunden. Du kannst auch nie nein sagen.«

Mathilda rollte mit den Augen, ohne dass ihre Mutter das bemerkte. Es war immer dasselbe. Sie drehte sich erst um, als sie ihren Mann reinkommen hörte. »Hallo, Gunnar, hast du meine Blumen aus der Gärtnerei abgeholt?«

Gunnar lächelte. »Ich habe sie in die Garage gestellt.«

»Danke«, sie sah ihren Mann liebevoll an. Nächste Woche würde sie Ilse zur Fußpflege fahren, Gunnar brauchte dringend mal eine Pause. »Hat denn alles geklappt?«

»Nein«, blaffte Ilse dazwischen. »Er kam zu spät.«

Die Hände in den Hosentaschen stand Gunnar zwischen Ehefrau und Schwiegermutter und vermied es, Ilse anzusehen. »Die Frau in der Gärtnerei hat die zurückgestellten Pflanzen nicht gleich gefunden und musste erstmal ihren Chef fragen. Ich habe fast eine halbe Stunde warten müssen. Tut mir leid. Das riecht gut hier, nach Kaffee und Kuchen. Hast du noch einen Kaffee für mich?«

»Setz dich doch auf die Terrasse, Schatz«, Mathilda war fertig mit dem Teig und spülte ihre Hände ab. »Ich bringe dir den Kaffee raus.«

Dankbar verzog sich Gunnar, Ilse sah ihm mit hochgezogenen Augenbrauen nach. »Lässt er sich auch noch bedienen, der feine Herr?«

Mathilda nahm unbeeindruckt eine Tasse aus dem Schrank, erst dann drehte sie sich zu ihrer Mutter um. »Lass ihn doch einfach mal in Ruhe. Er konnte nichts dafür, dass die in der Gärtnerei die Blumen nicht gefunden haben. Ich hatte extra angerufen, damit sie mir die zurückstellen und es deshalb schneller geht.«

»War ja wohl nichts.« Ilse erhob sich umständlich. »Ich gehe jetzt rüber. Was gibt es zum Mittagessen?«

Mit einem erschrockenen Blick sah Mathilda auf die Uhr, es war schon halb zwölf. »Ach, ich kann Bratkartoffeln mit Spiegelei machen, viel mehr schaffe ich nicht, die Kuchen sind ja noch nicht fertig. Um eins gibt es Essen, ja?«

Ilse blieb entsetzt an der Küchentür stehen. »Um eins? Nein, ich muss um halb meine Tabletten nehmen. Also halb eins. Und mach nicht wieder so viele Zwiebeln rein, ich muss sonst dauernd aufstoßen.« Sie sah sich kurz um, dann beugte sie sich vor und nahm Mathildas Zeitschrift vom Tisch. »Die nehme ich mal mit.«

»Ich ...«, begann Mathilda, aber Ilse wartete die Antwort gar nicht erst ab, die Haustür fiel schon hinter ihr zu.

»Ich habe sie doch noch gar nicht gelesen«, sagte Mathilda leise, dann goss sie ihrem Mann eine Tasse Kaffee ein und ging damit in den Garten.

»Du hast die Zwiebeln vergessen«, mit angewidertem Gesicht stocherte Ilse in den Bratkartoffeln. »Die Dinger schmecken nach nichts.«

»Du wolltest doch keine«, bemerkte Gunnar. »Du hast gesagt, du müsstest von Zwiebeln immer aufstoßen.«

Ilse ließ ihr Besteck fallen und lehnte sich abrupt zurück. »Mathilda, ich habe gesagt, *wenig* Zwiebeln, ich habe nicht gesagt, *keine* Zwiebeln. Kein Mensch macht Bratkartoffeln ohne.« Mit einem kurzen Blick auf ihren Schwiegersohn fügte sie hinzu: »Es sei denn, man isst das in Polen so.«

»Ich habe keine Ahnung, wie man in Polen Bratkartoffeln zubereitet«, antwortete Gunnar so ruhig, wie er konnte. »Ich war noch nie in Polen. Und ich glaube, das auch hin und wieder mal erwähnt zu haben.« Er tupfte sich langsam mit der Serviette den Mund ab, dann legte er sie neben seinen Teller und stand auf. »Mathilda, entschuldige, aber ich muss weiterstreichen, das trocknet sonst zu schnell an.«

Sie nickte. »Mach das, Lieber, lass den Teller ruhig stehen.«

Gunnar stellte ihn trotzdem in die Spüle, bevor er nach draußen ging. Eine Weile war Ruhe, dann hob Ilse den Kopf und sagte: »Wie in einer Pommesbude, jeder steht auf, wann er will. Manieren sind das. Wir sind doch nicht in ...«

»Mutter, lass es bitte«, unterbrach Mathilda sie laut. »Ich will solche Sätze in meiner Küche nicht mehr hören. Und dein Gerede über Polen habe ich auch langsam richtig satt, hörst du? Keiner von uns war jemals dort, es ist bestimmt ein schönes Land, nur Gunnar, und das weißt du ganz genau, Gunnar ist in Bremen geboren. In Bremen. Nicht in Polen.«

»Aber seine Eltern sind Polen«, Ilse ließ ihr Besteck klirrend auf den Teller fallen. »Die ganze Sippe ist doch zugezogen.«

»Ostpreußen, Mutter. Seine Familie ist nach dem Krieg aus Ostpreußen gekommen. Damals. Es ist lange her.«

»Sag ich doch«, Ilse stand auf und sah sie mit schmalen Augen an. »Die ganze Sippe.«

Sie ging, und Mathilda stützte seufzend ihr Kinn auf die Faust. Ilse hatte immer das letzte Wort, bevor sie ihren beleidigten Abgang machte. Aber Mathilda war ein friedliebender Mensch. Ansonsten hätte sie schon lange Mordgedanken gehabt.

2.

Zur gleichen Zeit in Hamburg

Die Neonröhre über dem Tresen flackerte, bevor sie mit einem leisen »Ping« erlosch. Pit Petersen ließ den Lappen in die Spüle fallen und sah resigniert nach oben. Jetzt war es fast ganz dunkel in der *Bar PP*, es war die dritte Lampe, die an diesem Abend ausgefallen war. Heute war nicht sein Tag. Er streckte den Arm aus und tippte gegen die dunkle Röhre, sie blieb dunkel, war aber noch heiß. Pit fluchte und tauchte den Finger in das lauwarme Spülwasser. Was für einReckstag.

»Ganz schön düster hier«, sagte plötzlich Hermann, der schon seit Stunden nahezu unbeweglich am Tresen saß. »Machst du mir noch ein Bier?«

»Das ist das letzte für heute«, Pit kniff die Augen zusammen, um im Halbdunkel Bier zu zapfen. »Kommt wohl keiner mehr, ich mach dann Feierabend.«

Hermann nickte. »Nicht viel los heute.«

»Die ganze Woche nicht«, Pit schob ihm das Bier über den Tresen, der dringend mal wieder abgewischt werden musste. Pit hasste Putzen.

»Du musst eine Frau einstellen. Dann kommen auch wieder mehr. Nix mehr los, seit Eva weg ist.«

Pit sah Hermann irritiert an. »Wirst du jetzt auf den letzten Metern geschwätzig?« Er rieb mit den Fingern über den klebrigen Tresen. Widerlich. »Wo soll ich denn eine Frau herkriegen?«

»Schild.«

»Was?«

Hermann trank das Bier langsam aus, stellte das Glas ab und wischte sich über den Mund. Dann kletterte er vom Barhocker und schwankte langsam zum Spielautomaten, unter dem leere Pappkartons standen. Er riss eine Klappe ab und kam zurück. »Gib mal einen Stift.«

In der Schublade fand Pit einen alten Filzstift, Hermann nahm ihn und kritzelte etwas auf die Pappe, die er Pit anschließend hinhielt. »Ins Fenster«, sagte er, kramte einen Geldschein aus der Hosentasche und legte ihn hin. »Stimmt so. Tschüs.«

Die Tür fiel hinter ihm zu, verblüfft hielt Pit die Pappe in den Händen.

Servissfrau gesucht

Die Schrift war nicht schön, die Rechtschreibung falsch, aber die Idee war gut. Pit nickte, der alte Hermann hatte recht. Seit Eva ihn verlassen hatte, lief die Kneipe nicht mehr. Zum einen gab es nichts mehr zu essen, weil Pit weder Lust noch die Fähigkeiten besaß, irgendwelche Suppen oder Frikadellen zu machen, zum anderen hatte Eva auch ständig mit den Gästen gelabert, dazu hatte Pit noch weniger Lust. Er hätte auch gar nicht gewusst, worüber er mit ihnen reden wollte. Die sollten hier ihr Bier trinken, bezahlen und wieder gehen. Fertig. Aber jetzt kam – außer Hermann und ein, zwei anderen traurigen Gestalten – überhaupt niemand mehr. Weil es nichts zu essen gab. So ein Schwachsinn, er hatte eine Kneipe und kein Restaurant. Aber eine Angestellte könnte zumindest putzen.

Pit ging langsam zur Tür, um abzuschließen, seine Schuhe machten auf dem Linoleum ein schmatzendes Geräusch. Die Idee war wirklich nicht schlecht, er hatte zwar keine Ahnung, wie er eine Angestellte bezahlen sollte, aber darüber konnte er später nachdenken. Er stellte einen der leeren Kartons auf den Tisch und riss eine zweite Pappe ab, die er – so gut er konnte – beschriftete.

Hübsche Frau für Service gesucht

Er stellte das Schild ins Fenster. Die Scheibe war schmierig, aber man müsste es trotzdem von außen lesen können. Hoffte er zumindest. Seine Stimmung hob sich augenblicklich. Pit Petersen war schon mit allen möglichen Situationen fertig geworden. Das würde auch so weitergehen. Davon war er überzeugt. Der Blick in die Kasse ernüchterte ihn wieder. 24,80 Euro. Der gesamte Tagesumsatz. Er nahm einen Zehn-Euro-Schein heraus und schob ihn sich in die Hosentasche. Ein Döner und ein Bier für ihn, 14,80 Euro fürs Kassenbuch, das musste reichen. Warum den Haien vom Finanzamt das Geld hinterherschmeißen?

Er griff zu den beiden übervollen Müllsäcken und öffnete die Hintertür. Falls eine potenzielle Kandidatin gleich morgen das Schild sah, musste sie ja nicht sofort über den Müll fallen. Das Erste, was er hörte, war ein tiefes, ekstatisches Gebrüll, das aus einem der oberen Fenster drang. Da ging es anscheinend mal wieder zur Sache. Mit einem Anflug von Neid sah Pit hoch. Als er die Kneipe übernommen hatte, war er der festen Überzeugung gewesen, dass das Stundenhotel in unmittelbarer Nachbarschaft ihm genügend Kunden bescherte. Aber er hatte sich geirrt. Die Damen tranken oben, und ihre Freier waren entweder erschöpft oder hatten schon zu viel Geld ausgegeben, keiner von denen kam anschließend noch zu ihm. Die einzige Ausnahme waren die Vermieter. Hermann sagte, das wären die Zuhälter, Pit war es egal. Er kannte noch nicht mal ihre Namen. Es waren drei, die ab und zu herkamen, zwei hatten rasierte Schädel, einer von ihnen mit überdimensionalem Vollbart, einer war rothaarig mit einem ungepflegten Schnauzbart, alle waren sie muskelbepackt und großflächig tätowiert. Der größte von ihnen hatte sogar ein Tattoo am Hals. *Kill you,* stand dort, mehr musste Pit nicht wissen. Sie bockten ihre Harley-Davidsons am Straßenrand auf, kamen breitbeinig in die Kneipe, tranken Bier und bezahlten, alles andere interessierte Pit nicht.

Er stopfte die Müllsäcke in die Tonne und wollte gerade wieder reingehen, als oben plötzlich ein hektischer Lärm ausbrach. Er hörte Schreie, Türenknallen, irgendjemand kreischte, die Fenster flogen auf, dann laute Rufe: »Polizei, niemand bewegt sich! Arme nach vorn, ganz ruhig bleiben, Hände weg da.«

Instinktiv presste Pit sich an die Wand und zwang sich, ruhig zu atmen. Mit Bullen war er noch nie ausgekommen, und er hatte mit dieser Sache – was immer das da oben zu bedeuten hatte – sowieso nichts zu tun. Er hatte einfach keinen Bock, von den Bullen ausgefragt zu werden. Irgendetwas fanden die doch immer bei ihm. Ganz langsam schob er sich in Richtung Tür, er musste hier weg, er konnte den Seitenausgang nehmen, bevor die runterkamen. Als er die Tür schon fast erreicht hatte, sah er aus den Augenwinkeln einen Schatten. Ein klatschendes Geräusch ließ ihn zusammenzucken. Er drehte den Kopf in die Richtung, aus der es gekommen war. Oben knallte ein Fenster zu. Und dann sah er sie. Zwei Beutel, umhüllt von silbriger Folie, lagen direkt neben der Mülltonne auf dem schmutzigen Hinterhofboden. Irgendjemand hatte sie runtergeworfen. Ohne nachzudenken, stieß er sich von der Wand ab, griff nach den Beuteln und huschte zurück in die Kneipe. Der Karton ohne Klappe stand noch auf dem Tisch, er warf seinen Fund hinein, seine Jacke obendrauf und verließ blitzartig sein Lokal. Fünf Minuten später fuhr er mit seinem alten, klapprigen Renault die Reeperbahn hinunter zum Hafen.

Pit bremste ab, weil ein paar Meter vor ihm ein betrunkener Mann auf die Straße torkelte. Einer seiner Begleiter riss ihn an der Jacke zurück, der Betrunkene schlug wütend in die

Luft, Pit fuhr langsam weiter. Nicht jetzt noch einen Unfall riskieren, bevor er nicht wusste, was in den beiden Beuteln war. Ein kleines Lächeln stahl sich in sein Gesicht. Vielleicht war es doch sein Glückstag heute. Ein Gottesgeschenk, das vom Himmel gefallen war.

Er fuhr vorschriftsmäßig, sah kurz in den Rückspiegel, hinter ihm war nichts Auffälliges zu sehen, vor ihm ragten die Hafenkräne in den Himmel, er fuhr langsamer, suchte einen passenden Ort und bog dann in eine kleine Seitenstraße, in der er auf Anhieb einen Parkplatz vor einer Autowerkstatt fand. Pit stellte den Motor aus und sah sich um. Nichts. Die Werkstatt war zu, niemand war auf der Straße, keine Polizei, keine Harleys mit tätowierten Fahrern. Er wartete noch eine Sekunde, dann drehte er sich um und griff in den Karton, den er einfach hinter den Beifahrersitz geworfen hatte. Unter der Jacke tastete er nach dem ersten Beutel und zog ihn raus. Vorsichtig wickelte er die silberne Folie ab, die in mehreren Bahnen um den Beutel gewickelt war. Pit wusste, dass die Damen von oben ab und zu Drogen anboten, Amphetamine, Crystal oder Ecstasy, er hatte auch schon was gekauft. Er selbst nahm die Sachen nicht, er hasste es, Tabletten zu schlucken, aber ab und zu tat er dem einen oder anderen Kumpel einen Gefallen. Deshalb wusste er, was das Zeug wert war. Er lächelte, als er ans Ende der Folie kam. Mit so einem Erlös könnte er locker die hübsche Servicekraft bezahlen.

Das Lächeln gefror, als er im Dämmerlicht sah, was er da in der Hand hatte. Der Beutel enthielt keine bunten Pillen, sondern ein weißes Pulver. Pit ahnte sofort, was das war, öffnete vorsichtig eine Ecke und tupfte mit feuchtem Finger ein paar Krümel auf die Zunge … Vom Wert dieses Beutels konnte er bis zu seiner Rente mehrere Servicekräfte bezahlten. Ihm wurde heiß und kalt. Er hatte hier schätzungsweise ein Kilo Kokain auf dem Schoß. Und unter seinem Sitz lag nochmal so viel. Hektisch wickelte er die Folie wieder drum und schob die Beutel unter den Beifahrersitz. Sein Herz pochte, er spürte, wie ihm der Schweiß ausbrach. Wie festgetackert blieb er im Auto sitzen, die Finger um das Lenkrad geklammert, den Blick aufs Armaturenbrett fixiert. Wer immer das Zeug von oben in den Hinterhof geworfen hatte: Er würde es wiederhaben wollen. Und zwar schnell. *Kill you.* Pit sah plötzlich das Tattoo am Hals vor sich. Pit atmete tief ein und aus. Er musste jetzt cool bleiben, ganz cool.

Andererseits hatten die Jungs keine Ahnung, dass er das Kokain hatte. Dank der kaputten Lampen sah die Kneipe geschlossen aus, niemand hatte ihn gesehen, er hatte auch niemanden getroffen. Seit Eva weg war, war die Kneipe sowieso nicht mehr jeden Tag geöffnet. Das war nichts Besonderes. Aber es war ausgeschlossen, das Zeug dort zu lagern. Er musste ein absolut gutes Versteck finden. Wenn *Kill you* fündig würde ... nicht auszudenken. Cool bleiben, ganz cool. Pits Atmung wurde langsam ruhiger, nach und nach entspannte er sich. Sein Blick fiel auf die geschlossene Werkstatt, vor der er gerade parkte. Und plötzlich hatte er eine Idee. Eine geniale Idee. Er zog sein Handy aus der Tasche und wählte eine Nummer. »Eddie, hier ist Pit.«

3.

Freitag, 24. Mai

Mathilda stand vor dem Herd und wendete Frikadellen. In zwei Pfannen. Die Abzugshaube machte einen Mordslärm, aus dem Radio auf der Fensterbank dröhnte beschwingte Schlagermusik.

Mathilda sang den Text laut mit und konnte deshalb Gunnar nicht hören, der schon eine ganze Zeit hinter ihr an die Küchentür gelehnt stand und sie beobachtete. Sie war so klein, dachte er, und immer noch so zierlich, man sah ihr nicht an, dass sie schon Großmutter war. Sie war immer noch hübsch, seine Mathilda, immer noch textsicher, immer noch gut gelaunt, er war froh, dass er mit ihr verheiratet war. Und das schon sehr lange.

»Brätst du Frikadellen für einen guten Zweck?«

Mathilda zuckte zusammen und drehte sich sofort um. »Du bist das! Ich habe dich gar nicht kommen gehört.«

Gunnar trat näher und stellte das Radio leiser, bevor er ihr über die Schulter sah. Er schüttelte den Kopf. »Das sind ja Massen. Wer soll die denn alle essen?«

Mathilda wendete die Frikadellen erneut, dann wischte sie sich die Hände an der Schürze ab und zuckte die Achseln. »Max ist so dünn, und da habe ich gedacht, ich mache ein paar mehr, dann kann er noch welche mitnehmen.«

»Klar.« Gunnar nickte und setzte sich an den Tisch. »Er kann ja auch mal eine Woche morgens, mittags und abends Frikadellen essen. Warum nicht? Wann kommt er denn?«

»Jeden Moment.« Mathilda sah aus dem Fenster, als sie das Knirschen der Reifen auf dem Kiesweg hörte. »Da ist er schon.« Sie drehte die Herdplatten niedriger und ging zur Haustür, von wo aus sie ihrem Sohn entgegenlächelte.

Er nahm sein Werkzeug aus dem Auto, ließ den Kofferraumdeckel zufallen und kam schwer beladen auf sie zu. »Hallo, Mama. Bin ich zu spät?«

»Nein. Schön, dass du da bist!« Mathilda umarmte ihn. Er war zwei Köpfe größer als sie, sie konnte es noch immer nicht fassen, was aus ihrem kleinen, süßen blonden Max geworden war. Der Junge war mittlerweile fast dreißig, wohnte in Husum, arbeitete als Tischler und war eindeutig erwachsen. Es war zu schade. »Wir können gleich essen. Ich habe Frikadellen gemacht, genug übrigens, dann kannst du noch welche mitnehmen. Ich habe auch Rosinenstuten beim Bäckerbus für dich gekauft. Den magst du doch so gern.«

»Mama, ich wohne in Husum, nicht auf Haiti.« Max beugte sich runter und küsste sie auf die Wange, bevor er seine Mutter mit ausgestreckten Armen von sich schob. »Wir sind eine erschlossene Gegend, es gibt seit Neuestem sogar Supermärkte. Wie geht es euch?«

»Gut. Wie immer«, Mathilda ging schon vor. »Die Frikadellen sind fertig. Wasch dir die Hände vorm Essen.«

Kurz darauf betrat Max die Küche. Sein Vater saß schon auf der Eckbank, der Tisch war gedeckt, seine Mutter stellte gerade die Schüssel mit den Kartoffeln neben die Platte mit circa zwanzig Frikadellen. »Setz dich hin, es wird sonst kalt«, sagte sie und lächelte ihn an. Max klopfte seinem Vater kurz auf die Schulter, bevor er sich setzte. »Na, Papa, alles klar hier im Dorf?«

Gunnar nickte. »Du, muss ja. Und selbst? Viel zu tun?«

»Ja«, Max streckte seine langen Beine aus und sah sich um. »Kommt Oma nicht?«

»Nein«, Mathilda setzte sich auf ihren Platz. »Oma muss um halb eins essen, wegen ihrer Tabletten, jetzt ist es halb zwei, das ist ihr zu spät.«

»Da haben wir ja Glück.« Max grinste seinen Vater an. »Oder? Friedliches Mittagessen. Herrlich. Dann komme ich jetzt immer um halb zwei.«

»Max!« Tadelnd blickte Mathilda ihren Sohn an. »Rede bitte nicht so.«

»Warum?« Betont harmlos sah Max sie an. »Es stimmt doch. Es gibt nichts, worüber sie sich nicht beschwert. Das letzte Mal fing sie bei meinen Haaren an, machte bei der Jeans weiter, und irgendwann hab ich ihr dann auch noch zu viel gegessen.«

Gunnar grinste und spießte eine Kartoffel auf die Gabel. »Ja, das ist deine Oma.«

Er erntete einen scharfen Blick von Mathilda, sie hielt sich aber zurück und schüttelte nur leicht den Kopf. Max sah sie an und hakte nochmal nach. »Und wenn sie früher essen will, kocht sie dann selbst?«

Mathilda sah ihn irritiert an. »Natürlich nicht, ich habe für sie schon vorab gekocht. Halb eins meint halb eins. Keine Diskussionen.«

»Du bist viel zu nett zu ihr«, antwortete Max und seufzte. »Oma lässt euch ganz schön springen. Die benimmt sich mittlerweile wie Queen Mum.«

»Queen Mum hatte Anstand und wusste, wie man sich benimmt«, bemerkte Gunnar und zog die Platte mit den Frikadellen zu sich. »Das liegt bei Königs in den Genen. Hier leider nicht.«

»Gunnar, bitte. Ich will das nicht hören. Und Max, grins nicht so blöde. Sie ist deine Großmutter«, Mathilda schob ihm die Kartoffeln zu. »Und eine alte Frau. Jetzt nimm dir.«

»Natürlich.« Max stach etwas halbherzig mit der Gabel in

die Kartoffel und verlor sie prompt auf halbem Weg zum Teller. George fiepte leise, als sie ihn am Ohr streifte, bevor sie auf dem Boden landete.

»Der Hund frisst keine Kartoffeln«, sagte Gunnar. »Du musst eine Frikadelle runterfallen lassen.«

»Das machst du nicht.« Mathilda drohte mit der Gabel, Max lachte, hob die Kartoffel auf und betrachtete seine Eltern. Sein Vater war groß, seine früher dunklen Haare waren grau, er war ein stiller Mann, oft nachdenklich, er hasste Streit und gab schon allein deshalb meistens nach. Mathilda war heiter, entspannt und erstaunlicherweise immer gut gelaunt. Max hatte sich schon oft gefragt, wie sie das hinbekam. Oft lächelte sie die Probleme einfach weg und wartete, dass sie so verschwanden. Wenn Max sich manchmal darüber aufregte, lächelte Mathilda auch das weg.

»Erzähl doch mal, was gibt's Neues bei dir?«, fragte sie jetzt neugierig. Sie wartete gespannt auf seine Antwort. *»Kann es sein, dass Max eine neue Freundin hat?* Mathilda hoffte, er würde es von sich aus erzählen. Sie würde ihm selbstverständlich nicht sagen, dass sie das von Irene wusste.

»Nichts Besonderes.« Max zögerte einen Moment, dann nahm er sich die zweite Frikadelle. »Das heißt, ich habe letzte Woche Harald Wiesner getroffen. Er kam gerade aus dem Bauamt. Kann es sein, dass der ein bisschen wirr ist? Er war total nervös, als ich ihn gegrüßt habe.«

»Unser Bürgermeister?« Mathilda sah ihn etwas enttäuscht an und schob ihm nochmal die Kartoffeln zu. »Nimm doch Kartoffeln.«

»Wieso war der nervös?« Gunnar sah seinen Sohn an. »Was hat er denn gesagt?«

»Nichts.« Max hob die Schultern. »Der hat mich nur komisch angeguckt. Keine Ahnung. Vielleicht hatte er ein Bier zu viel beim Mittagessen.«

»Ach, der hat dich wahrscheinlich nicht erkannt«, meinte

Mathilda. »Und dann war's ihm peinlich, weil er als Bürgermeister natürlich alle seine Schäfchen sofort erkennen müsste.«

»Die Schäfchen gehören zum Pastor«, korrigierte ihr Sohn sie. »Und ich wohne seit zehn Jahren nicht mehr in diesem Dorf, da muss er mich auch nicht auf dem Schirm haben. Nee, das war's nicht. Er wirkte irgendwie wirr, wisst ihr da was? Hat er Probleme?«

»Harald hat keine Probleme«, Mathilda winkte ab. »Höchstens vielleicht Termindruck. Der ist ja immer so in Hektik. Und hat viel Stress. Als Bürgermeister.«

»Der ist Bürgermeister von Dettebüll und nicht von New York«, Max grinste. »Wo hat der denn Stress?«

»Nimm doch noch eine Frikadelle, Max.« Mathilda ignorierte seine dankend ablehnende Geste und legte ihm eine weitere auf den Teller. »Du bist so dünn.«

Nach dem Essen lockerte Max seinen Gürtel um zwei Löcher und ging in den Garten, um sich anzusehen, was er reparieren sollte. Die Schuppentür schloss nicht mehr, Max bewegte die Tür ein paar Mal, bis er das Problem sah. Es war nur das Scharnier, eine leichte Sache.

Der blau gestrichene Schuppen stand dicht neben dem Haus und beherbergte den Rasenmäher, die Fahrräder und diverse Gartengeräte. Als Kind hatte er diesen Schuppen geliebt, vielleicht weil er blau und weit genug vom Gänsestall entfernt war. Max hatte stundenlang auf dem Eimer mit dem Rasendünger gesessen und Comics gelesen. Hier waren ihm weder die Gänse noch seine Großmutter in die Quere gekommen. Sein heiliges, geheimes Versteck, dachte er. Wobei es nicht sehr lange geheim gewesen war: Irgendwann hatte seine Mutter ihm ein Kissen auf den Eimer gelegt. Immerhin hatte sie das nie kommentiert.

Der Schuppen war herrlich eingewachsen, er musste einige

Efeuzweige zur Seite biegen, um besser an die Tür zu kommen. Dann setzte er den Akkuschrauber an.

»Wenn du damit fertig bist, kannst du auch gleich noch mal zu mir kommen und die Fußleiste im Flur festmachen.«

Der Akkuschrauber rutschte ab, ein Efeuzweig schlug zurück und traf Max im Gesicht.

Ilse Petersen stand mit verschränkten Armen hinter ihrem hoch konzentrierten Enkel. »Deine Mutter kracht beim Staubsaugen immer dermaßen dagegen, dass die sich gelöst hat.«

»Hallo, Oma, ich freue mich auch, dich zu sehen.« Max rieb sich über die schmerzende Wange und drehte sich langsam zu Ilse um, die sofort einen Schritt zurücktrat. Sie hasste Umarmungen zur Begrüßung, das hatte sie auch ihren Enkelkindern von klein auf eingebläut. Völlig unnötig: Max hatte ohnehin nicht das Bedürfnis, ihren Wunsch zu unterlaufen. »Ich hoffe, es geht dir gut?«

»Ja, ja«, schnarrte sie nur knapp. »Also, jedenfalls ist die Fußleiste im Flur lose, du bist doch ohnehin da, dann kannst du die auch gleich festschrauben. Und meine Haustür schabt über den Boden. Die muss auch mal eben abgeschliffen werden. Bis nachher.«

Max sah seiner Großmutter nach und atmete einmal tief aus, bis sie hinter ihrer Haustür verschwunden war. »Mal eben abschleifen.« Das ging nicht mal eben, das war Arbeit. Und eigentlich war er hier, weil sein Vater ihn um Hilfe bei der kaputten Schuppentür gebeten hatte. Freundlich gebeten hatte er ihn. Sein Vater kannte keinen Befehlston. Da war seine Oma ein ganz anderes Kaliber. Dass seine Eltern das Zusammenleben mit ihr aushielten! Kopfschüttelnd wandte er sich wieder der Tür zu. Während er die Schrauben löste, überlegte er, seit wann seine Großmutter eigentlich so ein Drachen war. Immer schon, befand er und betrachtete das kaputte Scharnier. Sie war nie so gewesen wie die Großmütter der anderen, so weich und rund und freundlich. Eine, die immer Süßigkeiten in der Tasche gehabt oder den Enkeln Geld zugesteckt hatte. Sie hatte immer schon nur das gemacht, was sie wollte. Und dazu gehörten sicher keine Bastelnachmittage mit ihren Enkeln und keine Märchenstunden. Oma Ilse roch nicht nach Kuchenteig und Schokolade. Sie hasste alles Süße, trank den ganzen Tag schwarzen Kaffee und rauchte jeden Abend vor dem Schlafengehen eine Zigarette auf der Terrasse. Die ausgetretene Kippe ließ sie liegen, Mathilda würde sie ja am nächsten Tag ohnehin entfernen, bevor die Kinder sie sich in den Mund stecken konnten. Ilse hatte noch nie etwas mit Kindern anfangen können, die normale Begrüßung lautete: »Was willst du denn hier?« Max und seine Schwester Nele kannten es gar nicht anders. Die Lieblosigkeit der Oma hatte bei ihnen jedoch keine Schäden hinterlassen, dafür waren ihre Eltern immer schon zu liebevoll gewesen. Eigentlich war es ein Wunder, dass Ilse Petersen eine Tochter wie Mathilda zustande gebracht hatte.

»Na, wie weit bist du?« Mathilda war plötzlich neben ihm aufgetaucht, in der Hand einen Korb mit Äpfeln aus dem Garten. Sie setzte den Korb ab und strich über die blaue Holztür. »Das sieht ja gut aus. Endlich schließt sie wieder, sehr schön.« Sie trat einen Schritt näher und sah zu ihm hoch. »Sag mal, hast du eigentlich eine Freundin? Von der wir womöglich noch nichts wissen?«

»Was?« Überrascht ließ Max den Akkuschrauber sinken, den er gerade in die Kiste legen wollte. »Wieso fragst du?«

»Ach, weißt du, Irene hat dich wohl mit einer jungen Frau gesehen«, Mathilda legte den Kopf schräg und lächelte. »Hat sie mir gestern erzählt. Stimmt das?«

Max nickte, warf noch einen abschließenden Blick auf sein Werk und sammelte sein Werkzeug ein. »Was Irene immer so sieht. Diese Dorfzeitung, du weißt doch, dass man die Hälfte von dem, was sie hier verbreitet, abziehen kann. Dass du sie als Nachbarin überhaupt aushältst!« Er hatte keine Lust, hier buchstäblich zwischen Tür und Angel mit seiner Mutter sein Liebesleben zu besprechen. Das musste warten. »Ich muss noch zu Oma rüber. Du hast ja ihre ganzen Fußleisten beim Staubsaugen kaputt gemacht.« Er sah sie an. »Du Tier.«

Mathilda setzte sich auf die Bank, die neben dem Schuppen stand, und sah zu ihm hoch. »Ach, Max, du weißt doch: Sie meint es nicht so. Sie ist eben alt, da kann man auch mal drollig werden.«

»Mama.« Max ging vor ihr in die Hocke und legte ihr die Hand aufs Knie. »Sie ist nicht drollig, sie ist böse. Es tut mir leid, das zu sagen, ich weiß, dass du das nicht hören willst, aber sie ist und war immer schon eine böse Frau. Und das wird im Alter eher noch schlimmer. Ich habe keine Ahnung, warum du dir das alles bieten lässt. Es war doch nie anders: Sie nutzt dich nach Strich und Faden aus, und dann bist du auch noch der Prellbock für alles. Ich kann dir gar nicht sagen, wie ich das finde.«

»Max, sie ist ...«

»Nein«, unterbrach er sie und richtete sich wieder auf. »Du musst sie nicht dauernd entschuldigen. Wir alle wissen doch, woran wir sind. Und glaub nicht, dass irgendjemand im Dorf sie ausstehen kann. Und das war übrigens nie anders. Sie hat Pit schon vor Jahren aus dem Haus gejagt, das habe ich damals schon schlimm gefunden. Da war ich noch nicht mal volljährig. Und sie schon böse. Ich ...«

»Es reicht, Max!« Abrupt stand Mathilda auf und hob die Hand. »Es reicht. Ich möchte das nicht weiter vertiefen. Ich backe jetzt Apfelkuchen.«

Sie griff nach ihrem Korb und ging ins Haus. Max sah ihr nachdenklich nach. Ihr Bruder Pit, sein Onkel: In den Augen von Oma Ilse war er das schwarze Schaf der Familie, für Mathilda war das ein schlechtes Thema. Ein ganz schlechtes.

Oma Ilse hatte es vor Jahren schon geschafft, ihren eigenen Sohn vom Hof zu vertreiben. Mathilda litt darunter sehr. Aber sie redete nie über Dinge, die sie belasteten. Dabei belastete die Sache mit ihrem Bruder sie schon so lange. Weil Pit ihr fehlte. Aber auch wegen Max. Weil Max an seinem einzigen Onkel früher sehr gehangen hatte. Auch wenn Onkel Pit so ganz anders war als Mathilda. Aber Max hatte damals schon ein Faible für alles, was nicht ins Dorf passte. Und worüber Oma Ilse sich aufregte. Und das hatte der schräge Pit immer geschafft.

4.

Das Beste an Eddie war, dass er nie Fragen stellte. Das hatte er noch nie gemacht, in all den Jahren, in denen sie sich schon kannten. Und das waren mittlerweile fünfundfünfzig. Sie waren schon als kleine Jungs die besten Kumpels gewesen, zum Leidwesen des Dorfes. Sie waren immer gemeinsam in alle Prügeleien verwickelt, gemeinsam von der Schule geflogen, waren gemeinsam bei der Bundeswehr gewesen, hatten sich dann für ein paar Jahre aus den Augen verloren und sich schließlich im Knast wiedergetroffen. Eddie hatte eine Tankstelle überfallen, Pit ein Auto geklaut und damit auch noch einen Unfall verursacht. Nach ihrer Entlassung hatten sie wieder Kontakt, wenn auch eher sporadisch. Deshalb hatte Pit sofort an Eddie gedacht. Und nicht nur, weil er gerade eben vor einer Autowerkstatt geparkt hatte.

Sobald Pit kurz nach Mitternacht das Hamburger Stadtgebiet verlassen und die Autobahn nach Heide erreicht hatte, atmete er auf. Er hatte den Rückspiegel nicht aus den Augen gelassen, um sicherzugehen, dass ihn niemand verfolgte. Aber anscheinend war sein Aufbruch unbemerkt geblieben. Er gab Gas und fuhr jetzt wesentlich entspannter in Richtung alter Heimat. Natürlich wusste keiner seiner Hamburger Kumpels, dass Pit Petersen aus einem Dorf am Arsch der Welt stammte. Und genau deshalb würde ihn auch niemand hier vermuten. Er hatte immer erzählt, dass er in einer Hinterhofsiedlung in Hamburg-Barmbek aufgewachsen war und früh den Kampf auf der Straße gelernt hatte. Sie sollten ihn nicht für einen vertrottelten Bauernsohn aus Dettebüll halten. Er war auch schon lange genug weg aus diesem Drecksdorf. Und er wollte nichts mehr damit zu tun haben. Weder mit diesem stinklangweiligen Kaff noch mit seiner Familie. Mit Letzterer noch weniger. Seine spießige Schwester Mathilda lebte immer noch in ihrem Elternhaus, zusammen mit ihrem langweiligen Mann, das war doch völlig krank. Mit über sechzig. Und dann auch noch Tür an Tür mit ihrer bösartigen Mutter. Ilse war es, die ihn damals beim Autodiebstahl bei den Bullen verpfiffen hatte. Diese alte Hexe. Nein, mit denen war Pit durch, aber so was von durch.

Eddie wohnte tatsächlich noch immer im Drecksdorf. Zumindest war er da gemeldet. Er hatte das Elternhaus übernommen, sich eine Autowerkstatt danebengebaut und schraubte jetzt ständig an irgendwelchen Karren herum, die er anschließend irgendwohin verkaufte. Wo die Autos herkamen, wusste Pit nicht. Wohin Eddie sie auf seinen wochenlangen Fahrten brachte, auch nicht. Es war ihm auch egal.

Pit steckte sich eine Zigarette an und drehte das Radio lauter, um nicht vor lauter Eintönigkeit einzuschlafen. Die Autobahn war zu Ende, jetzt fuhr er die ewig lange, wenig befahrene und absolut öde Bundesstraße, die an Heide und Husum vorbei zum Ende der Welt führte. Hier war wirklich nichts, gar nichts: ein paar Häuser rechts und links, Kühe, Pferde, hin und wieder ein Hof, eine Biogasanlage, wieder ein paar Häuser, alles flach, flach, flach. Seit über einer Stunde.

Er bekam Kohldampf, es gab noch nicht einmal einen Imbiss auf der Strecke, er hatte fast vergessen, wie trostlos es hier war. Erleichtert sah er das Schild, das vor der Abfahrt der Bundesstraße stand, die letzten zehn Kilometer.

Als er das Ortseingangsschild passierte, nahm er den Fuß vom Gas. Langsam fuhr er die Hauptstraße runter, vorbei an der alten Schule, vorbei an den Häusern und Höfen, die sich in all den Jahrzehnten kaum verändert hatten. Rechts war der Friedhof, links der Gasthof Kruse, da hatte er auch mal

Hausverbot gehabt. Humorloser Vollidiot, dieser Wirt. An der Ecke konnte er sein Elternhaus sehen, er drehte den Kopf sofort zur Seite und bog in den Westweg ein, das dritte Haus von links war Eddies.

Das Tor stand offen, er fuhr den Wagen auf den Hof und stellte den Motor aus. Hier wartete er einen Moment, dann sah er sich um. Kein Mensch zu sehen. Alles schlief. Was auch sonst?

Er stieg aus, schloss das Auto ab, ging zur Haustür und drückte die Klinke runter. Die Tür war offen, Pit betrat den dunklen Hausflur und hörte laute Stimmen aus dem Fernseher. »Eddie?«

Keine Antwort. Pit folgte den Stimmen und schob die angelehnte Wohnzimmertür auf. Auf dem überdimensionalen Flachbildschirm fuhren Mördertrucks durch die Wildnis Amerikas, auf dem flachen Couchtisch stapelten sich Chipstüten, Bierdosen und leere Mini-Salami-Packungen, auf dem grünen Sofa lag Kumpel Eddie und schnarchte leise. Pit blieb vor ihm stehen und sah zu ihm hinunter. »Eddie?« Er bückte sich und knuffte ihn leicht an den Arm. »Ey, Eddie.«

»Was?« Wie angestochen schoss er hoch, starrte Pit verwirrt an, bevor er sich wieder entspannte und zurücklehnte. »Bier?«

»Ja.« Pit schob einen Stapel Klamotten zur Seite, bevor er sich auf einen Sessel setzte. »Hast du was zu essen?«

Umständlich stand Eddie auf und verschwand. Pit sah sich um. Er brauchte das perfekte Versteck für die beiden Tüten, er musste gut überlegen, wo es am besten war. Eddie klapperte in der Küche herum, Pit stand langsam auf und ging ihm nach. An den Türrahmen gelehnt, sah er zu, wie Eddie eine Dose Ravioli in einen Topf kippte und mit dem Kopf zum Kühlschrank deutete. »Bier.«

Im Kühlschrank stand tatsächlich nur Bier, nichts anderes, dafür schätzungsweise dreißig Dosen Bier. Pit öffnete eine und trank aus der Dose. »Und sonst?«

»Ja«, antwortete Eddie und nahm einen Teller von dem schmutzigen Stapel in der Spüle. Er ließ kurz kaltes Wasser darüber laufen, dann stellte er ihn neben den Herd. »Muss ja.«

Mit den Händen in den Hosentaschen wartete er darauf, dass die Ravioli warm wurden. Schließlich tunkte er den Zeigefinger in den Topf, nickte, schaltete die Herdplatte aus, nahm den Topf und ließ den Inhalt auf den Teller gleiten.

»Danke.« Pit nahm ihm den Teller ab. »Hast du 'ne Gabel?«

Eddie nickte, griff wieder in die Spüle, ließ wieder kaltes Wasser laufen und wischte die Gabel an seiner Jeans ab. »Hier.«

Während Pit die lauwarmen Ravioli in sich hineinschlang, verfolgte Eddie interessiert die Rallye der Mördertrucks und machte sogar einige Bemerkungen über PS und Hubraumgrößen. Mittendrin sagte er plötzlich: »Bis wann bleibst du eigentlich?«

»Bis morgen. Ich bin nur auf der Durchreise.«

»Mhm.«

»Hast du in der Werkstatt noch Motoröl? Ich müsste was nachfüllen.«

»Grüner Schrank. Werkstattschlüssel hängt am Haken neben der Haustür.«

»Okay.« Pit schob sich die letzte Gabel in den Mund, dann stellte er den Teller ab. »Das mache ich gleich mal. Nicht, dass ich das morgen vergesse.«

»Mhm.«

In Eddies Werkstatt sah es ähnlich aus wie in Eddies Wohnzimmer: Überall stand etwas herum, die Regalböden an der Wand bogen sich unter der Last von Lackdosen, Kisten und Kanistern. Mitten in der Werkstatt lagen lose Bretter, die nur notdürftig die Grube abdeckten, durch die Lücken sah man auf dem Boden Reifen, Werkzeuge, Felgen und jede Menge Tüten mit Schrauben und Ersatzteilen liegen. Das blanke Chaos.

Pit blieb neben der Tür stehen. Sein Blick fiel auf den grünen Schrank, aus dem er das Öl holen sollte. Er ging um die verschiedenen Haufen herum und öffnete die Schranktür. Zwei leere Kanister fielen ihm entgegen, darin drängten sich Flaschen und Kanister, Öl, Scheibenreiniger und andere Flüssigkeiten. Pit schloss den Schrank, kein gutes Versteck. In der hintersten Ecke stand ein anderer alter Werkzeugschrank offen, hier hortete Eddie jede Menge Folien, Planen, alte Putzlappen, ganz hinten mehrere Blechdosen. Pit lächelte. Er brauchte genau vier Minuten, um den gesamten Schrank auszuräumen, zwei leere Blechdosen zu finden, den Stoff aus dem Auto zu holen, alles in den Dosen zu verstauen und die Folien und Planen wieder davorzustopfen. Er lächelte zufrieden. Das perfekte Versteck. Kein Schwein würde hier suchen.

Als er zurück ins Wohnzimmer kam, starrte Eddie noch immer auf die Trucks in der Wüste, inzwischen saß er aber aufrecht und hatte eine Tüte Chips in der Hand. »Gefunden?«

»Ja.« Pit ließ sich in den Sessel fallen. »Bist du eigentlich in den nächsten Wochen hier? Ich habe irgendwann nochmal einen Termin in der Gegend, da wollte ich wieder bei dir pennen.«

Ohne den Blick vom Fernseher zu nehmen, schob Eddie sich eine Handvoll Chips in den Mund und antwortete undeutlich: »Ich hau morgen Abend für ein paar Wochen ab, keine Ahnung, wie lange das dauert. Aber der Schlüssel liegt immer unterm Stein neben dem Schuppen. Muss da aber liegen bleiben. Kannste dir nehmen.«

Pit nickte zufrieden. Das lief ja endlich mal. Wurde auch Zeit.

Er wachte mitten in der Nacht in seinem Sessel auf, weil er aufs Klo musste. Der Fernseher lief noch immer, Eddie war verschwunden, vermutlich hatte er die Couch mit dem Bett getauscht. Stöhnend stand Pit auf, griff zur Fernbedienung und schaltete den Fernseher aus. Er tappte im Dunklen durchs Haus, er kannte sich hier aus, Eddie hatte seit dem Tod seiner Eltern nichts verändert.

Neben der Küche war früher das Gästezimmer gewesen. Wobei diese Bezeichnung geschmeichelt war, es war ein Raum, in dem ein Doppelbett, ein alter Sessel und ein Regal mit Einmachgläsern standen. Das war zumindest in all den Jahren so gewesen. Eddies Vater hatte sich dieses Bett damals in den Vorratsraum gestellt. Wenn er besoffen war, kam er nicht mehr die Treppen hoch.

Dieses »Gästezimmer« war gut frequentiert: entweder von Eddies Vater – oder von Pit, der immer dann bei Eddie übernachtete, wenn er Ärger mit seiner Mutter gehabt hatte. Er drückte auf den Lichtschalter und war sofort von dem hellen Licht geblendet. Er schloss kurz die Augen, dann sah er sich erstaunt um. Es war überraschend sauber hier. Das Bett hatte jetzt einen hellen Überwurf, der Sessel war neu, die alten Weckgläser verschwunden, und es hingen sogar Gardinen vor dem Fenster. Pit schüttelte den Kopf und fragte sich, was in Eddie gefahren war. Gegen den Rest des abgewrackten Hauses war das hier ja die reinste Kuschelbude. Pit kickte die Schuhe von den Füßen und legte sich, so wie er war, auf den Überwurf. Er musste Eddie fragen, was das hier für einen Grund hatte. Vielleicht hatte sein alter Kumpel ja auch endlich mal eine Freundin, die sich weigerte, in Eddies altem Kinderzimmer oder, schlimmer noch, im Schlafzimmer seiner toten Eltern zu schlafen.

Wie auch immer, Pit verschränkte die Arme hinter dem Kopf und sah nach draußen in die Dunkelheit. Vielleicht war es besser, ein paar Tage hierzubleiben, damit keiner auf die

Idee kommen könnte, dass er was mit den beiden Beuteln aus dem Hinterhof zu tun hatte. Andererseits wäre es vielleicht gerade auffällig, dass er zusammen mit diesen Beuteln verschwunden war. Nein, es war besser, morgen die Kneipe wie gewohnt aufzumachen. Das Zeug war hier sicher, niemand würde es hier vermuten. Er musste nur eine passende Gelegenheit finden, es wieder abzuholen. Aber vorher brauchte er einen Plan. Einen richtig guten.

5.

Max drehte sich auf die Seite und sah das Gesicht der noch schlafenden Alina an. Sie war wirklich die schönste Frau, die er kannte. Er konnte es immer noch nicht fassen. Aber sie hatte sich tatsächlich auch in ihn verliebt. Vor drei Monaten, zwei Wochen und einem Tag. Vorsichtig schob Max die blonde Locke, die sich über Alinas Gesicht gelegt hatte, aus ihrem Gesicht. Alina schlug die Augen auf. Und lächelte. »Max«, sagte sie leise. »Guten Morgen.«

Er zog sie an sich und küsste sie. »Kaffee?«

»Hmmmm, gern.« Sie schmiegte sich an ihn und seufzte glücklich. »Ach, geht es uns gut.«

Max genoss ein paar Minuten ihre schlaftrunkene Wärme, bis er sich aus ihrer Umarmung löste und langsam in die Küche tappte. An den Küchentresen gelehnt wartete er darauf, dass der Kaffee in die Kanne lief, und sah dabei nach draußen. Drei Monate, zwei Wochen und ein Tag. Und gestern hatten sie zum ersten Mal darüber gesprochen, ob sie zusammenziehen würden. Max hätte das lieber heute als morgen in Angriff genommen. Das Leben war gerade sehr schön.

Vor drei Monaten und drei Wochen hatte er Alina das erste Mal gesehen. Er sollte in dem Haus, in dem sie wohnte, Einbauschränke einbauen. Nicht in ihrer Wohnung, sondern in der des Hauseigentümers unter ihr. Der war aber für drei Wochen im Urlaub und hatte den Schlüssel bei Alina hinterlegt. Max hatte also im Blaumann bei ihr geklingelt und war vom Blitz getroffen worden, als ein zauberhaftes Wesen ihm die Tür geöffnet hatte. Er war nicht in der Lage gewesen, irgendetwas halbwegs Intelligentes zu sagen, und hatte gerade so ein »Ich bin der Tischler und soll hier den Schlüssel für unten holen« zustande gebracht. Sie hatte ihm freundlich lächelnd den Schlüssel gegeben. Als Max eine halbe Stunde später kurz mal aus dem Fenster schaute, konnte er nur noch sehen, wie dieses zauberhafte Wesen mit dem Fahrrad wegfuhr.

Ihr Lächeln hatte Max den ganzen Tag über beim Arbeiten begleitet. Er solle den Schlüssel später einfach in den Briefkasten werfen, das hatte sie gesagt. Aber Max ließ sich Zeit beim Einbau des Schranks, das erhöhte die Chance, dass sie wiederkam, solange er noch da war. Erst als sein Chef sich am späten Nachmittag etwas besorgt erkundigte, ob alles in Ordnung sei und warum er für den Schrank so lange bräuchte, räumte Max sein Werkzeug ein und ging. Den Wohnungsschlüssel schob er vorsichtshalber in die Tasche.

Am nächsten Tag fuhr er morgens zur selben Zeit wieder zum Haus, um Alina den Schlüssel zu bringen. Er habe den doch aus Sicherheitsgründen nicht einfach in den Briefkasten werfen wollen. Wieder lächelte sie und bedankte sich freundlich.

Am dritten Tag klingelte er am Abend bei Alina und entschuldigte sich für die abermalige Störung: Er glaube aber, ein Ladekabel in der Wohnung ihres Vermieters liegengelassen zu haben. Ihr Lächeln war auch diesmal wieder umwerfend, sie nahm den Schlüssel vom Haken und ging mit ihm runter. Max nahm das Ladekabel von der Fensterbank und suchte vergeblich nach den richtigen Worten. Er fand sie nicht, und freundlich lächelnd verabschiedeten sie sich wieder.

Am vierten Tag fuhr er auf dem Weg zur Arbeit einen kleinen Umweg und kam zufällig in dem Moment vorbei, als Alina im strömenden Regen auf ihr Fahrrad steigen wollte. Er hielt an, erzählte irgendetwas von verrückten Zufällen und bot an, ihr Rad in den Bully zu laden und sie zur Arbeit zu fahren. Sie wischte sich die Regentropfen aus dem Gesicht und nahm das Angebot dankbar an. Seitdem wusste er, dass sie im Bauamt angestellt war.

Am selben Abend waren sie zusammen essen gewesen. Ganz ohne Vorwand. Alina hatte ihn danach in ihre kleine Mansardenwohnung noch auf einen Kaffee eingeladen. Und dann hatten sie sich das erste Mal geküsst. Das war genau vor drei Monaten, zwei Wochen und einem Tag gewesen.

Max wurde vom abschließenden Gurgeln der Kaffeemaschine aus den Gedanken gerissen. Er holte zwei Kaffeebecher aus dem Schrank, gab Kaffee und Milch hinein und ging zurück ins Schlafzimmer. Alina hatte sich aufgesetzt, zwei Kissen hinter sich gestopft und sah ihm jetzt mit strahlenden Augen entgegen. »Ich liebe Sonntage«, sagte sie. »Fast so sehr wie dich.«

Sie nahm den Kaffeebecher entgegen und probierte einen Schluck. »Perfekt«, meinte sie. »Irgendwie schmeckt der Kaffee bei dir immer besser als bei mir. Woran liegt das?«

»Daran, dass ich ihn dir ans Bett bringe.« Max lachte, kehrte wieder ins Bett zurück und griff nach seinem eigenen Becher. »Vermute ich zumindest.«

»Womit das Thema dann geklärt wäre.« Alina küsste ihn auf die Schläfe. »Dann bist du also der Kaffeebeauftragte, wenn wir zusammenleben. Herrlich.«

Sie schwiegen einen Moment, dann begannen sie gleichzeitig:

»Wo wollen wir …?«

»Wann wollen wir …?«

Beide lachten, dann sagte Max: »Du zuerst.«

»Nein, du. Ich rede immer zuerst. Sag du. Wo wollen wir was?«

Max rutschte dichter an sie heran. »Ich wollte wissen, wo wir nach einer Wohnung suchen sollen. Also, in welcher Gegend? Eher in der Stadt? Oder auf dem Land? Außerhalb sind die Wohnungen auf jeden Fall günstiger.«

»Aber wir müssten dann immer mit dem Auto fahren.« Alina runzelte ein bisschen die Stirn. »Ich habe ja keins, fahre immer mit dem Fahrrad zur Arbeit. Wobei ich andererseits auch gern auf dem Land bin. Hm.«

Max strich ihr eine Locke hinter das Ohr. »Ich habe doch ein Auto. Lass uns das am besten von der Wohnung abhängig machen. Wenn wir eine finden, die uns beide umhaut, ist das die Entscheidung. Pass auf: Ich hole gleich mal meinen Laptop, dann schauen wir, was momentan überhaupt so im Angebot ist. Wolltest du danach fragen? Wann wir anfangen zu suchen?«

»Nein, eigentlich nicht.« Alina lachte. »Das können wir aber trotzdem machen.« Sie stellte ihren Becher auf den Boden und sah ihn mit großen Augen an. »Ich wollte nur wissen, wann ich denn mal deine Familie kennenlerne.«

Max umfasste den Becher mit beiden Händen und zuckte mit den Achseln. »Keine Ahnung, irgendwann demnächst mal.«

»Was heißt demnächst?« Alina hielt ihren Blick auf ihn gerichtet. »Wir könnten doch heute Nachmittag mal zu ihnen rausfahren. Wie weit ist das denn? Eine halbe Stunde mit dem Auto?«

»Nein, mehr«, korrigierte Max. »Fast eine Stunde. Viel Landstraße, viel Trecker, kaum Überholmöglichkeiten. Du, und ohne Anmeldung ist das auch schlecht. Ich weiß ja gar nicht, ob sie überhaupt Zeit haben. Und mein Vater ist immer ein bisschen überfordert von spontanen Besuchen.« Er krümmte unter der Bettdecke die Zehen und entschuldigte sich im Geiste bei seinem sanften Vater. »Aber meine Mutter hat eine Ärztin hier in Husum. Sie sagte kürzlich, dass sie demnächst mal wieder einen Termin hat. Dann können wir sie doch zum Essen treffen.«

»Wann ist denn dieser Termin?«

Max atmete tief aus. »Keine Ahnung, demnächst.«

»Max.« Energisch rückte Alina ein Stück zur Seite. »Möchtest du nicht, dass deine Eltern mich kennenlernen? Ist irgendetwas mit mir nicht in Ordnung? Gibt es etwas, was ich von dir wissen sollte? Und noch nicht weiß? Dann sag es mir jetzt.«

»Was sollte das denn sein?« Irritiert sah Max sie an.

Alina fuhr sich mit beiden Händen durch die Haare. »Na, zum Beispiel eine Ex-Freundin, die noch jeden Tag bei deiner Mutter in der Küche sitzt und mit ihr Pläne schmiedet, wie sie dich zurückbekommen kann. Ja, lach nicht so doof, das habe ich neulich in einem Roman gelesen. Und die Exfreundin hat gewonnen.«

»Alina.« Jetzt musste Max aber wirklich grinsen. »Falsches Buch. Wirklich. Du wirst meine Familie schon früh genug kennenlernen.«

Wenn seine Familie nur aus seinen Eltern und seiner Schwester bestehen würde, hätte er sie Alina schon lange vorgestellt, dachte er. Aber leider gab es ja noch Oma Ilse.

Am Nachmittag hörte endlich der feine Sprühregen auf, der Himmel riss auf, und die Sonne schien. Alina kam aus dem Bad. Sie trug ein weißes Sommerkleid und hatte die Haare zum Pferdeschwanz gebunden. Von hinten schlang sie die Arme um Max, der das Geschirr vom gestrigen Abend abtrocknete. »Weißt du, worauf ich jetzt Lust hätte?«

»Da bin ich aber gespannt?«

»Auf Krabbenbrot mit Spiegelei.«

Max grinste. »Auch keine schlechte Idee«, antwortete er und stellte den letzten Teller in den Schrank. »Ich habe aber weder Krabben noch Schwarzbrot noch Spiegelei. Hast du eine Idee, was wir da machen können?«

»Wir gehen zum Hafen.« Alina löste sich von ihm. »Wir

müssen sowieso mal an die Luft, schau raus, es ist herrlich draußen! Und auf dem Weg zur Krabbenbrot-Kneipe erzählst du mir alles über deine Familie.«

Am Hafen wimmelte es von Touristen und Einheimischen, die offenbar eine ähnliche Idee gehabt hatten. Alle Tische vor den Lokalen waren besetzt, das Wetter war jetzt zu schön, um drinnen zu essen, also kauften Alina und Max sich Fischbrötchen und schlenderten die Dockkoogstraße entlang, die zum Außenhafen führte.

»Und wie alt sind die Kinder deiner Schwester?« Alina wollte wirklich alles wissen. Einerseits fühlte Max sich ja geschmeichelt, dass sie sich so sehr für sein Leben interessierte, andererseits musste er auch aufpassen, wie er was erzählte. Ein kleiner Eiertanz.

»Paula und Pia sind Zwillinge. Letztes Jahr sind sie in die Schule gekommen, sie sind jetzt siebeneinhalb.«

»Süß.« Alina schob ihre Hand in seine. »Die Einschulung habt ihr bestimmt kräftig in der Familie gefeiert, oder? Bei uns ist so was immer Anlass für ein Familienfest: mit jeder Menge zu essen und noch mehr Alkohol.«

»Bei einer Einschulung?« Erstaunt blieb Max stehen, Alina zog ihn weiter.

»Bei jedem Familienfest. Dazu gehört auch die Einschulung. War es schön?«

»Ja.« Max dachte an den Tag zurück. »Ich war mit meiner Mutter da. Mein Vater konnte nicht mit, weil meine Oma ... weil es meiner Oma nicht so gut ging.«

Eine böse Stimme in ihm ergänzte: *Das war gelogen, sie hatte auf ihren Fußpflegetermin auch an diesem Donnerstag bestanden. Wo käme man da hin, wenn man seine Routinen wegen einer solchen Lappalie aufgeben würde? Einschulung hin oder her, sie war eine Frau mit Prinzipien.*

»Ist deine Oma die Mutter deines Vaters?«

»Nein, die meiner Mutter. Die Eltern meines Vaters sind schon lange tot. Aber meine Mutter hätte es nicht ausgehalten, nicht an der Einschulung ihrer Enkeltöchter teilzunehmen. Deshalb hat mein Vater verzichtet.«

Konnte man so erklären, die böse Stimme machte es anders: *Und sich zum Dank dafür vermutlich den ganzen Tag von seiner Schwiegermutter anblaffen lassen. Aber Ilse dachte gar nicht daran, den Termin zu verschieben. Sie genoss es einfach, ihre Familie mit ihrer Bösartigkeit zu schikanieren.*

»Ich finde es toll, dass deine Oma bei deinen Eltern wohnt. Ich mag diesen Familienzusammenhalt. Meine Eltern haben ebenfalls lange mit meiner Großmutter zusammengelebt. Die war auch so süß.«

Max zuckte zusammen, biss sich aber auf die Lippen. Seine böse Stimme gab keine Ruhe. *Wer, bitte, hat gesagt, dass Oma Ilse süß ist?*

»Und was macht deine Schwester beruflich?«

»Sie ist Hausfrau und Mutter. Und mit einem Zahnarzt verheiratet.«

Der ein Idiot ist. Ein arroganter Sack, aber aus irgendeinem Grund liebt Nele ihn. Oder vielleicht eher das Leben, das er ihr bietet?

Er formulierte es anders, er wollte ja, dass Alina einen guten Eindruck von seiner Schwester bekam: »Bevor sie schwanger wurde, hatte sie als Krankenschwester gearbeitet. In der Uniklinik in Kiel. Aber ihr Mann hielt es nicht für nötig, dass sie berufstätig ist. Und sie muss es ja auch finanziell nicht mehr.«

Und hat sich zu einer richtigen Zahnarztfrau-Zicke entwickelt. Das musste man leider feststellen.

Alina konnte glücklicherweise keine bösen Stimmen hören. »Erzähl mir von deiner Mutter. Wie ist sie so?«

»Meine Mutter?« Max musste tatsächlich überlegen, wie er Mathilda am besten beschrieb. »Sie ist … ein durch und durch positiver Mensch, das trifft es vielleicht. Sie hat fast immer gute Laune, sie beschwert sich nie und macht alles, worum man sie bittet. Manchmal macht sie zu viel für andere, finde ich, aber sie macht es. Sie liebt ihren Garten, ihre Kinder und Enkel und ist mit ihrem Leben total zufrieden.«

Weil sie es schafft, alles auszublenden, was jeden normalen Menschen wahnsinnig machen würde. Oma Ilse an der Spitze. Mathilda hat Geduld wie eine Heilige. Und sieht immer nur auf die schönen Dinge.

»Sie liebt das englische Königshaus und meinen Vater«, fuhr Max fort. »Und sie ist eine geniale Köchin. Ich habe Glück mit ihr als Mutter.«

Alina blieb stehen, stellte sich auf die Zehenspitzen und küsste ihn auf die Wange. »Aber deine Mutter hat ja auch Glück mit dir. Du hast sie wirklich schön beschrieben. Und dein Vater? Siehst du ihm ähnlich?«

Max hob die Schultern. »Weiß ich gar nicht. Kann man selbst schlecht sagen. Mein Vater ist ein ganz Ruhiger. Er hat in einer Druckerei gearbeitet, und seit er Rentner ist, kümmert er sich um die Viecher. Wir haben Gänse und Enten, die werden großgezogen und dann zu Weihnachten verkauft. Er liest viel. Und spricht wenig.«

Weil seine giftige Schwiegermutter ihm sowieso immer das Wort abschneidet. Und er ist nicht nur ruhig, er wird auch immer trauriger. Das Tragische war, dass sein Vater es nie geschafft hatte, seine Frau zu überreden, irgendwo anders ein neues Leben anzufangen. Ohne ihre Mutter.

»Wie haben sich deine Eltern denn kennengelernt? Ich finde diese alten Liebesgeschichten immer so romantisch. Vor allen Dingen die, die auch noch gut ausgehen.«

»Meine Mutter war Trauzeugin bei einer Freundin. Und mein Vater war ein Bekannter des Bräutigams. Es war angeblich Liebe auf den ersten Blick.«

»Oh, wie schön«, Alina lächelte beseelt. »Und sie kommen

auch beide aus dieser Gegend? Sie sind beide echte Nordfriesen?«

»Nur meine Mutter«, war die knappe Antwort. »Mein Vater ist zugereist. Er ist in Bremen aufgewachsen.«

Und war der größte Fehler, den Mathilda in den Augen ihrer Mutter in ihrem ganzen Leben gemacht hatte. Denn anstatt Nils Mommsen zu heiraten, dessen Hof an die Felder von Ilse und ihrem Mann Hans grenzten und der in Mathilda so verliebt war, war sie zur Hochzeit ihrer Freundin Gerda gegangen – einer Freundin, die Ilse überhaupt nicht leiden konnte. Und damit nicht genug, verliebte sie sich genau dort Hals über Kopf in diesen Polacken. Gut, er war in der Nähe von Bremen geboren, aber seine Eltern waren aus Ostpreußen. Sie waren fremd, alle, die ganze Familie. Und diesen Fremden schleppte Mathilda nun auf den Hof. Und ließ sich das erste Mal in ihrem Leben nicht reinreden. Sie heiratete ihn. Einfach so. Und das nahm Ilse ihr bis heute übel. Die Ehe mit diesem »Polen«. So nannte sie ihn konsequent. Als wäre das ein Schimpfwort. Und dabei war er noch nicht einmal aus Polen.

Max blieb stehen und atmete tief durch. »Ist das Verhör jetzt beendet? Oder willst du noch was wissen?«

Alina lachte auf. »Ach, Max, ich will dich doch nicht quälen. Ich finde es nur so schön, mir vorzustellen, wie du als kleiner Junge warst. Und in welchem Umfeld du aufgewachsen bist. Hattet ihr früher eigentlich auch Tiere? Wir hatten ja Meerschweinchen.«

»Wir hatten echte.« Max legte den Arm um ihre Schulter und ging langsam weiter. »Also, echte Schweine. Und Kühe. Die wurden erst verkauft, als mein Großvater starb. Da war ich zehn. Aber meine Oma und meine Mutter hätten den Hof nicht allein stemmen können, und mein Vater war ja kein Landwirt. Deshalb wurden die Felder verpachtet, die Tiere verkauft, und jetzt gibt es nur noch Geflügel.«

Auch daran hatte Ilse ihrem Schwiegersohn die Schuld gegeben. Nils Mommsen hätte kein einziges Tier verkauft. Ganz im Gegenteil, sie hätten das Land zusammengelegt und die größte Landwirtschaft der ganzen Gegend gehabt. Der vom Himmel gefallene Pole hatte ihr Lebensglück zerstört. Als wenn Ilse das Wort Glück gekannt hätte.

Jetzt blieb Alina überrascht stehen. »Ihr hattet einen Bauernhof? Das habe ich gar nicht gewusst. Ich dachte, du wärst in Niebüll aufgewachsen.«

»Das sage ich immer, weil kein Mensch das Kaff Dettebüll kennt. Es liegt in der Nähe von Niebüll.«

»Ich kenne Dettebüll«, sagte Alina und sah Max an. »Da bin ich mal durchgefahren, das ist ganz hübsch. Wie Bullerbü. Habt ihr da auch noch Land?«

Max nickte. »Ja. Jede Menge sogar. Aber alles ohne großen Wert. Die Felder sind an die umliegenden Bauern verpachtet, die zahlen dafür im Jahr ein paar hundert Euro Pacht. Aber so wird der Boden wenigstens noch genutzt.«

»Wie schön.« Alina griff wieder nach seiner Hand. »Ich freue mich so darauf, deine Familie kennenzulernen. Ich hoffe nur sehr, dass sie mich mögen.«

»Das werden sie.« Max zog sie an sich und küsste sie. »Kann doch gar nicht anders sein.«

Alinas Handy unterbrach sie. Sie sah ihn bedauernd an, dann zog sie es aus ihrer Tasche und warf einen Blick auf das Display. Sofort lächelte sie und nahm das Gespräch an. »Mama, *dzien dobry.*«

Max beobachtete sie, während sie mit ihrer Mutter telefonierte. Das genau war sein Problem. Er hatte keine Ahnung, auf welche Weise er seine wunderschöne polnische Freundin Alina Lewandowsky seiner Familie vorstellen konnte, solange Oma Ilse dabei war.

6.

Samstag, 25. Mai

Mathilda hob den Deckel des großen Topfes und stach in die Kartoffeln. Sie waren fertig. Mit einer großen Kelle hob sie sie raus und ließ sie in die Plastikschüssel fallen, in der schon das geschrotete Getreide lag. Deshalb waren ihre Gänse so beliebt, sie bekamen nur das beste Futter, frei von Chemie und irgendwelchen Zusätzen. Mathilda hatte das immer schon so gehalten, selbst in der Zeit, als das Wort »Bio« lediglich die Bezeichnung für ein Unterrichtsfach in der Schule war.

Sie verteilte die Kartoffeln auf drei Schüsseln, vermischte sie mit dem Getreide und stellte sie anschließend vor die Stalltür. Früher hatte sie die Kartoffeln für die Gänse in ihrer eigenen Küche gekocht, deshalb hatte es bei ihnen immer nach Gänsefutter gerochen. Vor zehn Jahren hatte Gunnar dann endlich eine kleine Küchenzeile in den ehemaligen Kuhstall gebaut, darüber freute Mathilda sich immer noch. Es war so praktisch, die Wege waren kürzer und ihre Küche jetzt viel gemütlicher. Ohne die ganzen Plastikschüsseln, die Getreidemühle – und diesen Geruch. Mit einem Blick auf die Uhr wischte Mathilda sich die Hände an der Schürze ab, die kleinen Gänse mussten noch einen Moment auf ihre Fütterung warten. Seit Bäcker Lindemann seinen Laden geschlossen hatte, kam zweimal in der Woche ein Bäckerwagen ins Dorf. Eine eigene Bäckerei lohnte sich nicht mehr, deshalb fuhr Daniela nun einen umgebauten Bus durch die Dörfer, aus dem die junge Frau Brot, Brötchen, Kuchen und Kekse verkaufte. Die Dorfbewohner versammelten sich zu einer bestimmten Uhrzeit auf dem Parkplatz vor der ehemaligen Schule und warteten auf Danielas Bäckerwagen. Viele Dorfbewohner nutzten die Gelegenheit zweimal in der Woche zum ausgiebigen Austausch über alles, was gerade so im Dorf passierte.

Mathilda nahm die Schürze ab und lief ins Haus, um Geld und Einkaufskorb zu holen. Gunnar schnitt gerade die Rosen auf dem Friesenwall, sie blieb stehen. »Daniela kommt gleich, möchtest du noch was Bestimmtes? Rosinenbrötchen?«

»Nein, danke.« Gunnar sah kurz hoch, auf seiner Schirmmütze lagen Rosenblätter. »Oma hat gerade aus dem Fenster nach dir gerufen. Warst du drüben?«

»Nein.« Mathilda sah auf die Haushälfte ihrer Mutter. »Habe ich nicht gehört, ich habe Gänsekartoffeln gekocht.« Sie musste nicht lange warten. Ihre Mutter hatte sie gesehen, riss das Fenster wieder auf und brüllte über den Hof: »Jetzt komm doch mal hoch.«

»Ich kann jetzt nicht«, rief Mathilda zurück. »Ich muss zum Bäckerbus.«

»Dann bring mir wenigstens ein Milchbrötchen mit. Und komm dann gleich.« Ilse knallte das Fenster wieder zu, Gunnar kappte einer Rose den Kopf.

»Bis gleich.« Mathilda sah erst auf die Rosenblüte und dann zu ihrem Mann. »Und nur die verblühten abschneiden. Die hier war noch schön.«

Der Bäckerbus stand schon da, als Mathilda den Parkplatz erreichte, es hatte sich wie gewohnt eine Schlange von Dorfbewohnern gebildet. Mathilda kannte alle, sie grüßte freundlich, wechselte hier und da ein paar Sätze über das Wetter, die Kinder, den Hund oder andere Neuigkeiten und stellte sich dann ans Ende der wartenden Kunden.

Mathilda genoss es, hier zu leben. Sie verstand gar nicht, dass man irgendwo anders als auf einem Dorf leben wollte. Abgesehen von all den hübschen Häusern und Gärten, der Ruhe und der Idylle, war für sie das Schönste, dass man sich so aufgehoben fühlte. Jeder kannte jeden, die meisten schon seit der Kindheit. Zumindest bei den Alten war es so, bei den Jüngeren sah es inzwischen schon ganz anders aus. Auch Mathildas Kinder waren weggezogen, sie mussten ja arbeiten, das ging im Dorf nicht mehr. Es sei denn, man hatte Landwirtschaft oder eine Gaststätte. So wie Christa Kruse, die gerade ankam und sich zu Mathilda stellte.

»Guten Morgen, Mathilda.« Christa umarmte sie mit einem flüchtigen Lächeln, sie sah müde aus.

»Morgen, Christa.« Mathilda musterte sie besorgt. »Ist alles in Ordnung?«

»Ja, sicher«, antwortete Christa schnell. »Wir hatten gestern lange geöffnet, der Schützenverein hatte seine Jahreshauptversammlung bei uns. Ich war erst um zwei im Bett. Bis dann alles wieder aufgeräumt und sauber ist, dauert das ja.«

Mathilda nickte. Christa und Hans Kruse taten ihr leid. Früher war ihre Gaststätte eine Goldgrube gewesen, jede Hochzeit, jede Taufe, jede Konfirmation wurden bei ihnen im Saal gefeiert. Dazu kamen die Schützen-, Sportler- oder Feuerwehrbälle, allesamt mit Essen und Musik und Tanz, das waren tolle Zeiten gewesen. Inzwischen waren Familienfeste aus der Mode gekommen, alle, die hier noch wohnten, waren schon verheiratet und hatten erwachsene Kinder. Der Schützenverein und die Feuerwehr hatten sich mit dem Nachbardorf zusammengeschlossen, einen Sportverein gab es nicht mehr, weil sich nicht genügend Mitglieder fanden, und kaum einer ging hier oft aushäusig essen. Deshalb hatten Christa und Hans Probleme, das wusste jeder im Dorf, nur redete niemand drüber. Und nun auch noch die

Geschichte mit Holger. Aber auch das sprach man natürlich nicht an.

»Das ist ja schön, dass der Schützenverein wieder bei euch tagt«, sagte Mathilda stattdessen. »Das bringt ja bestimmt Umsatz.«

»Ja.« Christa sah über Mathildas Schulter und entdeckte Irene Mommsen, die gerade an der Reihe war. »Die haben bei uns aber nur getagt, weil das Hotel Oppermann in Niebüll einen Wasserrohrbruch hat. Ist bis zur nächsten Versammlung wieder behoben. Und bevor Irene es dir erzählt: Unser Sohn hat sich von seiner Frau getrennt. Das erzähle ich dir nur, weil sie es sowieso rumquatscht. Und du mochtest Holger ja immer.«

Mathilda tat überrascht. »Holger? Ach, das tut mir leid. Meinst du nicht, dass sich das wieder einrenkt? Man muss ja nicht immer gleich auseinanderlaufen. Wie geht es ihm denn? Und wo ist er jetzt?«

»Hier.« Christa zuckte die Achseln. »Seine Frau hat verlangt, dass er auszieht. Das hätte ich an ihrer Stelle vielleicht auch gemacht. Sie haben zwei Kinder, die sind noch so klein, das bricht mir fast das Herz. Sie müssen sehen, wie sie das als Eltern hinkriegen. Jetzt wohnt Holger erst mal bei uns, bis er eine neue Wohnung hat.« Sie überlegte einen Moment, während Mathilda sie voller Mitgefühl ansah. Dann fuhr sie fort: »Ich glaube nicht, dass es sich wieder einrenkt. Holger muss jetzt überlegen, wie es weitergeht. Harald hat uns vor ein paar Wochen vorgeschlagen, unser Land am Wald an ihn zu verkaufen. Wir brauchen es ja nicht und bekämen dafür Geld von ihm. Das werden wir wohl machen. Dann könnten wir Holger ein bisschen unterstützen.«

Mathilda blickte sie überrascht an. »Harald? Was will er denn mit eurem Land machen? Das ist doch verpachtet, oder?« Dass Harald Wiesner, der nicht nur Christa Kruses Bruder, sondern auch der Bürgermeister des Dorfs war, sich um die Belange und Nöte der Familie kümmerte, war Mathilda neu. Er war der typische muffige Einzelgänger, der nur Kontakt mit seiner Schwester pflegte, wenn es sich gar nicht vermeiden ließ.

Christa hob die Schultern. »Er hat mir gesagt, dass er immer schon gern ein bisschen Land besitzen wollte. Er kann es ja weiterhin verpachten. Wir haben auch einen Teil an Bauer Pape verpachtet, der hat da seine Kälber stehen. Der Rest liegt brach. Was sollen wir schon damit? Wenn Harald uns das abkauft, können wir damit Holger unterstützen.«

»Das stimmt natürlich«, pflichtete Mathilda ihr bei. Sie rückten beide in der Schlange nach vorn. »Und für die Kinder würde ich auch alles machen.«

»Was würdest du machen?« Irene Mommsen stand mit ihren Einkäufen beladen plötzlich neben ihnen. Sie konnte es einfach nicht ertragen, wenn sich zwei Leute aus dem Dorf unterhielten und sie nicht mitbekam, um was es ging.

»Ich würde immer das Gänsefutter selbst kochen, anstatt es fertig zu kaufen«, antwortete Mathilda sofort und lächelte sie an. Irene Mommsen blickte ungläubig.

»Ach ja?«

»Ja.« Mathildas Blick wanderte zu dem Kuchenpaket, das Irene vor sich balancierte. Sieh mal an, dachte sie, die perfekte Hausfrau Irene Mommsen kauft fertigen Kuchen, anstatt selbst zu backen. Das sollte Ilse mal wissen. Dann würden ihre Lobgesänge auf die tolle Nachbarin vielleicht mal leiser werden. »Gekochtes Gänsefutter ist so viel besser.«

Etwas schmallippig musterte Irene sie. Dann straffte sie ihre Schultern und beugte sich verschwörerisch zu ihnen. »Das geht ja schon ziemlich lange gut mit Daniela. Hätte ich nicht gedacht.«

»Was hättest du nicht gedacht?«

»Na, sie hat doch Ostern ihren Führerschein abgegeben.

Die Polizei hat sie nach dem Osterfeuer mit 1,5 Promille erwischt. In Niebüll. Auf dem Weg in die Disco. Voll wie eine Axt, hat Nils gesagt, der hat sie noch gesehen. Dass die überhaupt noch wusste, wie das Auto angeht, wäre schon ein Wunder gewesen.«

»Oh Gott.« Entsetzt sah Mathilda erst Irene und dann Christa an. »Dann darf sie den Bäckerbus doch gar nicht fahren.«

»Nö.« Irene hob die Schultern. »Eigentlich nicht. Privat fährt sie ja auch gar nicht mehr. Aber was willst du machen? Wenn das rauskommt, kriegen wir kein Brot mehr. Meine Lippen sind versiegelt, ich kann Geheimnisse für mich behalten. Und hier gibt es ja zum Glück nie Verkehrskontrollen. Außerdem ist doch unser guter Dorfpolizist seit Jahren in Daniela verknallt. Also, das mit Reinhard bleibt natürlich unter uns. Dass er verknallt ist.«

Mathilda schüttelte schockiert den Kopf. »Selbstverständlich.« Irene nickte ihnen zu. »Na, denn, ich muss was tun, also einen schönen Tag noch.« Sie drehte sich um und ging.

Christa schüttelte den Kopf. »Irene kann Geheimnisse für sich behalten. Das haben wir gerade mal wieder gemerkt. Altes Tratschweib.«

»Ach, komm.« Mathilda legte ihr die Hand auf den Arm. »Sie meint das sicher nicht böse. So, du bist dran.«

Das Erste, was sie sah, als sie in ihre Straße einbog, war der schwarze Mercedes vom Bürgermeister, der vor ihrem Hof stand. Sie beeilte sich, ihr Fahrrad in den Schuppen zu schieben, nahm ihren Korb vom Gepäckträger und lief zum Haus. Genau in dem Moment, in dem Harald Wiesner in sein Auto stieg, den Motor startete und losfuhr. Ihr Winken sah er nicht mehr. Irritiert blieb sie stehen. Er hätte ja wenigstens Guten Tag sagen können. Nach einem kurzen Moment drehte sie auf dem Absatz um und ging zum Haus. Noch bevor sie aufsperren konnte, öffnete sich nebenan die Tür ihrer Mutter. Ilse musste schon im Flur gestanden haben.

»Na, endlich.« Ilse lehnte schlecht gelaunt am Türrahmen. »Hast du das Milchbrötchen?«

»Das liegt ganz unten im Korb. Ich bringe das Brot in die Küche und komme gleich zu dir.«

»Dann beeil dich.« Ilse ließ die Tür offen und drehte sich weg. »Ich muss dringend oben die Fenster geputzt haben, man kann ja überhaupt nicht mehr rausgucken.«

»Wollte der Bürgermeister zu dir oder zu uns?«

»Welcher Bürgermeister?«

»Mutter, bitte.« Mathilda ließ den Einkaufskorb auf den Boden sinken und sah ihre Mutter an. »Es gibt nur den einen. Harald ist doch gerade aus dem Haus gekommen. Was wollte er?«

»Das geht dich gar nichts an.« Ilse war stehengeblieben und sah sie über die Schulter an. »Du bist sonst doch nicht so neugierig. Es war etwas Privates. Was ist jetzt mit dem Milchbrötchen?«

Atmen, befahl sich Mathilda, einfach atmen. Sie schloss kurz die Augen und trat vor ihre eigene Haustür. Was Privates. So ein Unsinn. Aber es hatte gar keinen Zweck, nachzufragen. Nicht, wenn Ilse diesen Gesichtsausdruck hatte. Mathilda würde nur Energie verschwenden.

Sie schüttelte den Kopf, bevor sie den Korb auspackte und danach Putzeimer, Essigreiniger und Fensterleder aus dem Schrank holte. Es half nichts. Besser, sie erledigte das Fensterputzen bei ihrer Mutter sofort, als dass sie den ganzen Nachmittag darüber nachdachte.

»Weißt du eigentlich, dass Nils und Irene im nächsten Frühjahr eine Kreuzfahrt machen wollen?«

»Ach ja?« Mathilda stand auf der Leiter am offenen Fenster und seifte den Rahmen ein. »Das wundert mich. Ich habe

Irene doch gerade am Bäckerbus getroffen, da hat sie kein Wort davon gesagt.« Sie drehte sich kurz zu Ilse um, die Mathilda demonstrativ entspannt beim Fensterputzen zusah. »So was würde Irene sofort erzählen.«

»Sie weiß es noch nicht.« Ilse lächelte triumphierend. »Das schenkt Nils ihr nämlich zum Hochzeitstag.« Sie machte eine wirkungsvolle Pause, bevor sie fortfuhr. »Du wolltest doch auch immer so eine Kreuzfahrt machen, oder?«

»Wie kommst du denn darauf?« Mathilda drehte sich wieder zurück und presste ihre Lippen zusammen. Ruhig bleiben. Sie wrang das Fensterleder über dem Eimer aus. »Hin und wieder träumt man halt mal von so was.« Es war tatsächlich mal ein Herzenswunsch von ihr gewesen, sie hatte nur keine Ahnung, woher ihre Mutter das wusste. Deren Interesse an den Wünschen ihrer Tochter war nie sonderlich ausgeprägt gewesen.

»Die Wahrscheinlichkeit, dass dein Mann dir so ein teures Geschenk macht, ist ja relativ gering.« Ilse bemühte sich, Mitleid in ihre Stimme zu legen. »Mit seiner kleinen Rente kriegt er das sicher nicht hin.« Warum konnte Ilse nicht einfach mal aufhören, ihr Gift zu verspritzen?

»Ja.« Mathilda stieg langsam die Leiter hinab, um das Wasser zu wechseln. »Schade. Aber es gibt Wichtigeres als eine Kreuzfahrt, oder nicht?«

»Eine gute Ehe ist auch was Schönes«, bemerkte Ilse spitz und stand auf, um das Fenster zu inspizieren. »Und Nils trägt seine Irene auf Händen. Hättest du alles haben können, er war ja damals so verliebt in dich. Hab deine Entscheidung nie verstanden. Die Scheibe ist noch ganz dreckig.«

»Ich habe ja auch erst den Rahmen gemacht. Und für die Scheibe hole ich jetzt frisches Wasser.« Mathilda ging ins Bad, kippte das schmutzige Wasser in die Toilette und ließ sauberes in den Eimer laufen. Sie betrachtete ihr Gesicht im Spiegel und schnitt eine Grimasse, bevor sie das Wasser abdrehte. Nils Mommsen. Dieser Lackaffe. Der steckte doch in einer späten Krise. Anders war es nicht zu erklären, dass er sich seit ein paar Monaten anzog wie ein Dorfcasanova. Lederjacke, bunte Schals, Turnschuhe und enge Jeans. Sehr albern, der Mann war schließlich auch schon Mitte sechzig. Das war doch unwürdig. Andererseits: Was ging sie das an?

Ilse wartete ab, bis Mathilda wieder auf der Leiter stand. »Willst du nicht wissen, woher ich das mit der Kreuzfahrt weiß?«

»Nein.«

Das Fensterleder rutschte Mathilda aus der nassen Hand und klatschte auf den Boden. Sie sah hinterher und dann ihre Mutter an. »Nein. Kannst du mir …«

Ilse starrte sie stumm an, Mathilda stieg von der Leiter und bückte sich. »Schon gut.« Mit dem Tuch in der Hand kletterte sie wieder hoch und putzte weiter.

»Ach, was wäre das schön gewesen, wenn Nils mein Schwiegersohn geworden wäre. Auch für dich. Dann hättest du zum Hochzeitstag auch endlich deine Kreuzfahrt bekommen.« Ilse stand langsam auf und stellte sich unter die Leiter. »Monaco, Korsika, Barcelona, Marseille. Hörst du mir überhaupt zu?«

Mathilda atmete tief ein. Vielleicht sollte sie einfach mal was ganz anderes ausprobieren. Sie holte Luft und drehte sich zu ihrer Mutter um. »Apropos Nils. Hast du dich mal gefragt, warum er immer so gut angezogen ist, wenn er hier rüberkommt? Könnte es nicht sein, dass er genug von Irene hat? Dass er sich in jemand anderen verliebt und ihr die Kreuzfahrt aus schlechtem Gewissen geschenkt hat?« Mathilda stellte sich etwas bequemer hin und sah zu ihrer Mutter runter. »Warum sonst soll er so nett zu dir sein? Überleg doch mal. Warum steht er so oft am Zaun und guckt hier rüber?

Und warum ist Gunnar immer so schweigsam? Du kannst ja mal eins und eins zusammenzählen.«

Ilse hielt dem Blick ihrer Tochter stand. Minutenlang. Dann plötzlich wurde sie unsicher, sie runzelte die Stirn. Mathilda wartete nur darauf, dass ihre Mutter etwas Abfälliges sagte. Zu ihrer Verblüffung ging Ilse einfach aus dem Zimmer. Sie hatte noch nie erlebt, dass Ilse auf das letzte Wort verzichtet hätte. Sollte sie wirklich so dumm sein, Mathilda diesen Unsinn zu glauben?

7.

Pit tastete nach seinem Handy, das unter dem Bett lag, um dem nervtötenden Klingeln ein Ende zu bereiten. Er fand es nicht. Stöhnend drehte er sich auf den Rücken und öffnete die Augen. Es war nicht das Handy, es war die Klingel der Wohnungstür, die ihn aus dem Tiefschlaf gerissen hatte. Umständlich quälte er sich hoch, jetzt schlug auch noch jemand an die Wohnungstür. »Herr Petersen? Sind Sie da?«

Sofort war Pit hellwach und sprang auf. Wer um alles in der Welt ballerte um diese Zeit an seine Tür? Hektisch sah er sich um. Das Chaos in seiner Bude war unübersehbar; seit Eva ausgezogen war, hatte niemand hier aufgeräumt. Sein Kopf dröhnte, er hätte auf die letzten Biere verzichten sollen. Jetzt war ihm kotzübel. Es klingelte und klopfte gleichzeitig, wieder die laute Stimme: »Herr Petersen? Hier ist die Polizei, öffnen Sie bitte.«

Scheiße, dachte Pit stöhnend, scheiße, scheiße! Hektisch versuchte er einen Fluchtweg ausfindig zu machen, aber für einen Sprung aus dem zweiten Stock war er einfach zu alt und zu unsportlich. Wenn er nicht öffnete, würden sie gleich die Tür eintreten.

»Herr Petersen?«

Er musst jetzt nachdenken, ruhig bleiben, nicht panisch werden, atmen, atmen, atmen. Und langsam überlegen. Um was ging es gerade nochmal? Das Kokain lag in Eddies Schrank, sein Auto stand vor der Tür, niemand konnte ihm beweisen, dass er besoffen gefahren war, und *Kill you* würde ihn nicht bei den Bullen anzeigen, weil ihm etwas abhandengekommen war. Es sei denn, er sagte, um was es sich handelte. Pit atmete nochmal tief durch und schlurfte zur Tür. Cool bleiben. Er hatte doch gerade eine Glückssträhne.

Zwei Beamte in Uniform standen vor der Tür, die Hand des Größeren lag noch auf dem Klingelknopf, als Pit die Tür aufriss.

»Pit Petersen?«

»Ja.« Pit trat einen Schritt nach vorn, der Kleinere der beiden musterte ihn. »Sind Sie krank?«

»Grippe.« Pit räusperte sich übertrieben. »Was ist los?«

»Sie sind Pächter der *Bar PP*?«

»Ja.«

»Wir haben schon ein paar Mal versucht, Sie anzurufen. Bei Ihnen wurde eingebrochen. Wir müssen Sie bitten, uns zu begleiten, um festzustellen, was gestohlen wurde. Jetzt gleich. Die Kollegen sind noch vor Ort.«

Entgeistert starrte Pit sie an, dann an sich runter. Er trug Boxershorts und ein schmuddeliges T-Shirt. »Wie bitte!? Ja, klar, ich komme, ziehe mir nur was an und fahre gleich los.«

Die Polizisten nickten. »Okay. Den Bericht machen wir vor Ort. Bis gleich.« Sie gingen, und Pit schloss die Tür. Eingebrochen. Pit lehnte seine Stirn an die geschlossene Wohnungstür. *Kill you*. Scheiße.

»In der Kasse waren ungefähr 1500 Euro«, sagte Pit, den Blick immer noch auf das Chaos gerichtet. Wer immer das hier auch gewesen war: Er hatte ganze Arbeit geleistet. Und Pit hatte auch schon eine Vermutung, wer das gewesen war. Sämtliche Regale und Schränke hinter dem Tresen waren ausgeräumt, die Scherben von zerbrochenen Flaschen übersäten den Boden. Ein paar Barhocker lagen im Raum, die Musikbox war von der Wand geschoben, die Hintertür hing nur noch an einem Scharnier. »Und die ganzen teuren Whiskeys fehlen, genauso wie die Zigaretten, die im Schrank lagen.« Man konnte es ja mal versuchen.

Die Beamtin, die das Protokoll schrieb, sah erstaunt hoch. »1500 Euro?«, fragte sie nach. »Warum nehmen Sie die Einnahmen nicht mit nach Hause? Oder legen Sie in einen Safe?«

»Weil ich keinen Bock habe, nachts auf dem Kiez so viel Bargeld in der Tasche zu haben«, antwortete Pit langsam. »Und einen Safe habe ich nicht. Wer räumt denn jetzt den ganzen Scheiß hier auf?«

»Wir sicher nicht.« Die Beamtin schob ihm die Mappe zu und stand auf. »Ich brauche noch eine Unterschrift. Das war dann alles. Falls Ihnen noch etwas auffällt, rufen Sie uns an.«

»Ja, kann ich machen.« Pit krakelte seinen Namen unter die Linie und blieb sitzen, bis die Bullen seine Kneipe verlassen hatten. Dann stand er langsam auf und schob mit dem Fuß die Scherben auf einen Haufen. Er musste hier erstmal Ordnung machen. Dann die Hintertür reparieren. Und dann warten, bis *Kill you* ihm einen Besuch abstatten würde. Pit wusste nicht, was davon er am schlimmsten fand. Er dachte kurz daran, Eddie um Hilfe zu bitten, dann fiel ihm ein, dass der ja verreist war. Und außerdem durfte keine Spur nach Dettebüll führen. Denn seine Zukunft lag da in einem Werkzeugschrank.

Pit stieß mit dem Fuß an eine halbvolle Flasche Weinbrand. Er hob sie hoch, schraubte den Drehverschluss ab und trank direkt aus der Flasche. Auf den Schreck. Als es an der Eingangstür klopfte, wäre ihm fast die Flasche aus der Hand gefallen. Es klopfte wieder, zu zaghaft für *Kill you*, dachte Pit, deshalb ging er vorsichtig zum Fenster und spähte hinaus. Jemand stand vor der Tür, es war eine Frau, sehr klein, sehr zart und mit sehr schwarzem Haar. Sie schlug jetzt mit der flachen Hand an die Tür, wartete einen Moment, dann trat sie einen Schritt zurück und wandte sich zum Gehen. Pit sprang auf, öffnete und sah in ein erschrockenes Gesicht.

Und in sehr schräge Augen. Die Asiatin machte einen Satz zurück und legte die Hand vor den Mund. »Oh, solly, solly«, wisperte sie. »Ich denken, auf.«

»Hä?« Pit stand jetzt vor ihr, sie ging ihm gerade mal bis zum Kinn. »Was willste?«

»Job«, antwortete sie und zeigte aufgeregt aufs Fenster. »Ich sehen Schild.«

Pit musterte sie. Sie war wirklich sehr klein, ihr Alter war schwer zu schätzen, irgendetwas zwischen zwanzig und vierzig. Hübsche Figur, schöne Haare, aber seltsame Klamotten. Sie trug eine enge gelbe Hose und ein weißes T-Shirt mit appliziertem Glitzerbär. An ihrer Schulter baumelte eine pinkfarbene Plüschtasche. Sie kicherte, wieder mit der Hand vor dem Mund, und trat ein Stück näher. Ganz süß, dachte Pit, verstand aber immer noch nicht, was sie eigentlich wollte. Bis sie wieder aufs Fenster deutete. Erst jetzt fiel es ihm wieder ein. *Hübsche Frau für Service gesucht.*

Hübsch war sie ja. Und Hilfe brauchte er unbedingt.

»Wo kommst du her?«

»Von China.«

»Kannst du auch putzen?«

Sie nickte. Und kicherte. Und Pit trat zurück und deutete aufs Innere der Kneipe. »Bei mir wurde eingebrochen. Wir müssen aufräumen.«

Sie riss die Augen auf und sah ihn an. »Bai Ling gut putzen.«

Pit lächelte. Anscheinend hatte er wirklich gerade eine Glückssträhne.

Vier Stunden später stellte er die vollen Müllsäcke in den Hinterhof, während die niedliche Chinesin etwas unbeholfen den klebrigen Fußboden wischte. Sie gab sich große Mühe. Wenigstens klebte der Boden nicht mehr. Aber Pit wollte sich nicht beschweren, er war ja schon sehr erleichtert, dass er hier nicht selbst den Wischmopp schwingen musste.

Unauffällig sah er zu den oberen Fenstern. Sie waren geschlossen, obwohl das Wetter schön war. Es sah aus, als wäre die ganze Belegschaft ausgeflogen. Es war nichts zu hören und nichts zu sehen, die Razzia musste erfolgreich gewesen sein. Wobei, Pit grinste, so ganz erfolgreich natürlich nicht. Zumindest nicht für die Dealer von oben. Und auch nicht für die Bullen. Pit war schneller gewesen.

Er hievte den letzten schweren Müllsack in die Tonne und wischte sich seine Hände an der Hose ab.

»Na? Hausputz?«

Pit zuckte zusammen, als sich eine schwere Hand auf seine Schulter legte.

Die Finger gruben sich langsam und rhythmisch in seine Schulter. Mit angehaltenem Atem sah Pit die tätowierten Fingerknöchel, die zahlreichen Silberringe, dann ließ die Hand los, und Pit taumelte einen Schritt zurück. *Kill you* verschränkte die Arme vor der massiven Brust und grinste. Er hatte einen Goldzahn, den Pit noch nie bemerkt hatte. *Kill you* hatte in seinem Beisein auch noch nie gegrinst. Und jetzt sah sein Grinsen auch nicht besonders freundlich aus.

»Einbruch«, sagte Pit und deutete mit einer Kopfbewegung auf die Hintertür. »Ich war krank, und in der Zeit haben irgendwelche Schweine hier eingebrochen.«

»Aha.« *Kill you* kam ein Stück näher, immer noch grinsend, Pit wurde heiß und kalt. »Was haben die denn bei dir gesucht? Hier ist doch nichts zu holen?«

»Geld?« Pit zuckte die Achseln. »Und Alkohol? Irgendwelche Junkies wahrscheinlich.« Er gab sich Mühe, harmlos zu gucken.

Kill you fixierte ihn. Pit zwang sich, nicht als Erster wegzusehen, und es gelang ihm. *Kill you* entspannte sich plötzlich. »Na, denn«, meinte er und setzte sich langsam in Bewegung. »Wenn hier nichts zu holen ist, dann kommen die auch nicht mehr. Pass auf dich auf.«

Es klang eher wie eine Drohung, Pit nickte trotzdem. Er würde sich nicht einschüchtern lassen. Niemand hatte mitbekommen, was er in den letzten beiden Tagen gemacht hatte. Und wo er gewesen war. Er war auf der sicheren Seite, das musste er sich nur immer wieder sagen. Und zwar genauso lange, bis er es glaubte.

Als er wieder reinkam, kippte die Chinesin gerade den Wassereimer in der Spüle aus. Sie drehte sich zu ihm um und lächelte mit geschlossenen Lippen. »Ist fertig jetzt«, wisperte sie und stellte den leeren Eimer auf den Tresen. »Habe ich Job?«

»Wo wohnst du eigentlich?«, fragte Pit und stellte fest, dass sie doch älter sein musste, als ihre Teeniekleidung suggerierte. Vielleicht war sie doch schon Mitte dreißig oder vierzig. Wobei man das wirklich schlecht schätzen konnte. Aber man fragte ja Frauen nicht nach ihrem Alter. So viel Anstand hatte er noch.

»Oh, ich nix wohnen«, war ihre zögernde Antwort. »Ich bei Mann, Mann nicht nett, ich schlafen kann hier?« Sie zeigte auf die abgewetzte Couch, die in der Ecke neben der Musikbox stand. Pit überlegte. Das hatte er sich gedacht. Sie war hier nicht gemeldet, hatte wahrscheinlich keine gültigen Papiere, was aber auch den Vorteil hatte, dass er ihr nicht so viel Lohn bezahlen musste. Sie sah ihn erwartungsvoll an.

»Hier kannst du nicht schlafen«, sagte er schließlich. »Das ist eine Kneipe. Kennst du niemanden, bei dem du wohnen kannst?«

Sie schüttelte den Kopf und lächelte ihn wieder an. »Hast du Wohnung? Hast du Frau?«

Jetzt war sogar Pit perplex. Er hatte tatsächlich eine

Glückssträhne, das stand jetzt mal fest. In Gedanken tauchte plötzlich das Chaos in seiner Wohnung auf. Die Chinesin könnte auf dem Sofa schlafen. Und statt Miete zu zahlen, sich um den Haushalt kümmern. Er räusperte sich. »Ich habe ein Sofa«, sagte er. »Da kannst du erstmal schlafen. Wenn du willst. Weil ich nett bin. Und dein Chef.«

Bai Ling nickte aufgeregt. »Gut, gut. Ich machen Wohnung schön. Bai Ling kochen und putzen. Und auch …«

Pit hob schnell die Hand. »Das reicht erstmal. Okay. Wo sind deine Sachen?«

Sie deutete auf einen Rucksack, der in der Ecke stand und der Pit jetzt erst auffiel. »Nicht viel Sachen. Mussen kaufen.«

Wo immer diese Chinesin hergekommen war, sie würde ihm sicher Glück bringen, dachte Pit und verscheuchte den aufkommenden Gedanken an *Kill you*. Er war sich ziemlich sicher, dass der hinter diesem Einbruch steckte. Und damit wussten die Typen von oben auch, dass ihre verschwundenen Schätze hier nicht zu finden waren. Pit hatte nicht die Absicht, sie auf die richtige Spur zu bringen. An ihm würden sie sich die Zähne ausbeißen. Er war ein harter Hund.

»Komm«, sagte er deshalb etwas ruppiger, als er eigentlich wollte. »Dann nimm dein Zeug, und los geht's. Die Kneipe bleibt heute zu. Wir fahren nach Hause.«

Bai Ling kicherte mit vorgehaltener Hand. Sie war vielleicht nicht die Hellste, aber sie war hübsch. Pit ließ ihr den Vortritt und schloss hinter ihnen die Kneipentür ab. Er hatte einen Lauf.

8.

Das Café lag direkt an der Straße, und außer Max saßen nur ein paar ältere Leute hier, die das Samstags-Sonderangebot bestellt hatten: ein Kännchen Kaffee und ein Stück Kuchen für 3 Euro 50. Beim Kuchen konnte man wählen zwischen Pflaume, Kirsche und Apfel, es sah alles so gleich aus, wie es vermutlich auch schmeckte.

Max hatte die anderen Gäste beobachtet und sah ungeduldig auf die Uhr. Er hatte eigentlich an diesem Samstagnachmittag etwas Besseres vorgehabt, als sich mit seiner Schwester zu treffen, aber Neles Anruf hatte dringend geklungen, und seine ältere Schwester hatte ihn selten um etwas gebeten. Er wartete jetzt schon seit einer halben Stunde, hatte alle Zeitschriften des Lesezirkels durchgeblättert und dachte an Alina und ihren Wunsch, seine Eltern kennenzulernen. Morgen war Sonntag, vielleicht konnten sie so fahren, dass Oma Ilse Mittagsschlaf machte. Nur leider schlief sie nie lange.

Max seufzte und hob in dem Moment den Kopf, als seine Schwester in ihrem offenen Cabrio auf den Parkplatz fuhr. Zahnarztgattin, dachte er spöttisch und beobachtete sie beim Aussteigen. Der Eindruck hielt allerdings nicht lange. Als Nele das Café betrat, sah Max sofort, dass irgendetwas nicht stimmte. Nele war komplett ungeschminkt, statt Designerklamotten trug sie Jeans und T-Shirt, alte Turnschuhe und einen unordentlichen Pferdeschwanz.

»Hallo, Max«, sagte sie mit kratziger Stimme und küsste ihn auf die Wange. »Tut mir leid, ich bin zu spät losgefahren.« Sie hatte Ringe unter den Augen, ihr Gesicht war blass und verquollen. Max sah sie erschrocken an. »Was ist denn passiert?«

»Jonas hat seine Sprechstundenhilfe geschwängert«, platzte es aus Nele raus, bevor sie sich auf den Stuhl fallenließ. »Er hat es mir vor zwei Wochen gesagt, ich habe ihn rausgeschmissen, er wohnt jetzt bei seiner Anja und will unsere Wohnung verkaufen. Ich muss da also auch raus, es sei denn, ich zahle ihn aus. Das ist die Kurzform. Mir geht es beschissen.« Sie hatte Tränen in den Augen.

Max war tatsächlich sprachlos. Er hatte seinen Schwager noch nie leiden können. Jonas war ein arroganter Zahnarztarsch und Porschefahrer, der sich selbst großartig fand und seine angeheiratete Familie mehr oder weniger ignorierte. Aber er war schließlich der Mann von Nele und Vater der Zwillinge. Nur deshalb hatten sie ihn alle ertragen. Und jetzt das.

»Was für ein Idiot«, sagte Max schließlich und sah seine Schwester mitleidig an. »Ich bestell dir erstmal einen Kaffee, oder?«

Sie nickte, und Max gab der Bedienung ein Zeichen. Bis die Bestellung kam, blieben sie schweigsam, erst als Nele die Tasse mit beiden Händen umschloss, fragte Max: »Was machst du jetzt?«

Sie zuckte die Achseln. »Ich habe keine Ahnung«, sagte sie leise. »Es fühlt sich gerade alles scheiße an. Und ich habe überhaupt keine Lust, aus der Wohnung auszuziehen. Wir haben sie doch erst vor vier Jahren gekauft, sie ist perfekt, die Schule ist nur eine Straße entfernt, wir haben nette Nachbarn, einen Babysitter im Haus, ich will da einfach nicht weg. Jonas will natürlich unbedingt verkaufen, weil er zu dieser Ziege gezogen ist. Und die hat schließlich ein Haus geerbt. Aber wovon bitte sollte ich ihn denn auszahlen können?« Sie schluchzte leise auf, riss sich aber sofort wieder zusammen. »Natürlich gibt er *mir* die Schuld für unser Scheitern. Ich hätte mich ja nur noch um die Kinder gekümmert und keine Zeit mehr für ihn gehabt. So ein Schwachsinn. Jetzt hat er mir doch ernsthaft vorgeschlagen, wieder nach Dettebüll zu ziehen!«

»Gute Idee!« Max versuchte, sie aufzuheitern. »Kannst ja wieder in dein altes Kinderzimmer ziehen. Und im Gasthof Kruse jobben. Oder du unterstützt Irene Mommsen bei den Landfrauen, ist die nicht Erste Vorsitzende? Oder den heruntergekommenen Hof von Bauer Pape aufräumen. Und ihn gleich mit, er läuft immer rum wie der letzte Penner. Du, da gibt es genug zu tun, und die Zwillinge wachsen unter Gänsen auf, so wie wir früher.«

»Sag nichts gegen Bauer Pape.« Nele lächelte sogar ein kleines bisschen. »Ich hatte letzten Winter einen Platten, als ich nach Dettebüll wollte. Mitten auf der Landstraße. Und mein Handy war leer. Pape kam zufällig vorbei und hat mir ohne großes Gewese den Reifen gewechselt! Ich weiß ja, dass viele ihn etwas schrullig finden. Aber er ist ziemlich klug, ich war als Kind ganz oft auf seinem Hof. Und er war immer geduldig und hat alles erklärt, was man wissen wollte. Beim Reifenwechseln war er auch so freundlich. Ich habe keine Ahnung, warum den keiner mag.«

»Stimmt. Der ist erst in den letzten Jahren so schrullig geworden. Also, dann machen wir das so.« Max grinste. »Du rettest Pape, und alles wird schön.« Er wurde wieder ernst, überlegte eine Weile und sagte dann: »Einen Kredit bekommst du vermutlich nicht, oder? Auch nicht, wenn du wieder anfängst zu arbeiten?«

»Ich bin Krankenschwester.« Nele schüttelte den Kopf. »Falls ich denn überhaupt so schnell wieder einen Job bekomme, was mit den Kindern und den Schichten schwierig ist. Aber selbst dann verdiene ich für diese Wohnung zu wenig. Keine Bank gibt mir einen Kredit. Das ist ein Riesenscheiß.« Die Tränen stiegen ihr in die Augen, Max überlegte weiter.

»Und wenn du Mama und Papa fragst? Vielleicht können die einen Kredit auf den Hof aufnehmen, der ist doch einiges wert. Das ganze Grundstück, das Doppelhaus, das müsste als Sicherheit doch reichen.«

Statt einer Antwort sah Nele ihn nur an. Sie senkte den Kopf und rührte sinnlos in ihrer Tasse. »Guter Witz«, sagte sie und presste ihre Lippen zusammen. »Weißt du, Jonas ist so ein ... ein ...« Sie wischte sich wütend eine Träne ab. »Ich will das so hinkriegen, dass die Zwillinge so wenig wie möglich mitbekommen. Jonas war sowieso in der letzten Zeit wenig zu Hause, zu viel Arbeit und irgendwelche Fortbildungen ...«, sie wischte sich wieder eine Träne weg. »Was für ein ... Na ja, egal.«

Sie räusperte sich und hob den Kopf. »Kannst du mir helfen, Jonas' Sachen zu packen? Und ein paar Möbel auseinanderzubauen? Er will sie nächstes Wochenende abholen, es kann ihm nicht schnell genug gehen, seine Ische ist ja schon im achten Monat, er hat's jetzt ganz eilig.«

»Ja, klar.« Max legte eine Hand auf ihren Arm. »Überhaupt kein Problem. Am besten, ich nehme mir einen Tag frei, und wir machen das, wenn die Zwillinge in der Schule sind. Dann kriegen die gar nichts mit.«

Unter Tränen lächelte Nele ihn an. »Danke, Max. Ein paar Sachen habe ich schon gepackt, ich kriege das nur nicht allein hin.«

Max nickte. »Sag mal«, er sah sie nach einer Pause nachdenklich an, »ich weiß, dass es blöd ist, seine Eltern um Hilfe zu bitten, aber du weißt, dass Mama alles für uns macht. Und auch gern. Du hast es ihnen noch nicht gesagt, oder?«

Seine Schwester schüttelte den Kopf. »Noch nicht. Ich habe mich noch nicht getraut, sie leiden immer so mit. Und ich wollte erst etwas gefasster sein als in den letzten Tagen.«

Max strich ihr über den Arm. »Verstehe ich. Ich kann gern mitkommen, wenn du mit ihnen redest. Wie wär's, wenn wir morgen zusammen hinfahren? Dann könnten wir sie einfach mal nach einem Kredit für dich fragen. Es ist doch auch für die Kinder, und ich kann mir nicht vorstellen, dass die Bank bei den Sicherheiten keinen Kredit gibt.«

Jetzt sah Nele ihn mit großen Augen an. »Max. Von welchen Sicherheiten redest du? Sie haben doch selber kein Geld auf der Naht. Wie käme ich dazu, ausgerechnet sie zu fragen?«

»Von welchen Sicherheiten ich rede?« Verständnislos lehnte Max sich zurück. »Der Hof, das Haus, das ...«

»Gehört alles Oma Ilse«, unterbrach Nele ihn. »Mama und Papa dürfen da wohnen, sonst nichts. Sie leben von Papas Rente und dem Geld, das die Gänse bringen. Vielleicht haben sie noch ein bisschen was auf dem Sparbuch, aber das kann nicht viel sein.«

»Das gibt's doch nicht!« Max sah sie fassungslos an. »Oma Ilse ist fast neunzig. Sie hat den Hof doch schon lange überschrieben?«

»Hat sie nicht.« Nele schüttelte den Kopf. »Wollte sie auch nie. Sie ist der Boss. Und sitzt auf ihrer Kohle.«

»Bist du dir ganz sicher?«

»Ja.« Nele stützte ihr Kinn auf die Faust. »Ich bin vor kurzem über Omas Steuerbescheid gestolpert, als ich ihre Krankenkassenkarte holen sollte. Der Steuerbescheid lag direkt neben der Karte. Ich habe ihn mir angesehen und war genauso überrascht wie du jetzt. Ja, Oma Ilse ist die alleinige Eigentümerin.«

»Und lässt sich von vorn bis hinten von unseren Eltern bedienen«, sagte Max, der fassungslos war. »Dieses böse alte Weib. Andererseits: Sie lassen es sich ja auch bieten. Hast du Mama mal darauf angesprochen?«

»Nein. Ich hatte es erst überlegt, aber es geht uns nichts an. Ich glaube nicht, dass sie darüber reden wollen. Ach du Schande, ist das Nils Mommsen?«

Nele beugte sich vor und kniff die Augen zusammen: Ein

grauhaariger Mann in grüner Jeans, gelber Steppweste, weißem Hemd und Pilotensonnenbrille stieg gerade aus einem Mercedes und ging breit grinsend auf ein rotes Auto zu, das genau hinter ihm gehalten hatte. Er öffnete die Fahrertür und beugte sich ins Wageninnere. Man sah nur eine Hand mit rotlackierten Fingernägeln, die sich in seinen Nacken legte. Und eine kurze, aber leidenschaftliche Begrüßung. Anschließend schlug er die Tür wieder zu, warf noch eine Kusshand und ging zurück zu seinem Mercedes. Nacheinander fuhren die Autos vom Parkplatz. Nele sah ihnen ungläubig hinterher.

»Drehen jetzt alle Kerle durch? Das war definitiv nicht Irene, oder?«

Max war aufgestanden und hatte sich wieder gesetzt. »Nein, definitiv nicht. Das war was Blondes mit Sonnenbrille und viel Schmuck. Nils Mommsen, man glaubt es nicht.«

9.

Sonntag, 26. Mai

Mathilda liebte Sonntage. Besonders die im Sommer. Sie saß auf der kleinen weißen Friesenbank in der Morgensonne, den Kopf an die Hauswand gelehnt, hielt das Gesicht in die Sonne, ihre Kaffeetasse in beiden Händen, und genoss die sanfte Stille, die nur vom Vogelgezwitscher und dem leichten Wind in den Lindenbäumen unterbrochen wurde. Kein Traktor, kein Auto, nur Sonne, Natur und sie. An Sonntagen herrschte Ruhe im Dorf. Nicht, weil alle lange schliefen, das ging schon wegen der Tiere nicht, die keine Ahnung hatten, was ein Sonntag war, und morgens gefüttert oder gemolken werden mussten. Es herrschte Ruhe, weil alles langsamer war. Niemand hatte Termine, niemand musste in die Stadt fahren, es roch nach Bratensauce und Gemütlichkeit. Mathilda seufzte vor Glück und öffnete die Augen. Gunnar war mit dem Hund in den Wald gefahren. George wurde langsam dick, er musste zwischendurch mal richtig rennen, hatte Gunnar gesagt, deshalb hatte Mathilda diesen Moment ganz für sich.

Bei Ilse waren die Gardinen im Schlafzimmer noch zugezogen. Ilse hatte sich noch nie um die Tiere gekümmert, außerdem ging sie selten vor Mitternacht schlafen, deshalb hatte Mathilda auch meistens bis um zehn Uhr Ilse-freie-Zonen. Zu schön.

»Hallo? Haalloo? … Dieses Scheißnetz … das kann doch nicht wahr sein. Hallo?«

Mathilda beugte sich vor und sah um die Hausecke. Das

war es dann mit der friedlichen Stimmung. Nils Mommsen stand mit seinem Handy auf einem Traktoranhänger und versuchte zu telefonieren. Sie waren in Dettebüll, mitten auf dem Land, hier gab es kein stabiles Netz – auch wenn man sich noch so sehr zum Affen machte.

»Hallo? Hörst du mich? Haalloo?«

»Nils.« Mathilda war abrupt aufgestanden und ging um die Hausecke. »Nimm das Festnetz und schrei hier nicht so rum.«

Ertappt ließ Nils seinen Arm mit dem Telefon sinken und sprang vom Anhänger. »Ach, Morgen, Mathilda, ich dachte, ihr seid nicht da. Das Auto ist weg. Sorry.« Ohne auf ihre Antwort zu warten, ging er zum Haus, Mathilda sah ihm kopfschüttelnd nach. Er trug eine gelbe Hose. Wie ein Papagei.

Langsam ging sie zurück, aber bevor sie sich wieder setzen konnte, klingelte das Telefon im Haus. Mit einem bedauernden Blick auf die Bank im Sonnenschein lief sie zum Telefon.

»Hallo, Mama, hier ist Max.«

»Max!« Mit einem Lächeln setzte Mathilda sich in einen bequemen Sessel. »Das ist ja schön. Was machst du gerade?«

»Ich telefoniere.«

»Das höre ich. Die Schuppentür schließt übrigens einwandfrei, das hast du sehr gut gemacht. Wolltest du was Bestimmtes oder nur mal Hallo sagen? Ich meine nur, weil du gerade erst da warst.« Ihr fiel ein, dass er ihre Frage nach seiner Freundin noch gar nicht richtig beantwortet hatte. Vielleicht war das ja jetzt die Gelegenheit. »Oder wolltest du mir noch die eine Frage von neulich beantworten? Also, dass dich Irene …«

»Seid ihr heute Nachmittag da?«

»Natürlich.« Mathilda wunderte sich über seinen ernsten Ton. »Wo sollen wir denn sein? Heute ist Sonntag.«

»Gut, dann komme ich so gegen drei.«

»Alleine?« Mathilda konnte die Frage nicht mehr zurückhalten, gespannt wartete sie auf seine Antwort. »Oder bringst du jemanden mit?«

»Ich bringe Nele mit.«

»Wie? Nele?« Mathilda hob die Augenbrauen. »Wieso Nele? Ich dachte, dass du ...?« Den Rest ließ sie unausgesprochen. Wieso kamen die Kinder zusammen?

Max klang irritiert. »Was dachtest du?«

»Ach, ich ...« Mathilda überlegte kurz, entschied dann aber doch, es wissen zu wollen, »... also, Irene Mommsen war doch vor ein paar Tagen hier und hat mir erzählt, dass sie dich in Husum gesehen hat. Und dass du deine Freundin dabeihattest. Da konnte ich ja nun nichts dazu sagen, weil ich davon noch gar nichts wusste. Also, dass du eine Freundin hast. Stimmt das?«

»Ja.«

Mathilda wartete auf eine Fortsetzung. Es kam nichts. Für Max schien die Frage damit beantwortet. Mathilda setzte nach: »Ja, und weiter? Bekomme ich vielleicht noch ein paar Details?«

»Mama.« Max stöhnte. »Das erzähle ich mal in Ruhe. Also, dann kommen Nele und ich heute Nachmittag. Mach aber nichts zu essen, wir wollen was mit euch besprechen.«

»Was wollt ihr denn besprechen?« Mathilda war dieses Telefonat einfach zu vage. »Soll ich nicht wenigstens eine Erdbeertorte machen? Die essen die Zwillinge doch auch so gern.«

»Die Zwillinge kommen gar nicht mit, die gehen mit Jonas in die Schwimmhalle. Nele und ich kommen alleine.«

»Und deine Freundin? Jetzt mach es doch nicht so spannend!«

Am anderen Ende atmete Max tief aus. »Mama, es gibt da leider zwei größere Themen. Das eine betrifft Nele, das andere Alina – meine neue Freundin. Bis später also.«

In Gedanken versunken stand Mathilda eine Stunde später in Neles altem Kinderzimmer, das sie jetzt als Bügelzimmer benutzte, und faltete Handtücher und Bettwäsche zusammen. Eigentlich war das keine Arbeit für einen Sonntag, aber Wäschefalten und Bügeln beruhigten Mathilda immer. Das Telefonat mit Max hatte sie unruhig gemacht. Jetzt musste sie das alles erstmal sortieren. Sie sah auf die Uhr und fragte sich, wo Gunnar so lange blieb. Der Hund musste mittlerweile fix und fertig sein. Sie legte das letzte Handtuch auf den Stapel, packte alles in einen Wäschekorb und beschloss, es gleich zu ihrer Mutter zu bringen. Bevor es hier lange rumstand und Ilse noch einfiel, dass sie ihre gewaschenen Handtücher noch nicht zurückhatte.

Mathilda hob den Korb an, lief die Treppe runter, griff den Schlüssel vom Flurhaken und ging nach nebenan. Sie würde ihr die Wäsche einfach in den Flur stellen. Auf ein Gespräch mit Ilse konnte sie gerade gut verzichten. Sie schloss leise auf und hörte leise Stimmen aus dem Wohnzimmer. Das war ungewöhnlich, um diese Zeit empfing Ilse sonst nie Gäste. Die Tür war nur angelehnt, auf Zehenspitzen trat Mathilda näher. Sie erkannte die Stimme von Nils Mommsen, und Mathilda fragte sich, was der jetzt wohl hier wollte. Er war nicht gut zu verstehen, er redete so leise. Sie verstand nur Satzfetzen.

»… nein, wie kommst du …?«

Ilse sprach lauter. »Ach, komm, Nils, das kannst du mir ruhig erzählen. Du weißt doch genau, dass ich einen ganz anderen Schwiegersohn wollte. Was habe ich gekriegt? Diesen zugelaufenen Polen. Der redet ja auch gar nicht. Ich war immer auf deiner Seite, ich hätte dich viel lieber gehabt. Und das mit dir und Irene, na ja, das war ja schließlich auch nur die B-Lösung. Ich kann dich verstehen. Du kannst es mir ruhig erzählen.«

Mathilda hielt die Luft an. Dann sagte Nils wieder etwas. Leider undeutlich. Wieso nuschelte er so?

»Irene … nicht … du siehst das ja sehr locker.« Nils lachte künstlich.

»Ach, was, ich weiß es sowieso. Mathilda kann doch überhaupt nicht schauspielern. Sie hat es mir selbst gesagt. Und das ist doch für uns alle die beste Lösung. Auch für dein Problem mit Robert.« Jetzt lachte Ilse auch. Das war ja nicht zu fassen. Mathilda atmete geräuschlos aus. Dann hörte sie wieder die Fragmente von Nils.

»Gebe es ja zu. Bei der Gelegenheit … Gefallen … Du willst doch nicht …« Es raschelte, als wenn jemand Papiere hin- und herschob. Mathilda konnte es nicht verstehen, Nils wurde immer leiser, sie traute sich nicht, noch näher an die Tür zu treten.

»Lass mal sehen … Ja. Besser du als jemand anderes, wir wissen, wen wir meinen. Ich …«

Genau in dem Moment hörte Mathilda draußen ein Auto halten, kurz darauf bellte George. Sofort trat sie den Rückzug an. Um was immer es da ging, sie musste sich verhört haben. Ihre Mutter konnte doch nicht ernsthaft glauben, dass Mathilda sich mit diesem albernen Nils Mommsen eingelassen hatte. Und er hielt nicht mal dagegen?

10.

Eddie fuhr in Schlangenlinien auf dem Mofa vor ihm und sang dabei laut ›We Are the Champions‹, während Pits Mofa immer langsamer wurde. »Eddie«, brüllte er, »Eddie, warte!« Aber Eddie wurde immer schneller. Er legte sich in die Kurve, sein nacktes Knie schrubbte über den Schotter, er sang immer lauter, sogar, als er aus der Kurve flog, in der Luft einen Überschlag machte und in den Kanal stürzte. Mit einer Kröte auf dem Kopf kraulte er zur Böschung. Und Pit wachte auf.

Das Erste, was er roch, war Kaffee. Das Erste, was er sah, war eine kleine Chinesin, die in seinem Bademantel mit einer Tasse in der Hand auf dem Bettrand saß.

»Pit«, sagte sie und kicherte. »Wer Eddie?«

»Was?« Er starrte sie an.

»Du rufen Eddie.« Bai Ling legte den Kopf schief. »In Schlaf.« Sie streckte den Arm aus, um ihm die Tasse zu reichen.

»Mhm.« Er setzte sich umständlich auf. Im Moment wollte er ganz bestimmt nicht über Eddie reden. »Keine Ahnung. Kenne ich nicht.« Er nahm ihr den Kaffee aus der Hand. Der Service war nicht schlecht. Bai Ling lächelte ihn an, der Bademantel klaffte über ihrem Busen auseinander. Pit wandte den Blick sofort wieder ab. Für solche Gedanken war er zu alt, sie zu jung, und überhaupt war dafür gerade keine Zeit. Er stellte die Tasse auf den Boden und stand auf. »Ich gehe duschen.«

Als er ins Wohnzimmer kam, blieb er überrascht stehen. Die Bude war völlig umgeräumt. Und mehr oder weniger aufgeräumt. Anscheinend hatte sie jeden Gegenstand in der

Hand gehabt und ihn woanders hingelegt. Aber es folgte alles einem gewissen System. Zumal sein überall verstreuter Papiermüll, seine schmutzigen Klamotten und die leeren Flaschen fehlten. Er hatte keine Ahnung, wann Bai Ling das gemacht hatte, vermutlich hatte sie überhaupt nicht geschlafen.

»Bai Ling?«

Sie stand sofort neben ihm. Er sah sie an. »Wo sind die ganzen Sachen?«

»Viel Müll«, antwortete sie eifrig. »Ich wegschmeißen. Klamotten in Waschmaschine. Ich gleich anfangen mit Küche. Ist auch schmutzig.«

Pit nickte, dann verschwand er im Bad. Unter der Dusche versuchte er, alles zu sortieren. Gut, wenn es ihr Spaß machte, dann sollte die kleine Chinesin ruhig bei ihm aufräumen. Das war ja nicht das Schlechteste. Über die weiteren Schritte könnte er nachdenken, wenn er sein anderes Problem gelöst hatte. Heute war Sonntag, seit drei Tagen lag das Kokain jetzt bei Eddie im Werkzeugschrank. Da lag es sicher. Aber er musste natürlich überlegen, wie es weitergehen sollte. Und dabei war ihm Mario eingefallen. Pit hatte Mario mal einen Gefallen getan, seitdem bekam er das Essen in Marios Pizzeria umsonst. Es war die übelste Pizza, die er kannte, deshalb brauchte Mario auch andere Einnahmequellen, mit seinem Fraß konnte man definitiv kein Geld verdienen. Irgendwann hatte Mario ihm im Suff erzählt, dass seine besten Kunden die Anzugschnösel aus den neuen Büros am Hafen waren. Die natürlich keine Pizza, sondern Koks bei ihm kauften. Wie er an das Zeug kam, hatte er nicht gesagt, aber er war der Erste, der Pit eingefallen war. Vielleicht könnten sie Geschäftspartner werden. Nur: Dafür musste Pit erstens mit ihm reden und zweitens ihm was von dem Zeug bringen. Vielleicht war es besser, ihm erst was zu bringen und dann zu sehen, was er sagte. Und deshalb würde er nachher mal eine kleine Spritztour nach Dettebüll machen. Ohne die Chinesin natürlich, die durfte er keinesfalls in die Sache mit reinziehen. Das war viel zu gefährlich. Sonntags war auf der Strecke nicht viel los, er würde nur ein paar Stunden weg sein. Schnell zu Eddie, eine kleine Tüte abfüllen und wieder zurück. Dann könnte er sogar noch anschließend bei Mario vorbeifahren und die schlimme Pizza Diavolo essen. Zur Tarnung, falls *Kill you* sich in der Nähe herumtrieb.

Er drehte die Dusche ab und griff zufrieden zum etwas muffigen Handtuch. Es war ein einwandfreier Plan. Pfeifend begann er, sich zu rasieren. Es war schließlich Sonntag.

Bai Ling saß immer noch im Bademantel auf der Bettkante, als er, nur mit einem Handtuch um die Hüfte, zurück ins Zimmer kam. »Ich muss mich anziehen«, sagte er und deutete mit dem Daumen auf die Tür. »Du kannst ins Badezimmer gehen.«

»Ja.« Bai Ling sprang sofort auf und lächelte. Sie lächelte immer, Pit fragte sich, ob sie so ein sonniges Gemüt hatte oder einfach nur ein bisschen dumm war. War aber eigentlich auch egal. Er wartete, bis sie den Raum verlassen hatte, dann fischte er die letzten sauberen Sachen aus dem Schrank und zog sich an.

Als er im Flur stand und seinen Autoschlüssel suchte, stand sie plötzlich vor ihm. »Du gehen weg?«

»Ja.« Er klopfte seine alte Jacke nach dem Schlüssel ab, drehte sich um und sah sie an. Schon wieder lächelnd hielt sie ihm ihre Hand hin. »Das?«

Pit nickte und streckte seine Hand danach aus, sie ließ den Schlüssel reinfallen. »Ich schnell anziehen, gleich fertig.« Sie wandte sich ab, im letzten Moment hielt Pit sie fest. »Nein, Bai Ling«, sagte er. »Ich muss zu einem Kumpel. Und ihm bei der Arbeit helfen. Das ist Männersache. Du bleibst hier und wartest auf mich. Ich komme nicht so spät wieder.«

»Nein.« Mit aufgerissenen Augen sah sie ihn an. »Ich mit.«
»Bestimmt nicht.« Er drehte sich um und öffnete die Haustür. »Mach es dir nett. Bis später.« Er zog die Tür hinter sich zu.

Das Hamburger Stadtgebiet war wie ausgestorben. Zumindest im Vergleich zu den sonstigen Tagen, an denen die Autos sich Stoßstange an Stoßstange im Slalom durch Baustellen und idiotisch geparkte Lieferwagen drängelten. Pit brauchte dieses Mal nur die Hälfte der Zeit, um auf die Autobahn zu kommen. Der wenige Verkehr hatte auch den Vorteil, dass er mögliche Verfolger sofort entdeckt hätte. Immer wieder sah er in den Rückspiegel auf die hinter ihm fahrenden Autos. Aber die Luft war rein. Keine aufgemotzten Poser-Autos, keine Motorräder, anscheinend hatte niemand mitbekommen, dass Pit Petersen sich auf den Weg nach Dettebüll gemacht hatte. Niemand verfolgte ihn. Kurz vor dem Ende der Autobahn entspannte er sich und stellte das Radio an. Wenn er sie jetzt noch nicht gesehen hatte, dann würden sie auch nicht mehr kommen. Weder *Kill you* noch seine Kumpels hatten je in ihrem Leben von einem Dreckskaff namens Dettebüll gehört, darauf würde Pit wetten.

Er kurbelte seine Scheibe ein Stück runter, als die Autobahn zur Bundesstraße wurde. Hier wurde gern geblitzt, er verlangsamte die Geschwindigkeit, ein Foto auf dem Weg zu Eddie musste er nicht von sich haben.

Bis auf ein paar Sonntagsfahrer war kaum jemand unterwegs. Pit warf einen Blick auf die Uhr, es war kurz nach eins, Mittagsstunde, da fuhr man auf dem Land nicht im Auto durch die Gegend, da lag man auf der Couch und pennte. Was aber für die Leute, die es geschafft hatten, diesen Dorfhöllen zu entrinnen, den Vorteil der freien Straßen hatte. Und so konnte er sich in aller Ruhe auf sein Vorhaben konzentrieren.

Er würde auf direktem Weg zu Eddie fahren, den Schlüssel

unter dem Stein rausholen und das Kokain abfüllen. Bei der Gelegenheit konnte er sich auch nochmal vergewissern, dass die Blechdosen tatsächlich das perfekte Versteck waren. Er musste nur aufpassen, dass niemand aus dem Dorf ihn sah. Nicht, dass irgendein Tratschmaul seiner Schwester erzählte, dass er da gewesen sei. Sie würde Fragen stellen.

Eigentlich hatte er Mathilda immer gemocht. Sie war fünf Jahre älter als er und immer in Ordnung gewesen. Aber sie hatte damals nicht verhindert, dass seine bekloppte Mutter ihn verpfiffen und ihn anschließend rausgeschmissen hatte. So weit war Mathildas Geschwisterliebe dann doch nicht gegangen. Und das nahm er ihr bis heute übel. Deswegen hatten sie keinen Kontakt mehr. Das letzte Mal hatte sie ihn zur Hochzeit ihrer Tochter eingeladen. Kurz vor dem Fest hatte seine Mutter ihr Gift auf seinem Anrufbeantworter verspritzt: »Pit. Wag es nicht, zur Hochzeit von Nele zu kommen.« Als wenn er so scharf darauf gewesen wäre.

Mathilda vergaß nie seinen Geburtstag und rief ihn immer an. Er war aber in all den Jahren nur einmal selbst ans Telefon gegangen. Sie gratulierte trotzdem stoisch auf dem Anrufbeantworter und versorgte ihn mit Neuigkeiten aus dem Dorf, die ihn null interessierten. Null Komma null. Und er rief nie zurück. Er hätte nach all der Zeit auch gar nicht gewusst, was er ihr erzählen könnte.

Bai Ling fiel ihm ein und dass er sie einfach in seiner Wohnung gelassen hatte. Vielleicht war das ein Fehler gewesen. Zum einen, weil sie ihn natürlich beklauen konnte, zum anderen, weil die Möglichkeit bestand, dass *Kill you* und friends plötzlich vor der Tür standen.

Pit atmete tief aus. Jetzt konnte er auch nichts mehr machen. Viel zu klauen gab es bei ihm ohnehin nicht. Und sie bräuchte *Kill you* ja nicht in die Wohnung lassen. Was passierte, wenn *Kill you* gar nicht darauf warten würde, reingelassen zu werden, das verdrängte Pit lieber. Er musste jetzt

Prioritäten setzen: erst mal zu Eddie, dann zu Mario, und danach würde er sich um den Rest kümmern. Die Chinesin würde schon klarkommen.

Kurz hinter der Abzweigung nach Dettebüll waberte plötzlich Güllegeruch ins Auto, sofort kurbelte Pit das Fenster hoch. Ein widerlicher Geruch, den hatte er früher schon gehasst. Scheißbauern. Einer von ihnen kam ihm auf einem Traktor entgegen, Pit verlangsamte die Fahrt, der Typ fuhr mitten auf der ohnehin schon schmalen Straße. Pit klappte die Sonnenblende runter und fuhr fast auf die Böschung, um ihm auszuweichen. Jetzt bog der Traktor auf ein Feld, Pit kniff die Augen zusammen, dann erkannte er den Traktorfahrer: Bauer Pape. Tatsächlich. Er duckte sich ein bisschen, in der Hoffnung, dass Pape ihn nicht erkannte. Das musste jetzt wirklich nicht sein. Dann fiel Pit ein, dass Pape die Kommunikation mit der einheimischen Bevölkerung schon vor Jahren eingestellt hatte. Er war ein Eigenbrötler, dem es vermutlich auch völlig gleichgültig war, dass Pit Petersen nach so langer Zeit mal wieder entlangfuhr. Pit wunderte sich, dass Pape hier noch Land hatte, über zehn Kilometer vom Dorf entfernt. Und dass er es selbst bestellen musste, er war mindestens Mitte siebzig.

Pape hatte ihn gar nicht gesehen, der Traktor schaukelte über das Feld. Pit beschleunigte und setzte seine Fahrt fort. Bauer Pape war auch so eine traurige Gestalt. In seinem Alter noch auf dem Traktor. Und er war ebenfalls ein Opfer von Ilse. Auch wenn das schon Jahre her war und sich kaum jemand noch daran erinnerte. Aber Pit hatte ein gutes Gedächtnis. Er vergaß nichts. Und der arme Pape musste oder wollte wohl auf dem Hof arbeiten, bis er tot umfiel. Anstatt den ganzen Scheiß zu verkaufen. Aber das konnte Pit egal sein, er war aus dieser Hölle entkommen. Nie mehr Traktorfahren. Nie mehr Gänseställe ausmisten. Nur noch viel Geld verdienen mit dem Zeug, das da vom Himmel gefallen war.

Oder besser, aus dem ersten Stock. Endlich mal gute Aussichten.

Das Einzige, was auf der Hauptstraße durchs Dorf fehlte, waren trockene Heuballen, die durch die Gegend wehten. Wie in den alten Western. So sah es nur aus wie ein Museumsdorf, in dem alle Einwohner von den durchreitenden Banditen erschossen worden waren. Außer drei Hühnern, die ausgebüchst waren, und einer dicken Katze am Straßenrand war niemand auf der Straße. Die sonntägliche Langeweile lag über allem, Pit musste gähnen bei diesem Anblick. Langsam bog er in den Weg zu Eddies Haus ein. Der hatte zum Glück keine Nachbarn, und sein Grundstück war vollständig zugewachsen mit Bäumen und dichten Sträuchern. Von außen quasi nicht einsehbar.

Das einzige Gebäude an dem Weg zu seinem Grundstück war ein leerstehender hässlicher Flachdachbau, in dem früher eine Filiale der Genossenschaft gewesen war. Die hatte man geschlossen, weil es längst zu wenige Bauern im Dorf gab. Inzwischen wurde das Gebäude von einer Technikfirma für Landwirtschaft und Gartenbedarf aus Niebüll genutzt: als Lager und Ausstellungsfläche. Im Schaufenster staubten seit mindestens zehn Jahren vier Rasenmäher vor sich hin. Pit konnte sich gut vorstellen, dass hier auch noch ganz andere Dinge eingelagert waren, er grinste.

Er rollte langsam auf Eddies Einfahrt, bis er abrupt auf die Bremse trat. Durch die dicken Äste der Kastanienbäume schimmerte etwas Rotes, auf dem Hof stand ein Auto. Pit fluchte leise, dann legte er den Rückwärtsgang ein und drehte um. Er überlegte kurz, dann fuhr er langsam um das Flachdachgebäude herum und parkte sein Auto hinter den Stapeln mit Holzpaletten, die hier seit Jahrzehnten vor sich hin gammelten. Es störte anscheinend niemanden, vermutlich waren sie vergessen worden, von der Straße aus konnte man sie nicht sehen. Genauso wenig wie jetzt sein Auto.

Pit stieg aus und ging über den Hof. Es gab einen Trampelpfad, der von diesem Grundstück auf Eddies führte. Sie hatten ihn schon als Jugendliche benutzt, um hinter den Paletten zu kiffen. Vermutlich kannte den Weg außer Eddie und Pit niemand, und er war mittlerweile auch schon ziemlich zugewachsen. Pit drückte die Brombeerzweige und die Brennnesseln mit den Füßen platt, fluchte leise über die Dornen und erreichte endlich die Hecke von Eddies Grundstück.

Er bog die Zweige ein Stück zur Seite und sah sofort wieder das Auto vor dem Haus. Ein roter Sportwagen mit Heider Kennzeichen, aus der Nachbargemeinde. So eine alberne Karre fuhr hier auch keiner. Pit spürte plötzlich seinen Puls. Wer zur Hölle fuhr so ein Auto, und was wollte der hier? *Kill you* und Konsorten konnte er ausschließen, dieser Wagen war eher ein Tussi-Modell. Genauso konnte er ausschließen, dass Eddie so was reparierte. So was klaute er noch nicht einmal. Zweisitzer in Rot. Im Leben nicht.

Er wischte sich den Schweiß von der Stirn und überlegte fieberhaft, wie er rausfinden sollte, wo der Besitzer dieses Wagens gerade war und was er hier wollte. Er musste nicht lange überlegen, da ging Eddies Haustür auf. Eine Frau tauchte auf, vielleicht Anfang vierzig, blonde Haare, teure Klamotten. Sie blieb in der Tür stehen, Pit sah, wie sie sich umdrehte, kurz wartete, dann lachte und vor die Tür trat. Hinter ihr kam ein Mann raus, den Pit zuerst nicht erkannte. Er beugte sich zu ihr, legte ihr die Hand besitzergreifend auf den Hintern und knutschte mit ihr rum. Dann brachte er sie zum Auto. Und lachte. Pit fiel fast alles aus dem Gesicht, als er ihn erkannte. Nils Mommsen, sein alter Nachbarskumpel! Und eines der größten Arschlöcher des Universums. Jetzt sah er auch noch aus wie ein alternder Dorfplayboy, die Haare hinten länger, die Klamotten bunter, was für ein Vollhonk. Er winkte dem roten Auto blöde hinterher, dann wandte er sich um und ging wieder rein.

Pit ließ sich vor dem Gestrüpp in die Hocke sinken und stöhnte. Was für eine Scheiße. Anscheinend wurde der Schlüssel unter dem Stein neben dem Schuppen von mehreren Leuten benutzt. Das hatte Eddie ihm nicht gesagt. Es war Pit völlig wurscht, wer da wen und wann flachlegte. Auch wenn sich so erklärte, warum das Zimmer neben der Küche jetzt so anders aussah. Aber dass der Idiot Mommsen Eddies Bude als Stundenhotel benutzte, versaute Pit seinen ganzen Plan. Jetzt musste er sich tatsächlich was anderes überlegen. Und das, obwohl er so nah dran gewesen war. Er hätte Nils Mommsen, die schlimmste Zecke unter der Dorfjugend, schon damals in der Güllegrube ertränken sollen.

Er wartete, bis die Luft rein war, dann ging er langsam zu seinem Auto zurück und setzte sich hinein. Wütend schlug er mit der Faust aufs Lenkrad, weil es so wehtat, übersah er den langsam heranrollenden Mercedes, der in Sichtweite anhielt. Ein Mann beugte sich neugierig vor, um Pit besser erkennen zu können. Als Pit sein Auto startete, war der schwarze Mercedes schon wieder weg.

11.

Max trat auf die Bremse, als er die einsame Gestalt in Husum an der Bushaltestelle erkannte, und fuhr rückwärts zurück. Er hielt neben ihm und ließ die Autoscheibe runter. »Moin, Robert, Bus verpasst?«

Der Mann grinste überrascht, als er Max erkannte, und kam zum Auto. »Hey, Max, das ist ja ein Ding! Wenn du zufällig zum Bahnhof fährst, könntest du mich mitnehmen.«

»Steig ein.«

Während Robert um den Wagen ging, musterte Max ihn. Sie hatten sich ewig nicht gesehen, Max konnte sich noch nicht mal erinnern, wann das letzte Mal gewesen war. Vermutlich auf irgendeiner Feier in Dettebüll. Vor Jahren.

Robert schlug die Tür zu und schnallte sich an, während er Max ansah. »Mensch, Max, da trifft man sich jahrelang nicht und dann durch Zufall hier! Aber stimmt, du wohnst ja hier in der Gegend.«

»Ja, immer noch. Und was machst du hier? Am Sonntagmorgen? In Husum an der Bushaltestelle?«

»Ich habe hier einen alten Kumpel besucht.« Robert fuhr sich mit einer Hand durch die Haare. »Leider steht sein Auto noch vor der Kneipe, in der wir gestern versackt sind. Deshalb wollte ich mit dem Bus zum Bahnhof. Und dann zurück nach Flensburg, nach Hause.« Er lächelte und schlug Max mit der Hand aufs Bein. »Aber so ist das ja noch besser. Wie geht es dir denn? Immer noch in der Tischlerei?«

Max nickte. Irgendwie fiel ihm ein, dass Nele früher mal unsterblich in Robert verliebt gewesen war. Der smarte Robert Mommsen hatte nur zwei Fehler gehabt: Er hatte eine nervige Mutter, und er ging in ein Internat. Deswegen war er nur in den Ferien in Dettebüll gewesen, es hatte aber jedes Mal gereicht, Neles Herz zu brechen.

Smart war Robert heute noch, er hatte etwas sehr Lässiges mit diesen verstrubbelten Haaren, den blauen Augen und seiner sportlichen Figur. Er sah aus, als wäre er gerade vom Surfbrett gesprungen. Max fragte sich, wie Irene und Nils Mommsen so einen Sohn hatten zustande bringen können. Die Geheimnisse der Genetik waren unergründlich.

»Ja, alles wie gehabt bei mir«, antwortete Max und legte den Gang ein. »Ich fahre übrigens zu meinen Eltern. Du kannst mitkommen nach Dettebüll. In einer Dreiviertelstunde sind wir da. Ich fahre heute Abend zurück.«

»Gott bewahre.« Robert lachte. »Da fahre ich nur noch hin, wenn ich muss. Nein, lass mal. Sonntag auf dem Land war noch nie so meins.«

Max hatte den etwas älteren Nachbarssohn immer toll gefunden. Er was so ganz anders gewesen als die übrige Dorfjugend, was vielleicht der Tatsache geschuldet war, dass Robert mit zwölf auf ein Internat gekommen und dort bis zum Abitur geblieben war. Seine Mutter hatte allen ungefragt erzählt, dass ihr Sohn hochbegabt sei und die Kleinstadtschule, auf die Nele und Max gingen, ihn völlig unterfordern würde. Das wiederum hatte Mathilda geärgert, die irgendwann gesagt hatte, Robert wäre genauso hochbegabt wie alle anderen im Dorf, Irene wäre nur eine Angebermutter, die ihren Sohn ins Internat gesteckt hätte, damit alle glaubten, er wäre was Besseres. So wie die ganze Familie. Der Einzige, der das nicht angestrebt hatte, war Robert selbst. Der blieb normal und ein freundlicher Mensch.

Max und Nele hatten sich nie um das Gerede der Erwachsenen gekümmert, sie freuten sich immer, wenn Robert in den Ferien kam, und bedauerten ihn, weil er so blöde Eltern hatte. Robert selbst verbrachte den Großteil seiner Ferien mit Nele und Max, aber er mochte auch das Internat und war froh, wenn die Ferien vorbei waren und er wieder zurückkonnte. Zu seinem Vater hatte er absolut keine Beziehung, sobald die beiden aufeinandertrafen, gab es Streit. Und anstatt zu schlichten, hatte Irene Mommsen sich nur rausgehalten und weggeduckt. Robert hatte es zu Hause wirklich nicht leicht gehabt.

Max warf ihm einen Seitenblick zu, Robert sah entspannt aus dem Fenster. »Wieso fährst du denn mit dem Zug von Flensburg nach Husum? Das ist doch so umständlich.«

»Ich habe kein Auto mehr«, war Roberts Antwort. »Habe ich aus Kostengründen abgeschafft. Ich fahre Fahrrad, und wenn es gar nicht anders geht, leihe ich mir ein Auto. Tut der Umwelt, meiner Kondition und meinem Konto gut. Und man gewöhnt sich schnell daran.«

»Aha.« Max sah ihn an. »Ich dachte, du könntest dich vor Kohle nicht retten? Als Chefredakteur. Ich habe dich als Anzugträger mit dickem Auto gesehen.«

Robert lachte leise. »Chefredakteur? Erzählt das meine Mutter? Ich bin freier Mitarbeiter einer kleinen Tageszeitung, das ist nicht gerade der bestbezahlte Job der Welt. Dafür lebe ich relativ stressfrei. Aber du kennst ja Irene. Wenn sie was über mich erzählt, musst du die Hälfte abziehen. Mindestens. Wie geht es denn deiner Schwester?«

Robert wechselte immer schnell das Thema, wenn es um seine Eltern ging.

»Hm. Gerade nicht so besonders.« Max folgte dem Schild, das schon den Husumer Bahnhof auswies. »Sie trennt sich gerade von ihrem Mann, dem Zahnarztarsch. Ich finde ja, es wurde höchste Zeit, aber für sie ist das natürlich eine ziemliche Katastrophe. Deswegen fahren wir heute auch nach Dettebüll, sie will es meinen Eltern schonend beibringen.«

»Das tut mir leid.« Robert wirkte ehrlich betroffen. »Grüß

sie von mir. Wohnt sie denn auch noch in Flensburg? Dann kann sie mich doch mal anrufen, wenn sie reden möchte. Wir könnten mal essen gehen.«

»Sag ich ihr.« Max verlangsamte die Geschwindigkeit, als sie den Bahnhofsvorplatz erreichten, und kam auf einem Seitenstreifen zum Stehen. »Und du melde dich auch mal wieder. Ich kann dich gern öfter zum Bahnhof fahren.«

Robert lachte und stieg aus. »Mach ich, danke fürs Mitnehmen, wir sehen uns.«

Er schulterte seine Tasche und ging los. Am Eingang drehte er sich nochmal um und hob grüßend die Hand. Max winkte zurück und hoffte, dass sie sich demnächst tatsächlich mal wieder treffen würden. Er ahnte nicht, wie bald das schon sein würde.

»Ach du Schande«, sagte Mathilda inbrünstig und griff nach Neles Hand. »Mit seiner Sprechstundenhilfe? So ein Idiot.«

Max verkniff sich ein Grinsen, er hatte genau diesen Satz als Reaktion seiner Mutter prognostiziert. Kurz und knapp. Aber alles gesagt. Sein Vater warf Mathilda einen kurzen Blick zu, dann wandte er sich an Nele. Er litt mit ihr, das war ihm anzusehen. »Was …«, begann er, stockte und setzte neu an. »Können wir dir irgendwie helfen? Willst du erst mal mit den Kindern hierherkommen? Bis du eine neue Wohnung hast?«

»Auf keinen Fall.« Abwehrend hob Nele die Hände. »Und ich will auch keine neue Wohnung. Ich will in der alten wohnen bleiben, auch damit sich für die Kinder nicht noch mehr ändert. Die Schule, die Freunde, der Babysitter, es ist alles um die Ecke. Ich ziehe da nicht aus. Ich muss nur sehen, wie ich das finanzieren kann.«

»Aber Jonas muss doch Unterhalt zahlen.« Mathildas Stimme war entschlossen. »Der verdient als Zahnarzt so viel.

Dann kann er dir doch die Wohnung überlassen. Es sind ja auch seine Kinder.«

»Mama, der Unterhalt ist für die Kinder und nicht für die Wohnung. Die ist eigentlich zu teuer für mich, selbst wenn ich wieder als Krankenschwester arbeiten gehe. Was auch noch schwierig wird mit den Kindern. Jonas will, dass ich ihn auszahle. Dafür brauche ich einen Kredit. Von der Bank oder von wem auch immer.«

Max verfolgte die betretenen Blicke, die sich seine Eltern zuwarfen. Gunnar räusperte sich und sagte leise: »Nele, du kannst dir denken, dass wir dir sofort finanziell helfen würden, wenn wir das könnten. Aber ich weiß nicht, ob wir das ... also ob es reicht, dass ... Wie soll ich das sagen?« Er sah hilfesuchend zu Mathilda, die nervös ihre Finger knetete. Sie wich seinem Blick aus und sagte betont forsch: »Soll ich vielleicht was zu essen machen? Rührei mit Krabben?«

»Mama, ich will jetzt nichts essen.« Nele stützte ihr Kinn auf die Faust. »Ich brauche eine Idee.«

»Also, es ist ja so«, Gunnar sprach zögernd weiter, »der Hof und das Haus ... also falls du überlegt hast, dass die Bank ... Wie soll ich das nur am besten erklären?« Er wirkte so ratlos, dass Max beschloss, ihn zu erlösen. »Papa, falls du uns erklären willst, dass euch hier gar nichts gehört, dann kannst du dir das sparen. Das hat Nele mir schon gesagt, sie weiß es.«

»Aber woher denn?« Mathilda sah erschrocken auf. »Wer hat das gesagt?«

»Niemand.« Nele sah sie lange an. »Ich habe irgendwann zufällig Oma Ilses Steuerunterlagen gesehen. Und war ziemlich erstaunt.«

»Warum hat sie euch eigentlich nichts überschrieben?« Die Frage platzte aus Max heraus. »Ihr kümmert euch um Haus und Hof, um sie – und habt nichts davon? Und wenn sie stirbt, zahlt ihr euch dämlich an Erbschaftssteuern?

Das ist doch total hirnrissig. Habt ihr Oma das nicht erklärt?«

Gunnar lächelte bitter und schüttelte den Kopf. »Als ob man Ilse etwas erklären könnte ... Nein, es hat keinen Zweck, das wisst ihr doch. Und eure Mutter ...« Er schluckte den Rest des Satzes runter und strich Mathilda stattdessen über den Rücken. Die setzte sich etwas gerader hin und sagte leise: »Ich hasse Streit. Vor allem Streit ums Geld. Ich hatte einfach keine Lust mehr, mit ihr darüber zu reden. Es hat ja doch nie was genützt.« Sie atmete tief durch und fuhr lauter fort: »Aber, Nele, wir haben noch einen Bausparvertrag. Den können wir doch auflösen, oder, Gunnar? Das ist nicht so viel, aber vielleicht hilft das auch schon bei einem Kredit. Und wir haben auch noch ein bisschen Geld angelegt, da müssen wir uns nur erkundigen, ob man das kündigen kann.« Ihre Stimme klang hoffnungsvoll. »Wir kriegen das schon irgendwie zusammen.«

»Mama.« Max beugte sich vor. »Das bringt doch alles nichts. Das Einfachste wäre, eine Hypothek auf das Haus aufzunehmen, wir müssen mit Oma Ilse reden. Vielleicht ist ihr gar nicht so klar, was es bedeutet, euch noch nichts überschrieben zu haben. Nele, komm, lass uns rübergehen. Wir sprechen mit ihr.«

»Ach, das ist keine gute Idee«, wehrte Mathilda sofort ab. »Sie hatte heute Morgen nicht so richtig gute Laune. Und heute ist doch Sonntag. Das kann doch ...«

»Was hat das denn mit Sonntag zu tun?« Nele stand plötzlich auf. »Mama, das kann doch nicht sein, dass du immer noch vor ihr kuschst. Wir gehen jetzt hoch, Max. Wir sind ihre Enkel.«

Ilse saß in ihrem Fernsehsessel, eine Schachtel Pralinen auf dem Schoß, und verfolgte auf dem Bildschirm eine Schlagersendung in unerträglicher Lautstärke. Sie sah unwirsch hoch, als Max, gefolgt von seiner Schwester, ins Wohnzimmer kam. »Ich kann jetzt nicht«, lautete ihre Begrüßung ungeachtet dessen, dass sie ihre Enkelkinder nicht so oft sah. »Ach Gott, Nele, du bist ja auch da.«

»Oma, wir müssen mit dir reden.« Max hatte sich genau vor ihr aufgebaut und versperrte ihr die Sicht. Ilse lehnte sich zur Seite, um an ihm vorbeisehen zu können. »Jetzt hör mir doch mal zu.«

Er musste schreien, um gegen die Blondine anzukommen, die im rosa Glitzerkleid von Sonnenuntergängen am Strand sang. »Kannst du nicht mal leiser machen?«

Den Blick auf den Fernseher gerichtet, schüttelte Ilse den Kopf. »Nein. Dann verstehe ich nichts mehr.«

Kurzentschlossen griff Nele nach der Fernbedienung auf dem Tisch und stellte den Ton ab.

»So«, sagte sie dann. »Oma, ich brauche einen Kredit. Jonas hat mich verlassen, und ich muss ihn auszahlen, wenn ich die Wohnung behalten will. Ich dachte an eine Hypothek auf das Haus.«

»Das gehört dir ja gar nicht.« Ilse blieb ungerührt sitzen, die Augen immer noch auf den jetzt lautlosen Fernseher gerichtet. »Deshalb kannst du auch keine Hypothek aufnehmen. Und Jonas wird schon einen Grund haben, dich zu verlassen, es hat ja nicht nur einer die Schuld.«

Nele sah mit offenem Mund zu ihr hinunter, Max schüttelte den Kopf. »Du bist doch wirklich ...«, sagte er leise und sah zur Tür, in der seine Eltern plötzlich aufgetaucht waren. Ilse folgte seinem Blick. »Hab ich was von Familienfeier gesagt? Was wollt ihr denn alle hier?«

»Mutter, wir ...« Mathilda trat einen Schritt vor, blieb aber stehen, weil Max die Hand hob.

»Mama, halt dich mal kurz raus. So, Oma, vielleicht hätten wir schon länger mal darüber reden müssen. Darüber, dass du noch nichts überschrieben hast. Ich würde gern wissen, warum das so ist. Wenn du stirbst, dann zahlen Mama und Papa sich dämlich an Erbschaftssteuern.«

»Ja, und?«, fragte Ilse, ohne den Blick vom Fernseher zu nehmen. »Das ist doch dann nicht mehr mein Problem.«

Mit einer unerwartet schnellen Bewegung nahm sie der überraschten Nele die Fernbedienung aus der Hand und stellte den Ton wieder an. Die Blondine in Rosa sang laut von Sehnsucht und Sternen, Ilses Fuß wippte im Takt.

Max holte Luft. »Oma, weißt du was? Du bist eine böse alte Frau geworden. Kannst du mir mal erklären, warum du Mama und Papa so terrorisierst? Ich habe keine Ahnung, wie sie das hier aushalten. Was willst du denn mit dem ganzen Land und dem Hof machen, wenn sie sich nicht mehr darum kümmern? Du lässt dich von ihnen von vorn bis hinten bedienen. Als wäre das eine Selbstverständlichkeit!«

Ilse hatte den Ton unbemerkt wieder ausgeschaltet, deshalb hatte Max den letzten Satz seiner Ansprache in die plötzliche Stille gebrüllt.

»Schrei mich nicht an«, sagte Ilse. »Und kümmere dich nicht um Angelegenheiten, die dich nichts angehen. Was ich mit meinem Land und meinem Hof mache, ist ja wohl ganz allein meine Sache.«

»Das sehe ich aber anders.« Max funkelte seine Großmutter an. »Mama und Papa machen hier auf dem Hof die ganze Arbeit, und du hockst auf deinem Sessel und lässt zu, dass sie sich irgendwann dumm und dämlich zahlen. Wie kann man nur so fies sein.«

»Sie können ja gehen, wenn es ihnen nicht passt.« Ilse starrte wieder auf den Fernseher, in dem jetzt das Fernsehballett still vor sich hin tanzte. »Wenn es ihnen zu viel wird, können sie sich ja eine nette Zwei-Zimmer-Wohnung nehmen, zu mehr wird es nicht reichen mit ihrer mickrigen Rente.«

»Mein Gott, bist du böse«, sagte Nele plötzlich und trat

neben ihren Bruder. »Was hättest du denn allein hier auf dem Hof gemacht? Ohne ihre Hilfe all die Jahre?«

»Dann hätte ich mir eben eine gesucht.« Ilse drehte sich langsam zu ihr um. »Aber ich bin doch nicht verrückt. Das kennt man doch, da überschreibt man seinen gesamten Besitz, und dann wird man in ein Heim gegeben, und der Pole macht sich mit meiner Tochter ein feines Leben. Nein, nein, nur über meine Leiche.«

Gunnar drehte sich um und ging. Mathilda wartete einen Moment, bis Nele und Max ihr folgten.

Nachdem Max und Nele sich verabschiedet hatten, stellte Mathilda um kurz vor acht einen Teller mit Schnittchen auf den kleinen Tisch, dazu zwei Gläser und eine Flasche Bier. Dann ließ sie sich in ihren Sessel fallen. »Wir essen heute vor dem Fernseher.«

Gunnar legte die Zeitung zur Seite und sah sie an. »Nach diesem Tag kann man das vielleicht auch mal machen.«

»Ja.« Mathilda griff nach einem Schnittchen mit Leberwurst und Gurke. »So ein blöder Sonntag. Mir reicht's gerade.« Sie schob sich das Brot in den Mund und legte die Beine auf den Hocker. Normalerweise gab es das nicht, Abendbrot vor dem Fernseher, und dann noch in so einer Position, anstatt anständig am Tisch zu sitzen. Aber heute war es wirklich egal.

Gunnar hebelte den Kronkorken auf und verteilte das Bier auf zwei Gläser: »Ich weiß einfach nicht, wie wir Nele helfen können. Ich glaube, ich fahre in den nächsten Tagen mal zur Sparkasse und rede mit Herrn Schröder. Vielleicht hat er noch irgendeine Idee.«

»Ja.« Mathilda nahm jetzt ein Schnittchen mit Schmalz. »Tu das.«

»Du bist so still.« Gunnar sah sie besorgt an. »Mach dir keine Sorgen, irgendwas fällt uns schon ein.«

»Ja. Bestimmt.« Mathilda griff nach der Fernbedienung, bevor sie ihren Mann ansah. »Ganz bestimmt.«

Sie stellte den Fernseher an und konzentrierte sich auf das beginnende Familiendrama. Manchmal beruhigte es zu wissen, dass es in anderen Familien auch Probleme gab. Nele hatte geweint, als sie gefahren war, Mathilda verdrängte das Bild aus ihrem Kopf. Sie würde später über alles nachdenken.

Kurz vor der dramatischen Schlussszene schreckte Mathilda von einem lauten Schnarcher auf. »Gunnar.« Sie sah zu ihm, er schlief tatsächlich tief und fest und schnarchte weiter. Den Blick auf den Bildschirm gerichtet, stand sie auf, ging zu ihm und legte ihm sanft die Hand auf den Mund. Gunnar japste und schlug die Augen auf. »Geh ins Bett, Schatz«, sagte Mathilda. »Ich komme gleich nach, es geht nur noch ein paar Minuten.«

Er rappelte sich schlaftrunken hoch, Mathilda hörte seine Schritte auf der Treppe nach oben und wandte sich dem Ende des Films zu. Was für ein toller Arzt. Dagegen konnte man Dr. Klopstock wirklich vergessen. Sie rutschte auf ihrem Sessel nach vorn und griff nach ihrem Glas, als sie plötzlich ihren Mann zurückkommen hörte. Er blieb an der Tür stehen und sagte resigniert: »Das ganze Schlafzimmer stinkt schon wieder nach Rauch.« Mit schweren Schritten ging er zum Sofa und ließ sich fallen.

»Das Fenster war doch zu. Oder nicht?«

Er antwortete nicht, sondern stand wieder auf, um sich die Wolldecke vom Sessel zu nehmen. Ruhig faltete er sie auseinander, bevor er sich aufs Sofa legte, die Decke um sich stopfte und nach oben sah. »Jeden Abend, Mathilda, jeden Abend raucht sie ihre Abendzigarette unter unserem Schlafzimmer. Ich weiß, dass ich das Fenster vorhin geschlossen habe. Und du wirst es auch nicht geöffnet haben. Aber jetzt ist es offen, und es stinkt bei uns wie in einer Kneipe. Ich schlafe jetzt hier unten. Und du kannst dir nicht vorstellen, wie leid ich dieses ganze Theater bin.«

Er schloss die Augen und war nach wenigen Sekunden wieder eingeschlafen. Mathilda stellte den Fernseher leiser und betrachtete Gunnar nachdenklich. Eigentlich müsste sie ihm erzählen, dass Max eine neue Freundin hatte und die nicht mit nach Dettebüll brachte, weil sie Polin war. Weil er keine Lust hatte, seine Liebste von seiner verrückten Oma beschimpfen zu lassen. Aber das wollte sie Gunnar im Moment ersparen. Und noch weniger konnte sie ihm von der albernen Geschichte erzählen, die sie Ilse aufgetischt hatte. Dass sie etwas mit Nils Mommsen habe. Nur damit Ilse für einen Moment sprachlos war. Mathilda schloss kurz die Augen. Jetzt hatte sie sogar schon Geheimnisse vor ihrem Mann. Was war denn nur los? Und plötzlich stand ein Satz wie gemeißelt vor ihren Augen. »Lass Ilse tot umkippen, einfach so und am liebsten sofort.«

Das würde alle ihre Probleme auf einen Schlag lösen. Es wäre für fast alle das Beste.

12.

Mittwoch, 29. Mai

Es roch nach Grasschnitt, ein Geruch, den Mathilda liebte. Anscheinend hatten alle Dorfbewohner heute Rasen gemäht, der Geruch begleitete Mathilda auf ihrem Heimweg, einmal quer durchs Dorf. Sie hatte den früheren Pastor getroffen, den Vorgänger von Detlefsen, und mit ihm ein bisschen über die alten Zeiten geplaudert. Sie hing den Erinnerungen noch nach, und dadurch waren die Probleme, die sie seit Sonntag so beschäftigten, ein bisschen in den Hintergrund getreten. Sie verlangsamte ihre Fahrt, als sie an der alten Schule vorbeikam. Alle nannten das Gebäude immer noch »die alte Schule«, dabei war es über zwanzig Jahre her, dass hier Grundschulkinder unterrichtet wurden. Es gab nicht mehr genug Kinder im Dorf, die wenigen, die noch da waren, mussten nun mit dem Bus in den nächsten Ort fahren. Mathilda war froh, dass Nele und Max damals noch mit dem Fahrrad oder zu Fuß in die Schule konnten. In dieselbe Schule, in die auch Mathilda gegangen war. Sie hatte eine so schöne Schulzeit gehabt. Zusammen mit Christa, Gesa, Selma und all ihren anderen Freundinnen, von denen noch so viele hier wohnten. Ihr Leben war damals so friedlich gewesen. So schön. Ganz in Gedanken an ihre Kindheit ließ Mathilda ihr Fahrrad auf die heimische Hofeinfahrt rollen und zuckte zusammen, als Ilse plötzlich aus dem Schuppen sprang.

»Da kann ich ja lange rufen. Ich suche dich überall.«

»Jetzt hast du mich ja gefunden.« Mathilda schob ihr

Fahrrad an Ilse vorbei in den Schuppen und lehnte es an die Wand. »Was ist?«

Ihre Mutter stand mit verschränkten Armen vor ihr. »Meine weiße Bluse. Die mit dem blauen Kragen.«

Mathilda wartete ab, es kam aber nichts mehr. Also fragte sie: »Was ist damit?«

»Ja, das frage ich dich. Ich weiß nicht, wo sie ist.«

»Im Wäschekorb. Du hast sie gestern ins Badezimmer geworfen. Vor den Korb.«

Ilse runzelte die Augenbrauen. »Ja. Und warum glaubst du, habe ich das gemacht? Weil ich sie gewaschen und gebügelt haben wollte. Weil ich morgen zu Alma Jansen gehe. Und sie da anziehen will. Alma hat nämlich Geburtstag. Ich brauche die Bluse um elf Uhr. Gewaschen und gebügelt. Schönen Abend.«

Sie drehte ab und ließ Mathilda stehen, die ihr stumm hinterhersah. Alma Jansen. Die jahrzehntelang die erklärte Erzfeindin von Ilse gewesen war. Eine arrogante, dumme, hässliche Pute, so hatte Ilse sie immer genannt. Weil Alma den größeren Hof geerbt, das schönere Auto gefahren, den hochbegabten Sohn vom erfolgreicheren Mann bekommen hatte und zu allem Überfluss auch noch die einstimmig gewählte Vorsitzende vom Landfrauenverein gewesen war. Ilse hatte sie über viele Jahrzehnte inbrünstig gehasst. Aber jetzt lebte Alma im betreuten Wohnheim in einem Zweizimmerappartement, der erfolgreiche Mann war schon seit Jahren tot, der hochbegabte Sohn mit seiner Firma pleitegegangen, und die Vorsitzende der Landfrauen war jetzt Irene Mommsen. Ilse wollte nur zu Alma, um sich an deren Niedergang zu weiden. Da war Mathilda sich ganz sicher.

»Ich bin gleich fertig«, sagte Gunnar, der sich gerade den letzten Rasierschaum aus dem Gesicht wusch. »Dann kannst du hier rein.«

»Rasierst du dich extra für den Preisskat?« Mathilda lächelte ihm im Spiegel zu. »Ich muss nur schnell die Wäsche holen. Bin gleich wieder draußen.«

Gunnar rieb sich Aftershave ins Gesicht. »Ich habe eigentlich gar keine Lust, zum Skat zu gehen.«

»Ach, komm.« Mathilda gab ihm einen sanften Klaps auf den Rücken. »Du hast doch immer gern gespielt. Und außerdem muss man Kruses Gasthof unterstützen, die richten den Preisskat doch jetzt seit Jahrzehnten aus. Sonst finden ja kaum noch größere Veranstaltungen dort statt. Und wenn dann nicht mal mehr jemand zum Preisskat hingeht, sind die bald endgültig pleite, und wir haben überhaupt keine Kneipe mehr. Das geht doch nicht. Was ist eigentlich der erste Preis?«

»Ein halbes Rind.« Gunnar stellte die Flasche wieder zurück ins Regal. »Das wäre ganz schön, wir haben ja nur noch eingefrorene Gänse. Vielleicht habe ich Glück.« Er drehte sich um und sah sie mit diesem schiefen Lächeln an, in das sie sich vor vielen Jahren verliebt hatte. Mathilda lächelte zurück und ließ sich langsam auf den Badewannenrand sinken. »Glück im Spiel, Pech in der Liebe«, sagte sie lakonisch, während Gunnar nach dem Kamm griff und versuchte, sein wirres Haar zu glätten. »Lass das mal lieber mit dem halben Rind, eine Ehekrise in der Familie reicht.«

Gunnar lachte leise und schob den Kamm in seine Hosentasche, bevor er sich neben Mathilda niederließ. »Du hast recht. Aber dass Nele so unglücklich ist, macht mir zu schaffen. Ach, ich hätte den Kindern gern diese Szene mit Oma Ilse erspart.«

»Ich auch. Aber du musst jetzt los.« Gunnar sollte einen schönen Skatabend haben und nicht mit schlechter Laune zu Kruses gehen.

»Ich bin dir sehr dankbar, dass du Ilse über all die Jahre aushältst«, sagte sie schließlich und lehnte ihren Kopf an seine Schulter. »Ich weiß, dass das nicht selbstverständlich ist. Vermutlich wäre so mancher Ehemann irgendwann gegangen.«

»Ja.« Seine Antwort kam so schnell, dass es beide überraschte. Gunnar hielt kurz inne und nickte schließlich. »Ja«, wiederholte er etwas leiser. »Ehrlich gesagt, habe ich nicht nur einmal darüber nachgedacht. Und nicht nur wegen Ilse. Ich habe mir vorgestellt, wie es wäre, in einer Stadt zu leben, in der nicht jeder jeden kennt, in der nicht die Hälfte der Leute miteinander verwandt, zur Schule gegangen oder Nachbarskinder sind, in der ich alle verstehe und keine Übersetzung brauche, wenn die Einheimischen Plattdeutsch miteinander reden. Und wo ich Gunnar Assmann gewesen wäre und nicht immer der Mann von Mathilda Petersen. Ja, ich habe mir das sogar sehr oft gewünscht. Aber dich hier wegzuholen, das hätte ich einfach nicht übers Herz gebracht.«

Mathilda griff nach seiner Hand und drückte sie. Sie wusste es natürlich. Gunnar hatte sich mit dem Dorfleben immer schwergetan. Er hatte sich bemüht, mit allen auszukommen, nahm an allem teil, war freundlich zu den Leuten, trotzdem blieb er immer der Zugezogene. Was von Ilse auch noch unermüdlich befeuert wurde. Aber trotz alledem war Gunnar geblieben. Ihretwegen. Und manchmal hatte Mathilda deshalb ein ganz schlechtes Gewissen. So wie in diesem Moment.

Kurz nachdem Gunnar das Haus verlassen hatte, klappte Mathilda ihr Bügelbrett im Wohnzimmer auf, stellte den Fernseher an und den vollen Korb auf den Tisch. Sie musste dringend bügeln, nicht nur weil Ilse diese weiße Bluse brauchte, die gerade im Trockner war, sondern weil Mathilda nachdenken musste. Bei den einfachen Sache wie Bettwäsche und Handtücher bekam sie ihren Kopf frei, bei T-Shirts sortierten sich die wichtigsten Gedanken wie von selbst, und bei der Königsklasse Blusen und Hemden kamen ihr die besten Einfälle, um ihre meist kleinen Probleme zu lösen. Sie hoffte, dass es auch heute funktionieren würde. Während sie die Bettwäsche erst glattstrich und dann das zischende Bügeleisen draufsetzte, überkam sie eine große Ruhe. Sie verfolgte nebenbei den laufenden Fernsehkrimi, er kam ihr bekannt vor, und tatsächlich, als die Kommissarin vor der seltsam liegenden Leiche und dem umgekippten Stuhl stand, fiel Mathilda sofort wieder ein, wer der Täter gewesen war. Also konnte sie sich aufs Bügeln und ihre Gedanken konzentrieren. Sie legte die glatte und noch bügelwarme Wäsche zusammen, griff zum nächsten Teil und machte immer weiter, so lange, bis alle einfachen Teile ordentlich gestapelt waren.

Beim zweiten T-Shirt hatte Mathilda ihre Tochter vor Augen. Nele war eine selbstbewusste Frau, sie würde nicht am Ende ihrer Ehe zerbrechen, da war Mathilda sich sicher. Zumal sie auch nicht glaubte, dass Jonas tatsächlich die Liebe ihres Lebens war. Aber trotzdem war es natürlich traurig, dass Neles Leben so plötzlich aus den Fugen geraten war. Da waren die Zwillinge, um die sie sich jetzt allein kümmern musste, da war die schöne Eigentumswohnung, die sie selbst nicht finanzieren konnte, da war die Unsicherheit, wie ihr Leben weitergehen würde: Konnte sie beruflich wieder Fuß fassen? Würde sie jemals wieder jemanden kennenlernen? All diese Dinge würden Nele jetzt umtreiben. Das Bügeleisen zischte, und Mathilda überlegte, was das Kind jetzt am dringendsten bräuchte. Zuspruch natürlich, den bekam sie von ihrer Familie. Ein bisschen Zeit für sich, die konnte sie haben, wenn sie die Kinder hin und wieder zu Mathilda brachte, die sich gern und auch öfter als früher um ihre Enkel kümmern würde. So weit, so gut. Aber ganz dringend brauchte sie Geld, um Jonas auszahlen zu können und nicht aus der Wohnung ausziehen zu müssen.

Mathilda legte das gefaltete T-Shirt auf den Stapel und nahm das nächste. Max. Er hatte also endlich wieder eine Freundin. Mathilda hatte sich immer gewünscht, dass er sich auch mal so richtig verlieben würde. Bislang hatte er immer nur so unverbindliche Beziehungen gehabt, dass er seinen Eltern die jeweiligen Freudinnen gar nicht erst vorstellte. Bei einem der wenigen Besuche mit einer Freundin hatte Oma Ilse tatsächlich gefragt, was sie eigentlich wiege. Dabei war das Mädchen gar nicht so dick, ein bisschen pummelig vielleicht, aber ganz hübsch. Sie waren noch nicht mal bis zum Kaffee geblieben. Obwohl Mathilda Käsekuchen gebacken hatte. Aber Max hatte auch nicht so gewirkt, als hätte er Schmetterlinge im Bauch gehabt. Zwei Monate später war das Ganze auch schon wieder vorbei gewesen. Die Sache mit Alina sah allerdings ganz anders aus. Als Mathilda ihn neulich am Telefon ausgefragt hatte, war ihr klar geworden, dass es ihren Sohn richtig erwischt hatte. Nur deshalb hatte sie ihn so gedrängt, doch ganz bald mit diesem Zaubermädchen zu Besuch zu kommen. Bis er sie schließlich ungeduldig unterbrochen hatte.

»Mama.« Seine Stimme hatte ganz verzweifelt geklungen. »Alinas Eltern sind aber Polen. Richtige Polen. Und dann auch noch geschieden. Was meinst du, was Oma Ilse macht, wenn sie das hört? So wie sie schon über Papa und Ostpreußen redet. Ich will es gar nicht wissen und es Alina auch nicht zumuten. Wenn ihr sie kennenlernen wollt, dann müsst ihr nach Husum kommen. Auf den Hof bringe ich sie nicht mit.«

Hart stellte Mathilda das Bügeleisen aufs Brett. Da kam ihr Sohn nicht mit seiner Freundin in sein altes Zuhause, weil seine Oma eine böse alte Frau war. Es reichte.

Das letzte T-Shirt war gebügelt und wanderte auf den Stapel. Mathilda ging ins Bad, um Ilses weiße Bluse zu holen. Die hatte sie sich für den Schluss aufgespart. Sie sah auf die Uhr, es war kurz vor neun, Gunnar würde noch nicht nach

Hause kommen, Preisskat bei Kruses dauerte immer bis Mitternacht.

Mathilda griff zum Bügeleisen, drückte auf den Dampfknopf und setzte es auf den Kragen. Erst von außen, dann von innen. Es zischte. Mathilda dachte nach. Und kam immer wieder auf denselben Gedanken. Es gab nur eine einzige Lösung für ihre Probleme. Mathilda sah sie genau vor sich. Und bügelte mit zusammengebissenen Zähnen weiter. Der linke Ärmel. Der rechte Ärmel. Der Rücken. Die Knopfleiste links rum. Die Knopflöcher von vorn. Rechte Seite, linke Seite. Schulterpasse. Fertig. Und es blieb dabei. Es war immer noch die einzige Lösung. Ein schrecklicher Gedanke. Schrecklich war es auch, diesen Gedanken überhaupt zu denken. Trotzdem stieß Mathilda ein kleines Stoßgebet aus. Vielleicht hatte der liebe Gott ja ein Einsehen und griff doch endlich ein. Es wäre für alle das Beste. Und das Einfachste.

Mathilda schloss kurz die Augen. Dann griff sie zum Kleiderbügel, hängte die perfekt gebügelte Bluse auf, zog den Stecker vom Bügeleisen aus der Steckdose und klappte das Bügelbrett zusammen. Die fertige Wäsche sortierte sie im Schlafzimmer in die Schränke, alles andere räumte sie in ihren Hauswirtschaftsraum. Das Bügelbrett stellte sie wieder neben die große Gefriertruhe und atmete tief durch. Sie durfte nicht solche Gedanken haben, sie musste sich ablenken. Sonst würde sie verrückt.

Ihr Blick ruhte auf der Gefriertruhe. Sie hob den Deckel hoch und blickte hinein. Die Truhe war randvoll mit tiefgefrorenen Gänsen. Sie könnte ja morgen eine braten, sie müsste sie nur jetzt auftauen und den Rotkohl schon mal vorbereiten, das würde sie auch auf andere Gedanken bringen. Warum eigentlich nicht? Sie nahm eine Gans raus und ließ den Deckel wieder fallen. Mit dem eiskalten, harten Vogel in beiden Händen ging sie durch den Flur in Richtung Küche. Plötzlich hörte sie dieses Geräusch auf der Terrasse.

Jemand zog einen Stuhl über die Terrassenfliesen, laut, begleitet von einem trockenen Husten. Mathilda blieb sofort stehen. Ilse hatte sich gerade zum Rauchen auf die Terrasse gesetzt. Und Mathilda hatte beim Wäschewegräumen die Balkontür weit geöffnet. Gunnar würde einen Anfall kriegen. Sofort eilte Mathilda die Treppe nach oben. Sie behielt die gefrorene Gans in den Händen, wenn sie sie jetzt ablegte, würde es feuchte Flecken auf dem Holzboden geben. Dann schob sie die Schlafzimmertür mit der Schulter weiter auf und hastete ins Zimmer. Sie war stinkwütend und würde Ilse jetzt endlich den Marsch blasen. Sie hatte das alles so satt. Die Balkontür des Schlafzimmers stand tatsächlich weit offen, der Qualm hatte sich schon im Zimmer ausgebreitet. Außer sich vor Wut trat Mathilda auf den Balkon und sah Ilse genussvoll rauchend auf dem Stuhl vor dem großen Rosenkübel, den Blick vom Haus abgewandt.

»Mutter, es riecht hier schon wieder alles nach deinen verdammten Zigaretten!«

Ilse drehte sich noch nicht einmal um, sie hustete nur kurz und qualmte seelenruhig weiter. Die Kälte der Gans, die Mathilda fest umklammert hielt, zog unangenehm in ihre Hände, die schon anfingen wehzutun. Mathildas Stimme kippte fast. »Jetzt hör mir mal zu, ich will nicht mehr, dass du hier jeden Abend diesen Zirkus machst!«

Sie trat einen Schritt näher an die Brüstung und beugte sich hinunter. »Hörst du mich!« Ilse saß da in ihrer ganzen Bosheit und Selbstherrlichkeit und paffte ungerührt vor sich hin. Mathilda spürte, wie der Zorn immer heißer in ihr hochstieg und gleichzeitig die Tiefkühlkälte ihre Hände langsam taub werden ließ. Sie presste ihre Finger fest um den gefrorenen Vogel, es fühlte sich ganz glitschig an. Mathilda versuchte, fester zu greifen – und dann ging alles so schnell, dass sie anschließend nicht hätte sagen können, was genau passiert war. Da war diese Flugbahn, wie mit einem Katapult, ein Knall, ein Scheppern und die plötzliche Stille. Als wenn nichts gewesen wäre. Auf der Terrasse lagen ein umgestürzter Stuhl, eine kreiselnde gefrorene Gans und Ilse. Neben ihr qualmte noch die Kippe. Sonst bewegte sich nichts mehr.

Dr. Klopstock richtete sich wieder auf und sah Mathilda ernst an. »Es tut mir leid, Mathilda, aber sei sicher, sie hat nicht gelitten. Eigentlich ein schöner Tod, eine letzte Zigarette, ein lauer Sommerabend, dann kippt man aus dem Stuhl, und das war's. Und sie hatte ja auch ein gesegnetes Alter.«

Seine Aussprache war etwas verwaschen, bei Kruses wurde während des Preisskats immer viel Bier und Schnaps getrunken, aber darauf konnte man ja nun keine Rücksicht nehmen.

»Und woran ist sie jetzt gestorben?« Gunnar war ganz blass, während er Mathilda tröstend über den Arm strich. Dr. Klopstock warf einen letzten Blick auf die Tote.

»Herzversagen, schätze ich. Die letzte Zigarette war die eine zu viel. Vermutlich ist ihr schwindelig geworden, dann ist der Stuhl umgekippt, sie ist mit dem Hinterkopf gegen den Kübel geschlagen, und der Schock hat ihr wohl den Rest gegeben. Ich schreibe Herzversagen auf den Totenschein, alles andere ist zu kompliziert. Und letztlich läuft es ja doch darauf hinaus. Ich sag dann mal Gerbers Bescheid, oder? Mein Beileid jedenfalls.«

Mathilda tupfte sich ein Taschentuch an die Augen und nickte. Gerbers war der einzige Bestatter im Umkreis. Ein netter Mann.

»Soll ich dir einen Tee machen?« Gunnar beugte sich besorgt zu ihr. »Oder einen Kaffee? Komm, lass uns reingehen, wir müssen ja hier nicht vor der toten Ilse sitzen.«

»Ich glaube, Klopstock braucht einen Kaffee«, flüsterte Mathilda. »Der ist ja total betrunken. Ich setze mal einen auf.«

Gunnar sah zu ihm und nickte. »Er hatte gerade eine Siegersträhne, als dein Anruf kam. Und er trinkt bei jedem guten Blatt einen Korn. Ja, der braucht wirklich einen Kaffee. Ich mach den schon. Du bist doch bestimmt fix und fertig.«

»Es geht schon, Gunnar.« Mathilda ging langsam in die Küche. »Es geht schon.«

Dr. Klopstock blieb noch so lange auf der Terrasse, bis Eckhard Gerbers die Tote in einen Sarg gelegt hatte. Mathilda stand mit einem Taschentuch in der Hand an der Tür und verfolgte stumm den Abtransport. Sie fühlte sich ganz komisch. Und hatte immer noch das Geräusch im Ohr. Das würde sie nie vergessen. Es war ein Unfall gewesen, sagte sie sich, ein blöder Unfall. Nur konnte man ihn so schlecht erklären. Tod durch eine gefrorene Gans. Die jetzt auch wieder in der Truhe lag. Ganz unten, sicherheitshalber.

Eckhard Gerbers und sein Mitarbeiter trugen jetzt den Sarg an ihr vorbei. Sie schwankten beide, Mathilda beobachtete sie irritiert, so schwer war Ilse doch gar nicht. Na, vielleicht hatten auch sie eine Glückssträhne beim Preisskat gehabt, bevor der Anruf kam.

»Was für ein Glück, dass alle bei Kruses waren und so schnell kommen konnten«, sagte Gunnar leise, der unbemerkt hinter sie getreten war. »Sonst hätten wir vielleicht bis morgen warten müssen.« Er trat einen Schritt vor. »Vorsicht, da steht der Rasenmäher im …«

Zu spät. Der rückwärts laufende Mitarbeiter blieb im Auffangkorb des Rasenmähers hängen und verlor das Gleichgewicht. Eckhard versuchte, den Sarg zu halten – doch begleitet von einem erschrockenen Ruf rutschte ihnen der Sarg aus den Händen, drehte sich und krachte auf die Terrassenfliesen. Ilse lag wieder draußen.

»Mann, du Trottel«, entwich es Eckhard, der sich sofort

schuldbewusst zu Mathilda und Gunnar drehte. »Entschuldigung, das tut mir jetzt leid, ich …«

»Wir gehen rein«, entschied Gunnar und führte die sprachlose Mathilda am Arm ins Haus. »Ihr macht das schon.«

»Du Idiot!«, hörten sie noch. »So geht man doch nicht mit Verstorbenen um. Fass mal richtig an. Guck mal, jetzt hat sie hier eine Stelle am Kopf, das kann ich dann wieder zurechtmachen.«

Zehn Minuten später kam Eckhard Gerbers noch einmal zurück und gab ihr die Hand.

»Ja, Mathilda«, sagte er etwas verlegen. »Ich entschuldige mich nochmal in aller Form für diesen Zwischenfall. Dann sehen wir uns morgen bei mir im Büro und sprechen alles Weitere ab. Ich wünsche dir viel Kraft und nochmal: mein herzliches Beileid.«

»Danke, Eckhard, ist schon in Ordnung«, antwortete Mathilda leise. »Bis morgen.«

Sie wartete, bis der Wagen langsam von der Einfahrt gefahren war, erst dann ging sie zurück ins Haus. Dr. Klopstock saß immer noch in der Küche, eine Tasse Kaffee vor sich, die Augen etwas glasig. »Möchtest du vielleicht noch einen Schnaps, Doktor?« Mathilda ging schon zum Schrank und ignorierte Gunnars fragenden Blick. »Ich bräuchte jetzt nämlich einen.«

»Ja, denn«, der Doktor sah sofort hoch. »Dann leiste ich dir dabei Gesellschaft.«

Mathilda stellte drei Schnapsgläser auf den Tisch, während Gunnar den Cognac für besondere Gelegenheiten aus dem Wohnzimmer holte. Als alle ein Glas in der Hand hatten, ergriff Dr. Klopstock das Wort: »Lasst uns auf Ilse Petersen trinken. Sie hatte einen schönen Tod. So wie sie gelebt hat: mit Zigarette im Garten und wie immer gut frisiert. Prost, Ilse.«

Mathilda kippte das Glas auf ex, der Cognac brannte erst in ihrer Kehle, dann wärmte er den Magen. Sie schüttelte sich kurz und stellte das Glas zurück auf den Tisch. »So«, sagte sie. »Dann werde ich jetzt mal Pit und die Kinder anrufen. Ach, und vielleicht Alma Jansen. Sonst wartet die morgen auf Ilse.«

13.

Die Tür der *Bar PP* flog auf, Hermann, wie immer am Tresen, zuckte zusammen und drehte sich um. Sie waren zu dritt, wie schon so oft. Der Bärtige, der Rothaarige und *Kill you.* Langsam kamen sie an den Tresen, hinter dem Bai Ling in einem sehr kurzen Blümchenkleid stand und Gläser polierte. »Hello«, sagte sie mit ihrer hohen Stimme und kicherte. »Was trinken?«

»Bier.« Der Rothaarige fixierte sie, dann sah er sich um. Sein Blick blieb an Hermann hängen. »Ist Pit nicht hier?«

»Hinten.« Hermann deutete auf den Ausgang und konzentrierte sich auf sein Glas. Er kam nicht her, um sich zu unterhalten, und fiel gleich wieder in eine Art Dämmerzustand.

»Und?« Der Bärtige beugte sich über den Tresen und sah Bai Ling an, sie trat einen Schritt zurück. »Ich Bai Ling«, antwortete sie etwas verunsichert. »Hier arbeiten.«

Der Bärtige runzelte die Stirn, *Kill you* sah ihn scharf an, er lehnte sich wieder zurück. »Schon gut.«

Bai Ling stellte ihm das Bier so ungeschickt auf den Tresen, dass es überschwappte. »Plost.«

Pit hatte mit angehaltenem Atem an der Hintertür gestanden und zugehört. Irgendwann musste er da reingehen, sonst würden sie das Gefühl bekommen, dass irgendetwas nicht stimmte. Mittlerweile wusste er, was da oben abgegangen war. Svetlana hatte es ihm erzählt, eine der Prostituierten von oben, er hatte sie vor ein paar Tagen auf dem Kiez getroffen und auf einen Döner eingeladen.

Die Bullen hatten oben eine Razzia gemacht, es hatte Hinweise auf Zwangsprostitution und Drogenhandel gegeben. »Aber sie haben nichts gefunden«, hatte Svetlana ihm erzählt. »Keine Drogen, keine Tabletten, sie haben alles durchsucht. Mit zehn Leuten. Und die Mädels, die da waren, hatten sogar Papiere. Das war Scheiße für die Bullen, sie konnten nichts machen. Aber die Chefs haben seitdem schlechte Laune. Ich verstehe das gar nicht, man darf sie kaum ansprechen. Die sind gerade ziemlich nervös.« Dabei zeigte sie auf einen blauen Fleck auf ihrem Oberarm, und Pit hatte ihr noch einen Döner gekauft. Sie war ja so dünn.

Pit konnte sich denken, warum die Chefs gerade schlechte Laune hatten. Der Grund dafür lag in Eddies Werkzeugschrank. Und sollte da auch erst mal bleiben.

Er holte tief Luft, dann drückte er die Tür auf und ging hinter den Tresen. »Tach.« Drei tätowierte Köpfe drehten sich zu ihm. Keiner sagte etwas, alle starrten ihn an. Pit griff zu einem Geschirrtuch und fing jetzt ebenfalls an, Gläser zu polieren. »Und? Alles im Lack?«

»Bei mir schon.« *Kill you* ließ sich langsam auf den Barhocker sinken und sah ihn mit schmalen Augen an. »Und hier? Keine neuen Einbrüche?«

»Nö.« Pit stellte das Glas zur Seite. »Die Typen haben ja gemerkt, dass hier nichts zu holen ist. Diese Arschlöcher.« Er lächelte Bai Ling an. »Es sah hier aus wie Sau.«

»Machst du mir noch eins?« Hermann war aus seinem Dämmerzustand erwacht. Pit nickte und ging zum Zapfhahn. Er sah die drei Tätowierten an. Sie konnten ihm nichts, das musste er sich immer wieder klarmachen, dann blieb er auch cool. »Auch noch eins?«

Bevor die beiden anderen antworten konnten, hatte *Kill you* schon die Hand gehoben. »Für heute ist gut«, sagte er leise und fixierte Pit. »Aber wir kommen ja wieder.«

»Schon recht, Jo.« Pit grinste. »Macht sieben Euro fünfzig.«

Der Rothaarige sah seine Kumpels irritiert an, auf ein Nicken von seinem Boss zog er einen zerknitterten Zehn-Euro-Schein aus der Tasche und ließ ihn auf den Boden fallen.

»Bis bald.« Der Bärtige knöchelte auf den Tresen, ohne den Blick von Pit zu nehmen. »Sehr bald.«

Als die Tür hinter ihnen zugefallen war, hob Hermann den Kopf. »Hast du Ärger mit denen?«

»Wieso sollte ich?« Pit beobachtete, wie Bai Ling auf einen Stuhl stieg und anfing, die Gläser vom Regal zu nehmen. »Was machst du da?«

»Ich putzen«, antwortete sie und reckte sich, um auch an das oberste Regal zu kommen. Ihr Kleid war wirklich sehr kurz. Pit wandte den Blick ab und sah Hermann an. »Was meinst du mit Ärger?«

»Man hört auf dem Kiez ja so einiges.«

»Aha. Und was?«

Hermann drehte sich sehr langsam um. »Man sagt, dass die Bullen bei der Razzia nichts gefunden haben, weil Oleg ein gutes Versteck für seinen Stoff hatte.«

»Wer ist Oleg?«

Hermann machte ein Zeichen am Hals. »Der, den du immer *Kill you* nennst.«

»Der heißt Oleg?« Pit hatte den Namen noch nie gehört. »Sag bloß. Und was hat das mit mir zu tun?«

»Was weiß ich? Irgendjemand soll den Stoff gefunden haben. Und Oleg nicht zurückgegeben.«

»Ich weiß doch nicht einmal, wo Oleg was versteckt hat. Und ich lege mich doch nicht mit denen an.«

»Dann ist ja gut.« Hermann trank sein Bier aus und legte ein paar Münzen neben das Glas. »Weil Oleg nämlich jetzt ein bisschen Stress mit seinen Chefs hat. Den Südamerikanern. Die wollen ja, dass er das Zeug verkauft. Deshalb muss Oleg das wiederfinden. Aber wenn du auch nichts weißt … Na ja, nicht mein Problem. Also, mach's gut.«

»Ja, tschüs, Hermann.« Pit sah ihm nachdenklich hinterher, dann blickte er hoch zu Bai Ling. Sie war weiß Gott nicht die Schnellste, aber sie war wirklich sehr niedlich. In diesem kurzen Kleid.

Anscheinend spürte sie seinen Blick und drehte sich um. »Böse Männer?«, fragte sie und kletterte vom Stuhl. »Machen Plobleme?«

»Nein, nein«, antwortete er schnell und klaubte ihr ein Spinnennetz von den Haaren. »Sind Nachbarn. Haben wohl gerade Ärger mit der Polizei. Mit mir nicht.«

»Gut.« Sie lächelte und hob sofort die Hand vor den Mund. »Wir gehen nach Hause? Oder kommt noch mehr Gast? So spät?«

»Nein.« Pit sah auf die Uhr. »Wir machen zu.«

Bai Ling hakte sich wie selbstverständlich bei ihm ein, als sie die Kneipe verließen und zu Pits Auto gingen. Als er sich umdrehte, sah er in einiger Entfernung eine Gruppe von Harleys langsam die Straße runterfahren, alle in seine Richtung. An der Straßenkreuzung blieben sie stehen, bis Pit den Wagen gestartet hatte. Dann folgten sie ihm. Pit seufzte. Was wollten die rausfinden? Wo er wohnte? Das wussten sie doch. Er hatte keinen Bock auf diese Scheiße, er konnte noch nicht mal erkennen, ob *Kill you* und seine beiden Kampfhunde überhaupt dabei waren. Scheiß Helme. Scheiß Kutten. Er klappte den Rückspiegel nach unten, um sie nicht mehr sehen zu müssen, und achtete penibel darauf, sich an die vorgeschriebene Geschwindigkeit zu halten. Das musste den Rockern doch auch schon auf den Geist gehen. So eine Maschine unterm Hintern und dann mit fünfzig durch Hamburg zu kriechen. Pit grinste und bremste kurz ab.

Als er in seine Straße einbog, fuhren sie weiter. Irritiert sah Pit über seine Schulter. Die verfolgten ihn gar nicht. Wenn sie zu *Kill you* gehörten, sollten das vielleicht nur Drohgebärden sein. Als wenn ihn das beeindrucken würde. Er musste aufpassen, keinen Verfolgungswahn zu kriegen. Und cool bleiben. Vielleicht war ja doch alles gar nicht so schwierig, wie er dachte. Morgen in aller Frühe würde er nach Dettebüll fahren und ein bisschen Stoff holen, um mit Mario ins Geschäft zu kommen. Dann würde er weitersehen.

Später schob er seinen leeren Teller zur Seite und rülpste leise. Kochen konnte sie, die kleine Chinesin. Außerdem hatte sie es in den vergangenen Tagen geschafft, aus seiner Chaosbude eine fast aufgeräumte Wohnung zu machen. Nichts klebte mehr, es lag nicht mehr so viel herum, und dazu saß Bai Ling nun auch noch jeden Abend auf dem Sofa und sah kichernd Fernsehen. Eigentlich war es ganz schön. Während Bai Ling eilig die Teller in die Küche brachte, um gleich wieder ihre Lieblingsserie zu schauen, dachte Pit darüber nach, wie er jetzt vorgehen würde.

Eines seiner Probleme hieß nun Nils Mommsen. Dieser Vollidiot benutzte Eddies Schlüssel, Pit fragte sich, ob sein Kumpel überhaupt davon wusste. Nils war früher schon der erklärte Feind von Eddie und Pit gewesen. Ein aufgeblasener Strebertyp, der ständig in ihrer Nähe rumhing. Irgendwann hatte er die Haschtütchen gefunden, die Eddie in einer alten Kiste hinter den Paletten vergraben hatte. Die Ratte hatte tatsächlich versucht, sie damit zu erpressen, Pit hatte ihm die Fresse poliert, danach war der beknackte Nils zu Eddies und Pits Müttern gegangen und hatte es denen gesteckt. Eddies Mutter war zu besoffen gewesen, um zu schnallen, was Nils überhaupt wollte, aber Ilse hatte Nils die Tütchen abgenommen und sie zur Polizei gebracht. Danach hatte auch Eddie Nils nochmal die Fresse poliert. Die scheiß Sozialstunden mussten sie trotzdem ableisten. Und zwei Wochen lang den Spielplatz an der Grundschule fegen.

Vielleicht sollte Pit Eddie doch ins Vertrauen ziehen. Sobald der wieder da war. Eddie hatte ja auch genug Freundschaften im Knast geschlossen, und irgendwoher musste ja auch die Dorfbevölkerung ihre Drogen bekommen. Wobei Pit sich nicht vorstellen konnte, dass der Kokainverbrauch in Dettebüll nennenswert war. Früher wurde in Dettebüll eigentlich nur gesoffen. Okay, ab und zu gekifft. Aber auf Eddie war in solchen Dingen Verlass. Und Eddie hatte Nerven. Deshalb war er auch so erfolgreich bei seinen Geschäften. Auch wenn Pit nicht genau wusste, worin die eigentlich bestanden.

»Du traurig?« Bai Ling saß plötzlich auf seiner Sofalehne und legte ihm ihre kleine Hand aufs Bein. Sie bewegte sich so geräuschlos und schnell, dass Pit dauernd zusammenzuckte, wenn sie auf einmal wieder hinter oder neben ihm stand. Wie eine Katze, dachte er und sah sie an.

»Nein, müde.« Er schob sanft ihre Hand weg und stand auf. »Ich hole mir ein Bier. Willst du auch?«

Sie kicherte und schüttelte kräftig den Kopf, so dass ihre Ponyfransen hüpften. »Bier für Mann«, sagte sie und rutschte von der Lehne aufs Sofa. »Ich nur bei Feiern. Du haben Familie?«

»Was?«

»Familie?« Bai Ling wirkte sehnsüchtig. »Ich nix Familie, alle tot. Du?«

»Ich auch nix Familie, mit allen Streit«, antwortete Pit schnell. Dann holte er sich rasch ein Bier aus dem Kühlschrank und setzte sich wieder neben sie. »Jetzt ist Ruhe. Schlimme Leute.«

»Oh.« Sie biss sich auf die Unterlippe und strich über sein Bein. »Du nur diese Wohnung? Oder woanders noch Haus?«

»Ein Haus?« Pit lachte und beobachtete ihre Hand. »Nein, hier wohne ich. Nur hier. Warum?«

»Weil«, sie rutschte noch näher, »China-Frau will Mann, Haus und Familie. Eigenes Haus. Ist wichtig.«

»Und Mann?« Pit war gespannt, was sie eigentlich meinte. Bai Ling kicherte und drückte ihm den Zeigefinger auf die Brust. »Du guter Mann. Du nur noch brauchen Haus. Dann gut.«

Sie küsste ihn schnell auf die Wange, und Pit überlegte, was genau sie von ihm wollte. Er war doppelt so alt wie sie, aber anscheinend hatte sie ihn sich ausgesucht. Er hatte sich gar nicht anstrengen müssen. Das war ihm zwar noch nie passiert, aber vielleicht stand sein Leben gerade einfach unter einem guten Stern. Und er hatte lange keine Freundin mehr gehabt. Und sie war ja auf ihre Art irgendwie ganz niedlich. Deshalb rückte er jetzt näher zu ihr und legte seinen Arm um sie. Bai Ling lächelte ihn an und kuschelte sich eng an ihn. Sie legte ihren Kopf an seine Schulter und ihre Hand auf sein Bein. Und genau in diesem Moment begann das Telefon zu klingeln. Bai Ling nahm sofort die Hand wieder weg und richtete sich auf. »Telefon.«

Pit schüttelte den Kopf. »Nicht wichtig.«

»Doch«, jetzt stand Bai Ling auf. »Du musst Telefon. Vielleicht wichtig.«

»Nein.« Pit versuchte, sie sanft aufs Sofa zurückzuziehen, doch die kleine Chinesin hatte eine beeindruckende Körperspannung und blieb stehen. Das Läuten hörte auf, Pit sah sie an. »Siehst du, nicht wichtig.«

Bai Ling blieb trotzdem stehen. Pit musterte sie. Sie sah wirklich sehr jung aus, vielleicht war es gut, dass das Telefon geklingelt hatte. Abrupt stand er auf und ging in die Küche. Auf dem Weg dahin griff er kurz zum Hörer, um zu sehen, wer ihn überhaupt angerufen hatte. Unter Bai Lings Blicken sah er die Nummer von Mathilda.

»Das war meine Autowerkstatt«, teilte er Bai Ling mit. »Die wollen mir dauernd eine neue Karre verkaufen. Ich hab doch gesagt, nicht wichtig.«

Vermutlich so unwichtig wie Mathildas Anruf. Sie hatte ja

noch nicht mal auf den Anrufbeantworter gesprochen. Zumindest zeigte der nichts an.

Um halb vier Uhr morgens ging sein Wecker. Verschlafen stellte er ihn aus, dann quälte er sich aus dem Bett und schlurfte ins Bad. Er warf einen Blick ins Wohnzimmer, Bai Ling lag auf dem Sofa unter einer Wolldecke, der Fernseher lief noch. Sie schlief wie eine Tote, Pit bemühte sich, daran nichts zu ändern. Als er die Haustür hinter sich zuzog, überlegte er noch, einen Zettel für sie zu schreiben. Dass er beim Großmarkt wäre oder so was. Das verwarf er gleich wieder, mit etwas Glück wäre er um acht ohnehin wieder hier. Zwei Stunden hin, fünf Minuten, um den Stoff zu holen, zwei Stunden zurück. Um diese Zeit war auf den Straßen nichts los. Und im Dorf noch niemand unterwegs. Und um diese Zeit würden Nils Mommsen wohl auch noch keine erotischen Anwandlungen umtreiben.

Pit startete den Wagen und fuhr langsam los. Er bog auf die Hauptstraße ein, kurz danach sah er im Rückspiegel den Motorradfahrer. Eine Harley, die in gleichbleibendem Abstand hinter ihm fuhr. Pit schüttelte den Kopf. Er musste jetzt ganz ruhig bleiben, das war doch reiner Zufall, die Uhr zeigte gerade mal vier. Und *Kill you* gehörte garantiert nicht zu den Frühaufstehern. Pit fuhr weiter, den Motorradfahrer im Blick, er war nicht zu erkennen, blieb aber hinter ihm. An der nächsten Kreuzung setzte Pit den Blinker und ordnete sich links ein. Es war die falsche Richtung, er wollte nur sehen, ob er tatsächlich verfolgt wurde. Die Ampel wurde rot, Pit hielt, der Motorradfahrer ebenfalls. Das Visier war runtergeklappt Pit konnte das Gesicht nicht sehen, aber ihm wurde übel. Fieberhaft überlegte er, was er nun tun sollte, die Ampel sprang auf Grün. Pit fuhr weiter, an der nächsten Kreuzung fuhr er nach rechts, die Harley blieb hinter ihm. Pit sah immer wieder in den Rückspiegel, dabei hätte er fast die Polizisten, die plötzlich mit einer Kelle hinter der nächsten Kurve standen, nicht bemerkt. Erst im letzten Moment erkannte er die Kontrolle und bremste ab.

Sein erster Gedanke war: »Scheiße, Polizei.« Sein zweiter Gedanke: »Ich bin nüchtern und habe das Zeug ja nicht im Auto.« Er kam zum Stehen und ließ tief ausatmend die Scheibe runter. »Guten Morgen, Fahrzeugkontrolle, Ihre Papiere bitte«, sagte der Polizist erstaunlich höflich, und Pit sah in den Rückspiegel. Falls es noch Zweifel gab, wurden die jetzt ausgeräumt. Der Motorradfahrer war auch angehalten worden und klappte jetzt sein Visier hoch. Pit erkannte ihn sofort: der Rothaarige. *Kill you* hatte ihm tatsächlich einen Verfolger auf den Hals gehetzt. Den Ausflug nach Dettebüll konnte er also wieder mal vergessen. Die Frage war nur, woher sie wussten, dass er um diese Zeit unterwegs war. Beobachteten sie ihn tatsächlich rund um die Uhr?

14.

Donnerstag, 30. Mai

»Dein Handy brummt«, sagte Alina, als sie, zwei Tassen vor sich balancierend, zurück in ihr Schlafzimmer kam. »Soll ich es dir holen?«

»Nein.« Max öffnete nur ein Auge und hob den Kopf. »Es ist noch nicht mal halb acht Uhr. Die Einzige, die sich traut, mich so früh anzurufen, ist meine Mutter. Und wenn es was Wichtiges ist, ruft sie nochmal an.« Er ließ seinen Kopf wieder zurück aufs Kissen fallen. »Und außerdem habe ich einen dicken Kopf. Meine Güte, was ist deine Mutter trinkfest.«

Alina lachte leise, stellte seine Tasse auf den Nachtschrank und setzte sich im Schneidersitz aufs Bett. »Wir sind Polen, Max, wir haben das in den Genen.«

Er setzte sich auf und griff nach der Tasse. Alinas Mutter Karolina war gerade bei Alinas Schwester in Hamburg zu Besuch. Und gestern Abend hatten sie überraschend bei Alina vor der Tür gestanden. Karolina mit ihrer ältesten Tochter Maria und deren Mann Ingo, einem Hamburger Koch. Anfangs war Max von dieser geballten Familienpower etwas überfordert gewesen, zumal Karolina ihn kurzerhand an ihre Brust gedrückt hatte. »Ich wollte mir den Wunderknaben mal ansehen, in den Alina sich so verknallt hat. Ja, Alina, der ist gut, freut mich, ich bin Karolina. Kommt, ich lade euch zum Essen ein.«

Kein Wunder, dass Alina so schön war, das lag in der Familie. Karolina war die ältere Ausgabe ihrer Tochter, mit ihren

Anfang sechzig sah sie zehn Jahre jünger aus, war ausgestattet mit einer kräftigen Stimme, herzlichem Lächeln und überbordender Energie. Maria war die brünette Ausgabe von Alina, sie war genauso mitteilsam wie ihre Mutter und Schwester. Nach dem Begrüßungsgetränk waren sie in ein Restaurant gegangen, es war ein lustiger Abend gewesen. Auch wenn Max bei weitem nicht alles verstanden hatte. Mit steigendem Alkoholpegel wechselten die Frauengespräche ab und zu ins Polnische. Ingo und Max fanden das aber nicht so schlimm, in einer Ecke des Restaurants hing ein Fernseher, in dem ein Champions-League-Spiel übertragen wurde.

Gegen Mitternacht hatte Ingo zum Aufbruch gedrängt, schließlich war er der Fahrer. Karolina lebte seit der Scheidung acht Jahre zuvor wieder in Polen, sie war Köchin und arbeitete in einem Hotel. Jetzt blieb sie für sechs Wochen in Deutschland und hatte ihren nächsten Besuch in Niebüll schon angekündigt. »Und dann lerne ich mal deine Eltern kennen«, hatte sie mit ihrem charmanten polnischen Akzent gesagt und ihn vorfreudig angestrahlt. »Alinas Vater wohnt in Berlin, der kommt auch mit, wir sind ja nicht böse miteinander. Aber ich habe ihm gesagt, er soll seine neue Frau zu Hause lassen und stattdessen ein paar Flaschen polnischen Wodka als Gastgeschenk mitbringen. Sonst ist das für deine Eltern und deine Oma zu viel Durcheinander.«

Max stöhnte jetzt, als ihm diese Szene wieder einfiel. Er stellte sich diese polnische Invasion in Oma Ilses Wohnzimmer vor. Dagegen würde der Streit von neulich als Kindergeburtstag durchgehen.

»Was hast du?« Alina beugte sich näher und strich ihm über die Wange. »So schlimme Kopfschmerzen?«

»Nein, nein.« Max griff nach ihrer Hand und küsste sie. »Es geht schon. Du hast eine tolle Mutter. Und Schwester. Und Schwager. Das war echt nett, gestern Abend.«

»Ja, nicht wahr?« Alina lächelte. »Und mein Vater ist auch ganz okay. Seine neue Frau ist zwar ein bisschen sehr Tussi, aber man hält sie aus. Sie ist eine waschechte Berlinerin und bildet sich was darauf ein. Ich habe meinem Vater aber schon gesagt, dass er alleine kommen soll. So eine Familienkonstellation kann ja ganz schön anstrengend sein. Für deine Familie, meine ich.«

Max dachte, dass Alinas Stiefmutter wirklich das kleinste Problem darstellen würde, beschloss aber, dass er sich darüber erst Gedanken machen würde, wenn es so weit war.

Er nahm seine Tasse mit beiden Händen und blickte seine Freundin an. »Sag mal, was mir gerade einfällt, du hast doch gestern Abend, bevor deine Leute hier einfielen, angefangen, etwas zu erzählen. Irgendetwas mit einer Siedlung bei Dettebüll. Und meinen Eltern. Wir sind dann davon abgekommen, weil es klingelte. Was war denn das nochmal?«

»Ach ja.« Alina stellte schwungvoll ihre Tasse auf den Boden, ein paar Spritzer Kaffee landeten auf dem Flickenteppich. »Das war echt wichtig. Ihr habt doch noch Land in Dettebüll, oder?«

Max nickte. »Ja, so alte Weiden und Koppeln. Am Wald. Wieso?«

»Na ja, das sind bald keine alten Weiden und Koppeln mehr. Wir haben im Bauamt nämlich ein neues Großprojekt, dafür bin ich auch eingeteilt worden. Baulanderschließung für die Siedlung Dettebüller Moor. Das ist ein großes Bauvorhaben mit Ferienwohnungen, Eigentumswohnungen, einer Einkaufsmeile und Sport- und Spielplätzen. Dafür wird das Land hinter Dettebüll erschlossen, es gibt schon einen Investor. Die Landbesitzer bekommen demnächst Post von uns, also vom Bauamt und vom Investor, in dem Angebote gemacht werden. Also je nachdem, wie viel Land ihr da habt, können deine Eltern richtig viel Geld verdienen.«

Max starrte sie mit offenem Mund an. »Bist du dir sicher? Die ganzen Weiden da oben werden Bauland?«

Alina nickte. »Natürlich bin ich sicher, ich arbeite doch im Bauamt. Die Briefe gehen in den nächsten Tagen raus. Ich kann dir auf einer Karte auch gern zeigen, welches Land genau gemeint ist. Dann können wir ja mal sehen, wie viel davon euch gehört.«

»Ja, Wahnsinn.« Max' Kopfschmerzen waren komplett verflogen. Er konnte zwar nicht genau sagen, wo die Grundstücksgrenzen lagen, aber sie hatten eine ganze Menge Land da oben. Wobei es nicht ganz richtig war. Nicht seine Eltern, sondern *Oma Ilse* hatte eine ganze Menge Land da oben. Sie mussten wirklich nochmal in Ruhe mit ihr sprechen. Vielleicht wurde sie ja etwas einsichtiger, wenn es jetzt überraschend Geld für das Land gab, das nie einen Wert gehabt hatte. Und vielleicht konnte man sie ja doch dazu bewegen, Nele mit einem Kredit auszuhelfen. Bestimmt mit Zinsen, weil sie eben Oma Ilse war.

»Oh Gott!« Alina sprang plötzlich auf. »Es ist zehn vor acht, ich muss duschen. Wann musst du los?«

»Ich kann heute später anfangen.« Max streckte sich. »Fang an, ich dusche nach dir.«

Er wartete, bis er das Rauschen des Wassers hörte, dann schwang er die Beine aus dem Bett. Das war ja eine echte Neuigkeit. Er war sehr gespannt, was seine Eltern dazu sagen würden. Irgendwoher kam ein Geräusch, er lauschte einen Moment, dann ortete er sein Handy in seiner Jacke an der Garderobe. Acht Anrufe in Abwesenheit, die Mailbox sprang gerade wieder an. »Hallo, Max, hier ist Mama. Ich habe es schon bei dir zu Hause versucht, kann dich aber nicht erreichen, also probiere ich es auf deinem Handy. Rufst du uns bitte mal an? Es ist ziemlich wichtig. Und ich will es dir nicht auf diese Dingsbox sprechen. Bis später.«

Max grinste. Vielleicht wussten sie es schon. Ihm fiel plötzlich ein, dass er Harald Wiesner neulich vor dem Bauamt getroffen hatte. Er hatte sich noch gewundert, aber jetzt war klar, was der Bürgermeister da gewollt hatte. Er wusste Bescheid, vielleicht hatte er es im Dorf auch schon erzählt. Max wollte gerade die Nummer seiner Eltern anrufen, als Alina, in ein Handtuch gewickelt, aus dem Bad kam.

»Ich hab was vergessen«, sagte sie und lehnte sich leicht an ihn. »Die Sache mit der Siedlung ist noch streng vertraulich. Du darfst also bitte nichts erzählen, bis die Briefe raus sind. Ich bekomme sonst echt Ärger.«

»Okay.« Er nickte lächelnd. »Es kann aber sein, dass schon jemand gequatscht hat. Meine Mutter spricht sonst nie auf die Mailbox.«

Alina hob die Schultern. »Von mir weißt du nichts.«

»Gut.« Max hielt das Handy schon ans Ohr und wartete. »Mama? Hier ist Max.«

Mathilda sprach so laut, dass Alina es auch ohne eingeschalteten Lautsprecher verstehen konnte. »Gut, dass du anrufst. Ich wollte es dir selbst sagen. Oma ist gestern Abend unglücklich gestürzt, und jetzt ist sie … Also gestern Abend schon … jedenfalls ist sie … tot. Ganz plötzlich. Einfach so.«

15.

Freitag, 31. Mai

Bauer Pape hieß schon so lange Bauer Pape, dass nur die Alten im Dorf noch seinen Vornamen kannten. Er hatte den Hof von seinen Eltern übernommen. Die waren während des einzigen Urlaubs, den sie je gemacht hatten, mit dem Bus, der sie nach Holland bringen sollte, über eine Böschung gestürzt und tödlich verunglückt. Johannes Pape war damals 22, Vollwaise und Alleinerbe. Er hatte seine Lehre als Landmaschinenmechaniker bei einer Firma im Nachbarort gemacht, sein Kinderzimmer auf dem Hof nie verlassen, sich dann im früheren Elternschlafzimmer eingerichtet und seinen Fernseher von oben in die gute Stube gestellt. Mehr hatte er in den ersten Jahren nicht verändert. Bis er auf dem Feuerwehrball Hella kennenlernte und sie heiratete. Sie kaufte als Erstes ein neues Schlafzimmer und weiße Gardinen, die die schweren, muffigen, dunkelbraunen Vorhänge ersetzten. Nach und nach machte sie aus dem alten Hof ein Schmuckstück und aus dem eigenbrötlerischen Junggesellen einen umgänglichen Mann. Sie starb noch vor der Silberhochzeit, mit Mitte fünfzig war Johannes Pape Witwer. Und wurde zum Eigenbrötler. Seitdem waren auch die Gardinen nicht mehr weiß.

Hella hatte keine Kinder bekommen können, deshalb gab es weder einen Nachfolger für den Hof noch jemanden, der sich um Bauer Pape kümmerte. Was er auch nicht wollte, er hatte lieber seine Ruhe, mied alle Zusammenkünfte im Dorf, war weder bei den Schützen noch in der Feuerwehr, noch in der Kirche oder der Gemeinde engagiert. Er hatte sein Haus und seinen Hof, beides verließ er so gut wie nie. Im Sommer kamen ein paar Erntehelfer aus Dänemark, es waren seit Jahren dieselben, mittlerweile fast alle im Rentenalter. Sie schliefen für ein paar Wochen in Papes altem Kinderzimmer und in den zwei Kammern unterm Dach. Pape bezahlte sie, sprach aber kaum mit ihnen. Nach all den Jahren wussten sie, was sie tun sollten. Und wo alles war. Nur am ersten und am letzten Abend tranken sie zusammen Schnaps. Bauer Pape und die vier Dänen. Das war alles.

Gunnar drückte den Türgriff runter und trat ein. »Johannes? Bist du da?« Seine Augen mussten sich erst an den dunklen Flur gewöhnen, langsam ging er zur angelehnten Küchentür und schob sie auf. »Johannes?«

Auf dem Herd stand ein alter Kochtopf, in dem irgendetwas köchelte, auf dem dunkelbraunen Esstisch lag die ausgebreitete Tageszeitung, ein Steingutbecher mit Kaffee stand daneben, die Eckbank war übersät mit alten Zeitungen und anderen Papieren, auf der Arbeitsplatte standen mehrere Eierkartons, es roch nach Stall und Kaffee, nur von Pape war nichts zu sehen. Der Kaffee im Becher dampfte noch, Pape konnte nicht weit weg sein, also setzte Gunnar sich auf einen der beiden Stühle und warf einen Blick auf die Schlagzeile der ausgebreiteten Zeitung: *Meteorologen kündigen heißen Sommer an.*

Bevor er die Zeitung zu sich ziehen konnte, hörte er erst Schritte im Flur und dann Papes Stimme. »Moin.«

Bauer Pape trug dasselbe wie jeden Tag. Breitcordhose, Flanellhemd, Weste, Jacke, Schirmmütze. Er roch wie immer nach Stall. Und er hatte wie immer schwarze Ränder unter den Fingernägeln. Ohne etwas zu sagen, nahm er einen Becher aus dem Schrank, füllte ihn mit Kaffee, goss Milch dazu und stellte ihn vor Gunnar ab, bevor er sich auf seinen Platz setzte. Schweigend. Auch das war wie immer.

Außer Mathilda wusste niemand aus dem Dorf, dass Gunnar seit Jahren einmal in der Woche mit Johannes Pape in dessen Küche saß. Er kaufte bei ihm Eier, seit sie die eigenen Hühner abgeschafft hatten, trank mit ihm einen Kaffee, manchmal sprachen sie miteinander, manchmal saßen sie auch nur schweigend zusammen. Gunnar mochte Pape. Und der ihn. Trotzdem beschränkte sich ihr Kontakt auf diese wöchentliche Stunde in Papes Küche. Unter Ausschluss der Öffentlichkeit und in der Regel eher kommunikationsarm.

Johannes Pape war ein Außenseiter im Dorf. Das war bei Gunnar genauso. Der eine, weil er es wollte, der andere, weil er zugezogen war. Nach all den Jahren hatten sie sich daran gewöhnt.

»Du bist früh heute.« Pape nahm die Mütze ab und legte sie auf die Bank, bevor er sich den Kopf kratzte. »Ist was passiert?«

Gunnar nickte. »Ilse ist tot. Vorgestern Abend.«

Bauer Pape nickte, ohne hochzusehen. Gunnar sah ihn an. Schweigend. Erst nach minutenlanger Stille räusperte er sich. »Die Beerdigung ist wohl nächsten Freitag. Wir kriegen heute Bescheid.«

Bauer Pape nickte wieder. Immer noch schweigend.

»Willst du zur Beerdigung kommen?«

Langsam hob Bauer Pape den Kopf. Er sah Gunnar an, das Gesicht unbewegt, die schwieligen Hände auf dem Tisch verschränkt. »Warum?«

Gunnar hob die Schultern. »Das muss doch mal ein Ende haben. Dieses Zerwürfnis. Du gehörst zur Familie. Und Mathilda würde sich freuen. Sie hat immer unter der Sache gelitten. All die Jahre. Immer diese Heimlichkeiten. Vielleicht kann man jetzt, wo Ilse tot ist, einen Neuanfang machen.«

»Neuanfang.« Pape verzog spöttisch das Gesicht. »Wozu? Ich bin siebenundsiebzig. Ich will meine Ruhe haben, sonst nichts. Geh mir los mit Familie. Das ist vorbei.«

Gunnars Blick fiel auf das gerahmte Porträt von Hella, das auf der Küchenvitrine stand. Damals war sie vielleicht vierzig gewesen, ein paar Jahre bevor sie krank wurde, die Ähnlichkeit mit ihrer Schwester Ilse war frappierend. Nur waren bei Hella die Gesichtszüge weich, die Augen strahlten und waren von Lachfältchen umkränzt. So sehr sie ihrer Schwester auf den ersten Blick äußerlich geähnelt hatte, so unterschiedlich waren sie in ihrem Wesen. Hier die sanfte, ruhige und ausgeglichene Hella und ein paar Straßen weiter die böse, egozentrische und missgünstige Ilse.

Das ganze Elend hatte schon in ihrer Kindheit begonnen. Hella war eine Nachzüglerin gewesen, Ilse war schon zehn Jahre alt, als ihre kleine Schwester zur Welt kam. Ihren Eltern war diese unverhoffte Schwangerschaft peinlich gewesen, sie waren bei Hellas Geburt fast vierzig, für die damalige Zeit war es ungewöhnlich, so spät noch ein Kind zu bekommen. Aber dann waren sie verzückt von diesem kleinen, sanften Wesen, das so ganz anders war als die Erstgeborene. Hella war so unkompliziert, wie Ilse schwierig gewesen war. Sie weinte kaum, lächelte viel, sie ließ sowohl das Trotzalter als auch die launische Zeit der Pubertät aus, sie hatte keine Probleme in der Schule und kam mit allen Kindern gut aus. Bis auf Ilse. Egal, was Hella machte, Ilse war beleidigt. Sie konnte diese kleine Schwester, die in ihren Augen bevorzugt und verhätschelt wurde, kaum ertragen, und das ließ sie ständig an Hella aus.

Mathilda liebte ihre Tante Hella. Sie hatte ihr Gunnar sofort nach ihrem Kennenlernen vorgestellt. Noch bevor sie zusammen bei ihren Eltern waren. Deshalb hatte Gunnar damals auch nicht mit der eisigen Ablehnung Ilses gerechnet. Hella und Johannes waren nur gute zehn Jahre älter als Mathilda und er. Sie hatten einen schönen Abend zu viert verbracht, auch wenn Johannes Pape nur sehr wenig gesprochen hatte, das überließ er immer seiner Frau. Als dann Ilse regelrecht ausrastete, weil ihre Tochter diesen Polacken heiraten wollte, war Hella das erste Mal in ihrem Leben ihrer Schwester gegenüber laut geworden. Und der Streit war eskaliert. Auf der Verlobungsfeier, Gunnar hatte es nie vergessen.

Die Schwestern hatten sich im Laufe der Jahre so zerstritten, dass Ilse sowohl ihrer Tochter als auch deren Familie den Kontakt zu Johannes und Hella verboten hatte. Nur Gunnar hatte sich nicht daran gehalten, ihn hatte Ilse ja sowieso immer gehasst. Und die wöchentlichen Besuche bei Pape hatten immer dazugehört. Er hatte sich auch keine Mühe gegeben, das zu verheimlichen, ganz im Gegensatz zu Mathilda. Sie hatte in ihrem Harmoniebedürfnis nie die Kraft gefunden, sich so offen gegen ihre Mutter zu stellen, ihre Besuche früher bei Hella und die sehr seltenen nach Hellas Tod bei Pape hatten immer heimlich stattgefunden.

Pape saß immer noch schweigend am Tisch. Jetzt griff er zu seiner Tasse und trank. Er stellte sie langsam wieder ab und schob sie ein Stück zurück, bevor er auf die Zeitung tippte. »Schon gelesen? Wird wieder heiß.«

Wenig überrascht von diesem abrupten Themenwechsel blickte Gunnar auf die Schlagzeile. So zuckte er nur die Achseln und meinte: »Das ist der Klimawandel. Die Sommer werden immer heißer. Und die Landwirte werden immer mehr Probleme kriegen. Vielleicht solltest du auch so langsam mal darüber nachdenken, deine Landwirtschaft aufzugeben.«

»Ja, ja«, murmelte Pape, bevor er hochsah. »Meine Helfer haben letztes Jahr auch schon viel gewässert. Mal sehen.« Er sah aus dem Fenster, dann drehte er sich plötzlich zurück. »Der Mommsen ist nicht ganz koscher. Pass auf, wenn er was von dir will. Und sag das auch Mathilda.«

»Wie meinst du das?«, fragte Gunnar überrascht, weil er den Zusammenhang nicht begriff. »Wollte er was von dir?«

»Pass einfach ein bisschen auf.« Mit einem leisen Ächzen erhob er sich. »So, ich muss in den Stall, habe heute Nacht Kälber gekriegt.«

»Johannes, warte mal.« Gunnar stand auf. »Denk doch wenigstens über die Beerdigung nach. Mathilda würde sich freuen. Und es ist so lange her. Keiner weiß doch mehr, worum es bei dem Streit eigentlich gegangen ist.«

»Doch«, entgegnete Pape. »Ich weiß es noch sehr genau. Kann mich an jedes Wort erinnern. Und Hella hat so darunter gelitten. Ich habe an ihrem Totenbett geschworen, dass ich nie wieder was mit Ilse Petersen zu tun haben will. Und deswegen werde ich auch nicht zu ihrer Beerdigung gehen. Und mir auch noch diese ganzen Heucheleien des Pastors über sie anhören? Nein, Gunnar, bei aller Freundschaft, aber das kannst du nicht von mir verlangen. Es ist gut, dass sie tot ist, aber begraben müsst ihr sie ohne mich. So, und jetzt gehe ich in den Stall. Und denke mir Namen für die Kälber aus. Bis nächste Woche.«

Pape verließ die Küche, ohne auf Gunnars Antwort zu warten. Und Gunnar überlegte, wie lange es her war, dass Johannes Pape so viele Sätze nacheinander gesprochen hatte. Er konnte sich nicht daran erinnern.

16.

Mittwoch, 5. Juni

»Um wie viel Uhr ist Freitag die Beerdigung?« Nele ließ sich auf den Sessel in Oma Ilses Schlafzimmer sinken, während sie ihre Mutter dabei beobachtete, wie die mit kritischem Blick die Bügel in Ilses Kleiderschrank hin- und herschob. »Was machst du da eigentlich?«

»Um zwei«, antwortete Mathilda unkonzentriert. »Also um zwei ist Kirche. Und danach Kaffee und Kuchen bei Kruses.« Sie drehte sich zu ihrer Tochter um. »Und ich suche raus, was Oma, also was sie anziehen ...«

»Das ist doch wirklich völlig egal.« Nele schlug ihre langen Beine übereinander. »Das sieht doch sowieso keiner mehr.« Sie machte eine Pause und sah sich in dem tristen Schlafzimmer um. »Was wollt ihr eigentlich mit dem ganzen Zeug machen? Das kann doch alles in den Müll, oder? Und wollt ihr diese Haushälfte dann verkaufen? Oder vermieten?«

»Nele.« Mathilda sah sie scharf an. »Oma ist noch nicht mal beerdigt. Jetzt wird noch gar nichts weggeschmissen. Und Pit hat ja auch noch mitzureden.«

»Pit?« Nele riss die Augen auf. »Kommt er?«

Mit beiden Armen eine weiße Bluse umklammernd, ließ Mathilda sich auf den Bettrand sinken. »Ich weiß es nicht«, sagte sie unsicher. »Ich habe ihm dreimal auf seinen blöden Anrufbeantworter gesprochen, dass er mich anrufen soll. Ich kann doch nicht aufs Band sprechen, dass seine Mutter ...

dass sie gestorben ist. Aber er meldet sich einfach nicht. Ich weiß gar nicht, ob er das überhaupt abgehört hat. Und ich habe keine Idee, wie ich ihn anders erreichen soll. Ich kann ihm doch keine Traueranzeige per Post schicken. Ob ich mal nach Hamburg fahre? Zu seiner Wohnung? Nicht, dass ihm auch was passiert ist. Bei ihm weiß man ja nie.«

»Ach, Mama.« Nele stand auf und nahm ihrer Mutter die Bluse ab. »Du zerknitterst die gerade«, meinte sie und strich den blauen Kragen glatt. »Du willst die doch wohl nicht noch bügeln. Aber die Idee mit Hamburg ist albern. Hast du es auch auf seinem Handy versucht?«

»Nein, nur auf dem Festnetz. Ich habe nur die eine Nummer.«

»Ich kann dir seine Handynummer geben.« Nele ging einen Schritt näher ans Fenster und schob die Gardine zur Seite. »Versuch's mal damit. Ist das Robert?«, fragte sie plötzlich und beugte sich vor. »Der da über den Hof geht? Der sieht ja immer besser aus. Was macht der denn hier?«

Langsam stand Mathilda auf. »Wieso hast du Pits Handynummer?«

Ohne den Blick von Robert abzuwenden, antwortete Nele: »Ich habe ihm mal Geld geliehen. Und er hat mir seine Kontonummer per SMS geschickt. Seitdem habe ich die.«

»Du hast Pit Geld geliehen?« Erstaunt stellte Mathilda sich neben sie. »Warum?«

»Ach, Mama, er hat mich mal gefragt. Vor ein oder zwei Jahren. Ist doch egal. Was macht Robert eigentlich jetzt?«

»Was weiß ich.« Mathilda musste die Nachricht, dass ihre Tochter Kontakt zu ihrem Onkel hatte, erstmal verdauen. »Also, Robert. Der ist irgendwo Chefredakteur und verdient eine Menge Geld. Sagt Irene.«

»So sieht er gar nicht aus.« Nele wandte sich nach einem abschließenden Blick ihrer Mutter zu. »Was ist?«

»Hast du Pit denn auch mal gesehen?«

»Nein.« Nele schüttelte den Kopf. »Würde ich aber gern mal wieder. Deshalb rufst du ihn am besten auch gleich an. Damit er zur Beerdigung kommt und dich auf andere Gedanken bringt. Der wird nämlich nicht sehr traurig sein.«

»Immerhin war sie unsere Mutter.« Mathilda nahm Nele die Bluse wieder ab, um sie zurück auf den Bügel zu hängen. Sie überlegte einen Moment, bevor sie fragte: »Könntest du dir vorstellen, mit den Kindern hier zu wohnen? Es ist ja ein großes Haus.«

Nele sah sie irritiert an, dann fing sie an zu lachen. »Mama. Oma ist noch nicht mal unter der Erde, und schon soll ich hier einziehen?« Sie bemerkte Mathildas Gesichtsausdruck. »War ein Scherz. Sorry. Aber ganz im Ernst, ich weiß, dass du dieses Dorfleben liebst, dieses ›Jeder kennt jeden‹, den ganzen Tag an der Luft, kein Verkehr, keine Mörder, keine Betrüger. Das ist ja alles auch schön, aber ich würde hier wahnsinnig werden. Verkauft die Hütte. Das ist das Einfachste. So, und jetzt nimm diese schreckliche Bluse und lass uns rübergehen. Dieses Zimmer macht einen ja völlig depressiv.«

Während Mathilda mit Ilses Sachen zum Beerdigungsunternehmer fuhr, blieb Nele mit ihrem Vater in der Küche sitzen. »Was ist eigentlich mit Mama los?«, fragte Nele plötzlich.

Gunnar sah sie an. »Was meinst du genau?«

»Sie ist so durcheinander, finde ich. So unkonzentriert. Anders als sonst. Dabei kann sie doch froh sein, das alles so gekommen ist.«

»Kind.« Gunnar schüttelte den Kopf. »Ilse war ihre Mutter. Egal, wie sie war, sie war trotzdem ihre Mutter. Und ist das nicht völlig normal, dass man trauert? Lass Mama ein bisschen Zeit. Du darfst auch nicht vergessen, dass sie diejenige war, die Oma gefunden hat. Und so ein Bild muss man auch erstmal aus dem Kopf bekommen.«

Nele seufzte. »Na, ich hoffe, sie kriegt das hin. Oma Ilse hat Mama ihr Leben lang drangsaliert. Und von dir will ich gar nicht reden, ich habe nie verstanden, wie du das die ganzen Jahre ausgehalten hast. An deiner Stelle wäre ich schon vor Jahren weg gewesen. Warum bist du eigentlich geblieben?«

»Wegen deiner Mutter natürlich«, antwortete Gunnar. »Mathilda liebt dieses Dorf, dieses Haus, dieses Leben. Sie wäre woanders kreuzunglücklich geworden. Und das hätte mich wiederum kreuzunglücklich gemacht.« Er schwieg einen Moment, dann hob er den Kopf und sah seine Tochter an. »Und du? Wie kommst du zurecht? Ohne Jonas?«

»Es geht.« Nele zuckte die Achseln. »Wenn das mit der Wohnung geklärt wäre, ginge es mir noch besser. Wobei, das klingt jetzt böser, als ich es meine, seit Oma Ilses Tod sieht es ja ganz gut aus. Versteh das bitte nicht falsch, Papa, ich rede da auch nicht drüber, wenn Mama dabei ist, aber vielleicht können wir in den nächsten Wochen nochmal in Ruhe über eine Hypothek auf das Haus sprechen. Jetzt, wo alles euch gehört.«

»Mama hat auch noch einen Bruder«, erinnerte Gunnar sie. »Uns gehört nur die Hälfte. Aber ich glaube schon, dass wir eine Lösung finden.«

Nele nickte. »Danke«, sagte sie leise. »Ich würde einfach so gern da wohnen bleiben. Ich möchte nicht mein ganzes Leben und das der Kinder auf den Kopf stellen, nur weil Jonas so ein Idiot ist.«

»Wir werden das schon hinbekommen. Und ich …«

»Hallo?« Die männliche Stimme kam aus dem Flur, kurz danach hörten sie ein zaghaftes Klopfen an der Küchentür, bevor die Tür langsam aufgeschoben wurde. »Die Haustür stand offen.«

»Robert!« Gunnar war aufgestanden und ging dem Nachbarssohn entgegen. »Das ist ja eine Überraschung, komm rein. Nele ist auch gerade da.«

Robert Mommsen blieb zögernd im Türrahmen stehen, lächelte Nele kurz zu und sah dann Gunnar entgegen. »Ich will nicht stören, ich wollte nur mein Beileid aussprechen. Ist Mathilda nicht da?« Er hatte einen Strauß Blumen in der Hand, der aussah, als hätte er ihn gerade im Garten gepflückt. Was vermutlich auch so war.

»Mathilda ist beim Beerdigungsunternehmen, sie müsste gleich wieder da sein. Setz dich doch, du störst nicht.«

Nele war aufgestanden, etwas ungelenk umarmte Robert sie, bevor er sich setzte, die Blumen immer noch in der Hand.

»Ich stell die Blumen mal in eine Vase.« Nele nahm sie ihm ab. »Kaffee?«

»Gern.« Er lächelte. »Wie geht es Mathilda denn? Ilses Tod kam dann doch sehr plötzlich, oder? Hat mir zumindest meine Mutter gesagt. Meine Mutter hat sie vorgestern noch beim Zigarettenkaufen bei Kruses getroffen.«

»Du, sie hat bis zum Schluss gequalmt.« Nele sprach lauter, um das Rauschen des Wasserhahns zu übertönen. »Im Grunde ist sie beim Rauchen vom Stuhl gefallen. Eigentlich ein schöner Tod. In ihrem Alter. Und so typisch für sie.«

Gunnar schüttelte tadelnd den Kopf, sagte aber nur: »Es kam wirklich plötzlich. Und Mathilda steht natürlich ein bisschen neben sich. Ich hoffe, dass sich das nach der Beerdigung alles beruhigen wird. Sie braucht Zeit, um sich an den Gedanken zu gewöhnen, dass Ilse nicht mehr da ist.«

»Und sie endlich ...«, begann Nele, wurde aber von ihrem Vater unterbrochen. »Nele, bitte.«

Sie schloss den Mund und stellte die Vase auf den Tisch. »Hübsche Blumen«, sagte sie. »Seit wann bist du denn in Dettebüll?«

»Seit heute Mittag.« Robert sah sie an. »Meine Mutter hat mich gebeten, zu kommen, sie wollte etwas mit mir besprechen. Sie hat da dieses Schriftstück gefunden. Es ist seltsam, ich wollte es euch auch mal zeigen. Das weiß sie aber nicht.«

Unter den erstaunten Blicken zog Robert ein zusammengefaltetes Blatt aus seiner Jeans. Es sah aus wie die Kopie, er glättete es auf dem Tisch und schob es dann zu Gunnar. »Sieh dir das mal an. Verstehst du das?«

17.

Die schwarzglänzende Limousine rollte langsam die Straße entlang und kam genau vor der *Bar PP* zum Stehen, vor der Pit gerade am Eingang leere Getränkekisten übereinanderstapelte. Pit warf nur einen kurzen Blick auf den Wagen, dann griff er zur nächsten Kiste. Von diesen Karren gab es auf dem Kiez eine ganze Menge, eigentlich beeindruckten sie ihn schon lange nicht mehr – mit ihren dröhnenden Motoren, den verspiegelten Scheiben und den posenden Fahrern, denen einer abging, wenn sie mit quietschenden Reifen und wummernden Bässen wie die Geisteskranken über die Straßen rasten. Solange sie ihn dabei nicht umnieteten, war es Pit egal.

Aus dieser Limousine dröhnten jedoch keine Bässe. Außerdem senkte sich gerade eine der verspiegelten Scheiben. Der Mann, der ihn ansprach, trug einen schwarzen Anzug und sprach mit fremdem Akzent. Spanisch, vermutete Pit, vielleicht auch portugiesisch, er konnte es nicht einordnen. »Wir suchen Oleg. Ist er hier?«

Pit stellte die Kiste auf den Stapel und wischte sich die Hände an der Jeans ab, während er näher kam. »Wer?«

»Oleg. Besitzer vom Hotel. Wir haben gehört, er wäre manchmal hier.«

Eine angenehme Stimme, höflich, sie saßen zu dritt in dem Wagen. Pit schüttelte den Kopf. »Den habe ich in den letzten Tagen nicht gesehen.«

Der Mann nickte. Könnte Südamerikaner sein. Hermann hatte da doch irgendwas erzählt.

»Wenn er kommt, dann würden wir das gern wissen.« Der Mann schnipste eine Visitenkarte aus dem Fenster, auf der nur eine Telefonnummer stand. »Schönen Tag noch.«

Fast geräuschlos setzte sich der Wagen in Bewegung. Pit sah ihm hinterher. Was war denn das für eine Nummer gewesen? Das war ja wie im Film. Als der Wagen verschwunden war, hob Pit die Visitenkarte auf, ließ sie in seiner Hosentasche verschwinden und ging wieder in die Kneipe.

Bai Ling stand hinter dem Tresen und zapfte Bier für die Touristengruppe, die am Ecktisch saß. Sie sah in ihrem pinkfarbenen T-Shirt mit Einhorn auf der Brust nicht gerade so aus, wie sich ein Kiez-Tourist eine Bardame vorstellte, trotzdem bestellten die fünf schwäbischen Jungs bereits die fünfte Runde. Vielleicht waren sie auch schon zu besoffen, um eine Bardame überhaupt noch wahrzunehmen.

Pit stellte sich vor Hermann, der Bai Ling intensiv musterte. Als sie mit dem Tablett zum Tisch ging, sagte Hermann leise: »Irgendwas gefällt mir nicht an ihr.«

»Das war dein Vorschlag.« Pit nahm das leere Glas weg und zapfte ihm ein neues Bier. »Und seit sie hier ist, kommen wieder Leute. Sie redet nur nicht so viel. Weil sie nicht gut Deutsch spricht. Dafür nervt sie auch nicht. Und kann arbeiten.«

Er stellte ihm das frische Bier hin und beugte sich näher zu ihm. »Du hast doch neulich was von irgendwelchen Südamerikanern erzählt. Was war da noch los?«

Hermann sah ihn ausdruckslos an und nahm erstmal einen großen Schluck. »Es gibt Ärger. Mit ihnen und den Jungs da oben. Habe ich gehört. Wenn du nichts davon weißt, ist das bestimmt besser. Ich halte mich raus. Solltest du auch tun.«

»Sonst was?«

Hermann griff nach Pits Handgelenk. »Die sind 'ne Nummer zu groß für dich.« Er ließ ihn sofort wieder los, als Bai Ling zum Tresen zurückkehrte. »Ich geh dann mal.«

»Piiet.« Bai Ling kam zu ihnen. »Jungs wollen Jägermeister. Was ist das?«

Während Pit den Jägermeister aus dem Regal holte, fragte er sich, was Hermann eigentlich so alles mitbekommen hatte – während er schweigsam auf seinem Platz am Tresen gesessen und sein Bier getrunken hatte. Aber Hermann war in Ordnung. Er würde mit niemandem reden, da war Pit sich sicher. An dieser Stelle fielen Pit allerdings verschiedene Szenen aus Mafiafilmen ein. In Farbe. Ob Hermann dann auch noch schweigsam blieb, war zu hoffen.

Bai Ling wartete neben ihm, bis er die Gläser auf ihr Tablett stellte, als sein Handy plötzlich in der Tasche klingelte. Pit zog es raus und nahm das Gespräch an, vielleicht hatte Hermann noch was vergessen.

»Ja?«

»Pit?«

»Ja, wer ist denn …«

Er schenkte das fünfte Glas ein, stellte es auf das Tablett und bedeutete Bai Ling, die Getränke zum Tisch zu bringen. Sie blieb stehen.

»Pit, ich bin es, Mathilda.«

Ihm rutschte fast die Flasche aus der Hand. Er rettete sie noch gerade auf die Spüle. »Mathilda.«

»Ja.« Ihre Stimme war laut und ein bisschen aufgeregt. »Ich versuche dich seit einer Woche zu erreichen, ich habe auch schon auf deinen Anrufbeantworter gesprochen, aber du hast dich nicht gemeldet. Und erst heute hat Nele mir gesagt, dass sie deine Handynummer hat, ich wusste nicht mal, dass du überhaupt so was besitzt. Aber jetzt hab ich dich ja am Telefon.«

»Auf meinem Anrufbeantworter war nichts.« Pit drehte sich zu Bai Ling um, die ihn unverdrossen ansah. »Komisch. Was willste denn?«

»Mutter ist tot. Letzten Mittwoch. Übermorgen ist die Beerdigung. Um zwei.«

»Tot?«

Das war ja mal eine Neuigkeit. Pit starrte Bai Ling an, die ihn immer noch fixierte, seine Gedanken überschlugen sich. Seine Mutter Ilse. Ihr Tod war nun wirklich kein Verlust, in seinem Leben existierte sie schon seit Jahren nicht mehr. Aber das hieß ja auch …

»Pit? Bist du noch dran?«

»Ja, ja.« Er rieb sich hektisch über die Stirn. So schnell konnte er sich gar nicht sortieren. »Ich bin noch dran. Und?«

»Jetzt ist erstmal die Beerdigung. Übermorgen. Du musst wissen, ob du kommst, aber ich finde, das gehört sich so. Wir treffen uns um zwei an der Friedhofskapelle. Und anschließend ist Kaffeetrinken bei Kruse.«

»Ja.« Er überlegte immer noch. Was für eine grandiose Gelegenheit: Er musste nicht heimlich in dieses Dreckskaff fahren, sondern hatte eine Mission. Und zwischen all den Trauergesängen würde es ganz sicher eine Gelegenheit geben, sich kurz mal die Füße zu vertreten. Der Himmel war mit ihm. Auch wenn Ilse da oben sicher niemals ankommen würde. »Ich denke darüber nach. Tschüs, Mathilda.«

Er steckte das Handy langsam ein und sah über Bai Ling hinweg zum Eingang. Eine Harley fuhr gerade vor. Der Fahrer nahm den Helm ab, es war wieder der Rothaarige. Seit einer Woche ließ er Pit nicht mehr aus den Augen. Wie ein Schatten. Der Arsch. Er kam jetzt rein, Bai Ling warf ihm einen kurzen Blick zu, dann legte sie Pit die Hand auf die Brust.

»Was los?«

»Meine Mutter ist gestorben.« Pit sprach lauter als nötig. »Übermorgen ist die Beerdigung. In einem kleinen Dorf im Norden. Ich muss da hin.«

»Oh, Piiet.« Bai Ling sah zu ihm hoch und machte ein trauriges Gesicht. »Ich mit dir fahren. Ich trösten.«

Pit nickte langsam und drehte sich um. Der Rothaarige saß schon am Tresen und starrte ihn an.

»Moin«, sagte Pit und schob Bai Ling zur Seite. »Bier?«

Der Rothaarige antwortete nicht, Pit zapfte ihm trotzdem ein Bier und unterdrückte ein Grinsen. Ja, du Trottel, dachte er, dann machst du übermorgen einen kleinen Ausflug. Mir hinterher nach Dettebüll. Und was wirst du da finden? Ich sag es dir: nichts. Absolut nichts. Tote Hose und eine tote Ilse.

Er hatte keine Zweifel daran, dass der Rothaarige ihm folgen würde. Nur um zu sehen, ob die Geschichte mit der Beerdigung stimmte. Er würde enttäuscht sein. Und wohl kaum mit in die Kirche und zum anschließenden Kaffeetrinken kommen. Pit hatte wieder einen Plan. Und dieses Mal würde der funktionieren.

18.

Mathilda legte das Telefon erleichtert auf die Station. Jetzt wusste Pit wenigstens Bescheid. Und würde vielleicht kommen. Das war gut. Ihr war ein Stein vom Herzen gefallen. Auch, weil ihm nichts passiert war. Man konnte ja nie wissen. Früher hatte er Ärger immer nur so angezogen. Dauernd war er in irgendwelche windige Situationen geraten, sie hatte nie verstanden, warum ausgerechnet ihm all diese komischen Sachen passierten. Er hatte einfach oft Pech. Aber jetzt kam er vielleicht nach Dettebüll. Nach so langer Zeit.

Zufrieden machte sie sich auf den Weg nach draußen. Gunnar las seine Zeitung auf der Terrasse, Nele machte einen Spaziergang mit George. Mathilda war so erleichtert, dass sie Pit erreicht hatte, dass sie Gunnar zufrieden anlächelte.

»Und?« Gunnar legte die Zeitung weg, als er Mathilda sah. »Hast du ihn erreicht?«

»Ja.« Sie strahlte. »Endlich. Er denkt darüber nach, ob er kommt. Das wäre doch wirklich schön.« Sie griff zu seinem Wasserglas. »Hat Nele die schönen Blumen gepflückt, die in der Küche stehen? Das hat sie ja nicht mehr gemacht, seit sie Kind war. Süß.«

»Nein, das war Robert.«

Mathilda sah ihn überrascht an. »Robert? Robert Mommsen? Ach, war der hier? Das ist aber schade, den hätte ich gern mal wieder gesehen. Was wollte er denn?«

»Kondolieren.« Gunnar sah sie nachdenklich an. »Und er wollte uns was zeigen. Hast du gewusst, dass Ilse …«

»Hallo, nicht erschrecken!« Die Stimme kam so plötzlich von der Seite, dass Mathilda und Gunnar erschrocken herumfuhren. Mathilda fing sich als Erste.

»Max!« Freudig stand sie auf. »Wo kommst du denn auf einmal her?«

Erst jetzt bemerkte sie die junge Frau, die hinter ihm stand. Sie war klein und zierlich, ihre langen blonden Haare fielen bis zur Hüfte, die großen blauen Augen waren auf Mathilda gerichtet.

»Mama, Papa, darf ich euch Alina vorstellen! Alina, das sind meine Eltern.«

»Ach, wie schön!« Mathilda ging sofort auf sie zu. Was für ein hübsches Mädchen, dachte sie und registrierte gerührt den stolzen Blick ihres Sohnes. »Das freut mich aber sehr, so eine Überraschung.«

»Ich bin der Vater.« An Gunnars Gesicht sah Mathilda sofort, dass ihr Mann etwas Ähnliches gedacht hatte. »Herzlich willkommen!«

Alina lächelte hinreißend, dann setzte sie sich neben Gunnar an den Terrassentisch, während Max seine Mutter ins Haus begleitete, um Getränke zu holen.

»Na?«, sagte Max leise und legte seiner Mutter den Arm um die Schulter. »Was sagst du?«

»Was für eine hübsche Person«, Mathilda küsste ihn auf die Wange. »Ich freue mich für dich. Nele ist übrigens auch da. Sie ist nur gerade mit George unterwegs. Jonas ist mit den Kindern zu seinen Eltern gefahren, die Zwillinge haben schulfrei, weil es einen Wasserrohrbruch in der Schule gegeben hat. Und Jonas macht jetzt auf gute Stimmung.«

»Wird ja auch mal Zeit.« Max grinste. »Ich wusste, dass Nele hier ist, wir haben gestern telefoniert.«

Während Mathilda in der Küche hantierte, lehnte Max an der Fensterbank und sah ihr zu. »Wie geht es dir denn? Nach der ganzen Aufregung?«

»Ganz gut.« Mathilda drehte sich zu ihm um. »Jetzt ist ja alles für die Beerdigung und das Kaffeetrinken organisiert, und vorhin habe ich auch endlich Pit erreicht. Das hat mir wirklich im Magen gelegen. Aber stell dir vor, Nele hatte seine Handynummer. Weil sie, ach egal, jedenfalls kann es sein, dass er kommt.« Sie löffelte Tee in die Kanne, bevor sie sich wieder umdrehte. »Und Robert war vorhin da und hat diese schönen Blumen gebracht. Ich habe ihn leider verpasst.«

»Robert?« Max sah sie fragend an. »Den habe ich vor ein paar Tagen zufällig bei mir um die Ecke getroffen. Was macht er denn hier? Ist bei Mommsens was passiert? Er kommt doch nur im Notfall.«

Mathilda holte Tassen aus dem Schrank und stellte sie auf ein Tablett. »Das stimmt, er war lange nicht hier. Aber er wollte kondolieren. Und er hat Papa irgendetwas gezeigt, ich weiß aber noch nicht, worum es da ging.«

»Das werden wir sicher noch früh genug erfahren. Soll ich das Tablett schon mal mit rausnehmen?«

»Stell noch die Keksdose drauf. Ich komme gleich nach.«

»Das ist ja ein traumhaft schöner Garten«, sagte Alina gerade, als Mathilda mit der Teekanne auf die Terrasse trat. Am Gesicht seiner Mutter sah Max, dass seine Freundin bei Mathilda die volle Punktzahl erreicht hatte. Sie liebte ihren Garten.

»Danke«, antwortete sie deshalb stolz. »Es ist viel Arbeit, aber ich mache das gern.«

Das laute Bellen von George unterbrach die kurze Stille, er raste mit fliegenden Ohren erst zu Mathilda, dann zu Gunnar, sprang an Max hoch und blieb dann schwanzwedelnd vor Alina stehen, die sich sofort runterbeugte und begeistert seinen Kopf streichelte. »Du bist ja ein Süßer, ja fein, wer bist du denn?«

»Alina, das ist George. George, das ist Alina.« Max drehte

sich um und sah seiner Schwester entgegen, die mit gerötetem Gesicht über den Rasen kam. »Und das ist meine verschwitzte Schwester Nele, die kennst du ja schon.«

»Ach?« Mathilda sah fragend hoch, während Nele Alina kurz umarmte.

»Alina und ich haben Nele geholfen, die Sachen von Jonas zu packen«, erklärte Max seiner Mutter. »Nele, wusstest du, dass Robert hier ist?«

»Ja.« Sie zog ihre Strickjacke aus und ließ sich auf einen Gartensessel fallen. »Er war vorhin hier, danach ist er noch ein Stück mit mir und George gelaufen.«

»Aha.« Max grinste. »Und? War's schön?«

Nele sah ihn warnend an, während Max sich an Alina wandte. »Robert ist der Nachbarssohn, ein bisschen älter als Nele. Und sehr smart und charming. Nele war rasend in ihn verliebt, aber er war im Internat und nur in den Ferien hier. Aus lauter Verzweiflung hat sie dann den beknackten Jonas geheiratet.«

»Glaub ihm nicht alles«, warf Nele ein. »Max hat zu viele schlechte Filme gesehen. Aber Robert hat uns gerade ...«

»Er war früher dauernd hier«, unterbrach Max sie. »Er hatte bei sich zu Hause nur Stress. Sein Vater ist ein Idiot und hat nur an ihm rumgenörgelt. Und seine Mutter ist die größte Klatschtante aus dem Dorf. Robert war immer ganz froh, wenn die Ferien vorbei waren und er im Internat wieder seine Ruhe hatte.«

»Max, rede bitte nicht so, Mommsens sind unsere Nachbarn. Und so schlimm sind sie auch nicht«, meinte Mathilda und reichte Alina die Keksdose. »Aber mit Robert, das haben sie nicht so gut gemacht. Dabei war er immer schon so ein toller Junge. Irene hätte stolz sein können. Aber sie hat ihn nie vor Nils in Schutz genommen. Das war nicht richtig.« Sie sah aus, als wollte sie noch etwas sagen, überlegte es sich aber anders.

Stattdessen fragte Max: »Wieso ist er denn überhaupt hier?«

Nele und Gunnar warfen sich einen Blick zu. »Irene hat da was gefunden«, fing Nele zögernd an. Sie blickte zu ihrer Mutter, bevor sie fortfuhr. »Nils hat mit Oma eine Vereinbarung getroffen, die Irene jetzt gefunden und überhaupt nicht verstanden hat. Das wollte sie mit Robert besprechen.«

»Was für eine Vereinbarung?« Überrascht beugte Mathilda sich vor. »Nils mit Oma?«

Langsam zog Gunnar das Papier aus seiner Hemdtasche und reichte es stumm Mathilda. Die entfaltete und überflog es, bevor sie das Blatt auf den Tisch legte. »Tja«, sagte sie leichthin. »Nils und Oma Ilse waren ja immer ganz dicke miteinander. Und wenn er unbedingt die Weiden haben möchte, dann kann er sie doch kaufen. Wir brauchen sie doch sowieso nicht. Und kriegen fünftausend Euro dafür, das ist doch eine Menge Geld. Ich weiß nur nicht, was er damit will. Er hat doch gar nicht mehr so viele Kühe.«

»Das hat Robert auch nicht verstanden«, sagte Gunnar langsam. »Und einfach so fünftausend Euro dafür auszugeben? Und dann das Datum. Das war nur drei Tage vor Ilses Tod …«

Es war der Sonntag gewesen, jetzt fiel es Mathilda wieder ein. Das Gespräch zwischen Nils und Ilse, der Gefallen, den sie ihm tun sollte, die Andeutung der Affäre. Mathilda schüttelte den Kopf. Es konnte doch nicht sein, dass Ilse ihr Land an Nils verkaufte, weil sie dachte, dass er der Liebhaber ihrer Tochter war. Das war doch ein Witz. Und sie konnte es noch nicht mal erzählen, ihre Familie würde sie ja für irre halten. »Na ja …«, fing sie an, bemerkte dann aber den alarmierten Blickwechsel zwischen Alina und Max.

»Welche Weiden?«, fragte der jetzt und griff nach dem Papier. Er las den Text und hielt das Blatt Alina hin. »Ich muss das jetzt sagen. Es bleibt auch an diesem Tisch, versprochen.«

Sie hob den Blick vom Blatt, zögerte einen Moment, dann nickte sie. »Okay. Dann sag es.«

Max warf das Blatt wieder auf den Tisch. »Da gibt es etwas, das ihr wissen müsst. Aber ihr dürft noch nicht darüber reden. Also: Alina arbeitet im Bauamt. An einem neuen Projekt. Und das betrifft in erster Linie unsere ganz und gar nicht mehr wertlosen Weiden.«

19.

Freitag, 7. Juni

Mathilda schwitzte. Ihr schwarzes Kostüm war nicht nur aus Wolle, es war auch noch gefüttert. Aber es war das einzige schwarze Kleidungsstück, das sie besaß. Schwarz stand ihr nicht. Schon gar nicht, wenn die Sonne vom knallblauen Himmel schien und die Temperatur über 25 Grad lag. Aber es half nichts. Man trug Schwarz auf einer Beerdigung.

Ungeachtet des herrlichen Wetters hatten sich fast alle Dorfbewohner auf dem kleinen Friedhof versammelt. Kaum jemand aus diesem Dorf ließ sich eine Beerdigung entgehen. Es gehörte zu den wichtigsten gesellschaftlichen Ereignissen, ansonsten passierte hier ja nicht mehr viel. Und deshalb war die Friedhofskapelle voll gewesen. Alle waren da. Bis auf Pit. Mathilda war maßlos enttäuscht. Und niemand hatte nach ihm gefragt.

Mathilda wischte sich unauffällig den Schweiß von der Oberlippe, bevor sie sich wieder bei Gunnar unterhakte, der dicht neben ihr stand. In ihrem Kopf ging alles durcheinander, nicht zuletzt das, was sie vorgestern von Max und Alina erfahren hatte. Sie musste sich zusammenreißen. Mit diesen Neuigkeiten würde sie sich befassen, wenn es so weit wäre. Jetzt nicht. Und nicht hier. Jetzt musste sie sich wieder auf Pastor Detlefsen konzentrieren. Er hatte eine wirklich schwere Aufgabe zu erfüllen, es war nicht nur die sommerliche Wärme, sondern auch die Herausforderung, etwas Freundliches über die Verstorbene zu sagen. Das war fast unmöglich.

Und so schwitzte und schwindelte er. Sein Gesicht war schon ganz rot, Mathilda hoffte, dass er nicht gleich umkippte, der Jüngste war er ja auch nicht mehr. Für einen Moment stellte sie sich vor, dass er in das offene Grab stürzte, er ruderte so theatralisch mit den Armen. Vermutlich wollte er damit kompensieren, dass ihm so wenig zu Ilse eingefallen war.

Mathilda riss sich zusammen, keine Bilder mehr, befahl sie sich. Sie sah den Pastor an und versuchte, ihm bei seiner Trauerrede zu folgen, schließlich sprach er hier über ihre Mutter. In den letzten Tagen war so viel los gewesen, dass sie kaum an Ilse gedacht hatte. Weder an sie noch an all die Kämpfe, die sie miteinander hatten, nicht an den letzten Abend – und schon gar nicht an den Moment, an dem Ilse tot auf der Terrasse gelegen hatte. Mit der kreiselnden, tiefgefrorenen Gans neben sich. Mathilda schluckte angestrengt und spürte einen kalten Schauer.

»Ilse Petersen war … eine … starke Persönlichkeit«, fuhr der Pastor jetzt fort, während Mathildas Blick auf ihre Enkeltöchter fiel. Ein Anblick, der sie für einen Moment beruhigte. Die Zwillinge hockten auf dem Grab nebenan, direkt auf Frau Thomsen, und pflückten Blumen. Mathilda beschloss, in den nächsten Tagen ein paar Astern auf Magda Thomsens Grab zu pflanzen. Die kleinen Margeriten, die die Zwillinge abgerupft hatten, waren sowieso schon ziemlich verblüht. Und Magda Thomsen schon lange tot.

Nele stand sehr gerade neben Max und starrte auf das Grab. Sie hatte ganz schön abgenommen, dachte Mathilda. In diesem engen schwarzen Kleid fiel das richtig auf, sonst trug sie immer weite Sachen. Aber die Trennung zehrte an ihr, egal wie zuversichtlich sie sich gab. Sie würde es schon schaffen. Irene Mommsen stand schräg gegenüber von Nele. Mathilda sah, wie sie Nele musterte. Und war sich sicher, dass sie sich genau in diesem Moment fragte, warum Nele so dünn geworden war. Und wo ihr Ehemann steckte. Auf der

Beerdigung der Oma seiner Frau. Die sagte man doch nicht ab, es sei denn, es gäbe einen triftigen Grund. Mathilda hoffte, dass sie beim anschließenden Kaffeetrinken nicht gleich von jedem gefragt würde. Über Neles Probleme wollte sie heute lieber nicht sprechen.

Der Bund der schwarzen Strumpfhose kniff sie erbarmungslos in den Bauch, das blöde Teil war viel zu eng. Mathilda hasste Strumpfhosen. Aber eine Beerdigung mit bloßen Beinen kam natürlich überhaupt nicht in Frage, Sommer hin oder her, das gehörte sich nun mal nicht. Was sich auch nicht gehörte, war die Tatsache, dass sie gerade an tausend andere Dinge dachte, statt wenigstens ein bisschen um ihre verstorbene Mutter zu trauern. Also zwang Mathilda sich, irgendeine schöne Erinnerung an Ilse aus ihrem Gedächtnis zu kramen. Ihr fiel keine ein. Das einzige Bild, das sich stattdessen immer wieder in ihren Kopf schob, war die Szene auf der Terrasse. Und die kalten, toten Augen, mit denen Ilse Mathilda angesehen hatte. Dieses Bild verfolgte sie nun schon seit Ilses Todestag. Es war furchtbar. Und egal, wie angestrengt sie nachdachte: Es gab kein anderes Ilse-Bild, das das schlimme ablöste. Mathilda schloss die Augen und versuchte, an schöne Dinge zu denken. Nicht an Ilse, nicht an Vorkaufsrechte, nicht an Töchter, die von ihrem Ehemann betrogen wurden, nicht an das Gewicht von gefrorenen Gänsen.

Der Schweiß rann ihr langsam den Rücken herunter, sie hoffte nur, dass sich auf der guten Seidenbluse keine Flecken bildeten. Ihr fiel ein, dass ihre Mutter immer ein Gästehandtuch in ihrer Tasche gehabt hatte, mit dem sie sich den Schweiß von Gesicht und Nacken wischen konnte. Mathilda war das immer peinlich gewesen, wenn Ilse das Handtuch im Bus oder im Lokal aus der Tasche geholt hatte, um sich vor allen Leuten mit einem lauten Ächzen abzutrocknen. Im Moment wäre sie für so ein Handtuch dankbar gewesen.

»Und so begleiten wir sie auf ihrer letzten Reise«, sagte

Pastor Detlefsen nun lauter und mit deutlicher Erleichterung in der Stimme, weil er dann wohl gleich zum Ende kommen konnte. »Und …«

Der ohrenbetäubende Lärm der Motorräder zerriss plötzlich die Stille über dem Friedhof. Die Trauergemeinde sah sich erschrocken um, auch Mathilda blickte zum Eingang und sah irritiert eine Gruppe von Motorradfahrern direkt vor den Friedhofseingang fahren. Sie formierten sich in einer Reihe, mit Blickrichtung zum Friedhof, und ließen ihre Motoren wieder und wieder laut aufheulen. Man sah keine Gesichter, sie trugen Helme, in deren Visiere sich die Sonne spiegelte, und ihre behandschuhten Fäuste bewegten sich beim Gasgeben. Die Trauergemeinde stand da wie erstarrt. Mathilda klammerte sich an Gunnars Arm, sie sah hilfesuchend zu Pastor Detlefsen, der mit hängenden Armen auf die Gruppe starrte, bevor er sich zur Trauergemeinde wandte. »Was …?«

Man konnte ihn nicht verstehen, weil die Motorräder zu laut waren. Jetzt wurden auch die anderen unruhig, Mathilda schnappte Satzfetzen der Umstehenden auf: »Harley-Davidson«, »Rocker«, »Polizei«.

Unsicher beugte sie sich zu Gunnar. »Was sind das für Leute?«

Er zuckte die Achseln. »Keine Ahnung. Haben sich wohl verfahren.«

Mathilda stellte sich auf die Zehenspitzen, um besser sehen zu können. Sie hatte erst neulich einen Bericht über eine kriminelle Vereinigung im Fernsehen verfolgt, diese Typen sahen so ähnlich aus, große Maschinen, auffällige Lederjacken. Wo war denn Reinhard Müller, Dettebülls Dorfpolizist? Mathilda sah sich um. Er musste doch sofort was tun. Diese Männer störten eine Beerdigung. Als Mathilda ihn ganz links in der Trauergemeinde entdeckte, schob er sich gerade hinter die dicke Gesa Nielsen und machte keine Anstalten, diesen Friedhof gegen irgendwelche Gegner zu verteidigen.

Aber plötzlich ließen die Männer ihre Maschinen ein letztes Mal laut aufheulen, wendeten die schweren Motorräder und verschwanden genauso schnell, wie sie aufgetaucht waren.

Es dauerte noch ein paar Sekunden, bis die Schockstarre von der Trauergemeinde abfiel und ein aufgeregtes Getuschel einsetzte. Pastor Detlefsen hob die Hand, um es zu beenden. »Liebe Gemeinde, wir wissen nicht, was dieser Zwischenfall zu bedeuten hat, wir wollen uns darüber jetzt auch keine Gedanken machen. Stattdessen wenden wir uns wieder unserer lieben Ilse Petersen zu, die der Herr plötzlich …«

An dieser Stelle stockte er wieder, seine Augen weiteten sich, er sah über die Köpfe der Trauergemeinde hinweg, und sein Mund blieb offen stehen. Mathilda folgte seinem Blick, prompt kam die nächste Überraschung auf sie zu. Es war tatsächlich Pit, der da gemächlich den kleinen Hügel vom Eingang herunterschlenderte. Leibhaftig. Pit war zur Beerdigung seiner Mutter gekommen. In einer braunen Lederjacke mit Pelzkragen. Bei dieser Hitze. Zu eng war sie ihm auch. In der rechten Hand hielt er eine gelbe Rose, an der linken Hand eine sehr junge Asiatin. Vielleicht eine Japanerin. Oder Koreanerin. Da war Mathilda sich nicht sicher. Natürlich kam er mal wieder zu spät. Und ziemlich sicher hatte auch das Motorradspektakel etwas mit ihm zu tun. Aber er war da. Und das war das Wichtigste. Unbeeindruckt von den Blicken schob sich Pit, die Asiatin hinter sich herziehend, durch die Trauergruppe und stellte sich neben seine Schwester. »Moin, Mathilda«, sagte er und nickte den Umstehenden zu. »Die Karre sprang nicht an.«

Mathilda sah erst ihn, dann die Chinesin oder Koreanerin oder Japanerin an. Sie war hübsch, nur ein bisschen dünn. Und sehr klein. Sie lächelte schief in Mathildas Richtung, bevor sie sich bei Pit unterhakte. Mathilda drückte schnell seinen anderen Arm. »Ein bisschen spät, Pit. Aber egal. Schön, dass du gekommen bist.«

»Ja.« Pit sah Pastor Detlefsen an. »Pastor, du kannst weitermachen. Wir sind komplett.«

Pastor Detlefsen starrte ihn sprachlos an, sein Gesicht ein einziges Fragezeichen. Mathilda beschloss, das Ganze abzukürzen. »Pastor, mach einfach weiter. Du warst doch schon kurz vorm Ende. Wir sind gleich fertig.« Sie schenkte ihm ein zuversichtliches Lächeln, was ihn tatsächlich aus seiner Apathie erlöste. »Ja, dann«, begann er mit kratziger Stimme, räusperte sich und fuhr endlich fort: »Im Namen des Vaters, des Sohnes und des Heiligen Geistes. Amen.«

Er hatte zwar einen Teil seiner Grabrede übersprungen, aber Mathilda griff nach der kleinen Schaufel, warf Sand auf den Sarg und eine weiße Rose hinterher. Es war geschafft.

20.

»Dass der sich traut, einfach so hier aufzukreuzen. Dieser Kleinkriminelle.« Obwohl Mathilda an der Tür von Kruses Gasthof stand und mit der Begrüßung der zahlreichen Trauergäste beschäftigt war, konnte sie die Bemerkung von der dicken Gesa Nielsen deutlich hören. Es war auch keine Kunst, Gesa war schwerhörig und redete deshalb immer sehr laut. »Und diese Schinesin? Ist das seine Freundin? Oder was hat die hier zu suchen? Auf einer Familienfeier. Und dann diese Motorräder? Das war doch nicht normal.«

Während Mathilda noch überlegte, ob das Wort »Familienfeier« diesen Anlass hier richtig beschrieb, begrüßte sie Jens Manske, den Dorfapotheker, und stupste Gunnar an, damit der den nächsten Gästen die Tür aufhielt. Und da hörte sie tatsächlich schon eine Antwort. Ohne sich umzudrehen, erkannte Mathilda die Stimme von Selma Griese, der pensionierten Grundschullehrerin, die von Gesa Nielsen so angebrüllt wurde. »Er ist doch aber …«

»Was!?«

Selma Griese wiederholte es lauter. »Er ist doch aber der Sohn von Ilse. Man kann niemandem verwehren, zur Beerdigung seiner Mutter zu kommen. Egal, was vorher passiert ist. Im Angesicht des Endes ist alles vergeben und vergessen. Da trauert nur noch ein Kind um seine Mutter.«

Mathilda nickte, Selma Griese hatte ein gutes Herz. Und sagte immer so schöne Sätze. Allerdings kam es bei Gesa Nielsen nicht so an. »Ein Kind, das um seine Mutter trauert, ich lach mich tot.«

Mathilda drehte sich jetzt um. Selma Griese guckte ertappt, Gesa Nielsen dagegen völlig entspannt. Sie hatte gar nicht mitbekommen, dass Mathilda vor ihnen stand.

»Mein Beileid, Mathilda.« Selma gab Mathilda förmlich die Hand. »Das kam ja sehr überraschend. Aber so hat sie wenigstens nicht gelitten, eigentlich ein schöner Tod.«

»Danke, Selma.« Mathilda trat ein Stück zurück und wies in den Saal. »Auch für dein Kommen. Geh doch durch und sucht euch einen schönen Platz.«

»Beileid«, schnarrte Gesa kurz und klopfte Mathilda auf den Arm. »Jetzt ist endlich Ruhe auf eurem Hof, das wurde ja auch mal Zeit.«

»Gesa, bitte!« Entrüstet war Selma stehengeblieben und funkelte Gesa böse an. »Das war jetzt eine unpassende Bemerkung. Also wirklich.«

»Ja, ja.« Gesa ging ungerührt in den großen Saal, in dem lange Tafeln gedeckt waren, auf denen schon Thermoskannen, Wasserflaschen und die Platten mit Butterkuchen standen. »Die Menschen wollen die Wahrheit nicht hören. Ach, da sind ja auch die Lornsens, Selma, da können wir uns hinsetzen.«

Mathilda sah ihnen kurz nach, bevor sie sich wieder den Trauergästen zuwandte, den kondolierenden Freunden und Nachbarn automatisch die Hände schüttelte und Umschläge mit Trauerkarten entgegennahm. Sie legte sie alle auf den Tisch hinter ihr, lesen würde sie die Karten später, bei einigen würde auch ein Geldschein dabei sein, das machte man so auf dem Dorf.

»Deine Oma war ja echt beliebt«, hörte Mathilda plötzlich Alina sagen, die jetzt an der Hand von Max um die Ecke kam. »So viele Leute waren auf der Beerdigung von meiner Oma nicht. Oh, hallo, Frau Assmann. Mein Beileid.«

»Danke, Alina«, antwortete Mathilda und umarmte sie kurz. »Das ist schön, dass du gekommen bist. Hallo, Max, kannst du mal nachsehen, wo dein Vater ist? Der wollte eigentlich nur Elfi Schulze zum Tisch bringen, die sieht ja nichts mehr. Aber er kommt gar nicht wieder.«

»Mach ich.« Max beugte sich runter und küsste Mathilda auf die Wange, ihr ging dabei das Herz auf. Natürlich sollte man das als Mutter nicht dauernd sagen, aber sie konnte es wenigstens denken: Sie hatte einen wunderbaren Sohn. Und der hatte eine so wunderbare Freundin. Da sollte Irene mal hinsehen. Bei so schönen Dingen fragte sie leider nie nach. Bevor er ging, flüsterte ihr Max noch ins Ohr: »Sag mal, was hat Onkel Pit denn da für eine asiatische Krähe dabei?«

»Also Max!« Mathilda trat sofort einen Schritt zurück und schüttelte den Kopf. »Ich glaube, das ist seine Freundin. Sie heißt Berlin oder so, ich habe das nicht genau verstanden. Ist sie eine Japanerin? Kannst du das erkennen?«

»Nö.« Max ließ seine Blicke im Saal schweifen, dann drehte er sich zum Eingang. »Ich gehe mal nachsehen, wo die überhaupt sind. Und kümmere mich um ihre Nationalität.«

»Sie heißt Bai Ling.« Alina sah Mathilda verlegen lächelnd an. »Und ich glaube, sie ist Chinesin.« Dann ging sie Max hinterher, und Mathilda wurde nochmal ganz warm ums Herz. Wie sehr sie sich für Max freute. Und die beiden waren ja so verliebt.

»Es sind jetzt wohl alle da.« Gunnar war unbemerkt zurückgekommen. »Dann können wir auch reingehen.«

»Gut.« Mathilda drehte sich auf dem Absatz um. »Ich sage schnell in der Küche Bescheid, dass wir jetzt so weit sind. Komme gleich nach.«

Im kleinen Gastraum stand Hans Kruse am Tresen und polierte Gläser. »Hans, es sind jetzt alle da, wir können mit der Suppe anfangen.«

Hans stopfte das Handtuch in den Hosenbund und nickte.

»Gut. Dann machen wir das. Und Pit ist tatsächlich gekommen, was? Hätte ich nicht gedacht. Den habe ich bald zehn Jahre nicht gesehen.«

»Tja.« Mathilda hob leicht die Schultern. »Aber Ilse war auch seine Mutter. Und sie hat es ihm nicht leicht gemacht. Eigentlich ist es kein Wunder, dass er immer solche Schwierigkeiten hatte. Er konnte gar nichts dafür. Im Grunde ist er ein Guter.«

Hans Kruse sah sie skeptisch an. »Liebe Mathilda, du hast ein großes Herz, das weiß jeder. Aber dein Bruder war schon immer ein Kleinkrimineller. Wenn er hier Probleme macht, fliegt er wieder raus. Beerdigung hin oder her.«

»Hans, bitte!« Seine Frau Christa hatte den letzten Satz gehört, während sie von den beiden unbemerkt aus der Küche gekommen war und plötzlich neben Mathilda stand. »Mein Beileid, Mathilda, hör nicht auf Hans, hier fliegt heute niemand raus. Doch nicht an einem solchen Tag. Sollen wir jetzt mit der Suppe anfangen?«

»Ja, danke.« Mathilda nickte. »Und Hans, Pit ist immer nur in die Dinge reingeraten. Er hatte nie böse Absichten. Sei bitte freundlich zu ihm. Er ist dein Gast.«

Hans grinste. »Du bist wirklich zu gut für diese Welt. Ich will nur daran erinnern, dass Pit beim letzten Schützenfest, bei dem er war, besoffen in meine teure Musikanlage gefallen ist. Und sich dann noch mit den Erntehelfern vom Spargelhof geprügelt hat. Nur so.«

»Das ist Jahre her, Hans«, sagte Mathilda energisch. »Und da hatte er Medikamente gegen seine Grippe genommen, die sich nicht mit Alkohol vertragen haben. Er hatte gar nicht so viel getrunken. Und dieser blöde Erntehelfer hat den Streit angefangen.«

»Na gut. Ich will nicht mit dir streiten«, sagte Hans. »Jetzt gibt es erstmal Suppe. Aber ich behalte ihn im Auge.«

Der Saal im Gasthof Kruse hatte sich seit Jahrzehnten nicht verändert. Die Tische und Stühle waren in langen, engen Tafeln ausgerichtet, aus alter Gewohnheit hatte man den Platz vor der Bühne wie für eine Tanzfläche freigelassen. Kruses hatten beim Aufbauen wohl nicht bedacht, dass auf einer Beerdigung selten getanzt wurde. Und sich einfach auf die bewährte Anordnung verlassen. Das hatte so bislang immer geklappt.

Der Vorhang auf der Bühne war jetzt zugezogen, es war Jahre her, seit das letzte Mal hier eine Kapelle gespielt hatte. Früher, daran konnte sich Mathilda erinnern, früher hatte sie bei Kruses noch auf Bällen getanzt, damals gab es noch die regional sehr bekannte Kapelle »Manni und die Moonlightsingers«, die die aktuellen Schlagerparaden hoch und runter spielten.

Bei manchen Titeln musste man sehr genau hinhören, bis man sie erkannte. Was der dünne Manni Martens mit Mondschein zu tun hatte, war Mathilda nie klar geworden. Mittlerweile lebten alle Mitglieder der Kapelle zusammen im Altenheim in Husum, das hatte Mathilda irgendwo gehört. War aber vielleicht auch nur ein Gerücht.

Es war zu jeder Tageszeit finster in diesem Saal, was sicher auch an der dunkelbraunen Holzvertäfelung und den kleinen Milchglasfenstern lag, die kaum Tageslicht durchließen. Aber Christa Kruse hatte überall Teelichter aufgestellt, dadurch wirkte es eigentlich ganz feierlich.

Mathilda ging langsam an den Tisch ihrer Familie und setzte sich. Nele saß ihr, von den Zwillingen eingerahmt, gegenüber. »Alles okay?«, fragte sie leise. Mathilda nickte. »Natürlich. Das Schlimmste ist jetzt ja geschafft.«

Pit sah hoch. »Ich glaube, ich brauche gleich mal einen Schnaps. Sonst kann ich nicht lange in dieser dunklen, lauten, warmen Höhle sitzen. Müssen diese ganzen Kerzen überhaupt brennen? Eine Mordshitze hier.« Er deutete mit dem Kopf in den Saal. »Und alle zerreißen sich das Maul.«

Mathilda sah sich um. Es waren tatsächlich einige, die in Pits Richtung sahen und dabei tuschelnd die Köpfe zusammensteckten. Mathilda beugte sich zu ihm. »Sie meinen es bestimmt nicht böse, sie sind nur überrascht, dich heute hier zu sehen. Da musst du dich gar nicht darum kümmern. Einige freuen sich doch bestimmt auch, dich mal wiederzusehen. Ist Eddie gar nicht gekommen?«

Bai Ling lehnte ihren Kopf an seine Schulter und himmelte ihn an.

»Was soll Eddie denn hier?« Pit hob die Augenbrauen. »Ich habe seit Jahren keinen Kontakt mehr zu ihm. Ich weiß gar nicht, was er heute so macht.«

»Ach so.« Mathilda sah ihn bekümmert an. »Schade. Ihr wart doch immer so eng. Na ja, er ist viel unterwegs. Wir sehen ihn auch kaum noch.« Sie strich sich kurz über ihr Kostüm. »Jetzt könnte so langsam das Essen kommen, oder? Die haben doch bestimmt alle Hunger. Gunnar, sollen wir noch was sagen?«

Er nickte. »Mach du das mal.«

Also erhob Mathilda sich, während Gunnar mit dem Kaffeelöffel an ein Wasserglas schlug. Langsam wurde es ruhig im Saal. Mathilda räusperte sich und bemühte sich, so laut wie möglich zu sprechen:

»Liebe Familie, Freunde, Nachbarn und Bekannte, wir bedanken uns für euer zahlreiches Erscheinen zu Oma Ilses Beerdigung. Besonders freue ich mich, dass mein Bruder Pit mit seiner Freundin Berlin gekommen ist. Und Max mit seiner Freundin Alina. Es gibt jetzt vor dem Butterkuchen eine heiße Suppe, deshalb bitte ich alle, Platz zu nehmen, und wünsche guten Appetit.«

Einige der Gäste applaudierten, lautes Stühlerücken setzte ein, die Gespräche wurden wieder lauter, und Mathilda beugte sich zu Gunnar: »Jetzt wissen sie wenigstens Bescheid, wer hier am Familientisch sitzt. So.«

Mathilda ließ ihre Blicke über die Tische schweifen, es waren wirklich fast alle gekommen. Lina und Erich, die früher die Tankstelle betrieben hatten, waren da, genauso wie Gudrun, die früher mit ihrem verstorbenen Mann die Bäckerei gehabt hatte, neben ihr saß Dr. Klopstock. Am anderen Tisch saßen die Mommsens, und zu Mathildas Freude war auch Robert da. Er sah wirklich sehr gut aus. So lässig. Sie war so glücklich, dass es diese Dorfgemeinschaft gab. Sie hatte nie etwas anderes gewollt. Ein leiser Seufzer entwich ihren Lippen.

»Ach, Mathilda.« Der Pastor hatte sie beobachtet und legte mitleidig seine Hand auf ihre. »Du musst dir sagen, dass deine Mutter ein gesegnetes Alter hatte. Und ein erfülltes Leben. Der liebe Gott hat sie zu sich geholt, sie hat es geschafft. Das Leben geht weiter, auch wenn es für euch auf dem Hof eine große Umstellung sein wird. Aber du hast ja dein ganzes Leben mit ihr verbracht, ihr hattet viel Zeit für euch, und solange man an die Verstorbenen denkt, leben sie in uns weiter.«

»Gott bewahre«, platzte es aus Pit heraus. »Ilses Auferstehung wäre ein Albtraum.«

Wie zur Bestätigung hielt die Chinesin sich beide Hände vor den Mund und kicherte. Mathilda fragte sich, was mit ihr los war. Vielleicht war sie aber auch nur ein bisschen schüchtern. »Berlin, wie lange kennst du meinen Bruder eigentlich schon?«

Sie kicherte wieder und sah Pit an, der nur sagte: »Bai Ling, sie heißt Bai Ling. Und sie spricht noch nicht so gut Deutsch. Gibt es denn jetzt mal einen Schnaps?«

»Ich brauche mal einen Moment frische Luft.« Max beugte sich zu Alina, die mit Nele gerade über die Unterschiede der Zwillinge sprach. »Bis gleich.«

Sie lächelte ihn kurz an und wandte sich sofort wieder Nele zu. »Und Paula hat echt Angst vor Hunden? Auch vor George?«

Max stand auf und ging durch den Saal, in dem nicht nur die Luft schlecht war, sondern auch die Geräuschkulisse ins Unerträgliche wuchs. Auf dem Dorf ging das Leben zwar einen ruhigen Gang, dafür waren die Beerdigungen umso lebhafter. Er nickte Robert zu, der mit dem ziemlich angetrunkenen Pastor am Tresen stand, und drückte erleichtert die große Saaltür auf, die ihn nach draußen auf den Flur führte. Vor der Tür der Damentoilette hatte sich eine Schlange gebildet. Max fragte sich, ob alle Damen des Dorfs zum selben Friseur gingen. Sie sahen sich ähnlich, vielleicht waren sie ja sogar miteinander verwandt. Er würde nachher mal seine Mutter fragen. Sie kannte schließlich alle – Nachbarinnen und Frisuren.

In der Toilettenschlange wurde aufgeregt durcheinandergeredet, gekichert und gekreischt, wenn Frauen in Gruppen zusammenstanden, wurde es immer sehr laut. Max beeilte sich, rasch an ihnen vorbei zum Haupteingang zu kommen. Als die Tür hinter ihm zufiel, legte sich eine himmlische Ruhe über ihn. Erleichtert atmete er durch und setzte sich in Bewegung. Er wollte sich nur einen Moment die Beine vertreten und seine Ohren beruhigen. Dann würde er diesen Dorfwahnsinn auch wieder ertragen können.

Der Kies knirschte unter seinen Füßen, als Max langsam den Weg um den Gasthof entlang nahm. Kruses hatten ein großes Grundstück, hinter dem Haus lag auch noch ein weitläufiger Garten.

Man hätte viel besser draußen sitzen können, die Sonne schien, der Himmel war klar. Aber Beerdigungen wurden nun mal eben drinnen gefeiert, deshalb mussten sich alle Gäste in ihren viel zu warmen schwarzen Klamotten in diesen lauten, dunklen, überheizten und irre lauten Saal klemmen. Es war alles so grauenhaft spießig.

Neben dem Hintereingang standen leere Getränkekisten. Max drehte eine um und setzte sich. Eine Zigarette, dachte er, bevor er sich wieder in diesen Irrsinn stürzte. Er zündete sich eine an, streckte die Beine aus und lehnte sich an die warme Hauswand, sein Gesicht der Sonne zugewandt. Für eine Beerdigung war das Wetter eindeutig zu schön. Und das Vogelgezwitscher zu laut. Das Einzige, was Max daran hinderte, sich auf eine sommerliche Wiese zu träumen, war der Geruch, den er plötzlich wahrnahm. Es roch nach Klostein. Und zwar penetrant. Max sah naserümpfend auf das gekippte Milchglasfenster neben ihm und hörte eine Spülung. Na super, dachte er, ich sitze genau neben dem Klo, das musste jetzt auch nicht sein. Er stand auf und drückte die Zigarette in einen Aschenbecher neben der Tür aus, als er eine männliche Stimme hinter dem Fenster hörte. »Tja, nun ist die alte Hexe tot, was? Dann haben die Assmanns ja jetzt endlich Ruhe auf dem Hof.«

Max überlegte, wem die Stimme gehörte, die da so despektierlich über seine Großmutter sprach. Er kam nicht drauf. Sein Gesprächspartner antwortete prompt: »So kann man das auch sehen. Aber ob es nun ruhig auf dem Hof wird, wage ich zu bezweifeln. Kaum gibt es was zu erben, taucht Pit wieder auf. Einfach so. Der war doch jahrelang wie vom Erdboden verschluckt. Jetzt kreist er wie ein Geier über dem Hof. Ich finde es schon ein bisschen seltsam, dass Ilse so plötzlich umgekippt ist. Angeblich Herzversagen. Drei Tage vorher war sie noch kerngesund, da habe ich sie noch besucht. Nichts von Herzproblemen zu merken. Na ja. Klopstock war an dem Abend ja ziemlich betrunken. Er war auch hier beim Preisskat.«

Diese Stimme erkannte Max sofort. Nils Mommsen. Max runzelte die Stirn. Was meinte er damit? Der andere fragte sich das offensichtlich auch.

»Unser Doktor? Was meinst du damit?«

»Harald, denk doch mal nach. Ilse Petersen sitzt auf ihrem Land, ihrem Haus, ihrer Kohle, fällt aus heiterem Himmel tot um, und zwar ausgerechnet an dem Abend, an dem das halbe Dorf bei Kruses Preisskat spielt und sich ordentlich einen hinter die Binde kippt. Wenn man so besoffen einen Totenschein ausstellen soll, kann man schon mal was übersehen.«

Jetzt hatte Max die andere Stimme erkannt. Harald Wiesner, der Bürgermeister, auch so ein seltsamer Vogel. Mit angehaltenem Atem wartete er auf dessen Antwort.

»Was glaubst du denn? Dass Pit was damit zu tun hat? Oder Mathilda sie ermordet hat? Das ist doch Schwachsinn. Ilse war eine alte Frau, die ist einfach umgekippt und fertig.«

»Zum richtigen Zeitpunkt.« Nils Mommsen hatte etwas Lauerndes in seiner Stimme, fand Max. Irgendetwas hatte er noch in petto. Und richtig. »Ich habe gehört, lieber Harald, dass du Ilse ein Angebot für ihr Land da oben am Wald gemacht hast. Diese alten Wiesen. Das hat sie mir erzählt. Und dass sie es dir nie im Leben verkaufen würde. Nur über ihre Leiche, hat sie gesagt. Ich habe ihre Stimme noch im Ohr. Nur über meine Leiche! Sie hat sich auch gefragt, was du eigentlich mit dem Land willst? Du hast doch gar kein Vieh mehr. Und für was anderes taugen die Wiesen doch nichts?«

»Ich wollte nie ihr Land kaufen. Was soll ich denn damit? Die hat dir Blödsinn erzählt, das kannst du doch nicht ernst nehmen.« Harald Wiesners Stimme war ein bisschen zu laut. »Die war doch verrückt, diese alte Hexe.«

»Meinst du?« Nils Mommsen war jetzt katzenfreundlich. »Den Eindruck hatte ich eigentlich nicht. Ist ja auch egal.«

Er schwieg eine Sekunde lang, dann fuhr er noch sanfter fort: »Sag mal, Harald, mir ist zu Ohren gekommen, dass es eine kleine Differenz in der Gemeindekasse gibt. Kann das sein? Aber darum kümmerst du dich als Bürgermeister bestimmt schon, nicht wahr?«

»Was willst du, Mommsen?«

Bevor die Frage beantwortet wurde, ging hörbar eine Tür auf. »Moin, Jungs, kann ich da mal ran?«

Enttäuscht atmete Max aus. Ausgerechnet an der spannendsten Stelle! Was war hier im Dorf eigentlich los? Auf Zehenspitzen zog er sich zurück, das war ja ein Ding. Wiesner hatte Ilse ein Angebot für ihr Land gemacht? Konnte es sein, dass er tatsächlich über Umwege etwas von dem Bauprojekt gehört hatte? Max hatte ihn am Bauamt getroffen, er war Bürgermeister, es war ja durchaus möglich. Allerdings hatte Alina sehr überzeugend gesagt, dass bislang nichts über die Investoren und die Größe der Siedlung durchgedrungen war, alle Beteiligten hatten Verschwiegenheitsklauseln unterschreiben müssen. Gegen die Alina nun seinetwegen verstoßen hatte. Allein schon deswegen musste er nochmal mit seinen Eltern und Nele reden, damit alle, wirklich alle, die Klappe hielten. Egal, was passierte.

Dass ausgerechnet Nils Mommsen hier mitmischte, war allerdings extrem ärgerlich. Vermutlich hatte Ilse Nils von Haralds Angebot erzählt und ihm das Land angeboten. Nur um Gunnar und Mathilda eins auszuwischen. Und ohne dass jemand ahnte, dass es hier bald nicht mehr nur um wertloses Weideland gehen würde. Wenn Nils Mommsen rausbekam, was gerade in Husum geplant wurde, dann würden sie ein Problem kriegen.

21.

Pit warf einen kurzen Blick auf Bai Ling, die ihre Stirn auf die Unterarme gelegt hatte und auf dem Tisch eingeschlafen war. Dann erhob er sich umständlich und ging durch die Stuhlreihen zu Mathilda. Der Platz neben ihr war gerade frei, und ohne zu fragen, ließ Pit sich auf den Stuhl fallen. Erschrocken sah sie ihn an.

»Alles in Ordnung?«

»Ja.« Pit nickte und griff nach einem Wasserglas, das auf dem Tisch stand. »Wir wollen bei euch pennen, aber das hast du dir bestimmt schon gedacht.«

»Bei uns?« Mathilda schüttelte bedauernd den Kopf. »Das ist aber schlecht, weil Nele mit den Zwillingen und Max und Alina ja auch hier übernachten. Und zu zweit wird das für euch auf dem Wohnzimmersofa schon ein bisschen eng.«

»Dann eben bei Ilse. Das Haus ist ja nun leer.«

»Bei ...?« Jetzt schluckte Mathilda. »Ja, wenn du das kannst. Ich habe aber noch nichts weggeräumt, ich habe nur die Bettwäsche abgezogen. Sonst ist alles unverändert. Das ist vielleicht ein bisschen komisch, oder?«

»Ach was.« Pit zuckte mit den Achseln. »Ist doch egal, ist eh nur für eine Nacht.«

»Na gut.« Mathilda sah ihn an. »Dann bringe ich euch noch eine Bettdecke rüber. Frühstücken könnt ihr ja bei uns.«

Er nickte, dann schob er den Stuhl nach hinten und stand wieder auf. »Wie lange geht dieser Zirkus hier eigentlich?«

Seine Schwester zuckte die Achseln. »Ich weiß nicht. Es

gibt ja gleich noch Kaffee und Kuchen. Danach werden die meisten nach Hause gehen. Willst du schon los? Das wirkt dann aber nicht sehr höflich.«

Pit sah sie nur milde an. »Mein Gott. Du machst dir aber auch immer Gedanken. Nein, ich gehe noch nicht, wenn es hilft. Ich muss mir aber mal die Beine vertreten. Kannst du ein Auge auf Bai Ling haben?«

Mathilda warf einen bestürzten Blick auf die schlafende Chinesin. »Was macht sie denn da?«

»Kurz die Augen zu.« Pit sah interessiert rüber. »Macht sie öfter. Ist wohl asiatische Tradition. Ich bin gleich wieder da.«

»Aber ...«

Er war schon auf dem Weg.

Draußen sah er sich vorsichtshalber um, bevor er sich auf den Weg zu Eddies Haus machte. Es war niemand zu sehen, es würde überhaupt nicht auffallen, dass Pit Petersen hier noch einen Job zu erledigen hatte. Er lächelte, als er den Parkplatz vor Kruses Gasthof verließ, auf dem nur wenige Autos standen. Die Dorfbewohner kamen natürlich in der Mehrzahl zu Fuß, es gab eben keine Beerdigungen ohne Bier und Schnaps. Und alles auf Kosten der Hinterbliebenen. Er hoffte, dass Mathilda und Gunnar die Rechnung übernahmen, bei ihm war es gerade etwas dünn. Noch. Sein Grinsen wurde breiter. Was war das vorhin für ein Spektakel gewesen. *Kill you* und seine Truppe. Sogar in großer Besetzung. Wie groß musste ihr Frust gewesen sein, als er tatsächlich auf dem Friedhofsparkplatz gehalten hatte? Pit war extra noch ein paar Minuten im Auto sitzen geblieben, um die Spannung zu erhöhen. Und dann langsam ausgestiegen. Mit seiner gelben Rose und einem lässigen, wenn auch traurigen Winken zu der Gruppe. Was hatten die dämlich geguckt.

Bis auf das Zwitschern der Vögel war es still im Dorf. Kein Straßenlärm, keine Bahn, kein Gehupe, keine Menschen.

Diese dorftypische Mittagsstunde – oder Sonntagsstille. Auch wenn heute Freitag war. Aber so eine Beerdigung, an der alle teilnahmen, das war ja wie ein Feiertag. Er sah in den blauen Himmel, es gab noch nicht einmal Flugzeuge. Dieses Dreckskaff lag so was von am Ende der Welt, dass es noch nicht mal überflogen wurde. Diese Stille hatte er schon als Kind gehasst. Er hatte immer das Gefühl, dass überall auf der Welt was los war, nur hier, in Dettebüll, passierte nichts. Gar nichts. Man lebte hier unter einer Glocke, die von der restlichen Welt einfach vergessen worden war.

Die Straße war von blühenden Kastanienbäumen gesäumt, er lief an den bunten und gepflegten Gärten vorbei, an die er keinen Blick verschwendete. Er überlegte, ob er nicht doch den ganzen Stoff holen und bei Ilse im Haus verstecken sollte. Dagegen sprach, dass Mathilda in den nächsten Tagen garantiert anfangen würde, das Haus aus- und aufzuräumen. Zu riskant. Nach Hamburg konnte er ihn auf keinen Fall mitnehmen. Also doch bei Eddie lassen und nur ein bisschen was für Mario holen. Blieb immer noch der Dorfcasanova Nils. Der hatte allerdings in dieser Bude andere Sachen zu tun, als in Eddies Werkzeugschrank zu stöbern. Er könnte natürlich auch …

»Pit? Warte mal.«

Pit stöhnte gequält und blieb stehen. Das konnte doch nicht wahr sein, nur fünf Minuten von Eddies Werkzeugschrank entfernt! Langsam drehte er sich um und sah Robert Mommsen entgegen, der breit lächelnd auf ihn zukam.

»Ich habe dich losgehen sehen und wollte wenigstens kurz mit dir reden. Nach so langer Zeit. Wo wolltest du denn hin?«

»Ein Stück spazieren gehen.«

»Ich komm mit. Ist sowieso zu warm und zu laut da drin.«

Pit starrte den Nachbarssohn irritiert an. Das war doch jetzt ein Witz. Er hatte den Jungen seit Jahren nicht gesehen, und jetzt sollte er sich mit ihm unterhalten? Ausgerechnet jetzt?

»Wolltest du was Bestimmtes?« Pit gab sich Mühe, nicht zu unfreundlich zu wirken. Robert sah ihn nachdenklich an. »Ich wollte dir sagen, dass im Dorf über dich geredet wird.«

»Das ist ja nichts Neues.«

»Sie erzählen, dass du hier bist, um den Hof zu verkaufen. Weil Mathilda und Gunnar dich nicht auszahlen können. Falls du dich wunderst, dass die Leute dich schief angucken.«

Es war doch nicht zu fassen. Fast mitleidig schüttelte Pit den Kopf. Als ob er ein Interesse an diesem Hof hätte. Gegen den Wert, den diese zwei Beutel in Eddies Werkzeugschrank hatten, war der Erlös dieses Gänsehofs doch ein Witz. Von ihm aus sollte Mathilda in dieser Hütte zwischen den blöden Viechern und den debilen Nachbarn in diesem Dreckskaff doch glücklich werden. Er hatte hier nur noch etwas zu erledigen, danach wäre er ohnehin wieder weg.

»Schwachsinn«, sagte er nur kurz.

»Das habe ich mir gedacht. Das würde Mathilda auch das Herz brechen. Meine Mutter ist übrigens ganz vorn bei diesem Gerücht. Aber das kannst du dir ja denken.«

»Wieso erzählst du mir das jetzt?«

»Weil du immer nett zu mir warst.« Ernsthaft sah Robert ihn an. »Damals in den Ferien, als du noch hier warst. Du hast mir das Autofahren beigebracht. Und mit mir geredet, das kannte ich von meinem Vater nicht. Weißt du, ich hatte mir früher immer dich als Vater gewünscht. Mit dir war wenigstens immer was los.«

Pit verdrehte die Augen. Herrgott, das wurde ja immer schlimmer. Jetzt wurde Robert auch noch sentimental. Es half nichts, er musste sein Vorhaben für den Moment abbrechen. Was für ein blödes Timing. »Ich gehe zurück. Ich brauch jetzt einen Schnaps.«

Mathilda kam gerade von der Toilette, als sie Robert und Pit reinkommen sah. Sie freute sich, dass Robert ihn gefunden hatte, Robert hatte Pit damals immer so gemocht. Bevor Pit in diese Schwierigkeiten geraten war und Ilse ihn verpfiffen und rausgeschmissen hatte. »Ach, wie schön, dass Robert dich gefunden hat«, sagte sie und lächelte ihren Bruder an. »Er hatte dich schon gesucht.«

Pit sah sie nur mit leerem Blick an, bevor er an ihr vorbei in den Saal ging. Er wirkte angestrengt, fand Mathilda, was ja auch kein Wunder war. Sie würde sich später in Ruhe um ihn kümmern. Wenn alles vorbei war.

»Da bist du ja!« Irene Mommsens Stimme hielt sie davon ab, zurück zu ihrem Tisch zu gehen. »Wir haben uns ja noch gar nicht unterhalten.«

»Stimmt.« Mathilda drehte sich zu ihr. »Du weißt ja, wie das ist bei so großen Zusammenkünften, man kommt nicht so richtig durch. Ich habe auch noch gar nicht mit Linde oder Gesa oder Selma gesprochen. Irgendwie rennt man nur durch die Gegend und vergewissert sich, dass alle versorgt sind.«

»Ganz genau.« Irene kam näher und sah sie bedeutungsvoll an. »Gesa wird auch immer dicker, oder?« Sie wartete die Antwort gar nicht ab, die Frage war sowieso nur als Einleitung gedacht. »Sag mal, was ist denn mit deiner Tochter los? Nele ist ja so dünn geworden, hat das Kind Kummer? Ich habe ihren charmanten Mann auch gar nicht gesehen, ist da was passiert?«

Mathilda musterte sie. Es fehlte nur, dass Irene wie ein Hund sabberte, vor lauter Freude, auf der richtigen Spur zu sein. Aber noch waren ihre Mundwinkel trocken.

»Nein«, entgegnete Mathilda freundlich. »Sie macht halt viel Sport. Und Jonas hat eine Zahnarztpraxis, der hat viel zu tun.«

»Aber er ist doch der Chef.« Irene kam noch näher. »Und

es ist die Beerdigung der Großmutter seiner Frau, ich meine, das ist doch wichtig. Da lässt man sie doch nicht allein.«

»Sprecht ihr über mich?« Unbemerkt war Nele plötzlich aufgetaucht, Irene wurde noch nicht einmal verlegen. »Nur Gutes«, sagte sie schnell. »Du bist ja so schlank, es ist kaum zu glauben, dass du Mutter von Zwillingen bist.«

»Bin ich aber.« Nele sah sie mit etwas schmalen Augen an. »Nils steht übrigens ziemlich betrunken am Tresen. Er wankt. Vielleicht solltest du mal nach ihm sehen. Nicht, dass er auf Oma Ilses Beerdigung vor allen Leuten über den Tresen kotzt.«

»Er hat schnell Kreislauf«, meinte Irene und lachte etwas zu laut. »Betrunken ist er bestimmt nicht. Aber ich gehe gleich mal nach ihm sehen.« Trotzdem blieb sie stehen und musterte Nele von oben bis unten. »Wie geht es eigentlich …«

»Irene, weißt du, warum Bauer Pape nicht gekommen ist? Ich hatte eigentlich mit ihm gerechnet«, unterbrach Mathilda sie mit ihrer verbindlichsten Stimme.

»Woher soll ich das wissen?« Irene ließ sofort von Nele ab. »Als wenn der noch unter Leute geht. Der wird doch immer verrückter. Das ist ja kein Geheimnis. Ich gehe mal nach meinem Mann sehen. Bis später.«

Sie rauschte ab, Mathilda und Nele sahen ihr hinterher. »Danke, Mama«, sagte Nele leise. »Diese neugierige Ziege. Als wenn ihre Ehe nicht auch längst im Eimer wäre. Was ist denn mit Bauer Pape?«

»Nichts«, war Mathildas knappe Antwort. »Er ist nur nicht ihr Thema. Ich muss wieder rein.« Sie ging ein paar Schritte, dann drehte sie sich wieder um. »Was ist mit Irenes Ehe?«

»Nichts, Mama.« Nele winkte ab. Das könnte sie ihr auch ein anderes Mal in Ruhe erzählen.

22.

Samstag, 8. Juni

Das Erste, worauf Pits Blick fiel, war der Schlafzimmerschrank. Eiche rustikal. Dann hörte er das Klappen von Schranktüren. Er schob seinen Arm zur Seite und ertastete nur das zerknitterte Bettlaken. Sofort fuhr er hoch und sah sich um. Gestern war die Beerdigung gewesen. Und jetzt lag er tatsächlich im Bett seiner toten Mutter. Im Moment allein, anscheinend war Bai Ling schon wach, sie schlief nie besonders lang. Er stand auf und schlurfte langsam über den Flur. Die letzte Tür stand offen, sein ehemaliges Zimmer. Pit blieb im Türrahmen stehen und sah Bai Ling dabei zu, wie sie nur in Slip und BH auf einem Stuhl stand und ins obere Fach seines alten Schranks griff.

»Was machst du da?«

Sie drehte sich so schnell zu ihm um, dass sie fast vom Stuhl gestürzt wäre, hätte Pit nicht einen großen Schritt gemacht und sie festgehalten. Bai Ling kicherte und legte ihm die Arme um den Hals.

»So schone Wäsche«, sagte sie begeistert. »Viel Wäsche, Bai Ling noch nie so viel gesehen. Und Handtücher. Alles voller Handtücher. Deine Mama viel Geld?«

Er hob sie langsam vom Stuhl. »Nein«, sagte er knapp. »Sie hatte keine Kohle. Sie hat nur nie was weggeschmissen.« Er warf einen Blick in den Schrank. Er war von oben bis unten vollgestopft mit Handtüchern, Bettwäsche und Tischdecken.

»Und was suchst du hier?«

»Ich nur gucken.« Bai Ling kicherte. »Gutes Haus, großes Haus. Es gehören dir, wo Mama tot?«

»Keine Ahnung.« Pit sah sich um. Als ob er diesen alten Scheiß hier wollte. »Komm jetzt. Du hast genug geguckt.«

»Warum?« Bai Ling reckte das Kinn hoch und stemmte ihre Hände in die Hüften. »Wir hierbleiben. Hier schön. Und richtiges Haus. Nicht kleine Wohnung. Hier besser.«

»Vergiss es.« Energisch schüttelte Pit den Kopf und machte sich auf den Weg ins Bad. »Das hier ist ein Dreckskaff, ich bleibe nicht länger, als ich muss.«

Und er musste nur so lange bleiben, bis er in Eddies Werkstatt gewesen war.

Das Bad roch penetrant nach Ilse. Pit saß auf dem Klo und sah sich um. Der Geruch von diesem widerlichen Parfüm, das seine Mutter immer benutzt hatte, hing überall, es war ekelhaft. Unter dem Spiegelschrank standen immer noch ihre Kosmetikartikel, eine Zahnbürste im Glas, Handcreme, ein Kamm, in dem noch ihre Haare hingen. Da hatte Mathilda ja noch einiges zu tun. Vermutlich würde sie den ganzen Scheiß in Mülltüten stecken und wegschmeißen. Pit war nur froh, dass er nichts damit zu tun hatte. Das hätte ihm gerade noch gefehlt.

Er stützte die Ellenbogen auf seine Oberschenkel und starrte auf die hellgrüne Kloumrandung. Er musste irgendwie unauffällig und vor allen Dingen unbeobachtet in Eddies Werkstatt kommen. Und das noch heute, er hatte keine Lust, seinen Aufenthalt in diesem spießigen Haus zu verlängern. Die Frage war nur, wann es ihm gelang, unbeobachtet zu Eddies Haus zu gelangen. Hier bekam ja jeder alles mit.

Er stöhnte auf und vergrub sein Gesicht in den Händen. Er war so nah dran, wirklich so nah dran am großen Geldverdienen. Das ließ er sich jetzt doch nicht versauen, weder von rothaarigen Pitbulls noch von sentimentalen Nachbarssöhnen und schon gar nicht von diesem Dorfplayboy Nils Mommsen. Er musste eine Lösung finden. Er beugte sich zur Seite, um das Fenster zu kippen. Es roch wirklich alles nach seiner Mutter, das war ja kaum auszuhalten.

»Pit.« Bai Ling klopfte hektisch an die Tür. »Piiiet, ich muss Klo.«

»Ja, ich komm schon.« Nach wenigen Sekunden hatte er die Tür aufgeschlossen, sie huschte sofort an ihm vorbei und schob ihn energisch raus. »Schnell«, dann knallte die Tür schon vor seiner Nase zu. Pit lehnte sich dagegen und hörte die Türen des Spiegelschranks klappen. Sie öffnete wirklich jeden Schrank. Das war doch auch nicht normal. »Bai Ling«, rief er durch die Tür. »Ich gehe rüber und trinke Kaffee. Du kannst nachkommen.«

»Ja. Gleich.« Wasser rauschte, sie hatte die Dusche angestellt. Pit wartete noch einen Moment, dann machte er sich auf den Weg zu Mathilda.

»Moin.«

Mathilda zuckte zusammen, ließ die Tasse, die sie gerade in den Schrank stellen wollte, fallen und fuhr herum. »Meine Güte, Pit, musst du dich hier so anschleichen?«

Sie atmete tief aus, bevor sie sich bückte, um die Scherben aufzusammeln. Pit blieb ungerührt an der Tür stehen. »Wieso bist du so schreckhaft? Außerdem schleiche ich gar nicht.«

Seine Schwester warf die Scherben in den Mülleimer und zog einen Handfeger aus dem Schrank. »Ich war in Gedanken.« Sie fegte die letzten kleinen Scherben auf und deutete auf den Tisch. »Willst du Kaffee? Und was zu essen?«

»Kaffee. Und einen Aschenbecher.«

»Hier drin wird nicht geraucht. Da musst du rausgehen. Auf die Terrasse.« Sie schien noch etwas sagen zu wollen, presste die Lippen aber aufeinander. Sie nahm zwei Tassen aus dem Schrank und stellte sie auf ein Tablett. »Wo ist denn deine Freundin?«

»Drüben. Duscht.«

»Gut.« Mathilda stellte eine Thermoskanne dazu und griff nach dem Tablett, bevor sie an ihm vorbeiging. »Dann gehen wir raus. Da kannst du rauchen und Kaffee trinken, und wir können alles besprechen.«

Verständnislos sah er ihr nach. »Was willst du denn besprechen?«

Ohne sich umzudrehen, antwortete Mathilda knapp: »Komm.«

»Ist sie hier …?« Pit zeigte auf die Steinfliesen, auf denen noch dunkle Flecken zu sehen waren. Mathilda hatte sie schon ein paar Mal mit der Wurzelbürste bearbeitet, aber vermutlich musste sie sich demnächst den Kärcher von Nils und Irene leihen.

Sie vermied den Blick auf die Stelle und merkte, dass ihr das Blut ins Gesicht schoss. Sie schluckte und nickte, bevor sie hastig sagte: »Ich konnte nichts da …, nicht helfen, sie lag einfach da, als ich kam.«

»Ist ja gut so.« Pit zog an seiner Zigarette und blies Kringel in die Luft. »Die alte Ziege.«

Mathilda sah ihn mit großen Augen an. »Du bist gar nicht traurig, oder?«

»Traurig?« Er lachte auf. »Gott bewahre. Sie hat mir das Leben versaut. Du musst nicht zusammenzucken, es war so, sie hat mich bei der Polizei verpfiffen, deshalb war ich im Knast. Und danach hat sie mir verboten, auch nur einen Fuß auf diesen Hof zu setzen. Und dich hat sie doch ihr ganzes Leben lang tyrannisiert. An deiner Stelle hätte ich sie längst umgebracht. Ich hätte dir sogar gern dabei geholfen.«

»Mit solchen Aussagen wäre ich vorsichtig, wenn Mommsen dabei ist.« Unbemerkt war Max, nur in Unterhose und T-Shirt, auf die Terrasse getreten. »Guten Morgen.«

»Was?« Mathilda fuhr so schnell herum, dass der Kaffee aus der Tasse schwappte. »Wieso?«

Max streckte sich gähnend, fuhr sich mit beiden Händen durch die Haare und kam näher. Er blieb hinter Mathildas Stuhl stehen und legte ihr die Hände auf die Schultern. »Ist da noch Kaffee drin?«

»Ja.« Mathilda schob seine Hände von ihren Schultern, um ihn besser ansehen zu können. »Was sollen wir nicht sagen, wenn Nils Mommsen dabei ist?«

»Ich habe gestern ein seltsames Gespräch auf dem Männerklo gehört. Nils Mommsen macht sich Gedanken über das plötzliche Ableben von Oma Ilse. Er hat Zweifel, dass da alles mit rechten Dingen zugegangen ist. Was ist los, Mama? Du bist ja ganz blass. Hast du etwa doch deine Finger im Spiel gehabt?« Max lachte, während Pit seine Schwester unauffällig musterte. Ihr schien Ilses Tod tatsächlich etwas auszumachen. Er konnte das überhaupt nicht verstehen. Jahrelang hatte Ilse ihre Tochter malträtiert. Selbst nach all den Jahren, die er nicht mehr in Dettebüll lebte, hatte Pit noch immer Ilses böse Stimme im Ohr. Manchmal hatte ihm seine Schwester leid getan, manchmal war sie ihm mit ihrer duldsamen, freundlichen Art auch einfach nur auf die Nerven gegangen. Heilige Mathilda. Um sie nicht weiter ansehen zu müssen, nahm er eine Tasse vom Tablett und schenkte Max Kaffee ein.

»Danke, Pit.« Max grinste ihn an. »Dich hat er übrigens auch in Verdacht.«

»Hä?« Pit hielt ihm die Tasse hin und lehnte sich wieder zurück. Mathilda ließ den Blick vom einen zum anderen wandern, Max nahm erstmal einen Schluck, dann sagte er: »Na klar, jahrelang nicht hier gewesen, und jetzt greifst du das Erbe ab. Meint Mommsen. Hast du eigentlich ein Alibi für den Abend, an dem Oma Ilse so plötzlich abgetreten ist?«

»Immer noch der alte Scherzkeks, was?« Pit drückte seine

Zigarette in einem leeren Tontopf aus und stand mit einem spöttischen Blick in Max' Richtung auf. »Ich gehe mal gucken, was Bai Ling macht. Oder wolltest du noch was mit mir besprechen, Mathilda?«

»Nein, nein.« Nach einem flüchtigen Blick auf Max schüttelte Mathilda vehement den Kopf. »Wie lange ist sie denn schon deine Freundin?«

»Warum?«

»Och, nur so. Aber du musst auch nichts erzählen, wenn du nicht willst.«

»Richtig. Will ich auch nicht.« Pit schob die Hände in die Jeanstaschen und sah runter zu seiner Schwester. »Ich dreh nochmal eine Runde durchs Dorf und kaufe mir Zigaretten. Wir fahren heute nach Hamburg zurück. Den Rest können wir ja auch am Telefon besprechen. Bis nachher.«

Mathilda und Max sahen ihm stumm hinterher. Pit lief breitbeinig und schaukelnd wie ein Seemann, Mathilda fragte sich, ob er Probleme mit seiner Hüfte hatte. Als sie Max leise lachen hörte, wandte sie den Blick von ihrem Bruder ab.

»Er ist echt ein schräger Vogel.« Max schüttelte immer noch grinsend den Kopf. »Mit seinem Bierbauch ein Hamburg-Marathon-T-Shirt zu tragen, das ist genau mein Humor.«

»Er hat früher Fußball gespielt«, verteidigte Mathilda ihn. »Er war auch ganz gut. Bis er Nils Mommsen den Schneidezahn rausgeschlagen hat. Danach durfte er nicht mehr mitspielen.«

»Wie alt war er da?«

Mathilda hob nachdenklich die Schultern. »Ich weiß es nicht mehr. Vielleicht zehn? Aber Nils hatte Eddie die Beine von hinten weggetreten. Das hat Pit so geärgert. Eddie war ja so klein.« Sie hing ihren Gedanken noch einen Moment nach. Ihr Bruder hatte tatsächlich den ganzen Blödsinn selten gemacht, um selbst einen Vorteil zu haben. Entweder hatte er seinen besten Freund Eddie verteidigt, oder er hatte nicht richtig nachgedacht und sich deshalb in unglückliche Situationen katapultiert. Pit war nie ein schlechter Mensch gewesen, die Welt hatte ihn immer nur missverstanden. Als hätte Max die Gedanken seiner Mutter erraten, unterbrach seine Stimme jetzt die friedliche Stille. »Weißt du eigentlich, was er gerade macht?«

»Er wollte Zigaretten kaufen.«

»Nein, Mama, ich meine, wie er so lebt. Wohnt er mit Bai Ling zusammen? Womit verdient er eigentlich sein Geld? Von dieser abgewrackten Kneipe kann er doch unmöglich leben.«

»Wie kommst du darauf, dass es eine abgewrackte Kneipe ist? Er hat doch eine Bar.« Erstaunt sah Mathilda ihren Sohn an, der seinen leeren Becher auf den Tisch stellte. »Hast du mit ihm darüber gesprochen?«

»Nein. Ich habe sie mir mal angesehen. Vor zwei oder drei Jahren. Und da war sie schon abgewrackt. Sie heißt Bar, ist aber eine Kneipe. Üble Spelunke.«

Nahezu fassungslos starrte Mathilda ihn an. »Du warst da? Und du hast mir nichts erzählt? Warum?«

»Mama.« Max streckte seine langen Beine aus und verschränkte die Arme vor der Brust. »Meinst du, ich hätte Lust gehabt, dir oder Oma Ilse Grüße von Pit auszurichten? Es durfte doch hier nie das böse Wort mit P fallen. Ihr habt doch so getan, als würde es ihn gar nicht mehr geben.«

Jetzt beugte Mathilda sich nach vorn. »Das stimmt nicht. Oma Ilse hat nicht über ihn gesprochen, aber ich habe ihn regelmäßig angerufen. Er geht ja nie dran, frag mich nicht, was ich alles auf seinen blöden Anrufbeantworter geredet habe. Er hat mich nie zurückgerufen. Aber an mir lag das nicht.«

»Das hast du aber immer schön geheim gehalten.« Max' Antwort kam prompt und fast scharf. »Du hast jedes Gespräch über ihn abgebrochen, das letzte übrigens erst neulich, als ich die Schuppentür repariert habe. Aber er ist mein

Onkel, und ich fand ihn als Kind immer super. Und deshalb hatten Nele und ich auch ab und zu Kontakt mit ihm. Das konnten wir ja nicht erzählen, wenn Oma Ilse dabei war. Und sie war meistens dabei. Na ja, das hat jetzt zum Glück ein Ende.« Er stand langsam auf und reckte sich. »Ich gehe dann mal duschen. Und Alina wecken. Bis gleich.«

Ohne auf eine Antwort zu warten, verschwand Max im Haus, und Mathilda atmete tief aus. Ihre Kinder hatten tatsächlich Kontakt zu ihrem Bruder gehabt. Und sie hatte nichts davon gewusst. Sie konnte es gar nicht glauben. Jahrelang hatte sie unter diesem Zerwürfnis gelitten, deshalb mochte sie auch nie über Pit reden, weil ihr immer noch die Tränen kamen, wenn es um ihren Bruder ging. Und alles nur, weil ihre Mutter eine solche Hexe gewesen war. Aber Mathilda hatte nie dagegen aufbegehrt. Sie hatte feige gekniffen und weggeschaut. Und nicht nur in Pits Fall, auch bei Tante Hella hatte sie so viele Fehler gemacht. Bis zu Ilses Tod. Ihre Fehler von damals konnte sie nicht mehr korrigieren. Aber sie konnte dafür sorgen, dass die Zukunft anders aussah.

Als sie Nele und Alina in der Küche reden hörte, stand sie auf. Sie griff nach der Hundeleine, die auf einem Gartenstuhl lag, und pfiff nach ihrem Hund. »Los, George, komm her, wir laufen jetzt die große Runde.«

»Guten Morgen!« In diesem Moment kamen Alina und Nele gerade raus. »Sind wir so spät?« Alina sah sofort auf die Uhr und sagte dann zu Mathilda: »Ich habe so fest geschlafen, ich habe überhaupt nichts gehört, bis Max mich geweckt hat.«

»Das ist die Landluft.« Nele küsste ihre Mutter schnell auf die Wange, bevor sie sich setzte. »Was hast du mit der Hundeleine vor?«

»Ich gehe mit George mal die große Runde. Nele, du kennst dich ja aus, Papa ist unterwegs, und falls Pit und seine Freundin zum Frühstücken kommen, müsst ihr noch Kaffee kochen. Oder Tee. Ich weiß gar nicht, ob Chinesen Kaffee trinken. Bis gleich.«

Die Antwort wartete sie gar nicht mehr ab, sie gab George, der aufgeregt um ihre Beine sprang, einen aufmunternden Klaps, und der Hund machte sich sofort auf den Weg zum Gartentor. Mathilda beeilte sich, ihm zu folgen.

Sie marschierte in einem solchen Tempo los, dass sie auf der Höhe der alten Schule plötzlich Seitenstiche bekam. Sie musste einen Augenblick stehenbleiben und erstmal tief durchatmen, bis die Stiche verschwanden. George kam sofort zurückgelaufen, sprang an ihr hoch, bis sie seinen Kopf streichelte, dann schoss er wieder davon, um am kleinen Bach um Gesas Grundstück herum die Enten aufzuscheuchen.

Etwas gemäßigter setzte Mathilda ihren Spaziergang fort und beobachtete ihren Hund, der ganz begeistert am Wegrand entlangschnüffelte. Ob Pit und Bai Ling wirklich ein Paar waren? Sie gingen nicht besonders zärtlich oder verliebt miteinander um, außerdem passte sie eigentlich gar nicht zu ihm. So jung und so dünn, wie sie war. Wobei Mathilda ihr Alter gar nicht schätzen konnte, was auch an diesen komischen Klamotten lag, die sie trug. Ihre kurzen Röcke und die bunten Blusen sahen aus, als kämen sie aus der Kinderabteilung eines Kaufhauses. Aber das ging Mathilda nichts an, Hauptsache, Pit war glücklich. Nur leider wirkte er nicht so. Eher angestrengt und bedrückt. Und das hatte vermutlich nichts mit dem Tod seiner Mutter zu tun. Mathilda seufzte. Sie musste unbedingt nochmal mit ihm reden. In aller Ruhe. Wenn niemand anderes aus der Familie dabei war. Vielleicht konnte sie jetzt endlich mal etwas für ihn tun. Und ihm zu einem besseren Leben verhelfen. Und wenn er erst von dieser geplanten Siedlung hörte, falls das denn so stimmte, dann bräuchte er sich vielleicht keine Sorgen mehr zu machen. Und könnte diese abgewrackte Kneipe aufgeben und etwas

Ordentliches arbeiten. Sie musste in Ruhe über alles nachdenken und dann mit ihm reden. Später. Wenn sie den Erbschein hatten und alles in trockenen Tüchern war. Bis dahin hatte es keinen Sinn, sich den Kopf zu zerbrechen. Sie sollte an etwas Schönes denken.

Mathilda hob entschlossen den Kopf und sah sich um. Sie liebte den Frühsommer. Die Bäume und Sträucher hatten noch dieses frische Grün, in allen Gärten blühten Rosen, Mohnblumen und Lupinen, es war schon warm, aber es gab noch nicht diese brütende Hitze, die alles so verlangsamte. Im letzten heißen Sommer hatten Mathilda und Gunnar ein Wochenende in Berlin verbracht. Es war ein Geschenk von Nele und Max gewesen, die aus unerfindlichen Gründen geglaubt hatten, dass Mathilda schon immer so gern einmal nach Berlin fahren würde. Das war natürlich Unsinn, Mathilda fühlte sich in diesen großen Städten immer völlig fehl am Platz. Sie verstand das Verkehrssystem nicht, sie wusste nie, in welche Richtung sie gehen sollten, sie presste ihre Handtasche dicht an den Körper, weil sie in jedem zweiten Entgegenkommenden einen Taschendieb vermutete. Die Restaurants waren alle furchtbar voll, der Verkehr hörte auch in der Nacht nicht auf, die Menschen waren kurz angebunden, alle Hunde liefen an Leinen. Die kühlen Plätze in Parks oder an den Kanälen waren immer überlaufen. Und es war heiß gewesen, kein Windzug ging durch die Straßen, die Kleidung klebte am Körper, und Mathilda sehnte sich die ganze Zeit ans Meer. All das führte dazu, dass sie schon am zweiten Tag grenzenloses Heimweh bekam. Und noch größeres Mitleid mit den Menschen, die im Sommer in diesen Städten leben mussten. So wie Pit in Hamburg.

Während sie jetzt die bunten Rosenkugeln in Selma Grieses Garten bewunderte, dachte sie darüber nach, ob die Menschen in der Stadt so hektisch und kurz angebunden waren, weil sie schon immer in der Stadt lebten. Wahrscheinlich nahmen Menschen die Eigenschaften ihrer Umgebung an. Das war doch eigentlich logisch. Lebewesen passten sich immer an ihre Lebensräume an. Es war schließlich erwiesen, dass Vögel, die in der Stadt lebten, wesentlich lauter zwitscherten als ihre Verwandten auf dem Land, die ja nicht den ganzen Tag diesen schrecklichen Lärm übertönen mussten. Und während die Stadtmenschen hektisch durch die Gegend rannten, schlenderte man auf dem Dorf dahin und blieb ab und zu mal stehen, um zum Beispiel – wie gerade jetzt – Selma Grieses Rosen und üppige Hortensien in ihrem Garten zu bewundern.

»Mathilda? Träumst du?«

Selma Griese trug tatsächlich einen Strohhut und eine blaue Arbeitsjacke über dem geblümten Kleid. An ihrem Arm baumelte ein Weidenkorb, in der Hand hielt sie eine Blumenzange. Selma sah aus, als wäre sie einem Rosamunde-Pilcher-Film entsprungen. Sie war über achtzig, wühlte aber immer noch den ganzen Tag in ihrem Garten. Bewundernswert, dachte Mathilda und trat näher an den Zaun. »Guten Morgen, Selma, in deinem Garten könnte man Filme drehen. Er ist wunderschön.«

Selma nickte und sah sich um. »Ja. Und viel Arbeit. Aber solange ich es noch einigermaßen kann, will ich keine Hilfe. Wie geht es dir? Es war ja eine sehr schöne Beerdigung. Muss man wirklich sagen. Und es war fast das ganze Dorf da. Das gehört sich auch so.« Sie nickte zur Bekräftigung. Mathilda auch.

»Das stimmt. Am meisten habe ich mich über Pit gefreut. Dass er gekommen ist.«

»Das glaube ich.« Selma trat ein Stück näher. »Vielleicht kommt er jetzt ja wieder häufiger nach Hause. Je älter man wird, umso wichtiger wird einem die Familie. Das merkt man erst, wenn man keine mehr hat.«

Mathilda sah sie nachdenklich an. Selma Griese war bis zu

ihrer Pensionierung die Dorflehrerin der hiesigen Grundschule gewesen. Sie hatte hier jedem das Lesen und Schreiben beigebracht, Mathilda genauso wie Pit. Dass die Schule kurz nach Selmas Pensionierung mangels Schülern geschlossen wurde, war zwar ein Zufall, trug aber zu Selmas Mythos bei. Nach ihr war eben alles vorbei gewesen, die wenigen Kinder, die noch im Dorf lebten, fuhren jetzt jeden Morgen eine halbe Stunde mit dem Schulbus nach Niebüll.

»Ja«, sagte Mathilda zögernd. »Ich war mir noch nicht mal sicher, dass er überhaupt zur Beerdigung kommt. Er war ja seit Jahren nicht mehr in Dettebüll.«

»Ach. Er war doch vor zwei Wochen schon mal hier.« Selma sah sie erstaunt an. »Ich habe noch gewinkt, aber er war so schnell vorbei. Ich dachte, er sei auf dem Weg zu euch.«

Mathilda sah sie erstaunt an. »Vor zwei Wochen? Nein, da täuschst du dich. Er war nicht hier. Das hätte ich gewusst.«

»Doch.« Selma nickte in aller Bestimmtheit. »Ich stand hier am Zaun, und er fuhr direkt an mir vorbei. Ich habe ihn sofort erkannt. Er hat doch so ein etwas älteres grünes Auto mit Hamburger Kennzeichen, oder?«

»Ja, schon.« Mathilda runzelte die Stirn. »Aber ich ... das kann nicht sein, was soll er denn hier gemacht haben?«

»Das weiß ich nicht«, gab Selma unbekümmert zurück. »Frag ihn doch, es wird eine ganz einfache Erklärung geben. Oh, dein Hund gräbt gerade ein Loch unter meinen Zaun, das soll er bitte lassen.«

Auf Mathildas Ruf kam George langsam auf sie zugetrottet, ein paar Rosenblätter klebten noch an seinen Ohren. »Entschuldige, Selma, ich schieb es mit dem Fuß gleich wieder zu. Dann laufen wir mal weiter, noch einen schönen Tag.«

Selma musste sich geirrt haben, sagte sich Mathilda, als sie am Feuerlöschteich in den Deichweg einbog. Was sollte Pit denn hier gewollt haben? Ohne, dass sie davon wusste? Vermutlich hatte Selma einfach die Tage verwechselt. Das wiederum machte überhaupt keinen Sinn, die Beerdigung war ja erst gestern gewesen, und so senil war Selma weiß Gott nicht, dass sie ein Ereignis, das vierundzwanzig Stunden her war, zwei Wochen vorher verortete. Rätselhaft. Vermutlich war es einfach eine Verwechslung.

Wenn man vom Teufel spricht, dachte sie, als plötzlich Pit ein ganzes Stück vor ihr auftauchte. Er bemerkte sie nicht, schien es aber eilig zu haben. Mathilda stutzte und verlangsamte ihre Schritte. Hatte er nicht vorhin gesagt, dass er Zigaretten kaufen wollte? Der einzige Zigarettenautomat im Dorf befand sich in Kruses Gaststätte, die lag allerdings in entgegengesetzter Richtung. Mathilda pfiff leise nach George, er hob sofort seinen Kopf und rannte zu ihr. Pit war schon zu weit entfernt, um das zu hören. Mathilda nahm den Hund an die Leine, er musste ihm ja nicht hinterherrennen. Pit hatte ihm heute Morgen eine Scheibe Wurst gegeben, George war korrupt, Wurstspender blieben für immer in seinem Hundeherz, er würde die Verfolgung aufnehmen.

Mathilda setzte ihren Weg langsam fort. Eddie, dachte sie plötzlich. Pit war vermutlich auf dem Weg zu Eddie, um seinen alten Kumpel zu besuchen. Das würde nur nichts werden, Eddie war gar nicht da. Das wusste sie, weil ihre große Hunderunde bei Eddie vorbeiführte. Mathilda blieb immer stehen, wenn sie ihn sah. Wenn sie mit Eddie sprach, dachte sie an Pit. Sie hatte jedes Mal gehofft, dass Eddie vielleicht mal von Pit erzählen würde, manchmal fragte sie auch, ob er was von ihm gehört hatte, aber Eddie schüttelte stets den Kopf. Vor ungefähr zwei Wochen hatte sie ihn das letzte Mal getroffen. Er hatte Nummernschilder an ein Auto geschraubt, als sie vorbeikam, und ihr erzählt, dass er für vier Wochen auf Geschäftsreise gehe. Was immer das auch für Geschäfte waren, Mathilda wollte es gar nicht wissen. Eddie war erwachsen.

Sie zog sanft an der Leine, damit George bei Fuß ging, was er eigentlich nicht mochte. Aber er sollte Pit in Ruhe lassen, vielleicht brauchte der jetzt einen Moment Ruhe. Nach ein paar Metern fing George plötzlich an zu bellen, sofort blieb Mathilda stehen und sah ihn drohend an, bis er ruhig war. Und dann sah sie Bai Ling. Die Chinesin löste sich aus einer Hofeinfahrt und folgte Pit. Sie war noch ein paar Meter vor Mathilda, drehte sich aber nicht um, sondern ging langsam hinter Pit her. Als wenn sie ihn beschattete. Mathilda starrte ihr mit offenem Mund hinterher. Das war doch sehr eigenartig. George fiepte, Mathilda sah zu ihm hinab. Dann schüttelte sie den Kopf. Vielleicht hatten die beiden auch nur einen kleinen Streit, und Mathilda sah Gespenster. Warum sollte Pits Freundin ihn verfolgen? Das war doch dummes Zeug. Als George wieder fiepte, und dieses Mal mit aller Verzweiflung, zu der er fähig war, nahm sie ihn von der Leine, nur Sekundenbruchteile später hatte der Hund Bai Ling erreicht, sie hatte ihm wohl auch Wurst gegeben. George rammte ihr den Kopf in die Kniekehle, ihr Schrei war schrill, George machte einen erschrockenen Satz und bellte noch lauter. Es war wenig überraschend, dass Pit sich genau in diesem Moment umdrehte. Das Spektakel war ja nicht zu überhören. Er blieb stehen, sank ein bisschen in sich zusammen, bevor er langsam umdrehte und mit schleppenden Schritten zurück in ihre Richtung kam. So wie er aussah, hätte er wohl wirklich lieber seine Ruhe gehabt. George ließ sofort von Bai Ling ab und rannte mit wehenden Ohren auf Pit zu. Er war offensichtlich der Einzige, der sich über diese Begegnung freute.

23.

»Ich glaube, Pit sind die vielen Leute zu viel«, meinte Mathilda später zu Nele, die sich zu ihr auf die Gartenbank gesetzt hatte. »Er sieht so erschöpft aus, finde ich.«

»Daran ist wohl eher die junge Freundin schuld.« Nele räkelte sich in der Sonne und verschränkte die Hände hinter dem Kopf. Sie genoss die warmen Sonnenstrahlen sichtlich. »Das ist ja für einen Mann in seinem Alter auch nicht so einfach.«

»Er ist gerade mal sechzig«, protestierte Mathilda. »Das ist doch kein Alter. Und ich bin mir gar nicht sicher, dass Bai Ling wirklich seine Freundin ist. Also, ich meine, so richtig seine Freundin. Die gehen irgendwie komisch miteinander um. Nicht verliebt oder so. Ich habe ihn gefragt, wie lange sie schon zusammen sind, aber er wollte nicht darüber reden. Muss er ja auch nicht.«

»Ich finde das aber auch komisch.« Nele öffnete die Augen und sah ihre Mutter an. »Vielleicht hat Bai Ling spitz gekriegt, dass Pit hier die Hälfte erbt. Und hofft auf ein gemütliches Leben. Ich glaube, sie jobbt bei ihm in der Kneipe, das habe ich so am Rande mitbekommen. Wie auch immer, er wird wissen, was er tut.«

»Das hoffe ich.« Mathilda kaute auf ihrer Unterlippe. Sie dachte schon die ganze Zeit über eine Bemerkung nach, die Nele gestern gemacht und die Mathilda nicht hatte deuten können. Sie fiel ihr nur nicht ein, das machte sie ganz verrückt. Sie war so auf der Suche nach diesem Satz, dass sie gar nicht hörte, was Nele jetzt gerade sagte. Mathilda hatte lediglich den Rest mitbekommen. »… können wir denn mal darüber sprechen?«

»Worüber?« Unsicher sah Mathilda ihre Tochter an. »Entschuldige, ich habe überlegt, dass du gestern irgendwas gesagt hast, wonach ich dich nochmal fragen wollte, und jetzt fällt es mir nicht mehr ein. Aber ich komme noch darauf. Also, was hast du gerade gefragt?«

»Ob ich mit euch mal über die Möglichkeiten eines Kredits sprechen könnte.« Sie hob die Hand, als sie merkte, dass ihre Mutter antworten wollte. »Warte kurz, es fällt mir nämlich schwer, damit schon wieder anzufangen. Ich weiß, dass erst gestern die Beerdigung gewesen ist, dass du traurig bist, weil deine Mutter gestorben ist, dass hier noch so viel los ist, ich will dich überhaupt nicht drängen, aber ich muss wissen, wie es bei mir weitergeht. Nicht nur für mich, sondern auch für die Zwillinge.«

»Wo sind die überhaupt?« Abrupt fuhr Mathilda hoch, sie hatte bei all den Dingen, die gerade passierten, tatsächlich vergessen, dass ihre Enkeltöchter noch hier waren. Sie hatte sie heute noch überhaupt nicht gesehen! Was war sie denn bloß für eine Großmutter? Entsetzt sah sie Nele an, die ihr beruhigend die Hand auf die Schulter legte. »Alina und Max haben sie in den Bollerwagen gesetzt und sind zu den Wiesen von Bauer Pape gegangen, da sind gerade kleine Lämmer. Die wollen sie angucken. Alles gut.« Nele knibbelte an ihrem Daumennagel. »Meint ihr, dass ihr mir finanziell helfen könnt? Es muss nicht sofort sein, Jonas hat mir ein halbes Jahr Zeit gegeben, zu entscheiden, ob ich in der Wohnung bleiben will oder nicht. Er ist gerade ganz besonders nett, demonstrativ nett, wer weiß, wie lange das noch so geht. Der Arsch.«

Beim letzten Wort zuckte Mathilda zusammen, sie mochte solche Ausdrücke nicht, da war sie altmodisch. Aber es brachte sie zurück zu den Tatsachen. Ihre Tochter war gerade mit einer Trennung gestraft, sie war durcheinander, unsicher, voller Zukunftsängste, und sie brauchte sie. Im Durcheinander der letzten Tage war das ein bisschen untergegangen. Deshalb nahm Mathilda sie jetzt in den Arm. »Natürlich kriegen wir das hin. Und wenn Jonas dir ein halbes Jahr Zeit gibt, dann können wir in Ruhe überlegen, wie wir das am besten machen.« Sie strich ihr sanft über die dunklen Haare. »Das wird schon alles. Vermisst du Jonas?«

Nele rückte ein Stück ab. »Nein«, sagte sie nach einem Moment. »Vielleicht den Jonas von früher. Oder besser, den Jonas, von dem ich dachte, dass er der richtige Jonas sei. Aber ich glaube, er war immer schon ein Idiot. Das sagt Max ja auch. Weißt du, dass ich neulich geträumt habe, ich hätte ihn umgebracht? Er stand mit dem Rücken zu mir, und ich habe ihm diese blöde Bodenvase über den Schädel gezogen, die wir von seinen Eltern zur Hochzeit bekommen haben. Eine Bodenvase. Zur Hochzeit. Das war das Einzige an dem Traum, das stimmte. Und dann lag er tot vor mir, und ich war hochzufrieden. Das war das Gefühl beim Aufwachen: Ich war hochzufrieden. Ist das nicht furchtbar?«

»Nein.« Mathilda antwortete, ohne nachzudenken. »Das ist doch ein gutes Gefühl. Hochzufrieden zu sein, meine ich. Weil man mal was getan hat, das einen zufrieden sein lässt. Wenn sich doch die Probleme immer so einfach lösen ließen …«

»Mama!« Mit großen Augen sah Nele sie an. »Du willst mir doch jetzt nicht ernsthaft raten, die Bodenvase zu missbrauchen?«

»Natürlich nicht.« Mathilda hob sofort die Hände. »Das ist keine Option. Man bringt nicht einfach jemanden um. Aber träumen wird man ja noch dürfen.«

»Aber hast du jemals …«

»Hallo? Ist niemand zu Hause?« Irene Mommsens durchdringendes Organ übertönte das Ende von Neles Frage. Mathilda erhob sich langsam und ging zur Terrassentür. »Wir sitzen draußen.«

»Ich habe euch schon im ganzen Haus gesucht.« Irene klang fast beleidigt, obwohl Mathilda sicher war, dass sie sich bei ihrer Suche auch in aller Ruhe umgesehen hatte. Irene sah sich gern in aller Ruhe in fremden Häusern um. »Ich konnte mir auch nicht vorstellen, dass ihr weggefahren seid. Und? Alles überstanden? Na, Nele, wo sind denn deine Kinder?«

Wie selbstverständlich zog sie einen Stuhl näher an die Bank und ließ sich darauf nieder. Neugierig sah sie Nele an. »Die sind ja süß, die beiden. Wie die auf dem Friedhof auf fremden Gräbern Blumen gepflückt haben, ganz goldig. Sie können ja noch nicht wissen, dass man das nicht macht, sie haben ja ...«

»Die Kinder sind mit Max und seiner Freundin bei Pape«, unterbrach Mathilda sie an der Stelle. »Er hat noch mal Lämmer bekommen, die wollten sie sich ansehen.«

Sofort presste Irene die Lippen zusammen, was Nele überraschte. Normalerweise war Irene nicht so leicht zu stoppen. Die Ruhe währte aber nur kurz, Irene war einfach zu neugierig. »Und? Ist Pit schon wieder weg? Mit seiner Freundin? Oder Frau? Wollte er dir nicht noch helfen, Ilses Haus auszuräumen? Möchte er gar nichts von ihren Sachen haben? Zur Erinnerung?«

Während Nele sich zusammenreißen musste, um nicht die Augen zu verdrehen, blieb Mathilda freundlich. »Er muss ein paar Dinge zu Hause erledigen, er hat schließlich ein Lokal. Und Robert? Ist er auch schon wieder weg?«

»Ja.« Bei diesem Thema blieb Irene einsilbig. Sehr zu Neles Bedauern, sie hatte sich gar nicht von Robert verabschiedet, weil sie gedacht hatte, er bliebe länger. Sie hatten noch nicht einmal ein Treffen in Flensburg vereinbart. Und keine Handynummern ausgetauscht. Sollte sie Irene jetzt danach fragen? Die kam ihr zuvor.

»Du hast auf der Beerdigung ja lange neben Robert gesessen.« Sie fragte das in dem typischen Irene-Inquisitionston. »Was hattet ihr denn so alles zu bereden?«

»Och, wir haben uns ja lange nicht gesehen«, versuchte Nele auszuweichen.

»Aha.« Irene runzelte die Stirn. »Und wie geht es deinem Mann?«

»Er ...«, begann Mathilda eine Antwort, sofort legte Nele ihr die Hand auf den Arm. »Wir sind getrennt. Es weiß sowieso bald jeder. Noch Fragen?«

»Ach je!« Mit einer theatralischen Geste legte Irene die Hand über den Mund und starrte Nele an. Dann ließ sie den Arm langsam sinken und faltete die Hände. »Das ist ja furchtbar. Auch für die Kinder. Hat er ... ich meine, wollte er das oder du selbst?«

»Er.« Neles Gesichtsausdruck blieb neutral. Vor Irene Mommsen würde sie nie die Fassung verlieren. Egal, wie es ihr ging. Irene wirkte geradezu enttäuscht, sie hatte zumindest ein paar anständige Tränen erwartet. So legte sie ihren Kopf schräg und sagte: »Aber dann musst du um deine Familie kämpfen, man gibt doch nicht so einfach auf. Schließlich habt ihr Kinder. Ihr jungen Leute rennt immer so schnell auseinander. Sieh mal, wir hatten es auch nicht immer leicht, aber wie lange dauern unsere Ehen nun schon? Jahrzehnte. Darum muss man sich bemühen. Vielleicht kannst du dich noch überwinden und versuchen, deinen Mann zurückzuerobern. Er ist doch auch so ein Attraktiver, und du ...«

»Ich kotze gleich.« Nele stand abrupt auf. »Und vielleicht solltest ausgerechnet du dich besser raushalten.«

»Ist ja schon gut.« Irene sprang sofort auf, schwer beleidigt fingerte sie ihren Hausschlüssel aus der Tasche ihrer Strickjacke. »Ich habe es nur gut gemeint. Dann noch einen schönen Tag. Mathilda, ich komme später nochmal vorbei. Wenn ich nicht störe.« Ohne eine Antwort abzuwarten, rauschte sie ab. Fassungslos blieb Mathilda sitzen und sah mit offenem Mund zu ihrer Tochter hoch. Sie suchte noch nach den richtigen Worten, Nele war schneller. »Jetzt sag bitte nicht, dass ich unhöflich oder beleidigend war und dass Irene deine Nachbarin ist und sie es nicht böse gemeint hat. Doch, Mama, sie hat es böse gemeint, sie ist ein altes Tratschweib, sie liebt die Katastrophen anderer Leute, darin geht sie nämlich regelrecht auf, und mir geht sie schon seit Jahren so was von auf die Nerven, dass ich keinen Bock mehr habe, mir ihr dummes Gesabbel anzuhören.«

»Nele!« Mathilda legte ihre ganze Empörung in ihren Namen. Nele schüttelte den Kopf.

»Nix, Nele. Du kannst nicht immer nur nett zu allen sein, nur weil du es friedlich und harmonisch haben willst. Die anderen sind auch nicht immer nett. Und hier, unsere Dorfzeitung Irene zum Beispiel: Sie erklärt allen, was richtig und falsch ist, was man tun und lassen soll. Und sie selbst? Sie lässt es zu, dass ihr blöder Lackaffe von Mann dauernd Streit mit seinem Sohn anfängt, den er immer unsäglich behandelt hat, bis heute übrigens, und …«

»Das mit Robert hat ja den Grund …«, unterbrach Mathilda, wurde aber wieder von Nele unterbrochen. »Lass mich ausreden, Mama. Und dann gibt ausgerechnet sie mir den Tipp, meine Ehe zu retten? Ihr Nils hat eine Affäre. Nicht nur, dass er sich auftakelt wie ein Playboy für Arme, nein, der hat schon seit einiger Zeit eine Freundin. Irene soll einfach mal aufhören, bei anderen den Dreck zu suchen.«

»Nils?« Mathilda musste diese Informationen erstmal sacken lassen. Es konnte doch nicht sein, dass ihr blöder Einfall, ihrer Mutter diesen Unsinn zu erzählen, plötzlich ein Eigenleben bekam. »Eine Affäre? Da hast du bestimmt was falsch verstanden, Nele. Wie soll Nils das denn bewerkstelligen? Irene ist doch immer dabei. Nein, Nele. Das stimmt nicht. Der hat keine Affäre. Das habe ich doch nur gesagt, weil …« Sie biss sich auf die Unterlippe.

Nele hatte den letzten Satz anscheinend gar nicht registriert, denn sie fuhr ruhig fort: »Max und ich haben ihn neulich mit einer blonden Frau gesehen. Und glaub mir, das war eine ganz eindeutige Situation. Da gab es nichts falsch zu verstehen. Sie fährt ein rotes Cabrio mit Heider Nummer. Und sie haben sich auf einem Parkplatz getroffen, das sah nicht so aus, als wäre es das erste Mal gewesen. Deine feinen Nachbarn. In deinem idyllischen Dorf. Mama, wach mal auf, die Bullerbü-Zeiten sind auch hier vorbei.«

Die Sätze schwirrten in Mathildas Kopf, ihr fiel keine einzige Entgegnung ein. Sie sah ihre Tochter an, dann blickte sie in den Himmel. Er war strahlend blau. Mit ein paar hingeworfenen Wolken. Wie gemalt. Ein norddeutscher Sommerhimmel. Aber unter ihm geriet hier unten plötzlich so viel durcheinander. Und das, wo Mathilda Durcheinander doch so hasste. Besonders hier in ihrem Dorf.

24.

Dienstag, 11. Juni

Pit stützte sich mit gequältem Gesicht auf dem Tresen ab, als der Wagen der Hamburger Stadtreinigung mit lautem Getöse an der Kneipe vorbeifuhr. Ein wütendes Hupkonzert begleitete das Spektakel, irgendwelche bekloppten Autofahrer glaubten anscheinend immer noch, dass die Betätigung der Hupe eine Beschleunigung des Verkehrs bewirkte. Bai Ling malträtierte den Holzboden mit dem Staubsauger. Das schrappende Geräusch legte sich auch noch über den Straßenlärm.

Als Pit den Kopf hob, sah er in Hermanns Augen. »Wat ist?«, fragte der.

»Nichts.« Pit stieß sich ab und ging zur Zapfanlage. »Noch eins?«

»Ein kleines.« Hermann schob sein leeres Glas über den Tresen. »Nervös?«

Pit hielt ein Glas schräg und drehte den Zapfhahn auf. »Nee. Ich kann nur diesen Krach nicht mehr ab.« Abrupt stellte er das Glas ab und brüllte: »Bai Ling, mein Gott, jetzt ist auch mal gut. Stell das Ding ab.«

Verblüfft hielt sie inne, ließ den Staubsauger weiterlaufen und starrte ihn an. »Was?«

Mit zwei langen Schritten war Pit an der Steckdose und riss den Stecker raus, jetzt hörte man nur noch den Verkehr. Und die rotierenden Bürsten der Stadtreinigung. »Ich kann diesen Staubsauger nicht mehr hören. Und außerdem muss man das nicht machen, wenn die Kneipe offen ist.«

»Ist doch keiner da.« Bai Ling ließ beleidigt alles fallen. »Ist schmutzig.« Trotzdem rollte sie das Kabel ein, bevor sie sich den Staubsauger griff und nach hinten brachte.

Hermann seufzte und stützte sein Kinn auf die Faust, während er Pit ansah. »Ist doch keiner da. Die spinnt doch, diese Chinesin. Die ist nicht dicht, das sag ich dir. Mit der stimmt was nicht.«

»Ach, lass sie doch.« Pit fing an, die Gläser aus dem Regal zu spülen. Das beruhigte ihn. »Vielleicht denkt sie, du gehörst zum Bestand der Kneipe. Du bist ja auch immer hier.«

»Und dafür bezahl ich ja wohl auch.« Hermann war tatsächlich angefressen, das hatte Pit noch nie erlebt. »Aber die soll mir hier nicht blöd kommen. Ich kann auch woanders Bier trinken.«

»Komm.« Pit stellte das frisch gezapfte Bier vor ihm ab. »Das geht aufs Haus. Reg dich nicht auf. Sie meint es nicht so.«

Grummelnd zog Hermann das Glas näher und starrte drauf. Plötzlich schüttelte er heftig den Kopf. »Mit der stimmt was nicht. Oder die ist einfach nur doof. Kann ja auch sein.«

Pit wartete in Ruhe ab, bis Hermann getrunken hatte. Bai Ling war immer noch damit beschäftigt, den Staubsauger im Hinterzimmer in den Schrank zu bekommen, er passte nur rein, wenn man ihn leicht schräg stellte, den Geräuschen nach begriff sie es nicht. Pit senkte trotzdem seine Stimme. »Hast du was Neues über Oleg gehört?«

Hermann dachte nach. Eine ganze Zeit lang. Dann sagte er bedächtig: »Die suchen ihn. Diese Südamerikaner. Das habe ich von Svetlana gehört. Die fragen überall nach, aber keiner weiß, wo er steckt. Dabei sucht er auch jemanden.« Er machte wieder eine lange Pause, in der Pit seine Hand in der Hosentasche ballte. Er wollte jetzt nicht nachfragen, irgendwann würde Hermann weiterreden. Und in der Tat, er fuhr fort: »Mich haben sie nicht gefragt, ich sag ja auch nichts, aber gestern Mittag war er hier. Deine Chinesin hat mit ihm geredet, an der Hintertür, danach ist er wieder weg.«

In Sekundenbruchteilen stieg Pits Blutdruck. Davon hatte Bai Ling ihm nichts erzählt. Pit war nur eine Stunde weg gewesen, höchstens eineinhalb. Als er wiedergekommen war, hatte er Bai Ling gefragt, ob was gewesen wäre, sie hatte nur den Kopf geschüttelt. Hatte Oleg sie bedroht? Unter Druck gesetzt? Er hatte sich so bemüht, sie nicht da reinzuziehen, und jetzt das.

»Hast du mitbekommen, was Oleg zu ihr gesagt hat?«

Hermann sah ihn verständnislos an. »Die standen an der Hintertür. Und ich saß hier an meinem Platz. Wie soll ich da was hören? Bin ich 'ne Fledermaus?«

»Wie?« Irritiert ging Pit ein Stück zurück. »Was hat das mit Fledermäusen zu tun?«

»Die hören von allen am besten.« Hermann nickte stolz. »Bitte. Wieder was gelernt. Pst, die Chinesin kommt zurück.«

Bai Ling stand plötzlich neben Pit und sah erst ihn, dann Hermann an. »Was?«

Hermann hob beide Hände. »Nichts. Hier ist ja keiner.« Er senkte sofort wieder seinen Kopf und begann, Bierdeckel aufeinanderzustellen.

Bai Ling ignorierte ihn und fing an, umständlich Gläser zu polieren. »Da steht Auto vor Kneipe, Mann guckt dauernd rein.«

»Derselbe Mann wie gestern?« Pit tat unaufgeregt, Bai Ling zeigte keine Regung und polierte weiter. »Gestern keiner da. Als du weg warst, ich alleine.« Jetzt hob sie doch den Kopf. »Nur Mann von neulich. Und er da.« Sie machte mit dem Kinn eine kleine Bewegung in Hermanns Richtung. »Mann mit Bild auf Hals hat gefragt, ob du da. Ich sagen nein, dann er weg. Was will er?«

»Hat er dich bedroht?«

»Ein bisschen.« Ihre Unterlippe zitterte plötzlich. »Du haben Streit mit ihm? Warum? Was er will von dir?«

»Ich habe keinen Streit.« Pits Mundwinkel zuckte, das tat er immer, wenn er nervös war. Er biss die Zähne zusammen und ging an Bai Ling vorbei. »Ich guck mir mal den Vogel an, der jetzt vor der Kneipe steht.« Was immer der Kurzbesuch von *Kill you* zu bedeuten hatte, anscheinend hatte er nichts von Bai Ling gewollt. Und keine Zeit gehabt, auf Pit zu warten. Er wurde schließlich gesucht. Pit musste jetzt nur ruhig bleiben. Und er hoffte, dass es nicht die Südamerikaner waren, die da draußen ein Auge auf die Kneipe hatten.

Das Auto, das auf dem Bürgersteig genau vor der Kneipentür stand, hatte keinerlei Ähnlichkeit mit der eleganten Limousine, die kürzlich hier gehalten hatte. Es war ein alter schwarzer Mercedes, ein Plüschpinguin baumelte am Rückspiegel, klumpiger Schmutz aus Acker, Gras und Gülle klebte an den Türen, der Mann, der auf dem Fahrersitz saß, trug eine Schirmmütze, und das Kennzeichen lautete NF, Nordfriesland. Als Pit den Fahrer erkannte, stöhnte er auf. Was wollte der denn hier? Mit dieser Dreckskiste, die aussah, als hätte er die Abkürzung über die Felder genommen. Pit trat aus der Kneipe nach draußen, im selben Moment öffnete sich die Autotür, und Harald Wiesner wuchtete sich raus. Er schlug die Tür zu, schloss das Auto ab und kam auf Pit zu. »Moin.«

»Du kannst hier nicht stehenbleiben, hier ist Halteverbot.«

Harald Wiesner warf einen Blick zurück, dann sah er Pit mit einem feisten Lächeln an. »Gibt es in deiner Kneipe auch Kaffee? Oder nur Bier und Schnaps?«

»Die Kaffeemaschine ist kaputt.«

Pit blieb mit vor der Brust verschränkten Armen vor der Kneipe stehen. Er hatte überhaupt keine Lust, Harald Wiesner in seine Kneipe zu lassen, ihn womöglich zu bedienen, mit ihm zu reden oder sich irgendeinen Schwachsinn von ihm erzählen zu lassen. Er wusste nicht, was dieser Typ hier wollte, und er hatte ihn noch nie leiden können. Fertig aus. Er blieb stehen.

Das tat Harald Wiesner auch. Und zwar genau neben ihm. Er stand da, die Hände in die Taschen seiner Hose gezwängt, sein Bauch quoll über den Bund, er wippte auf den Fußspitzen, inspizierte den abgeblätterten Putz, der mit Graffiti beschmiert war, die braunen Butzenscheiben, die abgeplatzte Farbe der Tür, und schüttelte süffisant den Kopf. »Na, die erste Adresse in der Stadt ist das ja wohl nicht. Mann, Mann, Mann.«

»Hier gibt es genug andere Kneipen, die bestimmt ganz heiß drauf sind, dem Bürgermeister von Dettebüll einen Kaffee zu kochen.« Pit drehte sich weg und ging zurück. »Schönen Tag noch.«

Erstaunlich wendig schoss besagter Bürgermeister plötzlich an ihm vorbei. Bevor Pit reagieren konnte, stand Harald Wiesner bereits in der dunklen Kneipe und sah sich um. »Ach, hallo, da ist ja auch deine reizende Freundin«, er ging zum Tresen und reichte Bai Ling seine große Hand. Sie hob den Kopf, um zu ihm hochsehen zu können. »Bier?«

»Nein, nein.« Harald lachte dröhnend. »Ich muss noch fahren. Also, es gibt keinen Kaffee? Dann eine Cola, bitte. Mit Eis und Zitrone.«

Am anderen Ende des Tresens hustete Hermann. Wiesner warf einen kurzen Blick auf ihn, dann drehte er sich zu Pit um, der immer noch am Eingang stand. »Los, Pit, ich lade dich zu einem Kaltgetränk ein. Du kannst doch einen alten Kumpel nicht so stehenlassen. Nach all den Jahren.« Er zog sich umständlich auf einen Barhocker und stemmte seine Ellenbogen auf den Tresen. Inzwischen stand Pit vor ihm, nahm Bai Ling das Glas aus der Hand und schob sie zur

Seite. »Du kannst Feierabend machen«, sagte er. »Du wolltest doch noch einkaufen. Mach das ruhig.«

»Aber, ich …«

»Bis später.« Mit etwas mehr Nachdruck sah er sie an, jetzt kapierte sie es endlich, griff nach ihrer Tasche auf den Bierkisten hinter dem Tresen und ging langsam zur Tür. »Wiedelsehen.«

»Netter Käfer.« Harald Wiesner starrte hinter ihr her, bis Pit ihm das Cola-Glas hinknallte. »Hier, Zitrone ist aus.«

»Eis wohl auch.« Mit leichtem Widerwillen probierte Harald die lauwarme Cola und stellte das Glas anschließend ohne Kommentar zur Seite. Er sah sich in aller Ruhe um. »Kannst du von diesem Schuppen leben? Und dann noch mit einer so jungen Frau? Wie geht denn das?«

»Dich geht das jedenfalls gar nichts an.« Ungerührt beobachtete Pit sein Gegenüber. Wiesner war ein aufgeblasener Wichtigtuer. Harald hatte damals im nicht so fernen Niebüll bei der Sparkasse gelernt, trug plötzlich feine Anzüge und kriegte sich vor lauter Wichtigkeit kaum noch ein. Er war etwa im selben Alter wie Pit, aber seit er Banker war, natürlich etwas Besseres. Er hielt sich für den Nabel der Finanzwelt, besonders als er schließlich Leiter der winzigen Bankfiliale im Nachbardorf wurde. Schnell kannte er alle Kunden mit Namen, nach einiger Zeit ihre Familienumstände, dann hatte er ihre Kontonummern im Kopf und schließlich auch alle Kontobewegungen. Damals gab es das Gerücht, er habe zwei Handwerksmeister wegen ihrer Schwarzgeldkonten erpresst, es gab nie eine Anzeige, deshalb auch keine Ermittlungen, aber ein halbes Jahr später machte Harald seinen ersten Urlaub in Thailand. Im Zuge der Umstrukturierungen der letzten Jahre wurde die kleine Dorffiliale geschlossen. Wiesner war in einer großen Filiale nicht mehr denkbar, man schlug ihm vor, sich einvernehmlich zu trennen, und überredete ihn mit einer ordentlichen Abfindung. Er nahm an und begann, sich mit Mitte fünfzig in der Gemeindepolitik zu engagieren. Er wollte Bürgermeister werden, die Chance war groß, weil es keine anderen Bewerber gab, und nach zwei Jahren hatte er sein Ziel erreicht. Jetzt saß er immer noch auf seinem dicken Schreibtischstuhl. Was er hier an Pits Tresen wollte, war schleierhaft.

Er legte seine Hände locker übereinander und den Kopf schief, bevor er ein etwas debiles Lächeln aufsetzte. Vermutlich hatte er mal ein Seminar zum Thema »Wie bescheiße ich meine Kunden?« gemacht, Pit war jetzt echt gespannt, was dieser korrupte Idiot hier wollte. Er musste nicht lange warten.

»Übrigens, nochmal mein aufrichtiges Beileid zum Tod deiner Mutter.« Harald verschränkte seine Finger, das debile Lächeln verschwand. »Auch wenn euer Verhältnis nicht besonders innig war.«

»Was willst du?«

»Na ja«, Harald lehnte sich ein Stück zurück, »als Bürgermeister macht man sich ja immer Gedanken über das Wohl seiner Gemeinde. Ich hoffe nicht, dass jetzt im Hause Petersen ein Erbschaftsstreit ausbricht. Du weißt sicher, dass deine Mutter bis zum Schluss die Alleineigentümerin war und dass nun das Erbe zwischen Mathilda und dir geteilt werden muss?«

»Und?«

Harald sah ihn forschend an. »Ich sag es dir nur, weil wir uns schon so lange kennen. Nicht, dass du glaubst, der Hof, das Haus und das Land würden Mathilda bereits gehören und für dich bliebe kein Erbe, das ist nicht so. Und wenn ich mir diese Bruchbude hier angucke ...« Er schüttelte mitleidig den Kopf. »Es sieht so aus, als würdest du eine kleine Finanzspritze gut brauchen können. Kommen wir also gleich zur Sache: Da Mathilda bestimmt in ihrem Haus wohnen bleiben will, wird sie dir anbieten, das Land von Ilse zu übernehmen. Ihr habt da oben am Wald ja ein paar Hektar, ich weiß, welche Weiden das sind. Aber was willst du damit? Du wirst ja wohl kaum zurückkommen und dir da Viecher hinstellen. Also hier mein Vorschlag: Ich kaufe dir die Weiden ab. Und weil ich ein netter Mann bin, gebe ich dir ein bisschen mehr, als sie wert sind. fünftausend Euro? Damit kriegst du ja wieder Grund in diesen Schuppen. Und kannst deiner Süßen mal was bieten. Schlag ein, was weg ist, ist weg.«

Seine Hand schwebte ausgestreckt über dem Tresen, Pit sah sie mit einem Anflug von Ekel an. Dann schüttelte er langsam den Kopf. »Ich mach mit dir keine Geschäfte.«

Harald Wiesner zog seine Hand zurück und presste die Lippen zusammen. Er stierte Pit an, dann holte er tief Luft. »Du solltest dir gut überlegen, ob du mein Angebot nicht doch annehmen willst. Ich kann auch nochmal mit Mathilda reden, die will ja unbedingt in Dettebüll wohnen bleiben, mal sehen, was sie macht, wenn sie hört, was sie an Erbschaftssteuern bezahlen muss und was an Kosten alles auf sie zukommt. Deine Schwester hat sich ja nie um solche Dinge gekümmert. Die freundliche, naive Mathilda. Sie wird irgendwas verkaufen müssen, das mache ich ihr schon noch klar.«

»Erzählst du mir gerade, dass du Mathilda unter Druck setzen willst?« Mit einem leicht drohenden Unterton beugte Pit sich etwas näher. Harald Wiesner wich keinen Millimeter zurück. Stattdessen grinste er zynisch. »Vielleicht muss ich das gar nicht. Vielleicht reicht es auch, dass ich ihr von deinen Besuchen in Dettebüll berichte. Von wegen, du warst seit Jahren nicht da. Ausgerechnet kurz vor Ilses Tod kreuzt du im Dorf auf. Ist doch seltsam, oder? Was hast du denn da gemacht?«

»Was habe ich wo gemacht?«

»Ich habe dich gesehen. Kurz vor Ilses Tod. Hinter der alten Genossenschaft. Bei den Holzpaletten. Es sah nicht so aus, als wärst du auf Familienbesuch. Hast du den Tod deiner Mutter geplant? Damit du an das Erbe kommst? Weil diese Bumsbude hier fast pleite ist? Und du dringend Kohle brauchst?« Er reckte den Kopf höher. »Verkauf mir das Land, du kannst damit sowieso nichts anfangen. Dann bleibt deine kleine Stippvisite so kurz vor dem unerwarteten Tod deiner Mutter unter uns. Und Mathilda muss nichts davon wissen.«

Pit stand bewegungslos vor Harald Wiesner und starrte ihn an. Wieso hatte er diese Ratte nicht gesehen, als er in Dettebüll gewesen war? Wer wusste denn noch von seinen Besuchen bei Eddie?

»Also?« Harald Wiesner streckte wieder die Hand aus und grinste ihn siegessicher an. »Fünftausend Euro?«

Pit sah über seine Schulter. Dann verschränkte er langsam seine Arme vor der Brust, blickte Harald Wiesner an und lächelte. »Wenn du jetzt ganz schnell bist, kannst du den Abschleppwagenfahrer noch fragen, wohin er deine Karre bringt.«

Sofort drehte Wiesner sich um. Der Mercedes wurde gerade vom Haken gelassen und stand schon auf dem Abschleppwagen. Wütend sprang Harald vom Barhocker und stürmte raus.

»Die Cola geht aufs Haus. Viel Erfolg«, rief Pit ihm hinterher, bevor die Kneipentür wieder zufiel.

Er grinste, dann sah er zu Hermann, der ihn gerade beobachtete, während er Geld aus seiner Hosentasche kramte. Pit ging zu ihm. »Ich hab ihm gesagt, dass da Halteverbot ist.«

Hermann nickte. Er blickte Pit nachdenklich an. »Du hast eine Schwester?«

»Ja.«

»Dann pass mal auf, dass dieser Typ ihr nichts tut.«

Irritiert zog Pit die Augenbrauen hoch. »Was hast du denn gehört?«

»Genug.« Hermann ließ sich vom Hocker rutschen und

setzte seine Mütze auf. »Wenn du klug bist, guckst du mal nach deiner Schwester. Dann bist du hier aus der Schusslinie, und der komische Typ kann ihr nichts tun.«

»Und die Kneipe?«

Hermann zuckte die Achseln. »Ich kann dich vertreten, ich kenne mich aus. Aber die Chinesin nimmste mit. Mit der kann ich nicht.«

Pit sah seinen besten Stammgast an. Die Fledermaus. Man wusste nie, was Hermann alles mitbekam. Aber man konnte sich auf ihn verlassen. Nach kurzer Überlegung zog Pit einen Schlüssel aus der Schublade und gab ihn Hermann. »Danke.«

25.

Mittwoch, 12. Juni

Irgendetwas blockierte die Schublade im Wäscheschrank. Mathilda ruckelte am Griff, bevor sie ihren Arm reinschob. Ganz hinten ertastete sie einen Gegenstand, der verklemmt war. Mathilda versuchte, ihn nach vorn zu ziehen, er ließ sich bewegen und rutschte nach vorn, sie zog die tiefe Schublade mit einem kräftigen Ruck ganz auf. Hinter Tischdecken und originalverpackten Stoffservietten kam ein abgegriffenes Buch zum Vorschein, Karl Mays ›Durchs wilde Kurdistan‹.

Mathilda hielt es überrascht in der Hand, dann strich sie sanft über den Einband und schlug es auf. *Das hier gehört Pit Petersen. Ausleihen verboten!*

Es war der dritte Gegenstand aus Pits Kinder- und Jugendzeit, den Mathilda in seinem ehemaligen Zimmer gefunden hatte. Dieses Buch, eine Schallplatte von Neil Diamond und ein Monopoly-Spiel, von dem der Deckel fehlte. Es hatte hinter der Kommode gelegen, die Mathilda nach vorn gerückt hatte, um dahinter sauberzumachen. Dabei hatte sie auch die Schallplatte gefunden. Drei Dinge, mehr nicht. Ilse Petersen hatte alles, was Pit nicht mitgenommen hatte, gnadenlos entsorgt, nur diese drei Dinge hatten das überlebt.

Mit dem Buch in der Hand ließ Mathilda sich auf das Gästebett sinken. Eines der Dinge, die ihre Mutter wirklich nie gebraucht hatte, war dieses Bett. Ilse hatte nie Gäste gehabt, in all den Jahren nicht. Sie bekam keinen Besuch, und wenn, dann waren das Leute aus dem Dorf, die natürlich nie über

Nacht blieben. Dieses Bett hatte einfach nur Pits Bett ersetzen sollen. Niemand hatte hier bis jetzt geschlafen, es war ganz unbenutzt. Und genau deshalb war Mathilda dabei, dieses Zimmer als Erstes auszuräumen. Es würde jetzt tatsächlich wieder Pits Zimmer werden, ohne die vollen Wäscheschränke, ohne Staubsauger und Bügelbrett, die an die Wand gelehnt waren, ohne leere Getränkekisten, ohne Altpapier, das hier von Ilse über Wochen gesammelt wurde.

Gestern Abend hatte Pit sie das erste Mal von sich aus angerufen. Er hatte tatsächlich gefragt, wie es ihr gehe und ob alles in Ordnung sei. Ganz beglückt hatte Mathilda das sofort bejaht.

»Alles ist gut, Pit«, hatte sie lächelnd gesagt. »Und es ist so schön, dass du anrufst. Ich wollte nämlich langsam mal anfangen, Mutters Sachen durchzusehen. Das meiste kann wohl zum Roten Kreuz, vor allen Dingen die Kleidung und die Wäsche. Sie hatte ja so viel Tischwäsche und Handtücher. Möchtest du die Sachen noch sehen?«

»Um Himmels willen«, lehnte Pit sofort ab. »Das kann alles weg. Aber ich wollte sowieso morgen kommen, also ich und Bai Ling. Wir können dann auch beim Ausräumen helfen. Ich bleibe ein paar Tage.«

Und deshalb hatte sie sich vorgenommen, heute Pits altes Zimmer wieder für ihn herzurichten. Sie räumte die Schränke aus, hatte schon den alten Fernseher aus Neles Zimmer hier reingestellt, nach dem Putzen würde sie noch Blumen und ein bisschen Obst und Schokolade auf den Tisch stellen und die frischgewaschenen Gardinen wieder aufhängen, es würde richtig hübsch sein hier. Ihr Bruder konnte schließlich nicht noch einmal in Ilses Schlafzimmer übernachten, das war eine furchtbare Vorstellung. Er sollte es hier schön haben.

Als sie Schritte auf der Treppe hörte, hob sie den Kopf und sah Gunnar in der Tür stehen, der sie besorgt musterte. »Alles in Ordnung?«

Mathilda schüttelte den Kopf und hob anklagend das Buch hoch. »Dieses Karl-May-Buch, eine Schallplatte von Neil Diamond und ein desolates Monopoly-Spiel sind die einzigen Dinge, die aus Pits altem Leben übrig geblieben sind. Er hatte eine Carrera-Rennbahn, kleine Autos, andere Bücher und Spielsachen, das hat Ilse alles weggedonnert. Ich hätte sie viel früher …«, sie stockte und senkte den Blick.

»Was hättest du viel früher?« Gunnar setzte sich neben sie und legte ihr den Arm um die Schultern. Mathilda lehnte ihren Kopf an ihn. »Ich hätte mich viel früher um Pit kümmern müssen. Er ist mein kleiner Bruder, ich habe ihn im Stich gelassen.«

»Mathilda.« Gunnar sah ihr ins Gesicht. »Es ist vieles schiefgelaufen in all den Jahren. Aber jetzt ist das vorbei. Sieh mal, du machst das Zimmer hier schon mal für ihn schön, wenn er kommt, vielleicht schafft ihr ja einen neuen Anfang, wir haben doch Zeit. Das wird schon.«

»Weißt du, ich habe …«, begann Mathilda, wurde aber vom unvermuteten Klingeln an der Haustür unterbrochen. »Wer ist das denn?«

Sie musste nicht lange überlegen, die Stimme von Nils Mommsen drang von unten zu ihnen. »Hallo? Seid ihr hier?«

»Wir sollten uns angewöhnen, nicht immer die Schlüssel von außen stecken zu lassen«, sagte Gunnar leise und stand auf. »Hier kann ja wirklich jeder dauernd reinkommen.« Er ging mit wenigen langen Schritten zur Tür und rief. »Moin, Nils, wir kommen runter.«

Kurz danach saßen sie zu dritt in Mathildas Küche. Gunnar hatte Nils sofort nach drüben bugsiert, seine neugierigen Blicke in Ilses Haus konnte er nicht leiden.

Jetzt streckte Nils seine Beine unter dem Tisch aus, seine Beine, die in albernen, weil künstlich durchlöcherten Jeans steckten. Selbst Max fand sich zu alt, um solche Hosen zu tragen, hatte er neulich bemerkt, das wäre doch ein Trend für Teenies. Und für Nils Mommsen, dachte Gunnar jetzt. Der Mann steckte offensichtlich in einer veritablen Sinn- und Alterskrise, anders war auch nicht zu erklären, was der klobige Silberring und die bunten Lederarmbänder sollten. Immerhin war Nils auch schon sechsundsechzig. Er nestelte an seinem hellgrünen Hemd und ließ sich von Mathilda Wasser einschenken. »Danke, Mathilda«, sagte er und sah sie mit einem Augenzwinkern an. Gunnar schüttelte leicht den Kopf. Was für ein Kasper. Er räusperte sich und fragte: »Wolltest du was Bestimmtes? Oder ist das nur ein Nachbarschaftsbesuch?«

»Eine Kleinigkeit«, antwortete Nils und lächelte lässig. »Es ist nur eine Kleinigkeit, die ich mit euch besprechen wollte.« Er trank betont langsam aus seinem Wasserglas. »Ihr wisst ja, dass Ilse und ich uns sehr mochten.« Er machte eine kleine wirkungsvolle Pause, bevor er fortfuhr. »Wir hatten kurz vor ihrem Tod ein nettes Gespräch über dies und das. Unter anderem auch über Mathilda und dich, Gunnar, aber das ist an dieser Stelle nicht so wichtig.« Er warf Mathilda einen seltsamen Blick zu, sie hielt dem stand.

»Ja, und weiter?«, fragte sie freundlich. Nils sah sie an, dann sagte er: »Ich möchte ja meinen Hof etwas umstrukturieren, dafür könnte ich gut die Wiesen oben am Wald brauchen. Ilse hat sie ja immer verpachtet, ohne Kündigungsfrist, oder einfach brachliegen lassen. Und sie war von meinem Angebot ganz begeistert. Deshalb haben wir ein Vorkaufsrecht vereinbart, das will ich jetzt nutzen. Seid ihr vielleicht auch mit fünftausend Euro einverstanden? Dann können wir das sofort festzurren.«

Gunnar und Mathilda sahen sich an. Dann gingen beider Blicke zu Nils.

Mathilda schüttelte den Kopf. »Nein«, sagte sie. »Das können wir nicht festzurren. Da muss ich erst mit Pit sprechen. Der erbt schließlich die Hälfte von allem.«

»Dann kriegt er eben zweieinhalbtausend Euro ab.« Nils strich sich mit beiden Händen durch die schon etwas dünnen Haare. Er hatte sie etwas länger wachsen lassen. Es sah komisch aus, zumal eine Strähne jetzt wie eine Antenne abstand. »Das ist doch kein Problem.« Er lehnte sich noch bequemer zurück. »Wobei ich mir nicht sicher bin, ob mit Pit alles friedlich besprochen werden kann. Es ist doch eigentümlich, dass er nach all den Jahren erst jetzt wieder aufgekreuzt ist, wo es ans Erben geht. Wer weiß, Mathilda, vielleicht stellt er auch Ansprüche an den Hof und das Doppelhaus, dann müsst ihr ihn auszahlen oder wegziehen. Wollt ihr das? Oder besser: Könnt ihr das?«

Mathilda öffnete empört den Mund, wurde aber von Gunnars Hand auf ihrer Hand am Sprechen gehindert. Er lächelte Nils entspannt an: »Das sehen wir dann. Wir können dich gern auf dem Laufenden halten. Nur musst du verstehen, dass wir in dieser Situation, so kurz nach Ilses Tod, keinesfalls eine solche Entscheidung treffen können. Wir haben ja noch nicht einmal den Erbschein. Das tut mir leid.«

»Was heißt hier Entscheidung treffen?«, fauchte Nils, und ein paar Tropfen Spucke flogen auf seinen Hemdärmel. »Die Entscheidung hat Ilse doch schon lange getroffen. Ich habe ein Vorkaufsrecht, hörst du, ein Vorkaufsrecht, das ist doch nicht so schwer zu verstehen.«

Gunnar blieb ruhig und nickte. »Nils, ich hab dich gut verstanden. Du hast ein Vorkaufsrecht. Aber wir wollen ja gar nicht verkaufen. Wenn wir verkaufen wollten, dann würden wir dich als Ersten fragen. Aber wie gesagt, wir wollen das ja jetzt gar nicht.«

»Aber Ilse hat es mir zugesagt. Wir wären zum Notar gegangen und hätten das klargemacht, wenn sie nicht plötzlich tot umgefallen wäre.« Nils war immer lauter geworden, sein Gesicht krebsrot, es würde nicht mehr lange dauern, bis er ganz ausflippte.

Mathilda klopfte ihm leicht auf die Schulter und sagte: »Jetzt reg dich mal nicht so auf. Was willst du überhaupt mit dem Land? Du hast damals Pape deine Weiden verkauft, weil du sie nicht genutzt hast. Und jetzt willst du unsere? Das macht doch gar keinen Sinn.«

Nils riss sich sichtbar zusammen. Dann lachte er übertrieben. »Meine Güte, man muss ja auch mal umstrukturieren. Man kann nicht immer so weitermachen. Es kann euch, davon abgesehen, doch auch egal sein, ihr braucht das Land doch sowieso nicht.« Er drehte sein Glas zwischen den Fingern. Plötzlich änderte sich sein Gesichtsausdruck. Mit schmalen Augen und zusammengepressten Lippen starrte er Mathilda an. Dann sagte er kalt: »Die Leute im Dorf machen sich so ihre Gedanken, wieso Ilse einfach so umgekippt ist. Ohne Vorankündigung. Sie war ja noch nicht einmal krank. Kein Mensch fällt beim Rauchen einfach so vom Stuhl. Im Film würde man jetzt die Motive der Angehörigen überprüfen.«

»Das reicht jetzt, Nils.« Gunnar war sehr langsam aufgestanden und sah zu ihm runter. »Ich weiß ja nicht, was du gerade für Probleme hast, aber das sind nicht unsere. Du gehst jetzt besser, bevor es hier noch unangenehm wird. Und dein Vorkaufsrecht kannst du dir irgendwohin abheften. Ohne notarielle Beglaubigung ist das sowieso nichts wert. Mehr haben wir zu dem Thema auch nicht zu sagen. Und du solltest dir überlegen, ob du dich nicht besser bei Mathilda für diesen Unsinn entschuldigst. Du findest ja allein raus.«

Sprachlos hatte Mathilda Gunnars Ansprache verfolgt. Sie hätte Nils am liebsten die Wasserflasche über den Kopf gezogen, das wäre aber auch keine Lösung gewesen. Gunnar war da einfach viel bedachter. So fügte sie nur ein tonloses »Schönen Tag noch« hinzu und wartete, bis die Haustür hinter Nils krachend ins Schloss fiel.

Mathilda wartete einen Moment. Ihr war ein bisschen übel, und sie spürte einen kalten Schauer über den Rücken laufen, das hatte sie immer, wenn es um sie herum Streit gab. Oder jemand laut wurde. Sie konnte das schon körperlich kaum ertragen. Unsicher sah sie Gunnar an. »Sag mal, dem geht es doch um die Siedlung, oder? Er will uns tatsächlich um unser Land bringen, weil er schon weiß, dass es viel mehr wert sein wird?«

Gunnar nickte und setzte sich wieder. Er rieb sich über die Stirn, bevor er antwortete. »Aber woher weiß er das? Max und Alina haben gesagt, es sei alles noch ganz geheim.« Er seufzte und schob das von Nils benutzte Glas ans Tischende. »Ich hoffe nur, dass wir jetzt keinen Nachbarschaftskrieg angefangen haben.«

»Und wenn schon. Dann hat er den angefangen.« Mathilda erhob sich und stellte das Glas auf die Spüle. Nach kurzer Überlegung ließ sie sofort heißes Wasser drüberlaufen. »Dieser Idiot. Er soll übrigens eine Affäre haben.«

»Das geht uns nichts an.« Gunnar hasste Klatsch und Tratsch. »Ich gehe jetzt in den Schuppen und flicke meinen Fahrradschlauch. Bis später.«

Nach einem zufriedenen Blick in das jetzt hübsche, saubere und aufgeräumte Gästezimmer verließ Mathilda Stunden später Ilses Haushälfte und ging in ihr eigenes Zuhause, um George zum Spaziergang abzuholen. Immer noch hatte sie das unangenehme Gespräch mit Nils im Kopf, sie musste jetzt dringend eine Runde mit George laufen. Das half immer, sogar mehr als Putzen oder Bügeln. Der Hund kam sofort angeschossen, als sie die Leine vom Haken nahm. George lief vor, er kannte die Runde. Gemächlich und in Gedanken versunken, folgte Mathilda ihm.

Vielleicht sollte sie mal mit Irene reden. Es konnte ja auch sein, dass Nils das alles gar nicht so gemeint hatte, dass er wegen seiner Affäre, oder wegen seines Älterwerdens, oder wegen was auch immer einfach schwer unter Stress stand. Man las das ja so oft. Männer, die sich in einer Krise plötzlich optisch verjüngen wollten, die eine Freundin hatten, mit ihrem Leben nicht mehr klarkamen, Angst vorm Alter und vor der Gebrechlichkeit hatten, das war ja nichts Neues. Dazu noch die Streitigkeiten mit Robert, vielleicht auch noch finanzielle Nöte, so eine Freundin kostete ja auch Geld, womöglich konnte Nils gar nichts dafür, dass er sich so verrannt hatte. Und all diesen Unsinn erzählt hatte. Und wer weiß …

Bevor sie den Satz zu Ende denken konnte, schoss George wie eine Rakete auf ein Ziel zu, das Mathilda erst ein paar Sekunden später erkannte.

Es war Eddie, der genau in diesem Moment aus Kruses Gasthof trat. Er beugte sich zu George runter und tätschelte seinen Kopf, der Hund bekam sich vor lauter Freude kaum mehr ein. Er liebte Eddie, Mathilda hatte keine Ahnung, warum.

»Hallo, Eddie.« Sie lächelte ihn an, als sie vor ihm stand. »Du bist ja wieder da.«

Er nickte. »Seit gestern.«

»Das ist schön.« Mathilda warf George einen strengen Blick zu. »George, jetzt ist gut. Sitz.« Der Hund ließ tatsächlich von Eddie ab. »Er ist immer ganz verrückt, wenn er dich sieht. Du musst ihm nicht so viele Leckerlis zustecken.«

»Mach ich doch gar nicht.« Eddie musterte den Hund. »Ich kann einfach mit Hunden.«

Sie sah ihn neugierig an. »Ach übrigens, Pit kommt. Er bleibt auch ein paar Tage.«

»Gut.« Eddie nickte. »Dann tschüs, Mathilda. George.« Er schob die Hände in die Hosentaschen und schlenderte den Weg entlang in Richtung seines Hauses. Mathilda sah ihm hinterher. Sie mochte ihn. Er war immer Pits bester Freund gewesen. Und er konnte Nils Mommsen auch nicht leiden. Damit war sie also nicht allein. Und dieser Gedanke machte ihr das Herz sofort leichter.

26.

Freitag, 14. Juni

Während Mathilda die dunklen Beeren von den Dolden streifte und die Stiele aussortierte, saß Ilse auf der Fensterbank und schrie: »Nenn sie nicht Fliederbeeren, die heißen Holunderbeeren. Nur die Norddeutschen sagen Fliederbeeren, Gunnar darf das nicht sagen. Der Pole. Holunder! Holunder!«

Mathilda warf ihr einen Holunderzweig an den Kopf, Ilse fiel von der Fensterbank, und Mathilda wachte auf.

Was für ein furchtbarer Traum, dachte sie und atmete erleichtert aus. Aber zum Glück nur ein Traum. Die Fliederbeeren waren doch erst im September reif. Dann kochte Mathilda immer Saft, das beste Hausmittel gegen Erkältungen. Und es stimmte, diese kleinen schwarzen Beeren hießen nur im Norden Fliederbeeren. Das hatte sie mal gelesen. Als ob Ilse das gewusst hätte.

Sie warf einen Blick nach rechts. Gunnar lag mit dem Rücken zu ihr und schlief noch fest. Dann sah sie auf den Wecker, es war gerade mal halb sechs. Vorsichtig lupfte sie die Decke und glitt aus dem Bett, sie wollte Gunnar nicht wecken, aber sie war jetzt hellwach. Auf Zehenspitzen tappte sie zur Tür, griff nach ihrem Morgenmantel und verließ leise das Schlafzimmer.

Während die Kaffeemaschine lief, stand Mathilda an der offenen Terrassentür und sah in ihren blühenden Garten. Den

Sonnenaufgang hatte sie zwar verpasst, die Sonne war schon da, aber die Luft war noch frisch und kühl, der Himmel hatte noch rosa Wölkchen, die Vögel zwitscherten, sie hörte Papes Hahn krähen und war glücklich. Es würde ein herrlicher Tag werden, befand sie, nicht nur, weil die Sonne schien, sondern auch, weil Pit gestern Abend gekommen war. Er hatte sich sogar für das Gästezimmer bedankt. Der etwas verschlafene George kam langsam zu ihr getappt und stupste sie mit der Schnauze an. Mathilda streichelte seinen Kopf, dann schüttelte sie ihre Hausschuhe ab und lief barfuß auf den Rasen. George trottete noch etwas unlustig hinter ihr her. Das hatte sie als Kind doch immer so geliebt, das Gefühl des noch feuchten Sommerrasens unter ihren nackten Füßen, es war unbeschreiblich schön. Langsam, die Hände in den Taschen des Morgenmantels versenkt, schritt sie über den frisch gemähten Rasen. Ein kleiner Hase flüchtete erschrocken in die Hecke, zwei Amseln stritten sich lautstark, Mathildas Füße waren schon nass vom Tau. Es war so friedlich – bis George plötzlich anschlug und an Mathilda vorbeischoss. Erst am Schuppen bremste er ab und fing an zu bellen.

»George!« Mathilda beschleunigte ihre Schritte, damit er nicht doch noch Gunnar aufweckte. »Aus. Bist du still!« Das Bellen wurde tatsächlich zu einem leiseren Winseln, Mathilda hatte ihn erreicht und hob streng den Zeigefinger. »Aus, George. Sitz.«

George blieb tatsächlich ruhig. Erstaunt sah Mathilda, dass das Vorhängeschloss am Schuppen offen am Haken baumelte. Vorsichtig drückte sie die Tür ein Stück auf und sah hinein.

»Sag mal, was machst du denn hier?« Sie schob die Tür ganz auf und sah überrascht Bai Ling an.

Bai Ling war zwar zusammengezuckt, hatte sich aber sofort wieder gefangen. Sie trug einen viel zu großen Schlafanzug, ihre Haare waren in einem unordentlichen Dutt zusammengebunden, aber sie lächelte, wenn auch ein bisschen verlegen, als sie näher kam. »Ich nicht schlafen können. Ich spazieren gehen.«

»In unserem Schuppen?« Mathilda musterte sie erstaunt. »Suchst du was Bestimmtes?«

»Oh, ich nichts suchen.« Bai Ling hob die Hände. »Ich nur angucken.«

»Aha.« Mathilda war skeptisch. »Ja, wenn du hier alles angeguckt hast, dann kann ich die Tür ja wieder zumachen. Nicht, dass hier die Mäuse reinkommen.« Das schien zu wirken, mit einem Satz war Bai Ling draußen. »Ich gehen zu Pit«, sagte sie und nickte heftig. »Bis später.«

»Ja.« Mathilda sah ihr stirnrunzelnd hinterher, während die kleine Chinesin in ihrem großen Schlafanzug über den Rasen lief. »Bis später.«

Mathilda hatte gewartet, bis Gunnar seinen ersten Kaffee getrunken und die Tageszeitung kurz überflogen hatte, bis sie ihm mitteilte: »Ich habe Bai Ling heute in aller Herrgottsfrühe im Schuppen gefunden.«

Gunnar ließ seine Tasse sinken und sah sie erstaunt an. »Was wollte sie denn da?«

»Ja, genau das frage ich mich auch.« Nachdenklich bestrich Mathilda einen Toast mit Butter. »Sie hat gesagt, sie könne nicht schlafen und wolle nur gucken. Sie ist schon irgendwie komisch, oder? Aber ich kann das nicht laut sagen, dann denken alle, ich hätte was gegen Chinesen. Was ja nicht stimmt. Außer ihr kenne ich ja gar keine.«

Gunnar nahm die Zeitung wieder in die Hand. »Vielleicht ist sie einfach nur neugierig. Solange sie nichts klaut oder sich verletzt, müssen wir ja nicht eingreifen.«

»Neugierig ist sie in jedem Fall«, setzte Mathilda nach. »Ich habe anfangs gedacht, ich bilde mir das nur ein, aber du musst sie mal beobachten. Gestern Abend, zum Beispiel, als

Pit und sie noch hier waren, da war sie auf der Toilette. Und als ich nach ihr da war, stand die unterste Schublade vom kleinen Schränkchen ein Stück offen. Die war vorher zu. Garantiert.«

»Vielleicht hat sie Toilettenpapier gesucht …«

Mathilda sah ihn zweifelnd an. »Und als ich gestern den Tisch gedeckt habe, wollte sie unbedingt helfen und hat auch schnell zwei Schranktüren in der Küche geöffnet. Dabei hatte ich ihr gesagt, wo die Teller stehen. Ich weiß nicht, warum sie hier so rumschnüffelt.«

»Mathilda.« Gunnar vertiefte sich wieder in die Zeitung. »Denk mal daran, dass auch Irene Mommsen gern mal eine Schranktür öffnet, um zu sehen, ob du was Neues in der Küche hast, das sie noch nicht kennt. Darüber hast du dich auch schon oft aufgeregt.«

»Ja, das ist aber was anderes«, fand Mathilda. »Dabei fällt mir ein, dass ich dir noch erzählen wollte …«

»Guten Morgen.« Die helle Stimme kam von links, Gunnar sah über die Zeitung und flüsterte: »Wenn man vom Teufel spricht.« Als sie um die Ecke bog, sagte er laut: »Guten Morgen, Irene.«

»Guten Morgen, guten Morgen.« Übertrieben gut gelaunt, mit einer großen Plastikschüssel im Arm, stand sie vor ihnen. »Ist das nicht ein herrlicher Tag? Ich habe gestern Abend so einen tollen Nudelsalat gemacht, wir wollten eigentlich grillen mit Kruses, aber dann haben die abgesagt, und Nils hatte auch noch einen späten Termin, da haben wir den Grill gar nicht mehr angeworfen. Das Fleisch habe ich eingefroren, aber um den Nudelsalat wäre es so schade! Ihr habt doch Besuch von Pit und seiner Freundin, dann könntet ihr den doch heute Mittag essen, oder?«

»Ähm, ja.« Gunnar nickte, während Irene sich ungefragt zu ihnen setzte. Mathilda wollte eine Tasse für sie holen, doch Irene hielt sie davon ab. »Lass nur, Mathilda, ich muss gleich wieder rüber, habe gar keine Zeit, ich wollte nur den Salat bringen. Kannst du den umfüllen? Ich brauche die Schüssel nachher.«

Sofort legte Gunnar die Zeitung zur Seite und stand mit ausgestreckter Hand auf. »Ich mache das schnell.« Er verschwand mit der Schüssel im Haus. Wenn Gunnar eine Sache am frühen Morgen nicht ertragen konnte, dann war das Irenes Dorftratsch.

Irene sah Gunnar erstaunt hinterher. »Na, das wäre Nils jetzt nicht in den Sinn gekommen, bei Küchenarbeiten hält er sich immer raus. Und sonst so?« Sie rutschte neugierig näher zu Mathilda. »Bleibt Pit eigentlich länger? Und wie ist seine Freundin so? Nett?«

Mathilda überlegte noch, wie sie das Gespräch auf Nils und seinen seltsamen Auftritt hier bringen konnte, als Irene schon weitersprudelte. »Apropos Freundin, hast du gehört, dass Holger Kruse wieder zurück zu seiner Frau gegangen ist? Deshalb haben Kruses auch das Grillen abgesagt, sie waren bei denen, anscheinend gab es da die große Versöhnungsfeier. Ich finde das ja komisch, erst geht der Junge fremd, und dann nimmt ihn seine Frau wieder mit offenen Armen auf und bekocht auch noch die Schwiegereltern, also, das wäre mir ja nicht im Traum eingefallen. Und das auch noch, nachdem Christa und Hans ihr Land an Christas Bruder, also an Harald Wiesne verkauft haben. Nur, damit sie Holger finanziell helfen können. Eine große Hilfe war das wohl nicht, das Land ist doch nichts wert, aber bitte. Ich weiß gar nicht, was Harald mit dem Land da oben will, da zahlt der zweitausend Euro für die alte Koppel. Aber Holger kann davon jetzt einen Versöhnungsurlaub mit seiner Frau machen. Wobei ich mich schon gewundert habe, dass Harald so mir nichts, dir nichts dafür das Geld aus dem Ärmel schüttelt. Der ist doch so geizig. Und hat sich sonst nie um Christa und Hans gekümmert. Oder um Holger. Und dann kauft er ihnen die alte

Koppel ab, damit sie Holger helfen können.« Sie senkte ihre Stimme und fuhr verschwörerisch fort: »Ich habe ja gehört, dass es den Verdacht gibt, jemand habe in die Gemeindekasse gegriffen. Aber das ist natürlich nur ein Gerücht, ich will da nichts gesagt haben.« Sie lehnte sich wieder zurück. »Na ja, müssen sie selbst wissen. Und wie ist denn jetzt die Freundin von Pit so? Die sieht ja noch sehr jung aus. Ist dein Bruder nicht ein bisschen zu alt für sie?«

»Moin, Irene.« Pits dröhnende Stimme brachte Irene tatsächlich dazu, aus dem Stand aufzuspringen und ein bisschen verlegen zu werden. Er war von ihnen unbemerkt auf die Terrasse gekommen und setzte sich neben Mathilda. »Moin, Mathilda.«

»Moin, Pit.« Irene ordnete hektisch ihre bunt gemusterte Strickjacke und sah erleichtert Gunnar mit der Schüssel in der Hand aus dem Haus treten. Sie ging sofort auf ihn zu und nahm ihm die leere Schüssel aus der Hand. »Oh, sogar abgespült, ja danke, und dann lasst euch mal den Salat schmecken. Bis bald.« Sie hob schnell die Hand und war kurz darauf verschwunden.

Pit schüttelte den Kopf. »Diese alte Giftspritze.«

»Wieso rennt sie jetzt weg?« Gunnar sah immer noch verblüfft in die Richtung, in die sie verschwunden war. Schließlich schüttelte er den Kopf und setzte sich wieder, Mathilda holte Pit eine Tasse. Zu Pit gewandt sagte er: »Wir hatten gestern ein unangenehmes Gespräch mit Nils, in dem es um Ilses Land ging. Also jetzt um euer Land. Darüber müssen wir mal in Ruhe reden, vielleicht wenn Max und Alina hier sind.«

»Meinetwegen. Und Nils Mommsen war schon früher ein Idiot.«

Mathilda war zurück und hatte den Rest gehört. Sie stellte Pit eine Tasse hin und sagte: »Nils ist ganz komisch drauf, er hat eine richtige Krise, glaube ich. Ich habe schon überlegt, ob er das alles überhaupt so meinte.«

»Natürlich meinte er das so.« Gunnar sah seine Frau erstaunt an. »Ich war dabei, Mathilda, du musst das Ganze also nicht schönreden. Er hat sich unmöglich aufgeführt.«

»Nele hat mir gesagt, er habe eine Affäre.« Mathilda setzte sich und stützte ihr Kinn auf die Faust. »Ich kann mir das irgendwie gar nicht vorstellen. Wie soll er das denn machen?«

»Es stimmt aber.« Pit beugte sich vor, um seinen Kaffee umzurühren. »Mit so einer blonden Tussi. Mit einem schlimmen Auto. So ein rotes Mädchenauto.«

»Was?« Mathilda riss die Augen auf und schlug ihre Hand vor den Mund. »Wirklich? Woher weißt du das?«

»Ich habe die beiden gesehen.« Gleichmütig sah Pit Mathilda an. »Jetzt tu nicht so, als wäre das was Besonderes. Tausend Männer haben Affären. Ich habe nur keine Ahnung, was die Trulla an diesem Trottel findet. Die ist ein anderes Kaliber als Irene, ich kapiere nicht, warum die sich mit Mommsen einlässt.«

»Wer ist das denn?« Mathilda war immer noch fassungslos. »Eine von hier?«

Pit lachte dröhnend. »Im Leben nicht. Die sieht nicht nach Dorf aus. Das Auto hat ein Heider Kennzeichen. Ist doch auch egal.« Er stellte seine Tasse auf den Tisch und stand auf. »Falls Bai Ling kommt, ich bin mal eben spazieren. Sie hat gerade noch gepennt.«

»Aber Bai Ling war doch heute Morgen …«, begann Mathilda, unterbrach sich aber nach Gunnars warnendem Blick. »Schon gut«, sagte sie stattdessen fröhlich. »Dann bis später.«

Er nickte, ging mit seinen langen Schritten über die Terrasse und blieb plötzlich abrupt an der Hausecke stehen. »Irene«, sagte er laut. »Hast du was vergessen?«

»Ja.« Mit erhitztem Gesicht kam sie um die Ecke. »Der Deckel von der Plastikschüssel ist noch hier. Den bräuchte ich.«

Während Gunnar sofort in die Küche ging, blieb Irene am Anfang der Terrasse stehen und vermied es krampfhaft, Mathilda oder Pit anzusehen. Mathilda musterte sie besorgt und fragte sich, wie lange ihre Nachbarin schon an der Hausecke gelauscht hatte. So wie Irene gerade aussah, war es lange genug gewesen. Und an Pits mitleidigem Blick erkannte Mathilda, dass ihr Bruder gerade dasselbe dachte.

27.

George folgte schnüffelnd dem Weg, blieb zwischendurch immer wieder stehen, um sich zu vergewissern, dass Pit ihm noch folgte. Der wunderte sich, dass der Hund anscheinend ahnte, wo er hinwollte, er hatte von sich aus schon den Weg zu Eddie eingeschlagen.

Nachdem Irene mit ihrem Deckel abgezogen war, hatte Mathilda ihm, vermutlich in einer Übersprungshandlung, die Hundeleine in die Hand gedrückt. »Wenn du sowieso spazieren gehst, dann kannst du auch George mitnehmen, es ist Zeit für seine Runde. Und mit Hund ist so ein Spaziergang doch viel schöner. Die Leine brauchst du nur, wenn er sich schlecht benimmt. Aber eigentlich hört er ja gut.«

Pit wollte sofort vehement ablehnen, ihm fiel nur keine gute Begründung ein, und George stand bereits schwanzwedelnd und mit großen, nassen Augen vor ihm. Der Satz »Ich will doch nur ein bisschen Kokain aus Eddies Werkstatt holen« wäre zwar richtig gewesen, an dieser Stelle aber eher unpassend. Und deshalb latschte Pit nun mit einer Hundeleine in der Hand durchs Dorf. Bei seinem fünften Versuch, ungesehen in Eddies Werkstatt zu kommen. Es war nicht zu fassen.

Wenigstens stellte der Hund keine Fragen. Und Pit wirkte natürlich als Hundesitter seiner Schwester sehr unauffällig, niemand würde ihn fragen, wohin er wollte. Vielleicht war das gar nicht so schlecht.

Wenn alles gut ging, würde er am frühen Abend mit einem Teil seines Fundes zurück nach Hamburg fahren und bei

Mario eine schlechte Pizza essen. Sie hatten sich vor ein paar Tagen zufällig auf dem Kiez getroffen, und beim anschließenden Bier hatte Mario ihm wieder von seinen Kunden in der HafenCity erzählt. Pit hatte ihn reden lassen und irgendwann gesagt, dass ein Kumpel von ihm demnächst was zu verkaufen hätte. Er habe nur überhaupt keine Ahnung, wie man derartige Substanzen vertreibt, deshalb hätte Pit ihm vorgeschlagen, das doch Mario machen zu lassen. Gegen eine entsprechende Provision natürlich. Mario war hellauf begeistert, und Pit hatte ihm zugesagt, ihm in den nächsten Tagen eine Teillieferung zu bringen. Es wurde nun auch Zeit.

Bai Ling würde er sagen, dass Hermann den Schlüssel zum Lagerraum nicht finden konnte. Pit hätte ihn versehentlich zu Hause liegengelassen, deshalb müsse er sofort hin und ihn Hermann bringen. Danach würde er gleich zurückkommen. Sie würde sich hier sicherlich mal einen Abend allein beschäftigen können. Pit hatte sie gestern dabei beobachtet, wie sie die Kartons mit Ilses Sachen im Flur heimlich durchgesehen hatte. Vielleicht schämte sie sich dafür, dass sie nach Dingen suchte, die sie noch gebrauchen konnte. Und hatte deswegen nicht gefragt. Obwohl Pit das völlig in Ordnung fand, er selbst hatte schließlich auch nie viel Kohle gehabt. Er kannte das. Und wenn Bai Ling die Sachen von Ilse anziehen mochte, dann sollte sie das doch tun. Ihm war es egal.

Als er an der Einfahrt zur alten Genossenschaft vorbeikam, blieb er stehen und pfiff nach dem Hund. Nach dem dritten Pfiff kam George angetrabt, Pit nahm ihn an die Leine. Er vermutete bei ihm zwar kein Talent als Drogenspürhund, trotzdem wollte er nicht riskieren, dass George Eddies Werkstatt auseinandernahm. Er warf einen Blick in die Einfahrt, sah die alten Holzpaletten, den Schotterplatz, in einer Ecke lagen leere Flaschen und alte Plastiktüten. Wieso hatte Harald Wiesner ihn sehen können? So ein saudummer Zufall, normalerweise kam hier doch kein Mensch vorbei.

Er konnte Eddies Haus schon durch die Bäume sehen, als George plötzlich anfing, sich wie ein Verrückter zu gebärden. Er bellte und riss mit einer Mordskraft an der Leine, Pit musste mit Gewalt dagegenhalten, George sprang hechelnd nach vorn, er war außer sich. Pit sah sich hektisch um, gleich würde das halbe Dorf zusammenlaufen. Was hatte er denn? Er ließ sich weiterziehen, sie waren jetzt an Eddies Auffahrt, als George plötzlich so abrupt zog, dass Pit die Leine aus der Hand flutschte. Der Hund schoss mit Leine los, Pit lief kurzatmig mit langen Schritten hinterher, hörte dann einen Schrei und bog um die Ecke.

Was er da sah, trieb sofort seinen Blutdruck hoch. Eddie lag auf dem Rücken, die Arme zur Seite gestreckt, der Hund war auf ihm, sein Kopf in der Nähe von Eddies Hals, es sah aus, als würde er gleich zum finalen Kehlkopfbiss ansetzen. Pit schoss in ungeahnter Schnelligkeit auf die beiden zu, schnappte sich die Leine wieder und riss den Hund am Halsband brutal weg vom Körper seines alten Kumpels. »Hey«, schrie er laut, angeheizt von Adrenalin und Entsetzen. »Hau ab, du Scheißvieh!« George quiekte und überschlug sich fast. Eddie lachte.

Nach einer Schrecksekunde, in der Pit wie gelähmt auf Eddie hinabsah, tappte George mit eingezogenem Schwanz ein paar Meter weiter, legte sich hin, und Eddie rappelte sich umständlich auf. »Moin«, sagte er und klopfte den Dreck von seiner Hose. »Wieder hier?«

»Was …« Pit zeigte auf George, der immer noch in sicherem Abstand auf dem Rasen lag. »Was war das denn?«

»Ich kann mit Hunden.« Eddie ging zu George und tätschelte ihm tröstend den Kopf. »Das ist mein Freund.« George sah ihn dankbar an und antwortete mit einem kurzen Bellen. Eddie drehte sich zurück zu Pit. »Wolltest du zu mir?«

Pit sah ihn unschlüssig an. Vielleicht sollte er Eddie einfach einweihen, damit diese erfolglosen Versuche endlich mal ein Ende hatten. Aber dann würde er ihn mit in diese Geschichte reinziehen und …

Das Geräusch einer Fahrradklingel unterbrach an diesem Punkt seine Gedanken, gequält stöhnte Pit auf.

»Ist was passiert? Ich habe Schreie gehört. Und den Hund.« Pit war fassungslos und drehte sich langsam um. Selma Griese hielt mit ihrem Fahrrad vor ihnen. »Alles in Ordnung?«

Entgeistert sah Pit sie an. Nicht nur, dass der Hund ihm in die Parade fuhr, nein, jetzt kreuzte auch noch seine alte Grundschullehrerin hier auf. Sie schob ihr Rad näher an Eddie heran und musterte ihn.

»Der Hund wollte bloß spielen«, sagte der mit einem Blick auf Pit. »Und Pit wollte mich retten. War ein bisschen laut.«

Sofort glitt ein erleichtertes Lächeln über Selma Grieses Gesicht. »Dann ist es ja gut«, meinte sie und wandte sich um. »Ich dachte schon, es wäre was passiert. Moin, Pit, das ist ja schön, dass du wieder hier bist. Und dann noch mit deinem besten Freund. Fast wie früher – nur dass ich jetzt wohl nicht mehr damit rechnen muss, dass ihr gerade wieder was ausheckt, oder?« Sie lachte, ohne den Blick dabei von Pit abzuwenden. In dieser Sekunde beschloss er, Eddie jetzt doch noch nicht einzuweihen.

»Nee, nee«, sagte er stattdessen. »Das ist alles Schnee von gestern.«

»Sehr gut.« Selma Griese nickte und stellte einen Fuß auf die Pedale. »Dann wünsche ich euch einen schönen Tag. Und Grüße an Mathilda.«

Sie stieß sich, erstaunlich elegant für ihr Alter, ab und radelte davon. Pit und Eddie sahen ihr nach. Nach einem Moment kramte Eddie eine zerknitterte Zigarettenschachtel aus der Tasche und zündete sich eine an. »Bier?«

Pit nickte. Er hakte diesen Versuch als weiteren erfolglosen ab. Dann könnte er jetzt auch Bier trinken. Schließlich würde er heute nicht mehr nach Hamburg fahren.

Pit hatte sich etwas geziert, als er mitbekam, dass das Bier nicht aus Eddies Bestand stammte, sondern im Gasthof Kruse getrunken werden sollte. »Eigentlich gehe ich da nicht hin«, hatte er gesagt. »Zu diesem Idioten.«

»Er ist nicht so übel«, war Eddies Antwort gewesen. »Ich kann gut mit ihm.«

Und nun saßen sie in der Gaststube von Kruses, nebeneinander am Tresen. Eddie war schnurstracks auf den letzten Hocker zugegangen, seinen Stammplatz, und Pit musste sofort an Hermann denken. Hans Kruse hatte Pit zwar irritiert angesehen, aber nichts weiter gesagt. Stattdessen hatte er Eddie ungefragt ein Bier hingestellt.

»Noch 'n Bier«, sagte Eddie jetzt. »Für meinen Freund.«

Hans sah ihn schweigend an, widerwillig legte er schließlich die Hand an den Zapfhahn. Er und Pit konnten sich schon so lange nicht leiden, dass keiner von ihnen mehr wusste, was genau der Grund dafür gewesen war. Eine Mutmaßung war, dass Pit vor Jahren einmal Christa angemacht hatte, das war zumindest die Version von Hans. Pit konnte sich überhaupt nicht daran erinnern, zumal Christa gar nicht sein Typ war. Was er aber noch wusste, war die Geschichte, dass Hans damals Pits Auto in den Graben gefahren hatte. Sie waren beide betrunken vom Pfingsttanz aus dem Nachbardorf gekommen, Pit noch betrunkener als Hans, weshalb Hans gefahren war. Und der hatte den Wagen mit besoffenem Kopf direkt in den Graben gesteuert. Irgendwie hatten sie es geschafft, aus dem Auto zu klettern, bevor es in den morastigen Untergrund einsank. Sie waren abgehauen, unverletzt, unter albernen Lachanfällen und hatten am nächsten Tag Bauer Pape gefragt, ob er die Karre, die inzwischen mit Entengrütze bedeckt war, mit dem Trecker aus dem Graben ziehen konnte. Das hatte er tatsächlich gemacht und gefragt, wer von ihnen beiden Holzköppen denn gefahren wäre. Und Hans hatte auf Pit gezeigt. Als Pape weg war, hatten sie sich geprügelt, bis beide in den Graben gerutscht waren. Anschließend hatte Pit mit Bronchitis im Bett gelegen, und Hans hatte ihn noch nicht mal besucht. Und tatsächlich behauptet, nie mit Pits Auto gefahren zu sein. Danach war Pit mit ihm durch.

Jetzt stellte Hans das Bier hin, etwas zu schwungvoll, ein paar Tropfen schwappten über und spritzten auf den Tresen. In aller Ruhe wischte Pit mit dem Finger drüber. »Könnte man mal abwischen.«

Interessiert verfolgte Pit, dass Hans plötzlich rot anlief und mit dem Kopf ruckte, er sah aus wie ein Puter kurz vorm Kollern. Drohend baute er sich vor Pit auf. »Du kannst ja …«

Er wurde aber sofort von Eddie unterbrochen. »Machst du noch zwei Bier? Für mich und meinen Freund?«

Hans und Pit starrten sich noch einen kleinen Moment an, dann trat Hans zurück und presste die Lippen zusammen. »Ich lass mich doch nicht von dem provozieren«, murmelte er, Eddie lächelte ihn an. »Nee, das brauchst du auch nicht. Kein Stress.«

Pit sah sich in der Gaststube um. Außer Eddie und ihm war kein Mensch hier, Hans konnte sich kaum leisten, fünfzig Prozent der Gäste rauszuschmeißen. Das war extrem ärgerlich, Pit kannte das.

Es sah hier immer noch aus wie früher, der lange Tresen, vor dem die dunkelbraunen Holzbarhocker standen, die sechs Tische an der Wand mit jeweils vier uralten Holzstühlen davor, der Spielautomat in der Ecke, die Metallkästen vom Spar Club an der Wand. Am Ende des Tresens, neben Eddie, lag ein Stapel den kostenlosen Wochenblatts. Anzeigen, Sonderangebote und regionale Ereignisse, dieses Käseblatt gab es schon seit Jahrzehnten. So wie diese Kneipe. Hier veränderte sich nichts. Gar nichts. Trotzdem öffnete sich jetzt die Kneipentür und spülte einen weiteren Besucher herein. Pit drehte sich um. Der Mann trug einen grünen Tweedanzug, darunter ein buntes Hemd mit großem Kragen, das trotz der sommerlichen Temperaturen bis zum Hals zugeknöpft war. Schweißperlen standen auf seiner Stirn, das rotblonde Haar lag angeklatscht am Kopf, das blasse Gesicht war gesprenkelt mit roten Pusteln. Fiese Allergie, dachte Pit. Oder ein billiges Rasierwasser. Der Neuankömmling vermied jeden Blickkontakt, seine Hand umklammerte den Griff einer speckigen Aktentasche. Langsam durchquerte er den Gastraum und setzte sich mit dem Rücken zum Tresen an den letzten Tisch, seine Tasche lehnte er an das Stuhlbein.

»Ein Bier?« Hans hatte schon ein Glas in der Hand. Pit drehte sich wieder zurück und sah Eddie an, der sich in der Zwischenzeit ein Exemplar des kostenlosen Anzeigenblatts vom Stapel genommen und aufgeblättert hatte. Während Hans das Bier an den Tisch brachte, sagte Eddie, ohne den Blick vom Blatt zu nehmen: »Handelsvertreter. Landmaschinen. Wohnt hier. Seit gestern.«

»Aha.« Pit drehte sich nochmal zu ihm um, irgendwas an diesem Typen kam ihm bekannt vor. Das konnte aber auch an diesen Klamotten liegen, er sah aus, als wäre er den Siebzigern entsprungen. Ein Zeitreisender. Pit grinste. Was ihm sofort verging, als sein Blick über Eddies Schulter fiel. Es war ein Foto in diesem Käseblatt. Mitten auf der Seite. Unter der Schlagzeile: *Autohaus Schmöller eröffnet nach Umbau mit Politikprominenz* war ein dicker kleiner Mann abgebildet, der neben einer blonden, großen Frau stand. Beide lächelten in die Kamera, beide hielten ein Glas Sekt in der Hand, rechts und links von ihnen standen weitere wichtige Männer. Sofort griff Pit an Eddie vorbei und zog die Zeitung näher, um die Bildunterschrift zu lesen.

Dr. Gerald Tespe, Landtagsabgeordneter und Mitglied des Wirtschaftsausschusses nebst Gattin Tatjana sowie Klaus Schmöller und seine Mitarbeiter freuten sich über die zahl-

reichen Besucher der Neueröffnung des größten Autohauses im Kreis.

Gattin Tatjana. Pit tippte mit dem Finger auf das Foto und nickte. Die blonde Trulla mit dem roten Auto. Er hatte sie sofort erkannt.

»Was?« Eddie zog die Zeitung wieder zurück und sah Pit fragend an. Der tippte nochmal auf das Foto.

»Die kenne ich«, sagte er leise. »Das ist doch …« Er schluckte den Rest des Satzes runter, ihm war eingefallen, dass er Eddie noch erklären musste, woher er Gattin Tatjana überhaupt kannte. Aber nicht hier. »Schon gut.«

Ruhig faltete Eddie die Zeitung zusammen und warf sie zurück auf den Stapel. Er hob den Kopf, als die Kneipentür aufging und Nils Mommsen eintrat.

»Moin.« Nils grüßte mit lauter Stimme, blieb aber sofort entgeistert stehen und starrte den verschwitzten Handelsvertreter an, als hätte er eine Erscheinung. Eddie und Pit folgten seinem Blick. Obwohl Kruses Hausgast keine Notiz nahm von dem Neuankömmling, machte Nils auf dem Absatz kehrt und verließ die Kneipe so schnell, wie er gekommen war.

»Nils, Herrgott, pass doch auf!« Der laute Schrei von Christa Kruse und der folgende Knall ließen Hans sofort das Gläserpolieren unterbrechen, er warf das Handtuch auf den Tresen und schoss nach draußen. Eddie und Pit ließen sich auf ihren Hockern ein kleines Stück nach hinten kippen, um besser sehen zu können.

Christa stand mit hängenden Armen inmitten von zerbrochenem Geschirr und starrte fassungslos Nils Mommsen hinterher, der nach einem schnellen »'tschuldigung« das Weite gesucht hatte.

»Der Idiot hat mich einfach umgerannt. Und ich hatte die ganzen Teller in der Hand. Pass auf, wo du hintrittst, hier sind überall Scherben.«

»Was hat der denn genommen?« Hans schüttelte den Kopf und ging in die Hocke, um die großen Scherben aufzuklauben. »Den Schaden kann er aber schön bezahlen.«

»Schneide dich nicht.« Christa warf nur einen kurzen Blick auf ihren Mann, dann ging sie an ihm vorbei in die Kneipe, um einen Besen zu holen. »Hallo, Eddie, Pit.«

»Christa.« Eddie nickte ihr kurz zu. Als sie in der Küche hinter dem Tresen verschwunden war, beugte er sich wieder nach hinten, um Hans beim Scherbensammeln zuzusehen. »Meine Güte, hat der einen Bauch gekriegt, der ist ihm ja richtig im Weg.«

Hans Kruses Gewichtsprobleme standen wirklich ganz unten auf der Liste der Dinge, die Pit gerade interessierten. Plötzlich ein Schmerzensschrei von draußen.

»Hau ab, du Scheißtöle. Aua, Mann, Scheiße. Verdammter Mist, aua, Christa! Chriiista! Ich hab mich an diesen blöden Scherben geschnitten!«

Pit fuhr hoch, er hatte den Hund vor der Kneipe angebunden. Wieso lief der denn jetzt frei herum?

»Aua, ich blute, aua, Hilfe! Christa, wo bleibst du denn?«

Pit und Eddie rannten gleichzeitig nach draußen: George sprang wie ein Wilder um Hans herum und kläffte. Als er Eddie entdeckte, rannte er schwanzwedelnd auf ihn zu. Hans hockte mit schmerzverzerrtem Gesicht auf dem Boden und hielt seine stark blutenden Hände hoch. »Scheiß Teller!« Er stöhnte laut, während sein Blick zu Bai Ling ging, die langsam näher gekommen war und zerknirscht die Hundeleine hochhielt. »Hund sollen frei.«

»Was machst du denn hier?« Pit starrte Bai Ling an, die auf ihn zukam.

»Ich wollen sehen, wo bist du. Und dann ich stehe vor dem armen Hund, ich ihn machen frei, und dann er laufen los.« Sie sah ihn zerknirscht an. »Ging schnell.«

»Könnt ihr das gleich besprechen?« Christa hatte Pit energisch zur Seite geschoben und war vor Hans in die Hocke gegangen. »Um Gottes willen, wie hast du das denn gemacht?«

»Der Scheißhund hat mich angesprungen.« Anklagend deutete Hans auf den Hund, der sich jetzt neben Eddie gesetzt hatte und scheinbar interessiert das Geschehen verfolgte. »Bin über ihn gestolpert und mit den Händen voll in die Scherben.« Er schwankte leicht und war inzwischen kreidebleich. »Aua, Christa, jetzt fass da nicht an, das tut doch weh.«

»Das muss genäht werden.« Christa hatte vor ihrer Zeit mit Hans als Krankenschwester gearbeitet, sie kannte sich aus, hier half kein Pflaster. »Die Schnitte sind zu tief. Ich fahr dich ins Krankenhaus.« Sie kam ächzend wieder hoch, dann fiel ihr etwas ein. »Ach nein, es muss ja jemand hierbleiben, die Bingo-Spieler kommen gleich.« Ihr flehender Blick ging zu Eddie. Der sah erst sie, dann Pit, dann Hans an. »Wir haben zwei Bier getrunken, wir fahren nicht mehr. Aber wir können hierbleiben.«

Hans hob abwehrend eine Hand, das Blut tropfte auf den Schotterweg, als er das sah, wurde er noch blasser und stöhnte. »Das sind zwölf Leute. Du hast doch keine Ahnung vom Thekendienst.«

»Aber Pit, der hat doch ’ne Kneipe.« Eddie sah seinen Freund an. »Der kann das. Ob der hier oder in Hamburg Bier zapft, ist ja wohl egal.«

»Auf keinen Fall …«, blaffte Hans, verzog aber sofort wieder das Gesicht, als er die Blutflecken auf seiner Hose sah. »Nur über meine … Kannst du nicht mal einen Lappen holen? Ich verblute.«

»Eddie, hol mal die Küchenrolle. Steht hinterm Tresen.« Christas Miene ließ keinen Widerspruch zu, sie wandte sich an Pit. »Bitte. Könntest du uns hier kurz vertreten?« Sie sah ihn flehend an, so lange, bis Pit nickte. Erleichtert nahm sie

Eddie die Küchenrolle ab und wickelte mehrere Bahnen um Hans' Hände.

»Die Brötchen stehen schon fertig geschmiert in der Küche, die kommen einfach auf die Tische, und Getränke bestellt jeder selbst. Preistafel klebt am Kühlschrank, Kasse ist in der Schublade, den Rest findet Eddie, wir fahren jetzt los. Komm, Hans. Und halt die Hand hoch, sonst saust du alles ein.« Sie sah hoch und nickte. »Danke, Pit. Das ist echt nett von dir. Und deine Freundin soll den Hund hier wegbringen, der hat genug angerichtet. Ach ja, Eddie, feg hier eben mal die Scherben weg. Nicht, dass sich noch jemand verletzt. Bis nachher.«

Genau in diesem Moment fuhren schon die ersten Autos auf den Parkplatz. Und Hans blieb nichts anderes übrig, als blutend und protestierend seinem Erzfeind seine Kneipe zu überlassen.

Als Pit sich kurz danach hinter den Tresen stellte, konnte er sich ein leichtes Grinsen nicht verkneifen. Der Handelsvertreter hatte ein paar Münzen auf dem Tisch liegen gelassen und war gegangen. Eddie fegte noch die Scherben zusammen, und Pit sah den ersten Bingo-Spielern, die jetzt die Kneipe betraten, entgegen. Wenn Pit Petersen etwas konnte, dann war es, die Leute zum Trinken zu animieren. Hans Kruse, dieser Provinzwirt, würde staunen. Und mit Bai Ling würde er nachher mal ein paar Takte reden. Sie konnte hier doch nicht machen, was sie wollte. So langsam ging sie ihm wirklich auf den Geist. Wieso lief sie ihm überhaupt dauernd hinterher?

Vielleicht war es doch besser, wenn er sie nach Hamburg zurückbrächte. Er musste nachher mal in Ruhe darüber nachdenken. Sie wurde ihm langsam ein bisschen zu anhänglich.

28.

Samstag, 15. Juni

Mathilda lehnte ihr Fahrrad an den Holzunterstand, in dem Bauer Papes Landmaschinen standen, nahm den Korb vom Gepäckträger und atmete tief durch. Sie hatte gestern Abend Donauwellen gebacken, weil sie sich plötzlich daran erinnert hatte, dass Pape sie damals immer so gern mochte. Damals, als er noch Onkel Johannes und nicht Bauer Pape hieß. Vor diesem großen Streit zwischen Ilse und ihrer Schwester, den niemand verhindert und über den nie jemand geredet hatte. Stattdessen hatten Papes sich zurückgezogen, Ilse hatte so getan, als hätte sie nie Schwester und Schwager gehabt, und Mathilda hatte um des lieben Friedens willen den Mund gehalten. Wie immer. Damals hatte sie einfach nicht den Mut gehabt, sich gegen Ilse zu stellen, aber das hatte ja nun ein Ende. Sie würde jetzt in aller Ruhe den Kontakt mit Johannes Pape wieder aufbauen. Und wenn es sich ergab, auch über alles reden. Wirklich über alles.

Mathilda räusperte sich entschlossen, straffte ihre Haltung und ging über den gepflasterten Hof, vorbei an den Stallgebäuden zum Haus. Früher, als Hella noch lebte, blühten vor den Stallwänden noch Lupinen, Ringelblumen, Kornblumen und Klatschmohn, hinter dem Kälberstall hatte ihre Tante damals einen Kräutergarten angelegt, der in einen Gemüsegarten überging. Nach ihrem Tod hatte Bauer Pape sich nie mehr um die Beete gekümmert, er hatte keine Zeit und keine Lust, die nutzlose Schönheit zu pflegen, nur die Stockrosen an der Rückseite des Wohnhauses hatten seine Ignoranz überlebt, sie waren unverwüstlich und kamen jedes Jahr in voller Pracht wieder.

Mathilda blieb kurz stehen und strich sanft über eine rosafarbene Blüte, ein zarter Gruß ihrer verstorbenen Tante. Es wurde Zeit, dass Mathilda sich wieder um ihren Onkel kümmerte. Vielleicht würde er es sogar zulassen, nach all den Jahren und nach all dem, was passiert war.

Sie nahm den Korb in die andere Hand und ging ein paar Schritte weiter. Von hier aus konnte man am Haus vorbei auf die Straße sehen, ihr Blick fiel unvermittelt auf den schwarzen Mercedes am Straßenrand, erstaunt blieb sie stehen. Pape hatte Besuch, das war was ganz Neues, normalerweise ließ er niemanden rein und wollte auch mit den Dorfleuten keinen Kontakt. Was also wollte der Bürgermeister hier?

Mathilda musste nicht lange rätseln, nur wenige Sekunden später ging die Tür auf, und es wurde laut. Mathilda spähte erschrocken um die Hausecke. Ein aufgebrachter Harald Wiesner stürmte heraus und drehte sich auf der Treppe nochmal wütend um. »Dann verschimmele doch auf deinem Hof, das ist doch nur noch eine Frage der Zeit, bis du aufgeben musst. Und dann will keiner deinen Scheiß mehr haben.«

Papes Antwort war nicht zu verstehen. Aber Wiesner sah aus, als würde er jeden Moment explodieren. Stattdessen hob er unwirsch die Hand und wandte sich ab. »Du alter Sturkopp.« Er stapfte die drei Treppen runter, knallte die Autotür mit mehr Schwung als nötig zu und rauschte ab. Die Reifen machten beim Anfahren ein fieses Geräusch.

Mathilda atmete aus, sie hatte vor lauter Anspannung die ganze Zeit die Luft angehalten. Was war das denn gewesen? Wurden jetzt alle im Dorf verrückt? Sie zählte langsam bis zwanzig, der Korb wechselte wieder die Hand, dann setzte sie sich in Bewegung und ging auf die Dielentür zu, die sperrangelweit offen stand. Mathilda klopfte energisch auf den Türrahmen. »Hallo? Hallo, ich bin es, Mathilda. Wo bist du?«

Ihre Augen mussten sich nach dem Sonnenlicht erst an die Dunkelheit im Haus gewöhnen, so konnte sie Papes Gesicht nicht erkennen, nur seine Silhouette, die plötzlich im Flur auftauchte. »Moin.«

»Johannes.« Mathilda trat näher und schwenkte den Korb. »Ich habe Donauwellen gebacken, die isst du doch so gern. Sag mal: Was wollte Wiesner denn hier?«

Pape blieb zunächst bewegungslos im Türrahmen stehen, bevor er nickte. »Dann komm mal rein.«

Sie folgte ihm in die Küche, wo sie den Korb auf einen Stuhl stellte und das Kuchenpaket rausnahm. »Ich habe ihn nur schreien gehört«, sagte sie, ohne Pape anzusehen. »Was war denn los?«

Johannes Pape hatte sich auf die Küchenbank gesetzt und wartete ab, bis sie den Kuchen auf den Tisch gestellt hatte. »Er will Land kaufen.«

Sofort hielt Mathilda inne. »Ach. Und warum?«

Pape zuckte mit den Achseln und zog den in Alufolie eingehüllten Kuchen zu sich. Er wickelte die Folie ab und nahm ein Stück, in das er sofort reinbiss.

»Willst du nicht eine Tasse Kaffee dazu trinken?« Mathilda setzte sich auf den Stuhl und hob die Augenbrauen. »Soll ich dir einen Teller geben?«

Pape schüttelte den Kopf. »Nö. Schmeckt gut.« Er aß in aller Ruhe weiter, dann wischte er sich die Krümel von den Fingern und nahm das nächste Stück. »Wolltest du was Bestimmtes?«

»Nein. Das heißt, doch. Erstens wollte ich dir den Kuchen bringen, und zweitens wollte ich dich fragen, ob du nicht nächsten Samstag zu uns zum Essen kommen möchtest. Ich habe Geburtstag.«

»Nächste Woche?« Pape runzelte die Stirn und ließ den Kuchen sinken. »Was weiß ich, was nächste Woche ist? Das kann ich jetzt doch noch gar nicht sagen.«

»Stimmt.« Mathilda bekam den Auftritt Wiesners gar nicht aus dem Kopf. »Aber jetzt weißt du schon mal Bescheid. Was will Harald denn bloß mit dem Land?«

Pape kaute. Mathilda wischte imaginäre Krümel vom Tisch und sah ihn dabei unauffällig an. Er schien nicht über Wiesners Auftritt sprechen zu wollen. Beim nächsten Biss fiel eine Kirsche vom Kuchen und rollte über den Tisch, Mathilda stoppte sie mit dem Finger.

»Du verkaufst Harald doch wohl nicht das Land, oder? Also, das solltest du in keinem Fall tun. Er hat auch schon was von Hans und Christa gekauft. Und es ist ja so …«, sie dachte einen Moment nach, dann biss sie sich auf die Lippen. Sie hatte Max hoch und heilig versprochen, nicht darüber zu reden, was sie von Alina wussten. Daran musste sie sich halten.

Johannes Pape schien ihren Gewissenskonflikt gar nicht zu bemerken. Er aß auch das zweite Stück und die freilaufende Kirsche schweigend auf, bevor er die Alufolie wieder sorgfältig um die anderen Stücke legte. »Willst du das wieder mitnehmen?«

»Natürlich nicht.« Mathilda stand langsam auf. »Der ist doch für dich. Also, dann gehe ich jetzt wieder. Du überlegst dir das mit nächstem Samstag, nicht wahr?« Sie wartete auf eine Antwort, die nicht kam, deshalb fuhr sie fort: »Und lass dich nicht überreden, das Land zu verkaufen. Das wäre falsch.«

Johannes Pape hatte den Kuchen wieder eingewickelt und schob das Alupäckchen zur Seite, bevor auch er sich erhob. Er warf Mathilda einen kurzen Blick zu, dann schlurfte er langsam zur Tür. »Ich muss nach den Kälbern sehen«, grummelte er leise, blieb aber kurz stehen und sah sie über seine

Schulter an. »Hier wird überhaupt nichts verkauft.« Dann öffnete er die Tür zum Hof und verschwand.

Eine halbe Stunde, dachte Pit zuversichtlich, das würde locker reichen. Er klopfte sich in Gedanken selbst bewundernd auf die Schulter, das war doch eine geniale Idee gewesen. Eddie saß bei Kruses am Tresen, schön neben Bai Ling, hinterm Tresen stand jetzt Christa. Hans' Schnittwunden waren tatsächlich so tief gewesen, dass die Ärzte beide Hände nicht nur genäht, sondern Hans auch für eine Nacht dabehalten hatten. Weil die alte Memme nach dem Nähen kollabiert war. Man wollte sichergehen, dass es keine Entzündung oder Blutvergiftung gab. Oder ihm nicht noch was anderes fehlte. Deshalb hatte Christa heute Morgen gleich Pit angerufen, um ihn zu bitten, noch einen Tag in der Kneipe auszuhelfen. Sie musste Hans nachher im Krankenhaus abholen, natürlich war es nichts Ernsthaftes, Hans war immer schon ein Weichei gewesen, er konnte heute wieder nach Hause. Christas Dankbarkeit, dass Pit ihr in dieser Notsituation so unkompliziert geholfen hatte und eingesprungen war, war grenzenlos.

Was aber Pits Problem nicht löste. Er musste nach wie vor in Eddies Werkstatt. Und langsam wurde es wirklich dringend. Dann war Bai Ling plötzlich in der Kneipe aufgetaucht und wollte eine Cola trinken, was Pit ihr ja schwer abschlagen konnte. Genau im selben Moment war Christa hereingeschneit, um zu fragen, ob alles in Ordnung sei, bevor sie jetzt in die Klinik fahre. Und plötzlich hatte Pit den Geistesblitz gehabt, sich ein Bier übers Hemd zu kippen. Natürlich musste er sofort los, um sich ein sauberes Hemd anzuziehen, und nein, Bai Ling solle einfach hierbleiben. Eine halbe Stunde bräuchte er, dann sei er wieder da. So lange müsse Hans eben noch auf seine Abholung warten. Was Christa natürlich verstand. Schließlich wollte Pit als ihre Vertretung einen guten Eindruck machen.

Das war jetzt also sein sechster Versuch mit Eddies Werkstatt. Und hoffentlich das letzte Mal. Es musste einfach klappen. Er zog das Tempo an, er musste ja trotzdem noch sein Hemd wechseln, er war nur noch fünf Minuten von Eddie entfernt.

»Pit?«

Nein, nein, nein.

»Pit? Warte doch. Ich muss dir was sagen.«

Er blieb stehen. Dann schloss er für einen Moment die Augen, das konnte doch nicht wahr sein. Schließlich drehte er sich im Zeitlupentempo um und sah seiner Schwester entgegen. »Ach, Mathilda.«

Sie ignorierte sowohl seinen Gesichtsausdruck als auch seine brüchige Stimme, stieg von ihrem Rad ab und schob es auf ihn zu. »Ich war gerade bei Bauer Pape«, begann sie, stutzte aber, als sie vor ihm stand und schnupperte leicht angewidert. »Oh, ist das Bier? Wer hat dir das denn übergekippt?«

»Ich selbst.«

»Du musst dich umziehen.«

»Ich war auf dem Weg.«

Skeptisch sah sie ihn an. »Und warum läufst du hier entlang?«

Pit ersparte sich jeden Versuch einer Antwort, er schaute sie nur müde an.

»Ist ja auch egal.« Mathilda lehnte ihr Rad an einen Baum, bevor sie wieder zu ihm kam. »Du kannst gleich mein Fahrrad nehmen, dann bist du schneller. Dafür kannst du dich für fünf Minuten mit mir da hinsetzen.« Sie zeigte auf die alte Bank, die immer noch hier am Weg stand. Früher hatte sie zu einer Bushaltestelle gehört, die war aber schon seit Jahren abgeschafft worden. Seitdem saß hier selten jemand. Mathilda zog ihn am Arm, widerstandslos folgte er ihr. Es war mittlerweile wirklich egal. Auch der sechste Versuch war also gescheitert.

Mit einem Seufzen ließ Pit sich auf die Bank fallen, Mathilda setzte sich daneben, legte den Arm auf die Rückenlehne und blickte ihn ernst an. »Wie gesagt, ich war gerade bei Bauer Pape. Und habe da eine Sache mitbekommen, also das konnte ich kaum glauben. Es scheint so, als würde das ganze Dorf durchdrehen, wir müssen darüber reden, und zu Hause ist ja immer jemand dabei, deshalb passt es jetzt ganz gut. Eigentlich darf ich nicht darüber reden, aber du bist ja auch betroffen und gehörst zur Familie, das muss Max verstehen, deshalb, wie soll ich anfangen? Also, ich …«

»Mathilda.« Pit hob den Kopf und sah sie genervt an. »Komm zum Punkt.«

»Nils Mommsen will unser Land kaufen«, platzte es sofort aus Mathilda raus. »Und Harald Wiesner war gerade bei Bauer Pape und will dessen Land kaufen. Aber was die beiden noch gar nicht wissen können, ist, dass das Land jetzt irgendwann Bauland und damit wertvoll wird.« An dieser Stelle hatte sie ihre Stimme so gesenkt, dass Pit sich näher beugen musste, um noch etwas zu verstehen. Leise wisperte Mathilda: »Ist das also Zufall, oder können die schon irgendwas wissen? Wir haben das von Alina gehört, habe ich dir erzählt, dass sie in Husum im Bauamt arbeitet? Jedenfalls hat sie es uns unter dem Siegel der Verschwiegenheit verraten. Wir dürfen es absolut niemandem sagen, kannst du das bitte versprechen, Pit? Sonst kriege ich Ärger mit Max und Alina.«

Pit rückte wieder ein Stück ab und verschränkte die Arme vor der Brust. Er hatte einen etwas spöttischen Unterton, als er sagte: »Na, das hat ja geklappt mit dem Siegel der Verschwiegenheit, Mathilda.« Er machte eine kleine Pause, in der Mathilda ihn unsicher ansah. Schließlich meinte er: »Wiesner war in Hamburg. Bei mir in der Kneipe. Er wollte mich auch überreden zu verkaufen, er hat sogar irgendwelche albernen Drohungen ausgestoßen, falls wir nicht verkaufen wollen. Den kannst du doch nicht ernstnehmen. Klar wird der was wissen, das war schon immer ein korruptes Arschloch, und außerdem ist er Bürgermeister und kriegt ja alles Mögliche mit.«

Mathilda schluckte. »Und Nils?«

»Der hat 'ne Freundin.«

»Das hat ja nichts mit dem Land zu tun«, entgegnete Mathilda sofort. »Das ist sein Privatleben. Aber unsere Mutter hat ihm so ein Vorkaufsrecht unterschrieben, damit hat er die ganze Zeit rumgewedelt. Und er wurde richtig aggressiv, als wir gesagt haben, dass wir erst mit dir sprechen müssen und gar nicht verkaufen wollen.«

»Waren sie damit beim Notar?«

»Wer?«

»Na, Ilse und Nils. Mit diesem Vorkaufsrecht. Ist das beglaubigt?«

»Nein, das ist nur so handschriftlich.«

Pit winkte ab. »Dann gilt das sowieso nichts. Nils' Freundin ist übrigens die Frau von diesem Gerald Tespe, der ist Landtagsabgeordneter und im Wirtschaftsausschuss. Und für diese Siedlung zuständig. Da hat die Gattin wohl einiges mitbekommen. Und das dann ihrem Gigolo Nils Mommsen bei ihren romantischen Treffen brühwarm erzählt. So einfach ist das.«

Mathilda riss die Augen auf. »Woher ... Und wo ...«

Pit hob die Hand. »Das ist doch egal. Ich weiß das eben. Ich hab da so meine Quellen. So.« Er stand so plötzlich auf, dass Mathilda zusammenzuckte. »Ich muss mich umziehen. Und gleich wieder zurück. Muss noch mal Hans vertreten. Das mache ich übrigens nur, damit der sich ärgert. Bis später.«

»Pit.« Mathilda griff im letzten Moment nach seiner Hand. »Aber ... also ... was sollen wir denn jetzt machen? Das ganze Dorf dreht durch, wir wissen, warum, und dürfen nichts sagen. Alles wegen dieses Siegels und der Verschwiegenheit. Aber wir müssen doch was unternehmen. Wir können doch Wiesner und Nils nicht damit durchkommen lassen. Die betrügen doch alle. Pape und Christa und Hans. Was sollen wir denn tun?«

»Abwarten, Mathilda.« Pit sah in aller Ruhe auf seine Schwester herab. Dieses Problem war im Vergleich mit seinem anderen Problem wirklich ein Klacks. »Wenn die beiden Krieg haben wollen, dann sollen sie ihn kriegen. Über die Strategie denken wir noch nach. Da fällt uns schon was ein. Die können sich warm anziehen. Diese Trottel.«

Er machte sich auf den Weg in Ilses Haus. Dieses Mal auf dem direkten Weg. An der Abzweigung drehte er sich nochmal um und sah zurück. Mathilda saß immer noch auf der Bank, starrte in den Himmel und ballte dabei die Fäuste. Pit hatte zwar keine Ahnung, worüber sie gerade nachdachte, aber was immer das war, sie wirkte wahnsinnig entschlossen. Und ihrem Gesichtsausdruck nach plante sie vermutlich in diesem Moment ihre Strategie.

29.

Alina lehnte den Kopf gegen die Scheibe und betrachtete die gelben Maisfelder zu beiden Seiten der Straße. Sie fand die Aussicht wunderschön, genauso wie das Dorf, in das sie gerade fuhren. Da war sie ganz anders als Max, der sich mit Robert auf dem Beifahrersitz unterhielt, sie nahmen ihn mit, er hatte ja kein Auto. Für Max war sein Heimatdorf nur noch der Wohnort seiner Eltern, er selbst hatte damit nichts mehr zu tun. Unter keinen Umständen wolle er da wieder leben, hatte er gesagt. Vermutlich würde er in dieser Ruhe depressiv werden. Er liebte die Stadt, in der man machen konnte, was man wollte, weil es die Nachbarn gar nicht interessierte. Er liebte es, dass man nicht jeden Einkauf mit dem Auto machen musste. Er genoss den Trubel und die Lebendigkeit, in der Stadt war einfach immer was los. Alina verstand das gar nicht. Sie mochte die Weite, den Himmel, Natur und Tiere, für sie war schon die Kleinstadt Husum fast zu groß. Sie wollte nicht zwischen Hochhäusern, Verkehrsstaus und Menschenmassen leben, nicht dem Lärm ausgesetzt sein, nicht die schlechte Luft atmen. Sie war ein Landei. Eigentlich wollte sie das auch gar nicht ändern. Und deshalb freute sie sich, dass sie jetzt auf dem Weg nach Dettebüll waren und sogar dort übernachten würden. An diesem sonnigen Sommerwochenende. Irgendwann würde sie Max schon überreden, sich ihre erste gemeinsame Wohnung vielleicht doch auf dem Land zu suchen.

Jetzt sah sie nach vorn und versuchte rauszubekommen, worüber Max und Robert gerade redeten. Übers Surfen, ein bisschen über das Dorf, den Rest konnte sie nicht verstehen. Sie sprachen auch über einige Leute aus Dettebüll, von denen Alina keinen kannte. Aber das war egal, sie würde die bestimmt alle noch kennenlernen. Jetzt, wo Max es endlich geschafft hatte, sie seiner Familie vorzustellen. Alina hatte gar nicht verstanden, warum er so lange damit gewartet hatte. Es tat ihr leid, dass sie die Großmutter gar nicht mehr kennengelernt hatte, aber das konnte man nun nicht mehr ändern. Die Eltern von Max fand sie wahnsinnig nett, der Vater hatte zwar nicht viel gesprochen, aber er war so freundlich. Und Mathilda war wirklich liebenswert. Auch wenn sie offensichtlich noch um ihre Mutter trauerte. Immer wenn das Gespräch auf Ilse gekommen war, hatte sie so einen komischen Gesichtsausdruck bekommen. Und ganz schnell das Thema gewechselt. Mit der Schwester von Max hatte sich Alina auf Anhieb verstanden, sie war so tough, trotz ihrer Trennung lamentierte sie nicht herum, sondern versuchte, ihr neues Leben so schnell wie möglich wieder in die Bahn zu bekommen.

»Bist du eingeschlafen?« Alina fuhr hoch, als sie die Stimme von Max hörte, und beugte sich nach vorn.

»Nein«, sie streichelte flüchtig seinen Nacken. »Ich war nur in Gedanken. Und sehe mir die schöne Gegend an.«

Robert drehte sich zu ihr um. »Danke noch mal, dass ihr mich mitnehmt nach Dettebüll. Bei dem schönen Wetter hat mir wirklich jeden Abend mein Herz geblutet, wenn ich auf die Flensburger Förde gesehen und dabei gedacht habe, dass mein Surfbrett bei uns im Schuppen liegt. Und das Brett ohne Auto abzuholen, wäre wirklich schwierig.«

»Stimmt.« Max sah ihn an und grinste. »Sieht einfach auch blöd aus, wenn man mit dem Brett unterm Arm auf dem Bahnsteig steht.« Aber es war nicht nur Roberts blutendes Herz beim Anblick der Förde, was ihn dazu brachte, sein Brett in Dettebüll abzuholen. Da war Max sich ganz sicher.

Zwei Tage zuvor hatte Max mit seiner Schwester telefoniert, die sich mit Robert tatsächlich in Flensburg zum Essen getroffen hatte. Sie wohnten ja beide in Flensburg, hatten aber zuvor keinen Kontakt gehabt. Es musste ein schöner Abend gewesen sein, in dessen Verlauf Robert Nele angeboten hatte, ihr das Surfen beizubringen, was sie immer schon lernen wollte. Das Problem war nur, dass sein Surfbrett im Schuppen seiner Eltern in Dettebüll stand. Und deshalb war Nele auf die Idee gekommen, Max zu fragen. Der hatte einen VW-Bus und würde doch bestimmt Zeit finden, seinem alten Freund diesen Gefallen zu tun. Und deshalb fuhren Max, Alina und Robert jetzt gemeinsam im Bus nach Dettebüll. Und weil das Wetter so schön und die Stadt so heiß war, hatte Alina vorgeschlagen, doch einfach das ganze Wochenende auf dem Land zu verbringen. Robert hatte zwar etwas verhalten reagiert, aber Max hatte entschieden, dass es eine gute Idee war. Und so könnten sie abends auch endlich mal wieder ein Bier zusammen trinken.

»Wie geht es denn deiner Mutter?«, fragte Max mit einem Seitenblick auf Robert. »Du hattest gesagt, du müsstest dich sowieso mal um sie kümmern. Fehlt ihr was?«

»Ich habe keine Ahnung.« Robert sah auf die Straße. »Sie war so komisch am Telefon, wollte aber nicht darüber reden. Als ich ihr gesagt habe, dass ich komme, schien sie sich tatsächlich ein bisschen zu freuen. Bin ich ja eher nicht gewohnt. Ich bin gespannt, ob sie irgendetwas erzählt.«

Sie waren an der Kreuzung angekommen, an der es links nach Dettebüll ging. Max setzte den Blinker und wartete auf die Lücke im Gegenverkehr. Ein flacher gelber Sportwagen hielt und blinkte kurz auf, um Max vorzulassen. Der grinste. »Guck mal, diese gelbe Flunder. Und wer da am Steuer sitzt.«

Er bog in die Straße ein und sah in den Rückspiegel. Mit röhrendem Auspuff folgte ihnen der gelbe Wagen, nach wenigen Metern setzte er zum Überholen an. Als er auf gleicher

Höhe war, verlangsamte der Fahrer das Tempo, sah zu ihnen rüber, grinste und hob lässig die Hand, dann gab er Gas und schoss an ihnen vorbei. Irritiert hatte Alina das Überholmanöver beobachtet, als Max und Robert leise lachten, fragte sie erstaunt: »Was war denn das?«

»Das war Eddie«, meinte Max. »Eddie ist der beste Kumpel von meinem Onkel und betreibt in Dettebüll einen, wie soll man das nennen …?«

»Einen schwungvollen Autohandel«, ergänzte Robert. »Mit, sagen wir mal, besonderen Autos. Und einem ausgesuchten Kundenkreis.«

»Einem international ausgesuchten Kundenkreis«, setzte Max nach. »Also im Prinzip ist er im Im- und Export tätig. Seit Jahrzehnten. Mit sehr guten und langjährigen Kontakten.«

Robert lachte leise. »Und alles sehr diskret. Wegen der ausgesuchten Kunden.«

Alina verstand nicht, was an Im- und Export komisch war, und hob die Augenbrauen, was Max im Rückspiegel sah. »Alina, du musst gar nicht mehr darüber wissen, dann kannst du dich auch nicht verplappern, solltest du mal in die Verlegenheit kommen. Aber Eddie ist total in Ordnung eigentlich. Er hat lediglich eine eigene Moral, was den Autohandel angeht. Er tut aber keinem was.«

»Ach, er klaut auftragsmäßig Autos?«

Robert tat, als würde er zusammenzucken. »Das ist vielleicht übertrieben. Sagen wir mal, er findet sie manchmal. Oder bekommt sie angeboten. Aber so ganz genau wissen wir das nicht. Max, du kannst mich hier an der Ecke rauslassen, ich laufe den Rest.«

»Ja?« Max runzelte die Stirn und verlangsamte das Tempo. »Musst du dich erst sammeln?« Er lenkte den Bus auf den Seitenstreifen und hielt an. Robert schnallte sich ab und lächelte. »Ja, ein bisschen. Aber ich wollte auch nochmal bei Selma Griese reinsehen. Wir schreiben uns ja immer E-Mails, und ich habe ihr noch ein Buch mitgebracht.«

»Unsere alte Grundschullehrerin«, erklärte Max Alina. »Robert, der alte Streber, hält den Kontakt zu ihr. Er war schon damals ihr Lieblingsschüler.«

»Nur kein Neid.« Robert stieg aus dem Bus und hielt Alina die Tür auf, damit sie vorn einsteigen konnte. »Danke fürs Mitnehmen. Wir sehen uns nachher?«

»Unbedingt.« Max beugte sich zum Fenster. »Komm einfach rüber. Oder gib ein Zeichen. Wie früher. Bis später.« Er legte den ersten Gang ein und rollte los. Als er hupte, hob Robert im Gehen die Hand.

Irene Mommsen betrat Roberts ehemaliges Kinderzimmer. Sie neigte ihren Kopf in Richtung Flur, lauschte einen Moment, schloss dann behutsam die Tür und drehte den Schlüssel um. Sie sah sich um, holte tief Luft, durchquerte mit wenigen Schritten das Zimmer und riss die Türen des Kleiderschranks auf. Systematisch nahm sie Anzüge und Jacken am Bügel raus, klopfte sie gründlich ab, schob die Hand in die Taschen, durchsuchte sie und hängte die Bügel wieder zurück. Ihre Körperhaltung war angespannt, ihr Gesichtsausdruck auch, sie arbeitete sich immer schneller durch die Garderobe. Aus einer Jackentasche zog sie schließlich zusammengefaltete Zettel. Sie ließ sich auf den Schreibtischstuhl sinken und strich sie glatt, bevor sie sie zusammenknüllte und in die Hosentasche schob. Dann machte sie weiter. Als sie mit dem Schrankinhalt durch war, fiel ihr Blick auf einen Laptop, das auf dem Schreibtisch lag. Entschlossen griff sie danach und klappte es auf. Sie tippte etwas ein, schüttelte den Kopf, dann versuchte sie es erneut, der Bildschirm wurde hell. Mit gebeugtem Kopf las sie, tippte wieder, las weiter.

»Max?«

Mathildas Stimme drang von unten auf den Dachboden, Max ließ das Fernglas sofort sinken und rief zurück: »Ja? Ich bin hier oben. Ich suche die Alben.«

»Die liegen im unteren Regal.«

»Okay.«

Max setzte das Fernglas erneut an. Er hatte es nur ausprobieren wollen, um herauszufinden, ob er von hier aus noch in Roberts Kinderzimmer sehen konnte. Es ging tatsächlich, umso überraschter war er, statt Robert Irene in dessen früherem Kinderzimmer zu sehen. Er hatte neugierig beobachtet, was sie dort tat. Jetzt klappte sie den Laptop zu und verließ den Raum. Bedauernd legte Max das Fernglas zurück.

Es hatte ausgesehen, als hätte Irene etwas gesucht. Max fragte sich, ob Nils Mommsens Affäre es schon in die allgemeine Gerüchteküche geschafft hatte. Und Irene vielleicht überall nach Beweisen suchte. Wobei es ihn natürlich gar nichts anging.

Früher hatten Nele und er von diesem Dachboden aus immer mit dem Fernglas in Roberts Zimmer gesehen. Pit hatte es Max zum zehnten Geburtstag geschenkt, es war das beste Geschenk, das Max je bekommen hatte. Es war eine so tolle Überraschung gewesen, dass Max angefangen hatte, sein Taschengeld zu sparen, weil Robert auch so ein Fernglas bekommen sollte. Gunnar hatte schließlich was dazugegeben, weil die sieben Mark fünfunddreißig, die Max zusammengespart hatte, nicht ganz reichten. Robert hatte vor Freude über das Fernglas sogar geweint. Danach kommunizierten sie ständig mit Ferngläsern und Taschenlampen über die Dachböden. Das war viel spannender, als einfach nebenan zu klingeln.

Das alles war Max erst wieder eingefallen, als er das Fernglas hier oben auf dem Schrank entdeckte. Sofort hatte er es ausprobiert und war erstaunt darüber, dass man tatsächlich das ganze Zimmer sehen konnte. Wobei es nicht mehr aussah wie Roberts Kinderzimmer: Anscheinend hatte Nils sich dort ein Büro eingerichtet. Sehr gediegen, mit Ledersofa und Kleiderschrank, dicken Teppichen, Musikanlage, einem Trumm von Schreibtisch und Flachbildschirm an der Wand. So etwas hatte man früher Herrenzimmer genannt. Max fand es unfassbar stillos und hatte überlegt, ob Robert wohl bei seinen Besuchen auf diesem Ledersofa schlafen musste und deshalb so selten kam. Und ob sein Fernglas eigentlich auch noch irgendwo in diesem Herrenzimmer versteckt war. Mitten in diesen Überlegungen hatte Irene dann plötzlich das Zimmer betreten. Dass Max auf diese Weise Irene beim Schnüffeln ertappte, war wirklich nicht beabsichtigt gewesen. Aber trotzdem aufschlussreich.

Jetzt bückte er sich und zog die alten Fotoalben aus dem Regal, weshalb er ja eigentlich auf den Dachboden gestiegen war. Alina hatte beim Kaffeetrinken gefragt, wie lange Mathilda und Gunnar schon hier wohnten. Das war natürlich das Lieblingsthema seiner Mutter, das Dorf im Wandel der Zeiten. Und mittendrin Mathildas Familie, die immer schon hier gewesen war. Es gab gefühlte zehntausend Fotos, die das alles dokumentierten und über Jahrzehnte ordentlich in Alben geklebt waren. In viele Alben, Max klemmte sich für den Anfang vier unter den Arm, er wollte Alina ja nicht mit der geballten Familienchronik erschrecken. Aber sie schien ernsthaftes Interesse am Dorfleben der vergangenen Jahrzehnte zu haben. Max fand das süß und fragte sich nicht zum ersten Mal, wie wohl das Zusammentreffen von Alina und seiner Familie verlaufen wäre, wenn Oma Ilse nicht beim Rauchen vom Stuhl gekippt wäre. Er mochte es sich überhaupt nicht vorstellen.

Auf dem Terrassentisch stand noch eine geplünderte Platte, auf der belegte Brote serviert worden waren. Bis auf ein paar Silberzwiebeln war die Platte jetzt leer. Mathilda wischte sich die Finger an einer Serviette ab und zog das nächste Fotoalbum näher. »Oder hat noch jemand Hunger? Max?«

Er schüttelte den Kopf. »Danke, nein, ich platze.«

Also schlug Mathilda das nächste Album auf, schob es ein Stück näher zu Alina und betrachtete die erste Seite. »Das hier waren meine Großeltern.« Mit einem melancholischen Lächeln tippte sie auf ein vergilbtes Schwarz-Weiß-Foto, das ein streng und sehr alt aussehendes Paar mit ernstem Gesicht inmitten einer Herde Gänse zeigte. »Mein Großvater ist kurz darauf im Krieg gefallen, da war meine Mutter erst dreizehn und musste danach auf dem Hof helfen. Das war eine schwere Zeit, alle Männer waren im Krieg, und der Hof musste ja bewirtschaftet werden. Und dann …«

Sie hob irritiert den Kopf, weil es nebenan plötzlich laut wurde. »Was ist denn da …?«

»Jetzt hör mir endlich zu und renn nicht immer gleich weg.« Irene Mommsen keifte so laut, dass man sie bis hier deutlich hören konnte. Es klang schwer nach dicker Luft. »Ich will jetzt wissen, was du vorhast. Das geht mich natürlich was an, ich muss hier ja schließlich alles machen, du kümmerst dich doch um nichts.« Irenes Stimme wurde mit jedem Wort schriller. »Du bist ja nur noch unterwegs. Was machst du eigentlich die ganze Zeit?«

»Schrei hier nicht so rum.« Nils' Antwort war nicht so schrill, dafür umso lauter. »Du hast dich doch sonst auch nicht um diese Sachen gekümmert, du hebst doch immer nur Geld vom Konto ab. Hast du dich jemals gefragt, wo es herkommt? Und im Übrigen, wenn Robert jetzt sein scheiß Surfbrett abholt, soll er seinen übrigen Krempel auch mal mitnehmen. Überall liegt noch sein Plunder rum, das geht mir schon lange auf die Nerven.«

»Ich schreie, so viel ich will«, giftete Irene noch lauter zurück. »Und er kann seine Sachen hierlassen, solange er will, es ist auch mein Haus. Und er ... Wo willst du denn jetzt hin? Ich bin noch nicht fertig.«

Das metallische Geräusch einer Gartenpforte, die ins Schloss krachte, beendete den lautstarken Streit so unvermittelt, wie er begonnen hatte. Sofort war es wieder still. Mathilda wartete mit angehaltenem Atem ab. Nach einem längeren Moment der Stille sah sie Max und Alina verlegen an und rutschte gequält auf ihrem Stuhl nach vorn. »Tja, auch in langjährigen Ehen ist nicht immer alles rosig.«

»Lass mal, Mama.« Max grinste sie an. »Du musst dich nicht auch noch für die Ehekrisen deiner Nachbarn verantwortlich fühlen.« Er warf einen Blick auf die Uhr. »Aber ich könnte ja Robert mal aus diesem Kriegsgebiet rausholen. Falls er inzwischen da ist. Mit Glück hat Selma Griese ihn aufgehalten, und er musste sich diesen Scheiß gar nicht anhören.«

Max hob den Kopf und sah in diesem Moment Robert durch den Garten kommen. »Er musste es sich anhören.« Max stand langsam auf und sah seinem alten Freund entgegen. »Ich glaube, wir gehen erstmal mit ihm ein Bier trinken.«

»Geh mal mit ihm allein.« Alina legte ihre Hand auf sein Bein. »Ich komme später nach. Das ist doch die Kneipe, in der die Beerdigung war, das finde ich. Und ihr könnt erstmal ungestört reden. Ich bleibe wirklich gern hier sitzen und lasse mir von deiner Mutter noch ein bisschen Familiengeschichte erzählen.«

»Wirklich?« Max blickte zu ihr und sah dann seine Mutter an. Die nickte. »Besser ist das. Und ich bin ja noch nicht mal bei meinen und Pits Kinderbildern.«

»Okay.« Max nickte. »Ja, dann bis später. Hey, Robert, wollen wir gleich zu Kruses? Ich habe Bierdurst.«

30.

»Normalerweise ist bei uns so wenig los, dass ich das alles allein machen könnte«, hatte Christa Kruse gesagt und Pit dabei flehend angesehen. »Aber ausgerechnet heute Abend spielt die Skatrunde hier, und ich muss noch Kuchen backen, weil morgen Nachmittag die Landfrauen ihre Fahrradtour machen und anschließend bei uns im Garten Kaffee und Kuchen bestellt haben. Ich wäre dir so dankbar, wenn du mir noch heute und morgen helfen könntest. Ich habe ja auch noch einen Hausgast, da muss ich noch das Zimmer machen. Und Hans sitzt da mit zwei verbundenen Händen. Und schlechter Laune. Du sollst das auch gar nicht umsonst machen, wir werden uns da bestimmt einig. Bitte, Pit. Ich weiß nicht, wen ich sonst fragen könnte.«

Pit war ja kein Unmensch. Es machte ihm nichts aus, es war sogar besser, als in Ilses Haus weiter auszuräumen, dieses ganze alte Zeug ging ihm mittlerweile so richtig auf den Keks. Bai Ling hatte aufgeregt gesagt, sie könne sowieso besser Sachen einpacken, wenn er nicht danebenstand. Und sie würde ab und zu mal im Gasthaus vorbeikommen, da könne sie ja auch arbeiten. Christa würde sich bedanken. Und er hatte auch keine Lust, Bai Ling die ganze Zeit im Schlepptau zu haben. Allerdings hatte er noch weniger Lust, das jetzt gerade mit ihr zu diskutieren. Das würde er später machen.

Pit schob die Gedanken an Bai Ling für den Moment beiseite. Er stand jetzt hier in Kruses Gasthof in offizieller Mission hinter dem Tresen, das war eigentlich ein richtig guter

Witz. Der Einzige, der überhaupt nicht darüber lachen konnte, war Hans Kruse. Er saß am Ende des Tresens auf einem Stuhl, weil er ja schlecht mit verbundenen Händen auf den Barhocker kam, und grummelte beleidigt vor sich hin. Ununterbrochen. Pit hatte ihn so gut es ging ignoriert, hatte die Biere für die Skatspieler gezapft und an die beiden Tische gebracht, zwischendurch Gläser gespült, ein neues Bierfass angeschlossen und Eddie einen Zehn-Euro-Schein gewechselt, damit der die Musikbox bedienen konnte. Auch die war ein Überbleibsel der alten Zeiten, selbst die Platten waren dieselben, deshalb wunderte es Pit auch nicht, dass Eddie dreimal hintereinander von Daliah Lavi ›Meine Art, Liebe zu zeigen‹ spielte. Eddie war damals schwer in die schöne Daliah verliebt gewesen.

»Hast du Eddies Glas im Blick?«, meldete sich Hans mit dieser leidenden Stimme hinter Pit. Der drehte sich sofort zu ihm um, worauf Hans seine dick verbundenen Hände hochhielt. »Damit du schon mal anfangen kannst, ein frisches Bier zu zapfen. Es reicht ja, wenn hier einer einen trockenen Hals hat.« Er schluckte, als hätte er Halsschmerzen, und blickte bekümmert auf seine Hände.

Nach einem resignierten Blick an die Decke griff Pit zu dem Bierkrug, der neben Hans stand. Er hielt ihn Hans so vors Gesicht, dass der den Strohhalm mit dem Mund erwischte. Nach mehreren Zügen nahm er den Kopf zurück. »Danke. Vielen Dank.«

»Du hast jetzt mindestens einen Liter Apfelsaftschorle getrunken. Glaub aber nicht, dass ich dir auch noch beim Pinkeln helfe.« Pit stellte den Krug wieder auf den Tresen und fing an, Eddies zweites Bier zu zapfen.

»Was soll ich denn machen?« Hans hob anklagend die Verbandspranken. »Ich habe es mir nicht ausgesucht. Mommsen, der Arsch.«

Er starrte trübsinnig vor sich hin, bis einer der Skatspieler an den Tresen kam und eine Runde Schnaps bestellte. Sofort wollte er aufstehen. »Pit, der Schnaps ist …«

»Ich weiß.« Pit hatte die Flasche schon in der Hand und sah deshalb nur kurz hoch, als die Tür aufging.

»Moin, Herr …« Hans machte einen langen Hals und sah verblüfft, dass sein Hausgast sofort den Rückzug angetreten hatte. Die Tür fiel wieder ins Schloss. »Was ist jetzt mit dem? Ist dem das zu voll? Oder kennt der dich?«

»Wer?« Pit stellte die Schnapsgläser auf ein Tablett und begann einzuschenken.

»Unser Hausgast. Herr Schröder. Wieso rennt der wieder weg?«

»Ich kenne keinen Schröder.« Pit balancierte das Tablett um den Tresen zum Tisch. Als er zurückkam, sah er Hans fragend an. »Was?«

»Herr Schröder«, wiederholte Hans. »Der ist für irgendwas Vertreter. Hat hier ein Zimmer gemietet. Und sonst immer ein Feierabendbier getrunken. Heute nun nicht.«

Eddie sah zur Tür, dann zu Pit. »Der Handelsvertreter. Der rennt ja den ganzen Tag durchs Dorf. Ich weiß gar nicht, was der so macht.«

»Ach der.« Der Mann im komischen Anzug mit den vielen Pickeln. Der ihm aber irgendwie bekannt vorgekommen war. »Vielleicht Versicherungen?«

Eddie zuckte mit den Achseln. »Keine Ahnung. Der schnüffelt irgendwie hier rum. Vielleicht hat Mommsen recht und der Typ ist echt Detektiv.«

»Was?« Pit stellte Eddie das Bier hin und machte einen Strich auf den Bierdeckel. Den er sich eigentlich sparen konnte, Eddie trank immer nur zwei Bier, aber Hans bestand auf den Strichen. »Und was für Ermittlungen soll der hier machen?«

»Na, wegen Nils.« Eddie sah ihn freundlich an. »Der hat doch da so eine Liebelei, und der Mann von der Frau ist was

Hohes in der Politik. Mommsen hat Schiss, dass er beschattet wird.«

Pit tippte sich an die Stirn. »Wir sind in Dettebüll, nicht in Hollywood.«

»Das sagst du so leicht.« Hans rutschte mit seinem Stuhl ein Stück nach vorn, um nicht so laut reden zu müssen. »Der Schröder ist wirklich nicht besonders helle. Detektiv? Das kann ich mir sogar vorstellen. So wie der sich benimmt. Der redet ja überhaupt nicht. Kann es nicht auch sein, dass der was mit meinem Schwager zu tun hat? Eddie? Du weißt doch immer alles.«

»Mit Wiesner?« Pit sah erst Hans, dann Eddie an. Um die Wartezeit auf die Antwort zu überbrücken, griff Pit nach dem Bierkrug und hielt ihn Hans wieder hin. Der saugte sofort am Strohhalm, den Blick auf Eddie gerichtet.

»Kann auch sein«, sagte Eddie und summte zu Daliah Lavi. Hans schob den Krug mit dem Unterarm zur Seite, bevor er hustete. Eddie wartete ab, bis er fertig war.

»Es gibt da so Gerede«, begann Eddie langsam. »Dass Harald auf einmal Land kaufen will. Und man fragt sich, wozu.«

»Wir haben ihm Land verkauft.« Hans versuchte, sich mit einer verbundenen Hand zu kratzen. Es ging nicht. Nervös sah er Pit an. »Kannst du mal? Da, überm Ohr.«

Widerwillig nahm Pit einen Korkenzieher vom Haken und fuhr damit über die beschriebene Stelle. Er kratzte vorsichtig über die Haut, Hans stöhnte erleichtert und sah wieder zu Eddie. »Er hat uns zweitausend Euro gegeben. Für das kleine Stück am Wald, neben dem, was Pape gepachtet hat. Wir wollten Holger was geben. Weil der sich doch von seiner Frau getrennt hatte. Aber jetzt ist er ja wieder zurück zu ihr. Na, egal. Ich weiß nur gar nicht, was Harald mit dem Land will.«

»Und woher er das Geld hat«, ergänzte Eddie. »Vielleicht

wollen das auch andere wissen. Themenwechsel, da kommt das Jungvolk.«

Pit und Hans folgten seinem Blick, alle drei sahen stumm zur Tür, durch die gerade Robert und Max kamen. Max grinste, als er sie sah. »Das Schweigen der Männer. Oh, Hans, das sieht ja übel aus. Kannst du damit Bier zapfen?«

»Witzig, wirklich witzig.« Hans hob die Hände, als steckten sie in Boxhandschuhen. »Dein Onkel macht hier die Vertretung. Wenn du glaubst, du bekämst das Bier billiger, hast du dich geschnitten.«

»Der war auch witzig.« Robert klopfte Hans leicht auf die Schulter. »Ich habe schon von deinem Unfall gehört. Ist ja Pech, das tut mir echt leid.«

»Deinem Vater sollte es leid tun.« Hans presste die Lippen zusammen. »Der Trottel. Rennt hier wie ein Idiot durch die Gegend und hinterlässt dabei eine Schneise der Verwüstung. Eigentlich sollte ich den anzeigen. Wegen Körperverletzung.«

»Kommst du nicht mit durch.« Pit ging langsam an ihm vorbei und stellte sich vor den Zapfhahn. »Zwei Bier?«

»Ja.« Max hatte nur auf Roberts Nicken gewartet. »Können wir uns raussetzen? Das ist hier so laut.«

»Das ist Daliah Lavi«, korrigierte Eddie. »Schöne Musik.«

»Ich meinte die Skatspieler.«

»Ihr nehmt das Bier aber mit.« Pit sah kurz über die Zapfanlage. »Ich renne jetzt nicht dauernd raus und rein.«

»Schon klar.« Lässig lehnte Max sich an den Tresen und sah belustigt seinem Onkel zu, der in der Kneipe seines Erzfeindes Bier zapfte, als wäre es das Normalste der Welt.

Der Tisch stand sehr wackelig auf dem unebenen Rasen, trotzdem seufzte Max zufrieden, als er sein Bierglas hob und Robert zuprostete. »Auf die alten Männer. Irgendwann kriegen sich alle wieder ein. Oder sie bringen sich um. Alte Dorfregel.«

»Na ja.« Robert wischte sich den Schaum vom Mund. »Dann hoffen wir mal, dass sie sich einkriegen.« Er legte den Kopf in den Nacken und sah in den immer noch blauen Himmel. »Herrlich. Ich habe nie verstanden, warum hier so selten jemand draußen sitzt. Die hängen bei dem Wetter alle in dieser finsteren Butze. Warum?«

»Damit sie Daliah Lavi hören können.« Max sah sich um, sie waren tatsächlich allein in diesem Biergarten. »So, und jetzt erzähl mal kurz, was ist denn bei euch los? Falls du überhaupt darüber reden willst. Ansonsten können wir auch über Flensburg Handewitt und die letzten Handballspiele reden.«

»Was bei uns los ist?« Robert setzte sich bequemer hin und brachte den Tisch dabei zum Wackeln, in letzter Sekunde rettete Max sein Bier. »Meine Eltern haben gerade eine handfeste Krise. Es ist ja nicht so, dass sie sich nie gestritten haben, aber im Moment geht das richtig den Bach runter. Mein Vater hat irgendetwas mit dem Hof vor, spricht aber nicht darüber. Außerdem hat er wohl relativ viel Geld vom Konto abgehoben. Meine Mutter will natürlich wissen, wofür, aber er sagt nichts. Deshalb ist sie vorhin ausgerastet. Hat er nochmal mit euch gesprochen? Wegen dieses Vorkaufsrechts? Oder hat er deinen Eltern das Land sogar schon abgekauft?«

Max hatte ihm aufmerksam zugehört und musterte ihn nachdenklich. Robert hatte eine echte Niete mit seinem Vater gezogen, das konnte man in der Zusammenfassung einfach mal so sagen. Nils Mommsen war früher schon arrogant und ungehobelt gewesen, seine späte Hormonexplosion hatte das nicht besser gemacht. Als Vater war er immer ein Versager gewesen, als Ehemann anscheinend auch.

»Hat dein Vater mal mit dir über dieses Vorkaufsrecht gesprochen? Oder dir gesagt, was er mit den Weiden da oben überhaupt will?«

Mit einem bitteren Lächeln schüttelte Robert den Kopf. »Mein Vater hat nie mit mir über irgendwas gesprochen. Den hat damals schon genervt, dass ich in den Ferien nicht im Internat bleiben konnte. Obwohl er doch so viel zahlen musste. Das nur nebenbei.« Er nahm sein Glas in die Hand und wischte das Kondenswasser mit dem Daumen ab. »Mich interessiert ehrlich gesagt überhaupt nicht, ob und warum er euch das Land abkaufen will. Soll er doch machen, vielleicht will er da oben ja Ziegen züchten. Das ist mir echt egal. Aber meine Mutter ist total sauer. Die kümmert sich ja um den ganzen Scheiß, er macht sich doch nur wichtig.«

Max nickte. Das war nichts Neues, das schlechte Verhältnis zwischen Robert und seinem Vater hatte schon vor Jahrzehnten selbst die geduldige Mathilda aufgeregt. »Na ja«, meinte er jetzt. »Nils hat sich ja in den letzten Monaten auch ziemlich verändert.«

»Meinst du seine albernen Klamotten?« Roberts Frage klang zynisch. »Er hat anscheinend ein massives Problem mit dem Älterwerden.« Er starrte auf sein Bierglas. »Meine Mutter vermutet eine Affäre. Sie hat seine Sachen durchwühlt. Ich habe sie dabei erwischt.« Er hob den Kopf. »Sie hat es natürlich abgestritten. Aber sie sind alt genug, ich glaube, ich will die Details gar nicht wissen.«

»Was deinen Vater angeht …« Max rutschte mit seinem Stuhl näher an Robert, er hatte beschlossen, ihn einzuweihen. Robert war sein ältester Freund, er konnte ihm vertrauen. Und außerdem betraf ihn die Geschichte auch. »Da gibt es noch was anderes. Ich erzähle es dir. Mit der Bitte, es vertraulich zu behandeln. Aber du solltest das wissen.«

»Was denn?« Robert sah ihn erstaunt an. »Dass mein Vater eine Affäre hat, habe ich schon selbst rausgefunden, er hat mit seiner Schnalle telefoniert und vergessen, dass ich da bin. Und weil es in diesem Dorf ja selten ein funktionierendes Netz gibt, hat er das vom Telefon in seinem Büro gemacht. Ich saß aber davor auf dem Balkon. Er nennt sie Tatti, was für ein beknackter Name.«

»Dieses Detail kannte ich zum Beispiel noch nicht.« Max hielt seinem Blick stand und unterdrückte ein Grinsen. Ein wirklich beknackter Name. »Aber im Ernst, Robert, es gibt ein weitaus größeres Problem im Dorf als Nils' Affäre mit Tatti. Es hat nämlich einen Grund, dass dein Vater versucht, Land zu kaufen. Und nicht nur dein Vater, auch der Bürgermeister ist da schwer hinterher.«

»Wiesner?« Robert hob eine Augenbraue. »Mit dem hat mein Vater sich vorhin tierisch gestritten. Ich saß wirklich nur eine halbe Stunde auf diesem Balkon vorm Arbeitszimmer, der Informationsausstoß war immens.«

»Worüber haben die sich denn gestritten?«, fragte Max neugierig. Jetzt wurde es richtig interessant.

Robert dachte einen Moment nach, bevor er antwortete: »Ich habe es nicht so genau mitbekommen. Es hatte was mit Bauer Pape zu tun, mit dem hat Wiesner wohl Ärger, das wusste wiederum mein Vater und hat ihn deshalb angebrüllt. Er würde das mit der Gemeinde klären, Wiesner käme damit nicht durch. Er hätte sowieso Beweise. Wofür auch immer.« Robert zuckte nur mäßig interessiert die Achseln. »Das sind echt zwei Spinner. Früher hingen die ganz oft zusammen. Bis Wiesner Bürgermeister wurde, das fand mein Vater irgendwie daneben. Seitdem können die sich nicht leiden. Was ist?«

Max sah erstaunt an ihm vorbei, Eddie kam mit zwei vollen Biergläsern in der Hand durch den Garten und stellte sie vorsichtig auf den wackeligen Tisch. »Soll ich euch bringen.« Er nahm die leeren Gläser mit, als er langsam in die Kneipe zurückschlurfte.

»Danke«, rief Max ihm hinterher, bevor er sich an Robert wandte. »Hat eben doch Vorteile, wenn der Onkel hinterm Tresen steht. Also, hör zu: Oben am Wald, also zwischen Kanal und Bundesstraße, soll eine Siedlung gebaut werden.

Vertrauliche Information, die Pläne sind noch nicht offiziell verabschiedet. Das heißt, die ganzen Wiesen werden Bauland, und es gibt bereits einen Investor, der nach und nach alle Grundstücke kaufen will. Das meiste Land gehört vier Leuten: Bauer Pape, nach dem Tod meiner Oma nun meinen Eltern und Pit, Hans und Christa Kruse – und euch. Und dann gibt es noch ein paar kleinere Stücke, die unterschiedlichen Dorfbewohnern gehören. Aus irgendeinem Grund scheinen Wiesner und dein Vater diese Pläne schon länger zu kennen, deshalb versuchen sie seit einiger Zeit, das Land zu kaufen. Für kleines Geld natürlich, damit sie hinterher ein richtiges Geschäft mit dem Investor machen können. Oma Ilse hat Nils angeblich ein Vorkaufsrecht eingeräumt, nachdem sie Harald Wiesners Angebot abgelehnt hat. Kruses haben anscheinend schon was an Wiesner verkauft, von Pape habe ich noch nichts gehört. Aber die waren bestimmt auch schon bei ihm. Das erklärt auch den Streit, den du gehört hast.«

»Und woher weißt du das alles?«

»Alina arbeitet im Bauamt.« Max schluckte. »Deshalb musst du über all das auch unbedingt die Klappe halten, Robert. Bitte, kein Wort darüber, Alina musste eine Verschwiegenheitsklausel unterschreiben. Sie kommt sonst echt in die Wüste. Wiesner muss das als Bürgermeister irgendwie mitbekommen haben, ich habe ihn neulich in Husum vorm Bauamt gesehen und frage mich nur, woher der die Kohle hat für das Land, es hieß doch immer, der wäre so klamm.«

»Und woher weiß mein Vater das?« Robert hatte sich inzwischen aufgerichtet und hörte gespannt zu.

»Keine Ahnung«, antwortete Max. »Ich dachte erst, es sei ein Zufall. Also die Geschichte mit dem Vorkaufsrecht. Aber er war bei meinen Eltern, um ihnen ein Angebot zu machen, und ist ziemlich aggressiv geworden, als sie abgelehnt haben. Der muss was wissen.«

»Ja, Wahnsinn.« Robert schüttelte ungläubig den Kopf. »Immobilienabzocke in Dettebüll. Und mein Alter mittendrin. Was für eine linke Methode. Da bescheißen die eiskalt ihre Nachbarn. Aus Geldgier. Das finde ich persönlich übrigens schlimmer als seine Affäre mit Tatti.«

»Ich auch.« Max nickte. »Bleibt nur die Frage, ob wir uns da einmischen sollen. Und wenn ja, wie?«

Langsam beugte Robert sich vor und griff nach dem Bierglas. Er hob es in Max' Richtung. »Ich muss darüber nachdenken. Prost.«

31.

»Mama?«

»Ach, Nele.« Mathilda lächelte sofort, als sie die Stimme ihrer Tochter am Telefon hörte. »Ich habe gar nicht auf die Nummer gesehen, meine Brille liegt noch auf der Terrasse. Hier ist es ja so warm, ich war den ganzen Tag draußen. Ein herrlicher Sommer!«

»Sind Max und Alina schon wieder weg? Die wollten doch bis morgen bleiben?«

»Tun sie auch.« Mathilda hatte sich den Telefonhörer unters Kinn geklemmt, um sich ein Glas aus dem Schrank zu nehmen. Sie stülpte es über den Hals einer Saftflasche und ging ins Wohnzimmer. Zufrieden ließ sie sich in den Sessel fallen. »Sie sind mit Robert bei Kruses. Also eigentlich sind Max und Robert zu Kruses gegangen, und Alina ist zunächst hiergeblieben, wir haben alte Fotoalben angesehen. Vor einer halben Stunde ist sie mit dem Fahrrad hinterhergefahren. Wir hatten das Gefühl, dass Robert mal allein mit Max reden muss, deshalb hat sie die Jungs vorgehen lassen.«

»Warum musste Robert mit Max allein reden?«

Mathilda drehte den Schraubverschluss ab und goss den Saft ins Glas. Apfelsaft. Von eigenen Äpfeln. »Du, Irene und Nils haben sich vorhin so laut gestritten, dass wir es hier auf der Terrasse gehört haben. Ich nehme an, dass Irene doch was mitbekommen hat, also … also, das mit der anderen Frau. Und Robert hat das natürlich alles brühwarm mitgehört. Das ist schwer für Kinder, wenn die eigenen Eltern so streiten.«

»Mama, Robert ist vierzig. Und dass sich Irene und Nils streiten, ist ja auch nichts Neues. Es ist höchstens peinlich.«

Nele hatte manchmal so etwas Erbarmungsloses, fand Mathilda und wechselte deshalb das Thema. »Aber sag doch mal, wie es bei euch geht? Bei dir und den Mädchen?«

»Ganz gut.« Nele machte eine kleine Pause, bevor sie weitersprach. »Jonas ist im Moment weichgespült, ich glaube, seine Mutter hat sich eingemischt und ihn zusammengefaltet. Jedenfalls hält er sich an alle Absprachen, holt die Kinder jeden Mittwoch, wenn die Praxis geschlossen ist, und an einem Tag am Wochenende ab und unternimmt was mit ihnen. Sie haben am letzten Wochenende übrigens ihr Seepferdchen gemacht, ich habe die Abzeichen schon an die Badeanzüge genäht. Sie sind stolz wie Oskar.«

»Das ist ja toll.« Mathilda war begeistert. »Das freut mich. Und du? Warst du in der Klinik?«

»Ich habe nächsten Freitag das Bewerbungsgespräch. Drück mir mal die Daumen.«

Mathilda drückte sofort den Daumen der rechten Hand, mit der anderen hielt sie das Telefon, für den Anfang sollte es reichen. Sie war sehr stolz auf ihre Tochter. Anstatt sich hängenzulassen und nach ihrer Trennung zu verzweifeln, hatte sie die Wohnung umgeräumt, sich eine neue Frisur verpassen lassen und eine Bewerbung als Krankenschwester ans Flensburger Krankenhaus geschickt. Sie war viel entschlossener als ihre Mutter.

»Ich bin sehr stolz auf dich, Nele. Du machst das ganz toll.«

»Mir bleibt auch nicht viel anderes übrig.« Nele seufzte tief. »Jonas, dieser Arsch. Na, egal, lass uns das Thema wechseln. Wie läuft es denn bei euch? Und mit Pit? Habt ihr inzwischen mal darüber gesprochen, wie ihr jetzt Oma Ilses Erbe aufteilen wollt?«

Wenn Mathilda neben Streit irgendetwas hasste, waren

das Gespräche über Geld. Deshalb zögerte sie auch, bevor sie antwortete: »Ach, wir sind da noch gar nicht richtig dazu gekommen. Der Erbschein ist ja noch nicht einmal da. Und das mit dem Land ist auch noch nicht klar, wir ... das kommt alles noch. Pit hilft mir aber, Omas Sachen durchzusehen. Wobei, das macht eigentlich Bai Ling, die ist da sehr eifrig und guckt alles durch. Wirklich alles, jeden Schrank, jede Schublade, so schnell kommt man kaum hinterher. Ich glaube, sie kann selbst viel gebrauchen, aber das ist ja egal. Also, ob wir was weggeben oder ob sie das nimmt.«

Mathilda biss sich auf die Unterlippe, sie wollte an dieser Stelle besser nicht schlecht über Pits Freundin sprechen. Und schon gar nicht mit Nele, die ja nicht hier war. Nele kannte aber ihre Mutter und deren Tonfall.

»Wieso sagst du das so komisch? Was macht sie denn?«

»Ach ...« Allein aus diesem Satzanfang klang Mathildas aufgestaute Frustration. Nele war gespannt, was die kleine Chinesin in den Augen ihrer Mutter alles falsch machte. Sie musste nicht lange auf die Liste warten.

»Ich kann es dir gar nicht genau erklären«, begann Mathilda stockend. »Also erstmal bin ich natürlich froh, dass Pit überhaupt eine Freundin hat. Und natürlich auch, dass er nach all den Jahren wieder hier ist. Aber diese Bai Ling ... wie soll ich das erklären?« Sie holte tief Luft, dann brach alles aus ihr heraus. »Sie fragt nichts. Verstehst du, gar nichts. Sie interessiert sich nicht für uns, nicht für das Dorf, nicht für euch. Sie sitzt da und lächelt dauernd hinter vorgehaltener Hand, aber sie redet nicht. Und dann bewegt sie sich wie eine Katze, das ist richtig unheimlich. Man hört sie nie kommen, aber plötzlich ist sie da. Und sie ist neugierig, du kannst dir das gar nicht vorstellen. Sie guckt überall rein. Auch bei uns. Ich habe Pit schon gefragt, ob sie glaubt, dass unsere Sachen auch Ilse gehört haben. Weil sie einfach alles anfasst. So als ob ihr das sowieso bald gehört.«

Nele schien überhaupt nicht überrascht. Mathilda hörte sogar ein Lächeln bei ihrer Frage. »Was fasst sie alles an?«

»Alles.« Mathildas Stimme überschlug sich fast vor Empörung. »Gestern habe ich sie in unserem Schlafzimmer erwischt. Sie wollte gerade die Schublade aufziehen, in der meine Unterwäsche ist. Stell dir das mal vor: meine Unterwäsche!«

»Warum sollte sie das tun?«, fragte Nele ungläubig. »Vielleicht hat sie was ganz anderes gesucht und nur das Zimmer verwechselt.«

»Das Zimmer verwechselt«, wiederholte Mathilda und schnaufte. »Wenn mitten in einem Zimmer ein Doppelbett steht, kann noch nicht mal eine Chinesin das für eine Küche oder das Bad halten. Das Zimmer verwechselt. Unsinn.« Sie atmete tief durch, bevor sie etwas ruhiger weitersprach. »Ich hoffe, bei Gott, dass sie nichts klauen wollte.«

»Mama.« Nele schnappte nach Luft. »Echt jetzt. Sie ist Pits Freundin. Und außerdem wüsste ich nicht, was sie bei euch im Schlafzimmer klauen sollte? Deine Unterhosen?« Sie lachte ungläubig. »Hast du sie nicht gefragt, was sie da wollte?«

»Kopfschmerztabletten«, antwortete Mathilda schmallippig. »Sie hat gesagt, sie bräuchte eine Kopfschmerztablette. Pit hätte ihr gesagt, dass ich welche in meinem Zimmer habe, aber sie hätte nicht gewusst, wo ich sei. Und weil sie so schlimme Kopfschmerzen hatte, konnte sie nicht auf mich warten.«

»Na, bitte. Das ist doch eine Erklärung.« Nele machte eine nachdenkliche Pause. »Pit hätte sie doch nicht mitgebracht, wenn er sie nicht gut kennen würde.«

»Ach, Pit«, unterbrach Mathilda sie. »Pit hatte schon als Kind so ein Helfersyndrom. Der hat doch auch immer irgendwelche ausgesetzten Hunde oder Katzen, sogar angefahrene Kaninchen mit nach Hause gebracht. Weil sie ihm so leid taten. Er wirkt doch nur so hart.«

»Bai Ling ist aber kein angefahrenes Kaninchen«, sagte Nele sanft. »Er wird schon wissen, warum er mit ihr zusammen ist. Und ich fand sie eigentlich ganz nett. Was sagt Pit denn dazu? Oder hast du ihm das nicht gesagt?«

»Der ist doch dauernd unterwegs.« Plötzlich klang Mathildas Stimme weicher. »Er trifft sich auch wieder mit Eddie. Das finde ich richtig schön. Das war übrigens die einzige Frage, die Bai Ling mir je gestellt hat. Ob Eddie Pits bester Freund ist. Und wo er wohnt. Aber ansonsten, wie gesagt, null Interesse.«

Jetzt klang sie wieder beleidigt, Nele hakte nach. »Und was macht Pit im Dorf? Außer wieder mit Eddie abhängen?«

»Er hängt nicht mit ihm ab«, korrigierte Mathilda streng. »Nein, er hilft gerade bei Christa und Hans aus. Hans hatte einen Unfall und hat sich beide Hände zerschnitten. Er hat jetzt zwei riesige Verbände, das sieht schlimm aus. Und damit kann er natürlich nichts machen. Pit war gerade mit Eddie in der Kneipe, als der Unfall passierte, und ist eingesprungen, als sie ins Krankenhaus gefahren sind. Und jetzt hilft er die nächsten Tage da aus. Christa ist so froh, dass er da ist. Er ist ja schließlich vom Fach, er kennt sich in Kneipen aus. Also, zumindest was die Arbeit angeht. Ja, und Hans muss jetzt mal dankbar sein, dass Pit das alles macht. Christa hat gesagt, dass es ganz gut geht. Und dass Hans sich mal eine Scheibe von Pit abschneiden kann, so einmalig hilfsbereit, wie der ist. War ja schon immer mein Reden.« Zufrieden hatte sie den Satz beendet und bemerkte in diesem Moment eine Bewegung auf der Hofeinfahrt. Sie trat etwas näher ans Fenster. »Was macht der denn da?«

»Wer?«

Mathilda schob mit zwei Fingern die Gardine zur Seite. »Dieser Mann«, sagte sie leise, ganz so, als könnte er sie durch das geschlossene Fenster und etwa zwanzig Meter entfernt hören.

»Was für ein Mann?« Nele konnte es am anderen Ende jedenfalls nicht. »Wieso flüsterst du denn so?«

Mathilda trat zurück, ohne den Blick abzuwenden. »Hier steht ein Mann vor der Einfahrt. Den habe ich schon im Dorf rumlaufen sehen, er hat sich ein Zimmer bei Kruses genommen. Ein ganz komischer Typ.«

»Wieso komisch?« Ungeduldig fragte Nele nach, sie verstand kein Wort. »Was macht er?«

»Der steht vor der Einfahrt und starrt auf Omas Hauseingang. Und jetzt macht er mit dem Handy ein Foto.« Mathilda kniff die Augen zusammen, um ihn besser sehen zu können. »Er sieht ein bisschen ungepflegt aus. Alter Anzug, viel zu warm, der ist aus Wolle. Oder Tweed. Altmodisch. Und er schwitzt. Die Haare sind richtig angeklatscht. Jetzt geht er weiter. In Richtung Mommsen.«

Sie schob die Gardine noch ein Stück zur Seite und verfolgte, was er tat. »Jetzt guckt er in den Garten. Und er sieht sich dauernd um.« Sofort ließ sie die Gardine zurückfallen. »Der benimmt sich wie ein Detektiv.«

»Du siehst zu viele TV-Krimis. Du bist in Dettebüll. Was soll der da denn beschatten?«

»Vielleicht Nils? Ach, das weißt du ja noch gar nicht. Pit hat mir erzählt, dass der was mit der Frau von einem Politiker hat. Vielleicht lässt der ihn beschatten. Damit er ihn in flagranti beim Ehebruch erwischt.«

»Woher weiß Pit das denn?«, fragte Nele überrascht. »Seit wann interessiert der sich für Dorfklatsch?«

»Das ist nicht nur Dorfklatsch«, belehrte Mathilda ihre Tochter. »Leider nicht. Pit hat mir nicht gesagt, wer seine Quellen sind, aber er wusste, dass Nils' Freundin mit diesem Politiker verheiratet ist. Der sitzt übrigens im Bauausschuss, und deshalb hat seine Frau vermutlich was von der geplanten Siedlung mitbekommen und das brühwarm Nils erzählt. Was wiederum erklärt, warum der so scharf auf unser Land ist. Und sich deshalb hier so unmöglich benommen hat. Der hat uns ja fast gedroht. Nur wegen des Vorkaufsrechts. Der kennt nämlich die Pläne für die Siedlung. Aber dieser Wisch, den Oma Ilse ihm unterschrieben hat, der ist gar nichts wert. Sagt Pit. Weil die gar nicht beim Notar gewesen sind. Da haben wir Glück gehabt.«

»Ähm.« Nele kam kaum noch hinterher, sie schaffte es aber nicht, den Redefluss ihrer Mutter zu unterbrechen. Die fuhr bereits fort. »Es kann natürlich auch sein, dass dieser Typ, der hier herumschnüffelt, was mit diesen Bauplänen zu tun hat. Das ist ja überhaupt alles seltsam. Weißt du, Alina hat uns das alles unter dem Siegel der Verschwiegenheit erzählt, aber ich habe das Gefühl, das machen mehrere so. Wiesner, zum Beispiel, also unser Bürgermeister Harald Wiesner, der versucht auch mit allen Mitteln, den Leuten das Land abzuluchsen. Er hat Oma ein Angebot gemacht, das war das Gespräch, das Max belauscht hatte. Nils hatte es Harald nämlich auf den Kopf zugesagt. Und dann war er bei Bauer Pape, ich habe ihn gesehen, als er gegangen ist, stinksauer war er. Und, jetzt halt dich fest, bei Pit war er auch. In Hamburg. In Pits Kneipe. Und wollte ihm sein Erbteil abkaufen. Das glaubt man doch gar nicht. Das ganze Dorf spielt verrückt. Früher wäre das hier nicht passiert. Bist du noch dran?«

Am anderen Ende herrschte Stille. »Nele?«

»Mama.« Hörbar angestrengt suchte Nele nach Worten. »Ich fasse es nicht. Was zur Hölle ist denn alles bei euch los? Ich komme ja sowieso am nächsten Wochenende. Mit den Kindern. Und dann reden wir mal in Ruhe. Auch mit Pit und Bai Ling. Und sag doch bitte Max, er möge mich mal anrufen. Heute noch.«

32.

»Deine Jacke brummt die ganze Zeit.« Christa stand plötzlich hinter Pit und streckte ihm die Jacke entgegen. »Die lag da hinten, über dem Stuhl.«

Pit warf den Lappen in die Spüle und drehte sich zu ihr um. »Danke.« Er nahm Christa die Jacke ab und fasste in die Tasche, um sein Handy herauszufummeln. Es klingelte schon wieder, die Mailbox sprang an. Pit runzelte die Stirn und drückte es weg, er hatte keine Lust, mit wem auch immer zu telefonieren, während Christa neben ihm stand. Vermutlich war es Bai Ling, die wissen wollte, wo er blieb.

»Ich rufe später zurück«, erklärte er halbherzig und zog den Stöpsel vom Waschbecken raus. »So, hier ist alles fertig. Ich würde dann Feierabend machen. Hier ist ja auch keiner mehr.«

»Deshalb bin ich runtergekommen.« Christa nickte. »Ganz vielen Dank, Pit. Du hast uns echt gerettet. Und der Umsatz heute war ja auch gar nicht so schlecht.«

Pit zog die Augenbrauen hoch. So toll war das hier nun auch nicht gewesen. Aber vermutlich war Christa schon dankbar, wenn außer Eddie überhaupt noch irgendjemand kam. Und Robert und Max hatten ja zumindest sechs Bier getrunken.

Sie wartete nicht auf seine Antwort, sondern fuhr fort: »Und dann sehen wir uns morgen, nicht wahr? Um elf? Ich kann ja die Tische für die Landfrauen im Garten nicht allein zusammenstellen, das wäre nett, wenn du mir dabei helfen könntest. Hans ist dazu im Moment ja nicht zu gebrauchen.«

»Geht klar.« Pit nahm die Jacke über den Arm und wandte sich zur Tür. »Schönen Abend noch.«

Vor der Kneipe blieb er einen Moment stehen und atmete tief durch. Das hätte vor ein paar Wochen auch noch keiner gedacht, dass Pit Petersen mal die Gaststätte Kruse schmeißen würde. Er grinste. Hans musste doch innerlich platzen. Und sich dann auch noch bei ihm bedanken. Es war doch zum Brüllen. Er machte sich langsam auf den Weg, als seine Mobilbox wieder ansprang, dieses Mal hörte er sie ab. Aber es war nicht Bai Ling, der langweilig geworden war. Pit blieb sofort stehen, als er die Stimme vernahm.

»Ja, Pit, also ich bin das, Hermann. Ich spreche jetzt mal hier drauf, weil du nicht rangegangen bist, ich habe es schon mal versucht. Ich weiß nicht, ob das wichtig ist, aber dieser Italiener war schon zweimal hier. Dieser kleine Dicke, bei dem es diese schlechte Pizza gibt.«

Er hörte auf zu reden, stattdessen hörte Pit im Hintergrund Musik. Spanische Gitarrenklänge, er runzelte die Stirn und fragte sich, von wo Hermann eigentlich angerufen hatte. Er musste nicht lange auf die Erklärung warten.

»Hab mal die Musik leiser gemacht. Ich habe meinen alten Plattenspieler mit in deine Kneipe gebracht. Die Stimmung ist mit Musik ja sofort besser. Jedenfalls war der Italiener vorhin wieder hier. Er wollte was abholen, du wüsstest Bescheid. Ja, Pit, ich aber nicht. Also, wenn ich dem was geben soll, dann musst du mir sagen, wo das ist. Er will morgen wiederkommen. Und dann ist eine Rechnung von Getränke Fiedler gekommen. dreitausendsechshundert Euro. Hab ich erstmal bezahlt, weil die gesagt haben, sie bringen sonst nichts mehr. Kannst du mir dann ja wiedergeben. Und wegen dem Italiener da, also melde dich doch mal. Tschüs von Hermann.«

Pit ließ das Handy langsam sinken und machte den Mund wieder zu. Die erste Frage, die sich ihm stellte: Wovon hatte Hermann diese Rechnung bezahlt. Die zweite Frage: Was zum Teufel sollte spanische Gitarrenmusik in der *Bar PP*. Und die dritte, und die war die wesentliche: Was sollte er jetzt tun? Mario wurde ungeduldig. Das hätte Pit sich denken können. Und Mario war in der Kneipe aufgetaucht. Offensichtlich hatte er nicht gesagt, was er abholen wollte, aber wenn er jetzt dauernd nach Pit fragte, würde sich das über kurz oder lang auch rumsprechen. Dass Mario sein Geld nicht mit den schlechten Pizzen verdiente, das war jedem klar, der mal bei ihm gegessen hatte. Und wenn klar wurde, dass er irgendetwas mit Pit laufen hatte, dann würde das auch bei Oleg ankommen. In diesen Dingen war der Kiez ein Dorf.

Pit rieb sich nervös über die Stirn, schob sein Handy wieder in die Jackentasche und setzte sich sehr langsam in Bewegung. Er hatte keine Zeit mehr zu verlieren, es musste jetzt etwas passieren. Ansonsten würden seine ganzen schönen Pläne komplett zerbröseln. Er setzte Schritt für Schritt, dachte angestrengt nach und blieb an der nächsten Weggabelung stehen. Links ging es zu ihm, oder besser, zum Haus seiner Mutter, rechts zu Eddie. Der musste zu Hause sein, er hatte sich nach seinem zweiten Bier verabschiedet, das war schon vor über einer Stunde gewesen. Es gab zwei Möglichkeiten: Entweder war Eddie schon vor dem Fernseher eingeschlafen und würde Pits Besuch gar nicht mitkriegen, dann könnte er einfach das Kokain aus dem Werkzeugschrank nehmen und fertig. Oder, und diese Möglichkeit hielt er nach einem Blick auf die Uhr für die wahrscheinlichere, Eddie war noch wach, saß auf dem Sofa und zog sich mit Chips-Tüte in der Hand irgendwelche Trucker-Rallyes rein. Vermutlich würde er nicht fragen, warum Pit jetzt noch irgendwas aus der Werkstatt bräuchte, aber vielleicht war es auch gar nicht so dumm, Eddie einzuweihen. Er bekam sowieso das meiste mit, wie auch immer er das machte. Sie könnten sich den Gewinn dieser Aktion auch teilen, Pit brauchte ja gar nicht alles für sich. Und sie waren alte Kumpel.

Entschlossen hob Pit den Kopf und beschleunigte seine Schritte. Er würde das jetzt hinter sich bringen, mit oder ohne Eddie. Das würde er einfach von seinem Zustand abhängig machen. War er wach, würden sie reden, schlief er, würde Pit das Zeug rausholen. Wenn er morgen früh gegen sechs nach Hamburg fahren würde, um Mario einen Teil des Stoffs zu bringen, könnte er vor elf wieder hier sein. Das wäre unauffällig genug. Blieb die Frage, wo er den Rest verstecken würde. Weiterhin bei Eddie? Oder irgendwo bei Mathilda? Pit blieb stehen. Dafür hatte er immer noch keine Lösung. Vielleicht wusste Eddie eine. Falls er nicht mehr wach wäre, würde Pit ihn wecken. So würde er das machen, sein Plan stand.

Kurz bevor er in Eddies Straße einbog, kam er an dem Haus vorbei, in dem Harald Wiesner die Wohnung im Dachgeschoss gemietet hatte. Eigentlich war es seltsam, dass dieser korrupte Hund noch nicht einmal ein eigenes Haus besaß. Er hatte doch genug Möglichkeiten gehabt, an Geld zu kommen. Sein Mercedes stand am Straßenrand, Pit hätte zu gern gewusst, was Wiesner für die Abschleppaktion vor der Kneipe bezahlt hatte. Vielleicht würde er ihn bei Gelegenheit fragen. Falls er nochmal auftauchte und sein unseriöses Angebot wiederholte. Oder Mathilda und Gunnar damit nervte.

Er war nur noch fünf Minuten von Eddie entfernt und überlegte sich gerade, wie er Eddie die ganze Geschichte erklären sollte, falls der noch nicht schlief, als die dörfliche Abendstille jäh vom Geräusch schnell fahrender Autos unterbrochen wurde. Zwei dunkle Kombis, gefolgt von einem Streifenwagen, kamen ihm genau in diesem Moment entgegen. Sie fuhren zügig an ihm vorbei und bogen plötzlich rechts ab. Irgendwo in der Nähe blieben sie stehen, Pit hörte Türen schlagen, konnte aber nicht sehen, wo sie gehalten hatten.

Unschlüssig blieb er stehen. Sollte er in die Richtung, aus der er gekommen war, zurückgehen und nachsehen, was da los war? Oder sollte er seinen Plan durchziehen und auf dem Nachhauseweg mit seinem Koks an der Polizei vorbeimarschieren? Was zur Hölle wollten die Bullen in Dettebüll? Und warum kamen sie gerade jetzt?

Aus dem Augenwinkel sah er eine Bewegung. Er fuhr herum und entdeckte Bai Ling, die rasch auf ihn zukam. Sie hüpfte mehr, als dass sie ging, lächelte ihn freudig an und fiel ihm in die Arme. »Pit, ich dir kommen gegen. Du so lange weg.«

Irritiert ließ er die Arme hängen, seit wann wuselte sie eigentlich hinter ihm her? Er hatte sie überhaupt nicht bemerkt. Und wieso lief sie hier entlang? Sie umfasste ihn mit einem Klammergriff, er war erstaunt, dass sie solche Kräfte hatte. »Das war aber der falsche Weg, um mir entgegenzugehen. Was wolltest du hier?«

»Ich mich verlaufen in Dorf«, erklärte sie und kicherte. »Und du auch falscher Weg.«

»Ich wollte nur einen Feierabendspaziergang machen«, sanft befreite sich Pit aus ihrem Griff und sah plötzlich den Mann im grünen Anzug die Straße runterlaufen. Kurz vor der Abzweigung drehte er sich nochmal um. Die Pickel schienen schlimmer geworden zu sein, sein Gesicht war ganz rot und glänzte. Und das war genau der Moment, in dem Pit wusste, warum der Typ ihm so bekannt vorgekommen war. Sofort griff er nach Bai Lings Arm, sie stieß einen kleinen Schmerzensschrei aus und sah ihn erschrocken an. »Komm«, sagte er knapp, wandte sich um und zog sie mit. »Wir müssen sofort gehen. Und du läufst hier nicht mehr allein durch die Gegend.«

Und während Bai Ling neben ihm fast ins Stolpern kam und Pit den Weg zum Haus seiner Mutter im Stechschritt zurücklegte, nahm er sich vor, Eddie auf jeden Fall einzuweihen. Pit Petersen musste zugeben, dass die ganze Geschichte einfach zu groß für ihn war.

33.

Sonntag, 16. Juni

Mathilda trat ein Stück zurück und musterte den gedeckten Frühstückstisch. Sie schob den Sonnenschirm näher ran und nickte zufrieden. Jetzt noch die Eier und den Kaffee, dann war es perfekt. Ein Frühstück auf dem Lande. Blümchengeschirr, Pfingstrosen auf dem Tisch, die Tafel übersät mit den feinsten Dingen und der gelbe Sonnenschirm, der alles in ein sanftes Licht tauchte. Vom blauen Himmel und dem Rosenduft, der den Garten überzog, ganz zu schweigen. Es war einfach herrlich. Und dazu noch Besuch von Max und Alina, es könnte doch kaum einen schöneren und friedlicheren Sonntag geben.

»Du kannst dir nicht vorstellen, was passiert ist«, platzte plötzlich Gunnars Stimme in diese Idylle. Er stand aufgeregt in der Terrassentür, Mathilda hatte ihn gar nicht kommen gehört. Gunnar fuhr jeden Sonntag bei Wind und Wetter mit dem Fahrrad zur vier Kilometer entfernten Tankstelle, um die Sonntagszeitung zu kaufen. Das gehörte für ihn genauso zum Sonntagsritual wie für Mathilda Rühreier mit Speck.

Mathilda sah ihn neugierig an. »Soll ich raten?«

»Es gab eine Anzeige gegen Harald Wiesner. Gestern Abend war die Polizei bei ihm und hat Unterlagen mitgenommen. Es geht um Unterschlagung und Veruntreuung im Amt.«

»Was?« Mit aufgerissenen Augen ließ Mathilda sich in den neben ihr stehenden Stuhl fallen. »Das ist nicht dein Ernst. Steht das in der Zeitung?«

»Nein.« Gunnar schüttelte den Kopf. »Ich habe Christa in der Tankstelle getroffen, sie ist völlig aufgelöst. Immerhin ist Harald ihr Bruder. Und dann so was.«

»Was hat Christa denn in der Tankstelle gemacht?«

»Getankt«, antwortete Gunnar knapp. Er sah sie bedeutungsvoll an. »Sie soll Harald nach Husum zum Anwalt fahren. Er hat die halbe Nacht bei der Polizei gesessen und ist zu fertig zum Autofahren.«

»Zum Anwalt? Am Sonntag?«

»Die kennen da einen. Also, Christa kennt den, das ist ein Freund von ihrem Sohn, Steffens oder so ähnlich. Der hat eine eigene Rechtsanwaltskanzlei. Und Holger hat ihn heute Morgen angerufen. Die arme Christa, die ist wirklich fertig.«

»Das ist ja ein Ding.« Beeindruckt blickte Mathilda zu ihrem Mann hoch. »Und wer hat ihn angezeigt?«

»Die Anzeige war anonym. Aber Harald vermutet, jetzt halt dich fest, Pit, Nils oder Bauer Pape. Das ist Christa so rausgerutscht, ich glaube, sie wollte mir das eigentlich gar nicht sagen.«

»Pit.« Mathilda tippte sich an die Stirn. »Warum soll der ihn anzeigen? Und wenn er das gemacht hätte, dann wäre das nicht anonym gewesen. So ist Pit nicht.«

»Wer zeigt hier wen an?« Unbemerkt war Max hinter ihnen aufgetaucht. »Hat Pit Ärger?«

»Pit zum Glück nicht.« Mit einem Blick auf Max stand Mathilda auf. »Nein, Harald Wiesner. Lass dir das von Papa erzählen, ich muss mich mal um die Rühreier kümmern. Sonst wird das nichts mit dem Sonntagsfrühstück.«

Während Gunnar seinem Sohn die spektakulären Ereignisse noch einmal berichtete, stand Mathilda Eier rührend am Küchenfenster und schaute in Mommsens Garten. Niemand war zu sehen, auch die breite Dielentür, die meistens offen stand, war noch geschlossen. Von hier aus war es wirklich ein wunderschönes Haus, dachte Mathilda. Die weißen Wände, das dunkle Reetdach, die grüne Dielentür. Vor der weißen Wand leuchteten die alten Kletterrosen, überall blühte jetzt roter Klatschmohn. Bei Mathilda wurde der Mohn nie so schön, auch wenn sie sich im Garten so große Mühe gab, in Irenes Garten sah es viel hübscher aus.

Mathilda drehte sich zum Herd und goss die Eiermasse in die Pfanne. Da hatte Irene so viel Herzblut in ihren Garten gesteckt und dafür so viel Pech in der Familie. Ihr Mann hatte eine Freundin, ihr Sohn kam nicht gern nach Hause, Nils zerstritt sich mit den Nachbarn – das war für Irene alles nicht schön. Egal, wie sie manchmal auch war, im Moment tat sie Mathilda leid. Und wenn Nils jetzt auch noch Harald Wiesner angezeigt hatte, würde bald das ganze Dorf wissen, dass er dauernd Ärger machte.

»Guten Morgen!« Alina stand auf einmal an der Küchentür und lächelte sie an. »Kann ich irgendetwas helfen?«

»Ach, guten Morgen.« Sofort wandte Mathilda sich um. »Wenn du die Kaffeekanne mit rausnehmen könntest, wäre das nett. Ihr könnt euch schon hinsetzen, ich komme gleich mit dem Rest.«

Während sich Mathilda wieder ihrem Rührei widmete, hoffte sie, dass Gunnar und Max inzwischen ein anderes Thema hatten. Es wäre nicht gut, wenn Alina ein falsches Bild von diesem Dorf bekäme. Das, was hier gerade passierte, war höchst ungewöhnlich für Dettebüll. Dieser Ort war immer schon ein friedlicher Fleck auf dieser Erde gewesen, ein Ort, an dem die Zeit oft stillstand. Wo man Ruhe und Natur fand und am liebsten gar nicht mehr wegwollte. Mathilda hoffte sehr, dass Max seine Freundin in Zukunft öfter mitbringen würde. Und dass Max und Gunnar nicht die ganze Zeit über diese seltsamen Ereignisse redeten. Die warfen ja doch ein schlechtes Licht auf das Dorf.

»Also, ich kann mir gut vorstellen, dass Nils dahintersteckt«, dozierte Max gerade, als Mathilda mit der Schüssel auf die Terrasse trat. »Ich habe den Streit zwischen ihnen auf dem Klo bei Omas Beerdigung zufällig mitgehört. Nils hat Wiesner schon irgendwie bedroht. Und er hat ja tatsächlich auch versucht, an euer Land zu kommen, der weiß garantiert, was hier passieren wird. Wiesner ist sein Rivale, und so hat er ihn elegant kaltgestellt.«

»Harald Wiesner ist aber auch nicht sauber«, wandte Gunnar ein. »Er war bei Johannes Pape und auch …«

»So, hier sind die Rühreier.« Lauter als nötig unterbrach Mathilda die Spekulationen und stellte die Schüssel schwungvoll auf den Tisch. »Jetzt wird gefrühstückt. Und beim Essen möchte ich nicht über solche Themen sprechen. Nur über angenehme Dinge.«

Sie setzte sich und legte eine Serviette auf den Schoß. »Nehmt euch doch bitte. Gunnar, reichst du mir mal die Brötchen? Ach, Max, das habe ich vergessen, du sollst bitte Nele anrufen, ich habe gestern mit ihr telefoniert. Ihr seid ja erst so spät von Kruses gekommen, sonst hätte ich es dir gestern schon gesagt. Aber schöne Grüße an alle, ihr geht es gut. Sie kommt nächstes Wochenende. Wie ist das eigentlich bei euch?«

Die Frage hatte sich an Alina und Max gerichtet, der erst unsicher guckte, bevor er sich an die Stirn schlug. »Ach Gott, du hast ja Samstag Geburtstag. Na klar kommen wir. Oder, Alina, wie ist es bei dir?«

»Das ist der 22.?« Alina überlegte einen Moment, bevor sie antwortete: »Meine Mutter will nächstes Wochenende nochmal nach Niebüll kommen. Und sie wollte bis Sonntag bleiben. Ich weiß nicht genau …«

»Aber dann bringst du sie natürlich mit«, rief Mathilda sofort begeistert. »Platz genug haben wir. Und wir lernen sie mal kennen. Das passt doch bestens. Ja, dann machen wir das so.« Sie sah Beifall heischend Gunnar an, der kurz nickte. »Wunderbar. Dann überlege ich mir in Ruhe, wen ich alles einlade und was ich zu essen mache. Ach, das freut mich.«

»Dann lade doch als Erstes mal Robert ein.« Max legte sich mehrere Scheiben Wurst auf sein Brötchen. »Dann freut sich Nele auch. Die haben sich ja inzwischen ein paar Mal in Flensburg getroffen. Da könnte was gehen. Tausendmal berührt. Und nun endlich.« Er grinste und biss in sein Brötchen, Mathilda sah ihn verblüfft an.

»Glaubst du? Nele und Robert? Wirklich?«

Max nickte kauend, reden konnte er noch nicht. Mathildas Blick wurde träumerisch. »Das wäre ja was. Obwohl ich nicht weiß, was Nils und Irene dazu sagen würden. Nils wäre es vermutlich egal, aber Irene? Aber dann käme ihr Augenstern wenigstens öfter. Und sie ...«

»Mama.« Max hatte angestrengt geschluckt. »Bevor du den Blumenschmuck für die Kirche bestellst, warte vielleicht noch ein bisschen ab. Sie nähern sich ja erst an. Aber ich glaube, das tut Nele ganz gut. Und sie mochten sich schon früher.«

»Oh, dabei fällt mir was ein. Es gibt ein ganz süßes Foto.« Mathilda sprang begeistert auf. »Warte mal, die Alben liegen hier noch. Ich habe gestern Abend noch in dem einen geblättert, da habe ich das gesehen. Alina, das muss ich dir zeigen.«

»Mathilda, wir ...«

»Das geht ganz schnell«, sie wischte Gunnars Einwurf weg und verschwand im Wohnzimmer, um nach wenigen Sekunden in einem Album blätternd zurückzukommen. »Hier«, sie schob zwei Teller zur Seite und legte triumphierend das aufgeschlagene Album auf den Tisch. Mit dem Finger tippte sie lächelnd auf ein Foto, Max und Alina beugten ihre Köpfe darüber.

Auf einem Strohballen saßen zwei Kinder mit dem Rücken

zum Betrachter. Das kleine Mädchen hatte lange blonde Haare und trug ein buntes Kleid, der kleine dunkelhaarige Junge in kurzen Hosen und geringeltem T-Shirt neben ihr, hatte seinen Arm um ihre Schulter gelegt. Ihr Kopf lag an seinem.

»Wie süß«, Alina strich mit dem Finger über das Foto und lächelte. »Wie alt waren die denn da?«

»Das war ...« Mathilda sah noch einmal drauf. »Da war Nele vielleicht neun. Und Robert elf.«

»Das hätten wir doch damals alle schon sehen können.« Max zog das Album näher zu sich und blätterte die Seite um. »Dann wäre uns der Zahnarztarsch erspart geblieben.«

»Rede doch nicht so über ihn. Er ist dein Schwager und der Vater unserer Enkeltöchter«, mahnte Gunnar. Max grinste bloß. Stattdessen zeigte er Alina lächelnd das nächste Foto. »Hier, bevor du mich kanntest. Ich war ein richtiges Landkind. Helle Haare, rote Backen und als Nordfriese in einer Lederhose. Wieso habt ihr mich nur so rumlaufen lassen? Ich sah ja furchtbar aus.«

»Die habe ich dir mal aus Bayern mitgebracht«, erinnerte sich Gunnar. »Da war ich mit der Firma auf einem Betriebsausflug. Und ich fand die Hose so praktisch, weil du beim Spielen deine Sachen immer kaputt gemacht hast.«

Alina lachte, und Mathilda fiel plötzlich wieder ein, dass Ilse sich wahnsinnig darüber aufgeregt hatte. Das könne auch nur einem Polen einfallen, hatte sie gegiftet, ein norddeutsches Kind in einer Seppelhose rumlaufen zu lassen. Er würde seinen Sohn zum Gespött des Dorfes machen. Daraufhin hatte Pit für Robert dieselbe Hose in einem Versandhauskatalog bestellt. Um Ilse eins auszuwischen. Danach war Ruhe, weil sie beleidigt war. Mathilda löste sich von ihrer Erinnerung und sah Alina an, die gerade amüsiert auf das nächste Bild tippte.

»Ach, und sieh mal, Robert mit Pferd. Das ist aber ein

neueres Foto. Und wer ist das junge Mädchen? Die sieht ein bisschen aus wie Nele.«

»Lass sehen.« Max zog das Album näher. »Ja, stimmt. Robert. Aber das ist nicht Nele. Wer ist das?«

Mit einem seltsamen Blick auf Max zog jetzt Gunnar das Album an sich und warf einen Blick darauf. »Das ist deine Mutter, Max.« Er musste sich räuspern. »Da war sie noch ganz jung.«

»Ja, und der Mann?« Max sah seinen Vater fragend an. »Das kann ja dann nicht Robert sein. Der sieht aber genauso aus.«

Gunnar warf Mathilda einen langen Blick zu. Die runzelte kurz die Stirn, dann fiel der Groschen beim Anblick des Bildes. Sie legte erschrocken eine Hand vor den Mund, als Gunnar sagte: »Das ist doch nicht Robert Mommsen. Das ist Johannes Pape. Bauer Pape. Da war er echt noch jung.«

Max starrte ihn an. Dann sah er wieder auf das Foto. Schließlich hob er langsam den Kopf. »Und … wer weiß davon alles?«

34.

Bai Ling hatte sich in ihre Bettdecke eingerollt und rührte sich auch nicht, als Pit nach dem Duschen zurück ins Schlafzimmer kam. Er blieb einen Moment vor dem Bett stehen und musterte sie. Es war ihm wirklich ein Rätsel, wie man so tief schlafen konnte. Und mittlerweile war sie ihm schlafend auch lieber als im wachen Zustand. Die kleine Chinesin konnte so wahnsinnig nerven, es wurde Zeit, dass er sie wieder loswurde. Aber nicht jetzt und nicht unter diesen Umständen. Er hatte sie hierhergebracht, jetzt musste er sie auch wieder heil zurückbringen. Und bis hier alles erledigt war, musste er einfach auf sie aufpassen.

Er beugte sich zu ihr und schüttelte sanft ihre Schulter. »Aufstehen.« Sie schlief wie tot, er war sich nicht mal sicher, ob sie überhaupt atmete. Pit schüttelte sie etwas kräftiger. »Bai Ling, wach auf.« Immer noch nichts. Mit zwei Fingern fühlte er ihren Puls. Sie hatte einen. Also verstärkte er seinen Griff. »Los! Aufstehen!«

Sie fuhr hoch, starrte ihn verständnislos an und ließ sich stöhnend auf den Rücken fallen. Den Arm über die Augen gelegt, murmelte sie undeutlich: »Geh weg, ich schlafen.«

»Nein.« Pit rüttelte an ihrem Knie. »Du musst jetzt mal aufstehen. Komm schon. Und wenn du fertig bist, kommst du rüber zu Mathilda.«

Er wartete, bis sie sich endlich unter Protestgemurmel aus dem Bett gequält hatte und im Badezimmer verschwunden war. Erst als er die Dusche hörte, ging er an den zahlreichen, aufgestapelten Umzugskartons vorbei nach unten.

Bai Ling durfte nicht mehr allein im Dorf rumlaufen, er musste dafür sorgen, dass sie irgendetwas zu tun hatte, bei dem jemand in ihrer Nähe war. Zu Kruses wollte er sie heute Morgen nicht mitnehmen. Christa hatte schon komisch geguckt, als sie am Tresen ihre Cola getrunken hatte. Darauf hatte er nun gar keinen Bock. Deshalb musste er jetzt Mathilda irgendwie überreden, einen Blick auf Bai Ling zu haben, wie immer er das auch hinkriegen würde.

Als er um die Ecke auf die Terrasse kam, hob nur Alina den Kopf. Mathilda, Max und Gunnar starrten gebannt in ein Fotoalbum.

»Morgen.« Pit blieb stehen, wo er war, und wunderte sich, dass niemand sprach. Erst nach einem Moment registrierte Mathilda überhaupt, dass er dastand. »Morgen, Pit«, sagte sie schnell und blätterte die Seite wie beiläufig um. »Möchtest du einen Kaffee?«

»Nein, danke«, antwortete er und blickte dabei auf das Album. »Ich muss los. Aber Bai Ling kommt gleich zum Frühstücken. Und sie trinkt Tee. Und vielleicht kannst du ihr noch zeigen, wo die anderen Umzugskartons sind, dann kann sie im Keller mit dem Ausräumen weitermachen. Aber einer von euch müsste ihr dabei helfen.«

»Gut.« Mathilda nickte. »Max und Alina können mit anfassen, nicht wahr, Max, du hattest es angeboten. Dann kann das Zeug aus dem Keller auch endlich weg. Jetzt setze ich mal Wasser auf.« Sie erhob sich langsam und ging in die Küche. Pit trat näher zum Tisch und schlug die Seite wieder um, er wollte sehen, was hier allen die Sprache verschlagen hatte. Er entdeckte nur kein Bild, das es erklären würde. Er runzelte die Stirn, während Max ihn beobachtete und anschließend auf ein Foto tippte. »Fällt dir was auf?«

Pit zuckte die Achseln. »Pape«, sagte er. »Mit Pferd und Mathilda. Ist was mit dem Pferd?«

»Nein.« Max tippte wieder drauf. »Ist dir mal aufgefallen, wer heute genauso aussieht wie Pape?«

»Ja, und?« Pit blieb tiefenentspannt. »Das ist Genetik. Ich muss los, schönen Tag noch.«

Unter den verblüfften Blicken der anderen machte er sich auf den Weg. Als er schon weg war, kam Mathilda zurück. »Habt ihr ihm erzählt, was gestern bei Wiesner los war? Der geht nämlich jetzt zu Kruse. Und Christa ist doch gar nicht da.«

»Das wird er schon merken«, meinte Max und nahm das Album vom Tisch. »Und nur zur Information, länger als eine Stunde räume ich nicht mit der Chinesin den Keller aus. Wir wollen noch mit dem Fahrrad zum Wald, ich möchte Alina mal das Land zeigen, um das es die ganze Zeit geht.«

»Das könnt ihr ja auch machen.« Mathilda sah ihn nachdenklich an. »Dann gehen Papa oder ich noch rüber. Aber ich habe irgendwie kein gutes Gefühl, Bai Ling die ganze Zeit allein da rumräumen zu lassen. Ich weiß gar nicht so richtig, was sie da macht.«

Pit stieß sich von der Hauswand ab und nickte. Mathilda würde ein Auge auf Bai Ling haben, das war gut. Mehr wollte er gar nicht wissen, jetzt konnte er endlich gehen.

Er zog an der Tür, die eindeutig verschlossen war, und sah dann auf die Uhr. Es war Punkt elf, er war wie verabredet hier, und niemand war zu sehen. Pit trat einen Schritt zurück und sah nach oben zu den Fenstern. Hans und Christa wohnten über der Kneipe. Kurze Wege und alles im Blick, hatte Hans immer gesagt, wenn er gefragt wurde, ob es gut war, im selben Haus zu leben, in dem man auch arbeitete. Er fand es völlig in Ordnung und war es so gewohnt. Jetzt waren die Fenster gekippt, Pit pfiff auf zwei Fingern. Ein Hund bellte vom Nachbargrundstück, das war aber auch die einzige Reaktion.

Pit atmete tief durch, dann ging er um das Haus herum zum Hintereingang. Auch der war abgeschlossen, er rüttelte sicherheitshalber am Türgriff, ergebnislos. Einen Moment lang blieb er stehen und dachte nach. Dann zog er sein Handy aus der Tasche.

»Moin, Eddie, hier ist Pit. Sag mal, weißt du, ob Christa irgendwo im Hof einen Schlüssel versteckt hat? Hier ist keiner da, und alles ist verriegelt und verrammelt.«

»Ja.« Eddie schien sich überhaupt nicht zu wundern, dass Pit ihn anrief. »Die sind weg. War ja auch ein Riesendurcheinander.«

»Was?«

»Na, wegen Harald.«

»Eddie.« Pit trat ungeduldig von einem Bein aufs andere. »Bitte ganze Sätze. Was ist mit Harald? Und wieso sind die weg?«

Mathilda hatte doch auch gerade irgendetwas über Harald gesagt, er hätte vielleicht nochmal zurückgehen sollen.

Eddie ließ sich Zeit mit der Antwort. Schließlich sagte er: »Ist 'ne lange Geschichte. Er hat Ärger. Bösen Ärger. Und der Schlüssel liegt unter der Papiermülltonne im Hof. Ich komme auch gleich. Kann dir mit den Tischen helfen.«

Er beendete das Gespräch, bevor Pit etwas sagen konnte. Kopfschüttelnd verstaute Pit sein Handy wieder in der Jackentasche, bevor er zur Papiermülltonne ging und sie ein Stück hochkippte. Es war schwer, die Tonne war natürlich knallvoll. Mit der Fußspitze schob er den Schlüssel nach vorn, dann ließ er die Tonne wieder auf den Boden zurückfallen. Ächzend bückte er sich und hob den Schlüssel auf. Während er die Kneipentür aufsperrte, klingelte das Telefon in der Gaststube. Vermutlich war das Christa, wer sonst sollte schon vor der Öffnungszeit hier anrufen? Nach dem vierten Klingeln war allerdings Schluss. Pit zuckte die Achseln, das war nicht zu schaffen gewesen. Sollte sie doch nochmal anrufen.

Er suchte die verschiedenen Lichtschalter, nach und nach fand er sie. Diese Kneipe war wirklich ein dunkles Loch, dachte er, dabei würde es schon reichen, vernünftige Fenster statt dieser Butzenscheiben einzubauen. Dann könnte man hier auch am Tag was sehen.

Pit zog die Jacke aus. Um zwei würde eine Horde von Landfrauen kommen, und Pit hatte keine Ahnung, was Christa mit den Tischen im Garten vorhatte. Wenn Eddie dazu auch nichts einfiel, würde es eben keinen lustigen Landfrauenkaffeeklatsch geben. Letztlich war das nicht Pits Problem. Er hatte genügend eigene.

»Moin.« Eddie schlurfte langsam in die Kneipe und blieb vor Pit stehen. »Das ist ein Ding, oder?«

»Was jetzt genau?« Pit verschränkte die Arme vor der Brust. »Dass ich mich habe überreden lassen, hier zu helfen, aber niemand da ist, der Bescheid weiß? Oder dass Harald Wiesner mal wieder irgendeinen Stress hat und seine Schwester deshalb alles stehen und liegen lässt?«

»Na, Stress ist gut.« Eddie grinste. »Aber das ist mal richtig Stress. Die Bullen haben ihm gestern Abend die Bude durchwühlt. Erst bei ihm hier und dann noch im Gemeindebüro. Die haben Unterlagen beschlagnahmt, der hat eine Anzeige bekommen wegen Untreue im Amt und Korruption. Jetzt kommst du.«

Diese Ausführlichkeit der Berichterstattung war eher ungewöhnlich für Eddie, Pit sah ihn verdutzt an. Nur langsam begriff er auch den Inhalt des eben Gehörten. Deshalb war die Polizei gestern Abend im Dorf gewesen und hatte seine Pläne durchkreuzt. Ausgerechnet gestern musste die Bude von Wiesner durchsucht werden. »Korruption«, wiederholte er schließlich langsam. »Das ist ja bei Wiesner nichts Neues. Und wer hat ihn angezeigt?«

Eddie zuckte die Achseln. »Na, ich denke mal, Nils Mommsen. Aber ist ja auch egal. Jedenfalls kennt Christa da so einen

Anwalt, und da sind die jetzt. So, was ist jetzt mit den Tischen?«

»Und Christa ist mitgefahren?« Pit breitete ratlos die Arme aus. »Ich habe doch keinen Bock, die ganzen Landfrauen allein zu betreuen. Ich weiß noch nicht mal, wo hier Kaffee und Kuchen und das ganze Zeug steht. Und außerdem …« Ihm war noch etwas anderes eingefallen. »Dieser … Vertreter, der hier das Zimmer hat, kriegt der Frühstück oder so?«

Eddie winkte ab. »Der ist weg. Heute Morgen ganz früh. Habe ich gesehen. Los jetzt, wir stellen die Tische in den Garten, und dann kommt Christa sicher bald.«

Sie brauchten eine knappe Stunde, in der sie schweigend die zusammengeklappten Holztische aus dem Schuppen holten, sie im Garten aufbauten, die Stühle um sie herum verteilten und anschließend zurücktraten und ihr Werk inspizierten.

»Sieht doch gut aus«, meinte Eddie mit schief gelegtem Kopf. »Besser hätten Christa und Hans das auch nicht hingekriegt.«

Die Tische standen kreuz und quer im Garten, jeweils mit vier Stühlen und sehr viel Staub.

»Die müsste man eigentlich abwischen«, Pit kratzte sich am Kopf. »Aber ich habe immer noch keine Ahnung, was mit dem Kuchen und so ist. Hast du eigentlich die Handynummer von Christa oder Hans.«

»Ja.« Eddie nickte. »Aber nicht im Kopf. Und das Handy ist zu Hause.«

»Na, toll.« Pit fuhr mit dem Finger über einen Tisch und wischte sich danach die Hand an der Jeans ab. »Ich glaube, ich rufe Bai Ling an. Die kann hier helfen.«

»Nein.« Die Antwort kam überraschend heftig. »Das lass mal lieber.«

Erstaunt sah Pit Eddie an, und bevor er nachfragen konnte,

klingelte im Haus wieder das Telefon. Dieses Mal beeilte sich Pit. Es war tatsächlich Christa.

»Pit, Gott sei Dank. Hör zu, hier ist ein Notfall, wir schaffen das nicht bis um zwei. Kannst du das allein hinkriegen? Also, die Tische stellen, alles eindecken, Kaffee kochen, Kuchen schneiden? Ich kann die Landfrauen nicht mehr erreichen, die sind ja schon unterwegs. Pit, ich bin ganz verzweifelt, ich habe jetzt so schnell auch gar keine Idee ...« Sie war kurz davor, in Tränen auszubrechen.

Pit drehte sich zu Eddie um, der inzwischen hinter ihm stand. Ohne etwas zu sagen, nahm der ihm das Telefon aus der Hand. »Christa, die Tische stehen schon. Wo ist denn der Kuchen und so?«

Christa sprach vor lauter Aufregung so laut, dass Pit mithören konnte. »Das steht alles bei uns oben im Vorratsraum. Die Kaffeekannen stehen unten in der Küche. Das Geschirr ist rechts im Schrank. Und die Tischdecken liegen schon auf der Bank im Flur. Die kleinen Vasen für die Tische sind im Karton auf dem Tisch, da müssen natürlich noch Blumen rein, ich wollte Rosen von der Hecke schneiden, aber ich weiß nicht, ob ...«

»Ich ruf Mathilda an«, sagte Pit plötzlich laut. »Die ist zu Hause.«

»Hast du gehört, Christa?«, vergewisserte sich Eddie. »Pit ruft Mathilda an.«

Aus Christas Stimme klang die pure Erleichterung. »Das ist eine sehr gute Idee. Danke, Pit. Ich muss jetzt wieder rein. Ich komme, sobald ich kann.« Dann legte sie auf.

Eddie legte den Hörer wieder zurück und sah Pit zufrieden an. »Mathilda kann so was doch alles. Das ist gut. Dann kannst du mir mal in der Zwischenzeit ein Bier zapfen.«

Pit zog sein Handy aus der Tasche. »Mathilda kann Bai Ling mitbringen, die kann ihr helfen.«

»Nee, lass die mal zu Hause.« Eddie sah ihn ruhig an.

Pit hielt inne. »Wie? Was meinst du?«

Statt zu antworten, zeigte Eddie auf die Uhr. »Ruf Mathilda an, dass sie kommen soll. Und über die Chinesin reden wir dann.«

Nach einem langen Blick drückte Pit Mathildas Nummer. Eddie hatte gesagt, der Vertreter sei abgereist. Dann war es vielleicht okay, dass Bai Ling allein zu Hause blieb. Und außerdem konnte er jetzt wirklich nicht alle Probleme auf der Welt lösen. Er hoffte, dass seine Schwester ihm wenigstens den Teil mit den Landfrauen abnahm.

35.

Nur zehn Minuten später schob Mathilda etwas kurzatmig ihr Rad in den Fahrradständer, der neben der Eingangstür vom Gasthof Kruse stand. Sie ordnete ihre Bluse, nahm den Korb vom Gepäckträger und eilte in die Gaststube, wo Eddie neben dem Tresen stand und ein kleines Bier trank. Er stellte das Glas ab, als er sie hörte. »Moin. Du bist ja schnell.«

»Moin, Eddie.« Mathilda stellte den Korb auf einem Stuhl ab und sah sich um. »Wo ist Pit denn?«

»Draußen.« Eddie hob sein Kinn in die Richtung. »Die Landfrauen sollen ja im Garten sitzen. Wir haben die Tische schon aufgebaut.«

»Gut.« Sie lächelte kurz und ging raus, an der Tür blieb sie wie angewurzelt stehen. Es sah aus, als hätte jemand die Tische aus einem großen Becher in den Garten gewürfelt. Und sie genau da stehengelassen, wo sie hingefallen waren. Das hätte Christa anders gemacht. Mit einer sommerlichen Kaffeetafel hatte das wenig Ähnlichkeit.

Pit wischte gerade einen Tisch mit einem Schwamm, viel Seife und noch mehr Wasser ab. Das Seifenwasser tropfte auf den Rasen. Er hob den Kopf, als er die Tür klappen hörte, und sah Mathilda entgegen. »Das ist gut, dass du gekommen bist. Ich bin echt ein bisschen überfordert. Christa hat noch irgendwas von Kuchenschneiden und Blumenpflücken erzählt, da war ich dann ganz raus.« Er ließ den Schwamm in den kleinen Eimer fallen und sah Mathilda so treuherzig an, dass ihr das Herz aufging. Ihr kleiner Bruder bat sie um Hilfe, es gab kaum etwas, das sie gerade lieber machen würde.

»Das kriegen wir schon hin«, sagte sie und musterte die anderen Tische. »Die Tische müssen umgestellt werden, zwei lange Tafeln rechts und links. Fass mal mit an.«

Unter ihrer Regie waren die Tische nach kurzer Zeit so aufgebaut, wie es sich gehörte. Sie trat einen Schritt zurück und musterte zufrieden ihr Werk. Pit stand neben ihr und beobachtete sie dabei. »Und jetzt?«

»Abgewaschen hast du die Sachen ja schon. Ich mache dann hier den Rest. Und du kümmerst dich um die Gaststube.« Sie sah ihn an und klopfte ihm kurz auf die Schulter. »Ich bin froh, dass du hier bist. Obwohl Hans immer so unfreundlich zu dir war. Du bist wirklich ein Guter.«

Ohne auf seine Antwort zu warten, drehte sie sich auf dem Absatz um und ging wieder ins Haus. Sie wollte ihn ja nicht verlegen machen, und Pit hatte spontane Gefühlsbekundungen noch nie gemocht. Während sie in der Küche hinter der Gaststube die Schränke inspizierte, um das Geschirr herauszusuchen, aus den Schubladen die Kuchengabeln und Kaffeelöffel nahm, nach einigem Suchen die Tischdecken im Flur und schließlich auch die Kuchen in Christas Vorratsraum gefunden hatte, war Pit wieder hinter den Tresen gegangen. Als Mathilda mit den Tischdecken auf dem Arm an ihm vorbeilief, blieb sie kurz stehen. »Wie war das mit dem Blumenpflücken?«

Pit sah Eddie an, der hob in aller Ruhe den Blick von der Zeitung, die er gerade las. »Da steht so ein Karton mit kleinen Vasen auf dem Tisch. Und Christa hat was von Rosen gesagt. Vielleicht von der Hecke vorn, da sind ja ganz viele?«

Mathilda nickte, dann setzte sie ihren Weg in den Garten fort. Die Tische waren immer noch feucht, also ging sie wieder zurück, um trockene Tücher zu holen. Pit und Eddie waren im Gespräch, sie bekamen gar nicht mit, dass sie plötzlich wieder an der Tür stand.

»Dieser Typ, der hier gewohnt hat, der in dem komischen Anzug, mit dem fleckigen Gesicht, der war ja auf Nils angesetzt«, sagte Eddie gerade. »Von wegen Handelsvertreter, das kam mir gleich komisch vor.«

Mathilda blieb sofort stehen, sie wollte das Gespräch keinesfalls unterbrechen – und vor allen Dingen wissen, wie es weiterging.

»Der war nicht auf Nils angesetzt«, widersprach Pit in einem seltsam angefressenen Ton. »Wer hat das denn erzählt?«

»Nils selbst«, antwortete Eddie. »Deshalb ist Nils neulich auch so panisch abgehauen. Und in Christa reingerannt.« Jetzt senkte er seine Stimme, obwohl er Mathilda noch nicht mal bemerkt hatte. »Er war sich ganz sicher, dass der Typ Detektiv ist und ihn beobachtet. Erst hat Nils gedacht, dass der Mann von Nils' Freundin beauftragt worden wäre. Aber plötzlich war er sicher, dass Wiesner ihm hinterherschnüffeln ließ. Warum auch immer. Und jetzt sitzt Wiesner bei der Polizei, und der Typ ist abgereist. Ist doch komisch.«

Mathilda zog sich ein Stück zurück, jetzt wurde es richtig spannend. Eddie sprach garantiert von diesem Mann, den sie neulich gesehen hatte. Vor ihrem Haus. Es waren sonst nie Fremde im Dorf, es musste derselbe sein. Ein Detektiv! Sie hatte es geahnt. Und sich schon gedacht, dass auch er was mit den Grundstücken zu tun hatte. Dabei war er nur hinter Nils her. Das war ja interessant.

»Der war nicht hinter Nils her«, wiederholte Pit stoisch. »Der sucht mich.«

Mathilda fuhr erschrocken zusammen. Was hatte Pit da gerade gesagt? Und wieso brauchte Eddie so lange, um ihn zu fragen? Sie wippte vor Aufregung auf den Fußspitzen, endlich fragte Eddie: »Wieso?«

»Nachher«, war Pits karge Antwort. »Nach Feierabend.«

Mathilda atmete enttäuscht aus, sie war so nah dran gewesen. Was zur Hölle wollte ein Detektiv über ihren Bruder rausfinden? Oder ging es doch um etwas anderes? Schließlich hatte der Mann auch Ilses Haus fotografiert. Und vielleicht sogar Mathildas. Ging es hier ebenfalls um das Land? Oder gar um Ilse? Mathilda presste ihre Hand an den Hals, in dem ihr Puls gerade tobte. Sie musste wissen, was Pit zu der Überzeugung brachte, dass er das Zielobjekt sei. Sie würde ihn nachher einfach fragen. Unter vier Augen. Vielleicht war es gar nicht so schlimm. Und sie hatte nur zu viele schlechte Krimis gesehen.

Kurz vor zwei stellte Mathilda die letzte Vase, in die sie zwei kleine Rosen drapiert hatte, auf den Tisch und musterte den Garten abschließend. Perfekt, dachte sie, und das, obwohl sie äußerst unkonzentriert den Tisch gedeckt, dekoriert, den Kuchen geschnitten und den Kaffee gekocht hatte. Es war nur gut, dass sie solche Tätigkeiten im Schlaf beherrschte. Jahrzehntelanges Dorfleben mit ungezählten Rote-Kreuz-Kaffeetafeln, Landfrauengesellschaften, Sommer-, Sport- und Weihnachtsfesten hatte sich ausgezahlt.

Und deshalb hatten ihre Hände ungeachtet des Gedankenkarussells einfach vor sich hin gearbeitet. Nach einem letzten Blick ging Mathilda zu der kleinen Bank, die neben dem Hintereingang zur Küche stand, und setzte sich. Bis die Landfrauen einfielen, könnte sie hier ja noch ein bisschen die Sonne genießen. Sie hoffte, dass Christa gleich auftauchen würde, zumal Mathilda unbedingt wissen wollte, was jetzt mit Harald Wiesner passierte. Und ob es stimmte, dass Nils ihn angezeigt hatte. Nur, damit der in Ruhe das Land der ahnungslosen Dorfbevölkerung kaufen konnte, um es für viel Geld an die Investoren der Siedlung weiterverkaufen zu können. Das war ja so dermaßen unfair. Nein, das war geradezu kriminell. Mathilda war entsetzt. Wobei die Tatsache, dass so etwas in ihrem friedlichen Dorf stattfand, für sie viel schlimmer war, als dass sie sich in ihrem Nachbarn getäuscht hatte. Wenn sie ganz ehrlich war, musste sie zugeben, dass sie Nils immer schon für einen Blödmann gehalten hatte, ohne sich darüber viele Gedanken zu machen. Es lebte sich einfach besser mit netten Nachbarn. Und deswegen hatte sie vieles einfach ignoriert. Nils Mommsens Geltungssucht, seine Überheblichkeit, seinen stoffeligen Umgang mit Irene, zu der er nie richtig nett war, und nicht zuletzt seinen herzlosen Umgang mit Robert. Natürlich gab es – wie sie ja jetzt wussten – einen Grund, aber damit hätte man ja auch ganz anders umgehen können. Und vielleicht war Irene nur so anstrengend, weil sie unter Nils litt. Eigentlich schade, dass die Polizei nicht bei ihm gewesen war. Mathilda wünschte normalerweise niemandem etwas Schlimmes, aber das Dorf- und Nachbarschaftsleben wäre tatsächlich schlagartig angenehmer, wenn Nils Mommsen einfach von der Bildfläche verschwände. Das musste mal gesagt werden.

Mathilda vertrieb eine träge Hummel, die sich auf ihrem Knie niederlassen wollte, und dachte wieder an das Foto. Sie hatte es ganz vergessen, dieses Foto von Johannes Pape und ihr. Es war bestimmt über vierzig Jahre alt. Die Ähnlichkeit vom jungen Johannes mit Robert Mommsen war inzwischen so frappierend, dass man schon blind sein musste, um das als Zufall abzutun. Allerdings war Robert in den letzten Jahren selten im Dorf gewesen, viele wussten gar nicht, wie er heute aussah. Und selbst wenn man es wusste, der alte Bauer Pape in seiner Stallkluft, stets mit Mütze und selten rasiert, hatte so, wie er heute aussah, nicht allzu viel Ähnlichkeit mit Robert. Natürlich hatte es damals Gerüchte gegeben, aber sie waren nie bestätigt worden. Und irgendwann hatten es alle vergessen. Selbst Mathilda. Bis sie heute dieses Bild wiedergesehen hatte. Und jetzt überhaupt nicht mehr verstand, warum auch sie das bis zum Vergessen verdrängt hatte. Sie hätten es alle sehen müssen. Und mit Johannes Pape darüber sprechen können. Andererseits war ihnen ja der Kontakt zu Pape verboten. Wegen Ilse. Und sie, die furchtbar gute Tochter, hatte sich natürlich an die Kontaktsperre gehalten. Was war sie feige gewesen! Mathilda schämte sich. Wegen Robert, wegen Pape und vor sich selbst. Und weil sie sich wünschte, dass Nils Mommsen …

»Mathilda, was machst du denn hier?«

Die Stimme löste bei Mathilda fast einen Herzinfarkt aus, ertappt sprang sie auf, spürte, dass sie rot wurde, und starrte Irene Mommsen verblüfft an. »Du?«

»Ja, ich.« Irritiert sah Irene sie an. »Wenn du erlaubst: Ich bin Vorsitzende der Landfrauen, und wir machen heute unsere Fahrradtour. Und was machst du hier? Du hattest doch gesagt, du kannst nicht. Und jetzt bist du doch zum Kaffeetrinken gekommen. Ich hatte dich aber gar nicht angemeldet.«

»Ja, ich, also ich wollte ja auch gar nicht«, stammelte Mathilda und überlegte fieberhaft, was sie Irene überhaupt erzählen konnte und durfte. Irgendwie hatte plötzlich alles etwas mit Nils zu tun: die Anzeige gegen Harald Wiesner, der Detektiv, der Unfall von Hans, den Nils verursacht hatte, die Sache mit dem Vorkaufsrecht zwischen Nils und Ilse, Robert. Alles tobte plötzlich gleichzeitig durch Mathildas Kopf, während Irene sie immer noch verwundert ansah und auf eine Antwort wartete. Sie konnte ihr das doch nicht sagen, schließlich war Irene mit Nils verheiratet. Deshalb holte Mathilda Luft und bemühte sich um einen unverfänglichen Ton. »Ich habe eigentlich überhaupt keine Zeit. Max und seine Freundin sind ja da, und am nächsten Wochenende kommt Nele mit den Kindern. Und ich habe gestern einen Bericht im Fernsehen gesehen, weißt du, das ging um alle möglichen Pflanzen im Garten und welche Gefahren das birgt. Roter Fingerhut, zum Beispiel. Wusstest du, dass die Blätter und Stängel so giftig sind, dass schon der Verzehr von zwei bis drei Blättern für Erwachsene tödlich enden kann? Man bekommt schwere Herzrhythmusstörungen, Sehstörungen, das geht bis zum Delirium. Das haben sie in dem Film gesagt. Ich habe mich vielleicht erschrocken, und jetzt will ich nachher erstmal meinen Roten Fingerhut entsorgen, der wächst bei mir doch hinter dem Schuppen. Das sieht ja schön aus, aber der muss unbedingt weg. Was da alles passieren kann!«

Irene war aufmerksam ihren Ausführungen gefolgt, jetzt aber zog sie eine Augenbraue hoch. »Ja, und warum bist du jetzt hier?«

»Warum?« Mathilda lachte verlegen und berührte Irene leicht am Arm. »Na, weil Christa mich gebeten hat, ihr zu helfen, sie musste heute Morgen schnell noch los.«

»Christa? Wohin denn?«

Irene ließ nicht locker, obwohl der Garten nach und nach von anderen Landfrauen bevölkert wurde, die sich entschlossen ihre Plätze sicherten. Mathilda winkte der einen oder anderen zu, ehe sie sich wieder an Irene wandte. »Christa musste Hans noch mal ins Krankenhaus fahren, seine Hand hat so gepocht.«

»Oh.« Sofort wechselte Irenes Ausdruck von misstrauisch zu neugierig. »Das habe ich gehört, das mit Hans und seinem Unfall. Wie ist das denn überhaupt passiert?«

»Wie das passiert ist?« Mathilda kannte den Ablauf der Ereignisse von Pit, aber was sollte sie denn jetzt Irene erzählen? Es hatte wirklich alles mit Nils zu tun. Sie zögerte noch mit der Antwort und wurde im selben Moment von der eintreffenden Christa erlöst.

»Da ist sie ja.« Irene drehte sich sofort um und rief ihr entgegen: »Und? Was war?«

Christa blieb sofort stehen und warf einen eigentümlichen Blick auf Mathilda, die geistesgegenwärtig ergänzte: »Was haben die im Krankenhaus gesagt? Ist das Pochen normal?«

»Ja.« Erleichtert nickte Christa und kam auf die beiden zu. »Es ist alles in Ordnung. Moin, Irene, wir können dann auch gleich anfangen. Der Kaffee ist fertig. Mathilda, hast du noch eine Minute?«

»Natürlich.« Mathilda folgte Christa sofort in die Kneipe, bevor Irene in ihrer unendlichen Neugier noch irgendetwas fragen konnte.

In der Küche lehnte Christa sich erschöpft an die Wand, dann sah sie Mathilda an und sagte leise: »Vielen Dank, dass du eingesprungen bist. Du hast mich wirklich gerettet.« Sie rieb sich über die Stirn. »Was für ein Theater. Du hast Irene nicht gesagt, wo wir waren, oder?«

»Natürlich nicht.« Mathilda schüttelte energisch den Kopf. »Ich habe ihr gesagt, dass Hans Probleme mit seiner Hand hat und ihr ins Krankenhaus gefahren seid.« Sie wartete einen Moment, dann fragte sie vorsichtig: »Und? Wie geht es jetzt weiter?«

Achselzuckend stieß Christa sich von der Wand ab und begann, die von Mathilda bereits gefüllten Thermoskannen auf ein Tablett zu stellen. »Harald ist noch immer beim Anwalt. Ich glaube nicht, dass an den Vorwürfen was dran ist, er ist doch mein Bruder.« Sie stockte und presste ihre Lippen zusammen. Dann hob sie den Kopf und fügte hinzu: »Aber diese Anzeige ist nun eingegangen, und die Polizei muss dem nachgehen. Ich muss die Sachen hier jetzt schnell rausbringen, die Landfrauen sind ja alle schon da. Danke nochmal fürs Helfen, Mathilda. Und wir reden ein anderes Mal darüber, ja?«

»Natürlich«, kurz entschlossen griff Mathilda nach den Tortenplatten. »Ich helfe dir noch beim Raustragen, und dann muss ich los.«

Eine halbe Stunde später legte sie ein in Alufolie gewickeltes Kuchenpaket vorsichtig in ihren Fahrradkorb. Christa hatte es ihr als Dankeschön in die Hand gedrückt, Gunnar würde sich über Rhabarberkuchen freuen. Sie schob das Fahrrad auf die Straße und hielt an, um das langsam fahrende Auto vorbeizulassen. Es hatte ein Hamburger Kennzeichen, für einen kurzen Moment konnte sie den Fahrer erkennen, erschrocken hielt sie die Luft an. Der Handelsvertreter oder Detektiv oder was auch immer er war, fuhr hier immer noch durch die Gegend und war mitnichten abgereist. Das musste Pit erfahren. Nur dann musste sie ihm auch sagen, dass sie ihn und Eddie belauscht hatte. Und dafür war jetzt der falsche Moment. Pit stand vermutlich hinter dem Tresen, Hans saß auf seinem Stuhl dahinter, Eddie hockte vor dem Tresen, und Christa wuselte mit ihren Bestellungen dazwischen. Und dazu kamen noch zwanzig Landfrauen: Das war ein denkbar schlechter Zeitpunkt.

Entschlossen stellte sie ihren Fuß auf die Pedale und stieß sich ab. Sie würde den Kuchen nach Hause bringen, Gunnar erzählen, was heute schon alles passiert war, nach dem Rechten sehen und später mit Pit einen Spaziergang machen. Und dann würden sie beide unter vier Augen alles in Ruhe besprechen. Vielleicht würde ihnen gemeinsam auch einfallen, wie man in Zukunft mit Nils Mommsen umgehen könnte.

36.

Pit verkürzte seine Schritte, weil Eddie hörbar nach Luft schnappte. Er sah seinen alten Kumpel fragend an. »Was ist?«

Eddie war stehengeblieben, um sich den Schweiß von der Stirn zu wischen. »Werden wir verfolgt?« Er stemmte seine Hände auf die Oberschenkel und ließ schwer atmend den Kopf sinken. »Ich weiß gar nicht, warum wir wie die Bekloppten durch die Gegend rennen müssen.«

»Wir rennen doch nicht.« Pit setzte seinen Weg etwas langsamer fort. »Aber wir müssen mal ankommen.« Eddie richtete sich wieder auf und schlurfte weiter. »Apropos verfolgt, was hast du denn jetzt mit diesem Handelsvertreter zu tun?«

»Er ist kein Handelsvertreter«, war Pits knappe Antwort. Obwohl die sonntägliche Öde über dem Dorf lag, drehte er sich nach allen Seiten um. Man konnte ja nie wissen. »Ich habe ihn erst gar nicht erkannt. Normalerweise hat er einen Bart und längere Haare. Aber rasiert und in diesem komischen Anzug sah er ganz anders aus.«

»Wer jetzt?«

Pit sah sich wieder um. Immerhin waren schon sechs Versuche, unbeobachtet in die Werkstatt zu kommen, gescheitert. Er blieb vorsichtig. »Ich weiß gar nicht, wie der heißt. Der Rothaarige. Er ist der Wachhund von *Kill you*. Und mit dem habe ich gerade ein akutes Problem.«

»Kill was?« Eddie blieb verblüfft stehen, Pit fasste ihn am Arm und zog ihn weiter.

»Jetzt komm, ich erzähle es dir gleich, nicht hier auf der Straße.«

»Mann, wir sind nicht in Chicago. Hier ist doch niemand.«

Pit war es egal, er schwieg, bis sie vor Eddies Haus standen. Die Tür war unverschlossen, Eddie trat ein und marschierte sofort in sein Wohnzimmerchaos, während Pit noch im Flur stehenblieb, bis seine Augen sich an die stockdunkle Bude gewöhnt hatten. Eddie hatte alle Fenster mit dicken Wolldecken verhängt, damit es nicht so warm wurde. Oder eher, damit niemand reinsehen konnte? Pit war sich da nicht so ganz sicher. Aber so blieben sie hier wenigstens unbeobachtet.

Eddie hatte den Fernseher eingeschaltet, das flimmernde Licht erhellte den Raum wenigstens so, dass Pit Eddies Gesicht erkennen konnte.

»Willst du was trinken? Bier? Was anderes?«

Pit setzte sich auf den alten Sessel. »Was ist was anderes?«

»Cola oder Fanta.«

»Fanta?« Pits irritierte Frage nahm Eddie als Antwort.

»Das mag ich ganz gern. Ist aber nicht kalt. Wegen Magen.« Er war schon auf dem Weg, bevor Pit was sagen konnte. Er stand auf und ging Eddie langsam hinterher. In der unaufgeräumten Küche war es nicht ganz so dunkel wie im restlichen Haus, hier waren nur die verblichenen Frotteegardinen zugezogen. Pit lehnte sich an den alten Küchenschrank und sah Eddie zu, der das gelbe Getränk in zwei Kaffeebecher goss. »Die Gläser sind alle schmutzig«, teilte Eddie kurz mit. »Geht ja auch so.«

»Wieso ist deine gesamte Bude eigentlich so versifft und dein Gästezimmer so aufgeräumt?«

»Die ist nicht versifft, ich habe nur ein anderes System.« Eddie schraubte die Flasche sorgfältig zu. »Um das Gästezimmer kümmere ich mich nicht, das hat Nils gemietet.«

»Seit wann?«

»Och, seit einiger Zeit.« Eddie zuckte die Achseln. »Er gibt mir 200 Euro im Monat, ich soll aber nicht reingucken. Also sag ihm bloß nicht, dass du neulich da gepennt hast, sonst will er was von der Kohle zurück.«

»Okay.« Pit zog die zweite Silbe lang, bevor er Eddie den Becher abnahm. Warme Fanta musste man mögen, nach dem ersten Schluck stellte er den Becher auf den Schrank. »Und da trifft er sich dann immer mit seinem Käfer? Oder was?«

Wieder ein Achselzucken. »Das ist mir doch egal. Ich kriege die zweihundert Euro, und gut ist. Von mir aus kann er da sonst was machen, das interessiert mich gar nicht. Ich will nur keine Drogen und Waffen im Haus, ich habe keinen Bock auf Ärger, alles andere stört mich nicht.« Unvermittelt hob er den Blick und sah Pit scharf an. »Was hast du eigentlich in meiner Werkstatt versteckt?«

»Wie?« Pits Puls beschleunigte sich, er glaubte, nicht richtig gehört zu haben. »Was meinst du?«

»Ich habe doch gesagt, ich habe ein System. Du hast was im Schrank deponiert, in den leeren Dosen, das habe ich sofort gesehen. Die standen auf einmal anders. Nachdem du in der Werkstatt warst. Das ist mir gleich aufgefallen. Auch, weil du gar kein Öl rausgenommen hast. Ich habe nicht in die Dosen gesehen, ich habe ja keine Lust, meine Fingerabdrücke auf Hehler- oder Diebesgut zu verteilen. Was ist da drin?«

»Das ist …« Einen kurzen Augenblick suchte Pit noch nach einer Ausrede, dann entschied er sich anders. Die Geschichte war zu kompliziert für ihn, er brauchte Eddies Hilfe. »Okay«, sagte er schließlich. »Ich stecke in einer echt komplizierten Kiste. Also, ich habe zwei Beutel Koks gefunden. Auf meinem Hinterhof. Über mir ist ein Stundenhotel, das gehört einer Rockergang. Vor kurzem gab es da eine Razzia, dabei haben die das Zeug runtergeschmissen, mir direkt vor die Füße. Da lag das dann. Ich habe das erstmal in Sicherheit gebracht.«

»In meiner Werkstatt?«

»Ja. Hätte ich es den Bullen geben sollen? Dann wäre ich tot gewesen. Eddie, überleg mal, was das wert ist.«

Eddies Gesichtsausdruck war eher bekümmert als sauer. »Ich finde Drogenhandel scheiße.«

»Ich auch.« Pit hob beschwörend die Hände. »Aber ich habe es mir ja nicht ausgesucht, das Zeug lag plötzlich da. Und jetzt muss ich es loswerden. Der Handelsvertreter gehört zu der Rockerclique, den haben die auf mich angesetzt, damit der rausfindet, ob ich das Zeug wirklich habe und wo es liegt. Meine Kneipe haben die schon durchsucht. Der Stoff muss hier weg, das weiß ich, und ich habe auch schon jemanden gefunden, der ihn verkaufen kann. Mario. So ein dicker Italiener vom Kiez, der die Yuppies in der HafenCity mit Koks versorgt. Der will aber erstmal was sehen, deshalb muss ich ihm was zum Probieren bringen. Und zwar schnell. Mario war schon bei Hermann in der Kneipe und hat gefragt, wo ich bin und ob Hermann was für ihn hat.«

»Das ist aber Drogenhandel.«

»Ja, aber den macht dann Mario. Ich doch nicht. Ich will es nur so schnell wie möglich loswerden.«

Skeptisch wiegte Eddie den Kopf. »Ich finde das trotzdem scheiße. Na ja. Andererseits vertickt der das Zeug nur an reiche Erwachsene. Was sagt denn deine Chinesin dazu?«

»Bai Ling?«

»Ja sicher.« Eddie sah ihn komisch an. »Ich kenne sonst keine Chinesin.«

»Die weiß natürlich nichts davon«, versicherte Pit. »Ich will sie nicht in Gefahr bringen. Der Rothaarige und *Kill you* haben sie schon in der Kneipe verängstigt. Sie muss da nicht reingezogen werden.« Eddie guckte immer noch komisch, dabei fiel Pit ein, dass Eddie am Vormittag Bai Lings Hilfe so vehement abgelehnt hatte. Er schob einen Stapel Plastiktüten vom Küchenstuhl und setzte sich. »Was hast du eigentlich gegen sie?« Seine Frage hatte er so beiläufig wie möglich gestellt.

Eddies Antwort kam prompt: »Mit der stimmt was nicht.«

Das hatte Pit vor kurzem schon mal gehört, sogar im selben Ton. Ihm fiel nur gerade nicht ein, wer das gesagt hatte. »Ach, komm, du kennst sie doch kaum. Und sie gibt sich Mühe. Lass sie mal, die ist ganz in Ordnung.«

»Sie stand auf einmal bei mir im Flur. Hier.« Eddie zeigte bekräftigend in die Richtung. »Ich kam rein, und sie stand schon da. Und kicherte nur blöde.«

»Bai Ling?« Pit hob elektrisiert den Kopf. »Wann?«

Achselzuckend dachte Eddie nach. »Gestern? Oder war das schon vorgestern? Jedenfalls habe ich eine Probefahrt mit einem reparierten Auto gemacht, und als ich wiederkam, war sie da. Und ja, natürlich war das Bai, ähm, Dings. Sonst gibt es hier ja keine Chinesin. Sie hat übrigens gesagt, dass sie nur Pits besten Freund besuchen wollte. Hast du ihr diesen Scheiß vorgeschlagen?«

»Blödsinn …« Pit versuchte zu sortieren, plötzlich fiel ihm ein, wer dasselbe gesagt hatte: Hermann. Auch er war der Meinung gewesen, dass mit Bai Ling irgendetwas nicht stimmte.

Pit hätte so gern das schlechte Gefühl abgeschüttelt, er sah Eddie mit hochgerecktem Kinn an. »Das kommt davon, dass deine Tür immer offen steht«, sagte er angriffslustiger, als er eigentlich wollte. »Da kann ja auch jeder reinkommen.« Ein neuer Gedanke schlich sich in seinen Kopf. Woher wusste Bai Ling, dass Eddie sein bester Kumpel war? Er hatte ihr das garantiert nicht gesagt. Vor lauter Nachdenken verpasste er fast Eddies Antwort.

»Die Tür steht gar nicht immer offen. Aber das ist ja auch

egal. Wieso kommt die einfach rein? Das ist schon komisch, oder?« Er schwenkte seinen Becher, die gelbe Flüssigkeit schwappte über den Rand und benetzte seine Hand. Er wischte sie an der Hose ab, bevor er wiederholte: »Mit der stimmt was nicht. Die solltest du im Blick behalten.«

Stumm starrte Pit ihn an. Über Bai Ling musste er in Ruhe nachdenken. Er hatte noch ein anderes Problem zu lösen. Eines, das viel größer war. Und das er deshalb ganz nach oben auf die Liste gesetzt hatte. Es war viel dringender zu lösen, als sich mit den Eskapaden einer vermutlich verrückten kleinen Chinesin zu beschäftigen. Pit schloss kurz die Augen, dann räusperte er sich entschieden.

»Okay, ich kümmere mich um sie. Aber jetzt was anderes: Kannst du das Zeug noch ein paar Tage für mich aufbewahren? Ich muss jetzt eine kleine Menge abfüllen und Mario bringen. Morgen früh fahre ich die Probe nach Hamburg, das kriegt keiner mit. Ich glaube nicht, dass Mario lange braucht, um sich zu entscheiden, der Stoff ist bestimmt astrein. Und dann bringe ich ihm den Rest in den nächsten Tagen. Du kriegst natürlich von der Kohle was ab.«

»Das gefällt mir gar nicht, dieses Drogenzeug.« Eddie verzog unwillig das Gesicht. »Ein bisschen Kiffen, okay, auch mal ein bisschen Schnaps zu viel, aber Drogen, Pit, echt, das ist scheiße.«

Pit rollte mit den Augen. »Es hilft mir nicht, wenn du das jetzt dauernd wiederholst. Ich habe es begriffen. Trotzdem liegt das Zeug hier und muss weg. Ich brauche nur irgendeine Tüte oder Dose, irgendetwas Unauffälliges zum Abfüllen.«

Eddie kratzte sich unwirsch am Kopf, dann ging er mit wenigen Schritten an den alten Schrank und zog eine Schublade auf. Sie war vollgestopft mit irgendwelchem Zeug, Eddie genügten wenige Handgriffe, dann hatte er einen kleinen Gegenstand in der Hand, den er Pit zuwarf.

Pit fing die kleine Dose auf und öffnete den Deckel. »Was

war da drin?«, er schüttelte ein paar Krümel weißes Pulver raus.

»Pfefferminzdragees«, Eddie nickte. »Musst du nur auswischen, kannst ja Alufolie da reinfummeln.«

»Perfekt.« Pit grinste. »Das ist wirklich perfekt.«

Nur wenig später stand er in Eddies Werkstatt und befüllte mit einem knallgrünen Eierlöffel vorsichtig die kleine Pfefferminzbonbondose, die er mit Alufolie ausgeschlagen hatte. Jetzt lief das Vorhaben endlich in den richtigen Bahnen. Nur noch ein paar Tage, dann war diese Aktion beendet. Mario würde das Zeug verscherbeln, Pit eine satte Provision einstreichen, davon Eddie einen Teil abgeben und danach in aller Ruhe überlegen, was er mit der Kohle anstellen könnte. Vielleicht wäre es besser, Hamburg den Rücken zu kehren, mit *Kill you* als Vermieter wären die friedlichen Zeiten in der Bar vermutlich sowieso vorbei. Aber darüber konnte er sich noch in Ruhe einen Kopf machen, erstmal musste der Stoff weg.

Sorgfältig verstaute er das Koks wieder im Schrank, dann verschloss er ihn und verließ die Werkstatt. Eddie hockte schon vor dem Fernseher, als Pit nochmal ins Wohnzimmer schaute. »Ich geh dann«, sagte er laut, um das grölende Publikum beim Wrestling-Kampf zu übertönen. »Wir sehen uns.«

Eddie, den Blick auf den Bildschirm gerichtet, hob nur kurz die Hand.

Der Hof lag still in der abendlichen Sonne. Mit kurzem Bedauern registrierte Pit, dass der Bulli von Max schon weg war. Dafür, dass sein Neffe auf diesem spießigen Hof in ständigem Unfrieden zwischen Oma und Vater aufgewachsen war, war er wirklich ein cooler Typ geworden. Das musste man Mathilda lassen, ihre Kinder hatte sie gut hingekriegt. Bei diesem Gedanken fiel ihm ein, dass er sie gar nicht mehr gesprochen hatte. Sie hatte ihm nur kurz zugewinkt, bevor sie gefahren war, er war mit den Kaltgetränken für die Landfrauen beschäftigt gewesen. Als er auf dem Weg zur Haustür Ilses Schlüssel aus der Tasche ziehen wollte, hörte er plötzlich Stimmengemurmel aus dem Garten. Kurz entschlossen änderte er die Richtung.

Mathilda stand, einen Gartenschlauch auf die Beete gerichtet, auf der Terrasse, während Gunnar Wasser aus einer Gießkanne auf die zahlreichen Kübel verteilte. Er sah sofort hoch, als Pit um die Ecke kam.

»'n Abend.« Er setzte die Gießkanne ab und lächelte seinen Schwager an. »Feierabend?«

Pit nickte, während Mathilda sofort den Schlauch fallen ließ und den Wasserhahn abdrehte. »Du hast aber lange gearbeitet«, meinte sie anerkennend. »Ich hoffe nur, dass Hans das zu schätzen weiß. Ohne dich wären die ja aufgeschmissen gewesen.«

Pits Finger schlossen sich um die Pfefferminzbonbondose, die jetzt etwas anderes war, bevor er entgegnete: »Ohne dich wäre ich auch aufgeschmissen gewesen. Danke, dass du sofort gekommen bist.«

»Das ist doch selbstverständlich.« Sie deutete auf einen Gartenstuhl. »Möchtest du noch was trinken? Ein Feierabendbier?«

Er hob abwehrend die Hand. »Nein, vielen Dank, ich gehe gleich rüber, wollte mich nur noch mal bedanken.«

»Aber du kannst dich doch noch einen Moment zu uns setzen«, versuchte Mathilda ihn zu überreden. »Oder wir beide gehen noch eine Runde ums Dorf.«

Gunnar sah sie genauso perplex an wie Pit. »Ums Dorf gehen?«, fragte er seine Frau. »Jetzt noch?«

»War nur so eine Idee«, winkte sie ab. »Weil wir uns so lange nicht unterhalten haben.«

»Ein anderes Mal.« Pit hatte das Gefühl, die Dose in seiner Tasche würde immer wärmer. »Ich muss morgen früh raus, das wollte ich auch noch sagen. Ich habe einen Zahnarzttermin, ich muss schon um neun in Hamburg sein. Und danach erledige ich ein paar Dinge und komme am Abend zurück.« Er machte eine kleine Pause, um sich die nächsten Sätze überlegen zu können. »Das hoffe ich zumindest. Wenn es keine Komplikationen gibt, sonst Dienstagmittag. Könntet ihr euch in der Zeit vielleicht ein bisschen um Bai Ling kümmern? Sie fühlt sich etwas einsam und weiß nicht so richtig, was sie den ganzen Tag machen soll. Vielleicht kann Mathilda …«

»Den Eindruck habe ich aber nicht«, unterbrach sie ihn. »Ganz im Gegenteil, sie ist ja sehr emsig, was die Sichtung der Dinge und im Übrigen nicht nur von Mutters Dingen betrifft. Ich habe eher das Gefühl …«

»Mathilda, bitte.« Gunnars sanfter Einwand brachte sie kurzzeitig zum Schweigen. Sie sah ihn an, dann hob sie resigniert die Schultern. »Ich kann sie mit zum Einkaufen nehmen. Ich habe eine ganz lange Liste, das dauert ein paar Stunden.«

»Das ist nett, danke.« Pit lächelte und wandte sich zum Gehen. »Dann gute Nacht und bis morgen Abend.«

Er war schon an der Ecke, als Mathilda ihm mit schnellen Schritten nachkam. »Ach, Pit«, sie legte ihm unbeholfen die Hand auf den Arm. »Was ich dir noch sagen wollte, also wenn du irgendwie Probleme oder Ärger hast, du kannst jederzeit mit uns darüber reden, das weißt du doch, oder?«

Die Pfefferminzbonbondose glühte in seiner Tasche, trotzdem blieb Pit ganz ruhig. »Natürlich, Mathilda. Es ist aber alles in Ordnung.«

»Ja.« Sie strich sich verlegen eine Haarsträhne aus dem Gesicht. »Nur falls was ist, dann weißt du Bescheid.« Sie nickte eindringlich. »Manchmal wird man ja auch von seltsamen Leuten belästigt. Mich hat vorhin zum Beispiel fast ein Auto überfahren. Als ich auf dem Weg nach Hause war. Vor Kruses Gaststätte. Das war dieser Handelsvertreter, der gerade bei Christa wohnt. Ich dachte ja, der wäre wieder weg, aber genau der ist vorhin durchs Dorf gebrettert.«

Pit gab sich alle Mühe, ihrem forschenden Blick standzuhalten und sich nichts anmerken zu lassen. Warum zur Hölle machte sich seine Schwester plötzlich Gedanken um den Rothaarigen? Das war doch nicht möglich. Gerade jetzt, wo es endlich vorwärtsging. Er umschloss die Dose in der Tasche fester, bevor er sich räusperte, und sagte: »Das stimmt, es gibt schon seltsame Leute. Aber wie auch immer, gute Nacht, Mathilda.«

Ohne ihre Antwort abzuwarten, machte er sich eilig auf den Rückzug. Er ging an den geöffneten Fenstern vorbei zu Ilses Haustür. Bai Ling hatte wirklich alles aufgerissen, um frische Luft reinzulassen, vermutlich würden sie die ganze Nacht von Mücken malträtiert werden. Als er den Schlüssel aus der Hosentasche zog, fiel ihm der aus der Hand und landete zwischen den Pflanzen im Beet. Ächzend bückte er sich, um ihn aufzuheben. Und in dem Moment hörte er Bai Lings Stimme. Sie telefonierte genau vor dem offenen Fenster. Und sagte gerade: »Du stellst dir das so einfach vor. Ich melde mich wieder.« Dann hörte er das laute Klacken von Absätzen auf dem Holzboden und eine Tür, die durch den Luftzug ins Schloss knallte. Danach war Ruhe.

Irritiert blieb Pit in seiner gebückten Haltung hocken und runzelte die Stirn. Nur ganz langsam sickerte bei ihm durch, was er gehört hatte. Es war nicht unbedingt der Inhalt, es war etwas anderes, was er seltsam fand. Bai Ling hatte plötzlich akzentfreies Deutsch gesprochen. Auch, wenn es nur zwei Sätze gewesen waren.

37.

Dienstag, 18. Juni

»Charlotte sieht immer mehr aus wie ihre Großmutter«, Mathilda hob ihr neues royales Heft hoch, um Gunnar das Foto zu zeigen. »Genau wie Elisabeth, diese Ähnlichkeit ist wirklich frappierend, oder?«

»Hm.« Gunnar war in die Post vertieft, er hörte gar nicht richtig zu.

»Guck doch mal«, sie wedelte mit dem Heft in seine Richtung. »Wie niedlich die ist.«

»Jetzt haben wir es schwarz auf weiß«, murmelte er, während Mathilda nickte und sich das Foto nochmal ansah. »Es ist zwar ein Farbfoto«, meinte sie. »Aber sie ist wirklich ein süßes Kind.«

Irritiert hob Gunnar den Kopf. »Wer?«

»Na, Charlotte«, antwortete Mathilda und blickte ihren Mann verständnislos an. »Die kleine Tochter von Kate und William. Die Urenkelin der englischen Königin. Von der reden wir doch die ganze Zeit.«

»Ach so.« Gunnar ließ das Schreiben, das er gerade gelesen hatte, sinken. »Du redest die ganze Zeit von ihr. Ich habe da was viel Wichtigeres.« Er reichte ihr den Brief über den Tisch. »Hier, bitte.«

Mathilda legte ihr Heft zur Seite. »Hast du eigentlich die Uhr im Blick? Du wolltest doch noch Getränke holen, und jetzt ist es gleich elf.«

Er schwang das Blatt auf und ab. »Das solltest du lesen.«

Sie sah ihn forschend an, rückte ihre Brille zurecht und überflog den Text. »Flächennutzungsplan ... Bauland ... Katasteramt ...« Sie hob die Augenbrauen. »Ist es das ... ich verstehe dieses Amtsdeutsch ja nie, was heißt das jetzt genau?«

»Das ist die offizielle Information, dass das Weideland oben nicht mehr Bauerwartungsland, sondern Bauland ist und die Investoren jetzt ihre Siedlung planen können.« Gunnar streckte zufrieden seine Beine aus. »Und da die Kuh ja inzwischen vom Eis ist, können wir auch darüber reden, und ich denke, dass demnächst das Angebot der Investoren kommt.«

»Ach.« Mathilda nickte. »Jetzt wissen es also alle. Dann haben Nils und Wiesner ja auch keine Chance mehr, den Leuten das Land vorher noch billig abzuluchsen.« Sie überlegte einen Moment. »Na ja, Harald ja sowieso nicht mehr.«

Sie drehte sich nach ihrem Hund um, der im Schatten der Terrasse lag und nach Fliegen schnappte. »George, lass das, das ist ekelig.«

Sie richtete den Blick wieder auf Gunnar. »Ich bin wirklich gespannt, wie hoch das Angebot wird«, meinte sie. »Und wie lange das noch dauert.«

»Ich habe es so verstanden, dass die Planung schon relativ weit gediehen ist.« Gunnar faltete das Schreiben wieder zusammen und schob es in den Umschlag zurück. »Wir können uns vermutlich bald mal Prospekte von Kreuzfahrten holen.« Er lächelte. »Damit du endlich mal auf so ein Schiff kommst.«

»Meinst du das im Ernst?« Mathilda strahlte ihn an. »Das wäre wirklich ...«

»Mathilda? Gunnar?« Irenes hektische Stimme näherte sich. »Wo seid ihr?«

»Hier«, rief Mathilda, blieb aber sitzen. »Auf der Terrasse.«

Nur eine Sekunde später tauchte Irene an der Hausecke auf, Mathilda zuckte zusammen, als sie sie sah, und erhob sich langsam. »Mein Gott«, sagte sie. »Was ist denn passiert? Geht es dir nicht gut?«

In so einem Zustand hatte Mathilda ihre sonst immer so perfekt frisierte und gepflegte Nachbarin noch nie gesehen. Irene sah aus, als wäre sie gerade aus dem Bett gestiegen. Ihre Haare waren am Hinterkopf platt, an den Seiten standen sie ab, sie trug eine Art Hausanzug über etwas Hellblauem, was bei näherem Hinsehen einem Nachthemd glich. Ihre Augen waren rotgeädert, sie war sehr blass und zitterte, als sie mit kratziger Stimme fragte: »Habt ihr Nils gesehen?«

Jetzt ist es also raus, war Mathildas erster Gedanke. Irene hat die Affäre entdeckt, und Nils war weg. Wie furchtbar. Was sollte sie jetzt bloß sagen? Ihr fiel nichts ein, dafür blieb Gunnar ganz ruhig. »Bei uns war er nicht«, sagte er, stand auf und legte Irene beruhigend den Arm um die Schulter. »Du bist ja ganz durcheinander, setz dich erstmal hin. Möchtest du was trinken?«

Unvermittelt fing Irene an zu weinen, ließ es aber zu, dass Gunnar sie zum Tisch führte. Er schob ihr einen Stuhl hin, sie sackte sofort darauf zusammen. »Wir hatten gestern Abend einen Streit«, schluchzte sie, während sie das Taschentuch nahm, das Mathilda ihr hinhielt. »Ich bin irgendwann ins Bett gegangen, Nils hat unten im Wohnzimmer geschlafen. Und als ich heute Morgen runterkam, war er weg. Ich habe schon überall gesucht.« Sie schnäuzte sich lautstark, Mathilda setzte sich neben sie und legte ihr tröstend die Hand auf den Arm. »Keine Ahnung, wo er ist, ich bin schon mit dem Rad durchs ganze Dorf gefahren, weil ich dachte, dass er vielleicht ein bisschen was getrunken und nicht nach Hause gefunden hat. Oder gestürzt ist oder was weiß ich.«

Mathilda sah Gunnar vielsagend an. Natürlich hatte sie sofort an seine Freundin gedacht, er war nach dem Streit bestimmt zu ihr gefahren. Aber das konnte sie Irene ja jetzt schlecht sagen. Sie wusste noch nicht einmal, ob diese Affäre überhaupt der Anlass des Streits gewesen war. Gesagt hatte Irene dazu ja nichts.

»Vielleicht hat er heute Morgen einen Termin und hat nur vergessen, es dir zu sagen«, mutmaßte Mathilda nun halbherzig. »Niemand verschwindet spurlos über Nacht. Der taucht bestimmt jeden Moment wieder auf.«

»Das Auto steht aber in der Garage«, entgegnete Irene schrill. »Und im Flur liegen seine Papiere, sein Schlüssel und sein Portemonnaie. Der ist zu Fuß weg. Und ich habe keine Ahnung, wohin.« Sie schluchzte wieder.

Bis zur nächsten Kreuzung, dachte Mathilda. Da hat ihn dann bestimmt seine Freundin abgeholt. Nein, sie würde das nicht sagen, auf gar keinen Fall. Es ging sie nichts an, und die Überbringer schlechter Nachrichten wurden früher schon geköpft. Deshalb schwieg sie und strich nur mechanisch über Irenes Arm, bis die ihn wegzog und sich umdrehte. »Gunnar, kannst du mir ein Glas Wasser bringen? Und vielleicht eine Kopfschmerztablette?«

»Natürlich. Ich bin sofort wieder da.«

Irene wartete, bis Gunnar im Haus verschwunden war, dann drehte sie sich zu Mathilda zurück und flüsterte: »Es ist ganz furchtbar, Mathilda. Nils hat eine Geliebte. Er hat auch sein Handy liegenlassen und das klingelt jetzt die ganze Zeit. Auf dem Display steht Tatti.«

»Bist du etwa rangegangen?« Mathilda rutschte besorgt auf ihrem Stuhl nach vorn. Irene schüttelte den Kopf. »Nur, als die Mailbox ansprang. Da war diese, diese … Frau drauf. Sie würde seit Stunden auf seinen Anruf warten, sie mache sich jetzt Sorgen.«

»Dein Wasser.« Gunnar war für Mathildas Geschmack

etwas zu schnell zurückgekehrt. Er reichte ihr das Glas, das sie etwas zögernd ergriff. »Hier, bitte«, sagte er aufmunternd. »Und jetzt mach dir mal nicht zu viele Gedanken, Nils taucht schon wieder auf.«

Nach einem langen Blick auf Mathilda hob Irene das Glas an die Lippen und trank es in einem Zug aus.

Kurz danach war Irene wieder gegangen, sie wollte nochmal mit dem Fahrrad in Richtung Wald fahren, Nils würde da ab und zu ja joggen. Zumindest hatte er das früher öfter mal gemacht, es konnte ja sein, dass er es wieder versuchen wollte und ihm dabei schwindelig geworden war.

Gunnar sah ihr nachdenklich hinterher. Erst, als sie verschwunden war, sagte er: »Das muss ja alles nichts heißen. Vielleicht ist er auch nach dem Streit beleidigt abgezogen und sitzt jetzt irgendwo mopsfidel herum.«

Mathilda schwieg, sie hatte ein ganz ungutes Gefühl. Bei seiner Freundin konnte er also nicht sein. Wo also trieb er sich herum: ohne Geld, ohne Handy und ohne Schlüssel? Stundenlang? Irgendetwas stimmte da nicht. Sie schob ihre Hand durch Gunnars Arm und legte ihren Kopf kurz an seine Schulter. »Ich finde das beunruhigend. Er rennt doch nicht einfach weg, ohne etwas mitzunehmen.«

»Ach, das wird sich sicherlich alles aufklären. Ich fahre jetzt erstmal Getränke holen.« Gunnar küsste Mathilda flüchtig auf den Scheitel. »Wann kommt Pit eigentlich zurück? Vielleicht hat der was von Nils gehört?«

»Das glaube ich nicht«, antwortete Mathilda. »Er ist ja schon gestern ganz früh gefahren. Und ich weiß nicht, wann er zurückkommt, je nachdem, wann nun der zweite Zahnarzttermin ist. Er hat gestern Abend am Telefon nur gesagt, dass er heute nochmal hinmuss, weil da was war, und danach erst zurückfährt. Ich hoffe, dass er nicht so spät kommt. Bai Ling kann nun nicht die ganze Zeit bei Christa bleiben, da ist ja auch nicht genug zu tun. Und ich habe wirklich keine Lust, mich die ganze Zeit mit ihr zu befassen. Ich weiß auch gar nicht, worüber ich mit ihr reden soll.«

»Das war doch schon eine gute Idee, sie zu Christa zu schicken«, meinte Gunnar lächelnd. »Und sie schien sogar Lust zu haben, in der Kneipe zu helfen.«

»Das stimmt.« Mathilda sah ihn nachdenklich an. »Bai Ling ist sofort losgegangen. Ohne zu maulen, sie hat mich sogar angelächelt. Egal, ich habe sie weg von den Füßen, und Pit wollte ja auch nur, dass sich jemand um sie kümmert. Das übernimmt Christa heute Vormittag, ich hatte ja was gut bei ihr. So. Und ich drehe jetzt meine Hunderunde.«

»Mach das.« Gunnar beobachtete George, der beim Wort »Hunderunde« aufgesprungen und zu Mathilda getappt war. »Und vielleicht kommt dir dabei ja Nils entgegen. Hat Irene eigentlich geguckt, ob sein Fahrrad da ist? Es kann doch sein, dass er eine Fahrradtour gemacht hat. Wenn ich mich geärgert habe, dann hat mir immer Fahrradfahren geholfen.«

»Dann ist es ja gut, dass du dich nicht mehr ärgern musst.« Mathilda küsste ihn schnell auf die Wange, bevor sie die Hundeleine vom Stuhl nahm. »Los, George, wir gehen.«

Den ersten Stopp auf ihrer Runde legten sie schon am Haus von Gesa Nielsen ein, die mit hochrotem Kopf in der Hocke kauerte und ihren Zaun strich. Als sie Mathilda erblickte, ließ sie den Pinsel fallen und zog sich stöhnend an einer noch nicht gestrichenen Holzlatte hoch. »Moin, Mathilda, wolltest du zu mir?«

»Nein.« Mathilda lächelte. »Moin, Gesa. Ich muss den Hund bewegen, der liegt nur rum und wird immer dicker.« Sofort biss sie sich auf die Lippe, nicht, dass Gesa sich damit gemeint fühlte. Die wurde ja auch immer dicker. Obwohl sie ja gerade nicht rumlag. Aber an Gesa prallte der Satz ab.

Stattdessen betrachtete sie den Hund und meinte: »Ja, das ist schon eine ganz schöne Wurst geworden.«

Unverschämtheit, dachte Mathilda, ging aber nicht näher darauf ein. Zur Strafe erwähnte sie allerdings nicht, dass Gesa sich gerade mit der Hüfte an den frisch gestrichenen Zaun lehnte.

»Ich habe heute Post von der Gemeinde bekommen«, teilte Gesa ihr jetzt aufgeregt mit. »Ihr auch? Wegen des Baulandes oben am Wald? Ich habe da ja noch eine Wiese, die kann ich jetzt verkaufen, das hat mich vielleicht gefreut. Und ich hatte Glück, ich hätte die fast an Nils Mommsen verkauft, der war vor ein paar Wochen mal hier. Das hat nur nicht geklappt, weil ich diese blöde Mappe mit den Unterlagen verschlampt hatte. Stell dir vor, was für ein Glück. Die lag aus irgendeinem Grund oben auf meinem Schlafzimmerschrank, wie auch immer die da hingekommen ist. Nils wollte mich mit 'nem Tausender abspeisen, aber jetzt kriege ich sicher mehr.« Zufrieden sah sie Mathilda an. »Da wird er sich ordentlich ärgern.«

»Hast du ihn heute schon gesehen?« Mathilda bemühte sich, die Frage harmlos zu stellen.

Gesa runzelte die Stirn. »Heute? Nein. Der ist letzte Woche hier gewesen, wohl wieder wegen der Wiese, da musste ich aber gerade zum Friseur. Da hatte ich wirklich Glück. Aber Nils ... sag mal, was ist eigentlich mit dem los? Der sieht ja aus wie ein Papagei. Allein schon diese Schuhe, die er jetzt immer trägt. Rot mit gelben Kappen. Findet der sich hübsch? So ein alter Mann in diesen bunten Klamotten, das ist doch affig.«

»Wenn man es mag.« Mathilda rief nach George, der auf dem Weg zum Gartenteich des Nachbargartens war. »Gesa, ich muss leider weiter, die Hundewurst muss laufen. Bis bald und einen schönen Tag.«

Sie ignorierte Gesas enttäuschtes Gesicht, die sicher gern

ein bisschen länger über den Zaun getratscht hätte, und folgte George auf seiner Runde.

Sieh an, dachte sie, Nils hatte es also auch bei ihr versucht. Mathilda hoffte inständig, dass er keinen großen Erfolg bei seiner Jagd auf die Weiden gehabt hatte. Es wäre fies, es wäre richtig fies, wenn er die Dorfbewohner um die paar Quadratmeter, die sie da oben noch vereinzelt hatten, betrogen hätte. Sie musste Selma Griese mal fragen, die hatte auch noch ein kleines Stück Land. Hoffentlich war sie standhaft geblieben, ihr wäre es zu gönnen, dass sie ein bisschen Geld dazu bekam. Sie war immer so knapp bei Kasse.

Während Mathilda gemütlich ihre Runde lief, ab und zu mal ein Stöckchen für George warf und ein paar Gräser am Straßenrand pflückte, die sie später mit Rosen aus ihrem Garten in einer Vase drapieren wollte, dachte sie über ihren Geburtstag am Samstag nach. Es war der erste ohne Ilse, und Mathilda spürte wieder diese enorme Erleichterung. Ilse hatte jeden Geburtstagskaffee gesprengt. Sie hatte über den Kuchen gemeckert, sich über Gunnars Geburtstagsgeschenk mokiert, selbst nie eines gemacht und jedes Mal mindestens einen heftigen Streit vom Zaun gebrochen. Irgendwann hatte Mathilda überhaupt keine Lust mehr gehabt, ihren Geburtstag zu feiern. Aber dieses Mal würde es schön werden, sie freute sich richtig darauf. Im Kopf ging sie die Liste derer durch, die sie noch einladen wollte oder bereits eingeladen hatte. Sie überlegte, ob sie außer Erdbeertorte und Donauwelle vielleicht noch einen Nusskuchen auf dem Blech machen sollte, und was sie als kleines Abendessen vorbereiten könnte. Nach dem ganzen Kuchen brauchte man schließlich was Herzhaftes.

Am Ende der Runde, auf der Höhe von Mommsens Hof, schwankte sie gerade zwischen Kartoffelsuppe und Krabbenbrot, als George plötzlich anfing zu bellen und wie angestochen losrannte. Erstaunt sah Mathilda sich um, es war niemand zu sehen. Was hatte der Hund denn entdeckt? Sie rief ihm laut hinterher und setzte sich hektisch in Bewegung, ihr war gerade eingefallen, dass Irenes Hofkatze doch Junge bekommen hatte. Sehr niedliche Katzenbabys, die George bestimmt nicht in Ruhe lassen wollte. Er hatte die Katze schon ein paar Mal gejagt, wenn sie jetzt ihre Jungen verteidigen musste, würde sie George die Augen auskratzen. Und Mathilda hatte keine Lust, mit ihm zum Tierarzt zu fahren.

Sie lief um den Traktor herum, der am Eingang des Hofes abgestellt war. Dahinter stand der Mähdrescher, auch den ließ sie hinter sich, von George war noch nichts zu sehen, aber sein hysterisches Bellen ging durch Mark und Bein.

»George!« Mathilda wunderte sich, dass Irene bei diesem Höllenlärm nicht auftauchte, bis ihr einfiel, dass die ja mit dem Fahrrad auf der Suche nach Nils war. Und genau in diesem Moment entdeckte sie George. Er lief hektisch bellend am Rand der Güllegrube auf und ab und bellte sich die Seele aus dem Leib.

»George! Ruhig! Komm her. Sofort.«

Der Hund sah kurz zu ihr rüber und bellte noch aufgeregter, ließ sich aber nicht von seiner Position weglocken. Ein ungutes Gefühl beschlich Mathilda, sie verlangsamte ihr Tempo, blieb kurz stehen und setzte dann zögernd einen Schritt vor den anderen. Ein Schauer kroch ihr über den Rücken. Die Güllegrube war mit einem sehr niedrigen Maschendrahtzaun umgeben, sie war randvoll, bei diesem klaren sonnigen Wetter fuhr man die Gülle ja nicht aus. An einer Stelle sah der Zaun seltsam aus, Mathilda trat noch näher. George drehte sich einmal um seine eigene Achse, dann lief er wieder schnüffelnd am Rand entlang, nahm etwas ins Maul und kam damit schwanzwedelnd zu Mathilda. Mit stolzem Blick legte er seine Beute vor ihr ab und wartete auf eine Belohnung. Es dauerte ein paar Sekunden, bis Mathilda verarbeiten konnte, was ihr Hund da abgelegt hatte. Es war ein Schuh. Ein roter Schuh mit gelben Kappen. Nur einer. Sie hob entsetzt ihren Blick. Den anderen Schuh erkannte man nur schemenhaft. Nur, wenn man dicht genug am Rand der Güllegrube stand.

38.

Auf dem Rückweg nach Dettebüll stellte Pit das Autoradio lauter, als er die ersten Takte von Eddies Lieblingslied hörte: ›Born to Be Wild‹. Früher hatte Eddie davon geträumt, einmal mit dem Motorrad durch Amerika zu fahren. Dafür hatte er jahrelang gespart. Und jahrelang davon gesprochen. Nur gemacht hatte er es nie. Wann und warum er diesen Traum begraben hatte, wusste Pit nicht, irgendwann würde er ihn tatsächlich einmal fragen.

Während er sich Eddie vorstellte, wie der, über die Maschine gebeugt, den Highway entlangbretterte, fielen ihm drei andere Motorräder ein. Nämlich die, die vor seiner Bar gestanden hatten, als er gestern Abend noch ein Bier mit Hermann trinken wollte. Pit hatte beim Anblick der Maschinen kurz überlegt, ob er überhaupt reingehen sollte, aber bevor er einen Rückzieher machen konnte, war die Tür aufgegangen und der Bärtige war aufgetaucht. Er hatte Pit angestarrt und war sofort wieder in der Kneipe verschwunden. Er hatte ihn gesehen, es wäre zu auffällig gewesen, wenn Pit jetzt abgehauen wäre. Also war er eingetreten, ganz cool, als wäre er nie weg gewesen.

Pit grinste, als er an die Szene dachte, und spielte sie noch einmal durch.

Sie saßen zu dritt am Tresen, der Bärtige und zwei andere Typen, die Pit nicht kannte. Hermann stand hinter dem Tresen und hob das Kinn, als er Pit eintreten sah. »Chef.« Er stellte das Glas, das er gerade poliert hatte, zur Seite und stemmte seine Hände auf den Tresen. »Alles klar?«

Die drei am Tresen drehten sich gleichzeitig zu ihm um. Pit durchquerte langsam die Kneipe, blieb vor ihnen stehen und sah den Bärtigen lässig an. »Lange nicht gesehen.« Der verdatterte Blick von diesem Typen war Gold wert. Ohne zu antworten, trank er sein Bier aus und sagte: »Zahlen.«

Hermann setzte eine Brille auf, nahm einen Block und addierte schriftlich, bevor er hochsah. »Das wären sechzehn Euro zwanzig«, verkündete er freundlich und streckte die Hand aus. Der Bärtige warf einen Zwanzig-Euro-Schein auf den Tresen, dann standen alle auf und verließen grußlos die Kneipe. Hermann nickte. »Firma dankt.«

Jetzt atmete Pit bei dieser Erinnerung tief durch. Wenn der Bärtige auf Zack gewesen wäre, hätte er ihn durchsucht und tatsächlich eine Pfefferminzbonbondose gefunden, in der astreines Koks in Alufolie eingewickelt war. Aber sie waren einfach zu blöd. Und ohne die Befehle von *Kill you* anscheinend auch nicht fähig, irgendetwas zu machen. Geschweige denn zu denken. Das hatte Hermann so gesagt. Die Rocker würden seit Tagen nur noch sporadisch auf dem Kiez auftauchen. Und wirkten total planlos, als wenn sie auf Anweisungen warteten, die aber nicht kamen. Sie machten kaum Ärger, ließen auch die Mädchen von oben in Ruhe, hingen hier nur unentschlossen rum und schlugen die Zeit tot. Oleg-*Kill-you* war immer noch abgetaucht. Ohne ihn lief bei den Rockern gar nichts. Dafür machten sich hier gerade die Südamerikaner breit.

»Sie suchen Oleg, aber der ist wie vom Erdboden verschluckt«, hatte Hermann gesagt. »Was ich gehört habe, klingt nicht gut. Sie haben wohl den einen oder anderen aus der Gang schon in die Mangel genommen. Mehrere Fingerbrüche und demolierte Visagen. Hat aber nichts genützt, er ist immer noch verschwunden.« Hermann hatte ihn plötzlich angesehen. »Der muss erst den Stoff zurückholen. Und hoffen, dass er das Zeug findet, bevor die Südamerikaner ihn finden.«

»Vielleicht ist er selbst mit dem Zeug abgehauen«, hatte Pit gespielt harmlos gesagt. »Um es auf eigene Rechnung zu verkaufen.«

Hermann hatte ihn milde lächelnd angesehen. »Pit, halte mich doch nicht für blöde.«

Die Autobahn endete, Pit nahm den Fuß vom Gas, ließ die Fensterscheibe ein Stück runter und dachte über Hermann nach. Er war zwar seit einigen Jahren sein bester Stammgast, trotzdem wusste Pit relativ wenig über ihn. Hermann redete wenig. Er hatte früher irgendeinen Job im Hafen gemacht, wohnte mitten auf dem Kiez und kannte Gott und die Welt. Und atmete anscheinend die Neuigkeiten auf dem Kiez ein. Er hatte Pit nichts gefragt, Pit hatte ihm nichts erzählt, aber trotzdem schien Hermann zu ahnen, warum Pit jetzt gerade in Hamburg war. Zumindest hatte er ihm ganz beiläufig mitgeteilt, dass der dicke Italiener bis zum nächsten Tag unterwegs sei. Irgendeine Familienangelegenheit, hatte er gesagt. Und Pit einen Zettel gegeben, auf dem er Marios neue Handynummer notiert hatte. »Die soll ich dir noch geben«, sein Ton war absolut desinteressiert gewesen. »Ich hatte dir doch erzählt, dass er hier gewesen ist.«

Deshalb hatte Pit übernachten müssen. Mario war tatsächlich erst heute Morgen wiedergekommen, sie hatten sich um zehn Uhr im Hinterzimmer seiner Pizzeria verabredet. Das Treffen war allerdings ein voller Erfolg gewesen. Mario wollte gar nicht wissen, woher das Zeug stammte, er war beeindruckt von der Qualität, würde alles sofort verkaufen und interessierte sich nur dafür, wann er Nachschub bekäme. Das wiederum hatte Pit vage gehalten, nach all dem, was er von Hermann erfahren hatte, erschien ihm eine zweite Übergabe in Hamburg zu heikel. Er musste erst in Ruhe einen

Plan machen. Auch wenn das Aufeinandertreffen mit dem Bärtigen und seinen beiden Kumpeln so harmlos verlaufen war: Wenn *Kill you* oder erst die Südamerikaner ihn auf dem Kiez erwischten, würde das nicht so glimpflich ausgehen.

Pit kroch jetzt mit vierzig Stundenkilometern hinter einem Molkereilaster her, auf dieser kurvigen Landstraße war es unmöglich, zu überholen. Ungeduldig trommelte er mit den Fingern aufs Lenkrad. Diese Schneckenfahrt ging ihm so dermaßen auf den Geist. Wobei er diese Zwangsverlangsamung natürlich auch zum Nachdenken nutzen konnte. Wenn er realistisch war, musste er zugeben, dass er der Lösung seines zentralen Problems noch nicht viel näher gekommen war. Okay, Mario hatte seine Probe bekommen, aber es lagen immer noch zwei Tüten voller Kokain in Eddies Werkzeugschrank. Außerdem wusste *Kill you*, dass Pit immer noch in Dettebüll war. Dafür würde der Rothaarige gesorgt haben. Es war sowieso nicht zu fassen, dass Pit ihn nicht gleich erkannt hatte. Nur, weil der Typ sich rasiert, sein Kopftuch abgebunden und seine Kutte mit diesem spießigen, uralten Anzug getauscht hatte. Aber da sah man, was blieb, wenn die Kluft weg war. Man hätte ihn sogar für einen Handelsvertreter halten können. Pit glaubte nicht, dass er abgereist war. Vielleicht für den Moment, aber er würde wiederkommen. So lange, bis er rausfand, wo der Stoff lag. Der Bärtige und seine beiden Kumpel mochten blöde sein, der Rothaarige war es nicht. Er war die rechte Hand von *Kill you* und zog mit aller Gewalt durch, was sein Chef wollte. Da machte Pit sich überhaupt keine Illusionen. Wenn der rausfinden würde, wo Pits Versteck war, würde er Eddies Werkstatt plattmachen. Und danach ihn. Er hatte nur Schonzeit, weil der Rothaarige das Zeug noch nicht gefunden hatte, da machte Pit sich nichts vor.

Der Molkereilaster blinkte, um abzubiegen. Pit hielt Abstand, bis der Laster in die Hofeinfahrt gefahren war, dann gab er wieder Gas. Der Stoff musste raus aus Eddies Werkstatt. Der Rothaarige hatte mitbekommen, dass er und Eddie alte Kumpels waren, es war nur noch eine Frage der Zeit, bis er auf die Werkstatt kommen würde.

Beim Gedanken an Eddie fiel ihm plötzlich Bai Ling ein, dieses Thema hatte er bislang erfolgreich verdrängt. Was hatte sie bei Eddie im Haus zu suchen? Und vor allen Dingen: Warum konnte sie plötzlich akzentfrei Deutsch sprechen? Er schlug mit der Faust aufs Lenkrad, darum müsste er sich als Erstes kümmern, das sollte sie ihm mal erklären. Er hatte keine Lust, sich von ihr verarschen zu lassen.

Pit biss unbewusst die Zähne zusammen, bis sein Kiefer schmerzte. Langsam drehte er den Kopf nach rechts und links und lockerte seine Gesichtsmuskeln. Er durfte sich jetzt nicht verrückt machen lassen. Er würde alles nach und nach erledigen. Zuerst die Sache mit Bai Ling, und danach musste der Stoff weg. Die Frage war nur, wohin.

Ein gequälter Seufzer entfuhr ihm. Dieser Fund, den er zunächst als Gottesgeschenk angesehen hatte, war zu einer echten Nervenbelastung geworden. Vielleicht war er inzwischen einfach zu alt und zu müde für solche Geschäfte. Er wünschte sich im Moment nichts mehr, als dass er schon alles hinter sich hätte. Denn eigentlich wollte er nur noch seine Ruhe.

Kurz vor dem Ortseingangsschild von Dettebüll überholte ihn ein Polizeiwagen mit Blaulicht. Pit sah sofort auf seinen Tacho, er fuhr vorschriftsgemäß, außerdem war er nüchtern und im Gegensatz zur gestrigen Fahrt ohne jegliche Drogen im Auto, also sah er dem Wagen entspannt hinterher. Erst nach einem kleinen Moment fragte er sich, ob die Polizei schon wieder mit Blaulicht unterwegs nach Dettebüll war. Das wäre das zweite Mal in kurzer Zeit, vielleicht machten sie ja heute die Razzia bei Nils Mommsen? Der war doch auch im Immobiliensumpf versunken. Es konnte ja sein, dass Harald Wiesner jetzt Nils angezeigt hatte. Quasi im Gegenzug.

Pit hatte den Ortseingang erreicht und fuhr langsam die Hauptstraße entlang. Es war niemand zu sehen, wie ausgestorben lag die Straße vor ihm. Er runzelte die Stirn, als er plötzlich die Blaulichter durch die Bäume schimmern sah. Aus einem Reflex heraus trat er auf die Bremse und versuchte, von hier aus etwas zu erkennen. Es waren mehrere Fahrzeuge, die mit zuckendem Blaulicht dastanden, aus dieser Perspektive sah es so aus, als stünden sie vor Mathildas Hof. Pit gab Gas.

Als er um die Ecke bog, sah er mit Erleichterung, dass die Rettungs- und Polizeiwagen bei Mommsen standen, nicht bei ihnen. Er atmete tief aus und bog langsam auf Ilses Einfahrt. Für einen Moment lehnte er sich an die Kopfstütze, dann stellte er den Motor ab und stieg aus.

Er fragte sich, was da drüben los war, nach Razzia sah das nicht aus, es musste irgendetwas passiert sein. Pit ging langsam um das Haus herum über den Rasen, um von der erhöhten Stelle im Garten auf Mommsens Hof zu spähen. Und blieb überrascht stehen, als er einen freien Blick auf das Nachbargrundstück hatte.

Ein Teil des Hofs war mit rot-weißem Band abgesperrt. Auf der gegenüberliegenden Seite hatte sich eine kleine Menschenmenge hinter dem Band versammelt. Pit erkannte die dicke Gesa Nielsen, auch Selma Griese war dabei. Innerhalb der Absperrung stand Dorfpolizist Müller mit drei anderen Polizisten zusammen. Sie diskutierten angeregt, einer von ihnen machte Fotos. Ein Mann kam gerade mit Dr. Klopstock aus dem Haus, vor der Hintertür zum Stall saß Mathilda neben Irene auf einer Bank, den Arm um ihre Schulter gelegt. Pit ging irritiert ein Stück näher, als er hinter sich Gunnars Stimme hörte: »Pit?«

Sofort drehte er sich um und sah seinem Schwager entgegen, der mit langen Schritten zu ihm über den Rasen lief. »Was ist denn da los?«

Gunnar blieb mit bekümmertem Gesicht vor ihm stehen. »Nils«, sagte er dann ernst. »Er ist in die Güllegrube gestürzt. George hat angeschlagen, deshalb hat Mathilda ihn entdeckt. Sie hat sofort die Polizei und den Notarzt angerufen, aber er war schon tot. Schrecklich.«

»Ach du Scheiße.« Pit sah Gunnar ungläubig an. »Wieso fällt der denn in seine eigene Güllegrube?«

Gunnar hob die Schultern. »Keine Ahnung. Die Polizei ermittelt. Gerade ist noch ein Polizeiwagen aus Husum gekommen, die sind mit dem ganzen Aufgebot hier. Falls du Bai Ling suchst, die ist bei uns. Sie schmiert Brötchen und kocht Kaffee, das hat Mathilda ihr gesagt.«

»Okay.« Pit blickte wieder auf den Hof. Der schwarze Wagen von Eckhard Gerbers fuhr gerade vor. Pit fragte sich, ob man wohl den Güllegestank jemals wieder aus einem Leichenwagen bekam. »Das ist kein schöner Tod, in der Güllegrube zu ertrinken. Da kann man nur hoffen, dass er zu besoffen war, um irgendetwas mitzukriegen.«

»Tja«, stimmte Gunnar ihm zu. »Da hast du wohl recht.«

Bai Ling belegte gerade Brötchenhälften mit Salami, als Pit und Gunnar in die Küche kamen. Sie sah hoch und lächelte Pit sofort an. »Piiit, du wieder da?«

Von wegen akzentfreies Deutsch, dachte er. Er ließ sich doch nicht verarschen. »Sag mal, Bai Ling, ich habe dich vorgestern ...«

»Hast du die Brötchen ... Pit, du bist ja auch wieder da. Ist das nicht schrecklich?« Mathilda wirbelte plötzlich durch die Küche und fasste ihren Bruder sofort am Arm. »Du hast es schon von Gunnar gehört, oder?« Sie wartete auf sein kurzes Nicken, bevor sie fortfuhr. »Dr. Klopstock hat gesagt,

Nils sei wohl schwindelig geworden, er hatte auch zu hohen Blutdruck, und ist deshalb gestolpert und reingefallen. Die Polizei muss das aber ermitteln, es ist so furchtbar. Und ich habe ihn gefunden, ich habe ja überlegt, ob ich noch reinspringen soll, um ihn rauszuziehen, aber er trieb ja schon ... Oh Gott, ich darf da gar nicht darüber nachdenken, ich ...«

»Mathilda.« Gunnar zog sie mit sanfter Gewalt auf einen Stuhl. »Jetzt setzt du dich erstmal hierhin und trinkst ein Glas Wasser, du bist ja ganz durcheinander. Bai Ling kann die Brötchen rüberbringen, oder, Bai Ling?«

Sie ließ das Messer sinken und sah Gunnar böse an. »Ich nichts rüber, ich da keinen kennen. Ich nur machen Brötchen.«

Pit trat einen Schritt näher, sie wich seinem Blick aus. Sie hatte Angst vor der Polizei, dachte er. Weil mit ihr tatsächlich irgendetwas nicht stimmt. Er drehte sich zu Mathilda um. »Für wen ist das denn?«

»Die sind da drüben jetzt seit über zwei Stunden«, antwortete sie. »Die Polizei, Dr. Klopstock, Gerbers, die sind doch alle noch da. Und Irene. Die braucht doch als Erstes mal einen Kaffee, sonst bricht die doch völlig zusammen. Ich kann das auch selbst rüberbringen.«

»Lass mal.« Gunnar legte ihr kurz die Hand auf die Schulter. »Ich mach das schon, bleib du hier sitzen.«

»Danke.« Mathilda stand auf und stellte Thermoskannen und den Brötchenteller in einen Korb. »Du musst es ja nur bei Irene in die Küche stellen. Sie können sich dann alles selbst nehmen.«

Gunnar verließ mit seiner Last den Raum, die anderen sahen ihm hinterher. Bai Ling ließ das Messer in die Spüle fallen. »Ich noch was machen?« Die Frage war an Mathilda gerichtet, die müde den Kopf schüttelte. »Nein, danke«, antwortete sie. »Und jetzt ist Pit ja auch wieder da.« Sie blickte ihren Bruder an. »Dann kann ich mich vielleicht mal einen

Moment hinlegen. Irgendwie steckt mir das alles in den Knochen. Klingelt dein Handy?«

Sofort tastete Pit nach dem Telefon in der Jacke, die über dem Stuhl hing, und zog es raus. »Ja?«

»Hier ist Eddie.« Im Hintergrund war lautes Stimmengewirr zu hören, klirrende Gläser, Stühle wurden gerückt, Gesprächsfetzen. »Bist du schon wieder in Dettebüll?«

»Ja.« Pit presste den Hörer dichter ans Ohr. »Wo bist du denn? Ich kann dich kaum verstehen, das ist so laut bei dir.«

»Deshalb rufe ich an.« Eddie hatte seine Stimme gehoben. »Ich bin bei Kruses. Christa säuft hier gerade ab, das ganze Dorf ist eingefallen. Kannst du aushelfen?«

»Was?« Pit konnte nur die Hälfte verstehen. »Was ist mit dem Dorf?«

»Die sitzen hier alle und wollen was trinken. Wegen Nils und so. Hier ist richtig was los, und Christa dreht gerade durch. Ich gebe sie dir mal.«

Es wurde noch lauter, Pit hielt das Telefon ein Stück weg, dann wieder näher, als er Christas Stimme hörte. »Pit?«

»Ja?«

»Gott sei Dank, du bist wieder da.« Die Erleichterung in ihrer Stimme war deutlich zu hören. »Kannst du bitte kommen und mir helfen? Der Laden ist knallvoll, und ich schaffe das nicht allein. Ich würde dich nicht bitten, wenn es anders ginge. Aber Hans kann ja nicht, und ich ... Kommst du bitte? Und kannst du auch deine Freundin mitbringen? Die war heute Morgen ja schon hier.«

Im Hintergrund hörte Pit jemanden rufen: »Christa, wo bleibt denn mein Bier?«

»Ich komme.« Pit warf einen Blick auf Bai Ling. »In zehn Minuten sind wir da.«

Er schob das Handy in die Hosentasche, bevor er sagte: »Los, Bai Ling, es gibt Arbeit. Mathilda, wir sind weg, anscheinend findet bei Kruses die Lagebesprechung statt. Die Kneipe ist voll. Ich muss Christa helfen, also bis später.«

»Ja.« Sie sah ihn an und nickte. »Bis später.«

Pit griff nach Bai Lings Handgelenk und zog sie hinter sich aus der Küche. Er würde sie nicht mehr aus den Augen verlieren, bevor er nicht geklärt hatte, was mit ihr los war.

39.

Mathilda wartete ein paar Minuten, bis sie sicher war, dass Pit und Bai Ling auf dem Weg waren, dann stand sie langsam auf und ging durchs Wohnzimmer auf die Terrasse. Sie setzte sich auf den Gartenstuhl und schloss kurz die Augen. Das Bild ging ihr nicht aus dem Kopf. Es war dieser Moment des Erkennens gewesen. Der Moment, in dem sie in dieser trüben Gülle nicht nur den Schuh erkannt, sondern auch begriffen hatte, dass Nils da noch drin steckte.

Sie schüttelte sich und öffnete die Augen. Was hatte Gunnar heute Morgen so zuversichtlich zu Irene gesagt? Er wäre sich sicher, dass Nils schon wieder auftauchen würde. Dass er das in der Güllegrube tun würde, hatte er sicherlich nicht gemeint.

Mathilda stand abrupt auf. Sie musste sich ablenken, sonst machte sie sich noch ganz verrückt. Weil es nur zwei Tage her war, dass sie in Kruses Garten gesessen und diesen bösen Gedanken gehabt hatte. Ja, das hatte sie: dass das Dorf- und Nachbarschaftsleben viel angenehmer wäre, wenn Nils Mommsen von der Bildfläche verschwinden würde. Das hatte sie tatsächlich gedacht. Aber sie hatte es doch gar nicht so gemeint. Also zumindest nicht so, wie es jetzt passiert war. Er hätte doch auch einfach zu seiner Freundin ziehen oder auswandern können oder was auch immer. Aber nun war er in der Güllegrube ertrunken, es war einfach nur schrecklich. Und sie hatte diesen Gedanken gehabt. Fast wie einen Wunsch. Und das hatte sich jetzt auch noch erfüllt. Es war gespenstisch. Sie durfte so was einfach nicht denken.

Sie atmete ein paar Mal tief ein und aus. Sie hatte keine übersinnlichen Fähigkeiten, sie war auch keine gute, oder besser gesagt, böse Fee, es war doch einfach ein blöder Zufall. Oder besser: Unfall. Sie machte sich hier nur gerade verrückt.

Mathilda rieb sich mit beiden Händen über das Gesicht, sie musste sich zusammenreißen, sich irgendwie ablenken. Was war das bloß für ein Tag? Erst die Post von der Gemeinde, eine Freudenbotschaft, weil es nun endlich offiziell war, dass die Siedlung gebaut und ihre Wiesen richtig was wert wurden. Und dann diese Katastrophe mit Nils. Sie hatten nicht mal die Zeit gehabt, sich über die Wiesen zu freuen und weitere Informationen einzuholen. Außerdem musste sie sich um Irene kümmern, die Arme war nach diesem Schock fix und fertig. Egal, was alles gewesen war, Nils war immerhin ihr Ehemann. Oder besser, er war es gewesen. Mathilda hatte Irene gefragt, ob sie Robert informieren sollte. Diese hatte unter Tränen genickt. Mathilda hatte sich bemüht, es Robert so behutsam wie möglich beizubringen. Er war tatsächlich recht erschüttert und hatte sein Kommen angekündigt. Als sie Irene das gesagt hatte, hatte die das erste Mal an diesem Vormittag gelächelt.

Mathilda sah auf die Uhr, Gunnar war noch nicht wieder da, vermutlich hatte er Irenes einstweilige Betreuung übernommen, sie würde ihn jetzt mal wieder ablösen. Für ihn war es sicher nicht einfach, die richtigen Worte zu finden, Mathilda fiel das leichter. Sie hatte schon so viele trauernde Dorfbewohner begleitet.

Sie ging kurz rein, um sich das Gesicht zu waschen und die Haare zu kämmen. Als sie im Badezimmer stand, warf sie einen Blick nach draußen. Von hier aus konnte sie Mommsens Hofeinfahrt sehen. Überrascht hielt sie inne, als sie an der Hecke neben der Einfahrt eine Bewegung registrierte. Sie ließ die Bürste sinken und trat näher ans Fenster. Harald Wiesner hatte sich durch die Hecke geschlängelt, um das Geschehen auf dem Hof besser sehen zu können. Er hockte in unbequemer Stellung in der Hecke und starrte durch die Zweige. Wieso schlug er sich hier durch die Büsche?

Entschlossen legte Mathilda die Bürste weg und eilte nach unten. Das musste sie sofort Gunnar erzählen. Vielleicht konnte der sich einen Reim darauf machen.

Sie verließ das Haus durch die Terrassentür, sonst müsste sie an Harald Wiesner vorbeilaufen, und das wollte sie nicht. Auf dem Weg durch den Garten sah sie am Schuppen plötzlich etwas im Sonnenlicht blinken. Sie runzelte die Stirn, es könnte ein Stück Glas sein. Wer zum Teufel hatte hier eine Flasche zerbrochen? Jeder wusste, dass in der Sonne reflektierende Glasscherben auf dem trockenen Rasen einen Brand entzünden konnten. Wahrscheinlich war das wieder Bai Ling gewesen. Sie war so tollpatschig, sie hatte beim Sortieren von Ilses Geschirr schon mehrere Gegenstände fallenlassen. Weil sie immer ganz woanders mit ihren Gedanken war. Aber nicht nur deshalb ging Bai Ling mit ihrer komischen Art Mathilda zunehmend auf die Nerven. Den ganzen Tag strich sie durch die Gegend, steckte ihre Nase überall rein und tauchte immer wieder an Orten auf, die sie wirklich nichts angingen. Wahrscheinlich hatte sie wieder im Schuppen gekramt und dabei irgendwas fallenlassen. Was immer sie hier auch gewollt hatte: Außer Rasenmäher, Gartengeräten, Fahrrädern und jeder Menge Werkzeug stand hier doch nichts. Kopfschüttelnd lief Mathilda auf die Glasscherbe zu. Und hielt eine Sekunde später die Luft an. Langsam bückte sie sich und hob den Gegenstand hoch, der fast verborgen im hohen Gras gelegen hatte. Es war gar kein Glas, das hier das Sonnenlicht reflektierte, sondern eine silberne Gartenschere. Eine japanische Gartenschere, die Mathilda sofort erkannte. Irene hatte sie von Robert vor ein paar Jahren zum Geburtstag geschenkt bekommen. Und sie jedem gezeigt. »Die kommt aus Japan, ist ja so viel besser als das, was man hier so kriegt, und guck mal: Robert hat meine Initialen eingravieren lassen.«

Mathilda strich nachdenklich mit dem Daumen über die beiden Buchstaben, I. M. Sie ließ die Gartenschere sinken und umrundete langsam den Schuppen. An der Rückseite leuchtete der Rote Fingerhut mit aller Kraft. Mathilda blieb entsetzt davor stehen und hielt sich die Hand vor den Mund, um nicht loszuschreien. Einige Stängel waren abgebrochen, auf dem Rasen lagen jede Menge roter Blüten und abgerissener Blätter.

Schon kleine Mengen der Blüten und Stängel des Roten Fingerhuts können unter Umständen sogar bei Erwachsenen zu Wahrnehmungsstörungen, Herzproblemen oder Halluzinationen bis hin zum Delirium führen.

Mathilda hatte plötzlich die Stimme des Sprechers im Kopf und fing an zu zittern. Es war *ihre* Schuld. Sie hatte vor lauter Verlegenheit neulich bei Kruses mit Irene einfach losgeplappert, *sie* hatte Irene wahrscheinlich die Idee in den Kopf gesetzt. Aber das hatte sie doch gar nicht gewollt! Sie hatte doch nur von diesem Fernsehbericht erzählt.

Hektisch sah sie sich um und ließ die Gartenschere in ihre Jackentasche gleiten. Dann schob sie mit dem Fuß alle abgebrochenen Pflanzenteile auf einen Haufen. Sie wollte diese Pflanze ohnehin rausreißen, bislang hatte sie es nur nicht gemacht, weil der Fingerhut so hübsch aussah. Was für ein Fehler. Jetzt war es wichtig, dass das Zeug ganz schnell verschwand.

Mathilda reckte ihr Kinn hoch und ging entschlossen in den Schuppen, um Mülltüten und Handschuhe zu holen. Die japanische Gartenschere funktionierte tatsächlich einwandfrei, nach kürzester Zeit war die Schuppenwand kahl. Mathilda stopfte die drei prall gefüllten Müllbeutel in die Tonne und ließ erleichtert den Deckel zufallen. Morgen früh würde sie bereits geleert sein, das war dann erledigt. Tief durchatmend schlossen sich ihre Finger um die Gartenschere, bevor sie sich auf den Weg zu ihrer trauernden Nachbarin machte.

Es war schon später Nachmittag, Pastor Detlefsen war gerade gegangen, als Gunnar, gefolgt von Robert, in Irenes Küche kam. Mathilda stand an der Spüle und wusch die guten Cognacschwenker ab. Irene hatte Wert darauf gelegt, die Kristallgläser zu benutzen, obwohl sie nicht spülmaschinentauglich waren. Mathilda konnte das verstehen, es war ja irgendwie ein besonderer Anlass.

Als sie Robert und Gunnar hörte, drehte sie sich sofort um. »Ach, Robert, das ist gut, dass du da bist. Deine Mutter ist im Wohnzimmer, der Pastor ist gerade weg.«

»Danke.« Robert beugte sich runter, um Mathilda auf die Wange zu küssen, dann verschwand er wieder. Mathilda sah ihm hinterher, ehe ihr Blick zu Gunnar ging. »Und?«

»Er war gerade auf den Hof gefahren, als ich kam.« Gunnar schob das saubere Kaffeegeschirr, das Mathilda auf den Tisch gestellt hatte, ein Stück zur Seite und setzte sich auf die Eckbank. »Was meinst du mit ›und‹?«

Das Glas polierend, lehnte Mathilda sich mit dem Rücken an die Spüle. »Warst du nicht bei Kruses? Was reden die Leute denn? Und war Dr. Klopstock auch da? Und Reinhard Müller? Haben die was gesagt?«

Gunnar nickte. »Das halbe Dorf sitzt in der Kneipe und zerreißt sich das Maul. Als wenn sie alle dabei gewesen wären. Ich kann so was ja nicht ausstehen. Dieses elende Getratsche. Als wäre das nicht alles schon schlimm genug.« Er sah kurz zur Tür, wie um sich zu vergewissern, dass es keine unliebsamen Lauscher gab. »Also, unser Dorfpolizist hat gesagt, dass die Kripo bei so einem Todesfall kommen muss. Aber im Moment gehen sie davon aus, dass es sich um einen tragischen Unfall handelt. Zumal Irene wohl gesagt hat, dass Nils sich gestern Abend total betrunken hat. Apropos, kannst du mir bitte mal ein Glas Wasser geben?«

Sofort hielt Mathilda ein Glas unter den Wasserhahn und stellte es vor ihm ab. »Und weiter?«

Achselzuckend nahm Gunnar einen großen Schluck, dann antwortete er: »Nichts weiter. Vermutlich ist Nils betrunken draußen rumgelaufen und ins Stolpern gekommen. Die haben ja nur diesen niedrigen Drahtzaun vor der Güllegrube, der hält ja nichts ab. Und Irene hat gedacht, er würde im Wohnzimmer schlafen, deshalb hat sie auch nicht nach ihm gesehen. Aber das wissen wir ja. Harald Wiesner war übrigens nicht da. Christa hat gesagt, er wäre ein paar Tage verreist, ich habe ihr nicht gesagt, dass du ihn vorhin in der Hecke gesehen hast, sie muss sich ja nicht auch noch Sorgen um ihn machen.«

Mit großen Augen sah Mathilda ihn an. »Er hat ihr erzählt, dass er verreist ist? Ich hatte schon so ein komisches Gefühl, als er sich da in der Hecke rumgedrückt hat. Seltsam. Hast du eine Ahnung, was das zu bedeuten hat?«

Nachdenklich spielte Gunnar mit einem Kaffeelöffel auf dem Tisch. »Keine Ahnung. Ich hoffe nicht, dass er was mit dem Unglück zu tun hat. Das kann ich mir aber auch nicht vorstellen. Ich traue Harald Wiesner so einiges zu, er ist sicher korrupt und immer auf seinen Vorteil aus, aber ich glaube nicht, dass er fähig wäre, einen Menschen um die Ecke zu bringen. Auch wenn Nils ihn bei seinen Versuchen, Grundstücke zu kaufen, wohl massiv gestört hat. Aber das wäre jetzt sowieso vorbei gewesen, diese Briefe von der Gemeinde sind ja heute bei allen angekommen. Das war das andere große Thema bei Kruses.«

Mathilda nickte. »Das kann ich mir gut vorstellen.« Sie stellte das letzte saubere Glas zu dem Geschirr auf den Tisch und hängte das Handtuch an einen Haken. »Wegstellen muss Irene das selbst, ich weiß nicht, wo das alles hingehört.«

»Wie geht es ihr denn?«, fragte Gunnar besorgt.

»Es geht.« Mathilda vermied seinen Blick und wischte stattdessen nochmal über die Spüle. So konnte sie gegen die Kacheln reden und musste ihn nicht ansehen. »Der Pastor war bei ihr, und jetzt ist Robert ja da. Sie hat sich inzwischen ein bisschen beruhigt.«

Irene hatte sie erschrocken angesehen, als Mathilda ihr vorhin die Gartenschere hingelegt hatte, dann war sie in Tränen ausgebrochen.

Ja, sie war tatsächlich durch Mathilda darauf gekommen. »Aber ich wollte doch nur, dass er müde wird und nicht zu seiner Tussi fahren kann! Und er ist dann ja auch auf dem Sofa eingeschlafen, bevor ich nach oben gegangen bin. Ich konnte doch nicht ahnen, dass er in diesem Zustand auf dem Hof herumläuft! Und dann ... und dann – in die Grube stürzt!« Sie wirkte so aufrichtig erschüttert, dass Mathilda erleichtert seufzte. Sicher, Irene hatte ihrem Ehemann eins auswischen wollen. Aber für seinen Tod war sie nun wirklich nicht verantwortlich. Weder Irene noch sie, Mathilda. Für einen kurzen Moment war sie froh.

Trotzdem würde sie Gunnar besser nichts davon erzählen. Und so drehte sie sich wieder zu ihm um und sagte: »Du, Robert ist ja gekommen, dann können wir auch los. Ich würde gern noch eine Runde durchs Dorf drehen. Kommst du mit? Vielleicht können wir ja auch noch bei Kruses was trinken. Und Pit besuchen.«

Gunnar erhob sich schwerfällig und sah sie bittend an. »Wenn es dir nichts ausmacht, würde ich lieber nach Hause gehen. Ich bin so müde, und mir ist das bei Kruses immer zu laut. Ist das in Ordnung?«

»Natürlich.« Sie legte ihm die Hand auf den Rücken. »Ich gehe allein. Ich sag nur eben Irene tschüs, und wir sehen uns nachher zu Hause.«

Die Tür zu Kruses Gaststätte stand offen, als Mathilda darauf zuging. Sie war so schnell sie konnte und auf dem direkten Weg hierhergelaufen, um ihre quälenden Gedanken abzuschütteln. Christa hob den Kopf, als Mathilda eintrat, und kam ihr sofort entgegen.

»Ach, Mathilda, das ist ja alles furchtbar.« Christa umarmte sie kurz. »Sag mal, wie geht es Irene denn? Kann ich irgendetwas für sie tun?«

»Robert ist gerade gekommen«, antwortete Mathilda. »Und Dr. Klopstock hat ihr etwas zur Beruhigung gegeben. Der Pastor war auch schon da. Sie muss jetzt erst mal ein bisschen schlafen.« Sie sah sich in der Gaststube um, die Dorfversammlung hatte sich aufgelöst, es waren nur noch wenige da, lediglich zwei Tische waren besetzt. »Ist Pit schon weg?«

»Nein, er ist im Keller und schließt ein neues Bierfass an.« Christa deutete hinter den Tresen. »Und seine Freundin macht sich nützlich.«

Fast hätte Mathilda übersehen, dass Hans auf einem Barhocker neben dem Kücheneingang saß. Bai Ling stand schlecht gelaunt daneben und hielt ihm ein Glas mit Strohhalm an die Lippen. Mathilda musste sich ein Lachen verkneifen. »Oh«, sagte sie leise. »Er kann mit diesen Händen ja gar nichts allein.«

»Das kannst du laut sagen.« Etwas grimmig nickte Christa. »Und alles wegen … na ja, man darf heute ja nichts Schlechtes über ihn sagen. Möchtest du was trinken?«

»Ja.« Mathilda ließ ihre Blicke durch die Kneipe wandern und hob die Hand, als sie Eddie ganz hinten am Tresen sah. Er grüßte zurück und deutete auf den leeren Hocker neben sich. »Ich trinke eine Weißweinschorle und setze mich mal zu Eddie.«

Eddie wartete, bis Mathilda auf dem Barhocker saß. »Das war ja mal eine Aufregung«, fing er dann an. »Hier war den ganzen Nachmittag richtig was los. Wie früher. Gut, dass Pit da ist.«

Sie nickte und sah zu Bai Ling, die einen extrem schlecht gelaunten Eindruck machte. »Was hat sie denn?«

Eddie folgte ihrem Blick. »Schlechte Laune«, erklärte er. »Bei denen hängt der Haussegen schief. Die haben Krach.«

»Und warum?«

»Mit der stimmt doch was nicht«, erklärte er. »Das habe ich Pit ja gleich gesagt, aber der nimmt sie immer in Schutz. Jetzt hat er es aber selbst gemerkt. Und scheucht sie hier rum. Sie wollte nach Hause, also zu Ilse, das durfte sie aber nicht. Und jetzt ist sie beleidigt. Weil sie Hans das blöde Glas halten muss.« Er grinste. »Selbst schuld. Verarschen lässt dein Bruder sich nicht. Und?« Er sah sie jetzt an. »Ich habe gehört, du hast ihn gefunden?«

Mathilda nickte und hatte sofort wieder das Bild vor Augen. Eddie tätschelte ihr den Arm.

»Das ist blöd. Das kann ich mir vorstellen. So was will man ja nicht sehen. Tja, nun ist er weg, der Mommsen.«

Mathilda zuckte zusammen. »So musst du das nun auch nicht sagen. Es ist doch fürchterlich, was da passiert ist. Hast du gar kein Mitleid?«

»Doch.« Eddie wartete, bis Christa ein Glas vor Mathilda abgestellt hatte. Als sie weg war, fuhr er fort: »Mit Irene habe ich Mitleid. Aber schon seit Jahren. Der wird es jetzt besser gehen ohne ihn, warte mal ab. Und ihr habt jetzt auch bald mal Ruhe auf dem Hof. Erst Ilse weg, jetzt Nils, wenn Pit jetzt auch noch wiederkommt, hast du es doch endlich so, wie du es gerne wolltest.«

Überrascht schnappte Mathilda nach Luft und starrte ihn an. Unbeeindruckt lächelte er sie an, während Mathilda überlegte, wie er das gemeint hatte. Sie hatte es so, wie sie es gerne wollte? Dachte er etwa, dass sie …?

»Ich …«, begann sie, wurde aber von Pit unterbrochen,

der zurückgekehrt war und sie erstaunt ansah. »Was machst du denn hier?«

»Sie trinkt Weinschorle«, beantwortete Eddie die Frage. »Und ich möchte noch ein kleines Bier.« Er wartete, bis sie wieder ungestört waren, und meinte: »Das wäre echt gut, wenn Pit hier die Kneipe ganz übernimmt. Hans und Christa haben doch gar keine Lust mehr. Und wenn sie jetzt ihr Land verkaufen, dann hätten sie genug Geld, um was anderes zu machen. Falls sie nicht schon alles dem korrupten Wiesner verkauft haben. Um den muss sich auch mal jemand kümmern. Aber eine Anzeige hat er ja schon.« Er trank den Rest seines Bieres aus und wischte sich sorgfältig den Schaum von der Oberlippe. »Christa möchte so gern in der Nähe von ihrem Sohn wohnen. In Kiel. Sollen sie mal machen.« Während Mathilda ihn immer noch ungläubig anstarrte, sinnierte er kurz, dann sagte er: »Pit muss nur noch ein kleines Problem in Hamburg lösen. Aber wenn du mich fragst, stehen die Chancen ganz gut, dass er nochmal was anderes macht.«

Mathilda schluckte. Dann fragte sie: »Was für ein Problem?«

»Das kann ich dir nicht sagen.« Treuherzig sah er sie an. »Hab ich versprochen. Aber das kriegt er schon hin.«

»Woher ...« Mathilda suchte die richtigen Worte. »Woher weißt du immer alles?«

Eddie tippte sich kurz an die Schläfe. »Ich gucke mir die Leute an. Und ich höre zu. Die reden ja alle so viel.«

Mathilda stützte ihr Kinn auf die Hand und beobachtete ihren Bruder, der gerade einen Tisch abwischte. Und sie hatte immer gedacht, ihr würde im Dorf kaum etwas entgehen. Sie sollte Eddie viel öfter besuchen.

40.

Freitag, 21. Juni

Mathilda war gerade dabei, die Jacke ihres schwarzen Wollkostüms mit einer Fusselbürste zu bearbeiten, als die Tür aufging und die Zwillinge laut juchzend hereinsprangen. »Oma, guck mal, Pia und ich haben neue Glitzer-T-Shirts.«

Überrascht fuhr Mathilda herum und umarmte ihre Enkeltöchter. »Wo kommt ihr denn so plötzlich her? Paula, oh und Pia, ihr seht ja so schön aus, wie zwei Prinzessinnen!«

»Wo ist George?« Paula ließ sofort von ihrer Oma ab, als sie das Bellen hörte. Der Hund musste nicht gerufen werden, vom Lärm angelockt, schoss er in diesem Moment um die Ecke und sprang freudig auf die Mädchen zu. Der Schirmständer kippte laut scheppernd um, George bellte, die Mädchen lachten kreischend, bis Nele dazwischenging. »Hey, nicht hier drin, Pia, Paula, geht mit George in den Garten, da könnt ihr mit ihm spielen, los jetzt, raus.«

Sie wartete kurz, bis das Knäuel aus Glitzer, blonden Locken und braunen Hundehaaren verschwunden war, dann umarmte sie ihre Mutter. »Hallo, Mama.«

»Wieso seid ihr schon da?« Immer noch überrascht strich Mathilda über ihren schwarzen Rock und zupfte am Bund der Strumpfhose. »Ihr wolltet doch erst morgen zum Geburtstag kommen. Oder willst du mit zur Beerdigung?« Erst jetzt fiel ihr auf, dass Nele ein schwarzes Kleid trug. »Oh, du gehst mit zur Beerdigung. Und wer soll auf die Kinder aufpassen? Die kannst du doch nicht mitnehmen.«

»Das macht Max«, flüchtig sah Nele auf ihre Uhr. »Der ist auf dem Weg und will nicht mit in die Kirche. Er kommt dann mit den Zwillingen anschließend zu Kruses.«

»Aha.« Neugierig musterte Mathilda ihre Tochter. »Hat deine Anteilnahme etwas mit Robert zu tun?«

»Ach, Mama.« Nele wich dem mütterlichen Blick aus. »Nils ist schließlich unser Nachbar. Und die ganze Geschichte ist ja schlimm genug. Ich habe mich nur gewundert, dass die Beerdigung so schnell ist. Das hätte ich nicht gedacht. Obwohl man doch immer sagt, wenn eine Leiche über Sonntag liegt, stirbt noch jemand. Bei Oma war es ja so.«

»Ein blöder Aberglaube«, achselzuckend fuhr Mathilda fort, ihre Jacke von den Fusseln zu befreien. »Eckhard Gerbers hatte heute noch den Termin frei, und die Polizei hegte keinen Zweifel, dass es ein tragischer Unfall gewesen ist. Und für Irene ist es besser so, als noch tagelang zu warten. Auf dem Dorf kann man so etwas eben schneller regeln. Zum Glück.«

»Nele-Kind!« Mit einem freudigen Lächeln kam Gunnar im schwarzen Anzug jetzt die Treppe herunter. »Das ist ja eine schöne Überraschung.« Er drückte sie kurz an sich, bevor er Mathilda seinen Arm entgegenhielt. »Ich kriege diese blöden Manschettenknöpfe nicht fest, kannst du mir mal helfen?«

Mathilda befestigte gerade den zweiten Knopf, als das Geräusch eines auf den Hof fahrenden Wagens die Ankunft von Max ankündigte. »Er kommt gerade richtig«, sagte sie und begutachtete zufrieden ihr Werk. »Dann kann er sich gleich um die Zwillinge kümmern. Wir müssen in zehn Minuten los.«

Kurz darauf schob Max sich in den Flur. »Hallo zusammen«, er stutzte, als er vor ihnen stand. »Gott, ich hasse Beerdigungen. Dieses ganze Schwarz.«

»Du gehst doch gar nicht mit«, Nele küsste ihren Bruder

kurz auf die Wange, bevor sie nach ihrer Handtasche griff. »Du bist doch nur zum Kaffee da.«

Mathilda wartete ab, bis Max sie auch geküsst hatte. »Bist du allein? Was ist denn mit Alina?«

»Ihre Mutter kommt heute«, antwortete er. »Sie besuchen uns morgen auf einen Kaffee. Wo ist deine Höllenbrut, Nele? Ich denke, ich soll auf sie aufpassen.«

»Das macht George gerade.« Nele zog sich vor dem Flurspiegel die Lippen nach und erntete einen missbilligenden Blick ihrer Mutter. »Der ist viel zu rot, Nele, wir gehen auf den Friedhof, hast du nichts Diskretes?«

Nach einem kurzen Blick an die Decke wischte sich Nele den Mund mit einem Taschentuch ab. »Wir können los. Bis später, Max, guck dir die Mädchen nochmal an, bevor ihr zu Kruses kommt, nicht, dass die aussehen wie die Erdferkel. Klamotten zum Wechseln sind in der Reisetasche. Die suchen sich auch selbst aus, was sie anziehen wollen. Also, bis später.«

Sie wartete, bis Mathilda ihre Kostümjacke angezogen hatte. »Du schwitzt dich tot«, sagte sie kopfschüttelnd. »Das Ding ist viel zu warm.«

»Es ist das einzige schwarze Kleidungsstück, das ich besitze.« Mathilda griff nach ihrer Handtasche und ging zur Tür. »Ich kann wirklich nichts dafür, dass die Leute im Sommer sterben.«

Sie kreuzte die Finger in der Jackentasche.

Der Parkplatz vor der Kirche war bis auf den letzten Platz belegt, vor der Kirche drängten sich die Trauergäste.

»Meine Güte.« Nele sah sich beeindruckt um. »Was für ein Auflauf. Ich habe gar nicht gewusst, dass Nils so beliebt war. Das sieht ja aus wie ein Staatsbegräbnis!«

»Das ist die reine Sensationslust, wenn du mich fragst.« Gunnar verzog das Gesicht. »Das war ein furchtbarer Unfall, und die Leute wollen nun möglichst nah dran sein. Die meisten fanden Nils ja arrogant und ungehobelt.«

»Gunnar, man redet nicht schlecht über Tote«, mahnte Mathilda und entdeckte kurz darauf Irene, die an Roberts Arm den schmalen Weg zum Kircheneingang ging. »Irene trägt sogar Hut mit Schleier. Das ist schon ein bisschen affig.«

»Man redet auch nicht schlecht über die Witwe, Mama.« Nele stellte sich auf die Zehenspitzen, um Irene und Robert besser sehen zu können. »Aber du hast recht. Das ist ein bisschen Hollywood. Hinter ihr geht noch eine Frau mit Hut. Wer ist das denn?«

»Irenes Schwester.« Mathilda kniff die Augen zusammen. »Hannelore. Die ist was Besseres. Sie war mit einem Hotelier verheiratet und wohnt in Baden-Baden. Sie hat bei der Scheidung ordentlich abgesahnt. Und sie hat Irene verboten, Plattdeutsch zu reden, wenn sie sie besucht, das wäre ja so gewöhnlich. Es wundert mich nur, dass sie überhaupt gekommen ist, eigentlich haben die kaum noch Kontakt.«

Inzwischen waren sie vor der Kirche angekommen. Sie grüßten die Umstehenden aus dem Dorf, die in kleinen Gruppen zusammenstanden und mit gedämpften Stimmen tuschelten. Bis auf die dicke Gesa Nielsen, die über alle hinweg zu hören war. »Der war doch besoffen! Sonst fällst du doch nicht in deine eigene Güllegrube. Was denn? Ich rede doch gar nicht laut.«

»Gesa, du schreist. Jetzt lass uns mal reingehen, ich will nicht ganz hinten sitzen. Ach, hallo, Mathilda. Ist das nicht alles schrecklich?«

Mit betroffener Miene schüttelte Selma Griese erst Mathilda, dann Gunnar und Nele die Hand. »So einen Tod hat noch nicht einmal Nils Mommsen verdient. Die arme Irene. Und der arme Robert.«

»Na ja, was Robert …«, begann Nele, wurde aber sofort von ihrer Mutter durch einen diskreten Ellenbogenknuff in die Seite unterbrochen. »Das stimmt«, fuhr sie stattdessen etwas lahm fort. »Schrecklich.«

»Kommt, lasst uns reingehen.« Mathilda legte Selma kurz die Hand auf die Schulter. »Die Kirche wird ja so voll, wir kriegen sonst keinen Platz mehr.«

Am Eingang stand ein Podest, auf dem ein aufgeschlagenes Kondolenzbuch lag. Daneben hatte sich Eckhard Gerbers platziert, der hier nicht nur der Beerdigungsunternehmer, sondern auch der Organist war. Jetzt trat er einen Schritt auf Mathilda zu und gab ihr die Hand.

»Na, Mathilda, so schnell sieht man sich wieder. Die zweite Beerdigung innerhalb von drei Wochen, erst Ilse, jetzt dein Nachbar. Du hast ja auch richtig Stress.«

Mathilda sah ihn mit großen Augen an und fragte sich, wie er das wohl meinte.

»Ich aber auch«, fuhr er im Plauderton fort. »Erst deine Mutter, die hatte ja so einen platten Kopf, das war gar nicht so einfach, das hübsch hinzukriegen. Und jetzt Nils. Ich habe erst überlegt, ob ich Irene um einen Gartenschlauch bitten könnte, aber das macht man in so einer Situation ja auch nicht. Der Wagen hat nach Gülle gestunken, du kannst dir das nicht vorstellen.«

Die nachfolgende Nele ersparte ihr die Antwort, Eckhard gab auch ihr die Hand, danach schob Nele Mathilda weiter.

»Jedes Mal, wenn ich ihn sehe, hat er eine Fahne«, raunte sie ihrer Mutter zu. »Trinkt er auf jeden Toten, oder was ist los mit ihm?«

»Nele, bitte«, sagte Mathilda automatisch, während sie immer noch darüber nachdachte, was genau Eckhard gemeint hatte. Mit dem platten Kopf. Unsicher warf sie einen Blick zurück, bevor sie neben der vierten Reihe stehen blieb. Hier waren noch Plätze frei. Gunnar und Nele gingen vor, Mathilda folgte ihnen. Sie blieben für einen Moment nebeneinander stehen, den Blick auf den Sarg und das große Foto von Nils gerichtet. Auf dem Foto trug er noch keine bunten Sachen, es war ein Porträt, das schon vor einigen Jahren gemacht worden war. Als Irenes Welt noch in Ordnung schien. Nach einem kleinen Moment der Andacht nahmen sie Platz, Mathilda drehte sich um und sah hinter sich Christa und Hans, neben die sich gerade Selma und Gesa setzten.

»Hallo.« Christa hatte sich nach vorn gebeugt und flüsterte, obwohl die Kirche immer noch von Stimmengewirr erfüllt war. »Ihr kommt doch auch noch hinterher zu uns, oder?«

Mathilda nickte. Christa und Hans konnten nur hier sitzen, weil Pit und Bai Ling das anschließende Kaffeetrinken vorbereiteten. Mathilda war irgendwie stolz auf Pit, der ganz beiläufig für die Kruses die Kneipe schmiss, so als ob er nie etwas anderes getan hatte. Es wäre zu schön, wenn Eddie recht behielte und Pit tatsächlich überlegte, zurückzukommen. Das hatte sich Mathilda immer so gewünscht, dass ihr Bruder geläutert, weise und anständig zurück nach Dettebüll käme. So dicht an der Erfüllung ihrer Wünsche war sie noch nie gewesen.

Sie seufzte leise und sah sich unauffällig um. Die Kirche war schon fast bis auf den letzten Platz gefüllt, nahezu das ganze Dorf war wieder versammelt, trotzdem betraten noch immer schwarz gekleidete Menschen den Raum. Neben ihr war noch ein Platz frei, sicherheitshalber stellte Mathilda ihre Tasche auf die Bank. Sie ließ ihre Blicke über die Reihen schweifen, bis ihr zwei Männer auffielen, die sie noch nie gesehen hatte. Beide trugen schwarze Anzüge, einer von ihnen war sehr muskulös, seine dunklen Haare waren mit viel Haargel straff zurückgekämmt, und er wirkte ein bisschen halbseiden. Der andere war älter, sehr dünn, trug eine protzige Uhr. Beide ließen sich gerade auf die Bank sinken und sahen sich neugierig um.

Das Einsetzen der Orgel unterbrach abrupt ihre Beobachtungen, sofort drehte sie sich wieder um. Wer waren denn diese Männer? Hatten die vielleicht etwas mit Pits Problem zu tun? Mathilda schluckte, dann spürte sie Gunnars fragenden Blick und drückte beruhigend seine Hand. Um die beiden würde sie sich später Gedanken machen.

Eckhard Gerbers war noch nie ein großes Talent als Kirchenmusiker gewesen, aus Mangel an Alternativen spielte er aber schon seit über fünfzehn Jahren die Orgel. Man konnte selten ein Lied erkennen, er spielte schräg und schief, nie im Takt und meistens ließ er die etwas schwierigeren Passagen einfach weg. Deshalb war es kaum möglich, in der Kirche mitzusingen. Das war eigentlich schade, Mathilda sang so gern.

Auch jetzt orgelte Eckhard, was das Instrument hergab, er wurde immer schneller, änderte mehrfach den Takt, bis das Stück zum Ende hin Ähnlichkeiten mit einem bekannten Schlager bekam. Mathilda schüttelte den Kopf.

Inzwischen hatte Pastor Detlefsen die Kanzel betreten und gab Eckhard ein ungeduldiges Zeichen. Ein letzter schiefer Ton hallte durch die Kirche, dann war Ruhe. Die Gemeinde atmete durch.

Der Pastor musterte seine Schäfchen, dann nickte er und wandte sich mit ausgebreiteten Armen zunächst an die erste Reihe: »Liebe Irene Mommsen, lieber Robert, liebe Angehörige, liebe Freunde, Nachbarn, liebe Gemeinde. Wir sind hier zusammengekommen, um Nils Mommsen auf dem letzten Weg zu begleiten.«

Mathildas Blick blieb an den Trauerkränzen hängen. Sie ähnelten verblüffend denen, die vor nur drei Wochen auf Ilses Sarg gelegen hatten, es waren sogar die gleichen Blumen. Es gab seit Jahren nur noch einen einzigen Blumenladen in dieser Gegend, *Das Blütenparadies*. Die Floristin, Frau Hansen, konnte nur zwei unterschiedliche Gebinde: klein oder groß, es war eine Frage des Geldes. Ilse und Nils hatten große Kränze, schließlich guckte das ganze Dorf hin, und alle kannten die Preise. Und vielleicht hatte das Ausmaß des schlechten Gewissens auch einen Einfluss bei der Entscheidung.

Mathilda konzentrierte sich auf Pastor Detlefsen, sie musste aufpassen, bei Beerdigungen schweiften ihre Gedanken immer so schnell ab. Den Anfang hatte sie schon wieder verpasst.

»Nils Mommsen geht viel zu früh, dieser so beliebte Mann aus unserer Mitte, der immer ein offenes Ohr für die Sorgen und Nöte in dieser Gemeinde hatte ...«

»Was hat Irene dem denn gezahlt?« Gesa Nielsen flüsterte so laut in Selmas Ohr, dass es die Vorderreihe hören konnte. »Beliebter Mann aus unserer Mitte, ha! Bescheißen wollte der mich.«

»Pst!« Selma Griese stieß sie in die Seite und lief selbst rot an. »Sei still.«

Pastor Detlefsen hatte anscheinend nichts gehört, er fuhr salbungsvoll fort: »Er war ein guter Freund, ein feiner Nachbar ...«

»Feiner Nachbar«, wiederholte Gunnar leise. »Dass auf Beerdigungen immer so gelogen werden muss.«

»... ein liebender Ehemann, ein guter Vater ...«

Mit einem lauten Knarren öffnete sich ganz langsam die schwere Eingangstür. Irgendein Nachkömmling platzte tatsächlich mitten in die Trauerpredigt. Die Ersten drehten sich um, in den letzten Reihen entstand eine leichte Unruhe. Pastor Detlefsen stockte und sah dem verspäteten Trauergast überrascht entgegen. Schritte hallten auf den Steinen des Kirchenganges, ein leichtes Raunen ging durch einige Reihe. Auch Mathilda wandte ihren Kopf nach hinten, um zu sehen, wer hier zu spät gekommen war. Sie riss die Augen auf und stieß Gunnar an. »Himmel«, flüsterte sie leise. »Ich glaube es nicht.«

Nach einem kurzen Blick über die Schulter sprang Gunnar auf und zeigte auf den freien Platz neben Mathilda. Bauer Pape, der seit dem Tod seiner Frau nicht mehr in dieser Kirche gewesen war, nickte und blieb bei ihnen stehen. »Danke«, sagte er laut, bevor er neben Mathilda Platz nahm. Für ihn hatte sie ihre Tasche sofort auf den Boden gestellt.

Ohne seine Schirmmütze sah er ganz verändert aus. Auch, weil er einen schwarzen Anzug und ein weißes Hemd trug und sich rasiert hatte.

Als Mathilda zur Seite blickte, sah sie die Gesichter der Trauergemeinde, die zum Teil mit offenem Mund zu Pape schauten. Der ignorierte alle Blicke, faltete die Hände und sah den Pastor an. Detlefsen suchte auf seinem Zettel noch die Stelle, an der er aufgehört hatte, als plötzlich die laute Stimme von Gesa Nielsen durch die Kirche hallte. »Von wegen liebender Vater. Das war ja wohl nichts.«

41.

»Ihr könnt euch nicht vorstellen, was gerade in der Kirche los war.« Christa eilte in den Saal, während Pit, Eddie und Bai Ling gerade die Wasserflaschen auf den Tischen verteilten. »Mittendrin kam doch tatsächlich …« Sie blieb plötzlich stehen und sah entsetzt auf die Tafeln. »Ach nein, ihr habt ja die Servietten vergessen. Die liegen gefaltet in der Küche, die müssen noch schnell auf die Teller! Und Milch und Zucker fehlen auch noch. Jetzt schnell, die kommen spätestens in einer halben Stunde. Bai Ling, hilf mir mal. Ich muss auch noch den Kuchen schneiden.«

Die Chinesin sah Pit fragend an, der verdrehte die Augen. »Ja, nun geh schon. Oder hast du das nicht verstanden?«

Sofort folgte sie Christa, während Pit die letzte Flasche auf den Tisch stellte.

»Du bist aber gar nicht mehr nett zu ihr.« Eddie kam langsam zu ihm geschlurft. »Hast du schlechte Laune?«

»Ja.« Pit schob die Hände in die Hosentaschen und lehnte sich an die Fensterbank. »Ich wollte sie zurück nach Hamburg bringen, jetzt kam diese blöde Beerdigung dazwischen.«

»Wieso, was war denn?«

Pit sah ihn an. »Erzähl ich dir später. Komm, lass uns ein Bier trinken, bevor die alle hier einfallen. Den Rest kann Christa auch mit Bai Ling machen.«

Schlechte Laune war eher geschmeichelt, er hatte eine Stinklaune, weil einfach alles schiefging. Er hatte immer noch keine Ahnung, was für einen Zirkus Bai Ling mit ihm veranstaltete. Sie hatte vehement abgestritten, am Telefon anders geredet zu haben, er habe sich verhört, hatte sie geheult, sie habe gar nicht telefoniert, sondern jemand habe sich verwählt. Das alles war mit Tränen und Schreierei abgelaufen. Sie wisse nicht, wo sie hinsolle, sie habe Ärger mit der Behörde, sie werde sich vor einen Zug werfen. Pit war mit diesem Theater heillos überfordert gewesen.

Und dann hatte gestern auch noch Hermann angerufen und ihm mitgeteilt, dass der dicke Mario in eine Schlägerei verwickelt gewesen war und jetzt mit einer gebrochenen Hand in der Klinik lag.

»Ich weiß ja nicht, wie deine Pläne sind«, hatte Hermann scheinbar unbeteiligt gesagt. »Aber falls Mario was bei dir bestellt hat und du ihm das bringen wolltest, musst du mindestens drei Wochen damit warten.«

Es war zum Verrücktwerden. Das Kokain lag immer noch im Werkzeugschrank, er wurde es nicht los, Bai Ling lief die ganze Zeit ängstlich hinter ihm her, als hätte er sie verprügelt. Eddie wollte, dass Pit das Zeug aus seiner Werkstatt holte, und wusste noch nicht, dass es nun noch länger da liegen würde. Aber statt seine Probleme eines nach dem anderen zu lösen, deckte er im Gasthaus Kruse Tische für eine Beerdigung und hielt Hans die Apfelschorle mit Strohhalm vor den Mund. Er hätte schreien können. Eddie schwang sich auf seinen Stamm-Barhocker, während Pit den Tresen umrundete und zum Zapfhahn ging. Er drehte sich um, als die Tür aufging und Hans reinkam. Sein Blick ging suchend am Tresen vorbei, bis Pit stöhnte und ihm einen Stuhl holte, den er neben den Tresen stellte.

»Ja, was?«, fragte Hans genervt. »Ich kann ja nichts dafür, dass ich im Moment nichts allein kann.«

»Du kannst aber auch einfach sagen: Stell mir mal einen Stuhl hin. Dieses leidende Herumschleichen geht mir auf den Geist.«

»Hast du schlechte Laune?«

Pit sah ihn nur stumm an und griff nach einem Bierglas. Einen Moment beobachtete Hans ihn schweigend, dann sagte er: »Ihr habt in der Kirche was verpasst. Bauer Pape hat die ganze Predigt gesprengt. Er kam rein wie der Cowboy aus ›High Noon‹, keiner hat mehr dem Pastor zugehört, alle haben ihn nur angeguckt. Detlefsen hat dann mittendrin aufgehört. Und Eckhard orgeln lassen.«

»Was hat er denn gemacht?« Eddie wartete verständnislos auf die Pointe.

»Wer? Eckhard?«

»Nee, Pape.«

»Ja, der kam einfach rein. Gewaschen und rasiert, ohne Mütze und Gummistiefel.«

»Ja, und?«

Hans runzelte die Stirn. »Der hat sich seit Jahren nicht mehr in der Kirche blickenlassen. Und ausgerechnet heute kommt er. Und Robert Mommsen sitzt in der ersten Reihe. Und da haben alle diese Ähnlichkeit gesehen. Also, die zwischen Pape und Robert. Du glaubst es nicht: Robert ist Pape wie aus dem Gesicht geschnitten. Zumindest wenn Pape gewaschen und rasiert ist. Irene hat nicht hochgeguckt. Aber ihre Schwester ist fast in Ohnmacht gefallen.«

Eddie verstand immer noch nicht, wo der Sinn des Ganzen lag. »Und wieso hat er die Predigt gesprengt?«

Hans hob resigniert die verbundenen Hände. »Eddie, mein Gott, die Leute haben nur noch über die Ähnlichkeit der beiden getuschelt. Und das beim Trauergottesdienst von Nils.«

Achselzuckend nahm Eddie das Bier in Empfang und wischte das Kondenswasser vom Glas. »Das weiß doch jeder. Bis auf Robert wahrscheinlich. Dass Pape der Erzeuger von Robert ist. Was ist denn daran jetzt so sensationell?«

Hans und Pit starrten ihn stumm an.

Ungerührt fuhr Eddie fort: »Es wird endlich mal Zeit, dass

das gesagt wird. Diese blöde Geheimniskrämerei. Wir sind doch nicht mehr im Mittelalter. Da war so ein Bastard noch ein Problem. Aber heute?« Er hob den Kopf und sah die anderen beiden an. »Wenn das alle Neuigkeiten sind, wird es ein ruhiger Tag.«

»Es gibt da noch eine Neuigkeit.« Hans legte seine weißen Pranken auf den Tresen. »Heute Morgen kam mit der Post …«

»Pit?« Christa tauchte unvermittelt in der Tür auf. »Kannst du bitte schnell die Thermoskannen auf die Tische stellen? Bai Ling schafft immer nur zwei, das dauert ewig, und die kommen gleich.«

»Sie fallen gerade ein.« Eddie hatte seinen Hocker leicht nach hinten gekippt und sah nach draußen. »Die schwarze Invasion.«

Innerhalb weniger Minuten war das Gasthaus Kruse voller schwarz gekleideter Menschen. Irene stand, eingerahmt von Robert und ihrer Schwester Hannelore, am Eingang des Saals, schüttelte Hände, nahm Umschläge und Beileidsbekundungen entgegen. Robert wirkte inmitten dieses Trubels etwas verloren, seine Tante sah ihn von Zeit zu Zeit mit verkniffener Miene an.

Pit schob sich mit den Thermoskannen durch die Menge, die meisten standen tuschelnd in Gruppen zusammen, er schnappte von allen Seiten Gesprächsfetzen von unterschiedlichen Stimmen auf.

»Hast du das gewusst? Also, ich wäre ja fast aus der Kirchenbank gefallen.«

»Also, ganz ehrlich, gedacht habe ich mir das immer schon. Nils sah ja auch ganz anders aus.«

»Das ist ja ein Ding. Selbst der Pastor wurde fast ohnmächtig.«

»Macht Irene den Hof jetzt allein? Oder kommt ihr Sohn zurück ins Dorf? Kann er doch machen, hat der überhaupt einen richtigen Job? Der ist doch in Flensburg, als was auch immer.«

»Gesa wird ja auch immer dicker, die hat einen richtigen Specknacken in dieser Bluse.«

»Sag mal, das mit Hans ist auch ärgerlich, der kann mit seinen Händen gar nicht arbeiten. Ich habe ja gehört, dass er sich mit Nils geprügelt haben soll. Hoffentlich hat der nicht ...«

»Verkauft ihr jetzt auch eure Koppel? Wir haben heute Morgen den Brief gekriegt, ihr habt da oben doch auch noch ein Stück, oder?«

»Nö, nicht mehr, wir haben die im April an Nils verkauft, er hat uns ein Angebot gemacht, und wir konnten das Geld gut gebrauchen, weil die Waschmaschine kaputt gegangen ist.«

»Hallo, meine Liebe, hast du Selma irgendwo gesehen? Die hat meine Tasche.«

»Pit?« Er blieb stehen, als er Mathildas Stimme hörte, und sah ihr entgegen. Mit erhitztem Gesicht kam sie auf ihn zu. »Ist das warm hier drin. Hast du schon gehört, dass ...«

»Ja«, unterbrach er sie. »Falls du Bauer Pape meinst. Habe ich. Und auch alle möglichen anderen Dinge. Das habe ich früher schon gehasst, diesen Dorfklatsch. Und ich habe jetzt keine Zeit, ich muss die Kannen loswerden.«

Erschrocken zuckte Mathilda zurück. »Ich kann dir helfen. Was ist los? Hast du schlechte Laune?«

Pit atmete tief durch, hob die Kannen und setzte, ohne zu antworten, seine Runde fort.

Eine halbe Stunde später waren alle Gäste im Saal versorgt, und Pit kam zurück in die Gaststube. Hans hatte sich in seinem Stuhl zurückgelehnt und die Augen geschlossen, er riss sie auf, als Pit ihm etwas grob auf die Schulter schlug. »Sag mal, schläfst du hier? Wenn du vom Stuhl fällst, brichst du dir auch noch den Hals.«

»Ich habe nur nachgedacht.« Hans fuhr sofort hoch. »Und? Über was reden die da drin?«

Pit stöhnte. »Mir bluten gleich die Ohren. Ich gehe eine rauchen, muss mal kurz raus. Wo ist Christa?«

»In der Küche.« Hans deutete hinter sich. »Deine Schwester hilft ihr. Ich kann hier aber nichts machen, bleib nicht so lange weg.«

Beim Rausgehen dachte Pit, dass er diese Bitte von Hans noch vor drei Wochen für unmöglich gehalten hätte. Es war wirklich eine Menge passiert.

Im Hinterhof blieb er stehen und streckte sich. Er sah zur Seite, nahm eine leere Wasserkiste vom Stapel, drehte sie um und setzte sich vor die Wand, bevor er die Zigarette anzündete. Was für eine herrliche Ruhe. Er lehnte sich an die Wand und blies Ringe in den Himmel, zwei, drei …

»Störe ich?«

»Ja.«

Pit sah Robert an, der gerade um die Ecke aus dem Garten gekommen war. Ungeachtet der Antwort zog Robert auch eine Kiste vom Stapel und setzte sich neben ihn.

»Zigarette?«

»Ich rauche nicht. Noch nie.« Robert starrte in den Himmel. »Hast du das gewusst?«

»Dass du nicht rauchst?«

»Dass Bauer Pape mein Vater ist.«

Stumm zuckte Pit die Achseln.

»Hast du das gewusst? Haben das alle gewusst?«

»Man sieht das schon«, versuchte Pit eine vorsichtige Erklärung. »Also, zumindest, wenn Pape aus seiner Stallkluft raus und auch mal rasiert ist. Aber was heißt gewusst? Einige haben es vielleicht geahnt und in all den Jahren vergessen. Ist das so wichtig?«

»Ob das wichtig ist?« Ruckartig drehte Robert sich zu ihm um. »Nils hat mich jahrelang behandelt wie den letzten Dreck, und ich dachte immer, es läge an mir. Weil irgendwas mit mir nicht stimmt. Oder ich was falsch gemacht hätte. Nils war das immer klar, oder?«

»Keine Ahnung.« Pit wusste es tatsächlich nicht. »Da musst du deine Mutter fragen.«

»Meine Mutter.« Robert schüttelte den Kopf. »Die ist gerade von ihrer vornehmen Schwester zusammengefaltet worden. Tante Hannelore ist das Ganze unendlich peinlich, ihr Neffe ist plötzlich ein Kuckucksei, alle haben es gesehen, und dann auch noch der Sohn von einem gewöhnlichen Bauern. Das sei ja alles wirklich unter ihrem Niveau, und sie sei völlig fertig, weil ihre Schwester so ein Flittchen gewesen sei. Na, wenigstens fährt sie nach dem Kaffee gleich wieder.«

Pit grinste plötzlich. »Die Hannelore. Auf der Hochzeit von Irene und Nils hat sie damals Eddie angebaggert. Der Arme war völlig fertig, weil sie ihm die Zunge ins Ohr gesteckt hat.«

Robert verzog das Gesicht und schüttelte sich. »Keine Bilder bitte. Ich konnte sie schon als Kind nicht leiden. Mitsamt ihrem geschiedenen Sterne-Hotelier aus Baden-Baden.«

Sie schwiegen beide. Bis Robert aufstand und zu Pit hinuntersah. »Na ja. Ich gehe mal wieder rein. Danke.«

»Wofür?«

»Dass du hier gesessen hast.«

Pit winkte ab. »Geschenkt.« Er wartete, bis Robert an der Tür war, dann sagte er: »Johannes Pape ist kein gewöhnlicher Bauer. Nur zur Information. Das ist ein ganz feiner Kerl.«

Langsam drehte Robert sich um, die Hand schon auf dem Türgriff. Er nickte bedächtig, bevor er sich wieder zum Haus wandte. Die Tür klappte leise hinter ihm zu.

42.

»Du kannst mir sagen, was du willst, aber diese Chinesin hat in ihrem ganzen Leben noch nie richtig gearbeitet.« Entschlossen schrubbte Christa die Backbleche und verspritzte das Seifenwasser in der ganzen Küche. »Wenn du siehst, wie umständlich die abdeckt oder serviert, bekommst du einen Anfall und würdest ihr am liebsten alles aus der Hand nehmen. Unmöglich. Und wie die sich schon bewegt! Wie eine Schnecke. Ich weiß wirklich nicht, wie die bei Pit in der Kneipe arbeitet. Gar nicht, vermutlich. Sitzt nur rum und guckt.«

»Hm.« Mathilda füllte den Kaffee aus der Maschine in eine Thermoskanne und schraubte den Deckel zu, bevor sie die nächste Kanne nahm. Ihr waren gerade die beiden unbekannten Männer wieder eingefallen, sie hatte sie noch einmal kurz vor der Kirche gesehen, danach nicht mehr. Sie sollte nochmal nachsehen, ob sie auch bei Kruses aufgetaucht waren, und dann Pit fragen, ob er sie kannte. Das wäre allerdings sehr auffällig, offiziell wusste sie ja nichts von seinem Problem. Inoffiziell auch nicht, Eddie hatte ja nicht gesagt, um welches Problem es sich überhaupt handelte. Es war verzwickt.

»Hörst du mir überhaupt zu?«, fragte Christa jetzt und zog ihre Hände aus dem Spülwasser. »Wie findest du denn Bai Ling?«

Sofort sah Mathilda hoch. »Ich glaube, ich mag sie nicht, aber das kann ich nicht sagen, weil sie ja Pits Freundin ist.«

»Das glaube ich übrigens nicht.« Christa stellte das Blech zum Trocknen aufrecht und trocknete ihre Hände ab, während sie Mathilda ansah. »Der kümmert sich um sie, aber die sind kein Liebespaar. Dann würden die anders miteinander umgehen.«

»Meinst du?« Mathilda lächelte. »Das wäre schön, wenn du recht hast. Dann hat sich das Thema Bai Ling hoffentlich bald erledigt. Und mehr Kaffee brauchen wir nicht, die meisten trinken jetzt was anderes. Pit zapft schon Bier.«

»Fein«, nickte Christa und stellte sich neben Mathilda. »Jetzt bringen wir die Kannen hier noch rein, und dann ist es gut. Danke übrigens, dass du mir hier geholfen hast. Allein ist das doch ein bisschen viel.«

Mathilda lächelte halbherzig und folgte ihr in den Saal. Sie war in die Küche gegangen und hatte Christa ihre Hilfe angeboten, weil sie es nicht mehr ertragen konnte, dass nahezu jeder sie gefragt hatte, wie es gewesen war, Nils in der Güllegrube zu finden. Und ob sie ihn selbst rausgezogen hätte. Und was sie glaubte, warum er überhaupt da reingefallen wäre. Nach kurzer Zeit konnte sie das nicht mehr aushalten, dazu kam noch Irenes blasses Gesicht hinter dem Schleier, die eingebildete Schwester daneben und dann noch das Getuschel über Robert und Bauer Pape. Mathilda konnte verstehen, was Pit vorhin gemeint hatte. Dass er den Dorftratsch hasste. Heute mochte sie das auch nicht, deshalb war ihr die gestresste Christa, die gerade mit hochrotem Kopf die Kuchenplatten in den Saal geschleppt hatte, gerade recht gekommen. Und so hatte sie in aller Ruhe Kaffee gekocht und verteilt, Kuchen nachgelegt und in der Abgeschiedenheit der Küche über alles nachgedacht. Jetzt ging es ihr wieder besser.

Im Saal sah sie sich um. Gunnar saß zwischen Nele und Selma Griese, von Max und den Zwillingen war nichts zu sehen. Genauso wenig wie von Robert und den beiden unbekannten Männern. Sie ging an den Tisch und legte Gunnar sanft die Hand auf die Schulter. »Na? Ist bei euch alles gut?«

Ihr Mann wandte sich ihr zu. »Natürlich. Max ist mit den

Kindern hinten im Garten, die wurden hier am Tisch ein bisschen unruhig. Und du, Küchenfee, hast du deine Arbeit getan?«

»Ja.« Sie nickte und sah Nele an. »Hast du Robert gesehen? Ist er schon weg?«

»Das glaube ich nicht«, sie schüttelte entschieden den Kopf. »Er ist vielleicht mal einen Moment an die Luft gegangen. Vielleicht sitzt er draußen bei Max.«

»Gut.« Mathilda zog ihre Hand von Gunnars Schulter zurück. »Ich gehe mal schnell nach Hause und lasse George vor die Tür. Die Kinder nehme ich mit, dann kann Max sich um Robert kümmern. Ich bin nicht lange weg.«

Gunnar und Nele nickten. »Bis gleich.«

Im Gehen ließ sie unauffällig ihre Blicke über die Gäste streifen. Und jetzt entdeckte sie die beiden Männer. Sie standen nebeneinander an der Wand, redeten leise miteinander, und der Muskulöse sah plötzlich auf und ihr direkt in die Augen. Nach einem kurzen Moment nickte er ihr zu, sofort wandte sie ihren Blick ab und ging weiter. Sie musste rauskriegen, wer die beiden waren, sie hatte ein komisches Gefühl.

Mathildas Tasche lag noch in der Gaststube, sie hatte sie vorhin einfach unter den Tresen geschoben, um die Hände frei zu haben. Sie nahm die Abkürzung durch die Küche, die Tür zur Gaststube war nur angelehnt, sie wollte sie gerade aufziehen, als sie Pits Stimme hörte. Sofort blieb sie stehen.

»Es sind vielleicht drei oder vier Wochen, Eddie.« Er hatte seine Stimme gesenkt, Mathilda konnte trotzdem alles verstehen. »Danach bringe ich das Zeug weg, versprochen.«

»Ich will keine Drogen in meiner Werkstatt haben.« Eddie klang ungehalten. »Bis jetzt hat die noch keiner gefunden, aber wenn sie da jetzt noch drei oder vier Wochen liegen, macht mich das nervös. Ich muss dauernd an den Metallschrank ran, dann sehe ich die Dosen jedes Mal. Die müssen da weg, Pit, denk dir was aus.«

»Dann nimm doch den Schlüssel unterm Stein weg und schließ die Tür zur Werkstatt ab, dann kann auch keiner reinkommen.« Pit klang schon fast verzweifelt. »Drei Wochen, Eddie, bitte.«

»Ich brauche noch sechs Pils und vier Alster.« Christa rief ihre Bestellung durch den Raum, Mathilda schüttelte den Kopf und drückte sich näher an die Tür. Auf der anderen Seite war es einen Moment still. Vermutlich warteten sie, bis die Tür zum Saal wieder zugeklappt war.

»Komm, Eddie.« Pits Stimme war flehend. »Bitte. Ich wäre auch froh, wenn diese ganze Scheiße schon ein Ende hätte.«

Ob Eddies Reaktion aus einem Nicken oder einem Kopfschütteln bestand, konnte Mathilda nicht hören, eine andere Antwort gab es leider nicht. Sie blieb noch eine Zeit lang hinter der Tür stehen, um zu begreifen, was sie da gerade gehört hatte. Dann zählte sie bis zehn, hustete laut und zog die Tür endlich auf. Pit zapfte Bier, Eddie las Zeitung, beide hoben die Köpfe, als sie reinkam.

»Hallo«, rief sie übertrieben fröhlich. »Ich wollte nur meine Handtasche holen, die habe ich hier abgestellt.« Sie bückte sich und zog die Tasche hervor. »Das war's schon, bis später.«

Pit hatte also Drogen versteckt, dieser Gedanke wirbelte Mathildas Hirn ganz durcheinander. Sie hätte wetten können, dass ihr Bruder vernünftig geworden war, dass er mit diesen ganzen kriminellen Dingen nichts mehr zu tun hatte – und nun das! Er hatte Drogen versteckt. In Eddies Werkstatt. Und selbst Eddie war darüber erbost. Mit Recht, es war wirklich unmöglich. Andererseits hatte Pit sich so angehört, als wäre er da wieder nur aus Versehen reingeraten. Er wäre froh, wenn dieser Scheiß ein Ende hätte, das hatte er gerade gesagt. Und er hatte sich ein bisschen verzweifelt angehört.

Mathilda klemmte ihre Handtasche unter den Arm, verließ den Gasthof und ging langsam ums Haus herum zum Garten, um die Zwillinge abzuholen. Sie zwang sich, gleichmäßig und ruhig zu atmen, um ihren Puls zu beruhigen, trotzdem musste sie einen Moment stehenbleiben. Das also war das Problem, von dem Eddie gesprochen hatte. Und vermutlich war das auch der Grund, weshalb dieser komische Handelsvertreter ihnen nachspioniert hatte. In was für Drogengeschäfte war Pit reingeraten? Diese beiden komischen Männer im Saal spielten da wohl auch eine Rolle in dieser Sache? Mathilda holte tief Luft. Sie musste ihrem Bruder helfen. Damit das hier ein Ende hatte. Aber das Wichtigste war jetzt, die Ruhe zu bewahren. Sie würde erstmal den Hund versorgen, dann wiederkommen, und mit Glück hatte sie nach diesem kleinen Spaziergang schon einen Plan. Sie durfte nur nicht in Hektik verfallen.

Mathilda hob ihr Kinn und wollte ihren Weg gerade fortsetzen, als sie eine Stimme hörte. »Was willst du?«

Es war Bai Lings Stimme. Sie kam ganz aus der Nähe, Bai Ling musste direkt hinter der hohen Hecke an der Straße stehen. Sofort wich Mathilda zurück. Sie versuchte, durch die Hecke zu spähen, die war aber so dicht gewachsen, dass sie nichts erkennen konnte. Aber sie konnte etwas hören. Eine fremde Männerstimme, die unangenehm klang. »Oleg wird langsam ungeduldig. Er fragt sich, was du hier machst. Und warum das so lange dauert. Das frage ich mich auch. Entweder kriegst du das Ganze jetzt bald auf die Kette, oder du hast ein Problem.«

Mathilda zog die Augenbrauen hoch und wartete mit Herzklopfen auf die Antwort. Die auch kam. Allerdings anders als erwartet. »Willst du Idiot mir drohen? Vergiss es. Ich weiß, wo er die Ware versteckt hat, ihr nicht. Wenn ich euch den Stoff nicht besorge, kann Oleg einpacken, das wisst ihr ganz genau. Spätestens am Wochenende ist das hier erledigt. Und jetzt sieh zu, dass du wegkommst. Es war ausgemacht, dass du dich hier nicht mehr blicken lässt, die haben doch alle mitgekriegt, dass du hier rumgeschnüffelt hast. Also, hau ab, das ganze Dorf rennt hier rum, ich habe keinen Bock, aufzufliegen, nur weil du dich so dämlich anstellst.«

Mathilda hatte die Luft angehalten. Sieh mal an, dachte sie, von wegen schüchterne Chinesin, die kaum Deutsch spricht. Und ein Handelsvertreter für Landmaschinen, der bei Kruses ein Zimmer genommen hatte. Sie hatten sie alle hinters Licht geführt. Aber damit war jetzt Schluss. Diese falsche Schlange würde hier gar nichts erledigen. Nicht, solange Mathilda das verhindern konnte.

»Dieses Wochenende.« Die Stimme des Mannes war eiskalt. »Wenn du Montag nicht geliefert hast, bist du tot.«

Die unflätige Antwort Bai Lings hätte Mathilda lieber überhört. So aber zuckte sie nur zusammen und presste die Lippen aufeinander. Sie hatte bei Bai Ling von Anfang an ein komisches Gefühl gehabt. Das war es also. Und Pit hatte keine Ahnung. Aber Bai Ling hatte nicht mit Mathilda gerechnet. Das war ihr Fehler. Mathilda würde niemals zulassen, dass irgendjemand ihrer Familie schadete. Und Mathilda hatte auch schon einen Plan.

Sie musste nur ein paar Sekunden warten, bis sie ein Auto wegfahren hörte, sicherheitshalber zählte sie bis zwanzig, bevor sie sich umdrehte und zurück in den Gasthof ging. Bevor sie die Kinder bei Max abholte, der mit ihnen im Garten spielte, musste sie noch schnell etwas Wichtiges erledigen.

»Wo warst du denn?« Max sah sie ungeduldig an, als Mathilda über eine halbe Stunde später endlich vor ihm im Garten von Kruses Gasthof stand. »Wir haben dich überall gesucht, Nele hat gesagt, du wolltest die Kinder mitnehmen.«

»Tut mir leid.« Mathilda strich sich eine Strähne aus dem erhitzten Gesicht und lächelte ihn an. »Ich war noch gar nicht zu Hause, ich habe mich verquatscht.«

»Wo denn?« Max musterte sie irritiert. »Du warst doch nirgendwo zu sehen.«

»Meine Güte, ich habe mit Gerlinde vorm Haus gestanden. Ich kann ja wohl mal ein paar Minuten mit jemandem reden, ohne dass gleich ein Suchtrupp losgeschickt wird. Aber jetzt können wir los, kommt, ihr Süßen, George muss Pipi.«

Sofort sprangen die Zwillinge von ihren Stühlen. »Ja, wir gehen zu George. Oma, hier ist es auch langweilig.«

Mathilda nickte und drückte Paula an sich. »Das stimmt. Deshalb gehen wir jetzt auch. Sagt Max tschüs.«

»Tschüs, Max!« Sie winkten ihm zu, dann schossen sie mit ihrer Oma in der Mitte ab.

Sie war noch nicht weit gekommen, als sie die beiden schwarzen Männer wiedersah. Sie standen vor einem dunkelblauen Wagen und unterhielten sich mit jemandem, der allerdings von ihnen verdeckt wurde. Mathilda verlangsamte ihr Tempo und reckte den Hals, so unauffällig sie konnte. Keiner der drei beachtete sie. Weder die beiden schwarzen Männer noch – und jetzt hielt Mathilda kurz die Luft an – Harald Wiesner, der vor ihnen stand und lachte.

Mathilda senkte den Kopf und ging schnell weiter. Das war jetzt aber wirklich merkwürdig. Das passte doch überhaupt nicht zusammen. Aber darum würde sie sich später kümmern. Jetzt kam erstmal der Hund.

Während die Kinder etwas später mit George über den Rasen tollten, hatte sich Mathilda nur schnell die Hände gewaschen und die Haare gekämmt. Nach einem Blick auf die Uhr eilte sie wieder runter und pfiff nach George, der sofort zu ihr rannte. Die Zwillinge sahen enttäuscht hoch. »Warum soll er aufhören?« Sie rannten hinter dem Hund her und blieben neben Mathilda stehen.

»Weil wir wieder zurückgehen.« Mathilda führte den Hund ins Haus und schüttete Trockenfutter in seinen Napf. Die Zwillinge waren ihr gefolgt und sahen George jetzt beim Fressen zu.

»Wir essen bei Kruses noch eine Suppe, Oma muss ein bisschen helfen, und ihr könnt mit Mama und Opa spielen.« Mathilda zog eine Schublade auf und holte zwei Lollis raus. »Hier, für den Weg. Und nun kommt.«

Die Mädchen pflückten auf dem Weg zu Kruses Gänseblümchen für Irene und gaben Mathilda so die Gelegenheit, in Ruhe nachzudenken. Sie musste eine Aufgabe nach der andern lösen und genau überlegen, wie sie vorgehen sollte. Was immer Harald Wiesner mit diesen seltsamen Männern zu tun hatte, es sah nicht so aus, als wäre es harmlos. Ob Pit überhaupt etwas mit ihnen zu tun hatte, wusste sie natürlich nicht, aber Harald selbst hatte schon genug Ärger gemacht. Er hatte ja sogar Pit in seiner Kneipe bedroht. Deshalb könnte es gut sein, dass diese komischen Männer tatsächlich hinter Pit her waren und sie gerade Zeugin geworden war, dass Harald Wiesner ihren Bruder ans Messer lieferte. Wenn es zu seinem Vorteil wäre, würde er das tun. Und das durften sie sich nicht gefallen lassen. Wiesner war also noch so ein Kandidat, ohne den das Dorf deutlich schöner wäre.

Mathilda zuckte bei diesem Satz zusammen, so etwas wollte sie doch nicht mehr denken. Weil es immerhin schon zweimal böse Konsequenzen gehabt hatte. Aber es stimmte trotzdem.

Die Mädchen waren ganz darauf konzentriert, die schönsten Blümchen zu finden, Mathilda schlenderte langsam den Weg entlang, ab und zu blieb sie stehen, um auf die Kinder zu warten. Es war friedlich und wie leergefegt, das ganze Dorf saß ja noch im Saal des Gasthauses Kruse. Fast das ganze Dorf, dachte Mathilda plötzlich, als ihr Blick auf die alte Bushaltestelle fiel. Zwei Männer saßen mit dem Rücken zu ihr auf der Bank, die sonst kaum genutzt wurde. Sie saßen nebeneinander, in gleicher Haltung, die Gesichter der Sonne zugewandt. Mathilda lächelte. Johannes Pape und Robert Mommsen sahen sich auch von hinten ähnlich. Es gab doch wirklich noch schöne Dinge im Leben.

43.

Samstag, 22. Juni

Noch im Halbschlaf und mit geschlossenen Augen tastete Max nach seinem Handy, das auf dem Nachttisch vibrierte. Kurz bevor es auf den Boden kreiseln konnte, erwischte er es. »Ja?«

»Habe ich dich geweckt?« Alinas erstaunte Stimme ließ ihn sofort die Augen öffnen.

»Wie spät ist es denn?«

»Halb neun.«

»Aaaach«, langsam setzte Max sich auf und stopfte sein Kissen hinter sich. »Das geht doch noch. Ich war erst um drei im Bett.«

»Habt ihr reingefeiert?«

»Wo denn rein?« Mit der freien Hand rieb Max sich die Augen. »Ich war auf einer Beerdigung. Wo soll man denn da reinfeiern?«

»In den Geburtstag deiner Mutter?«, fragte Alina amüsiert.

»Ach Gott, ja!« Max erinnerte sich jetzt. »Da war doch noch was. Nein, das wird heute erst ab elf gefeiert, also da kommen ein paar Leute zum Frühstück. Da hätte ich schon noch dran gedacht, ich bin noch nicht ganz wach. Nein, gestern Abend habe ich so lange mit Robert zusammengesessen. Bis halb drei. Da war dann der Gin leer. Oder das Tonic-Wasser. Genau weiß ich das nicht mehr, wir konnten nur nichts mehr mischen.«

Mitfühlend atmete Alina am anderen Ende aus. »War es

eine schlimme Beerdigung? Blöde Frage, vermutlich war sie schlimm, nach so einem grausamen Unfall. Wie geht es denn Robert und seiner Mutter? Sie tun mir ja so leid.«

Max liebte Alinas Empathiefähigkeit. Und sie konnte ja nicht wissen, dass sie sich hier umsonst Sorgen machte.

»Tja, wie war die Beerdigung?« Er dachte noch einen Moment nach. »Das ist ganz schwer in wenigen Sätzen zu beschreiben. Es waren eine Menge Leute da, das hast du ja bei meiner Oma schon gesehen. Auch wenn im Dorf jemand stirbt, den keiner leiden kann: Zur Beerdigung kommen immer alle. Das gehört sich so. Deshalb war die Kirche auch knallvoll. Und der Saal bei Kruses auch. Meine Mutter hat sogar ausgeholfen, das hätten Christa Kruse, Pit und seine komische Chinesin allein gar nicht geschafft. Das große Gesprächsthema war aber nicht der tote Nils, sondern Bauer Pape, der viel zu spät in die Kirche kam.«

»Ist das der Mann mit dem Pferd? Auf dem Foto, das wir neulich bei euch angesehen haben? Der damals aussah wie Robert heute?«

»Genau der.« Max lächelte leicht. »Und wenn er rasiert ist, einen Anzug trägt und seine Mütze nicht aufhat, sieht der auch jetzt noch aus wie Robert. Durch seinen Auftritt in der Kirche konnte das nun auch wirklich der Letzte sehen. Ich verstehe ja selbst nicht, warum mir das nie aufgefallen ist. Das war jedenfalls das Thema des Tages.«

»Ach du meine Güte! Die arme Irene Mommsen. Und das auf der Beerdigung ihres Mannes!«

»Ich bin mal gespannt, was Irene Robert jetzt erzählt. Ach ja, und das andere Thema war die Siedlung. Die Briefe sind jetzt angekommen, und es sind doch einige, die ihre Wiesen an Nils verkauft hatten. Für ganz kleines Geld. Man darf ja nichts Schlechtes über Tote sagen, aber einige waren schon ziemlich sauer. Und die wenigsten halten das für einen Zufall. Das habe ich so am Rande mitbekommen. Nils Mommsen hat die Leute richtig übers Ohr gehauen. Und Harald Wiesner war da übrigens keinen Deut besser. Der war natürlich nicht auf der Beerdigung, womöglich hatte er Angst vor dem Mob, der dann auf ihn losgeht. Gerade nach dieser Hausdurchsuchung und dem Korruptionsverdacht. Aber ich habe ihn noch bei Kruses vorm Haus rumstreichen sehen. Er wollte wohl doch sehen, wer alles da war. Das ist so eine feige Ratte.«

»Meine Güte, was für eine Beerdigung«, sagte Alina erstaunt. »Ja, und wie geht es Irene nun?«

»Keine Ahnung.« Max nahm das Handy in die andere Hand und schwang langsam seine Beine aus dem Bett. »Sie trug Hut mit Schleier, ich bin mir nicht sicher, was sie schlimmer fand, den Tod ihres Mannes oder das Auffliegen des Kuckuckskindes. Vielleicht auch keines von beiden, bei Irene Mommsen weiß ich das wirklich nicht.« Er warf einen Blick auf die Uhr, die auf seinem alten Schreibtisch stand. »Süße, ich muss mal unter die Dusche und meiner Mutter gratulieren. Den Rest der Berichterstattung bekommst du, wenn du hier bist. Wann fahrt ihr eigentlich los?«

»Wenn meine Mutter vom Friseur zurück ist und sich irgendwann entschieden hat, was sie nun anzieht. Ich denke, das wird früher Nachmittag.«

»Okay. Fahrt vorsichtig, ich freue mich. Tschüs und Küsse.«

Nachdem sie das Gespräch beendet hatten, stand Max auf und stellte sich ans Fenster. Der Himmel war strahlend blau, sein Blick fiel auf den Gartenschuppen und die Bank davor. Auf ihr stand noch eine leere Flasche, daneben lag eine Zitrone. Die Gläser hatten sie wenigstens mit ins Haus genommen. Max musste grinsen, als er daran dachte, tatsächlich war alles wie früher gewesen. Er hatte nicht schlafen können und irgendwann an die Taschenlampe auf dem Dachboden gedacht. Also war er hochgegangen und hatte mal probiert, ob die alte Kommunikation noch klappte. Es hatte geklappt. Robert hatte zwar eine SMS geschickt, weil seine Taschenlampe nicht mehr da war, aber nur wenig später hatten sie sich mit Getränken an der alten Stelle am Schuppen getroffen. Sie hatten Gin Tonic getrunken, ohne Eis, aber mit Zitrone, die Max noch in Mathildas Küche gefunden hatte, und flüsternd über die Ereignisse des Tages, über Väter, Mütter, das Dorf und über Nele gesprochen. Mit steigendem Alkoholpegel waren wohl ihre Stimmen etwas lauter geworden, so laut, dass irgendwann Mathilda im Bademantel vor ihnen gestanden hatte. Auch das war wie früher gewesen. Sie war plötzlich aufgetaucht, wie ein Gespenst, und hatte laut gefragt: »Was macht ihr denn noch hier?«

»Nichts.« Das kam – wie früher – wie aus einem Munde. Und Mathilda hatte stirnrunzelnd genickt und sie ins Bett geschickt. Auch wie früher.

Bevor sie zurück ins Haus ging, hatte Mathilda noch am Griff der Schuppentür gerüttelt, um sich davon zu überzeugen, dass sie abgeschlossen war. Erst später war ihnen eingefallen, dass sie ja Geburtstag hatte. Es war schon weit nach Mitternacht gewesen.

Max gähnte jetzt, streckte sich ausgiebig und öffnete das Fenster sperrangelweit. Er beugte sich raus, konnte niemanden im Garten sehen und beschloss, erstmal duschen zu gehen.

Kurze Zeit später tappte er leise die Treppe hinunter, um unauffällig zur Haustür zu kommen, bevor seine Mutter ihn hörte. Er hatte das Geburtstagsgeschenk für Mathilda im Auto liegengelassen. Ohne Geschenk in der Hand wollte er ihr nicht gratulieren, es reichte ja schon, dass er es gestern Nacht vergessen hatte.

Er zog die Tür vorsichtig auf und schlich raus. Als er am

Eingang seiner Oma vorbeikam, öffnete sich die Tür, und Pit, eine Zigarette zwischen den Lippen, trat nach draußen.

»Moin.« Max' Grinsen verschwand, als er Pits Gesichtsausdruck bemerkte. »Oh, Stress?«

Pit sah ihn nur ausdruckslos an, bevor er die Zigarette anzündete und sich ein paar Schritte vom Eingang entfernte. Max folgte ihm. »Wie lange bleibt ihr eigentlich noch in Dettebüll?«

»Wieso?«

Achselzuckend musterte Max ihn. »Aus Interesse. Mathilda findet es ja toll, dass du wieder da bist.«

»So. Findet sie.« Pit schob eine Hand in die Hosentasche und blickte mit zusammengekniffenen Augen auf die Hofeinfahrt. »Mal sehen. Wir bleiben nur, bis Ilses Hütte leer ist. Bai Ling wollte heute eigentlich zurück nach Hamburg. Aber jetzt kotzt sie. Die ganze Nacht schon, ein Virus, sagt sie. So kann sie nicht in den Zug steigen. Das ist echt scheiße.«

Dass das Wort Virus in den Sprachschatz der Chinesin gehörte, überraschte Max, er kommentierte es aber nicht. Stattdessen sagte er: »Heute? An Mamas Geburtstag? Weiß sie das?«

»Heute?« Jetzt sah Pit Max tatsächlich unsicher an. »Hat sie heute Geburtstag?«

Max nickte, Pit steckte sofort seine halbgerauchte Zigarette in einen vertrockneten Blumenkübel und ging ohne ein weiteres Wort zurück ins Haus.

Max sah ihm kopfschüttelnd hinterher. Er hatte keine Ahnung, was mit Pit gerade los war.

Das Buch, das er für Mathilda gekauft hatte, lag als Geschenk eingepackt auf der Rückbank, die Schleife war etwas zerdrückt, weil seine Laufschuhe in einer Kurve draufgerutscht waren. Er glättete sie mit dem Daumen und schob die Bustür wieder zu, bevor er den Wagen abschloss. Als er aufsah, entdeckte er einen dunkelblauen Wagen, der gegenüber der Einfahrt hielt. Die Fahrertür öffnete sich, ein Mann stieg aus. Durchtrainiert, in einem hellgrauen Anzug, dessen Hosenbeine etwas zu kurz waren, weshalb man sehen konnte, dass er die hippen Slippers ohne Strümpfe trug. Er strich sich über die gegelten Haare, die in der Sonne glänzten, und knöpfte das Jackett zu. Während er sich noch in der Autoscheibe betrachtete, stieg sein Beifahrer aus, etwas älter, dünn, auch im Anzug, in der Hand eine Aktentasche. Beide kamen langsam aufs Haus zu, Max sah ihnen neugierig entgegen. Der mit den gegelten Haaren kam ihm bekannt vor. Max meinte, ihn gestern auf der Beerdigung gesehen zu haben, war sich aber nicht sicher.

»Moin«, sagte er, als sie näher kamen. »Kann ich Ihnen helfen?«

»Guten Morgen.« Der Ältere mit der Tasche nickte Max zu und blieb vor ihm stehen. »Wir wollen zu Frau Assmann, wissen Sie, ob sie da ist?«

»Ja.« Max sah auf die Uhr, es war erst halb zehn. »Meine Mutter müsste im Haus sein, sie …«

Mathilda riss genau in diesem Moment die Haustür auf und kam mit entschlossenem Gesichtsausdruck auf sie zu. Ohne Max zu beachten, baute sie sich vor den beiden Männern auf, stemmte die Hände in die Hüften und sagte: »Zu wem wollen Sie? Und wer sind Sie?«

Irritiert betrachtete Max seine Mutter. Die sonst so freundliche Mathilda starrte die beiden Männer mit wütender Entschlossenheit an. Der Schönling streckte ihr die Hand hin, die Mathilda ignorierte, langsam zog er sie wieder zurück.

»Mein Name ist Martens, das ist mein Kollege Kaiser, wir kommen von *Ihre Bank* und wollten uns mal mit Ihnen unterhalten. Wir haben da ein interessantes Angebot für Sie. Es kommen ja große Dinge auf Ihr Dorf zu, und als Privatperson ist man vielleicht nicht immer perfekt informiert.«

»Seit wann macht die Bank denn Hausbesuche«, fragte

Max, der mit einem Seitenblick feststellte, dass sich gerade rote Flecken auf Mathildas Hals bildeten. Das war ein ganz schlechtes Zeichen, er überlegte, ob er den Herren den sofortigen Rückzug empfehlen sollte.

»Ach.« Kaiser, der Ältere, lächelte. »Diese großen Dinge betreffen ja mehrere Kunden von uns, da haben wir uns überlegt, die Vorgespräche schon mal …«

»Von der Bank? Das glaube ich ja wohl nicht«, platzte Mathilda dazwischen. »Waren Sie nicht gestern auf der Beerdigung? Wollten Sie da auch schon Angebote machen?«

»Nein, nein.« Der schöne Herr Martens hob die Hand. »Herr Mommsen war ein langjähriger Kunde von uns, sein Tod hat uns sehr bestürzt.«

Interessiert beobachtete Max das Mienenspiel seiner Mutter, das von wütend über erleichtert jetzt zu fassungslos gewechselt hatte. Er verstand noch immer nicht, warum sie so auf die beiden losgegangen war. Und was gerade in ihrem Kopf vorging.

Jetzt starrte sie die beiden an, dann holte sie tief Luft. »Das ist ja wohl nicht zu fassen. Wir sind seit Jahrzehnten Kunden bei *Ihre Bank*, aber wissen Sie eigentlich, dass ich mich in letzter Zeit nur noch geärgert habe? Sie haben Filialen geschlossen, Sie haben meiner Tochter einen Kredit verwehrt, ich soll meine Überweisungen am Computer machen, Sie haben Leute entlassen, weil Sie glauben, die Dorfbevölkerung braucht keine Bank mehr am Ort – und jetzt haben Sie auch noch die mobile Bank abgeschafft!« Sie wandte sich an Max und erklärte: »Das war ein umgebautes Wohnmobil, das zweimal in der Woche ins Dorf kam. Da saß Herr Schröder hinter einem Schalter, und man konnte alle Geldsachen erledigen. Das war immer so praktisch.«

Sie sah die Männer mit schmalen Augen an und hob wieder ihre Stimme. »Aber das haben Sie auch abgeschafft, jetzt müssen wir immer fahren, wenn wir was bei Ihnen erledigen müssen. Unmöglich! Und nun kommen Sie auf einmal her und wollen uns ein Angebot machen? Nein, meine Herren, nein, nein. Das können Sie vergessen. Das mache ich nur in der mobilen Bank. Und die haben Sie abgeschafft. Selbst schuld. Ich wünsche Ihnen noch einen schönen Tag.«

Wütend machte sie auf dem Absatz kehrt und stapfte zurück ins Haus, alle drei starrten ihr verdutzt nach.

»Irgendwie hat sie recht«, sagte Max nach einer Weile. »Außerdem hat sie heute Geburtstag. Und ich glaube, sie möchte kein Angebot von Ihnen.«

»Tja, das klang so.« Der Ältere räusperte sich und sah seinen Kollegen unsicher an. »Das weiß ich jetzt auch nicht. Ich glaube, wir fahren dann mal wieder. Also, auf Wiedersehen.«

Sie zogen ab, Max wartete einen Moment, dann ging er langsam zum Haus. Er musste endlich seiner Mutter gratulieren, das wurde jetzt wirklich mal Zeit.

44.

»Oma, was ist jetzt das schönste Geschenk?« Pia schob sich aufgeregt vor Paula und wippte auf ihren Fußspitzen. »Also, das schönste von allen?«

»Das schönste Geschenk?« Mathilda betrachtete ihren Geschenketisch, den Gunnar wie jedes Jahr auf dem Sideboard aufgebaut hatte. Ganz allmählich hatte sie sich wieder beruhigt, dafür hatte Gunnar gesorgt, obwohl sie ihm natürlich nichts von Pits Problem erzählt hatte. Noch nicht.

In der Mitte des Sideboards prangte ein großer Strauß roter Rosen von Gunnar. Das ließ er sich nicht nehmen, obwohl Mathilda ihm immer sagte, dass ihr ganzer Garten voller Rosen sei und Frau Hansen in ihrem *Blütenparadies* für solche Sträuße viel zu viel Geld verlange. Aber Gunnar fand, rote Rosen gehörten genauso zum Geburtstag wie Torte und Kerzen. Daneben lag eine blaue Bluse, eine hinreißende blaue Bluse, die Mathilda vor einigen Wochen in Husum in einer Boutique anprobiert hatte, ohne aufs Preisschild zu sehen. Sie hatte sie natürlich nicht gekauft, sie war viel zu teuer gewesen, und zu Gunnar hatte sie nur gesagt, dass ihr die Ärmel nicht gefielen. Wann und wie ihr Mann es geschafft hatte, diese Bluse noch heimlich zu kaufen, wusste Mathilda nicht. Aber genau für solche Dinge liebte sie ihn.

Max hatte ihr einen neuen Bildband über das englische Königshaus geschenkt, Nele ein teures Parfüm. Mathilda musterte alles und lächelte die Zwillinge an. Dann tippte sie auf ihren Kopf. »Das ist das schönste Geschenk«, sagte sie überzeugt. »Das allerschönste.«

Nele fotografierte sie mit dem Handy und zeigte das Bild herum. Mathilda trug die beiden Gänseblümchenkränze wie eine Krone, die Zwillinge standen rechts und links neben dem Stuhl, ganz wie ihre Hofdamen, und guckten stolz.

»Wunderbar«, meinte Gunnar und nickte ernsthaft. »Da kann Camilla nun endgültig einpacken.«

»Welche Camilla?« Max drehte sich fragend um, Nele hob die Schultern, nur Mathilda lachte leise.

»Ihr wisst nicht …?«

»Guten Morgen.« Christa Kruse stand plötzlich in der Tür, sie knöchelte kurz an den Rahmen. »Die Haustür stand offen, ich wollte nur schnell gratulieren.«

Überrascht stand Mathilda auf und ging ihr entgegen. »Das ist ja nett, ich dachte, du schaffst es nicht.«

»Herzlichen Glückwunsch, Mathilda«, Christa überreichte ihr ein Glas Marmelade mit Schleife und kariertem Stoff auf dem Deckel und umarmte sie kurz. »Und ich wünsche dir trotz dieser ganzen schlimmen Ereignisse einen schönen Tag.« Sie löste sich von Mathilda und trat einen Schritt zurück. »Ich kann wirklich nicht zum Frühstück bleiben, hab noch so viel zu tun. Aber wenigstens wollte ich zum Gratulieren kommen, bevor deine Frühstücksgäste eintrudeln.«

Sie blieb unschlüssig stehen und sah aus, als würde sie noch etwas sagen wollen. Mathilda wandte sich an Gunnar. »Bist du so lieb und schiebst auf der Terrasse schon mal die Tische zusammen? Und Nele, kannst du die Gänse füttern?«

Die Zwillinge beantworteten die Frage: »Oh, ja, Mama, Gänse füttern, wir helfen auch.« Sofort zog Pia an der rechten Hand, Paula an der linken. Kinder liebten das Füttern von Tieren, egal, um welche es sich handelte. Sie zogen ab, Max folgte ihnen. »Ich helfe Papa.«

Mathilda wartete, bis alle weg waren, dann sah sie Christa an. »Ist alles in Ordnung?«

Christa zögerte, dann gab sie sich einen Ruck. »Nein.« Unvermittelt schossen ihr die Tränen in die Augen. Sie wischte sie mit dem Handrücken weg und schüttelte den Kopf. »Dieses ganze Durcheinander, ich verstehe gar nicht, was plötzlich hier im Dorf los ist.«

»Kaffee?«

Christa nickte und setzte sich. Sie wartete, bis Mathilda ihr eine Tasse hingestellt hatte, dann sagte sie leise: »Harald war heute Morgen bei uns, ganz früh. Er ist stinksauer, weil gerade so viel über ihn geredet wird.« Sie schob die Hand erst in die eine, dann in die andere Hosentasche, Mathilda zog eine Schublade auf und gab ihr eine Packung Taschentücher.

»Danke.« Christa putzte sich lautstark die Nase. »Es gibt das Gerücht, dass Harald was mit dem Tod von Nils zu tun hat. Weil Nils ihn angezeigt hat. Als ob Harald zu so etwas in der Lage wäre.«

Sie wischte mit dem Taschentuch die nächste Träne weg, während Mathilda einfiel, dass sie Harald tatsächlich hinter der Hecke gesehen hatte, von wo aus er die Ereignisse auf dem Mommsen-Hof verfolgen konnte. Sie setzte sich schweigend und wartete, dass Christa fortfuhr. Was sie auch tat, nachdem sie ein neues Taschentuch aus der Packung gefummelt hatte.

»Es kann ja sein, dass es ein paar Ungenauigkeiten in seiner Buchführung gegeben hat, aber Harald ist doch kein krimineller Betrüger. Er ist mein Bruder, ich kenne ihn, der macht so was nicht mit Absicht. Höchstens mal aus Versehen.«

Mathilda hob eine Augenbraue. Sie kannte das. Sie hatte Pit jahrelang verteidigt, gegen alle, insbesondere gegen Ilse. Weil auch sie Geschwister waren. Dann machte man das. Wobei Pit tatsächlich immer nur versehentlich seine krummen Dinger gedreht hatte. Eigentlich war er ein Guter, nur manchmal zu leicht zu überreden. Das war bei Harald Wiesner anders. Er war immer schon korrupt gewesen, immer auf seinen eigenen Vorteil bedacht. Er hatte ja sogar seiner Schwester einen Teil ihres Landes abgekauft, obwohl er damals schon gewusst hatte, was passieren würde. Wenigstens hatte er ihr nicht alles abgeschwatzt. Das wollte sie Christa jetzt aber nicht sagen, er war ja trotzdem ihr Bruder. Und er hatte gestern mit diesen dreisten Männern der Bank gelacht. Wahrscheinlich hatte er da auch schon wieder mitgemischt. Sie hätte bei diesen Überlegungen fast den nächsten Satz Christas überhört. »Harald weiß nämlich, was passiert ist. Mit Nils. Und der Tod deiner Mutter war ja auch kein natürlicher.«

»Wie bitte?« Mathilda sah alarmiert hoch. »Was meint er denn damit?«

Christa beugte sich nach einem Blick auf die Tür vor. »Harald hat mir anvertraut, dass Bauer Pape mit beiden Todesfällen etwas zu tun hat. Er sucht jetzt nach Beweisen, schon allein, damit der Verdacht gegen ihn aufgehoben werden kann.«

»Das mit Nils war doch ein Unfall«, Mathilda sah sie entsetzt an. »Kein Mensch verdächtigt ernsthaft Harald.«

»Doch.« Trotzig presste Christa die Lippen zusammen. »Harald hat es doch gehört, dass man im Dorf darüber redet. Also, dass er an Nils' Tod beteiligt war. Was totaler Blödsinn ist.« Sie überlegte einen Moment. »Wieso sollte Nils einfach so in seine eigene Güllegrube fallen? Harald glaubt, dass Bauer Pape nachgeholfen hat. Wegen Robert. Nils muss rausgefunden haben, dass Pape der Vater ist. Vielleicht hat er ihn bedroht. Oder aber Pape war sauer, dass Nils Robert so schlecht behandelt hat. Und vielleicht hat er sich ja nicht nur an Nils gerächt.« Christa warf Mathilda einen langen Blick zu. »Harald war kurz vor Ilses Tod noch bei ihr, da war sie noch mopsfidel, man fällt doch nicht einfach um. Und Pape gibt Ilse immer noch die Schuld an Hellas Tod, er hat seine Schwägerin immer gehasst. Es kann doch gut sein, dass Pape Ilse niedergeschlagen hat. Oder geschubst. Oder vergiftet. Dr. Klopstock war an dem Abend jedenfalls nicht nüchtern, die kamen doch alle vom Skatspiel. Vielleicht hat er bei der Todesursache nicht so richtig hingeguckt.«

Entgeistert starrte Mathilda sie an. Plötzlich hatte sie einen ganz heißen Kopf. Harald verdächtigte tatsächlich Johannes Pape? Und Christa hielt das für möglich? Mathilda merkte, dass sie die Luft angehalten hatte, und atmete langsam aus. Was sollte sie denn jetzt machen? Sollte sie Christa alles erzählen? Das ging nicht. Sie musste ruhig bleiben und durfte jetzt nichts Unüberlegtes sagen. Aber es durfte nicht sein, dass Johannes Pape verdächtigt wurde. Er hatte nichts, aber auch gar nichts mit diesen ganzen Ereignissen zu tun. Mathilda selbst hatte ja die Gans, die jetzt ganz unten in der Kühltruhe lag, in der Hand gehabt. Und sie wusste leider auch, welche Substanzen Nils in einen Zustand versetzt hatten, der ihn in die Güllegrube stürzen ließ. Schließlich hatte sie ja sogar die Idee geliefert. Sie durfte nicht zulassen, dass Johannes Pape Gegenstand solcher Verdächtigungen wurde. Ihr schlechtes Gewissen schnürte ihr fast den Hals zu.

Sie holte tief Luft, legte ihre Hand auf Christas Arm und gab sich große Mühe, entspannt zu wirken. »Ich glaube, du machst dir zu viele Gedanken«, fing sie an, räusperte sich schnell und fuhr fort: »Meine Mutter war alt und Nils vermutlich betrunken. Es waren zwei Unglücksfälle, an denen niemand beteiligt war. Da hat Harald sich wohl ein bisschen verrannt. Er steht ja auch ganz schön unter Druck wegen dieser Anzeige und so. Aber du musst dir wirklich keine Sorgen machen, in ein paar Tagen haben alle ein anderes Thema. Dann wird eine neue Sau durchs Dorf gejagt, das kennt man doch. Und jetzt ...«, sie sah demonstrativ auf die Uhr, »muss ich langsam mal anfangen. Sonst ist noch nichts fertig, wenn die gleich zum Frühstück kommen.«

»Natürlich.« Langsam stand Christa auf. »Ich muss ja auch was tun. Und vielleicht ...«

»Herzlichen Glückwunsch, Mathilda!«, unterbrach Pit

ihren Satz. Im selben Moment stand er in der Küche. »Ach, Moin, Christa.«

»Moin, Pit.« Sie schob den Stuhl zurück. »Ich bin gerade auf dem Sprung. Wir sehen uns.« Während sie Mathilda kurz umarmte, flüsterte sie: »Das bleibt unter uns, ja?«

Mathilda nickte und brachte Christa noch zur Tür. Als sie zurück in die Küche kam, stand Pit immer noch an derselben Stelle und sah ihr entgegen.

»Also nochmal, herzlichen Glückwunsch zum Geburtstag!« Er reichte ihr eine Schachtel Pralinen und einen in Zellophan eingepackten Blumenstrauß.

»Danke.« Das schlechte Gewissen bedrängte sie immer noch, trotzdem sah sie gerührt auf den Aufkleber, der das Zellophan zusammenhielt, *Tankstelle Manske.* »Das ist schön, dass du daran gedacht hast.« Plötzlich fiel ihr ein, was sie gestern beobachtet hatte. Sie musste nur aufpassen, wie sie es sagte, sie wollte nicht, dass Eddie Ärger mit Pit bekam, weil Mathilda nun von Pits Problem wusste. Deshalb fragte sie vorsichtig: »Wo ist denn Bai Ling?«

»Hängt überm Klo. Hat einen Virus.« Pit verschränkte die Arme vor der Brust, offensichtlich wollte er nicht ausführlicher über sie reden. Trotzdem machte Mathilda einen Schritt auf ihn zu.

»Ich wollte mal mit dir über Bai Ling sprechen«, begann sie vorsichtig. »Ich glaube nämlich, dass …«

»Mathilda«, er hob sofort abwehrend die Hand. »Ich kann mir denken, dass du sie nicht sonderlich gut leiden kannst, aber du musst dir keine Gedanken mehr machen, sie fährt morgen sowieso zurück nach Hamburg. Das wollte sie heute schon, aber nun ist sie ja krank. Wenn es ihr morgen einigermaßen gut geht, ist sie weg.«

»Das meine ich gar nicht.« Mathilda machte eine beschwichtigende Geste. »Ich wollte dir nur sagen, dass ich gestern auf der Beerdigung gehört habe, dass sie mit …«

»Mama?« Nele kam rein. »Gesa ist schon da. Mit Blumen aus dem Garten. Moin, Pit.«

»Jetzt schon?« Mathilda stöhnte ungeduldig. »Ich komme sofort. Nele, kannst du bitte Kaffee kochen? Ich bin noch gar nicht so weit.«

»Ich gehe dann mal«, Pit setzte sich langsam in Bewegung, Mathilda folgte ihm dichtauf.

»Warte mal, wo willst du denn jetzt hin?«

»Rüber«, antwortete Pit. »Ich hatte nicht die Absicht, mit den Dorfweibern zu frühstücken. Tschüs, Nele.«

Aufgeregt blieb Mathilda vor ihm stehen. »Ich muss dringend mit dir reden«, begann sie. »Gestern habe ich beobachtet ...« Pit schob sie sanft zur Seite. »Später«, unterbrach er sie. »Ich muss nachsehen, was Bai Ling macht. Bin bald wieder da.«

Er ließ sie einfach stehen, die Tür schlug hinter ihm zu, und Mathilda blieb hilflos zurück.

»Mama, welche Kanne soll ich nehmen?«

Mathilda drehte sich langsam um und sah Nele resigniert an. Es war doch völlig egal, sie hatte im Moment ganz andere Probleme. In ihrem Kopf ging es um dubiose Geschäfte, eine zwielichtige Chinesin, Drogenverstecke und die Rettung ihres Bruders. Und ihre Tochter redete über Thermoskannen. Aber das konnte Nele ja nicht ahnen. Deshalb riss Mathilda sich zusammen und bemühte sich um ein Lächeln. »Die rote.«

Sie würde sich um alles kümmern, aber zu seiner Zeit. Jetzt waren ihre Geburtstagsgäste dran. Und später würden noch Alina und ihre Mutter kommen. Aber heute Abend würde sie mit ihrem Bruder Tacheles reden. Ob er wollte oder nicht.

45.

Ungerührt beobachtete Pit Bai Ling, die zusammengekauert auf Ilses altem Fernsehsessel hockte und sich die Tränen abwischte. Es war schon unglaublich, wie viele Tränen aus so einer kleinen Person fließen konnten, dachte er, und lehnte sich an den Türrahmen. Sie sah verheult zu ihm hoch. »Ich kann noch nicht fahren, mir ist immer noch so schlecht. Ich habe ja kaum geschlafen. Und ich weiß ja auch nicht, wohin ich soll. Ich bin krank.«

»Und deshalb bleibst du hier liegen, damit du morgen wieder fit bist. Ich gehe jetzt zu meiner Schwester.«

Bai Ling schluchzte schon wieder. »Ich habe gar kein Geld für die Bahn.«

»Ich gebe dir Geld für die Fahrkarte und für ein Hotel. Du bist ja schon mal allein nach Hamburg gekommen, dann kriegst du es dieses Mal auch hin.«

»Aber ich weiß doch gar nicht, wo ich hinsoll. Wenn er mich findet, schlägt er mich tot. Und mir ist schlecht«, sie presste sich plötzlich die Hand vor den Mund, sprang auf und lief ins Bad. Langsam folgte er ihr und lauschte einen Moment. Die Geräusche aus dem Bad waren eindeutig, er atmete gequält aus. Er lehnte sich an die Tür und schloss erschöpft die Augen, als er an die Diskussion der letzten Nacht dachte.

Die ganze letzte Woche hatte er sie mit Argusaugen beobachtet, um herauszufinden, ob sie ihn verarschte. Er hatte sie am letzten Sonntag sofort nach dem belauschten Telefonat gefragt, hatte ihr auf den Kopf zugesagt, dass er ihr akzentfreies Deutsch gehört hatte. Bai Ling war anscheinend aus allen Wolken gefallen. »Ich immer Deutsch üben«, hatte sie empört gesagt. »Ich telefoniere mit Freundin. Hat Geburtstag. Ich kann viel Deutsch.«

Warum sie bei Eddie gewesen war, hatte er sie da noch nicht gefragt, das war dünnes Eis. Vielleicht gab es dafür einen ganz harmlosen Grund, sie hatte ja auch schon bei Mathilda uneingeladen in der Küche gestanden. Und hier auf dem Dorf waren selten Haustüren abgeschlossen. Bai Ling war neugierig, das wusste er ja. Trotzdem hatte er sie beobachtet. Und er hatte sie nicht mehr unbeaufsichtigt gelassen. In der Hektik der letzten Tage hatte es aber nichts Auffälliges gegeben, sie hatte sich nicht anders verhalten als sonst, vielleicht war sie etwas stiller gewesen. Irgendwann waren ihm Zweifel gekommen, ob er sich nicht doch beim Belauschen ihres Telefonats verhört hatte. Oder sie zufällig diese beiden Sätze akzentfrei sprechen konnte.

Aber gestern Nachmittag, während der Trauerfeier bei Kruses, war sie plötzlich weg gewesen. Er hatte sie überall gesucht, niemand hatte sie gesehen. Bis plötzlich Eddie vom Klo geschlurft kam und vor ihm stehengeblieben war. »Wenn du sicher bist, dass dieser Handelsvertreter hinter dir her ist, dann solltest du dich mal um deine komische Chinesin kümmern. Die steht nämlich gerade draußen und unterhält sich mit ihm.«

Wie angestochen war Pit losgestürmt, kam aber zu spät, draußen stand niemand mehr. Er hatte keine Zeit gehabt, sie zu suchen, Christa hatte ihn sofort wieder in Beschlag genommen. Und Bai Ling war kurz darauf mit harmlosem Gesichtsausdruck aus der Küche gekommen.

Erst am Abend, als sie wieder allein in Ilses Haus waren, war die Gelegenheit gekommen und seine Geduld am Ende gewesen.

»Was hast du mit dem rothaarigen Mann vor der Kneipe

besprochen?«, hatte er sie übergangslos gefragt. »Was wollte er?«

Bai Ling hatte ihn angesehen. »Er hat gefragt, warum ge … wie heißt das? Geschlossen Gesellsaft? Mir ist schlecht, mein Bauch ist komisch.«

Irgendetwas war in ihrem Blick gewesen, was Pit den Kragen platzen ließ. Er hatte sie ins Kreuzverhör genommen. Es reichte ihm, er ließ sich nicht mehr beruhigen, irgendetwas stimmte nicht mit ihr. Und auf einmal sprach sie akzentfreies Deutsch, wenn auch unter einer Flut hysterischer Tränen. Sie hatte tatsächlich auf jede seiner Fragen eine Antwort gehabt, ob sie nun stimmte oder nicht.

Sie hatte von ihrem Ehemann berichtet, einem gewaltbereiten Russen, den sie vor zwei Jahren in Berlin geheiratet hatte und vor dem sie geflohen war. Damals war sie in den erstbesten Zug gestiegen und nach Hamburg gefahren, hatte sich auf dem Kiez herumgetrieben und dann das Schild in Pits Kneipenfenster gesehen. Und sie hatte nur deshalb so getan, als spräche sie schlecht Deutsch und wäre schüchtern und unselbstständig, damit Pit sie nicht wegschickte. Das Telefonat, das Pit belauscht hatte, war mit einer Freundin gewesen, die ihr geraten hatte, den Russen bei der Polizei anzuzeigen. »Aber er hat eine große Familie, und wenn ich ihn anzeige, dann bringen die mich um.«

Zwischen all den Brocken, die sie ihm in dieser Nacht erzählt hatte, waren immer neue Tränen geflossen. Auch als Pit sie gefragt hatte, warum sie in Eddies Haus gegangen wäre und was sie dort gewollt hätte. »Ich habe dich gesucht, und Mathilda hat gesagt, Eddie wäre dein bester Freund«, hatte sie gesagt. »Ich wollte ihn kennenlernen und dachte, du würdest ihn gerade besuchen. Und ich hatte Langeweile.«

Es kamen neue Tränen und Schluchzer, die ihm fast ein schlechtes Gewissen machten. »Ich habe doch nichts Schlimmes gemacht.«

Pit wollte nicht, dass sie ihm leid tat. Sie sollte zurück nach Hamburg fahren, sie war ihm zu anstrengend geworden. Und er wollte sich nicht mehr für sie verantwortlich fühlen. Wenn jetzt auch noch ein gewalttätiger Russe hier auftauchte, würde er komplett wahnsinnig werden. Es gab schon genug Chaos.

»Sobald es dir besser geht, fährst du hier ab«, hatte er deshalb abschließend und entschlossen gesagt, das Geheul ignorierend. Natürlich hatte sie ihm doch ein bisschen leid getan. Zumal sie tatsächlich zwischendurch immer wieder ins Badezimmer gerannt war und sich übergeben hatte. Er war einfach zu weich.

Und deshalb hatte er sich gestern Nacht vorgenommen, sie heute Morgen zum Bahnhof zu fahren und in den Zug zu setzen. Er hatte sogar überlegt, ihr selbst ein billiges Hotel zu buchen. Nur für die ersten Tage, bis sie einen neuen Aufpasser gefunden hatte. Aber hier musste sie weg.

Pit blieb noch einen Moment an der Badezimmertür stehen und dachte nach. Diese Geschichte mit dem russischen Ehemann konnte schon stimmen, aber das war nun wirklich nicht sein Problem. Er hatte genug andere. Sein Blick fiel auf die gestapelten Kartons im Flur. Der Großteil von Ilses Besitztümern war mittlerweile verpackt, bis auf die Möbel waren die Zimmer so gut wie leer. Mathilda und Gunnar wollten demnächst mit ihm reden, um zu entscheiden, was mit dem Haus passieren sollte. Als wenn er im Moment dafür einen Kopf hätte. Er wusste noch nicht einmal, wie lange er überhaupt noch hierblieben wollte. Das käme auf die Lage in Hamburg an.

Pit drehte sich um und ging die Treppe runter. Er griff nach seinem Telefon und verließ das Haus, es gab nur eine Stelle im Garten, an der er einen einwandfreien Handyempfang hatte.

»*Bar PP*, Tach.«

»Hallo, Hermann, Pit hier. Ist die Hütte gerade voll?«

Natürlich war das eine rhetorische Frage, tagsüber war in der Kneipe schon immer der reine Totentanz und nie was los gewesen.

»Mahlzeit. Hier sitzen so zwanzig Asiaten. Trudi schickt die jetzt immer her, die wohnen bei ihr in der Pension und trinken gerne Bier. Die können aber kein Deutsch, deshalb kann ich mit dir telefonieren.«

Überrascht hob Pit die Augenbrauen. »Wie? Jeden Tag? Wie hast du das denn hingekriegt?«

»Hab Trudi gefragt. Die hat doch immer so viele Gäste. Und sie will die Zimmer sauber machen, deshalb sollen die Leute nach dem Frühstück weggehen. Und jetzt kommen die immer her, ist ja um die Ecke.«

Pit schluckte, Hermann war anscheinend wesentlich geschäftstüchtiger als er. »Vielleicht solltest du die Kneipe ganz übernehmen. Bei dir läuft es irgendwie besser.«

»Ja.« Hermann klang nicht überrascht. »Stimmt. Kann ich machen. Also, wenn du nicht mehr willst.«

Er schwieg einen Moment, dann sagte er: »Mario ist immer noch im Krankenhaus. Und gestern haben die Olegs Maschine gefunden. Die lag in einer Hecke am Elbstrand. War umgekippt.«

»Was? Und Oleg?«

»Der war nicht da. Ist irgendwie weg. War komisch. Weil an der Maschine so eine Lenkertasche hing mit seinen ganzen Sachen. Also Handy, Papiere und Schlüssel. Geld nicht, hat wohl jemand geklaut. Aber der ganze Rest war da.«

»Und weiter?« Gespannt wartete Pit auf die Antwort.

»Keine Ahnung. Die haben mit einem Boot auf der Elbe gesucht. Aber wenn der reingefallen ist, treibt der ja ab.« Hermann machte wieder eine Pause. Dann fuhr er fort: »Die Südamerikaner waren noch mal hier. Haben mir ein Bild gezeigt von einer Chinesin. Ich hab gesagt, keine Ahnung, ich kenne die nicht. Ich kann die nicht unterscheiden, aber was macht denn deine?«

»Meine … ach egal. Aber die Südamerikaner? Die suchen eine Chinesin? Warum?« Pit schluckte, schob den Gedanken, der gerade kam, aber sofort weg. Er sah Gespenster, bei Bai Ling ging es um einen Russen, nicht um Südamerikaner.

»Weiß ich doch nicht.« Hermann blieb entspannt. »Der bärtige Typ, der neulich hier war, als du auch kamst, der arbeitet jetzt für die Südamerikaner. Der hat denen irgendwas gesteckt. Ich kann mich noch mal umhören. Ob es überhaupt um deine Chinesin geht.«

»Die meinen sicher eine andere. Aber hör dich ruhig um.« Pit rieb sich die Stirn, als könnte er so seine Gedanken sortieren. *Kill you* war an oder in der Elbe verschwunden, der Bärtige war ins andere Lager gewechselt, und die Südamerikaner suchten bei Hermann nach einer Chinesin. Gott im Himmel. Und er hatte das Kokain-Problem immer noch nicht gelöst.

Er räusperte sich entschlossen. »Mal was ganz anderes, Hermann, Bai Ling muss hier weg, ich kann mich nicht um sie kümmern. Die hat ein Problem mit einem russischen Ehemann, deshalb ist sie bei mir untergetaucht. Ich setze sie morgen in den Zug. Sag mal, kannst du Trudi fragen, ob Bai Ling vielleicht bei ihr wohnen könnte? Übergangsweise? Ich kann das Zimmer bezahlen.«

»Russischer Ehemann?« Hermanns Stimme klang skeptisch. »Na ja. Irgendein Problem wird sie schon haben. Aber bei Trudi ist das nicht gut. Die ist nett, die soll keinen Ärger kriegen. Weil du mein Kumpel bist, kann die Chinesin erstmal bei mir wohnen. Ich habe gerade eine Wohnung frei. Ist auch möbliert. Aber nicht für lange.«

»Was für eine Wohnung hast du frei?«, fragte Pit verständnislos nach. »Wieso möbliert? Ist das deine?«

»Nein.« Hermann lachte kurz, was wie ein Schnauben klang. »Ich habe da so ein Mehrfamilienhaus. Acht Wohnungen. Und eine davon ist gerade frei.«

»Du hast …«, Pit konnte nicht fassen, was er gerade gehört hatte. »Wie kommst du zu einem Mehrfamilienhaus? Und wo ist das denn?«

»In Altona«, antwortete Hermann unbekümmert. »Mittendrin. Das habe ich mir damals gekauft, vom Lottogewinn. Habe vor fünfzehn Jahre mal gewonnen. War 'ne Menge Kohle, hab ich gut angelegt. Also, wenn du die Kneipe verkaufen willst, dafür reicht es auch noch.«

Pit hatte es die Sprache verschlagen. Hermann, sein alter Kneipengast, immer in abgerissenen Klamotten, immer schweigsam und unauffällig, hatte im Lotto gewonnen, besaß ein Mehrfamilienhaus und wollte seine Kneipe kaufen. Das war doch nicht zu glauben. Deshalb hatte er auch so locker die Getränkelieferung bezahlt. Und Pit hatte keine Ahnung gehabt. »Ich muss jetzt aufhören«, sagte Hermann. »Ich habe zu arbeiten. Bring deine Chinesin morgen Nachmittag zur U-Bahn Station St. Pauli, ich hole sie dann da ab und bringe sie in die Wohnung. Also, bis dann, tschüs.«

Pit starrte immer noch verwirrt auf das Handy, als ein ankommendes Auto ihn aus seinen Gedanken riss. Es war ein blaues Cabrio, das schwungvoll auf die Hofeinfahrt fuhr. Zwei Frauen saßen darin, auf der Beifahrerseite erkannte er Alina, die Fahrerin neben ihr war eine atemberaubende Blondine. Pits Mund stand offen, Frauen dieses Kalibers kamen so gut wie nie ins Dorf. Auch nicht in seine Kneipe. Eigentlich überhaupt nie in sein Leben. Wer immer das war, Pit würde gleich mal rübergehen und es herausfinden. Vielleicht würde dieser Tag doch noch ganz gut.

46.

»Und wann wollen Sie wieder nach Deutschland ziehen?«, fragte Mathilda und sah Alinas Mutter neugierig an. »Steht der Termin schon fest?«

»Ich weiß es noch nicht genau.« Karolina legte ihre Hand mit einem hinreißenden Lächeln auf Mathildas Arm. »Aber sag doch bitte Du, wir mögen das in Polen sehr.«

»Gerne.« Mathilda lächelte zurück. Es war doch wirklich eine Freude, dass Max nicht nur so eine reizende Freundin, sondern die auch noch so eine sympathische Mutter hatte. Mathilda war auf Anhieb begeistert gewesen. Karolina hatte ihr einen wunderschönen Blumenstrauß überreicht, der garantiert nicht aus dem *Blütenparadies* kam, und ihr nicht nur zum Geburtstag, sondern auch zu ihrem Sohn gratuliert. Damit hatte sie sofort Mathildas Herz gewonnen. Und dann war Karolina auch noch so hübsch und hatte diesen charmanten polnischen Akzent.

»Wo sind die Sektgläser?«, fragte sie jetzt und sah sich in Mathildas Küche um.

»Oben rechts im Schrank.« Mathilda verteilte Salzgebäck auf kleine Schalen und sah hoch. »Wie viele sind wir denn? Du, ich, Max, Alina, Gunnar, Nele, Robert, und vielleicht kommt auch noch mein Bruder. Und vielleicht noch jemand. Nimm doch gleich zwei Gläser mehr mit.«

»Neun«, sagte Karolina laut und stellte die Gläser auf ein Tablett. »Gut.« Während sie das Tablett auf die Terrasse balancierte, sah Mathilda ihr nach. Karolina hatte beim Kaffeetrinken erzählt, dass sie sich eine Wohnung in Husum angesehen hatte. Sie hatte nach all den Jahren Sehnsucht nach ihren Töchtern. »Und ich habe lange genug in Polen gelebt. Jetzt muss mal wieder was in meinem Leben passieren.« Ihre Augen hatten vor Aufregung geglänzt. »Sonst wird es einfach zu langweilig. Aber ich habe gerade ein richtig gutes Gefühl.«

Mathilda deckte den übrig gebliebenen Kuchen mit Folie ab. Sie hatte extra Donauwellen gebacken, weil sie gedacht hatte, dass Johannes Pape ihre Einladung zum Geburtstagskaffee annehmen würde. In aller Frühe war sie aufgestanden, um seinen Lieblingskuchen fertig zu bekommen, aber dann war er gar nicht erschienen. Hoffentlich hatte das nichts mit den blöden Gerüchten zu tun, die Harald hier verbreitet hatte, dachte sie beklommen. Wenn Pape nicht kommen würde, sollte sie vielleicht später noch zu ihm fahren. Reden musste sie unbedingt mit ihm. Aber vielleicht, ganz vielleicht, käme er ja doch noch. Sie hatte es sich so gewünscht.

Sie schluckte ihre Enttäuschung runter und tröstete sich damit, dass sie Karolina kennengelernt hatte. Und dass auch Robert dazugekommen war, der übrigens drei große Stücke Kuchen gegessen hatte. Er hatte eben dieselben Gene wie sein Vater. Zumindest, was den Kuchengeschmack anging.

Ein Geräusch, das von der Tür kam, ließ sie herumfahren. »Ach, Pit«, begrüßte Mathilda ihren Bruder. »Du bist das.«

»Wen hattest du dir denn gewünscht?«, fragte er. »Du guckst ganz enttäuscht.«

»Entschuldige«, zerknirscht sah sie ihn an. »Ich freue mich ja. Aber ich hatte auch Johannes Pape eingeladen. Und dachte gerade, dass er es womöglich sei. Na ja, vielleicht hatte er nach der ganzen Aufregung gestern einfach keine Lust. Aber wenn du gerade hier bist, kannst du mir bitte die Sektflasche aufmachen? Wir sind schon mit dem Kaffee fertig. Oder willst du noch Kuchen essen?«

»Nein, danke.« Pit hatte die Flasche schon in der Hand und drehte den Draht auf. »Wer ist denn alles noch da?«

»Nur Familie.« Mathilda schob den abgedeckten Kuchen zur Seite. »Nach diesen beiden Todesfällen kann man nicht groß Geburtstag feiern, das gehört sich nicht. Die Frauen sind deshalb alle nach dem Frühstück gegangen. Aber Alina ist mit ihrer Mutter gekommen. Eine ganz Nette, ich stell sie dir gleich vor. Karolina.«

Wie aufs Stichwort tauchte Karolina genau in dem Moment auf. Der Sektkorken knallte und ließ Karolina erschrocken zusammenzucken. Pit, den Blick starr auf sie gerichtet, ließ die Flasche langsam sinken und schien gar nicht zu bemerken, dass ihm der Sekt über die Hand lief. Wie vom Donner gerührt sah er Karolina an, und Mathilda hatte plötzlich ein Déjà-vu. Damals, als Pit fünfzehn gewesen war und sich auf den ersten Blick unsterblich in die spanische Austauschschülerin von Selma verknallt hatte. Mathilda schaute von ihrem Bruder zu Karolina. Die strahlte übers ganze Gesicht und streckte ihre Hand aus. »Hallo, ich bin Karolina. Du musst der Onkel von Max sein, ich habe schon viel von dir gehört.«

Sie hielt seine Hand sehr lange fest, und Pit sah sie schweigend, aber so intensiv an, dass Mathilda ein kleines Stoßgebet zum Himmel schickte. »Lieber Gott, lass es dieses Mal klappen. Dann hat sich auch diese Sache mit der Chinesin erledigt.«

Mit halbem Ohr lauschte Mathilda etwas später ihrem Sohn, der Gunnar gerade erklärte, wie er die in die Jahre gekommenen Holzbohlen auf der Terrasse austauschen wollte. »Das kostet nicht die Welt, Papa, und dann können wir dasselbe gleich auf Omas Terrasse machen. Wenn wir schon mal dabei sind.«

»Wir wissen ja noch gar nicht, was mit Omas Haus passieren soll«, warf Nele an dieser Stelle ein. »Ob es jetzt verkauft oder vermietet wird. Oder habt ihr euch schon entschieden?«

Mathilda stützte ihr Kinn auf die Faust und versuchte, sich auf das Gespräch zu konzentrieren, anstatt dauernd Pit zu beobachten. Obwohl die Themen, die Max und Gunnar gerade am Wickel hatten, ziemlich langweilig waren. Es reichte wirklich, wenn man da nur mit einem Ohr hinhörte. Und währenddessen beobachtete, wie hier ein Blitz einschlug. Sie unterdrückte ein Lächeln, ihren Bruder hatte es erwischt, sie war sich ganz sicher. So idiotisch benahm man sich nur, wenn man sich gerade Knall auf Fall verliebt hatte. Jetzt neigte er seinen Kopf zu Karolina, die dicht neben ihm saß, hörte ihrem Geflüster zu und kicherte. Wie ein Mädchen.

»Pit? Mama? Habt ihr euch schon entschieden?« Nele zog die Augenbrauen hoch, während sie auf eine Antwort wartete. »Hört ihr überhaupt zu?«

»Natürlich«, versicherte Mathilda eilig. »Die ganze Zeit. Und ich habe doch schon gesagt, dass wir dir helfen werden. Es waren nur so viele andere Sachen gerade.«

»Ich zeige Karolina mal das Grundstück«, sagte Pit, statt auf Neles Frage einzugehen. »Nele, wir klären das bald, bestimmt. Na, dann komm, Karolina, wir machen einen kleinen Rundgang.«

Unter den erstaunten Blicken standen beide auf und machten sich auf den Weg. Alle schwiegen, bis Max nach einem Moment sagte: »Was ist denn das? Das sieht ja aus, als wenn Pit …«

»Das ist das nordfriesische Reizklima«, Gunnar grinste. »Wenn man das nicht so kennt, bringt es einen ganz durcheinander.« Übergangslos sah er sofort Robert und Nele an, was der in Gedanken versunkene Robert allerdings gar nicht merkte. Nele hielt dem väterlich-forschenden Blick stand und schüttelte leicht den Kopf, während ihre Lippen ein stummes »Papa, bitte!« formten. Gunnar lächelte sie an, bis Max sich räusperte: »Irgendwie habe ich den Anfang vom Film verpasst. Um was geht es jetzt genau?«

»Um Frühlingsgefühle.« Gunnar sah ihn freundlich an. »Die überkommen auch Menschen, die damit gar nicht gerechnet haben. Und …«

»Mama, Pia macht immer, dass George vor mir wegläuft.«

Das geräuschvolle Auftauchen der Zwillinge ließ Gunnar in seiner romantischen Anwandlung jäh verstummen. Pia und Paula standen mit hochroten Wangen und Zornestränen plötzlich auf der Terrasse, sie schubsten sich, und im Gerangel fielen auf dem Tisch zwei Gläser um.

»Das stimmt nicht, Paula ärgert ihn immer. Und mich auch, Manno, lass das, du bist doof!« Pia schlug wieder nach ihrer Schwester, Nele ging dazwischen. »Schluss jetzt, spinnt ihr?« Sie hielt Pia fest, Max griff sich Paula und klemmte sie sich unter den Arm, was die Lautstärke eher noch steigerte.

»Hey, hey.« Max versuchte, Frieden in das Chaos zu bringen. Mathilda sprang ihm bei: »Soll Oma euch ein Eis holen?«

»Mama, du musst sie nicht noch dafür belohnen, dass sie sich hier prügeln.« Nele warf ihrer Mutter einen unwirschen Blick zu, bevor sie sich wieder ihren Töchtern zuwandte. »Es gibt hier kein Eis für schlechtes Benehmen. Was ist denn eigentlich los?«

Ob es Neles laute Stimme oder Max' Klammergriff war: So langsam entspannten sich die beiden Streithennen. Max stellte Paula wieder auf die Erde und sah sie an. »Euch ist langweilig, oder? Sollen wir den Bollerwagen aus dem Schuppen holen und eine Runde fahren? Bis zu den Schafen?«

»Ich hole ihn euch aus dem Schuppen.« Sofort schob Mathilda ihren Stuhl zurück. »Das ist doch eine gute Idee. Und den Hund könnt ihr gleich mitnehmen, es ist sowieso Zeit für seine große Runde.«

»Mama, bleib sitzen, der Bollerwagen ist so schwer. Ich kann den auch selbst holen.«

»Nein, nein.« Mathilda war ein bisschen schwindelig, weil sie zu schnell aufgesprungen war, aber sie schob sich schon an Max vorbei. »Der steht ganz hinten, du bringst mir die ganze Ordnung im Schuppen durcheinander.«

»Welche Ordnung?«, fragte Gunnar erstaunt, aber Mathilda war schon verschwunden. Kopfschüttelnd sah er Max an, der ihr folgen wollte. »Lass sie, wenn sie das will.«

Wenig später herrschte wieder Ruhe auf der Terrasse. Alina hatte sich Max und den Kindern angeschlossen, Mathilda trank jetzt auch ein Glas Sekt, Robert saß stumm neben Nele, die ihn von Zeit zu Zeit nachdenklich musterte, aber auch schwieg.

»Ihr seid so schweigsam?« Gunnar sah in die Runde. »Ist hier jetzt Trauerkloßversammlung?«

»Unsinn.« Nele hob den Kopf. »Man muss doch nicht dauernd reden. Oder?«

Mathilda beugte sich abrupt vor und legte Robert die Hand auf den Arm. »Ist alles in Ordnung mit dir?«

Ganz langsam drehte Robert seinen Kopf zu ihr und sah sie lange an. »Weil ich nicht rede?«

Mathilda, den Blick auf ihn gerichtet, nickte. »Ist vermutlich viel, was dir seit gestern durch den Kopf geht, oder? Ich hoffe, du weißt, dass du bei uns immer auf offene Ohren und offene Türen stößt?«

Er lächelte und legte seine Hand auf ihre. »Ich weiß. Mir geht tatsächlich viel im Kopf herum, ich muss erst mal ein bisschen sortieren.« Er machte eine kleine Pause, bevor er die Hand wieder wegnahm und sich etwas bequemer hinsetzte. »Nils hatte eine Affäre, das wisst ihr ja vermutlich auch schon. Ich habe die Frau heute Morgen auf dem Friedhof gesehen. Ich bin nochmal hingegangen, um ein Foto vom Grab zu machen, das wollte meine Mutter unbedingt. Damit sie hinterher noch weiß, von wem welcher Kranz war. Die Frau stand vor seinem Grab, hat einen Strauß Rosen hingelegt und geweint. Ich habe sie angesprochen.«

»Nein.« Mathilda riss die Augen auf. »Das hast du gemacht? Und hat sie reagiert?«

»Ja. Sie heißt Tatjana Tespe«, Robert rieb in Gedanken einen Wassertropfen vom Tisch. »Sie war seit einem Jahr seine Freundin und hat die Todesanzeige heute Morgen in der Zeitung gelesen. Stand regelrecht unter Schock. Irgendwie tat sie mir leid.«

»Wie schrecklich«, Mathilda nickte anteilnehmend. »Da stirbt der Freund, und du liest das beim Frühstücken. Furchtbar.«

»Na, komm, sie war die Geliebte eines verheirateten Mannes«, mischte Nele sich ein. »Da musst du mit so was rechnen. Wer soll sie denn auch informieren? Die Ehefrau?«

»Nele, du bist so hart.« Mathilda hatte es kaum ausgesprochen, als ihr einfiel, dass Neles Ehe ja auch wegen einer Geliebten zerbrochen war. Etwas leiser fuhr sie fort: »Also, ich meine, du hast ja recht, aber es ist sicher trotzdem schwer für sie. So was aus der Zeitung zu erfahren, beim Kaffeetrinken.«

Nele hob die Schultern, Robert sah sie kurz an. »Sie wusste nicht, wer ich bin, ich habe auch nichts gesagt, und dann hat sie plötzlich angefangen zu reden. Dass Nils so ein toller Mann war, kurz vor der Trennung von seiner Frau gestanden hätte, dass sie nach Hamburg ziehen wollten und sich schon Wohnungen angesehen haben. Und ob ich zufällig wüsste, woran er gestorben sei, sie hatte keine Ahnung, wen sie fragen könne.«

»Und?« Mathilda vergaß fast zu atmen. »Was hast du ihr denn gesagt?«

»Dass es ein Herzinfarkt war.« Robert lächelte schief. »Sie schien erleichtert. Und dann fragte sie noch, ob ich das sicher wüsste. Ich habe ja gesagt. Danach ist sie gegangen. Aber sie hat wirklich getrauert. Mehr als Mama übrigens.«

»Irene trauert nach innen«, erklärte Mathilda bestimmt.

»Aber sie trauert. Da bin ich sicher, egal wie Nils sonst so war.« Sofort biss sie sich auf die Lippe, das musste jetzt ja nicht sein. In Anwesenheit der Kinder.

Robert sah sie trotzdem mit hochgezogenen Augenbrauen an. »Da hast du vermutlich recht. Auch wenn ich das nicht verstehe, so wie er mit ihr umgegangen ist. Und mit mir.« Er machte wieder eine nachdenkliche Pause, dann gab er sich sichtbar einen Ruck und holte tief Luft. »Ich habe heute Morgen in seinem Büro alle möglichen Unterlagen durchgesehen: von Banken, Versicherungen, das ganze Zeug. Und dabei habe ich einen Ordner gefunden, der mich dann doch etwas irritiert hat.« Er sah erst Mathilda, dann Gunnar und zum Schluss Nele an. »Nils hatte einen Plan. Und er hat bei dessen Ausführung alles minutiös notiert und in diesem Ordner abgeheftet. Schritt für Schritt, es liest sich wie eine Ansammlung von Protokollen. Also: Die traurige Tatjana ist mit Gerald Tespe verheiratet. Der wiederum ist Landtagsabgeordneter in Kiel und Mitglied des Wirtschaftsausschusses, deshalb wusste er schon vor gut einem Jahr, dass es diesen Plan für die Siedlung gibt. Das wiederum hat er seiner Frau wohl erzählt, und die hat es brühwarm Nils berichtet. Und deshalb hat mein in Anführungsstrichen feiner Vater vor einem Jahr schon angefangen, den Leuten im Dorf für kleines Geld ihr Land abzuquatschen. Er hatte allerdings einen Widersacher, dreimal dürft ihr raten. Genau. Harald Wiesner. Der sitzt ja in den Gemeindeausschüssen und hat das mit dem Bauvorhaben auch mitbekommen. Und dann denselben Plan verfolgt. Aber dabei sind sie sich natürlich irgendwann ins Gehege gekommen, das Dorf ist klein.«

An dieser Stelle hielt Robert kurz inne, um etwas zu trinken. Er behielt das Glas in der Hand, als er weitersprach. »Vor ein paar Wochen hat Nils dann wohl rausgefunden, dass es irgendwelche Ungenauigkeiten in der Gemeindekasse gibt. Harald hatte nicht genug Geld für die Grundstückskäufe und hat sich was aus der Kasse geliehen. Damit wollte Nils ihn erpressen, um ihn als Kontrahenten loszuwerden. Das hat nur nicht geklappt, es gab wohl einen Streit, aber Harald hat alles abgestritten und gar nicht daran gedacht, Nils das Feld zu überlassen. Deshalb hat Nils ihn angezeigt. Selbst die Anzeige hat er in dem Ordner abgeheftet.« Er schüttelte bei dem Gedanken den Kopf. »Das hat aber das Problem nicht gelöst. Im Gegenzug hat nämlich Wiesner dann Nils erpresst. Er wusste von der Affäre, und Nils hat vermutet, dass er einen Privatdetektiv auf ihn angesetzt hat. Das weiß ich von Tatjana Tespe, wobei sie glaubt, dass ihr Mann den Detektiv beauftragt hat. Ihr erster Gedanke war, dass Nils ermordet wurde. Entweder von Wiesner – oder von ihrem Mann.«

»Meine Güte.« Nele hatte atemlos gelauscht und sah ihn jetzt mit aufgerissenen Augen auf. »Glaubst du das? Dass es – Mord war?«

»Das ist ja wohl der größte Unsinn, den ich in diesem Dorf je gehört habe«, mischte Gunnar sich an dieser Stelle ein. »Du bringst doch niemanden wegen ein paar Hektar Land um. Und auch nicht wegen einer Affäre. Wir sind in Dettebüll und nicht in Palermo. Außerdem hat die Polizei gesagt, dass es ein Unfall war. Unter Alkoholeinfluss, das ist ja schon tragisch genug.«

»Das ist aber noch nicht alles«, zögernd sah Robert Gunnar an. »Ich war heute Morgen auch noch bei Kruses, ich musste noch die Rechnung für die Beerdigung bezahlen. Und da hat Christa mir von dem Gerücht erzählt, das Harald offenbar gerade in die Welt setzt: dass er zu wissen glaubt, Johannes Pape hätte mit dem Unfall was zu tun.« Er warf einen kurzen Blick auf Mathilda. »Und sogar mit dem Tod von Oma Ilse.«

Gunnar lachte leise, Nele schüttelte den Kopf. Christa entwickelte sich langsam wirklich zum Tratschweib, das konnte doch nicht wahr sein. Und Harald Wiesner sollte einfach besser sein dummes Mundwerk halten. So kam nie Ruhe ins Dorf, dachte Mathilda und verzog keine Miene.

»Robert, das ist wirklich kompletter Schwachsinn«, begann Gunnar. »Ich weiß nicht, was Harald Wiesner damit bezweckt, aber …« Er wurde plötzlich von einer anderen Stimme unterbrochen.

»Setz dich an den Fluss und warte, bis die Leichen deiner Feinde vorbeitreiben.« Bauer Pape war von allen unbemerkt auf die Terrasse gekommen. »Chinesisches Sprichwort. Darum musste ich mich nicht selbst kümmern.« Er stand ungelenk mit einem kleinen Päckchen in der Hand vor ihnen und blickte Mathilda an. »Herzlichen Glückwunsch.«

Vier Augenpaare sahen ihn überrascht an. Mathilda war die Erste, die ihre Sprache wiederfand. »Johannes, das freut mich aber, dass du doch noch gekommen bist.« Sie stand langsam auf und ging zu ihm. »Damit hatte ich gar nicht mehr gerechnet. Umso schöner, dass du da bist. Was möchtest du denn trinken? Kaffee? Und ein Stück Donauwelle dazu?«

Statt einer Antwort hielt er ihr das ungeschickt eingepackte Geschenk hin. »Für dich. Alles Gute.«

Etwas förmlich begrüßte er Gunnar und Nele, bevor er sich auf den freien Stuhl neben Robert setzte und ihm mit einem verlegenen Lächeln zunickte. Mathilda war das nicht entgangen. Robert erwiderte sein Lächeln, und Mathilda fragte sich, was die beiden wohl gestern auf der Bank an der alten Bushaltestelle schon alles besprochen hatten.

Sie atmete tief aus. »Dann setze ich mal einen frischen Kaffee auf.« Damit legte sie das Päckchen auf dem Tisch ab und wandte sich zum Haus.

»Danke nein, für Kaffee ist es zu spät, ich kann dann nicht mehr schlafen.« Johannes Pape hielt sie im Vorbeigehen am Arm fest. »Und ohne Kaffee mag ich keinen Kuchen. Danke. Du kannst hierbleiben und das Geschenk auspacken.«

Mathilda setzte sich wieder und legte zögernd ihre Hand auf das Päckchen. »Du hättest wirklich nichts mitbringen müssen. Ich bin ja froh, dass du gekommen bist.«

»Auspacken.« Er sah sie ernst an und deutete auf das Geschenk.

Mathilda nahm es vom Tisch und knibbelte sorgsam mehrere Streifen Tesafilm ab, bevor sie das bunte Blumenpapier abwickelte. Sie legte eine mit rotem Samt bezogene Schachtel frei, hob vorsichtig den Deckel ab und hielt überrascht die Luft an. Es war ein schmaler goldener Armreif, fragend sah sie Pape an. »Johannes, das ist wunderschön, aber viel zu …«

»Der gehörte Hella«, erklärte er knapp. »Es war ihr Lieblingsschmuck. Er muss nicht mehr im Schrank liegen, den kannst du besser tragen.«

Mathilda spürte, dass ihr die Tränen kamen, sie presste ihre Lippen zusammen und lächelte. »Ich fühle mich sehr geehrt«, sagte sie leise und schluckte, bevor sie den Armreif über ihr Handgelenk schob. »Danke schön.« Sie hielt ihren Arm in die Sonne und bewunderte das Schmuckstück, bis Gunnar sagte: »Das ist wirklich sehr hübsch. Johannes, möchtest du vielleicht ein Glas Bier?«

»Ja«, er nickte. »Das würde ich nehmen.«

»Bleib sitzen, Gunnar.« Mathilda war aufgestanden, nahm das Papier und die Schachtel vom Tisch und ging zu Pape. Schnell beugte sie sich zu ihm runter und küsste ihn auf die Wange. »Ich hole das Bier.«

Als sie in der Küche stand und ein Bierglas aus dem Schrank nahm, lächelte sie. Johannes Pape war in ihr Haus gekommen, das hatte es in den letzten Jahrzehnten nach dem schlimmen Streit mit Ilse nicht mehr gegeben. Und er saß neben Robert. Der sich anscheinend gerade Nele wieder annäherte. Und Pit war nun schon ganz schön lange mit einer bildschönen Polin zu einem Spaziergang unterwegs. Jetzt musste nur noch Harald Wiesner aufhören, dummes Zeug zu erzählen, dann wäre ihr Leben endlich wieder im Lot. Der Armreif an ihrem Handgelenk funkelte in der Sonne, und Mathilda stellte sich vor, wie Hella im Himmel lächelte.

47.

Sonntag, 23. Juni

»Du solltest jetzt mal deine Sachen zusammenpacken.« Pit blieb an der Tür stehen und sah verärgert, dass Bai Ling immer noch im Bett lag. »Wir fahren in einer Stunde los.«

»Mir geht es aber immer noch schlecht.« Bai Ling setzte sich umständlich auf. Mit leidendem Gesichtsausdruck schob sie sich die Haarsträhnen aus der Stirn. »Mir ist so übel. Ich muss erst mal Tee trinken, ich kann noch gar nicht packen. In einer Stunde, das schaffe ich nicht.«

Genervt schüttelte Pit den Kopf. »Jetzt reiß dich mal zusammen. Spätestens heute Mittag sitzt du bei mir im Auto. Ich habe Hermann gesagt, dass wir am Nachmittag in der Kneipe sind. Und wir brauchen mindestens zwei Stunden. Mach hin.«

Er schloss die Tür lauter als notwendig und lehnte sich einen Moment dagegen. Er würde drei Kreuze machen, wenn er Bai Ling los war. Er fragte sich, was ihn geritten hatte, sie so einfach aufzunehmen, ohne auch nur irgendetwas über sie zu wissen. Hermann hatte gleich gesagt, dass mit ihr etwas nicht stimmte, genau wie Eddie. Pit sollte sich wirklich mal angewöhnen, auf andere zu hören. Dann wäre es gar nicht so weit gekommen.

Er stieß sich von der Tür ab und ging langsam die Treppe runter. Die gepackten Kartons im Flur hatten einen Hindernisparcours entstehen lassen, man kam nur noch im Slalom durch. Pit rammte sich an einem Karton das Knie und fluchte. Das Zeug musste hier weg, so konnte man Ilses Haus niemandem zeigen. Dabei hätte er das Haus am gestrigen Abend gern jemandem gezeigt, aber dafür mussten erst knapp fünfzig Kartons und eine kleine Chinesin entsorgt werden. In dieses Chaos konnte er die schöne Karolina nicht mitnehmen.

Tief einatmend öffnete Pit die Haustür und trat nach draußen. Es war schon sehr warm, die Sonne strahlte von einem blauen Morgenhimmel. Pit sah zum Eingang seiner Schwester, die Tür war noch zu. Und von Karolina nichts zu sehen.

Pit fingerte eine Zigarette aus der Hosentasche, ließ sich auf die alte Holzbank neben der Haustür fallen und zündete die Zigarette an. Während er Ringe in die Luft paffte, dachte er über den gestrigen Abend nach.

Sie hatten noch fast bis Mitternacht auf der Terrasse gesessen, Mathilda, Gunnar, Alina, Max, Nele, Robert, Johannes Pape und eben Karolina und er. Es war ein schöner Abend gewesen, hatte er gedacht und Karolina immer wieder verstohlen von der Seite angesehen, während sie von ihrer Häusersuche in der Gegend erzählte. Alinas Schwester wohnte offenbar in Hamburg, doch Karolina zog es eher nach Husum. Das Großstadtleben war nichts für sie, das sagte sie sehr entschieden. In Polen würde sie auch in einem Dorf leben, sie mochte die Gemeinschaft, die Natur und die Ruhe und könnte in einer Wohnung inmitten von Häusern und Autoverkehr einfach nicht wohnen. »Eigentlich suche ich so etwas in der Art wie hier«, hatte sie gesagt und sich sehnsüchtig in Mathildas Garten umgesehen. »Hier ist es richtig schön, das gefällt mir. Und ich werde so lange suchen, bis ich so etwas gefunden habe. Dann kann ich den Umzug planen.«

Mathilda konnte sie ja so gut verstehen! Und nach einem kurzen Blickwechsel mit Gunnar und Pit hatte sie dann auch gleich mal Ilses Haus ins Spiel gebracht. »Wir räumen das

Haus unserer Mutter gerade aus und wissen noch gar nicht genau, was wir damit machen wollen.«

An dieser Stelle hatte Pit hektisch überlegt, wie er verhindern konnte, dass Karolina bei einer möglichen Besichtigung auf Bai Ling traf und auf falsche Gedanken kam. Aber er brauchte keine Lösung mehr zu finden, denn plötzlich hatte Bai Ling auf dem Rasen gestanden und neugierig auf die Terrasse gestarrt.

»Was macht denn ...«, hatte er sofort gefragt und war hektisch aufgestanden, während Karolina ihn neugierig musterte. »Das ist ...«

»Eine Angestellte von Pit«, hatte Mathilda den Satz leise und nur an Karolina gerichtet ergänzt. »Sie geistert ab und zu durch die Gegend. Sie ist ein bisschen seltsam, deswegen kümmert mein Bruder sich um sie. So war er früher schon, wenn ihm jemand leid tat. Er hat auch ständig kranke Tiere mit nach Hause gebracht. Aber morgen fährt sie wieder nach Hamburg zurück, nicht wahr, Pit? So ist doch der Plan.«

Pit nickte dankbar und sah zu Bai Ling, die immer noch auf dem Rasen stand, während Karolina ihn bewundernd ansah. »Ja. Aber jetzt bringe ich sie erst mal zurück ins Haus. Es ist ja schon spät, für mich wird es auch Zeit. Wir wollen morgen früh los.«

»Gute Nacht«, sagte Karolina leise und lächelte ihn an. »Schade, dass der schöne Abend schon vorbei ist. Es hat mich sehr gefreut. Bis bald und gute Nacht.«

Pit sah zu ihr und setzte sich widerstrebend in Bewegung, während ihm ein kleiner Schauer über den Rücken lief. Was für eine Frau ...

Bai Ling hatte irgendetwas von Schlafwandeln gefaselt, er hatte sie etwas grob am Handgelenk gepackt und war mit ihr zurückgegangen. Sie ging ihm so was von auf den Geist, er musste sich richtig zusammennehmen, um nicht unfreundlich zu werden.

Er drückte jetzt die Zigarette im Blumentopf aus und stand auf. Da Bai Ling noch nicht fertig war, konnte er ja wenigstens noch einen Kaffee trinken und sich von Karolina verabschieden. Auch wenn er selbst nicht genau verstand, was mit ihm los war. Ihm war ganz komisch im Bauch.

Pit wollte gerade losgehen, als die Haustür geöffnet wurde und Alina herauskam. Sie sah zur Seite, entdeckte ihn und rief: »Guten Morgen, kannst du uns vielleicht helfen?«

Langsam schlenderte er zu ihr, die Hände in den Hosentaschen vergraben, ganz lässig, es könnte ja sein, dass Karolina auch gleich auftauchte. »Wobei denn?«

Alina lächelte ihn erleichtert an, die Ähnlichkeit mit Karolina war nicht zu übersehen, Pits Blutdruck stieg sprunghaft, was von Alina glücklicherweise nicht bemerkt wurde. »Das Cabrio«, sagte sie achselzuckend. »Das Auto meiner Mutter. Sobald sie den Motor anmacht, leuchten alle Lampen. Und gehen nicht aus. Max sagt, dass es irgendein Fehler in der Elektronik ist, aber er weiß auch nicht, wie man den beheben kann. Weißt du das vielleicht?«

»Wohin will deine Mutter denn so früh?« Das war natürlich eine blöde Antwort auf die Frage, ob er ihr helfen könne, Pit räusperte sich und fuhr fort: »Ich sehe mir das mal an. Am besten in Eddies Werkstatt, kein Problem.«

Erleichtert nickte Alina. »Das ist nett, danke. Meine Mutter hat nämlich heute Morgen noch kurzfristig einen Besichtigungstermin für ein Haus ganz in unserer Nähe bekommen. Die Vermieter haben gerade angerufen, der Termin ist um zwölf. Also in zwei Stunden. Und jetzt ist das Auto kaputt. Das ist so ärgerlich.«

Während Pit neben Alina zum Parkplatz ging, auf dem Karolina ihr blaues Cabrio abgestellt hatte, ärgerte er sich, dass er nachher Bai Ling nach Hamburg fahren musste. Ansonsten hätte er der schönen Karolina anbieten können, sie zu dem Besichtigungstermin zu fahren. Um sich gleich anzusehen, wo sie in Zukunft zu finden wäre. Und noch ein bisschen Zeit mit ihr allein zu haben. Das war jetzt Pech. Es sei denn, ihm fiel noch irgendetwas ein.

Karolina saß im Auto und starrte missmutig auf das Armaturenbrett, als Pit sich durch die offene Tür beugte. Sofort erhellte sich ihr Gesicht, und Pit spürte wieder dieses Gefühl in der Magengegend.

»Guten Morgen«, sagte er mit belegter Stimme. »Was haben wir für ein Problem?«

»Ich weiß es auch nicht«, in ihrer Stimme klang ein Lächeln mit. »Alles leuchtet. Ich traue mich nicht, so zu fahren. Kennst du dich aus?«

Es leuchtet wirklich alles, dachte Pit, als er sie aussteigen ließ und dabei den Duft ihres Parfüms einatmete. Und was auch immer der Fehler an diesem Auto war, er würde es hinkriegen, dass Karolina noch eine Nacht in Dettebüll verbringen musste. Damit sie noch da war, wenn er am Abend ohne Bai Ling wieder zurückkommen würde.

Mathilda drückte den Deckel der Plastikdose fest zu und stellte sie in den Korb, während ihr Hund ihr aufgeregt um die Beine sprang. »Gunnar?« Sie ging in den Flur und sah sich suchend um. »Ich fahre jetzt los. Wo bist du denn?«

»Hier.« Gunnar trat in einer Wolke aus Rasierwasser aus dem Bad. »Wo fährst du denn hin?«

»Das habe ich dir doch vorhin gesagt.« Kopfschüttelnd betrachtete sie ihn. »Du musst mir auch mal zuhören. Ich fahre jetzt mit dem Rad zu Johannes und bringe ihm die Donauwellen, die ich extra für ihn gebacken habe und die er gestern ja nicht mehr gegessen hat. Mal sehen, ob er reden will.«

»Na, das haben andere auch schon versucht. Da bin ich aber mal gespannt.« Gunnar rieb sich zufrieden übers Kinn. »Dieser neue Rasierer funktioniert einwandfrei. Willst du mal fühlen?«

»Nein.« Mathilda nahm den Korb in die andere Hand und ging zur Haustür, wo sie sich nochmal umdrehte. »George, nun komm. Pit sieht sich übrigens gerade den Wagen von Karolina an. Ich habe schon gesagt, wenn das was Größeres ist, dann muss Max sie zur Besichtigung fahren. Und der Wagen muss hier stehenbleiben. Sie kann ihn wieder abholen, wenn er repariert ist. Das hat Pit auch gesagt, der bringt den Wagen sicherheitshalber zu Eddie in die Werkstatt, Eddie kriegt das doch in jedem Fall wieder hin.« Sie ließ den Hund vorbei, der sofort nach draußen schoss, bevor sie zu ihrem Fahrrad ging.

»Bestimmt.« Gunnar folgte ihr gemächlich und kraulte George, der schon schwanzwedelnd neben dem Fahrrad stand, kurz den Kopf. »Du kannst Johannes von mir grüßen, ich komme morgen mal bei ihm vorbei. Also, bis später.«

Mathilda klemmte den Korb auf den Gepäckträger und stellte einen Fuß auf die Pedale. »Ja«, sie hob den Kopf und lächelte. »Bis später.« Sie radelte los, George trabte munter voraus.

Der Hund hatte eine so offensichtliche Freude an dieser Runde, dass Mathilda beschloss, nicht auf direktem Weg zu Johannes Pape zu fahren, sondern einen kleinen Umweg zu machen. In der Hektik der letzten Tage hatte sie George doch ein bisschen vernachlässigt. Aber so langsam schien sich alles zu beruhigen, Mathilda konnte sich jetzt endlich mal Zeit nehmen und eine schöne große Runde mit George absolvieren.

Ihre Gedanken schweiften zum gestrigen Abend zurück. Sie war immer noch so beseelt, dass sie unwillkürlich lächelte. Wie sehr hatte sie sich in den letzten Jahren so einen Geburtstag gewünscht. Ein sommerlicher Abend, eine große Tafel und all ihre Lieben friedlich versammelt. Keine bösen Spitzen, kein beleidigtes Gesicht, keine Sticheleien. Das wäre zu Ilses Lebzeiten niemals möglich gewesen. Niemals hätte Max sich getraut, seine polnische Freundin der Boshaftigkeit seiner Großmutter Ilse auszusetzen. In ihrer Dummheit hatte Ilse den armen Gunnar schon dauernd grundlos beleidigt. Jetzt ärgerte Mathilda sich, dass sie das so lange zugelassen hatte. Sie hätte schon viel früher etwas unternehmen müssen. Aber das hatte sie sich nicht getraut. Immerhin waren sie und Gunnar die ganze Zeit von Ilse abhängig gewesen, die hatte gewusst, dass Mathilda so an ihrem Haus und Hof hing, und hatte diesen Trumpf ständig ausgespielt. Und dann war sie auch noch zu geizig und böse gewesen, um ihrer Enkelin in einer finanziellen Notlage zu helfen. Aber nun konnten Gunnar und sie ihrer Tochter doch helfen. Weil sich alles so schön gefügt hatte. Und man konnte Nele gestern Abend ja ansehen, dass sie jetzt, nachdem einige Zeit verstrichen war, ihre Trennung mittlerweile schon ganz gut verarbeitet hatte. Weil sie nun wusste, dass sie in ihrer schönen Wohnung bleiben konnte. Und nicht zuletzt, weil es eine offensichtliche Annährung zwischen Robert und ihr gab. Das wäre auch zu schön, Mathilda fand, dass die beiden noch immer ganz wunderbar zueinanderpassten.

Sie bog langsam um die Kurve und blieb an der Ecke stehen, um auf George zu warten, der mal wieder den richtigen Baum suchte. Er pinkelte nie gegen den erstbesten. Eine bedrohlich aussehende Krähe ließ sich plötzlich auf einem großen Stein neben Mathilda nieder und starrte sie aus kalten Augen böse an. Mathilda kniff die Augen zusammen und blickte zurück. Vielleicht gab es doch Reinkarnation. Und jeder kam so zurück, wie er es verdient hatte. Sie lehnte ihr Rad an einen Baum und ging langsam auf die Krähe zu, die tatsächlich sitzen blieb, ohne den bösen Blick abzuwenden. Mathilda nickte langsam.

»Na, Ilse«, flüsterte sie. »Als Aasfresser zurück? Das passt doch. Und damit du richtig schlechte Laune bekommst:

Max' Freundin ist eine Polin, das Land, das du Nils verkaufen wolltest, gehört immer noch uns, und wir werden es für viel Geld verkaufen, dein Sohn Pit hat sich offenbar in die polnische Mutter von Max' Freundin verknallt und schläft gerade in deinem alten Bett. Und ich gehe jetzt zu Johannes Pape, deinem ehemaligen Schwager, und bringe ihm Donauwellen. Stell dir vor: Er hat mir Hellas wunderschönen goldenen Armreif zum Geburtstag geschenkt. Weißt du: Ohne dich ist das Leben so viel schöner!«

Die Krähe öffnete plötzlich den Schnabel, stieß ein schrilles »Kräh, kräh« aus, breitete ihre Flügel aus und hob ab. Mathilda sah ihr unbewegt nach, sie kannte diese beleidigten Abgänge schon ihr Leben lang. Als Krähe machte Ilse das aber irgendwie eleganter.

Nur wenig später stellte sie ihr Fahrrad vor die abgeblätterte blaue Hintertür von Bauer Papes Haus und pfiff George zu sich. »Komm, George, sitz. Und bleib.« Der Hund trottete langsam zu ihr und setzte sich, Mathilda streichelte seinen Kopf, bevor sie den Kuchen vom Gepäckträger nahm. Sie drückte die Tür zur Diele auf und blieb überrascht stehen. An der Wand stapelten sich Müllsäcke und vollgepackte Kartons, daneben standen zwei kaputte Stühle, ein alter Fernseher, zwei Matratzen, dazwischen lagen eingerollte Teppiche.

»Moin.« Johannes Pape war die steile Kellertreppe hochgekommen und stand plötzlich hinter ihr, in den Händen zwei weitere Müllsäcke. »Was willst du denn so früh hier?« Er wuchtete die Säcke auf die anderen und wischte sich die Hände an der Hose ab, bevor er sie ansah.

Mathilda sah sich erstaunt um. »Ich wollte dir den Kuchen bringen, den du gestern Abend nicht mehr gegessen hast. Ich habe so viel gebacken, das wäre doch schade. Und was machst du hier?«

»Nichts.« Achselzuckend blickte er auf den Stapel. »Ein bisschen aufräumen.«

Mathilda nickte erstaunt, dann schoss auf einmal ein Gedanke durch ihren Kopf, und sie sah ihn alarmiert an. »Aber du willst doch nicht verkaufen, oder?«

»Was?«

»Na, den Hof. Und dein Land. Wegen der Siedlung. Willst du etwa hier weg? Räumst du das Haus aus?«

Johannes Pape runzelte die Stirn, während er an ihr vorbei durch die offene Dielentür sah. »Sitzt dein Hund da draußen? Den kannst du doch mit reinnehmen.« Er pfiff kurz, George hob den Kopf und trabte zögernd auf ihn zu, ohne dabei Mathilda aus den Augen zu lassen. Als er vor ihnen stand, strich sie ihm kurz über den Kopf, erst danach ließ er sich schwanzwedelnd von Pape kraulen. »Feiner Hund«, sagte der leise. »Dann lass uns mal in die Küche gehen und einen Kaffee kochen, ich habe noch nicht gefrühstückt. Jetzt gibt es ja Kuchen dazu.«

Er ging vor, George lief neben ihm, Mathilda folgte langsam und hoffte dabei inständig, dass ihr Verdacht falsch war. Es wäre einfach blöd, wenn Johannes Pape ausgerechnet jetzt, wo sich alles so schön gefügt hatte, das Dorf verließe. Er gehörte doch dazu. Zu ihrer Familie. Und sie hatten schon so viel Zeit verplempert, ganz zu schweigen von Robert, der erst jetzt erfahren hatte, wer in Wirklichkeit sein Vater war. Das gute Leben fing doch erst an.

Während Pape den Wasserkessel füllte und der Hund es sich unter dem Küchentisch bequem machte, ließ Mathilda ihren Blick durch die Küche wandern. Johannes hatte hier ordentlich ausgemistet, wo sonst immer Zeitungsstapel und anderer Krempel gelegen hatten, herrschte jetzt gähnende Leere. Es war alles aufgeräumt, die Küche wirkte heller und größer, sogar die vergilbten Gardinen waren weg, und man konnte durch das offensichtlich geputzte Fenster in den

Garten sehen. Der sah allerdings so verwildert aus wie immer.

Als hätte er ihre Gedanken gelesen, sagte Pape plötzlich: »Weißt du, ob es diesen Gärtner noch gibt, diesen Dänen, der auch Weihnachtsbäume verkauft hat? Der mit den Rosen? Der hatte die Gärtnerei hinter der Kurve, kurz vor Husum.«

»Du meinst Olsson?« Mathilda sah auf Papes Rücken. »Er hat schon vor acht Jahren aufgegeben. Der war fast achtzig, und sein Sohn wollte nicht weitermachen. Da ist jetzt ein Billigmöbelladen drin. Warst du so lange nicht in Husum?«

»Nö.« Pape drehte sich kurz zu ihr um, bevor er weiter Wasser in den Filter goss. »Kennst du einen anderen Gärtner?«

Sie schüttelte den Kopf. »Ich mache meinen Garten selbst. Und Rasen mäht Gunnar. Warum? Was hast du denn vor?«

Die Kaffeekanne war voll, sorgfältig drehte Pape den Deckel drauf, nahm zwei Tassen und Teller aus dem Schrank und stellte alles auf den Tisch, bevor er sich Mathilda gegenübersetzte. Erst dann antwortete er: »Ich habe keine Ahnung von Blumen und so. Aber ich will, dass der Garten wieder ordentlich aussieht.«

Mathilda nickte, dann zog sie die Dose zu sich und öffnete den Deckel. »Nimm dir bitte«, sie schob ihm den Kuchen hin. »Du musst mir ja nicht erzählen, was du vorhast. Hauptsache, du ziehst nicht weg.« Sie schluckte, bevor sie weitersprach, um ihre Gefühle in den Griff zu kriegen. »Wir haben so viele Jahre verplempert, nur wegen Ilse. Und jetzt ist Pit wiedergekommen, und wir haben wieder Kontakt, es kann jetzt alles wieder schön werden, ich wünsche mir das so sehr. Vielleicht bleibt Pit ja auch, das wäre wunderbar. Und Robert kommt ohne Nils bestimmt auch öfter her, und er hat sich, glaube ich, ein bisschen in Nele …« Mathilda schloss den Mund, sie redete gerade zu viel, das konnte Pape vielleicht gar nicht vertragen.

Statt einer Antwort griff Pape nach dem Kuchen und legte ihn auf den Teller. Immer noch schweigend fing er an zu essen, unter dem Tisch hörte man den Hund leise knurren. Mathilda beugte sich runter. »George. Still.« Sofort war Ruhe.

»Was hat er denn?«, fragte Pape mit einem Blick unter den Tisch. »Gibt doch nichts zu knurren.«

»Vielleicht hat er die Katzen gerochen.« Mathilda hob die Schultern. »Er mag nicht alle.« Sie stützte ihr Kinn auf die Hand und sah nach draußen. Der Garten war wirklich sehr verwildert, hier musste erst mal jemand Grund reinbringen. »Es gibt eine Gärtnerei in Niebüll, bei denen ich meine Pflanzen kaufe. Die sind nett und legen auch Gärten an. Ich schreibe dir die Adresse auf.«

Pape nickte, nachdenklich sah Mathilda ihn an. Was ging nur in seinem Kopf vor? Warum wurde er plötzlich so aktiv? Er hatte nach Hellas Tod nichts mehr am Haus gemacht, ganz so, als wäre es ihm egal, wie er selbst lebte. Gunnar hatte mal gesagt, seine Kälber wohnten schöner als er, der Stall wäre wenigstens immer sauber und aufgeräumt. Was man von Papes Haushalt nicht sagen könne. Hella fehlte an jeder Ecke.

Ihr fiel die Krähe mit dem bösen Blick wieder ein. »Glaubst du eigentlich an Wiedergeburt?«

Pape ließ ein Stück Kuchen von der Gabel fallen. »Was?«

»Dass Verstorbene in anderer Form zurückkommen.« Mathilda sah wieder nach draußen, Pape folgte ihrem Blick. In diesem Moment schoss ein Steinmarder mit einem Küken im Maul über den Hof. Pape sah ihm hinterher. »Drecksvieh«, murmelte er. »Der räubert bei den Hühnern. Das ist schon das dritte Mal, der ist bald fällig.«

»Nils«, sagte Mathilda leise. »Das könnte Nils sein. Ich habe vorhin eine Krähe gesehen, die hat mich angestarrt.

Derselbe Blick wie meine Mutter. Glaubst du an so was? Oder ist das Quatsch?«

Pape sah sie lange und unergründlich an. Sie sah zurück. Bis er seinen Kopf zum Fenster wandte und aussah, als würde er auf etwas warten. Sekundenlang, minutenlang, schweigend. Aber plötzlich zeigte er auf einen Punkt vor dem Fenster, Mathilda beugte sich vor. Ein Zitronenfalter tanzte über das Unkraut an der Hauswand. Zartgelb und sehr lebendig. Pape räusperte sich. »Die gibt es kaum noch. Aber seit Hella tot ist, kommt jedes Jahr dieser Zitronenfalter. Obwohl ich gar nicht mehr viele Blumen habe. Aber dieser Schmetterling kommt trotzdem. Jedes Jahr.« Er machte eine kleine Pause, dann fügte er an: »Ich glaube nicht, dass es Quatsch ist.«

Mathilda schluckte die Rührung runter, George knurrte wieder. Sie legte ihm die Hand aufs Maul. »Schscht.«

»Wohnungen.« Pape stand langsam auf und stellte sich ans Fenster.

»Was?« Verwirrt sah Mathilda hoch. Er stand mit dem Rücken zu ihr, die Hände in die Hosentaschen vergraben.

»Das Haus ist viel zu groß.« Er redete weiter, ohne sie anzusehen. »Vierhundert Quadratmeter. Ich werde das jetzt umbauen. Zwei Wohnungen zum Vermieten, eine für mich. Aus der Diele kann man eine Werkstatt machen, vielleicht kommt hier auch noch ein Handwerker rein. War eine Idee von Robert. Und Alina. Ist doch eine gute Idee.«

»Das wird aber ein riesiges Vorhaben«, Mathilda machte große Augen. »Und teuer.«

»Ich habe Geld genug.« Pape drehte sich zu ihr um. »Und ich verkaufe auch noch den Großteil vom Land. Bin einfach zu alt, um alles allein zu bewirtschaften. Und das will doch kein anderer machen.«

»Aber du bleibst hier?« In Mathildas Frage schwang ihre ganze Hoffnung.

Er nickte. »Natürlich. Wo soll ich denn sonst hin? Außerdem habe ich hier den Zitronenfalter.«

George knurrte leise, dann lauter, plötzlich schoss er unter dem Tisch hervor und fing an, wie ein Verrückter zu bellen.

»George«, rief Mathilda und griff nach der Leine, die in ihrem Korb lag. »Still, komm hierher.«

Der Hund reagierte nicht, er blieb vor der Tür stehen und bellte weiter. Mathilda stand seufzend auf, griff zu seinem Halsband und klickte die Leine fest, mit der sie ihn zurückzog. »Jetzt ist Schluss!« Sie warf Pape einen fragenden Blick zu. »Sind die Katzen in der Diele? Was hat er denn?«

Die Leine half, George sah beleidigt zu Mathilda, dann setzte er sich knurrend neben ihren Stuhl. »Mach Platz.« Umständlich legte er sich wieder unter den Tisch. Mathilda schüttelte den Kopf. »Das macht er nur, wenn jemand vor der Tür steht, den er nicht leiden kann. Wo waren wir?«

»Beim Umbau.« Pape trat vom Fenster zurück und ging zur angelehnten Küchentür, die er ein kleines Stück aufschob. »Ich höre doch was in der Diele, da ist jemand gekommen.« Er schob die Tür ganz auf und ging ein paar Schritte in den Flur, der zurück in die Diele führte. Mathilda legte George die Hand aufs Maul und beugte sich lauschend vor.

»Was willst du denn hier?« Papes erstaunte Stimme war zwar leise, aber trotzdem zu verstehen. Noch besser verstand sie die laute Antwort.

»Wir sollten uns unterhalten, Pape.« Harald Wiesners aggressiver Ton ließ Mathilda zusammenzucken. »Jetzt reden wir mal Tacheles. Ich habe die Schnauze voll.«

Es hörte sich nicht so an, als würde es sich um einen Nachbarschaftsbesuch handeln. Das hier klang nach richtig viel Ärger.

48.

»Das war nur ein Wackelkontakt.« Eddie trat einen Schritt zurück und sah an der geöffneten Motorhaube vorbei zu Pit. »Mach mal den Motor an.«

Pit befolgte die Anweisung und startete. Der Wagen sprang an, die Lampen blieben aus. Eddie hatte Recht. Etwas enttäuscht nickte er. »Alles gut«, sagte er laut und stellte den Motor wieder aus. »Da leuchtet nichts mehr.«

Er stieg aus und stellte sich neben Eddie, der mit einem ölverschmierten Lappen noch über irgendeine Stelle am Motor rieb. »Sag mal«, begann er seine Frage, musste aber erst die richtige Formulierung suchen. Eddie sah ihn abwartend an, dann ließ er die Motorhaube zufallen.

»Was soll ich sagen?«

»Können wir vielleicht beschließen, dass doch etwas Größeres am Wagen kaputt ist und du das Ersatzteil erst morgen Mittag bekommst?«

»Hä?« Eddie schüttelte verwirrt den Kopf. »Was soll ich bei einem Wackelkontakt ersetzen? Das geht doch wieder.«

»Ja, aber es könnte doch auch sein, dass etwas anderes …«, Pit wand sich verlegen, Eddies Gesichtsausdruck wurde immer verständnisloser. »Also, ich fände es gut, wenn der Wagen über Nacht hier stehen könnte. In der Werkstatt. Karolina, also, die Mutter von Alina, also von der Freundin von Max, jedenfalls müsste Karolina dann heute Abend wiederkommen. Und ich bin heute Abend ja auch wieder da. Dann, dann könnte ich …«

An diesem Punkt war Eddie das Gestammel zu viel. »Ich verstehe kein Wort. Was ist mit der Freundin von Max?«

Pit atmete tief ein und aus, um sich zu konzentrieren. Dann versuchte er es erneut: »Also. Alina hat eine Mutter. Karolina. Und die ist gestern zu Mathildas Geburtstag gekommen. Und sie fährt heute wieder weg, es sei denn, ihr Auto wäre kaputt. Ich fände es aber gut, wenn sie heute noch bleiben müsste.«

»Ach du Scheiße!« Unvermittelt schlug Eddie sich an die Stirn. »Der Geburtstag war gestern? Ich habe doch noch ein Geschenk für Mathilda. Das habe ich total vergessen, kannst du es ihr nachher geben?« Ohne die Antwort abzuwarten, marschierte er zum Haus, Pit beeilte sich, hinterherzukommen. »Hast du mir überhaupt zugehört?«

Zielstrebig ging Eddie ins Wohnzimmer, Pit blieb an der Tür stehen und beobachtete ratlos, wie Eddie sich durch sein Chaos wühlte. Aber nach wenigen Augenblicken zog er eine weiße Plastiktüte aus einem Haufen und hob sie triumphierend hoch. »Na bitte, da ist es.« Er griff in die Tüte und hob einen in Zellophan eingepackten Gegenstand heraus, den er Pit stolz zeigte. »Der Hammer, oder?«

Langsam kam Pit näher und musterte den Gegenstand mit zusammengekniffenen Augen. »Eine Tasse?«

»Aber was für eine!« Eddies Blick war ganz beseelt. »Die habe ich bei meiner letzten Geschäftsreise in England gefunden. Davon gibt es nicht so viele. Du musst sie dir richtig angucken.«

Pit verstand die Begeisterung immer noch nicht, obwohl Eddie ihm die Tasse jetzt genau vor die Augen hielt. Es war eine ganz normale Tasse mit dem Foto eines kleinen Jungen, der trotz Zahnlücke in eine Kamera lachte. Mathilda hatte doch den ganzen Schrank voller Geschirr. Und was das Besondere an einer fremden kindlichen Zahnlücke sein sollte, verstand Pit auch nicht. Schon gar nicht auf einer Tasse.

»Das ist George.« Eddie schüttelte ob dieser Ignoranz den Kopf. »Der kleine englische Prinz. Mathildas Lieblingsprinz. Mann, du stehst ja gerade voll auf der Leitung.« Resigniert ließ er die Tasse sinken. Pit sah ihn nur achselzuckend an. »Okay«, meinte er. »Ich frage mich nur, woher du so was immer weißt. Und was für eine Geschäftsreise du nach England gemacht hast.«

Eddie beantwortete weder die eine noch die andere Frage. Stattdessen reichte er ihm das Geschenk mit den strengen Worten: »Lass sie nicht fallen, das ist ein Sammlerstück.«

»Ja, ja, ich verstehe.« Vorsichtig balancierte Pit das Zellophan-Gebilde in beiden Händen. »Ich pass schon auf. Du kannst es ihr aber auch selbst bringen.«

»Schaffe ich heute nicht.« Eddie nahm ihm das Geschenk wieder weg und legte es vorsichtig in die weiße Tüte. *Duty-free* stand darauf, Pit wunderte sich erneut, wie wenig er von Eddie wusste. Er sah ihn kurz an, dann sagte er: »Du, Eddie, nochmal zu der Sache von vorhin. Es wäre wirklich nett von dir, wenn du den Wagen über Nacht in die Werkstatt stellst und wir Karolina sagen können, dass sie ihn erst morgen wieder abholen kann. Ich erkläre es dir mal in Ruhe, aber du würdest mir echt einen Gefallen tun.« Wie er das seinem Kumpel überhaupt erklären könnte, fragte Pit sich gerade. Als wenn Eddie Ahnung von Liebesdingen hätte. Eddie sah ihn lange an. »Findest du nicht, dass ich dir in letzter Zeit ein bisschen viele Gefallen tue?«

»Ja, schon.« Pit wich seinem Blick aus. »Aber es kommen auch mal wieder andere Zeiten, und dann mache ich es wieder gut. Kannst dich drauf verlassen.«

Eddie sah ihn immer noch an. Schließlich gab er sich einen Ruck und ging wieder nach draußen. Pit folgte ihm, bis Eddie auf dem Hof stehenblieb.

»Du musst dir gar nichts ausdenken.« Eddie sah Pit jetzt entschlossen an. »Ich kann es dir auch gleich sagen. Willst du es hören?« Er wartete die mögliche Antwort gar nicht erst ab. »Okay, also erstens: Ich wäre dir dankbar, wenn du deine Hamburger Probleme demnächst mal löst. Dieser Typ, der da hinter dir her ist, also dieser Handelsvertreter, der parkt nämlich gerade vor den Holzpaletten und wartet auf irgendwas, während er mein Haus beobachtet. Da habe ich keinen Bock drauf. Zweitens: Hans und Christa wollen die Kneipe schließen. Sie kriegen Kohle von diesem Landverkauf, die haben ja mehr, als sie Harald verkauft haben. Gestern war so ein glatter Typ von der Bank in der Kneipe, das muss echt ein Geschäft sein, dass der sogar an einem Sonnabend arbeitet, jedenfalls haben sie mit dem lange geredet und dann beschlossen, dass sie sich in Kiel eine Reihenhausschnitte kaufen wollen. Neben ihrem Sohn. Und deshalb die Kneipe zumachen. Ich habe aber keine Lust, mein Bier zu Hause zu trinken, die Kneipe muss also bleiben. Die kannst du doch übernehmen. Damit tust du mir schon mal einen Gefallen. Drittens …«

»Warte mal.« Verstört hatte Pit die Hand gehoben, die Geschichte mit der Kneipe und irgendwelchen Reihenhausschnitten hatte ihn nur mäßig interessiert, aber etwas ganz anderes hatte ihn geradezu elektrisiert. »Was ist mit dem Rothaarigen? Seit wann steht der da? An den Paletten?«

»Seit wann?« Eddie zuckte mit den Achseln. »Keine Ahnung, ich habe nicht auf die Uhr gesehen. Er ist mir aufgefallen, als ich heute Morgen den Grasschnitt auf den Trampelpfad geschmissen habe. Und vom Klo oben kann ich ihn auch sehen.«

»Scheiße.« Pit stöhnte gequält auf. Mit einem Schlag waren die schöne Karolina und sein Flimmern im Magen in der brutalen Wirklichkeit verpufft. »Die lassen nicht locker.«

Eddies nächster Satz machte das Ganze noch schlimmer. »Und außerdem habe ich deine Chinesin gestern Abend mit dem Typen im Auto gesehen. Die haben irgendwas miteinander zu tun.«

»Gestern Abend?« Pit fuhr herum. »Das kann gar nicht sein, Bai Ling hatte einen Virus und hing die ganze Zeit über dem Klo. Sie konnte noch nicht mal mit zu Mathildas Geburtstag. Du hast dich verguckt.«

»Die Chinesendichte ist in Dettebüll eher gering.« Eddie sah ihn spöttisch an. »Ich habe mich nicht verguckt, das war sie. Ich habe doch gesagt, mit der stimmt was nicht. Alter, ich schätze, du hast ein echtes Problem.«

Pits Blutdruck stieg, er merkte es am Pochen unter seiner Kopfhaut, ihm wurde plötzlich heiß. »Scheiße, Scheiße, Scheiße«, fluchte er leise, auch wenn es nichts nützte. »Wieso hat sie bei diesem Typen im Auto gesessen?« Hektisch rieb er sich mit beiden Händen über den Kopf. »Sie ist ihrem russischen Mann weggelaufen, sie hat überhaupt nichts mit *Kill you* und seiner Truppe zu tun, was zur Hölle hat sie mit dem Rothaarigen zu reden? Sie hat gesagt, dass er sie bei der Beerdigung nur irgendwas gefragt hat. Wieso redet sie jetzt wieder mit ihm? Scheiße, Mann, was soll ich denn jetzt machen?«

»Atmen.« Eddie sah ihn an. »Einfach atmen, du kollabierst ja gleich.« Er schob die Hände in die Hosentasche und betrachtete das Cabrio. »Wenn ich hektisch werde, dann mache ich mir immer einen Plan. Also, wie ich was zuerst erledigen kann. Wenn ich an deiner Stelle wäre, würde ich erstmal die Chinesin in die Wüste schicken. Die schnüffelt rum und quatscht mit jedem. Vielleicht hat sie den Typen auch einfach so angesprochen, das weiß ja keiner. Aber wie auch immer, sie muss auf jeden Fall weg. Danach kümmerst du dich endlich um das Zeug im Werkzeugschrank, und wenn du damit fertig bist, dann übernimmst du die Kneipe. Alles nach und nach. Und damit du dich ein bisschen beruhigst, fahre ich jetzt dieses Auto in die Werkstatt, auch wenn ich immer noch nicht verstanden habe, warum das sein muss.«

Pit stöhnte gequält. Warum zur Hölle hatte er nicht einfach die beiden Drecksbeutel zurückgebracht und den Mund gehalten? Warum hatte er sich auf diese Scheißgeschichte eingelassen? Es war zum Wahnsinnigwerden. Er zuckte zusammen, als Eddie ihm beherzt auf die Schulter hieb. »Rauch mal eine«, sagte er. »Ich kümmere mich um den Wagen.«

Er schlurfte ins Haus, kam aber nach wenigen Augenblicken zurück. »Hast du schon den Schlüssel geholt?«

»Wie?«

»Den Schlüssel zur Werkstatt.« Eddie runzelte die Stirn. »Der hängt nicht mehr am Haken.«

»Was?« Alarmiert sah Pit hoch. »Nein, natürlich nicht.«

»Okay.« Schneller, als Pit es Eddie zugetraut hatte, setzte der sich in Bewegung, umrundete das Haus und lief auf das verschlossene Tor der Werkstatt zu. Pit hatte Mühe, hinterherzukommen. Vor dem Tor holte er Eddie ein. Der war stehengeblieben und hob warnend die Hand, hinter dem Milchglas der Scheibe huschte ein Schatten durch den Raum. Der Schlüssel steckte von außen im Schloss.

»Du gehst zur Seitentür«, befahl Eddie. »Die ist offen. Ich gehe vorn rein. Da ist jemand drin.« Er sah sich suchend um. »Wir brauchen eine Waffe. Ich hatte hier doch …« Seine Miene hellte sich plötzlich auf. »Da sind sie.« Mit wenigen Schritten war er am Müllcontainer, der neben dem Tor stand. Ein paar rostige Eisenstangen ragten daraus hervor. Er zog zwei raus und kam damit zu Pit zurück. »Hier. Falls es Probleme gibt.«

»Wie?« Pit sah Eddie unschlüssig an. Dann fiel sein Blick auf die Stange. »Sollen wir ihn da drin niederschlagen?«

»Verteidigung.« Eddie umklammerte die Stange mit beiden Händen. »Du gehst zur Seite rein. Ich komme von vorn. Ich zähle bis zwanzig, dann komme ich rein. Eins.«

Pit nickte. »Zwei«, sagte er leise und ging dicht an der Hauswand entlang zur Seitentür. »Drei, vier«, er versuchte, irgendetwas durch die schmutzige Scheibe zu erkennen, es war ausgeschlossen. »Fünf, sechs, sieben, acht«, Pit presste die Lippen zusammen, seine Finger schlossen sich fester um die Eisenstange. »Neun.« Mit dem Ellenbogen drückte er die verrostete Klinke quietschend nach unten und schob die Tür gleichzeitig mit der Schulter auf. »Zehn.«

Das Erste, was er sah, war der Werkzeugschrank, dessen Türen sperrangelweit geöffnet waren. Und Bai Ling, die davorstand. Sie fuhr herum, als sie das Geräusch hörte, und starrte ihn an. In der Hand hatte sie eine Blechdose, eine *der* Blechdosen. Pits Herzschlag setzte einen Moment aus, er schnappte nach Luft und machte einen Schritt nach vorn, doch er kam nicht weit, plötzlich war Bai Ling mit einem Satz genau vor ihm, drehte sich blitzschnell zur Seite, zog ihr Bein an und trat mit aller Kraft in einem Side-Kick in seine Richtung. Er ließ die Eisenstange fallen. Das Letzte, was er sah, war eine leere Blechdose auf dem Boden, dann traf ihr Fuß mit Wucht sein Kinn, und alles wurde schwarz.

49.

Mathilda saß – die Hand immer noch um die Hundeschnauze gelegt und mit angehaltenem Atem – auf dem Küchenstuhl und lauschte dem Gespräch zwischen Pape und Wiesner.

»Du machst mir nicht alles kaputt, Pape, du nicht. Ich weiß alles, du kannst mich nicht länger fertigmachen. Entweder wir einigen uns heute oder …«

»Oder was?« Johannes Pape blieb ganz ruhig, was den ohnehin schon aggressiven Wiesner noch wütender machte. »Das wirst du dann schon sehen.«

Mathilda verstärkte den Griff um Georges Schnauze, um ihn daran zu erinnern, ruhig zu bleiben. Das Problem war, dass der Hund zwei Dinge hasste: laute Stimmen und Menschen, die ihn mal getreten hatten. Harald Wiesner hatte ihn tatsächlich mal mit einem Tritt am Näherkommen gehindert. George vergaß so was nie. Nach einem Moment löste sie die Hand wieder und sah den Hund an. Er blieb ruhig. Die Hundeschule hatte doch etwas genützt.

»Glaub nicht, dass ich nicht wüsste, was du hier die letzten Jahre getrieben hast, Pape. Von wegen alter einsamer Mann, der kaum noch allein seinen Hof bewirtschaften und sich nichts leisten kann. Da rennst du rum wie der letzte Penner, und in Wirklichkeit hast du ein fettes Bankkonto. Ich habe noch Kontakte, ich kriege das alles mit, glaub man nicht, dass du damit durchkommst.«

»Womit?«

Mathilda bewunderte Johannes für seine Ruhe, er ließ sich

überhaupt nicht provozieren. Harald Wiesner wurde noch lauter.

»Du hast Ilse Petersen auf dem Gewissen. Und Nils. Bist du auf einem Rachefeldzug? Musste Ilse vom Stuhl kippen, weil sie ihre Schwester malträtiert hat? Und Nils, weil der rausgefunden hat, dass sein Sohn ein Kuckucksei ist? Wer ist der Nächste? Mathilda? Weil sie sich auch nicht um dich gekümmert hat, obwohl du ihr Onkel bist? Oder Irene, weil sie dir deinen Sohn vorenthalten hat? Los, sag was, Pape und glotz mich nicht so blöd an.«

Pape sagte nichts.

»Ich könnte dich anzeigen, Pape. Wegen Mordes an Ilse Petersen und Nils Mommsen. Eigentlich muss ich das sogar, im Dorf wird nämlich rumerzählt, dass ich was damit zu tun hätte. So ein Schwachsinn.« Er machte eine Pause, dann fuhr er fort. »Du hast mich damals beschissen, du hast mir für mein Land läppische fünftausend Mark gegeben. Das ist jetzt viel mehr wert. Ich will die Kohle, die steht mir zu. Sonst lass ich dich auffliegen.«

Mathilda hatte sich vor lauter Spannung noch weiter nach vorn gebeugt, George gab ein leises Knurren von sich, sofort sah sie ihn an und hob den Zeigefinger. Es klappte, er zog den Kopf ein und war stumm.

»Warum sollte ich dir jetzt Geld geben?« Johannes Pape fragte es fast freundlich. »Das ist doch alles dummes Zeug, was du da erzählst. Rache, so ein Unsinn. Jeder kriegt seine gerechte Strafe, warum soll ich irgendetwas beschleunigen? Und im Übrigen habe ich dir das Land damals ordentlich bezahlt. Ich wusste ja nicht, dass du das Land verkaufen willst, weil du damit das von dir unterschlagene Geld der Bank zurückzahlen konntest. Sonst wärst du doch erledigt gewesen. Und ich glaube, du gehst jetzt besser.«

Wiesner gab ein Geräusch von sich, es klang wie ein heiseres Lachen. »Ich gehe, wann ich will. Und tu nicht so, als hättest du mich damals gerettet. Du wolltest mich doch bei der Bank anschwärzen. Meinst du, ich weiß das nicht?«

»Weil du von Hellas Konto Geld genommen hast.« Pape blieb weiterhin ruhig. »Ihr zuliebe habe ich auf eine Anzeige verzichtet, sie wollte das Christa nicht antun, weil sie dachte, die Kneipe deiner Schwester liefe nicht mehr, wenn alle wissen, dass ihr Bruder als Filialleiter die Leute beklaut.«

»Du böser alter Mann.« Wiesner schnappte nach Luft. »Ich mache dich fertig, du wirst schon sehen.«

Mathilda hatte jetzt genug. Dieser widerliche korrupte Harald Wiesner machte immer nur Stress. Sie hatte keine Lust, sich diese blödsinnige Unterhaltung weiter anzuhören. Und Johannes Pape war offensichtlich zu freundlich, um mit Harald fertig zu werden. Entschlossen stand sie auf, deutete mit dem Zeigefinger auf George und sagte leise: »Ruhe. Und bei Fuß.«

Langsam ging sie, George an der kurzen Leine hinter sich, in den Flur bis zur Tür, die zur Diele ging. Sie schob sich ein Stück weiter und blieb in der Tür stehen, nur wenige Meter von Pape und Wiesner entfernt, die sich gegenüberstanden.

»Hallo, Harald.«

Er zuckte zusammen und starrte sie einen Moment verblüfft an, dann grinste er ironisch. »Ach, kaum ist Ilse unter der Erde, macht ihr hier Familienzusammenführung? So als ob es nie Streit zwischen Papes und Petersens gegeben hätte? Das ist ja rührend. Oder wollt ihr nur an sein Erbe ran? Weil ihr Angst habt, dass jetzt Irenes Bastard alles kriegt?«

Johannes Pape trat einen Schritt vor. »Jetzt mal ganz vorsichtig, Harald.«

Ob aus Angst vor Pape oder im Reflex, Wiesner trat einen Schritt zurück, und der Abstand zwischen ihnen war wieder hergestellt. Mathilda beobachtete die beiden, Wiesner stand schon fast vor der offenen Kellertür. Jetzt sah er Mathilda mit schmalen Augen an. »Dir ist es anscheinend egal, wie deine Mutter gestorben ist.«

»Harald, du solltest jetzt wirklich gehen.« Mathilda empfand in diesem Moment einen so großen Widerwillen gegen diesen korrupten Dorfbürgermeister, dass es sie schon schauderte. »Ich habe keine Ahnung, was bei dir gerade im Kopf vorgeht, aber das ist doch alles kriminell. Und widerlich.«

»Kriminell?« Harald Wiesner lachte trocken. »Das musst du gerade sagen. Dein Bruder macht hier im Dorf gerade irgendwelche Drogengeschäfte, während er den trauernden Sohn gibt. Der ist doch nicht wegen Ilses Tod gekommen, der hat hier irgendein Ding mit Eddie laufen, ich habe ihn beobachtet. Den zeige ich an, den habe ich schon seit Jahren auf dem Kieker. Jetzt ist er echt fällig.«

Die Wut kochte so schnell in Mathilda hoch, dass ihr der Atem stockte. Was fiel ihm ein? Sie war so dicht dran gewesen, alle Probleme in ihrer Familie in Ordnung zu bringen, es hatte sich alles so gut gefügt. Und jetzt tauchte diese Bazille Wiesner auf und brachte wieder alles durcheinander. Das konnte doch nicht wahr sein. Mathilda holte tief Luft. »Was bildest du dir eigentlich ein? Reicht dir die eine Anzeige nicht? Sollen wir dich jetzt auch noch wegen Erpressung anzeigen?«

Ganz plötzlich bekam Harald einen roten Kopf, er beugte sich vor und fing an zu brüllen. »Wer von euch …«

Mathilda ließ die Leine fallen und trat einen kleinen Schritt zur Seite. George hasste laute Stimmen, und er vergaß niemanden, der ihn mal getreten hatte. Wie ein Pfeil schoss der Hund bellend an Mathilda vorbei und sprang Harald Wiesner an. Dann ging alles sehr schnell: Wiesner stieß einen überraschten Laut aus. Er taumelte, kam ins Wanken, George bellte hysterisch. Harald verlor das Gleichgewicht, versuchte hektisch, irgendwo Halt zu finden. Es gab keinen, die Kellertür stand offen, seine Hände griffen ins Leere, die Kellertreppe war sehr steil. Mit einem lauten Schrei stürzte er krachend in die Tiefe.

Erst in der unheilvollen Stille danach sahen Pape und Mathilda sich an. Pape fasste sich als Erster. »Das klang nicht gut.« Er ging einen Schritt zur Tür und knipste das Licht an. »Nimm mal den Hund an die Leine, ich gehe runter.«

Mathilda hatte das Telefon gerade von der Station genommen, als sie durch die offene Haustür sah, wie die hübsche blonde Polizistin dem Notarzt am Auto die Hand gab. Sie blieb noch einen Moment am Straßenrand stehen, bis der Rettungswagen langsam losgefahren war, gefolgt von Gerbers Leichenwagen.

Als Eckhard vorhin angekommen war, hatte er sie überrascht angesehen. »Du schon wieder«, hatte er gesagt und eine Augenbraue gehoben. »Du sammelst ja eine Menge Aufträge für mich.« Und hatte nachgeschoben: »Du Todesengel.« Dann war er – gefolgt von seinem Gehilfen – in aller Ruhe ins Haus gegangen. Sprachlos hatte Mathilda ihm nachgesehen und sich schnell vergewissert, dass außer ihr niemand was gehört hatte. Zum Glück war keiner in der Nähe gewesen.

Jetzt kam die junge Polizistin langsam zurück und blieb neben Mathilda stehen.

»Wissen Sie, wie wir Harald Wiesners Familienangehörige benachrichtigen können?« Ihre Stimme klang ernst, sie wirkte wirklich betroffen.

»Ja.« Mathilda nickte. »Seine Schwester ist Christa Kruse, sie führt hier den Gasthof. Von seiner Frau ist er schon lange geschieden, und Kinder gibt es nicht. Christa ist die nächste Verwandte.« Sie sah verstohlen auf die Uhr. »Brauchen Sie mich noch hier? Ich müsste sonst nochmal meinen Mann anzurufen, um ihm zu sagen, dass ich später komme.«

»Machen Sie das ruhig«, die junge Frau nickte. »Wir sind hier aber auch gleich fertig. Ich muss nur noch den Unfallbericht schreiben.«

Allerdings hatte Mathilda schon mehrere Male versucht, Gunnar anzurufen, aber bisher war niemand rangegangen. Das war eigenartig, Gunnar hatte gar nichts vorgehabt, und Max war doch auch zu Hause. Aber keiner von ihnen war zu erreichen, dabei war das hier doch wirklich wichtig.

Sie wählte die Nummer erneut und zählte die Freizeichen. Nach dem zehnten legte sie auf, das war tatsächlich ungewöhnlich. Hoffentlich war nichts passiert. Besorgt legte sie das Telefon zurück und folgte der Polizistin. An der Wohnzimmertür blieb sie stehen.

Johannes Pape saß immer noch mit Dr. Klopstock, Reinhard Müller und dem Kollegen der blonden Polizistin im Wohnzimmer und erzählte alles, was er zu dem Unfallgeschehen beitragen konnte. »Ich nehme an, dass er nachsehen wollte, wo ich bin, und deshalb in den Keller gestiegen ist«, sagte er gerade. »Die Treppe ist mit allem möglichen Zeug vollgestellt, ich räume ja gerade das Haus auf. Er muss irgendwo gestolpert sein. Warum hat er bloß kein Licht angemacht? Er konnte ja gar nichts sehen. Ich saß mit Mathilda in der Küche und habe ihn nicht reinkommen gehört.«

»Ja, hier auf dem Dorf sind immer alle Haustüren offen«, bemerkte Reinhard Müller. »Jeder kann überall rein, während man selbst nebenan Kaffee trinkt und nichts mitkriegt. Mathilda, hast du auch nichts gehört?«

Zögernd kam sie näher und setzte sich auf einen freien Stuhl. »Nein, wir haben uns ja in der Küche unterhalten.«

Der Dorfpolizist nickte. »Das ist ja auch ein großes Haus. Sehr weitläufig. Wollte Harald mit dir über den Landverkauf für die Siedlung sprechen?«

Pape hob die Schultern. »Das weiß ich ja nicht. Mathildas Hund schlug plötzlich an, als es von der Diele her so polterte. Und dann sind wir gleich hin, und da lag er unten auf der Treppe. Hätte ich bloß die Tür zugemacht ...«

»Wenigstens hat er nicht gelitten.« Dr. Klopstock sah Pape an. »Ich habe das sofort gesehen. Genickbruch. Ist klassisch bei so einem Treppensturz. Aber man muss ja erstmal den Notarztwagen kommen lassen.« Letzteres war ironisch, die blonde Polizistin sah ihn irritiert an.

»Müller muss auch bei Unfällen die Kripo anrufen«, sagte sie irritiert. »Das muss doch alles seine Richtigkeit haben. Damit es keine ungeklärten Todesfälle gibt.«

»Das hat hier schon seine Richtigkeit.« Dr. Klopstock stemmte sich ungelenk aus dem alten Sessel. »Der Unfallhergang ist ja eindeutig. So. Dann will ich mal wieder los. Heute ist schließlich Sonntag. Wer sagt Christa, was passiert ist?«

»Ich rufe sie gleich an«, entschied Mathilda spontan und sah erst dann die Polizistin unsicher an. »Also, wenn das in Ordnung ist. Es ist vielleicht ein bisschen einfacher, wenn ich das mache und keine Polizei vor der Tür steht.«

Die Polizistin nickte spürbar erleichtert. »Das stimmt«, sagte sie. »Das ist besser.« Sie stand auf und folgte Mathilda. Sobald sie aus dem Zimmer waren, fragte sie leise: »Entschuldigung, aber was meinte Dr. Klopstock denn damit, dass hier alles seine Richtigkeit hätte? Mochte er Harald Wiesner nicht? War er so unbeliebt?«

»Na ja.« Mathilda nahm wieder das Telefon in die Hand. »Die Frau von Dr. Klopstock hat ihn damals wegen Harald Wiesner verlassen. Aber die sind auch schon wieder geschieden. Es ist Jahrzehnte her, es kommt nur ab und zu bei besonderen Gelegenheiten wieder hoch. Es hat keine Bedeutung. Das hat er vielleicht mehr im Schock gesagt. Immerhin ist unser Bürgermeister gerade tödlich verunglückt. Das muss man ja auch erst mal begreifen.«

Die Polizistin sah sie etwas skeptisch an, bis ihr Blick von etwas anderem abgelenkt wurde. »Oh, da steht ein Hund vor der Tür. Gehört der hierher?«

»Das ist George.« Mathilda fragte sich, wie er es geschafft hatte, seine Leine von dem Haken neben der Dielentür zu lösen. Er hatte es geschafft, war ums Haus gelaufen und saß jetzt harmlos blickend vor der Haustür. »Das ist meiner.« Sie ließ das Telefon sinken und hoffte, dass der Hund keine Indizien im Fell hatte, sie las genug Krimis und kannte sich aus.

Ohne zu fragen, öffnete die junge Frau die Tür und ließ George rein, der es ihr sofort dankte, indem er voller Hingabe seinen Kopf an ihren Oberschenkel presste und herzzerreißend zu ihr aufsah. Es wirkte. Sie ging sofort in die Hocke und streichelte ihn.

»Was bist du denn für ein Süßer?« Sie wuschelte ihm durchs Fell, bevor sie entzückt zu Mathilda blickte. »Das ist ja auch so ein Lieber, der keinem etwas tut, oder? So ein Süßer. Den kann wohl auch jeder mitnehmen, weil er alle Fremden toll findet, die ihn streicheln, was?«

»Ja, leider.« Mathilda ließ den Blick stolz auf ihrem Hund ruhen. »Man muss immer ein bisschen auf ihn aufpassen, sonst geht er mit jedem mit.«

50.

»Papa?«

Gunnar hob zwar kurz den Kopf, fuhr dann aber fort, den Dünger unter die Hortensien zu streuen. Erst, als die Schaufel leer war, drehte er sich um und sah seinem Sohn entgegen, der über den Rasen auf ihn zulief. »Ja?«

»Ich suche euch überall«, ungeduldig blieb Max stehen. »Wo stecken die denn alle?«

»Mich hast du ja schon mal gefunden.« Ungerührt schob Gunnar die Schaufel in die Düngertüte und hob sie gefüllt wieder raus. »Wen suchst du denn noch?« Konzentriert ließ er den Dünger aufs Beet rieseln.

Max schnaubte. »Mama ist verschollen, bei Pit ist alles verriegelt und verrammelt, du warst weg, Nele und die Kinder sind auch nicht hier, und Karolina muss gleich zu diesem Besichtigungstermin und weiß nicht, was mit ihrem Auto ist. Und zu allem Überfluss leuchtet bei mir im Bus jetzt auch noch die Ölkontrolle. Hast du vielleicht noch irgendwo Öl? Dann kann Alina mit ihrer Mutter mit dem Bus nach Husum fahren, um das Haus anzusehen. Sie wollen nicht zu spät kommen.«

»Ich habe kein Öl mehr.« Gunnar verteilte den letzten Dünger von der Schaufel und richtete sich auf. »Und Mama ist bei Johannes, deine Schwester ist mit deinen Nichten bei Irene, Babykatzen angucken, wobei Nele wohl mehr Robert anguckt, und du kannst doch Öl bei Eddie in der Werkstatt nachfüllen.« Er sah auf die Uhr. »Wann müssen die denn da sein?«

»Um zwölf.« Max wischte sich den Schweiß von der Stirn. »Das wird alles echt eng. So ein Scheiß. Wo bleibt Pit denn? Der wollte nur kurz mit Karolinas Auto zu Eddie und danach doch nach Hamburg fahren. Und jetzt kommt er nicht wieder. Der hat sich bestimmt bei Eddie festgequatscht.«

»Jetzt reg dich nicht auf.« Gunnar schob seine Schirmmütze hoch und staunte über seinen gereizten Sohn. »Mein Autoschlüssel hängt an der Garderobe, dann nimmt Alina eben mein Auto. Tank ist voll. Und du fährst mit deinem Bully zu Eddie, füllst Öl nach und kannst gleich fragen, was mit Karolinas Auto ist. Ist doch alles ganz einfach.«

Er zog den Sack mit dem Dünger ein Stück weiter und griff wieder zur Schaufel. »Gibt's noch was? Sonst würde ich gern weitermachen.«

Etwas unschlüssig starrte Max auf den Sack, dann schüttelte er den Kopf. »Nein, alles klar. Danke dir. Alina und ihre Mutter nehmen deinen Wagen, und ich fahre zu Eddie. Also bis später.« Er wandte sich zum Gehen und drehte sich dabei nochmal um. »Und wasch dir die Hände, wenn du mit dieser ganzen Chemie fertig bist. Gesund ist dieser Dünger bestimmt nicht.«

Gunnar sah ihm nach, bevor er die Schaufel in den Sack schob. »Was ist schon gesund?«

Max fuhr langsam die Dorfstraße runter und sah nach rechts und links zu den Häusern. Er hatte es als Kind schon seltsam gefunden, dass die Dörfer an den Sonn- und Feiertagen wie ausgestorben waren. An einem freien Sommertag in der Stadt herrschte überall, wo man draußen sitzen konnte, ein munteres Getümmel, man hörte Lachen, laute Stimmen, kreischende Kinder, Mopeds und Fahrräder, die die zahlreichen Passanten von den Radwegen klingelten. Hier in Dettebüll war nichts. Falls Menschen draußen waren, dann saßen sie auf ihren nicht einsehbaren Terrassen, niemand arbeitete im Garten, keiner mähte Rasen oder fuhr durch die Gegend, alle hielten sich dran, dass am Sonntag nicht gelärmt, nicht gearbeitet, niemand belästigt werden durfte. Daran hatte sich nichts geändert.

Bis auf eine Kleinigkeit, die er jetzt gerade entdeckte. Vor Gesa Nielsens Zaun gab es eine kleine Versammlung. Gesa stand in ihrem Garten und gestikulierte aufgeregt mit vier Frauen. Max erkannte Selma Griese, daneben standen drei Frauen, die er nicht kannte, die sich aber irgendwie ähnlich sahen. Mathilda würde sie sicher kennen, bestimmt war sie mit ihnen zur Schule gegangen, konfirmiert worden oder kannte sie von früher vom Spielen. Max erkannte die Dorffrauen so gut wie nie wieder, er sah sie zu selten, es reichte ihm, dass alle wussten, dass er Mathildas Sohn war. Und ihn immer noch behandelten, als wäre er zwölf.

Er winkte ihnen kurz zu, sie sahen ihm hinterher, lediglich Selma grüßte erfreut zurück. Sie kannte alle ihre ehemaligen Schüler.

Max bog um die Kurve und fuhr am Gasthof Kruse vorbei. Die Doppeltür am Eingang war verschlossen, ein Schild hing davor, das Max im Vorbeifahren nicht lesen konnte. Vielleicht war heute zu. Obwohl Sonntag war, ein Tag, an dem zumindest in seiner Kindheit auch mal auswärts Mittag gegessen wurde. »Auswärts«: Das war dann natürlich das Gasthaus Kruse. Mathilda hatte das früher gern gemacht. Sie fand es immer sehr mondän. Max und Nele hatten sich mehr darüber gefreut, dass es bei Kruses richtige Pommes gab, richtige aus der Fritteuse und nicht die aus dem Backofen.

Aus dem Augenwinkel entdeckte Max im letzten Moment einen Polizeiwagen auf Kruses Parkplatz und wunderte sich. Andererseits fuhr Dorfpolizist Müller meistens im Dienstwagen durch die Gegend, vielleicht hatte er ihn gestern Abend nach zu vielen Bieren auch einfach dort stehengelassen.

Er fuhr in die Straße, an deren Ende Eddies Haus lag, und bremste ab, als er die Auffahrt sah. Auch hier lag alles im Tiefschlaf, was Max allerdings seltsam fand. Es war tatsächlich wie ausgestorben. Er lenkte den Bus auf den Hof und stellte den Motor ab, bevor er sich umsah. Das große Metalltor zur Werkstatt war geschlossen, selbst die Fenster waren zu.

Max stieg aus und ging über den knirschenden Kies zum Haus. Er drückte die Klinke der Haustür runter, es war offen. »Eddie? Ich brauche Öl für meinen Bus.«

Er trat ein und ging durch den dunklen, etwas muffigen Flur. »Pit? Eddie? Wo steckt ihr?«

Es kam keine Antwort, Max sah kurz in die chaotische Küche, öffnete die Tür zum Wohnzimmer, in dem es aussah, als hätte hier gerade eine Orgie stattgefunden, dann ging er wieder raus. Wie konnte man nur in diesem Chaos leben? »Eddie?«

Immer noch keine Antwort, Max blieb einen Moment vor der Tür stehen, dann lief er über den Hof zur Werkstatt. Von Karolinas Auto war auch nichts zu sehen, vermutlich stand es über der Grube, und sie waren noch auf Fehlersuche. Aber normalerweise hörte man doch irgendwelche Arbeitsgeräusche, außerdem plärrte bei Eddie immer ein altes Radiogerät mit deutschen Schlagern. Und wieso war das Tor zu? Irgendwie war das hier wirklich beunruhigend still.

Max stand jetzt vor dem Metalltor, durch die Milchglasfenster, die in das Metall eingelassen war, versuchte er, in die Werkstatt zu sehen. Er konnte nichts erkennen und lehnte sich an das Tor, das sofort nachgab. Es war nur angelehnt. Und jetzt hörte er ein Geräusch. Ein dumpfes Wimmern oder Stöhnen, er konnte es nicht so richtig einordnen. Vorsichtig drückte er gegen das Tor, mit einem metallischen Quietschen gab es nach, und Max trat ein. Entsetzt blieb er stehen und starrte auf das Bild, das sich ihm bot. »Was …?«

Eddie saß an einen Schrank gelehnt auf dem Boden, Pits

Kopf auf seine Beine gebettet. Er hatte ein nasses Handtuch auf Pits Kinn gelegt. Ein paar Meter weiter lag eine Rolle, die ein dumpfes Stöhnen und leise Flüche von sich gab. Max erkannte zwischen Schnüren und Klebeband rötliche Haare und einen grünen Anzug. Hier hatte jemand verpackungstechnisch alles gegeben, wer immer darin steckte, konnte sich nicht einen Zentimeter bewegen.

»Was ist mit Pit?«

Max war mit einem Satz bei ihnen und ging in die Knie. Pit hob kraftlos die Hand. »Geh scho«, nuschelte er. »Koff.«

»Eddie?« Max sah alarmiert zwischen Pit und der Rolle hin und her. »Verdammt, was ist hier los?«

»Mein Akku ist leer.« Eddie zuckte die Achseln. »Du musst mal den Notarzt anrufen. Und die Polizei. Ich konnte nicht telefonieren. Bin aber auch gerade erst mit allem fertig geworden.«

»Holt mich hier raus, ihr Arschlöcher, ihr Idioten, ich bringe euch um, aua, aaah …«

Max fuhr herum und starrte in die Richtung, aus der das Geschrei gekommen war. Dort stand nur das Cabrio von Karolina.

»Hilfe, verdammt noch mal, Hilfe! Hört mich denn niemand?« Etwas Metallisches schlug an eine Wand. »Scheiße!«

Max sah zurück zu Eddie. »Wer …?«

»Das unten ist Bai Ling«, teilte der ihm mit. »Sie hat Pit umgetreten, als wäre sie Bruce Lee. Und dann ist sie im Gerangel in die Grube gestürzt. Ich glaube, sie hat was am Bein. Ich habe sicherheitshalber das Cabrio drübergefahren, damit sie nicht abhauen kann. Bis ich diesen Typ da eingepackt hatte. Dann musste ich mich um Pit kümmern, und dann war mein Akku leer. Jetzt ruf den Krankenwagen und die Polizei an, wie oft soll ich das noch sagen?«

Max erhob sich und fummelte sein Handy aus der Hosentasche, den Blick auf Eddie gerichtet, wählte er den Notruf.

»Hallo? Mein Name ist Max Assmann, wir brauchen dringend einen Notarztwagen in die Weststraße in Dettebüll. Nummer?«

Eddie streckte vier Finger in die Höhe.

»Nummer 4. Hier sind drei Verletzte, drei?«

Eddie nickte.

»Drei Verletzte. Und ich kann ihnen noch nicht erklären, was genau passiert ist. Aber bitte kommen Sie schnell.«

Max hatte zwar »schnell« gesagt, war aber überrascht, als der erste Polizeiwagen nur fünf Minuten später auf den Hof fuhr. Er stand immer noch geschockt vor der Werkstatt und war noch überraschter, als seine Mutter hinten ausstieg.

»Mama?«

Mathilda eilte auf ihn zu, gefolgt von einer blonden jungen Frau und einem älteren Mann in Uniform. Letzterer rief Max zu: »Was ist passiert? Wer ist verletzt?«

»Ich weiß nicht, was da passiert ist, aber es gibt drei Verletzte. Alle ansprechbar.«

In diesem Moment hörte Max schon das Signal des ersten Rettungswagens, ein zweiter Polizeiwagen kam hinterher, dann der nächste Rettungswagen.

Mathilda zog panisch an seinem Arm. »Sag schon, ist was mit Pit?«

Die blonde Frau stand jetzt vor ihm. »Kripo Husum, mein Name ist Insa … Max?«

»Insa?« Max stierte sie mit leerem Blick an, langsam wurde ihm das alles zu viel. »Was machst du denn hier?«

»Als der Notruf kam, waren wir schon im Dorf. Wo ist der Tatort?«

Mit einer Kopfbewegung wies Max auf die Werkstatt, von ihrem Kollegen begleitet, lief Insa hin. »Frau Assmann, Sie warten bitte hier.«

»Ja, aber …«

Erschöpft ließ Max sich auf eine Metallkiste sinken, die neben der Werkstatt stand. »Mama, setz dich hin. Ich habe keine Ahnung, was da drin passiert ist, aber es ist wie im schlechten Film. Und Pit hat eins auf die Rübe gekriegt, ist aber so weit okay. Da ist wohl keiner lebensbedrohlich verletzt. Wir warten am besten hier und lassen die da drin erst mal ihren Job machen.«

Mathilda sah ihn erleichtert an. »Gut. Nicht lebensbedrohlich. Gott sei Dank.« Sie atmete durch. »Woher kennst du die Polizistin?«

»Mit der war ich mal zusammen. Ging nicht gut auseinander. Weil Oma sie gefragt hat, wie viel sie wiegt.«

»Ach, die war das?« Mathilda sah ihn überrascht an. »Deshalb kam sie mir so bekannt vor. Aber die ist ja gar nicht mehr so pummelig.«

Statt zu antworten, schüttelte Max nur den Kopf. »Wieso warst du im Polizeiauto?«

»Wiesner ist bei Johannes die Kellertreppe runtergefallen.«

Erschrocken fuhr er herum. »Und was hat die Polizei damit zu tun?«

»Tja.« Mathilda hob die Schultern. »Er ist tot. Genickbruch. Schlimmer Unfall. Wir waren gerade bei Christa, um es ihr schonend beizubringen, als die Zentrale bei, wie heißt sie noch, ach ja, Insa anrief, dass es hier noch einen Einsatz gibt. Die konnten es kaum glauben, zwei Mal in einem Dorf innerhalb von zwei Stunden. Ich durfte dann gleich mitfahren, weil ich gesagt habe, du bist mein Sohn. Komisch, dass sie mich gar nicht erkannt hat. Na ja, es ist auch schon fast zehn Jahre her. Da hatte ich noch eine Dauerwelle.«

Max sah seine Mutter verwirrt an, dann vergrub er sein Gesicht in den Händen.

Er hob erst wieder den Kopf, als der dritte Rettungswagen kam, dicht gefolgt von einem Leichenwagen. Erstaunt sah er, dass Eckhard Gerbers ausstieg, stutzte und irritiert Mathilda ansah. »Das glaube ich jetzt nicht.«

Sofort hob Mathilda beide Hände. »Ich bin gerade erst gekommen, Eckhard. Und hier ist niemand tot. Du kannst also wieder fahren.«

Etwas enttäuscht sah er sich um, dann ging er doch in Richtung Werkstatt, deren Tor jetzt offen stand. »Das gucke ich mir lieber selbst an.«

51.

Nele sprang immer wieder unruhig auf und stellte sich ans Küchenfenster. Sie starrte nach draußen, dann setzte sie sich wieder. »Meine Güte«, stieß sie aus. »Wie lange dauert das denn bloß? Die müssen doch bald mal wiederkommen. Oder ist das ein schlechtes Zeichen? Ist Pit vielleicht doch schwerer verletzt? Papa? Sag doch mal was.«

»Ich kann doch nicht hellsehen.« Wie oft hatte Nele ihm diese Frage in der letzten halben Stunde schon gestellt? »Max muss ja auch noch aufs Polizeirevier und seine Personalien angeben, er war der Erste am Tatort. Und sie werden auf Eddie warten, der muss seine Aussage machen, das kann dauern. Und danach fahren sie bestimmt noch ins Krankenhaus und fragen nach, wie es Pit geht. Und Bai Ling. Und diesem anderen Mann, wer immer das auch war. Das habe ich in dem wirren Telefonat mit deiner Mutter nicht verstanden. Also bleib mal ganz entspannt. Kannst du uns nicht mal einen Tee kochen? Das haben sie bei Miss Marple auch immer gemacht. Vielleicht beruhigt es.«

»Ich mag jetzt aber keinen Tee.«

»Du sollst ihn nicht trinken, du sollst ihn kochen.« Gunnar stand auf und holte die Kanne aus dem Schrank. »Damit du nicht immer zum Fenster rennst. Das macht mich ganz nervös.«

Sie drehten sich beide zur Tür, als sie die Schritte im Flur hörten. Robert kam ihnen entgegen: »Und?« Er sah erst Nele, dann Gunnar an. Beide schüttelten den Kopf.

»Noch nichts.« Gunnar setzte sich wieder und zeigte auf einen Stuhl. »Und bei dir? Was hat Johannes erzählt?«

Robert sah ihn ernst an, während er sich auf den Stuhl sinken ließ. »Er ist ja immer sehr knapp in seinen Schilderungen«, sagte er zögernd. »Es war wohl so, dass er mit Mathilda in der Küche gesessen hat, während Wiesner vorn reingekommen ist. Sie haben ihn gar nicht gehört. Und Wiesner ist anscheinend in den Keller gegangen, um Johannes zu suchen. Dabei muss er über das ganze Gerümpel gestürzt sein. Hatte wohl kein Licht angemacht. Er muss sofort tot gewesen sein. Genickbruch. Die Treppe ist ja auch sehr steil.«

»Du sagst das so komisch«, hakte Nele nach. »Was glaubst du?«

Gunnar warf ihr einen langen Blick zu, im gleichen Moment ging die Tür auf, und Paula stand im pinkfarbenen Schlafanzug vor ihnen. »Mama, ich kann nicht schlafen.«

»Ich komme, Schätzchen.« Nele stand auf und nahm Paula an die Hand. »Sag Opa und Robert Gute Nacht, ich gehe mit dir hoch.« Sie ging los und drehte sich noch kurz um. »Sagt mir bitte gleich Bescheid, wenn sie da sind.«

Robert wartete, bis sie die Tür hinter sich geschlossen hatte, dann sagte er leise: »Wieso geht Wiesner nicht erst mal ins Haus? Warum steigt er von der Diele aus in den Keller, um Johannes zu suchen? Auch noch in den dunklen Keller? Und wieso haben Mathilda und Johannes ihn nicht kommen oder rufen gehört? Das macht doch überhaupt keinen Sinn?«

Gunnar musterte ihn nachdenklich. Sollte er sagen, dass er sich auch wunderte? Dass er sich auch fragte, was Wiesner eigentlich bei Pape gewollt hatte? Und warum der Hund nicht gebellt hatte, obwohl der immer anschlug, wenn jemand sich ihm näherte, den er nicht leiden konnte? Nein, beschloss er, er würde nichts sagen. Das wären ja nur Spekulationen, er war schließlich nicht dabei gewesen. Im Gegensatz zu Mathilda. Deren Stimme hatte vorhin während des Telefonats eher nach schlechtem Gewissen als nach echter Betroffenheit geklungen. Genauso wenig musste man darüber reden, dass Abdeckungen von Güllegruben nicht von allein verrutschten, dass giftige Pflanzen auch schon mal über Nacht verschwanden und dass bei ihnen ganz unten in der Tiefkühltruhe eine Gans lag, die anders als alle anderen auf merkwürdige Weise deformiert war.

»Ach, weißt du«, sagte er stattdessen. »Unglücke passieren, weil irgendetwas im Ablauf falsch war. Sie machen nie Sinn. Sie finden einfach statt. Wenigstens musste Harald Wiesner nicht leiden. Das ist doch ein kleiner Trost.«

Robert nickte und seufzte. Gunnar hatte ja recht. »Na ja, geht uns ja auch nichts an.«

Kluger Junge, dachte Gunnar und reckte seinen Hals, als er draußen Motorengeräusche hörte. »Ich glaube, sie sind da.«

Er stand sofort auf und ging zur Haustür, Robert folgte ihm. Draußen stieg Mathilda aus dem Bus und schob die Tür auf, aus der Eddie etwas umständlich rauskletterte, Max wartete auf die beiden, dann kamen sie alle drei aufs Haus zu. Sie wirkten erschöpft, aber erleichtert, Gunnar atmete tief aus.

»Das hat aber gedauert«, sagte er und umarmte Mathilda flüchtig, als sie vor ihm stand. »Und?«

»Alles so weit gut«, antwortete sie. »Wir haben furchtbaren Hunger, ich mache uns schnell ein paar Spiegeleier, und dann erzählen wir alles in Ruhe.« Sie drehte sich um. »Komm, Eddie, du isst mit. Bier gibt es auch. Das war jetzt anstrengend genug.«

Als Nele kurz danach zurück in die Küche kam, stand Mathilda schon vor der Bratpfanne. Gunnar deckte den Tisch, und Max holte Bier und Schnaps aus dem Keller. Alle redeten durcheinander, hilfesuchend sah sie Robert an. »Wisst ihr schon alles? Was ist mit Pit?«

»Dem geht es ganz gut. Er hat eine Gehirnerschütterung,

eine Platzwunde am Kopf und ist am Kinn mit drei Stichen genäht worden. Aber es hätte schlimmer kommen können.«

Erleichtert lächelte Nele ihn an. »Gott sei Dank. Komm, Mama, setz dich hin, ich brate die Eier.«

Erst als die leeren Teller abgeräumt waren und jeder etwas zu trinken hatte, wandte Gunnar sich an Eddie. »So. Und jetzt erzähl mal, was bei dir in der Werkstatt los war.«

»Ja, also.« Eddie nahm sein Bierglas in die Hand und nickte. »Das war ja ein ziemliches Durcheinander.«

Er trank und wischte sich den Mund ab. »Was soll ich jetzt genau erzählen?«

Nele sah an die Decke. »Eddie. Was da los war? Wer war der Mann? Wieso war der so gefesselt und verpackt? Warum war Bai Ling da? Wieso lag sie in der Grube?«

»Der Mann.« Er machte eine Pause. »Der hat vor kurzem bei Kruses gewohnt und gesagt, dass er Handelsvertreter sei. Stimmte aber nicht, sondern er hat hinter Pit hergeschnüffelt. Dann war er plötzlich weg. Und dann wieder da. Heute hat er mein Haus beobachtet. Das hatte ich schon mitbekommen. Jedenfalls wollten Pit und ich dieses Cabrio in die Werkstatt fahren. Aber der Schlüssel war weg. Und dann haben wir gesehen, dass jemand drin war. Also, in der Werkstatt. Pit ist mit der Eisenstange durch den Seiteneingang marschiert, ich gleichzeitig vorn rein. Und auf einmal springt die Chinesin so karatemäßig auf Pit zu und tritt ihm voll unters Kinn. Sagenhaft, sag ich euch. Wie Bruce Lee. Der, also Pit, nicht Bruce Lee, kippt um und lässt die Stange fallen. Und der Handelsvertreter, der keiner ist, kam genau hinter Pit rein, hat die aufgehoben und ist damit auf Pit los. Hat ihn aber nicht getroffen, sondern ist irgendwie gestolpert und hat die Chinesin erwischt. Und die ist danach in die Grube gestürzt. Und lag da unten und brüllte wie am Spieß.«

»Warte, warte.« Gunnar hob die Hand. »Das ging jetzt ein bisschen schnell. Was hat Bai Ling denn da gemacht?«

»Mit der stimmt ja was nicht.« Eddie schenkte sich Bier nach. »Das habe ich von Anfang an gesagt. Die wollte was aus der Werkstatt klauen. Etwas, das Pit gehört. Na ja, eigentlich gehört es ihm gar nicht richtig, er hat es nur für jemanden aufbewahrt.«

»Das ist jetzt mal egal, Eddie«, fuhr Mathilda dazwischen und erntete einen verständnislosen Blick von Nele. »Wer hat denn den Handelsvertreter niedergeschlagen?«

»Das war ich.« Eddie sah sie mit großen Augen an. »Der hat ganz erschrocken geguckt, wegen der Chinesin, hat sich dann umgedreht und wollte nochmal auf Pit los, obwohl der schon am Boden lag. Das ist widerlich, finde ich. Das haben wir doch früher nicht gemacht. Wenn einer liegt, dann ist Schluss.«

»Ja.« Gunnar nickte bekräftigend. »Und dann?«

Achselzuckend antwortete Eddie: »Na, ich hatte doch auch eine Eisenstange. Und damit habe ich ihm einmal kurz auf die Knie gehauen. Das reichte schon. Das tut ja auch weh. Er ist gestürzt, konnte sich nicht mehr bewegen, und danach habe ich ihn verklebt. Damit er nicht abhauen kann.«

Robert sah ihn fassungslos an. »Und dann?«

»Dann habe ich ein Handtuch nass gemacht, weil Pit so geblutet hat. Aber die Chinesin hat nicht aufgehört zu krakeelen. Und deshalb habe ich das Cabrio über die Grube gefahren, damit die Chinesin nicht wieder rausklettern kann. Und dann kam ja auch schon Max.«

In aller Seelenruhe trank er sein Glas leer, dann stand er auf. »So, ich muss mal los. Ich will noch das Chaos in der Werkstatt aufräumen. Das Cabrio ist übrigens wieder in Ordnung. War nur ein Wackelkontakt. Kann sie abholen.«

»Sag ich ihr.« Max sah ihn an. »Mann, Mann, Mann.«

Mathilda schüttelte den Kopf und rieb sich müde über die

Augen. »Was für ein Tag. Erst Wiesner, dann auch noch das, es ist ja alles völlig verrückt.«

»Gibt eben solche und solche Tage.« Eddie knöchelte abschließend auf den Küchentisch. »Dann mal tschüs allerseits. Und danke für die Eier.«

»Warte, Eddie.« Mathilda schob sich an Nele und Max vorbei. »Ich bringe dich raus.«

Sie begleitete ihn noch bis zur Gartenpforte. Der Himmel hatte sich rot verfärbt, er versprach für morgen wieder einen sonnigen Sommertag. Die Luft war jetzt angenehm abgekühlt, es roch intensiv nach Jasmin, Lavendel und Rosen. Alles war friedlich und sanft, man konnte sich kaum vorstellen, dass in dieser Idylle heute derartige Dinge passiert waren.

»Du, Eddie«, fing Mathilda zaghaft an, als sie an der Pforte standen. »Wir wissen ja beide, was Bai Ling in deiner Werkstatt gesucht hat. Können wir das einfach vergessen? Als ob es das nie gegeben hätte? Und Pit da nie reingeraten wäre?«

Eddie runzelte die Stirn. »Von mir aus sowieso. Aber das Zeug ist nicht mehr da. Bai Ling hat nur die leeren Dosen aus dem Schrank geholt, ich habe keine Ahnung, was damit passiert ist.«

Mathilda lächelte. »Ich schon.«

»Hast du das etwa weggeholt?« Erstaunt sah Eddie sie an. »Mann, Mann, das habe ich dir gar nicht zugetraut. Weiß das irgendjemand?«

»Nein.« Heftig schüttelte Mathilda den Kopf. »Das soll auch niemand wissen. Wir haben das Zeug nie gesehen. Und es ist jetzt auf wunderbare Weise verschwunden. Pit ist das Problem hoffentlich ein für alle Mal los.«

52.

Mittwoch, 26. Juni

Mathilda drehte sich kurz zu Gunnar um und drückte ihm einen ihrer beiden Blumensträuße in die Hand. »Geh du schon mal zu Pit, Station 3, Zimmer 22. Ich muss noch etwas anderes erledigen, komme gleich nach.«

»Was denn?«

»Sag ich dir später. Geh schon vor, bis gleich.«

Sie wartete, bis er im Aufzug verschwunden war, dann ging sie zum Empfang. »Guten Morgen, entschuldigen Sie, ich möchte zu meiner ... ähm, zu meiner Nachbarin. Sie ist am Sonntag eingeliefert worden. Mit einem Beinbruch, glaube ich. Können Sie mir sagen, in welchem Zimmer sie liegt? Sie heißt Bai Ling.«

»Bai Ling?« Irritiert sah die Schwester sie an. »Mit e-i?«

»A-i«, Mathilda lächelte. »Sie ist Chinesin.«

Während die nette Schwester den Namen im Computer suchte, betrachtete Mathilda die Blumen. Es war nur ein kleiner Strauß, eine kleine Geste, auch wenn es mit Bai Ling eher schwierig gewesen war. Aber Mathilda tat es leid, dass die kleine Chinesin hier so fern der Heimat ganz allein mit Knochenbrüchen in einem fremden Krankenhaus lag, egal, was mit ihr nicht stimmte, es war nicht schön. Und vielleicht würde sie sich über ein paar Blümchen freuen.

»Eine Chinesin, die am Sonntag eingeliefert wurde?« Die Schwester sah sie etwas befremdlich an. »Wie, sagten Sie, lautet der Name?«

»Bai Ling«, wiederholte Mathilda. »Finden Sie sie nicht?«

»Nein, wir haben keine Patientin mit diesem Namen. Sonntag eingeliefert? Sind Sie sicher?«

»Ja«, verwundert sah Mathilda, wie eine Kollegin dazukam, die das Gespräch mitbekommen hatte. Sie tuschelten kurz, dann zeigte sie auf den Bildschirm.

»Sonntag ist nur die Chinesin auf Station 5 gekommen«, murmelte die andere. »Aber die heißt anders.«

Sie ging wieder nach hinten, die Schwester am Empfang sah hoch. »Wir haben keine Patientin mit dem Namen. Tut mir leid.«

»Okay.« Mathilda bemühte sich um ein freundliches Lächeln. »Vielleicht habe ich was falsch verstanden, dann trotzdem danke.«

So unauffällig wie möglich ging sie zum Aufzug und drückte auf die 5. Anderer Name, so ein Unsinn. Sie hatten das bestimmt nur falsch aufgeschrieben.

Der Aufzug hielt, Mathilda stieg aus und sah sich suchend um. Das Schild zeigte nach rechts, sie lief den Gang entlang und stieß eine Glastür auf. Sollte sie jetzt in jedes Zimmer gucken? Unsicher blieb sie im Flur stehen.

»Frau Assmann?« Die helle Stimme hinter ihr ließ sie herumfahren. Eine Krankenschwester kam freudig lächelnd auf sie zu. »Hallo, Frau Assmann, ich habe Sie doch sofort erkannt. Kann ich Ihnen helfen?«

Mathilda brauchte nur einen kleinen Moment. »Anna«, rief sie erleichtert. »Das ist ja nett, seit wann bist du denn in Niebüll und nicht mehr in Flensburg?«

Anna und Nele hatten während ihrer Krankenschwesternausbildung zusammengewohnt und waren befreundet geblieben. Mathilda hatte die nette Anna immer schon gemocht, Nele war sogar die Patentante von Annas Tochter.

»Seit drei Monaten«, antwortete Anna jetzt. »Wir haben hier das Haus von Torstens Eltern übernommen. Wir wollten wieder aufs Land. Und sind auch ganz froh darüber. Besuchen Sie hier jemanden?«

Mathilda nickte. »Ja, ich …«

Genau in diesem Moment ging die gegenüberliegende Tür auf, und ein attraktiver Mann im dunklen Anzug trat heraus. Er ließ die Tür offen stehen und kam auf Anna zu. »Entschuldigen Sie, meine Freundin braucht eine Schmerztablette. Sind Sie so nett?« Er lächelte erst Anna und dann Mathilda an. Sie sah unauffällig an ihm vorbei in das Zimmer, ihr blieb fast der Mund offen stehen. Es war eindeutig Bai Ling, die da im Bett lag. Das Zimmer war voller Blumen, große Rosensträuße, sie mussten ein Vermögen gekostet haben. Bai Ling trug einen Seidenpyjama, ihre Haare waren irgendwie anders, sie blätterte in einer Hochglanzillustrierten und sah etwas gelangweilt aus.

»Natürlich.« Anna nickte. »Ich bringe ihr gleich was.«

Der Mann lächelte und ging, Anna sah ihm hinterher. »Reich und schön«, sagte sie leise. »Spanier oder Portugiese oder so. Seine Freundin ist Chinesin. Die sind natürlich privat versichert, bestes Zimmer, bestes Essen und Wagenladungen voll Blumen. Sie hatte einen komischen Unfall. Irgendwie ist sie gestalkt worden, die Polizei war schon da und hat eine Anzeige aufgenommen. Aber zum Trost verwöhnt ihr schöner Freund sie jetzt. Beneidenswert. Na ja«, sie riss sich zusammen und sah Mathilda an. »Ich muss was tun. Wo wollten Sie denn jetzt eigentlich hin?«

»Mein Bruder hatte einen kleinen Unfall«, beeilte Mathilda sich zu sagen. »Station 7, Zimmer 22.«

»Da sind Sie aber falsch.« Anna sah sie ganz enttäuscht an. »Hier ist die Station 5. Ich bringe Sie zum Aufzug.«

»Oh, das kommt davon, wenn man ohne Brille die Knöpfe im Fahrstuhl drückt. Da habe ich mich wohl vertan, aber es war nett, dich mal wiederzusehen.«

»Gleichfalls, Frau Assmann. Und Grüße an Nele.«

Mit ihrem kleinen Blumenstrauß in der Hand blieb Mathilda einen Moment vor Pits Zimmer stehen. Bai Ling hieß nicht Bai Ling, und sie hatte einen reichen, schönen Freund. Das musste sie erst mal verdauen. Und das musste Pit auch noch nicht wissen, er würde sich sonst vielleicht aufregen. Sie holte tief Luft, bevor sie an die Tür klopfte und nach einem mehrstimmigen Herein das Zimmer betrat. Karolina und Gunnar saßen auf den Stühlen neben dem Bett, Eddie auf dem Fußende. »Hallo, hier ist ja volles Haus. Karolina, wie schön, moin, Eddie.«

Pit hob vorsichtig den Kopf, sein Blick fiel auf die Blumen in ihrer Hand. »Langsam sieht es hier aus wie in einer Aufbahrungshalle«, sagte er. »Wieso bringt denn jeder Blumen mit?«

Mathilda ignorierte es, beugte sich runter und strich ihm kurz über die Wange. »Wie geht es dir?«, fragte sie mitfühlend und betrachtete ihn. »Du siehst ja schon wieder ganz munter aus.«

Er schob ihre Hand ungehalten weg. »Jetzt macht doch nicht so ein Theater, ich werde morgen schon wieder entlassen. Mir geht es gut.«

»Du hast aber auch Glück gehabt«, Mathilda sah ihn mit großen Augen an. »Nur eine Gehirnerschütterung, obwohl du auf den Betonboden gekracht bist.«

»Hat eben einen harten Schädel.« Eddie nickte voll Stolz auf seinen Freund. »Die Chinesin hat da mehr abgekriegt.«

»Habt ihr was von ihr gehört?«, fragte Gunnar sofort. »Liegt sie auch hier?«

»Keine Ahnung.« Pit hob die Schultern. »Irgendjemand hat gesagt, sie wäre hier auch eingeliefert worden, aber ich …«

»Du musst auch gar nicht weiter fragen, sie dürfen dir sowieso keine Auskunft geben«, unterbrach Mathilda ihn. »Du bist ja kein Familienangehöriger. Wo sind denn hier die Vasen?«

»Die Vasen stehen in einem Schrank im Flur. Ich hole mal eine.« Karolina erhob sich und ging zur Tür. »Du kannst dich gern auf meinen Stuhl setzen, Mathilda, ich muss sowieso gleich wieder los.«

Pit sah ihr nach, bis Mathilda ihn sanft anstupste. »Und?«

»Was und?«

»Sie will wissen, was mit dir und Karolina läuft.« Eddie grinste. »Oder? Mathilda?«

»Das kann man ja auch anders ausdrücken«, Mathilda umrundete das Bett und setzte sich neben Gunnar. »Aber sie ist wirklich eine zauberhafte Person.«

»Ist sie.« Mehr war aus ihm nicht herauszukriegen.

Karolina kam zurück, stellte die Blumen in die Vase und diese zu den anderen Sträußen auf die Fensterbank. »Ach, sieht das schön aus«, meinte sie. »Ich mag das.«

Pit nickte. »Ich auch.«

Sie lächelten sich an, und Mathilda verkniff sich ein Seufzen. Karolina hatte ihren Blick bemerkt, sie trat plötzlich einen Schritt zurück und sagte: »So, ich muss los. In einer Stunde sehe ich mir noch ein Haus an. Vielleicht ist es endlich das richtige. Drückt mir mal die Daumen.«

»Natürlich.« Mathilda nickte. »Viel Glück.«

»Danke.« Sie lächelte in die Runde und verabschiedete sich. »Gute Besserung, Pit. Und bis bald.«

Kurz danach sah Gunnar auf die Uhr. »Wir sollten dann auch langsam gehen, Mathilda. Pit, wir holen dich morgen ab, du kannst ja anrufen, wann genau du entlassen wirst.«

Gunnar hasste Krankenhäuser, es war ihm hoch anzurechnen, dass er diesen Besuch überhaupt machte. Pit nickte ihm zu. »Danke.«

»Ist doch selbstverständlich.« Mathilda drückte Pits Hand. »Dann bis morgen.«

»Ich gehe gleich mit.« Eddie beeilte sich, hinterherzukommen. »Wir sehen uns, Pit.«

Pit hob die Hand. »Danke für die Blumen.« Eddie grinste, dann schloss sich die Tür hinter ihnen, und Pit merkte, wie müde er war. Kurz bevor er wegdämmern konnte, klopfte es wieder.

»Ja?«

»Moin, Pit.«

Schlagartig war Pit hellwach. »Hermann?« Er zog sich mühsam hoch. »Das gibt es ja nicht. Wie kommst du denn hierher?«

Hermann sah aus wie immer, die alte braune Hose, das karierte Hemd, die blaue Windjacke. Er hatte sich aber rasiert. Und grinste Pit breit an. »Da staunst du, was? Ich habe eine günstige Mitfahrgelegenheit gefunden. Wollte doch mal sehen, wie es dir geht.«

Verblüfft starrte Pit seinen alten Stammgast an. »Woher weißt du denn, dass ich hier bin?«

»Na, hör mal!« Hermann zog sich einen Stuhl ans Bett und setzte sich, nachdem er eine kleine Flasche Tequila auf die Decke gelegt hatte. »Statt Blumen. Die hast du ja genug.« Er betrachtete die Fensterbank. »Ist wie auf einer Beerdigung.« Er schüttelte den Kopf, bevor er Pit wieder ansah.

»Woher ich das weiß? Das ist *das* Thema auf dem Kiez. Ich habe das gleich Montagmorgen gehört. Dieser Rolf war ja immer schon total unterbelichtet. Ich habe nie verstanden, warum Oleg den geschickt hat.«

»Was?« Pit verstand kein Wort. »Wer ist denn Rolf? Und wohin hat Oleg den geschickt?«

»Der Rothaarige«, erklärte Hermann geduldig. »Der Adlatus von Oleg. Der heißt Rolf. Den hat er dir auf den Hals geschickt, nicht nur dir, sondern auch der Chinesin. Weil er wissen wollte, wo das Koks ist, und weil er der Chinesin nicht getraut hat. Obwohl sie seine Freundin war. Dieser Ochse.«

»Seine Freundin?« Pit schluckte. »Bai Ling ist Olegs Freundin? Wie kommst du denn darauf?«

»Ich habe meine Quellen«, sagte Hermann bescheiden. »Bai Ling heißt übrigens Gu Yasha und ist eigentlich die Freundin von Ramos, das ist einer der Südamerikaner. So eine Art Chef. Ramos ist ja Geschäftsmann, handelt mit verschiedenen ... Dingen. Unter anderem ist er der Lieferant von Oleg. Aber der hat ja eine Lieferung verloren. Und Ramos wollte das Geld. Und weil die Rocker sich so dämlich angestellt haben, hat Ramos das zur Chefsache gemacht und seine Freundin als Spitzel zu Oleg geschickt. Der hat tatsächlich geglaubt, dass die was von ihm wollte, dieser eitle Fatzke. Und kam sich wohl ganz klug vor, dass er sie anschließend zu dir geschickt hat. Als wenn das seine Idee gewesen wäre. Dabei spielt die Chinesin in einer ganz anderen Liga. Ist die Chefin von einem Edel-Callgirl-Ring in Düsseldorf. Spricht sechs Sprachen. Hat irgendwas studiert. Ist übrigens in Berlin geboren. Das nur so nebenbei.«

Pit schloss ungläubig den Mund. »Bai Ling ist ... Die Südamerikaner ... Aber wie ... ich meine, was ist denn jetzt ... ich habe keine Ahnung, wo sie jetzt ...«

»Hier.« Hermann sah ihn freundlich an. »Sie hat einen Beinbruch und einen Bänderriss. Ist operiert worden und liegt jetzt hier, bis sie transportfähig ist. Sie haben Rolf wegen Stalking und versuchtem Totschlag angezeigt. Der sitzt jetzt in U-Haft. Den haben sie gleich im Krankenhaus kassiert.«

»Stalking«, wiederholte Pit. »Versuchter Totschlag. Angezeigt.«

Hermann nickte. »Ja.«

»Und ... und was ist, also wo ist ...?«

Hermann zuckte die Achseln. »Was?«

»Die Lieferung. Die Bai Ling finden sollte.«

»Tja, die ist weg. Ramos glaubt, dass Oleg das Zeug zur

Seite geschafft hat. Sonst hätte seine Freundin es ja gefunden. Es war niemand anderes beteiligt, hat Gu Yasha gesagt. Auch die Spur nach Dettebüll sei falsch gewesen. Es hat nie jemand anderes gehabt, wahrscheinlich hat Oleg es gar nicht verloren. Das hat er nur gesagt, um den Verdacht von sich abzulenken.«

Pit wurde ganz schwindelig. »Und woher weißt du das so genau?«

»Wie gesagt, ich habe so meine Quellen.« Hermann lächelte. »Ramos will übrigens das Stundenhotel kaufen und damit auch deine Bar. Er wird dann der Vermieter. Aber der Pachtvertrag wird verlängert. Das habe ich schon mit ihm geklärt. Wenn du immer noch willst, würde ich die Bar übernehmen.«

Pit nickte schwach. »Ganz ehrlich, Hermann: Mach das. Ich steig da jetzt aus.« Er schwieg und versuchte, Ordnung in dieses Chaos zu bringen. »Und was ist mit Oleg?«

»Ach, das weißt du ja noch gar nicht, den haben sie aus der Elbe gefischt. Mit einer Bleiweste um den Bauch. Sehr mysteriös.« Hermann guckte betroffen. »Vielleicht hat er eine neue Form von Krafttraining gemacht. Und ist ins Wasser gefallen. Jedenfalls ist er kurz nach Blankenese wieder aufgetaucht. Der kann nicht mehr sagen, wo der Stoff ist. Ich denke, den hat Ramos abgeschrieben.«

»Und was macht er jetzt?«

»Ramos? Der macht weiter Geschäfte von Düsseldorf aus. In Hamburg ist er ja nur, wenn es Probleme gibt. Und die sind jetzt ja erledigt, zwar mit Schwund, aber erledigt. Und er will seine Freundin heiraten. Das hat er mir selbst erzählt. Bin zur Hochzeit eingeladen.«

Pit starrte ihn an. »Seine Freundin.«

»Ja.« Hermann sah auf die Uhr und stand auf. »Ich mochte die Chinesin ja anfangs nicht. Aber eigentlich ist sie ganz okay. Oder? So, ich muss los, meine Mitfahrgelegenheit wartet auf mich. Wir können telefonieren, wenn du wieder fit bist, dann machen wir den Formalkram für die Übernahme der Kneipe. Das muss ja alles seine Richtigkeit haben. Denn mal gute Besserung.«

»Danke.« Pit schlug die Decke zurück und setzte sich auf. »Danke, Hermann.«

Hermann hob an der Tür die Hand zum Gruß, dann ging er leise raus. Pit blieb wie betäubt sitzen und starrte auf die geschlossene Tür. Das war doch alles nicht zu fassen. Bai Ling. Ramos. Oleg. Schließlich schüttelte er den Kopf. Er verstand es nicht. Und wo zur Hölle war das Zeug?

Mühsam zog er sich am Bettgriff hoch und tappte langsam ans Fenster. Unter ihm lag der Klinikparkplatz. Die Sonne spiegelte sich in den Autoscheiben. Er trat näher an die Scheibe und erkannte plötzlich Herrmann, der zielstrebig über den Parkplatz ging. Bei einer schwarzen Limousine öffnete sich wie von Geisterhand die hintere Tür. Hermann stieg ein, schloss die Tür, und der Wagen rollte langsam davon.

Ein Jahr später

Die Tische im Garten des Gasthauses Kruse waren zu langen Tafeln zusammengeschoben und festlich gedeckt. Weiße Tischdecken, blau-weiß gemustertes Geschirr, Blumengestecke aus Kornblumen, weißen Rosen und Margariten. Die aufgespannten Sonnenschirme spendeten Schatten, auf den Klappstühlen lagen blaue Kissen.

Mathilda blieb erfreut am Eingang stehen. »Ach, ist das hübsch«, sagte sie und drehte sich aufgeregt zu Nele um. »Oder? Genauso stellt man sich doch ein Sommerfest im Garten vor. Die Schirme sind ja auch neu. Das ist hier alles so schön geworden, ich bin ganz begeistert. Und die Blumen, hast du die gesehen? Selbstgesteckt. Alle aus meinem Garten. Toll, oder?«

»Langsam wird mir das unheimlich.« Nele ging zu einem der Tische, um sich die Gestecke anzusehen. »Schön. Und wie die Rosen duften.« Sie beugte sich runter, um zu schnuppern, dann sah sie wieder hoch. »Und? Wie findest du es?«

Die Frage galt Robert, der gerade neben Mathilda aufgetaucht war. Er sah sich bewundernd um. »Wunderbar. Wie die ganze Kneipe übrigens, ich habe mir gerade mal den Saal angesehen. Musst du mal reinschauen: Neue Fenster, alles weiß, die ganzen Täfelungen sind weg und sie haben den Saal geteilt. Eine Hälfte Restaurant, die andere Hälfte Bar. Richtig gut.«

»Die meisten Arbeiten hat Max gemacht«, erklärte Mathilda stolz. »Das war quasi sein erster Auftrag, seit er die Werkstatt bei Johannes hat. Der Umbau vom Gasthof. Und Alina hat die ganzen Bauzeichnungen gemacht. Das hat sie ja mal gelernt, das hilft jetzt den beiden. Sie haben schon den nächsten Kunden, der Pächter von dem Bistro, das in der Siedlung aufmachen soll, war hier und hat sich alles angesehen. Und auch den Auftrag hat Max bekommen. Das läuft richtig gut an. Ein schöner Start in die Selbstständigkeit.«

Robert nickte, stellte sich neben Nele und legte den Arm um ihre Schulter. »Wir sollten öfter kommen und hier essen gehen«, sagte er zu ihr. »Das muss man doch unterstützen.«

»Meine Rede.« Nele lächelte und legte kurz den Kopf an seine Schulter. »Außerdem ist die Küche sensationell. Und Johannes würde sich auch freuen.« Sie küsste ihn auf die Wange, bevor sie von ihm abrückte. »Ich gehe mal gucken, ob ich helfen kann. Ich habe Christa gesagt, dass ich die Torten schneide, die wirbelt schon in der Küche rum.«

»Warte, ich komme mit.« Mathilda folgte ihr. »Ich habe noch gar nicht richtig mit Christa geredet. Es war ja so voll in der Kirche.«

Christa Kruse hatte sofort zugesagt, an diesem Sonntag in ihrem ehemaligen Gasthaus zu helfen, was Mathilda sehr gefreut hatte. Seit Hans und sie im letzten Herbst nach Kiel in die Nähe ihres Sohnes gezogen waren, beschränkten sich ihre Kontakte auf mehr oder weniger regelmäßige Telefonate.

Zweimal war Mathilda mit Gunnar auch in Kiel gewesen, um sich das neue Reihenhaus der Kruses anzusehen und die beiden zu besuchen. Holger und seine Familie wohnten nur zwei Querstraßen entfernt, Christa sah ihre Enkel nun häufiger und konnte sich davon überzeugen, dass die Ehe ihres Sohnes nach seinem kleinen Fehltritt wieder in Ordnung gekommen war, sie sang jetzt in einem Chor, Hans war einem Angelverein beigetreten.

»Das war eine gute Entscheidung«, hatte sie zu Mathilda gesagt. »Wir hatten zum Schluss überhaupt keine Lust mehr, in der Gastronomie zu arbeiten. Jetzt kann ich mit dem Fahrrad in die Stadt zum Einkaufen fahren. Und wir haben trotz des Hauskaufs immer noch Geld von der Siedlung und der Kneipe übrig. Jetzt können wir auch mal in den Urlaub fahren, wann wir wollen, es war wirklich eine gute Entscheidung.«

»Und dir fehlt weder das Dorf noch das Gasthaus?«, hatte Mathilda ungläubig gefragt. »Nie?«

»Och doch, manchmal schon«, hatte Christa ehrlich gesagt. »Aber immer seltener. Und vielleicht kann Pit mich ja mal zur Aushilfe einstellen, wenn er eine größere Feier hat.« Sie hatte gelacht, aber Mathilda war dieser Satz wieder eingefallen, als sie mit der Planung des heutigen Tages angefangen hatten. Und deshalb hatte Pit Christa tatsächlich angerufen und gefragt, ob Hans und sie nicht mal wieder für einen Tag in ihrer alten Wirkungsstätte arbeiten wollten. Sie hatten sofort zugesagt.

Jetzt kochte Christa in ihrer alten, komplett modernisieren Küche, literweise Kaffee und Tee, und Hans balancierte wie früher die Tabletts mit den Getränken durch die Tische und Stühle.

»Na, Christa, kannst du es noch?«

Christa drehte sich sofort um, als sie Mathildas Stimme hinter sich hörte. Sie wischte sich eine Haarsträhne aus dem Gesicht und kam auf sie zu. »Das ist wie Fahrradfahren«, antwortete sie lachend. »Das verlernt man nicht. Und dann noch in dieser Küche, das ist jetzt ja eine richtige Profiküche, sagenhaft!« Sie umarmte Mathilda kurz. »Ich gratuliere nochmal richtig zu diesem schönen Ereignis. Das war doch bestimmt eine große Freude, oder?«

Mathilda nickte selig. »Das war es. Für uns alle. Ich bin immer noch hin und weg. Und wir …«

»Ich will nicht stören, ich wollte nur mal schnell nachsehen, ob du hier alles findest.« Karolina stand plötzlich hinter ihnen. »Wenn was ist, sagst du Bescheid, oder?«

»Danke.« Christa lächelte sie an. »Und es ist deine Küche, da störst du doch nicht. Aber es ist alles so aufgeräumt, ich finde mich zurecht. Es ist so schön geworden, Karolina, man merkt, dass jetzt Profis am Werk sind. Und jetzt geht ihr zu den Gästen, ich bin doch eingesprungen, damit ihr den Tag genießen könnt. Also, Karolina, raus aus der Küche. Nele hilft mir, die Torten rauszubringen und …«

»Ich helfe auch.« Eine junge Frau, die eine frappierende Ähnlichkeit mit Alina hatte, kam jetzt auch noch dazu und gab Christa die Hand. »Hallo, ich bin Maria, Alinas ältere Schwester. Pit hat gesagt, ich soll hier helfen.«

»Ach«, Christa sah sie neugierig an. »Sie haben diese Blumengestecke gemacht. Wunderschön!«

»Ich bin Floristin«, mit einem bescheidenen Lächeln stellte Maria sich neben Nele und griff nach einem zweiten Messer. »Gelernt ist gelernt. Was ich nicht kann, ist Torte schneiden. Nele, zeig mal, wie groß die Stücke sein sollen.«

Während Karolina die Küche verließ und Nele und Maria sich auf die Torten konzentrierten, zog Christa Mathilda ein Stück zur Seite. »Ich hätte nie gedacht, dass Pit so was Tolles aus dem Gasthaus macht«, sagte sie leise. »Und ich konnte ihn natürlich nicht fragen, aber stimmt es, dass er mit Karolina jetzt in Ilses Haus wohnt? Und dass ihre Töchter ihn auch sehr mögen?«

»Ja.« Mathilda nickte. »Karolina tut ihm so gut, er ist ein ganz anderer Mensch geworden. Max hat Ilses Haus umgebaut, Karolina hat es neu eingerichtet, es ist richtig schön geworden. Sie hat auch die ganzen Ideen für den Gasthof gehabt, sie hat ja jahrelang als Köchin in guten Hotels gearbeitet, daher kennt sie sich aus. Und Alina und Maria sehen, dass es ihrer Mutter so gut mit Pit geht, allein deswegen mögen sie ihn schon. Es hat sich alles so gut gefügt, Christa, ich kann es selbst kaum fassen.«

»Das habt ihr auch verdient.« Christa drückte Mathilda die Hand. »So, und jetzt mache ich mal weiter, und du kümmerst dich um eure Gäste.« Sie trat einen Schritt zurück, dann fiel ihr noch was ein. »Sag mal, das Einzige, was ich komisch finde, ist, dass alles jetzt so schön renoviert ist, nur die Gaststube immer noch wie früher aussieht. Mit unserem alten Tresen, den ja doch schon leicht gammeligen Holzhockern und diesem Hängeschrank mit den gelben Glasscheiben. Das machen die doch auch noch neu, oder?«

»Das, meine Liebe«, Mathilda lächelte, »das bleibt, wie es ist.«

Im Garten war es voll geworden, das Stimmengewirr hörte man schon von weitem. Die Frauen in bunten Sommerkleidern, die Männer in leichten Anzügen, die meisten von ihnen schon mit einem Glas in der Hand, standen in Gruppen zusammen und warteten auf die Hauptpersonen dieser Feier.

Mathilda nahm sich auch ein Glas vom Tablett, das Hans ihr hinhielt, und schlenderte langsam zu ihrer Gruppe. Gunnar, Karolina, Ingo, Marias Mann, Maria und Karolinas Schwiegersohn, Robert und Johannes Pape standen zusammen und ließen sich von Pia und Paula erklären, was das Beste am Einhorn Silberwind war. Johannes nickte gerade sehr ernsthaft, als Mathilda sich neben ihn stellte.

»Sind Alina und Max noch nicht da?«

Johannes schüttelte den Kopf. »Alina hat was vergessen, sie sind eben nochmal in die Wohnung, kommen aber jeden Moment. Pit wollte was von dir. Hast du ihn schon gesehen?«

»Nein.« Mathilda sah sich um. »Wo ist er denn?«

»Gerade eben war er noch in der Gaststube.«

Sie nickte. »Ich gehe mal zu ihm.«

Sie bahnte sich einen Weg durch das Getümmel, lächelte, grüßte, gab hier und da ein paar Worte zurück, bis sie Selma Griese traf, die sie sanft anhielt. »Mathilda, ich gratuliere«, sagte sie. »Und du hast ein so hübsches Kleid an. Genau das Richtige für den Anlass und dieses Prachtwetter.«

»Danke.« Mathilda strich stolz über die glatte Seide. Es war tatsächlich nicht nur das schönste, sondern auch das teuerste Kleid ihres Lebens. Aber wenn sie es nicht für diesen Anlass gekauft hätte, wann dann, hatte sie sich gefragt und es deshalb trotz des Preisschildes gekauft. »Geht es dir gut, Selma?«

»Ja, danke.« Selma lächelte. »Es ist alles fein. Hast du Irene gesehen? Ich wusste gar nicht, dass ihr Hüte stehen.«

Über ihre Schulter fiel Mathildas Blick auf Irene, die mit ihren neuen Untermietern mitten auf dem Rasen stand und gerade über irgendetwas laut lachte. Sie trug tatsächlich einen rosafarbenen Strohhut, der farblich auf ihr Kostüm abgestimmt war. Seit sie den Hof an das junge Paar aus Hamburg verpachtet hatte und sich einen Teil des Hauses als abgeschlossene Wohnung hatte umbauen lassen, machte sie keinen Handschlag mehr draußen. Stattdessen nahm sie nun an einem Lesekreis teil, fuhr einmal in der Woche nach Husum in die Sauna, gab Unmengen an Geld beim Shoppen aus und hatte sich zu einem Tanzkurs angemeldet. Gerüchteweise hatte sie dort einen älteren Herrn kennengelernt, der sagenhaft Tango tanzen konnte, Genaueres wusste Mathilda nicht, Irene hatte sich, ganz gegen ihre sonstige Natur, noch nicht geäußert. Aber sie sah besser aus als je zuvor und war noch nie so gut gelaunt gewesen wie jetzt. Als hätte sie Mathildas Gedanken gelesen, sah sie sie plötzlich an und reckte einen Daumen in die Höhe. Mathilda würde sie demnächst mal wieder zum Kaffeetrinken einladen, beschloss sie, falls es denn Irenes voller Terminkalender mal zuließ. Allein schon, um zu hören, wer der sagenhafte Tangotänzer war.

»Steht ihr gut, der Hut«, sagte sie jetzt zu Selma, dann bemerkte sie erst die junge Frau hinter ihr. »Ach, ist das Daniela? Die hätte ich fast gar nicht erkannt mit der neuen Frisur und dem schicken Kleid. Sie sieht ja toll aus.«

»Ja.« Selma war ihrem Blick gefolgt. »Sie hat Dr. Klopstock hergefahren, der kann seit seiner Hüftoperation immer noch nicht richtig laufen, und die sind doch Nachbarn. Es ist wirklich erstaunlich, wie das Mädchen sich im letzten Jahr rausgemacht hat. Seit sie den Bus der mobilen Bank fährt. Ich habe mich ja gewundert, dass die Bank sie eingestellt hat, als Bäckereifachverkäuferin, aber die wollten den Bus ja ganz schnell wieder einführen. Und das Mädchen ist nicht doof, die haben sie ganz flott eingearbeitet. Obwohl sie die ersten Monate gar keinen Führerschein hatte.« Selma kicherte leise. »Hat aber niemand gemerkt. Und jetzt kommt der Bankbus schon seit fast einem Jahr wieder. Das ist ja eine solche Erleichterung.«

»Das finde ich auch.« Mathilda strich Selma über den Arm. »Du, entschuldige, aber Pit wollte was von mir, ich muss da mal eben hin. Wir sehen uns später.«

Auf dem Weg in die Gaststube sah sie beeindruckt auf die Blumen, mit denen auch der Flur geschmückt war. Auch hier hatte die hübsche Maria ganze Arbeit geleistet. Sie übernachtete mit Ingo in Pits altem Kinderzimmer, das dank Karolina inzwischen richtig gemütlich eingerichtet war. Die beiden kamen oft, der Zusammenhalt von Karolina und ihren Töchtern war genauso eng wie der in Mathildas Familie. Und seit Alina und Max in eine der schönen neuen Wohnungen auf Papes Hof gezogen waren, weil Max auch seine neue Werkstatt hier hatte, konnte Maria Mutter und Schwester gleichzeitig besuchen. Das Leben war so schön geworden, Mathilda legte kurz die Hand aufs Herz und seufzte, es war kaum auszuhalten.

Immer noch lächelnd drückte sie die Schwingtür zur Gaststube auf. Es war im Gegensatz zu draußen und den anderen Räumen hier etwas schummerig, die Lampen über dem Tresen waren an, aus der Musikbox klang Daliah Lavi. Hier hatte sich fast nichts verändert. Darauf hatte Eddie bestanden. Pit stand hinter dem Tresen, Eddie saß auf seinem Hocker in der Ecke, ein kleines Glas Bier vor sich, nur der Mann neben ihm war neu. Er drehte sich zu ihr um und nickte grüßend. Auch Pit sah zu ihr. »Ach, Mathilda, da bist du ja. Das ist meine Schwester, die Mutter von Max.«

»Moin«, grüßte Mathilda zurück und stellte sich an den Tresen, sofort stand der Mann auf und gab ihr die Hand. »Joseph Lewandowsky«, sagte er freundlich und machte einen Diener. »Alinas Vater. Ich bin erst kurz vor der Kirche aus Berlin angekommen, es war viel Stau, ich konnte niemanden mehr begrüßen, nur meine Frau. Es freut mich sehr, Sie kennenzulernen.«

»Ex-Frau, wenn ich das so sagen darf«, korrigierte ihn Pit sofort. »Deine Frau heißt jetzt Renate und schon lange nicht mehr Karolina.«

Joseph grinste breit und nickte. »Ja. Stimmt. Meine Frau hatte eine kleine Zahnoperation, sie wollte nicht mit diesen blauen Flecken und der Schwellung auf die Fotos, deshalb bin ich allein gekommen. Aber ich soll schön grüßen. Und jetzt habe ich mich so verquatscht. Ich glaube, ich muss mich mal unter die anderen Gäste mischen. Und die anderen Familienmitglieder kennenlernen. Alina hat mir schon so viel erzählt.«

Er warf allen noch ein Lächeln zu, dann ging er zur Tür. Mathilda sah ihm wohlwollend hinterher. »Der ist ja sympathisch«, sagte sie. »Ich hatte ihn in der Kirche schon gesehen, ein netter Mann.«

»Ja, der ist in Ordnung.« Pit wischte sich die Hände an einem Handtuch ab und griff nach einem vollen Tablett. »Sonst wäre Karolina wohl auch nicht mal mit ihm verheiratet gewesen. Wir haben die ja schon mal in Berlin besucht. Seine Frau ist übrigens auch sehr nett. Muss ja nicht immer alles so kompliziert sein.«

»Was wolltest du denn von mir?«

»Dir Joseph vorstellen. Und jetzt gehe ich mal zu Hans und bringe ihm die neuen Getränke. Der arbeitet immer noch wie eine Schnecke. An seinen Händen kann das nicht liegen, die sind ja längst verheilt.«

Er verschwand durch die Schwingtür, Mathilda sah ihm nach, dann zog sie den Barhocker neben Eddie zurück und kletterte drauf. »Na, Eddie?«

»Na?« Er sah sie an und lächelte. »Ist ordentlich was passiert, seit wir hier das letzte Mal so zusammengesessen haben.«

Mathilda nickte und ließ ihren Blick über die gelben Scheiben des Hängeschranks wandern. Sie kniff die Augen zusammen, als sie eine Karte entdeckte. »Was ist das denn?«

Eddie folgte ihrem Blick. Dann schwang er sich vom Hocker, ging um den Tresen und zog die Karte, die mit einem Klebestreifen am Glas befestigt war, vorsichtig ab, um sie Mathilda zu reichen.

Viel Erfolg zur Einweihung der Kneipe und vielen Dank für die guten Wünsche zu unserer Hochzeit, stand da in einer feinen Handschrift. Mathilda drehte die Karte um. Bai Ling, die gar nicht Bai Ling hieß, strahlte ihr in einem hinreißenden weißen Kleid am Arm eines schönen Mannes entgegen.

»Ach was«, sagte Mathilda überrascht. »Sie hat ihm geschrieben?«

»Ja«, nickte Eddie. »Die haben erst vor ein paar Wochen geheiratet, ihr Mann, dieser Ramos, hat ja irgendeine komische Anzeige gekriegt. Ist aber freigesprochen worden. Hermann hat Pit erzählt, dass es keine Beweise gab. Und Hermann hat einen Strauß Blumen von Pit mit zur Hochzeit genommen. Mit einer Karte für die kleine Chinesin. Weil sie ja eigentlich doch ganz okay war.«

»Ja.« Mathilda schaute immer noch das Foto an. »Das war sie wohl.« Sie stand auf und klebte die Karte zurück an den Schrank. »Es gibt gleich Kaffee. Jetzt werden wohl alle da sein. Willst du nicht auch mitkommen?«

Eddie hob dankend die Hand. »Um Himmels willen. Ich kann das nicht gut, diese rührseligen Reden und Gratulationen und so. Lass mich mal hier in Ruhe sitzen. Ach, eins noch«, er machte eine bedeutsame Pause und sah sie an. »Was mir schon seit langem von Zeit zu Zeit durch den Kopf geht, Mathilda: Wo ist das Zeug eigentlich abgeblieben?«

Sie sah ihm mit harmlosem Blick direkt in die Augen. »Unter den Hortensien. Die brauchen ja doch eine Menge Dünger. Und Gunnar kümmert sich ja immer darum, dass auch der letzte Sack noch bis auf den letzten Rest schön verteilt wird. Ich bin gespannt, wie sich die Farbe der Blüten verändert. Also, Eddie, bis später.«

Im Flur lag eine kleine weiße Rose, die wohl aus einem Blumengesteck gefallen war. Mathilda bückte sich und hob sie auf, um sie durch ein Knopfloch ihres neuen Seidenkleids zu schieben. Jetzt würde sie feiern gehen. Alle schönen Ereignisse, das Dorf, die Familie, das Leben. Und ganz besonders eine ganz kleine Person, deren Name sogar den harten Johannes Pape vorhin in der Kirche zu Tränen gerührt hatte.

»Und so taufe ich dich auf den Namen Hella Assmann.«

Als Mathilda aus der Tür in den Garten trat, kamen auch gerade Alina und Max an. Ihr wunderbarer Sohn und seine Freundin, die gerade den Kinderwagen mit ihrer zauberhaften Enkelin Hella schob.

Mathilda holte einmal tief Luft und sah in den blauen

Himmel. Dann ging ihr Blick in den Garten, fiel auf die Taufgesellschaft, auf all die Blumen, auf Johannes Pape, der Robert gerade auf die Schulter klopfte, auf die Zwillinge, die mit George spielten, auf Pit, der sein Tablett an Hans übergeben hatte und gerade Karolina anlächelte, auf Gunnar, der verliebt in den Kinderwagen sah, hinter dem die stolzen Eltern standen. Plötzlich hob Gunnar den Kopf und sah zu ihr. Er winkte aufgeregt. »Mathilda, komm schnell. Hella lächelt.«

Eine schwarze Krähe hob in diesem Moment von einem Baum ab und flatterte beleidigt davon. Mathilda sah ihr nach, bis sie aus ihrem Blickfeld verschwunden war. Sie lächelte und spürte ihren Herzschlag. Was für ein schöner Tag. Und es hatten sich tatsächlich alle ihre Wünsche erfüllt. So fühlte sich Glück an. Genau so.

Danksagung

Ich danke wie immer Bianca Dombrowa, Joachim Jessen und der Agentur Schlück, meinem Presse- und Veranstaltungsteam Petra Büscher, Steffi Schill, Gudrun Boron und Dora Höppner für die Zusammenarbeit sowie Markus Roost für das Cover. Außerdem danke ich Rainer Schmidt, meinem klugen Bruder, für Struktur und Hilfestellung und ausdrücklich und sehr Elke Kränz, der weltbesten Deutschlehrerin, die mir endlich den Sinn einer Zeitleiste erklärt hat.

Leseprobe

ISBN 978-3-423-21830-6
€ 9,95 [D] € 10,30 [A] € 13,50 [SFR]
erscheint am 24.7.2020

Eine Sache der Perspektive

Ich liebe ja die ersten Einladungen oder Verabredungen im neuen Jahr, bei denen man die Freunde trifft, für die man in den hektischen Dezemberwochen keine Zeit gefunden hat. Da sitzt man dann bei leichtem Essen, ohne Weihnachtsmusik und bestenfalls vor Tulpensträußen in schlicht dekorierten Zimmern und redet über die Höhepunkte der vergangenen Wochen. Als ich Kind war, zählte man den anderen die Geschenke auf, heute wird eher mitgeteilt, wie froh man ist, dass man den ganzen Trubel wieder mal überstanden hat. Daraus ergibt sich meistens ein Rückblick auf das vergangene Jahr, und hier bin ich beim Thema. Wir saßen nämlich sehr entspannt um einen runden Tisch, und plötzlich sagte eine Freundin laut, dass sie wirklich heilfroh wäre, dass das letzte Jahr vorbei sei. Aber gleichzeitig sagte ihr Freund, genauso laut: »Das war wirklich ein sehr schönes Jahr.« Sie sagten es im Chor. Sie guckte ernst, er ganz beseelt. Wir anderen lachten, die beiden sahen sich erstaunt an.

Natürlich wertet jeder von uns die Ereignisse, die passieren, anders, das ist völlig klar, aber so eine eklatant unterschiedliche Wahrnehmung eines Jahres fand ich bei einem Paar, das diese Zeit mehr oder weniger gemeinsam verbracht hat, doch kurios. Und deshalb habe ich nachgefragt, warum sie denn so froh wäre, es überstanden zu haben. Spontan erzählte sie von ihren Problemen in der Firma, die sich über das Jahr immer mehr aufgetürmt hatten, sodass sie sich im Herbst entschlossen hatte, den Job zu wechseln. Sogar erfolgreich. Aber dann kam der Ärger mit einer Nachbarin dazu, außerdem hatte es in der Familie einige Krankheitsfälle gegeben, und schaltete man die Nachrichten ein, so hörte man nur Katastrophenmeldungen.

Dann fragte ich ihn, was denn das Schöne am letzten Jahr gewesen sei. Ohne nachzudenken, zählte er auf: Der Sommer, diese langen Wochen mit Wärme und Licht, in denen sie oft am Meer oder an Seen zum Baden gewesen waren, seine Freundin hatte diesen tollen neuen Job bekommen, ihr Vater war rechtzeitig zur Weihnachtszeit wieder gesund geworden, sie hatten einen wunderbaren Urlaub hinter sich, sie hatten zwei Hochzeiten erlebt, enge Freunde von ihnen waren überglückliche Großeltern geworden und hatten mit ihrer Freude alle angesteckt, außer läppischen Erkältungen war keinem von ihnen etwas passiert, und da die nervige Nachbarin ausgezogen war, bekamen sie jetzt auch noch nette neue.

Während er alles aufzählte, wurde sie ganz nachdenklich. Und sagte selbst, dass sie die Hälfte der schönen Dinge bereits vergessen hatte, weil sie sich immer noch mit den unangenehmen beschäftigte. Das will sie jetzt ändern – und damit auch die Perspektive. Weil kein Jahr nur anstrengend ist. Mit der Hoffnung auf viele schöne Ereignisse grüßt

Ihre Dora Heldt

Die Liebe ihres Lebens

Meine Freundin Dorothea ist Single. Natürlich hat sie ab und zu auch mal eine kleine Affäre oder einen charmanten Flirt, aber sie lebt allein mit dem Motto: »Den Prinzen kannst du mitnehmen, ich behalte das Schloss.« Nur enge Freundinnen und Eingeweihte wissen, dass Dorothea seit nunmehr 25 Jahren eigentlich ein gebrochenes Herz hat. Sie hatte damals einen Freund, einen festen Freund, so einen, mit dem man Zukunftspläne für Urlaube, Häuser, Schlösser und was weiß ich noch alles macht.

Ich habe ihn nie gesehen, weil ich Dorothea erst kennenlernte, als der Prinz schon über alle Berge geritten war. Wobei eigentlich sie weggeritten ist, er ist in ihrem Heimatort geblieben. Aber ich habe alle Geschichten im Detail gehört. Bilder von ihm gibt es nicht, die hat sie alle im Liebeskummer verbrannt. Ein großes Drama, das sie bis heute beeinflusst. Sie redet selten darüber, es ist aber ein stichhaltiges Argument, wenn sie einem neuen Mann in ihrem Leben erklären muss, warum sie sich nicht auf eine feste Beziehung einlassen kann. Auch weigert sie sich standhaft, ihren Heimatort zu besuchen, aus Angst, den Prinzen dort zufällig zu treffen und womöglich deshalb in Ohnmacht zu fallen. Weder Klassentreffen noch runde Geburtstage von gemeinsamen Bekannten waren möglich, sie meidet jede Gelegenheit, bei der sie ihn vielleicht sehen könnte, selbst nach all den Jahren. Die Vorstellung, die Liebe seines Lebens mit seiner Familie zu treffen, macht natürlich Angst. Das will niemand.

Jetzt war Dorothea vor einigen Wochen mit einer Freundin in der Stadt in einem Bistro. Sie hatten einen schönen Abend, haben viel gelacht, mussten aber irgendwann gehen, weil der Tisch, an dem sie saßen, im Anschluss reserviert war. Während sie sich noch die Jacken anzogen, kam das Paar, das reserviert hatte, schon ungeduldig an den Tisch. Sie mit Mütze, er, groß, kahl, etwas grobschlächtig, nicht sonderlich gut gelaunt, mit demonstrativem Blick auf die Uhr. Aber bevor Dorothea ihre Jacke zugeknöpft hatte, veränderte sich plötzlich sein Gesichtsausdruck und er fragte: »Dorothea?« Sie sah ihn an, ging alle möglichen Leute im Geiste durch, kam nicht drauf, in welchem Zusammenhang sie diesen Mann kennen könnte, und sagte freundlich: »Entschuldigung, ich weiß jetzt gerade nicht ...« Was soll ich sagen? Es war der Prinz. Und sie ist nicht ohnmächtig geworden, weil sie ihn nämlich gar nicht erkannt hat. Nach 25 Jahren. Er sah ganz anders aus als in ihrem Kopf. Kein Prinz. Keine Ohnmacht. Und die jahrelange Angst vor diesem zufälligen Treffen war umsonst gewesen. So einfach ist manchmal das Leben. Jetzt ist Dorothea ganz glücklich, dass ihr Leben ohne Prinz in eine völlig andere Richtung gelaufen ist. Und hat gelernt, dass die Angst vor Ereignissen oft schlimmer ist als das Ereignis selbst.

In diesem Sinne, mit Grüßen an alle vergessenen Prinzen,

Ihre Dora Heldt